Der Titel dieses Buches ist in Wirklichkeit eine Widmung: Franz Werfels Kinderfrau Barbara Šimůnková, »das Schutzbild seiner Kindheit«, Symbol christlicher Tugendhaftigkeit, ist zugleich »Erweckerin des Feuers« seiner »ganz seltenen und mächtigen Erinnerungskraft«. Dabei bleibt Barbara in diesen vier »Lebensfragmenten« – nur anfangs und am Schluß genannt – unsichtbare Begleiterin; sie ist das innere Thema dieses Buches, das fiktives mit realem Geschehen verknüpft. Ferdinand R., ein Schiffsarzt, läßt auf einer Mittelmeerreise sein bisheriges Leben noch einmal an sich vorüberziehen. Er ist früh verwaist; Barbara darf ihn nur für kurze Zeit versorgen; diese Zeit aber reicht Ferdinand, um in ihr, fast mystisch, wortlos die »Wahlmutter« zu erkennen: die gedanklich immer gegenwärtige. Ferdinand kommt auf die Kadettenschule, lernt dort Feindseligkeit und Intrigen kennen, wird vertrieben und in ein Priesterseminar gesteckt. Ein Freund überzeugt ihn von der Richtigkeit, nicht Priester, sondern Arzt zu werden. Bei Ausbruch des Ersten Weltkriegs meldet er sich freiwillig an die Front. Das Erlebnis des Krieges und die Zeit der revolutionären Unruhen in Wien in den Jahren danach hat Werfel in einem psychologisch wie atmosphärisch brillanten Dokument der Auflösung und des Zusammenbruchs der alten Doppelmonarchie aufgezeichnet; das zweite und dritte Lebensfragment bilden den Kern dieses Buches: Zeitgenossen wie Egon Erwin Kisch werden in fiktiven Gestalten teils porträtiert, teils parodiert.
Werfels persönlichstes Buch ist, so fragmentarisch es formal auch scheint, in weiten Passagen sein literarisch virtuosestes.

Am 10. September 1890 wird Franz Werfel in Prag geboren; als Schüler schreibt er Gedichte und entwirft Dramen. Karl Kraus veröffentlicht später in seiner Zeitschrift ›Die Fackel‹ Gedichte von ihm. 1914 wird Werfel zum Militärdienst eingezogen; 1915 lernt er im Garnisonsspital in Prag Gertrud Spirk kennen, will sie heiraten – doch 1917 begegnet er Alma Mahler-Gropius, mit der er bis zu seinem Lebensende verbunden bleibt; er siedelt nach Wien über. Zu dieser Zeit sind bereits mehrere Gedichtbände von ihm erschienen, hat er kritische, pazifistische Aufsätze veröffentlicht. 1919 erscheint seine erste große Erzählung ›Nicht der Mörder, der Ermordete ist schuldig‹, 1921 wird sein Drama ›Spiegelmensch‹ an mehreren deutschen Bühnen aufgeführt. In den nächsten Jahren entstehen die berühmten Novellen wie ›Der Tod des Kleinbürgers‹ und ›Kleine Verhältnisse‹, die Romane ›Der Abituriententag‹ und ›Die Geschwister von Neapel‹. Dazwischen veröffentlicht er immer wieder Gedichte. 1929 heiratet er Alma Mahler. 1933 erscheinen ›Die vierzig Tage des Musa Dagh‹ – eine Mahnung an die Menschlichkeit; im gleichen Jahr werden seine Bücher in Deutschland verbrannt. 1938, als Hitlers Truppen in Österreich einmarschieren, hält sich Werfel in Capri auf – seine Emigration beginnt. 1940 wird Werfel in Paris an die Spitze der Auslieferungsliste der Deutschen gesetzt. Mit Alma und einigen Freunden, darunter Golo Mann, flüchtet er zu Fuß über die Pyrenäen nach Spanien. ›Das Lied von Bernadette‹ schreibt er als Dank für seine Errettung. Von Lissabon bringt sie ein Schiff nach New York. Die letzten Jahre verlebt Werfel in Los Angeles, Kalifornien. Am 26. August 1945 erliegt er seinem schweren Herzleiden.

Franz Werfel
Gesammelte Werke
in Einzelbänden

Herausgegeben von Knut Beck

Franz Werfel
Barbara oder Die Frömmigkeit

Fischer
Taschenbuch
Verlag

Veröffentlicht im Fischer Taschenbuch Verlag GmbH,
Frankfurt am Main, März 1996

Lizenzausgabe mit freundlicher Genehmigung
des S. Fischer Verlags GmbH, Frankfurt am Main

Gesamtherstellung: Clausen & Bosse, Leck
Printed in Germany
ISBN 3-596-29463-0

Gedruckt auf chlor- und säurefreiem Papier

Inhalt

Erstes Lebensfragment

Zweites Lebensfragment

Erstes
Lebensfragment

Erstes Kapitel

Woher? Wohin?

Wird die Höhe von Kap Matapan, die Südspitze des Peloponnes, erreicht, so geraten alle Schiffe, selbst solch ein gepriesener Luxusdampfer, wie es die ›Assuan‹ ist, in leichte Bewegung. Die Passage ereignet sich zumeist am späten Abend, und die Reisenden haben bei gutem Wetter das Vergnügen, durch ein unmerklich gelindes Schaukeln nur noch tiefer in den Schlaf gewiegt zu werden.

Heute freilich hält eine ziemlich laute Gesellschaft der kleinen Unannehmlichkeit lieber stand, als zu dieser Stunde gegen die Gewohnheit schlafen zu gehen. Die Nachtschwärmer gehören zum großen Teil einer angesehenen Filmtruppe und ihren künstlerischen und geschäftlichen Mitläufern an. Man begibt sich nach Afrika, um dort in der Originallandschaft eine millionenschwere Aufgabe zu lösen. Es sind, von der Diva angefangen bis zum Episodisten, recht seefeste Leute, die ihr interessanter Beruf schon ein paarmal zwischen den Erdteilen umhergetrieben hat. Die Gesellschaft sitzt, von ihrem selbstbewußten Lärm umwölkt, in der Bar und im anstoßenden Salon. Die Saxophone der Bordmusik schmachten, das Schlagzeug stampft, einige tanzen. Man hält die Wette, wie lange dies bei der Seitenbewegung des Schiffes möglich ist. Die Paare kämpfen eine Zeitlang vergeblich, dann verlieren sie den Boden unter den Füßen. Da es nun ungemütlicher zu werden scheint, steigen neue Wetten, wen das Schicksal wohl zwingen werde, die Runde zu verlassen. Alle jedoch bleiben standhaft. Kaum, daß die Fröhlichkeit eine leichte Schärfe bekommt.

Da erhebt sich der Schiffsarzt Doktor Ferdinand R., der freundlich schweigsam unter der prahlerischen Gesellschaft gesessen und mit geneigtem Ohr ihren patzigen Geschichten gelauscht hat. Er grüßt lächelnd und geht. Der Schiffsarzt gehört zur Besatzung. Als Professionist ist er über jeden Verdacht erhaben. Er hat es satt und wird sich zur Ruhe begeben. Niemand scheint von seinem Verschwinden Notiz zu nehmen. Doktor Ferdinand R. gehört zu den Leuten, denen die Tugend gegeben ist, keine Aufmerksamkeit zu erregen. Alle sind sich vom Beginn der Reise an darin einig, daß man in ihm einen »besonders netten« Menschen zu sehen habe. Die Damen fügen hinzu, daß er überdies ein sehr hübscher Mensch sei. Und das ist er wirklich. In seiner blauen Marineuniform macht er eine gute Figur. Seine abfallenden Hüften, sein Gang, der niemals nachlässig oder unbewußt ist, die höflich-aufmerksame Spannung seines Gesichtes, dies alles deutet darauf hin, daß Ferdinand R. in seinem Leben weit öfter Uniform getragen hat als Zivil. In seiner Eigenschaft als Schiffsarzt und »netter Mensch« hält er am Tische der Aufgeblasenen die langausgedehnten Abende durch und geizt nicht mit seinem bewundernden Lächeln für die Prominenten der Schiffsliste. Hie und da nimmt er auch am Tanze teil. Obgleich er darin nicht ungeschickt ist, scheint er doch weniger einem Vergnügen zu frönen als einer Pflicht nachzukommen. Der Kapitän sieht es nämlich gerne, daß die Schiffsoffiziere das gesellschaftliche Leben an Bord durch ihre Beteiligung tunlichst fördern. Dennoch fühlt ein Mann wie Sonin genau, daß Ferdinand R.'s Wesen in unüberwindlichem Widerspruch steht zu einer Zeit und Gesellschaft der ordinären Willenskraft und des pausbäckigen Auftriebs. Dieses noch jugendliche Gesicht, das sich durch keinerlei Besonderheit und geistige Betonung abhebt, das mit keiner hohen Stirne prunkt und mit keinem vollgesogenen Blick, dieses Gesicht spiegelt das ruhige Licht der Fremdheit und läßt die zeitseltenste Eigenschaft vermuten: Demut. Seit zehn Tagen schon interessiert sich Sonin immer lebhafter für diesen Menschen. Sonin, fünfundfünfzig Jahre alt, steht in dem unbegründeten Rufe eines Schriftstellers, was mit seiner freizügigen Beamtung im Stabe der Filmgesellschaft zusammenhängt. Man täte besser daran, ihn einen guten Beobachter zu nennen, welches Wort jedoch ebenso wie der Ausdruck »interessieren« in diesem Fall eine allzu frostige Bedeutung hat. Kein kühles Interesse, sondern eine merkwürdige Teilnahme treibt ihn an, dem Schiffsarzt nachzustellen und ihn zu belauern. Folgender geringfügiger Umstand fesselte ihn zuerst: Er konnte Ferdinand R. beobachten, wie er im Kajütengang der Ersten Klasse vollkommen bewegungslos dastand und, ohne Sonins Gruß zu bemerken, mit verlorenen Augen einen Punkt anstarrte. Dieses Starren, diese irre Verlorenheit gab zu dem Verdachte Anlaß, die Seele des Arztes berge ein »Geheimnis«, wie der Fachausdruck in spannenden Romanen heißt.

Als Doktor Ferdinand R. unversehens die Gesellschaft in der Bar verläßt, deren Erregung durch die sanft-erhabene Pendelbewegung des Schiffes und durch das stets gereizte Selbstgefühl der Stars sich steigert, ist es ein ähnlicher Verdacht, der Sonin beunruhigt und nach einigen Minuten zwingt, dem Schiffsarzt zu folgen. Um das Hohngelächter, das ihm nachsprüht, kümmert er sich nicht. Er hegt die innerste Überzeugung, daß den jungen Menschen irgendein schweres Schicksal getroffen habe. Vielleicht erreichte ihn vor wenigen Stunden, als man in Brindisi die Post einholte, ein kummervoller Brief, vielleicht nahm der Bordfunker vor einigen Minuten eine Kabeldepesche mit einer Todesnachricht auf, und der Steward steckte sie ihm heimlich zu. Mit dieser Ahnung, die fast einer Gewißheit gleicht, verläßt Sonin die Bar. Wird ein zartfühlender Mensch, den ein Unglück traf, nicht das Bedürfnis fühlen, mit einem Gleichgesinnten zu sprechen, der sich ihm aus dem monotonen Rudel von Luxus- und Erfolgshyänen nähert? Sonin hat den schmerzhaften Wunsch, jetzt mit diesem fremden feinen Menschen ein inniges Gespräch zu führen, ihm seine Freundschaft anzubieten und irgendeine trostreiche Freude zu bereiten.

Der Schiffsarzt hat schon einen großen Vorsprung gewonnen. In seiner Kabine ist er nicht, denn der Schlüssel hängt an der Tür. Sonin stolpert über eine hohe Stufe auf das Promenadedeck. Auch hier ist kein Doktor R. zu sehen.

Indessen hat sich der Gang des Schiffes ein wenig beruhigt. Eine klare Nacht überwölbt die Masten. Die nordische Sichel des Mondes ist schon zur hochgehobenen Schale des Orients verwandelt. Nach langem Suchen sieht Sonin den Arzt auf dem

Vorderschiff stehen, ganz vorne am Bug fast, wo die weißen gewaltigen Wände sich mit einem anmutigen Schwung schneiden. Bis auf die herrlich vorwärtsgischtende Form des Buges ist das Vorderschiff der häßlichste Teil eines Dampfers, denn hier stehen Fässer und Kisten unwegsam durcheinander, die Planken sind durch Schmutz- und Öllachen entstellt, und überall schlängelt sich Tauwerk umher.

Sonin will auf seinen Mann zutreten. Aber jene Scheu hält ihn zurück, die uns anfaßt, wenn wir zu Zeugen intimer Offenbarungen werden. Er bleibt hinter einer Ankerwinde stehen und beobachtet. Allerdings viel ist da nicht zu beobachten. Der Schiffsarzt steht ruhig über die Reling geneigt und schaut aufs Meer hinaus. Dann richtet er sich auf und verharrt steif in dieser Stellung, während der Wind seinen weiten Uniformmantel rückwärts weht. Nur einmal unterbricht er seine aufrechte Ruhe, indem er den rechten Arm ausstreckt. Diese Bewegung nimmt sich schier feierlich aus. Sonin sieht, daß Doktor R. etwas Weißliches in der Hand hält, was, das kann er nicht wahrnehmen. Plötzlich aber schüttelt die ausgestreckte Hand dieses Weißliche, läßt es nach einer Weile ins Meer fallen und bleibt noch lange mit segnend gespreizten Fingern über der unsichtbaren Flut schweben.

Um sein Leben gern wüßte der Beobachter, was diese Hand hier dem Meer geopfert habe.

Zweites Kapitel

Das innerliche Leben

Geheimnis? Nein! Ferdinand verbirgt nichts Derartiges, wenigstens kein spannendes oder absonderliches Geheimnis. Es ist wohl wahr, daß er nicht nur von Sonin, sondern auch von mehreren Kollegen und zweimal sogar vom Kapitän dabei beobachtet wurde, wie er in völliger Geistesabwesenheit, ohne den Anruf zu bemerken, einen Punkt anstarrte. Ein und der andere äußerte daraufhin die Meinung, daß es im Kopfe des Doktors nicht ganz richtig zugehe. Aber diese Ansicht verlor sich schnell, denn man kann Ferdinand beim besten Willen nicht einmal für einen Träumer halten. Seinen Dienst übt er pünktlich aus. Weder zerstreut noch nervös, zeigt er dabei einen Zug von gleichmütiger Pedanterie, der Vertrauen erweckt. Er ist zuvorkommend und hilfsfreudig, weshalb er sich immer wieder Sympathie erwirbt, die jedoch selten jenen Punkt überschreitet, den seine stille und entfernte Art bedingt. Niemand aber bis auf Sonin zerbricht sich über den Schiffsarzt den Kopf oder wittert gar ein Geheimnis hinter ihm.

Wenn man nun will, hat Ferdinand wirklich ein Geheimnis, und zwar das einer ganz seltenen und mächtigen Erinnerungskraft. Es gibt sehr wenig Menschen, in denen ein ähnlich umfänglicher und farbenprächtiger Bilderschatz lebt, der bis in die tiefste Kindheit hinabreicht. Die Seelentätigkeit des Vergessens und Einschmelzens scheint in dieser Natur merkwürdig vermindert zu sein. Wo bei anderen Menschen über der dumpf-verlorenen Begleitung des Gewesenen die scharfe Melodie des Augenblicks hinschwingt, herrscht bei Ferdinand eine erstaunliche, eine kaum erträgliche Gleichzeitigkeit. Es ist so, als sei ihm das Lebenselement des Dunkels zum größten Teil entzogen, jene Fülle des täglichen Todes, die wir zum Dasein nicht minder brauchen als unsere Ration an Wasser und Kohlenhydraten. Dies ist natürlich kein währender Zustand. Ferdinand erleidet stärkere oder schwächere Anfälle von Erinnerung. Dann geschieht es eben, daß er regungslos stehen bleibt, irgendwohin starrt und seinen eigenen Namen überhört. Wie einen hingebungsvollen Zuschauer ein Bühnenvorgang, so hat ihn das Drama der toten Bilder und Gestalten eingefangen, die in ihm selber, von seinem Willen unabhängig, auferstehen. Bemerkenswert bleibt es, daß all diese auffälligen Bilder und Gestalten dem Lebensinhalt angehören, den er vor seinem dreißigsten Jahre gesammelt hat. Wer den Schiffsarzt während solcher Anfälle erblickt, dem kann man es nicht übelnehmen, daß er die leisen Zweifel an Ferdinands Vollsinnigkeit nicht von sich weist.

Vielleicht ist jedes innerliche, jedes erinnerliche Leben Krankheit. Es kann der Sinn des hinjagenden Augenblickes nicht sein, daß man, seine Wirklichkeit nicht kostend, hinter starren Pupillen vor sich hingespenstert.

Wir gehen über die Straße: Männer, Frauen, Bahnen, Wagen, Läden, Szenen, Fahnen, Stimmen! Aber da gibt es solche Menschen, die gar nichts von dem leidenschaftlichen Knäuel der unenträtselbaren Vielheit bemerken, darein sie verwickelt sind. Sie sind nicht allein tagblind, sondern tragen überflüssigerweise ihre eigenen Straßen, ihre eigenen Männer, Frauen, Bahnen, Wagen, Läden, Szenen, Fahnen, Stimmen in sich. Wozu dieser Kontrapunkt innerer Bilder und Gesichte, der nichts Neues bringt und den frischen Marsch der Minute nur verwirrt? Wenn aus diesem Mosaik Kunst entsteht, gut! Aber Ferdinand ist alles eher als ein Künstler. Er erinnert sich nur viel mehr als andere Menschen an Tatsachen, an ganz ferne, oft kleinliche, meist unwichtige Tatsachen, die für ihn plötzlich die grelle Farbe künstlich beleuchteten Lebens annehmen. Vielleicht ist, wie gesagt, diese besondere Schärfe des Gedächtnisses, der Lebenswiederherstellung eine Krankheit! Vielleicht ist sie nur eine gesteigerte Abart egozentrischer Veranlagung. Jedenfalls aber wird sie durch das seemännisch-müßige Leben eines Schiffsarztes begünstigt, durch die Einförmigkeit des Meeres und einer Genießer-Menschheit auf Bord.

Die Erinnerung der meisten Leute reicht kaum bis zum fünften Lebensjahr zurück. Es scheint, als ob der Todesschlaf, der unserer Geburt vorangeht, sich nur schwer und widerwillig von den Lidern der Erwachenden lösen wollte. Von unserm Morgentraum wissen wir am wenigsten, obgleich man annehmen müßte, daß grade das erste Eindringen von Licht, Form, Farbe, Welt unsere Seele so gewaltig zusammengerüttelt habe, daß alles Spätere eher abstumpfbar und vergessenswürdig sei.

Ferdinand trägt nun wahrhaftig Bilder in sich, die noch aus seinem frühesten Leben stammen. Und diese Bilder sind von wunderbar sanften Gefühlen begleitet, gleich den Lebensresten einer jenseitigen Vorwelt, auf denen noch der Tau engelhafter Sphären schimmert. Er spürt sich zum Beispiel ganz deutlich in einem weißen Kinderwagen wohlgebettet liegen und durch die Hauptallee eines öffentlichen Gartens gefahren werden. Eine eigenartige, höchst beglückende Lage ist dies, ein welteinverstandenes Ruhen, wie es sich im künftigen Leben niemals mehr wiederholen wird, denn kein Glied lehnt sich gegen die wohlige Lähmung auf, die den ganzen Körper mit willenloser Süßigkeit erfüllt. Ebensowenig macht eine Pflanze die ehrgeizige Anstrengung, sich von der Wurzel loszureißen. Leise-schwebend vollzieht sich die Bewegung der Fahrt, und das Gesicht bleibt regungslos dem Himmel zugewendet. Der Himmel aber ist ein ungeduldiger, ein überstürzter Wolkenzug, ein Strom im Eisgang, der von den schwankenden Platanenwipfeln der Allee wie von einem buschigen Ufer eingefaßt wird. Manchmal verschwindet der Himmel, denn Barbaras großes Gesicht schiebt sich vor und beugt sich über Ferdinand. Und nicht nur ihr Gesicht, auch der feine Geruch von Weichselholz, der von ihrem Scheitel ausgeht, kommt ihm nahe. Den Kragen ihrer Bluse verschließt eine große dunkle Brosche, in deren Mitte eine winzige Elfenbeinschnitzerei glänzt. Der kleine Ferdinand möchte darnach greifen …

Oder Papa – Oberst und Kommandant des k. u. k. Infanterieregimentes Nr. 73 – trägt ihn die Treppen der Kaserne empor. Auch diese schwebende, hingegebene Bewegung wird sich nie wieder ereignen. Es sind breite, niedrige Treppen, die Papa langsam und heiter hinaufsteigt; vorzeiten war die Kaserne ein glänzender Palast. Die Fensteröffnungen in den meterdicken Mauern gleichen Schießscharten. Die Sonne wirft schwarze Kreuze an die Wand. Ein unermüdliches Getrampel und Gescharre herrscht auf Gängen und Stiegen. Soldaten, blecherne Schalen in der Hand, eilen auf und ab. Sobald sie aber Papa und ihn erblicken, faßt sie irgendein Entsetzen an, sie erstarren zu flachen Bildern, sie kleben sich selbst an die Mauer. Ferdinand fühlt sich in den Armen, die ihn so liebreich tragen, ausgezeichnet und über die niedere Menschheit emporgehoben wie ein Königskind. Betritt er an Barbaras Hand die Kaserne, um Papa abzuholen, so erwecken in ihm die Soldaten eine ehrfürchtig-sehnsüchtige Scheu. Jetzt aber wendet er sich stolz von ihnen ab. Sein Blick liegt auf Papas blauem Waffenrock, er läuft bewundernd die blanken Knöpfe empor, er vertieft sich in den Uniformkragen, auf dessen breiter schöngestickter Goldborte rechts und links je drei silberne Sterne prangen. Von einem der Sterne hat sich ein Seidenfaden gelöst und hängt herab. (Solange Ferdinand leben wird, so lange wird auch dieser Seidenfaden herabhängen.) Der Faden stört Ferdinand wie eine heimtückische Unordnung. Er traut sich aber nicht, die Hand auszustrecken. Papas Wangen und sein Kinn sind unnachsichtig rasiert. Sie glänzen braunrot, von Wind und Wetter, Ritt und muttrunkener Anständigkeit aufgerauht. Der weiche Schnurrbart hängt voll über die Oberlippe. Die Nase, von Ferdinand aus gesehen, ist groß und gebogen wie ein Bergland, voll von Rissen, Gruben, Unebenheiten. Auch die Brauen sind zwei volle Schnurrbärte unter der Stirn, die man aber nur selten zu sehen bekommt, weil sie zumeist der glänzende Schild der schwarzen Kappe verdeckt. Wird die Kappe aber gelüftet, so läßt sie auf der Stirne eine breitumlaufende rote Narbe zurück.

Mit Papas Augen ist es eine heikle Sache. So klein Ferdinand ist, vermeidet er es, in diese Augen zu schauen, weil sie weh tun. Echte Schützenaugen, nehmen sie das Ziel höher, sie sehen es mit unentfliehbarer Schärfe an, ohne es anzusehen, dann aber lösen sie ihren Blick selbst in einen weichen liebenswürdigen

Spott auf. Ferdinand täuscht sich nicht. Dies war Papas Gesicht, von dem er leider kein anderes Bild besitzt als diese unverwischbare Photographie, die er im Hirn trägt. Oft denkt er darüber nach, warum der Vater so »bildlos« gestorben sei und ihm nicht einmal eine Gruppenaufnahme hinterlassen habe, wie sie gewiß von ihm in Gemeinschaft mit seinen Offizieren mehrfach hergestellt worden war. Nach gerechten Erwägungen aber findet der Sohn diese Bildlosigkeit für den Charakter des Obersten außerordentlich bezeichnend.

Drittes Kapitel

Der Oberst

Ferdinands Erinnerungen an Papa sind sehr zahlreich. Der Oberst dachte daran, aus ihm einen guten Soldaten zu machen. Das militärische Leben sollte ihm in Fleisch und Blut übergehen. So nahm er den vier- und fünfjährigen Knaben schon mit, wenn er die Kaserne und das Regiment inspizierte.

Da waren zuvörderst die Mannschaftszimmer. Papa zeigte und erklärte Ferdinand jede Einzelheit. Die Bettstellen, Kavalett genannt, eiserne Tragen, auf denen der gelbe Strohsack ruhte. Auf dem Kopfende lag das harte Kissen, die Decke und das graue Bettuch streng geschichtet und haarscharf ausgerichtet. Über dem Kavalett waren Bretter in die Wand eingelassen, auf denen die Sachen der Soldaten stramm standen: Eßschale, Kommißbrot, Tschako, Tornister und das zweite Stiefelpaar. Vor jedem Bett ragte der dazugehörige Mann, scharfgespannt bis zum Zerreißen wie eine Saite. Papa liebte nicht die angesagten Inspektionen. Er trat plötzlich und unvorhergesehen in die Mannschaftszimmer ein. Ferdinand ist heute davon überzeugt, daß der Oberst kein Durchschnittsoffizier war. Dafür spricht schon die ungebräuchliche Tatsache, daß er manchmal ein kleines Kind an der Hand führte, wenn er die Räume der Kaserne durchschritt. Offenbar spannten die Soldaten ihren Leib wie eine Saite an, um ihm zu gefallen, um zu beweisen, wie gerne sie unter seiner Führung dienten. Selbst die Missetäter und schwarzen Schafe rissen sich zusammen. Mit der Mannschaft redete der Oberst niemals laut und grob. Er fragte die Leute, ob sie mit dem Essen zufrieden seien, er ging langsam von einem zum andern, musterte jeden eingehend, erkundigte sich nach Lebensumständen und Zivilberuf und nahm dann mit einigen, die ihm gefielen, in freundlich-strengem Abstand eine Unterhaltung auf. Schreien hatte Ferdinand seinen Vater nur ein einziges Mal gehört. Dies aber ereignete sich fern von der Garnison in einem kleinen Hotelzimmer der Provinz.

Wenn der Oberst einen Mannschaftssaal betrat, geschah immer das gleiche. Er blieb einige Minuten mit den Leuten allein – zu diesen Überfällen gehörte ein eigenes Geschick – und stellte sogleich die Frage, ob jemand hier eine Beschwerde zu führen habe. Diese Frage des Obersten entsprang zwar einem guten Herzen, widersprach aber der Vorschrift, die alle Beschwerden in die holprigen Bahnen des Dienstweges verweist. Kaum hatte es sich jedoch gezeigt, daß niemand den Mut zu einer Klage aufbringe, als die Türe sich öffnete und der betreffende Kompagniefeldwebel mit entsetzensrotem Gesicht hereinstürzte. Später stellten sich dann mit verlegener Meldung die Offiziere ein, denen der besichtigte Truppenteil unterstand.

Alle Mannschaftszimmer hatten den gleichen stickigen Geruch, mochten auch tagsüber alle Fenster offenstehen. Es roch nach der warmen gärenden Schmolle des Kommißbrotes, nach der tränentreibenden Beize des Kommißtabaks, nach Stiefelwichse, nach Schmieröl, nach einer bis zur Neige veratmeten Luft, die kein Lüften wieder auffüllen kann, nach schwerem Männerschlaf, der, Nebelschwaden gleich, durchs Zimmer zieht, und nach dem rußigen Schwelen kleiner Petroleumlampen.

Es gab aber Räumlichkeiten in der Kaserne, die Ferdinand mehr zusagten als diese Säle. In den Kompagnieküchen ging es amüsant zu. Riesige Kesseltöpfe standen auf der Feuerstätte, in denen die Suppe mit dem Ochsenfleisch dampfte. Der Koch spießte mit einer großen zweizinkigen Gabel das gewaltige Fleischstück aus dem Kessel, um es dem Regimentskommandanten vorzuweisen. Das Fleisch sah ungemein appetitlich aus, schwarzbraun, dampfend, die Suppentropfen liefen daran herunter, würzigen Duft verbreitend. In der Gewehrkammer zerlegte ein Gefreiter den Verschluß eines Mannlichergewehres. Wunderbarer Anblick, wenn die Eingeweide der feuersprühenden Waffe sich auflösten in feinvernickelte Schrauben, Bolzen, Stifte, Federn! War das Ganze wieder zusammengesetzt, durfte Ferdinand nun das Gewehr angreifen und in der Hand halten. Mit angstvollem, ehrfürchtigem Griff nahm er es und setzte es bei

Fuß, wie er es von den Soldaten gesehn hatte. Der Lauf reichte ihm fast bis zu den Haaren. Schwer und hart war das Gewehr, schlank dabei und dichtgefügt aus Holz, aus Metall, zuverlässig und voll Gefährlichkeit, voll ausbruchschwangeren Schweigens, ein starker Freund wie der Oberst. Ferdinand fühlte sich besonders stolz und befriedigt, wenn ihm Papa aus Erziehungsgründen die Waffe in die Hand gab.

Doch auch der Besuch der Stallungen war nicht zu verachten. In wohlaufgeräumten, stets frischgestrohten Boxen standen die Reitpferde der Offiziere. Sie legten ein unzweifelhaft hochmütiges Benehmen an den Tag, indem sie den Besuchern keine Aufmerksamkeit schenkten. Nachlässig stampften sie dann und wann mit den Hinterhufen das Stroh. Ihr Schweif war zumeist in vornehmer Art kupiert, ihr Fell glänzend gestriegelt. Ohne Gier senkten sie ihre verträumten Häupter in die Raufen, um ein wenig vom Heu zu naschen. Der fünfjährige Ferdinand wurde belehrt, daß man sich einem Rosse immer nur von der Seite und nicht von der Krupp her nähern dürfe. Er wurde ferner belehrt, daß die tägliche Gebühr eines Reitpferdes aus soundsoviel Pfund Hafer und Heu bestehe.

Eine ganz andere Klasse aber stellten die Mähren der Bespannung dar. Sie standen in weit weniger gepflegten Boxen, sie stampften und scharrten viel vorwurfsvoller, wodurch sich unterm Stroh manchmal die schwarze Erde lüftete. Ihre Hufe waren breit, ihre Fesseln plump und niemals bandagiert wie bei ihren edleren Brüdern. Mit den langen Schweifen wedelten sie immerzu und fanden es durchaus nicht überflüssig, die Fliegen abzuwehren. Sie nahmen von Besuchern ausgiebig Notiz, indem sie ihre schweren Köpfe langsam umwandten und mit todesernsten Blicken die Kömmlinge maßen. Den kleinen Ferdinand beunruhigten die Blicke dieser mächtigen Tiere. Als er viel später, ein Jüngling schon, zum erstenmal in der wachsenden Dämmerung die Alpen sah, mußte er, ohne zu wissen warum, an die großen Bespannungspferde denken, wie sie langsam ihre Häupter wandten, ihn anzusehen.

Das Entzücken Ferdinands aber bildete »Kedvesch«, das

Pony. War Papa besonders gut aufgelegt, so durfte der Stallkorporal aus der Lederkammer den kleinen Sattel holen, und Kedvesch wurde aufgezäumt. Von zwei Infanteristen rechts und links gehalten, umtrabte der Knabe mehrmals den Hof. Über solche Extratouren war Kedvesch sehr erstaunt, denn sein Lebensberuf erschöpfte sich sonst in der Pflicht, das Wägelchen mit der großen Trommel zu ziehen, welches die im herrlichen Takte bebende Abteilung der Regimentsmusik beschließt.

Diese Kasernbesuche waren natürlich kein tägliches Brot, sondern besondere Feste, die Papa seinem Sohne zudachte. Doch Ferdinand war auch mit seinem Zuhause nicht unzufrieden. Die Dienstwohnung bestand aus sieben schönen Räumen, von denen ihm das Herrenzimmer und die Küche die liebsten waren. Im Herrenzimmer hingen Papas Jagdtrophäen mit dem Datumtäfelchen der Erbeutung darunter. Sehr früh lernte der Kleine das Gehörne unterscheiden. Am meisten schätzte er aber den riesigen Steinadler, der über einen Bücherschrank seine schattigen Schwingen breitete. Unerreichbar hoch thronte das regungslose Mysterium dieses Raubvogels und erfüllte die Seele mit gletscherahnendem Respekt. Eines der ersten Gedichte, das Ferdinand kennenlernte, war ein patriotisches Lied und begann mit den Worten:

»Hoch vom Dachstein an,
Wo der Aar noch haust...«

Dieser Aar – es gab nur diesen einen, denn das Lied nannte ihn in der Einzahl – hatte hoch vom Dachstein an den zauberhaften Flug gerichtet, um nun für alle Ewigkeit in Papas Herrenzimmer zu horsten. Ferdinand zweifelte nicht, daß dem so sei, und fand es ganz in der Ordnung. Von den Möbeln dieses Zimmers sieht der Schiffsarzt den mit Kartenfiguren hübsch bemalten Spieltisch vor sich und einen ostasiatischen Lackkasten, auf dem zwei Porzellanchinesen mit Kopf und Händen nickten. Sie konnten auch die Zunge aus dem Munde strecken, ein winziges, steifes Ding, das wie jede kleine Nachbildung einer Wirklichkeit dem

Kinde ein fast lüsternes Vergnügen bereitete. Der wichtigste, ja man kann sagen geheiligteste Gegenstand in diesem Raume aber war der Mignonflügel, an dem Papa täglich zur Dämmerstunde saß, um nach Noten zu radebrechen.

Der Oberst war ein kläglicher Klavierspieler. Doppelt rührend darum, daß er allnachmittäglich irgendwelche Notenhefte auflegte und sowohl mit glühender Hingabe wie mit soldatischer Pedanterie zu stammeln begann, was er nicht besser auszudrükken vermochte. Ferdinand aber nuschelte sich in den Schaukelstuhl. Nichts schöner als diesen stockenden, diesen schüchtern ratlosen Klängen zu lauschen! Nichts süßer, als den Anblick eines Starken im Zustand hingegebener Schwäche zu genießen!

Dies war das Herrenzimmer.

In der Küche aber herrschte Barbara und diente Vojta. Aus Vojta, dem Burschen, versuchte Mama immer wieder einen Herrschaftsdiener zu modeln. Es gelang ihr insoweit, als sich der Offiziersbursche angewöhnte, im Hause nicht des Kaisers Rock, sondern eine blauweiß gestreifte Jacke und bei feierlichen Anlässen sogar einen livrierten Frack zu tragen. Dies war natürlich eine Vorspiegelung falscher Tatsachen, denn seinem Wesen nach blieb Vojta ein unverbesserlicher Pfeifendeckel, wie man vom Erzgebirge südwärts bis zur Bucht von Cattaro die Offiziersdiener nannte. Er stellte in jeder Weise den Verbindungsmann zwischen häuslichen und Heeresangelegenheiten vor. Als seinen größten Schatz hütete er eine perlmutterbelegte Ziehharmonika, die er in Wäsche gewickelt aufbewahrte. Trotz dieses kostbaren Begleitinstruments sang er aber seine Lieder meist frei. Ihre Zahl war so unübersehbar, daß man den Verdacht nicht abweisen kann, Vojta sei in vielen Fällen sein eigener Textdichter gewesen. Dafür spricht auch der Umstand, daß der launige Inhalt dieser Lieder ausschließlich in wehmütige Weisen gehüllt war. Im traurigsten Moll klagte die Melodie, wenn er sang:

»Putzfleckel,
Pfeifendeckel,
Frißt am Tag drei ganze Weckel.«

Für solchen Unsinn fand selbst Barbara, die Ruhige, ein gnädiges Lächeln.

Das Bildergewebe um Papa strahlt einem Mittelpunkt in goldhellen Farben zu. Dies muß eine der frühesten Erinnerungen des Schiffsarztes sein, denn sie ist begleitet von jenem Lichtgefühl, das in außerirdischer Schwebung zittert. Ferdinand fährt zwischen Mama und Tante Karolin in einem federnden Fiaker durch erregte, fahnenüberwogte Straßen. Der Weg führt zum »Invalidenplatz«, wo die großen Paraden stattfinden. Das Kind weiß nicht, was vor sich geht. Aber seit Tagen herrscht zu Hause eine schußlige Unruhe, und nun umdrängt ein unabsehbares Menschenspalier die schneidige Auffahrt. Da ahnt das Kind, daß sich etwas Großes, etwas Begeisterndes begibt, als vermische sich in diesem windigen Fahnengetümmel der Himmel mit der Erde. Auf dem Invalidenplatz sind reisiggekrönte Tribünen errichtet. Ferdinand wird aus dem Wagen gehoben. Nun sitzt er zwischen den beiden Frauen an der Brüstung einer Loge und sieht die graugrüne Riesenfläche vor sich. Ganz fern stehen die unbewegten Mauern der Bataillone. Kanonenschüsse hämmern ihm gegen das Herz. Da aber, viel furchtbarer noch als die Kanonenschüsse, zerreißt der Schreckensruf einer einsamen Trompete die qualvolle Erwartung: Generalmarsch. Jetzt dringt eine Gruppe von Reitern ein wenig ins Feld vor und versteint sogleich. Alle tragen den grünen Federbusch. Einige Pferdelängen vor der Gruppe aber ist ein Schimmel mit seinem glänzenden Reiter zum Denkmal erstarrt. Wer ist es? Ein Erzherzog, der Kaiser selbst, ein Bote Gottes? Wer es auch immer sei, vor dieser Erscheinung muß alles Irdische hinschmelzen. Tante Karolin stößt einen kleinen Schrei aus und Mama weint. Erschütternd dröhnt die Musik und die Defilierung beginnt. Die rasselnden Blitze der Kavallerie schmerzen und blenden allzu sehr. Ferdinand schließt die Augen und wartet auf Papa. Einsam taucht auf seinem Braunen der Oberst auf. Ihm folgen nur Hornist und Stabsfeldwebel. Die entwickelten Linien des Regiments bleiben weit dahinter. Papas goldener Tschako leuchtet auf. Und jetzt senkt er vor der göttlichen Erscheinung auf dem Schimmel langsam den Säbel. Es ist ein Gruß voll heldenhafter Schönheit und Würde. Auf dem unendlichen Platz scheint der Oberst mit dem erhabenen Reiter allein zu sein. Die Begegnung der Götter, von denen der eine Papa ist, durchschauert das Kind...

Viertes Kapitel

Ein Bild und seine Kränkung

Von Mama besitzt Ferdinand R. eine Photographie. Er besitzt sie aber erst seit vorigem Jahr. Eine merkwürdige Sache! Eines Tages nach erledigter Reisedienstpflicht fand er im Lloydbureau von Alexandrien einen eingeschriebenen, stempelübersäten Brief vor, der ihn in der halben Welt gesucht hatte. Ehe er das beiliegende Bild ansah, las er das Schreiben, das nicht nur in gebrochenem Deutsch, sondern auch in einer merkwürdigen Rechtschreibung abgefaßt war:

Buenos Aires, 17. 2. 1927.

Sehr werter Herr Doktor!

Nach Verstorbenheit von meinem seligen Herrn Onkel, dem hierseitigen Besitzer und gewesenen österreichisch-ungarischen Rittmeister Bogdan Veselovich, erlaube ich mir anbei in letzter Wunscherfüllung mitfolgendes Photo einzurekommandieren. Es ist Euer Wohlgeboren selige Frau Mama, gestorben hierselbst im Jugendalter des Jahres 1898. Mein Onkel hat Bild wie auch Andenken immer treu bewahrt. Hiemit seine Letztwilligkeit erfüllend, bitte ich meinen schlechten Gebrauch deutscher Sprache zu entschuldigen.

Hochachtungsvoll

Milan Veselovich, Ingenieur.

Ich richte diesen Brief an Polizeidirektion von Euer Wohlgeboren Heimatstadt.

Erst in seinem Hotelzimmer versenkte sich Ferdinand in die Betrachtung des Bildes. Es stammte aus dem Atelier von Juan

Hereros zu Buenos Aires und war nach damaliger Sitte auf glänzendem Papier kopiert. Im Hintergrund der Aufnahme schattete eine kulissenhafte Landschaft, die an Neapel erinnerte. Mamas Figur war in ein Ballkleid der neunziger Jahre gezwängt, das, tiefausgeschnitten, die Schultern mit häßlich-steifen Ärmelandeutungen kränzte. Wespentaille, lange weiße Glacéhandschuhe, schwere Armbänder, ein Fächer an der Goldschnur zahlten ihrer Zeit weiteren Tribut. Wie merkwürdig, daß auch die Züge der vierundzwanzigjährigen, schönen Frau eigentlich alt anmuteten. Das auf dem Bilde festgehaltene Antlitz hatte mit den Jahren eine ganz sonderbare Altersverwandlung erlitten. War es nur der Anblick einer verschollenen Mode mit Puffärmeln und hohem Toupet, der diesen Eindruck hervorrief? War es ein geheimnisvolles Gesetz, nach welchem auch die Bilder des hinsterbenden Lebens nicht ganz unberührt vom Altern bleiben dürfen und auf ihre Weise an der Zerstörung teilnehmen müssen, von der die Person befallen wird, die sie darstellen? Was wissen wir überhaupt von der Beziehung zwischen Bild und Leben? Auch Bilder sind Wesenheiten. Die photographische Linse zieht von einem Menschen oder einer Erscheinung eine unendlich dünne Haut ab, und diese wird dann zum Bilde entwickelt. Auch unsere Augenlinse handelt nicht anders, und die Erinnerungsbilder, die wir in unserem Innern entwickeln, sind keine leeren »Vorstellungen«, sondern unerforschbar feine Körperlichkeiten voll Eigenlebens. Nach einer tiefen Gedankenahnung dieses unbekannten Verhältnisses kam Ferdinand zu dem Entschluß, in der vorliegenden Photographie seine Mutter nur in beschränktem Maße anzuerkennen. Das Bild, das er von Mama in sich selber trug, war zuverlässiger und richtiger. Wenn er darüber nachdachte, konnte er es freilich weniger Bild nennen als sinnliche Vergegenwärtigung. Mama war für ihn dergestalt vorhanden, wie für einen Blinden die Menschen vorhanden sind: als Stimme, als Geruch, als Bewegung. Ganz im Gegensatz zu Papa und Barbara, die eine durchaus optische Wirklichkeit besaßen, schien sich Mama vor ihrem Kinde ins Unbestimmte zurückziehen zu wollen. Selbst das Bild sah ihm nicht in die Augen und verschleierte sich. War diese Handlungsweise der Toten die Folge einer erlittenen Kränkung? Gewiß! Ferdinand, der Fünfjährige, hatte in dem Zwist seiner Eltern Stellung für Papa genommen, was nicht allein der bewunderten Persönlichkeit des Obersten zuzuschreiben ist, sondern auch dem Einflusse Barbaras. Größere Gegensätze als Mama und Barbara lassen sich auch schwer denken. Mama war keineswegs gläubig. Gott machte ihr wenig Sorgen, wenn sie sich auch der Repräsentation in dieser Hinsicht nicht entzog. Sie liebte das Leben, die Menschen, sich selbst, vor allem aber Geselligkeit. In Erwartung von Gästen durch die weitaufgetan-erleuchtete Zimmerflucht zu wandeln, Blumen in Vasen zu verteilen, Decken zu glätten, alles ein letztes Mal ins rechte Licht zu rücken – dies waren ihre Freuden. An solchen Abenden mußte Vojta Livree anlegen, und auch Barbara wurde gezwungen, eine vornehme Kammerfrau zu spielen und die weiße Krause ins Haar zu stecken. Erregung herrschte im Hause, und es war klar, daß zum Ärger Ferdinands sich niemand mit ihm beschäftigen konnte. Außer den übrigbleibenden Näschereien bildete es einen gewissen Trost, daß nicht nur er, sondern auch Papa der Leidtragende derartiger Veranstaltungen war. Er wurde daran gehindert, den Flügel zu öffnen, damit die gerahmten Bilder und Ziergegenstände auf diesem Möbelstück nicht in Unordnung gerieten.

Ferdinand hatte sein Zimmer neben dem Schlafgemach der Eltern. Am Morgen, der solchen geselligen Veranstaltungen folgte, konnte er hören, daß sich Papa in vorsichtiger Weise milde beklagte. Mama aber schien auf den leisesten Vorwurf hin sogleich in Zorn zu geraten. Sie komme aus einer Welt der Lebensfreude, aus aristokratischen Kreisen, alle ihre Verwandten seien »schönheitssüchtige« Menschen. Papa aber wäre hoffnungslos »ärarisch« und, was nicht minder verwerflich sein mußte, ein »k. u. k. Grübler«. Ferdinand, der die Worte nicht, nur ihren Ton begreifen konnte, gab unbedenklich seinem Vater recht. In Mamas eifernder Stimme lag ein Mißklang, der sie verurteilte. Als diese Stimme einmal dem Gatten vorwarf, daß er mit fünfzig Jahren die Weltanschauung einer Zwanzigjährigen nicht verstehen könne, da erfüllte die Feststellung der unabänderlich hohen Lebensjahre Papas das Kind mit tiefer Bangigkeit.

Auch zu dem Rittmeister, zu Onkel Bogdan, unterhielt Ferdinand eine eigenartige Beziehung. Vor sich selber mußte er zugeben, daß der Dragoner eine schönere Uniform trug als sein Vater. Besonders, wenn er in Parade, im Helm und mit dem breiten Pallasch erschien, war diese Erkenntnis nicht abzuweisen. So reizend sich Onkel Bogdan auch zu dem Knaben benahm, so freigebig und zärtlich er ihn auch beschenkte, Ferdinand verzieh ihm nicht die glanzvollere Uniform. Dieser Uniform wegen war er für Papa eifersüchtig.

Zwei Umstände förderten die Eifersucht. Der erste, undeutliche, lag in dem Ärger, den Ferdinand empfand, wenn Mama Barbara und ihn zu ungewohnter Stunde aussandte, um Besorgungen zu machen. Diese wenig erwünschten Ausgänge hatte er Onkel Bogdan zu verdanken, denn immer erfolgten solche Aufträge, wenn der Rittmeister zu Besuch bei Mama weilte. Der andere Umstand hing mit den Pferden zusammen. Einmal hatte Onkel Bogdan von Papa die Erlaubnis erwirkt, dem Knaben die Stallungen seiner Eskadron zeigen zu dürfen. Das Herz Ferdinands blutete. Wahrlich, dieser herrliche Palast der Pferde, diese edlen, elektrisch schwingenden Renner ließen sich mit den armseligen Krampen der Infanteriekaserne nicht vergleichen. Hatte Onkel Bogdan ihn nur mitgenommen, um den Vater und das ihm Angehörende herabzusetzen?

Als sie wieder zu Hause angelangt waren, kam es zu folgendem Gespräch zwischen dem Rittmeister, Mama und Ferdinand.

»Nun, Bubi«, Mama wiegte sich im Schaukelstuhl, »großartig, was, diese Dragoner?«

Bogdan suchte zu vermitteln:

»Übertreiben Sie bitte nicht, liebe Olga! Die Königin der Waffen ist und bleibt die Infanterie. Sie allein wird den künftigen Ernstfall entscheiden.«

Mama sah den Rittmeister lange an, während sie das Schaukeln unterbrach:

»Dieses ganze moderne Heerwesen, worüber ich immerwährend wissenschaftliche Belehrungen empfange, geht mir auf die Nerven... Euch hab ich gern! Ihr seid der letzte Überrest des Rittertums. Ich könnte Sie mir ganz gut in Rüstung vorstellen, Bogdan... auf einem weißen Zelter...«

Sie brach in ein übermäßiges und fast höhnisches Lachen aus. Ferdinand aber, der sein ganzes Denken zusammengenommen hatte, um die Feinde Papas wirksam zu bekämpfen, stellte sich trotzig hin und kündete:

»Die Dragoner tragen doch nur Karabiner...«

Einmal, als Mama den Rittmeister vergeblich zu erwarten schien, kam es zu einer Szene, die Ferdinand mit Unmut erfüllte. Es war ein später Winternachmittag und es dämmerte schon. Vojta hatte vom Obersten den Befehl bekommen, sich in der Kaserne zu melden. So saß denn der Knabe in der Küche allein bei Barbara. Da stieß Mama, die unruhig die Zimmer durchmessen hatte, die Tür auf und gab Barbara den Auftrag, ihr aus der Apotheke eine nervenbesänftigende Arznei zu bringen. Auch Ferdinand lief in den Flur, sein Mäntelchen zu holen. Es war ja selbstverständlich, daß er, wenn Barbara ausging, mitgenommen würde. Mama schickte ihn doch selbst immer mit. Diesmal aber fragte sie mit gespanntem Ton:

»Was willst du mit deinem Mantel, Bubi?«

Ferdinand zögerte. Barbara stand schon an der Wohnungstür. Mama aber bekam eine ganz böse Stimme:

»Was fällt dir ein? Du bleibst hier!«

Ferdinand konnte diese Entscheidung und den strengen Ton, in dem sie abgegeben wurde, nicht begreifen. Ihn erfaßte ein wehes Gefühl, Barbara allein fortgehen zu lassen, als könnte sie ihm auf diese Weise geraubt werden. Mit eiligen Bewegungen versuchte er in seinen kleinen Mantel zu schlüpfen. Während dieser trotzigen Anstrengung wiederholte er mit aufbegehrenden Klagelauten:

»Ich will mit Babi gehn... mit Babi...« Ein unsanfter Ruck Mamas entriß ihm das Kleidungsstück. Ungeduldig rief sie der Kinderfrau zu: »So gehn Sie doch schon endlich!« Die Tür fiel ins Schloß. Das verzweifelte Kind warf sich schreiend, weinend gegen sie. Mama sah eine Weile still zu, dann ergriff sie mit empörten Händen ihren Sohn und schleppte den Heulenden ins Herrenzimmer. Doch diese Gewalttat steigerte Ferdinands Zorn und Schmerz aufs äußerste. Er konnte sich vor Entrüstung nicht fassen. Seine ganze Kraft ergoß er in gehässiges Brüllen. Es verschleierte ihm alles, auch Mama. Endlich, als er sich ein wenig beruhigt hatte, sah er sie wieder, die ihn aus großen Augen anstarrte. Sie saß jetzt auf Papas Klavierstuhl:

»Hast du mich denn gar nicht lieb, Bubi? . . .«

Die Frage Mamas gestand eine Schwäche ein. Dies erweichte Ferdinand ganz und gar nicht. Im Gegenteil. Boshaft stampfte er auf:

»Ich will mit Babi gehn!«

Mama wandte ihren Blick nicht ab:

»Hast du denn die Babi lieber als mich?«

»Ich will Babi . . .«

Nun aber füllten sich Mamas Augen mit wütenden Tränen:

»Du gehörst in die Küche! Ihr alle hier gehört in die Küche! Ich schenke dich ihr . . .«

Fünftes Kapitel

Die Erweckerin des Feuers

Barbara! Ein letztes, fernstes Bild an der Eingangspforte des Lebens. Winter, Morgengrauen. Ein stumpfes Nebellicht schlägt ans Fenster. Ferdinand erwacht in seinem Gitterbett, das ihm hoch und undurchdringlich erscheint wie ein hoffnungsloser Kerker. Er friert, denn die Decke hat sich verschoben. Aber zu klein ist er noch, um sich selber zu helfen. Von Unbehagen gepeinigt, blinzelt er ins Zimmer, das sich riesig und kahl ausdehnt, eine unabsehbare Landschaft ohne Erbarmen. Von den Fenstern her, aus den Ecken und Gegenständen dringt etwas Gefährliches, Feindseliges auf ihn ein. Ein ungestaltes Wesen ist es, aus zittrigem Rauch, aus hinfälligem Licht sich wölkend, das schleppende Kreise ums Bett zieht. Ferdinand faßt den Entschluß loszuplärren, wie er es immer angesichts einer Widrigkeit tut. Aber obgleich seine kleinen Glieder vor schmerzhaftem Frost zusammengeklammt sind, er kann es nicht. Wie gerne möchte er jetzt seinen Körper mit jenem herrlichen Geschrei anfüllen, das die Haut bis unter die Haare von kühner Wärme erglühn läßt. Vergebliche Sehnsucht! Er durchleidet zum erstenmal den Zustand des gelähmten Lebens und des zuschauenden Geistes. Urplötzlich gewahrt er im Zimmernebel ein Männchen – es ist nicht nur ein Männchen, aber wie soll man es denn anders nennen? Dieses fremdartige Wintermorgenwesen, das selbst einem Kinde nicht groß erscheint, möchte offenbar zu ihm vordringen. Glücklicherweise aber sind ihm Hindernisse in den Weg gelegt, der Stuhl vor allem, von dem die Strümpfe herabhängen. Ferdinand liegt starr. Er versteht nichts. Doch die vollkommen fertige Seele, die in allen Kindern schlummert, weiß, daß dieses Morgenmännchen, dieses gottverbotene Ding ein schwerer Vorwurf ist für Unarten (Nichtessenwollen zum Beispiel), die er einmal begangen hat. Der Zwerg arbeitet sich kummervoll ab, zu ihm zu gelangen, diese eingeschrumpfte Anklage einer ungewissen Schuld. Der Winterdampf in dem unendlichen Zimmer wird immer dichter, er beißt und kratzt im Halse, er ist atemwürgende Krankheit. Ferdinand aber vermag nicht einmal zu husten. Wo sind Papa und Mama, um ihn zu retten? So weit sind sie, oh so unerreichlich weit, sie denken nicht an ihr Kind.

Da öffnet sich die Tür, und Barbara tritt ein. Sie bemerkt sofort Ferdinands Bedrängnis, zieht ihm die Decke bis zum Hals, beugt sich tief über sein Gesicht und trocknet ihm die Stirn. Dann geht sie zum Ofen, kniet nieder, raschelt mit zerknülltem Papier, ordnet die Späne und streicht ein Zündholz an. Langsam zuckt das Feuer auf, schüttelt sich und beginnt sein Futter zu kauen. Die Frau legt im gemächlichen Takt größere Scheite und dann Kohlenstücke nach. Die Flammen im Vollbewußtsein ihres Wohlstands mäßigen ihre Gier. Zugleich aber, wie alles Lebendige, werfen sie ihre Bilder umher. Flammenbilder spielen an der Wand und tanzen freundlich satte Tänze auf der polierten Fläche des Kastens. Längst schon sind Nebel und Männchen dahin. Barbara aber erhebt sich, Erweckerin und Hüterin des Feuers. Sie hat Ferdinands Leben beschützt, sie hat Kälte, Krankheit und Tod abgewehrt, sie hat den Tag gebracht. Jetzt geht sie hinaus, um sein Frühstück zu bereiten. Er ahnt es und überläßt sich mit dem wohligen Sicherheitsgefühl eines Geretteten dem Schlaf.

Ehe aber Barbara das Feuer des Lebens zu erwecken kam, war sie auch in dieser frostverdorrten Winterfrühe um sechs Uhr schon bei der ersten Messe in der nächstgelegenen Kirche gewesen. Der amtierende Pfarrer hätte sich sehr gewundert, unter den spärlichen Andächtigen ihr Antlitz nicht zu sehn. War sie bigott, eine Betschwester, ein Kerzenweib? Man täte ihr sehr Unrecht, wollte man diese Frage bejahen. Sie ging zur Kirche, weil sie's von Jugend auf so gewöhnt war. Wie es Städter gibt, die das Bedürfnis haben, alltäglich eine Viertelstunde lang unter den Bäumen einer Anlage spazierenzugehn, so besuchte Barbara die Kirche als eine heilig-entrückte Landschaft und erquickende Stätte, die mitten im alltäglichen Leben liegt. Dies aber war nicht das Wesentliche ihres Glaubens, der sie erfüllte und von dem sie nichts wußte. Der Schiffsarzt hat folgende Formel gefunden: Barbaras Seele ruhte ahnungslos in der Religion, wie ein Tier des Waldes, ein Vogel der Luft ahnungslos in seinem Element lebt. Wie diese Wesen in einer den Menschen unfaßbaren Weise naturnah sind, so war Barbara gottnahe. Die Nähe aber zeigte sich in keinerlei heiligem Gehaben, nicht in frommen Anrufungen und Gebeten, oder gar in einer leidenschaftlichen Kirchlichkeit, sie zeigte sich in einer tiefen und gleichmäßigen Ruhe, die Barbaras Lebenszustand war. Sie entfloß einem seligen Aufgehobenheitsgefühl, dem seinerseits wieder Barbaras Arbeitsfreude, ihre Anhänglichkeit und Liebe entfloß.

In seiner frühesten Kindheit griff das Licht dieser Ruhe auf Ferdinand über. Auch er lernte, ehe er glauben, denken und zweifeln konnte, Gott erfühlen. Und Gott war nichts anderes als ein unendliches Aufgehobenheitsgefühl. Gott war der Schlaf, auf dem man dahingleitet, das warme Bett, in dem einem keine böse Macht etwas anhaben kann, selbst das Wintermännchen, der Krankheitszwerg nicht, der sich aus dem eindringenden Nebel heranarbeitet, Gott war das treuliche Feuer allüberall, und in Barbaras Macht lag es, dieses Feuer zu entzünden.

Als die Kinderfrau in den Dienst des Obersten trat, war das Kind eben abgestillt worden. Sie selbst hatte damals das fünfundvierzigste Jahr schon überschritten. Merkwürdigerweise hat sich in Ferdinands Gedächtnis nicht das Bild der späteren Greisin festgesetzt, sondern das der fünfzigjährigen Frau. Eine mittlere, aufrechte Gestalt, meist schwarz gekleidet! Dunkelgraues, dünnes Haar, in der Mitte gescheitelt! Augen, aus denen sehr selten Unwille und niemals Zorn und Verneinung sprach, Augen, die von der unbewegten Flamme einer stetigen Zuneigung erfüllt waren! Diese Zuneigung, diese Stetigkeit, dieses Erhelltsein, was bedeuteten sie anderes als ein Antlitz im Gnadenstand?

Barbara besaß ein paar armselige, plumpe Schmuckstücke, die sie gerne trug. Darunter gefiel Ferdinand eine schwarze Brosche am besten, die in ihrer Mitte eine winzige Passionsszene in Elfenbeinschnitzerei trug. Die Betrachtung des wirr bewegten Bildchens, dessen Bedeutung er nicht fassen konnte, war eine seiner kindlichen Lieblingsbeschäftigungen. Und dann der leise Duft von edlem Weichselholz! Oft, wenn der Schiffsarzt einschlafen will, zieht eine flüchtige Ahnung dieses Geruches vorüber.

In Südböhmen geboren, aus einem kleinen Bauernhof stammend, war Barbara schon mit fünfzehn Jahren in die Stadt gekommen. Nachdem sie in drei Häusern als Magd gedient hatte, heiratete sie einen großgewachsenen Mann – sein Bild hing immer in ihrer Kammer –, der bald zum Ersten Diener im Hofstaat eines Grundherrn emporrückte. Nach einigen Jahren, während welcher auch sie an der Seite ihres Gatten in etlichen Schlössern bedienstet war, überließ der Herr dem Paare einen schönen Vertrauensposten. Sie wurden zu Verwaltern eines Jagdhauses in einem weiten Revier bestellt. Während die Dienerschaft in hochherrschaftlichen Stellungen sich zumeist eines lakaienhaften Hochmuts befleißigt, blieben die beiden von diesem Laster frei. Nur die stille Hantierung und vornehme Unauffälligkeit, die von den Bevorzugten der Welt anbefohlen wird, ging ihnen in Fleisch und Blut über. Die natürliche Demut in Barbaras Wesen konnte durch keinerlei Auszeichnung und Huldbeweis gebrochen werden. Als ihr Mann starb, verließ sie den fürstlichen Posten und kehrte in die Sadt zurück, um wieder ein gewöhnlicher Dienstbote zu sein.

Die Frau Oberst brauchte eine Kinderfrau. Im Vorzimmer eines Stellenvermittlungsbureaus faßte sie sogleich zu Barbara Vertrauen. Da die Gage eines Stabsoffiziers keine hinreichende Bedienung ermöglicht, machte Mama die Kinderfrau darauf aufmerksam, daß sie auch die Küche werde besorgen müssen. Barbara willigte ein.

Dies ist ihre ganze Vorgeschichte, soweit sie Ferdinand bekannt ist.

Sechstes Kapitel

Der achtzehnte August

Der Geburtstag Ferdinands fällt auf den achtzehnten August. Allen österreichischen Generationen von 1848 bis zum großen Umsturz war's ein wohlbekanntes Datum, ein hoher Staatsfeiertag, denn er bedeutete das Geburtsfest des alten Kaisers, der aus legendarischer Zeit unerschüttert in die Gegenwart hereinragte. Dieser Tag hatte seinen besonderen, freudigen Geruch. Allenthalben wurden Feste gefeiert, Gottesdienste gehalten, Triumphpforten errichtet, Blumen- und Koriandolischlachten geschlagen, Illuminationen vorgenommen, Feuerwerke abgebrannt. Das Kind hatte sich einen prächtigen Geburtstag ausgesucht und empfand die allgemeine Festlichkeit als einen Teil seiner eigenen Feier.

Zugleich aber bezogen im Monat August die einzelnen Truppenteile und -gattungen die Übungslager, wo zuerst korpsweise feldmäßige Ausrückungen und Kampfhandlungen stattfanden, um sich dann, nach Zusammenschluß größerer Verbände, zu den bedeutungsreichen Herbstmanövern zu steigern. Am Tage nun, da Ferdinand fünf Jahre alt wurde, lag das Regiment seines Vaters in einer durch ihre Heilquellen bekannten Gegend des Landes. Es fanden die sogenannten Korpsmanöver statt. Das heißt, die beiden Divisionen, die das Armeekorps der Hauptstadt bildeten, lagen in angenommener Fehde und markierten einen blutigen Feldzug. Dem Oberst war in diesem Krieg eine Feldherrnrolle zugefallen. Er befehligte eine der beiden Brigaden, aus denen sich jene Armee zusammensetzte, die von der andern durch ein weißes Band auf der Kappe jedes Soldaten unterschieden war. Papa und sein Brigadestab hatten in einem weitgedehnten Marktflecken Quartier bezogen. In der gleichen Ortschaft aber befand sich auch der Stab des Korpskommandanten, der die Manöver leitete. Feldzeugmeister Baron Röthel war ein liebenswürdiger alter Herr mit lila lächelnden Backen, der sich weit eher durch seine Lebenslust und sein Genußverständnis einen Namen gemacht hatte als durch eine hervorragende strategische Eignung. Er führte einen recht bunten Stab mit sich, der bei allen ernsthaften Offizieren, wie der Oberst einer war, eine mißbilligende Verwunderung erregte. Natürlich fehlte keine der vorgeschriebenen Chargen; aber was hatte die (wenn auch reizende) Kollektion von Damen im Reitkleid und Zylinder an der Front zu suchen? Wie die Dinge lagen, konnte sich der General vielleicht den Wünschen einiger extravaganten Gräfinnen, die ein Manöver in der Nähe miterleben wollten, nicht sperren; daß aber auch der Operettenstern Magda von Seilern im Feldherrnstab paradierte und der Komiker Siegfried Löwe vor der glanzvollen Herrenrunde allabendlich gepfefferte Jargonwitze zum besten ab – das war, wenn man sich vorsichtig ausdrücken will, unangemessen. Die ernstgesinnten Herren gesetzteren Alters schüttelten den Kopf. Sie dachten an die Kriegsgefahr, die von den Zeitungen alle halben Jahre an die Wand gemalt wurde. Der Balkan, hieß es dort, sei ein »Pulverfaß«, dem nur der Funke fehle, und der »russische Bär« schiele gierig nach Konstantinopel. Die Parlamente der beiden Reichshälften bewilligten keine Militärkredite, und die höhere Führung zeigte sich, wie dieses Beispiel bewies, ausnehmend sorglos... Die jungen Herren hingegen und die Reserveoffiziere waren entzückt, daß man auf kotig-holprigen Landstraßen dann und wann einem eleganten Frauenflor begegnen durfte.

Den Eingeweihten galt es als selbstverständlich, daß zum Vergnügungschef, Hofmarschall und Zeremonienmeister des lebensfrohen Korpsstabs niemand anderer erlesen worden war als Onkel Bogdan. Schon in der Garnison galt der »fidele Veselovich« als erklärter Liebling des Feldzeugmeisters. Kein Wunder also, daß ihm die Stabsadjutantur während der Übungszeit übertragen wurde. Es wäre ungerecht zu behaupten, daß der Oberst in diesen Tagen mehr Plage und Arbeit hatte als der Rittmeister. Die Aufgabe Papas war schwierig, aber mannesschlicht, während Onkel Bogdan meist nicht wußte, wo ihm der Kopf stand, so diplomatisch verschlungen und listenreich war die Tätigkeit, die er entfalten mußte. Mama war sich durchaus im klaren darüber, daß Bogdan und nicht der Oberst das schwere, wenn auch reizvollere Amt versah. Sie hatte mit Ferdinand und Barbara die Sommerfrische in einem kleinen Bad bezogen, das nur eine schwache Wagenstunde von dem Markt entfernt lag, wo sich die Stabsquartiere befanden. Es verging auch kaum ein Tag, an dem sie diese Wagenfahrt nicht unternahm. Manchmal, wenn gerade eine Übung stattfand, bekam sie ihren Gatten gar nicht zu Gesicht. Aber der General und seine Umgebung empfingen sie freudig und huldigten ihrer Schönheit.

Der achtzehnte August war selbstverständlich Fest- und Rasttag. Im Tagesbefehle wurde den Truppen ein ausführliches Programm verlesen: Am Morgen Kirchgang, Hochamt, Predigt des Divisionsgeistlichen, nachher feierliche Ansprache der Herren Regimentskommandanten in den Truppenquartieren. Mittags: aufgebesserte Menage mit doppelter Ration für Unteroffizier, Mann und Pferd. Speisentafel: Linsensuppe mit Wurst, Schweinsbraten mit Kraut und Knödeln, sodann Zwetschkenkolatschen. Danach freier Ausgang bis elf Uhr abends. Nachmittag: ab vier Uhr Platzmusik der Regimentskapelle Nr. 73. Reihenfolge der Nummern. Erstens: Märsche. Zweitens: Dorfschwalben aus Österreich, Walzer von J. Strauß. Drittens: Ouvertüre zur Oper »Die diebische Elster« von G. Rossini. Viertens: Phantasie aus der Oper »Die verkaufte Braut« von F. Smetana. Fünftens: Der Traum eines Reservisten, großes militärisch-musikalisches Lebensbild. Sechstens: Die Volkshymne. Bei Anbruch der Dunkelheit: »Kolossales Brillantfeuerwerk (abgebrannt von Mannschaften der Batterie I des Korpsartillerieregimentes Nr. 8) und Abendkonzert mit freiem Programm.« Soweit die Festlichkeiten, die man der Mannschaft und Ortsbevölkerung zugedacht hatte.

Für die Feiertagsbedürfnisse der Herren Offiziere war nicht minder liebevoll vorgesorgt. Jede einzelne Messe veranstaltete ein üppiges Festmahl, der große Stab aber ein Bankett, dessen Menü mindestens acht Gänge umfaßte. Zum dritten Gang schon war Champagner von edler Marke vorgesehen.

Der Streit wegen dieses Banketts war die erste Wolke, die den Unglückstag verdüstern sollte. Der Oberst und Mama waren natürlich eingeladen. Da Papa während der Manöver die Rolle eines Brigadechefs spielte, gehörte er formal nicht zu den Regimente, dessen Befehlshaber er war. Es lag für ihn also keine Notwendigkeit vor, der Offiziersmesse seines Regimentes an diesem Tage zu präsidieren. Zu Mamas allergrößtem Verdruß aber hatte er sich beim Feldzeugmeister entschuldigt und die Nichtannahme der Einladung damit begründet, daß er bei Gelegenheit des kaiserlichen Geburtsfestes seinen engeren Kameraden nicht untreu werden wolle. Ferdinand war freudig bewegt, denn Papa hatte ihm versprochen, daß er an dem feierlichen Mahl der Regimentsoffiziere werde teilnehmen dürfen. Mama aber weinte, tobte, bekam schwere Zustände, drohte, daß sie zurückfahren werde, besann sich wieder anders und schwor, sie wolle nötigenfalls auch ohne Papa beim Generalsbankett erscheinen. Es währte volle zwei Stunden, ehe der Oberst seine Gattin durch die geduldigste Erschöpfung zwingender Gründe von diesem skandalösen Vorhaben abbringen konnte, dessen Verwirklichung ihn als Ehemann unmöglich gemacht hätte.

Der Friede, der geschlossen wurde, war nur ganz oberflächlicher Natur. Mama erschien zwar beim Essen der Regimentskameraden, aber sie ließ lange auf sich warten. Dem Oberst, der mit Ferdinand schon eine halbe Stunde müßig unter den Offizieren saß, war dies sehr peinlich. Dieses Festmahl bedeutete eine männliche, eine soldatische Sache. Er empfand die Anwesenheit einer Frau bei solchem Anlaß und in diesem Kreise überhaupt als ungehörig. Nun aber war der Höchstkommandierende selbst für derartige Neueinführungen verantwortlich, da an seiner Tafel nicht eine, sondern sieben Damen saßen. Was sollte er tun? Ein Feiertag! Olga war ins Lager gekommen. Er konnte sie nicht allein zum Exzellenzbankett gehen lassen, aber auch an einen Katzentisch setzen konnte er sie nicht. Welch ein Affront, daß sie nicht pünktlich kam ...

Sie erschien in einen Schleier von unnahbarer Überheblichkeit gehüllt. Bei Tisch saß sie zwischen dem Oberstleutnant und dem ältesten Major. Sie brachte die erstaunliche Leistung zustande, während des Mahles fast kein Wort zu sprechen. Ihre Nachbarn gerieten immer mehr in Verlegenheit, der jähzornige Major wurde plötzlich dunkelrot und wandte sich brüsk ab. Papa versuchte anfangs die Situation zu retten und ließ ein paar flügellahme Scherze los. Man lachte kaum pflichtgemäß. Da verdüsterte er sich und blickte nicht mehr von seinem Teller auf. Die Peinlichkeit wurde noch dadurch vermehrt, daß der Oberst im Gegensatz zur gültigen Gepflogenheit vergaß oder es unterließ, das Kaiserhoch auszubringen. Die Herren tuschelten untereinander und erwogen, ob man dem Chef in zarter Weise dies sein Versäumnis zur Kenntnis bringen solle. Der Regimentsarzt Doktor Lederer aber, der in seelischen Fragen eine gewichtige Stimme besaß, winkte mit einer matt-beredten Handbewegung ab: Wozu?

Das betretene Schweigen breitete sich aus wie vergossenes Wasser auf einem Tischtuch. Selbst das sonst so heitere »Haus der Gemeinen«, wie von alters her das untere Tafelende hieß, wagte kein lautes Wort. Dort saß auch Ferdinand, von Fähnrich und Reserveleutnant betreut. Der Knabe fühlte genau den Zwist seiner Eltern und die unerträgliche Auswirkung dieses Zwistes. Aber er machte sich nichts wissend und verbarg seine Verstörtheit, indem er die Geburtstagsgeschenke immer wieder hervorholte und seinen Nachbarn zeigte. Diese Gaben bestanden in einem Buch mit Abziehbildern, in einem Steinbaukasten und einem recht großen, dem Leben genau nachgebildeten Dragoner zu Pferde. Daß dieses Geschenk von Onkel Bogdan stammte, muß nicht erst erwähnt werden.

Die Ordonnanzen hatten den schwarzen Kaffee noch nicht gereicht, als sich Mama unvermittelt erhob. Auch der Oberst schnellte fast gleichzeitig auf. Einen Augenblick lang schloß er die Augen und zeigte die Zähne. Dann aber erschuf er in seinen Zügen ein breites Lächeln und rief mit besonders markiger Stimme: »Mahlzeit, meine Herren!« Auf diese Weise gelang es ihm, dem unerhörten Vorstoß seiner Gattin, die hier nicht Hausfrau war, zu begegnen. Er entschuldigte sich für eine Weile bei der Versammlung und folgte Mama, die den Saal ohne Rücksicht auf die geringste Höflichkeit verließ, in den Vorraum.

Die Offiziersmenage war in dem großen Schulhause des Marktes untergebracht. Ferdinand, der mit seinen Eltern gegangen war, sah auf dem Gange die Abbildungen verschiedener Vogel- und Insektenarten. Papa hatte seine Ruhe wiedergewonnen. Nur die Hand, in der er die Zigarette hielt, zitterte ein wenig. Aber diese Hand mit der Zigarette zitterte fast immer. Er fragte in sehr gleichgültigem Ton:

»Was hast du für den Nachmittag vor?«

Mama gab die trotzigen und gewählten Antworten einer Angeklagten:

»Ich fühle mich zwar durchaus zu keiner Rechenschaft verpflichtet. Aber bitte sehr ... Ich bin zu einer Partie auf den Kleebühl verabredet. Übrigens weißt du es ja selbst. Wir fahren um vier Uhr ...«

»Wer, wir?«

»Auch diese Frage ist überflüssig, denn du kannst dir die Antwort selber geben: Exzellenz, die andern Damen und so weiter ...«

»Es wäre mir lieber, wir könnten die Nachmittagsstunden gemeinsam verbringen.«

Mama nahm den Rückzug in diesen Worten wahr. Sie schaltete deshalb einen vorwurfsvollen Klang ein:

»Lieber Freund, deine Haltung ist nicht danach, daß ich Lust auf eine derartige Idylle hätte.«

Der Oberst ließ eine unsichere Pause eintreten. Wie jeder ehrliche Mann war er durch Antastung seines Schuldgefühles leicht aus dem Gleichgewicht zu bringen. Seine Stimme sehnte sich jetzt nach Ruhe:

»Und wann gedenkst du heimzukehren?«

Mama brachte zum Ausdruck, daß an ihrem Entschluß kein Mensch etwas Unerwartetes zu finden habe:

»Ich bleibe heute abend hier.«

Papa gewann sofort seine gleichgültige Kälte wieder:

»Eine zweite Verabredung wohl?«

»Gewiß! Aber nur en petit comité. Die Gräfinnen Schlick und einige Herren vom Stab...«

»En petit comité? Sehr schön.«

»Es ist unangenehm genug, daß du nicht mit mir erscheinst. Aber du schließt dich ja selber aus. Immer die alte Geschichte. Du stößt die Menschen vor den Kopf, die dir wohlmeinen. Auf diese Art werden wir nie einen halbwegs möglichen Verkehr haben.«

Der Oberst ließ dieses bekannte Lied ohne Wimperzucken über sich ergehen, ehe er antwortete:

»Ich habe im Gegensatz zu den Herrschaften eine andere Auffassung meiner Pflichten. Für morgen ist eine entscheidende Übung angesetzt.«

Mama deutete durch eine Miene an, daß sie dieser entscheidenden Übung nichts in den Weg zu legen gedenke. Der Oberst seinerseits schien sich mit dem petit comité abgefunden zu haben. Er fragte in der überlegend-abgehackten Art älterer Offiziere:

»Und wo wirst du nächtigen?«

Mit herausfordernder Seelenruhe erklärte Mama:

»Veselovich hat für das Kind, Barbara und mich zwei Zimmer im Hotel reservieren lassen. Es soll gar nicht so unmöglich sein, dieses sogenannte Hotel.«

Mamas Vermutung war nicht ungerechtfertigt. Da in der Nähe dieses Ortes einige Fabriken und große Güter lagen, besaß er einen überraschend geräumigen Gasthof. In diesem Hotel war auch der größte Teil des Korpsstabes untergebracht, während Papa und seine Kanzlei sich mit einem größeren Bauernhaus zufriedengeben mußten.

Aus der Offiziersmesse drang jetzt ein sattes, zuvorkommendes Gewieher, wie es auf eine Zote zu folgen pflegt, die ein »Höherer« herablassend-ordinär zum besten gibt. Der Oberst blickte, gestört, die Tür an. Dann wandte er sich mit einem unbegründeten Lächeln an seine Frau, als verberge er höflicherweise arge Kopfschmerzen:

»Ich glaube, wir haben nun alles besprochen und können Abschied nehmen?«

Mama fragte jetzt etwas kleinlaut:

»Werde ich dich morgen wiedersehen?«

Der Oberst nahm den Ausdruck schwierigen Erwägens an:

»Morgen? Wie? Nein, ich glaube nicht.«

Ferdinand, dem das Gespräch seiner Eltern zu lang geworden war, saß auf den Stufen und hielt seinen Dragoner auf den Knien. Etwas aber zwang ihn jetzt, aufzustehen und genau die Mitte zwischen Vater und Mutter zu suchen. Unschlüssig und mahnend sah er beide an. Mama wartete noch eine Weile, dann sagte sie weicher und ängstlicher als sonst:

»Vielleicht findet sich doch eine Gelegenheit morgen, daß ich dich sehen kann... Die Übung wird ja nicht bis in die Nacht dauern...«

Papa schien dieses schuldbewußte Entgegenkommen zu überhören. Geistesabwesend stand er da, während neuerliches Gewieher aus dem Speisesaal drang. Da sagte Mama spitz:

»Komm, Bubi!«

Ferdinand machte einen gehorsamen Schritt. Der Oberst aber stieß einen merkwürdig keuchenden Ruf aus und war mit einem Sprung bei dem Kinde. Er riß es an sich heran und preßte ihm wütend die Hände. Mama stand unentschlossen am Kopf der Treppe. Ferdinand, dem des Vaters umklammernder Griff einen wütenden Schmerz zufügte, beherrschte sich tapfer und gab keinen Laut von sich.

Siebentes Kapitel

Die Trauer des Mannes

Am Nachmittag ging der Oberst mit seinem Sohn durch die Felder spazieren. Die dicke Windstille des späten August lauschte über der weiten Ebene. Lang schon war die Ernte eingeholt. Nur auf ein paar Äckern standen noch einige Schwarmlinien von Strohmandln, wo sie ein beliebtes Ziel für die kriegübende Infanterie bildeten. Es war sehr warm. Die Erde kräuselte einen körnigen Wohlgeruch empor, wie ein fertiges Gericht auf der Herdplatte. Papa ging langsam voraus. Das Kind, das um diese Zeit meist ziemlich müde war, sog mit schweren Sinnen die tausendfältigen Bilder des Tages in sich: Kohlweißlinge, Hummeln, Kornblumen, Wegraden, Bildstöcke, Vogelhochzeiten, Laubbewegung, Wassergräben... Der Oberst zog im Vorübergehen dann und wann ein paar Halme aus den Garben und zerrieb zwischen kundigen Handflächen die Ähren. Er machte Ferdinand auf die verschiedenen Arten des Getreides aufmerksam:

»Was ist das? Hafer! Und das da? Korn! Dies Gerste!«

Wie gehörte doch Papa zu diesen Feldern! Er kam ja auch von »ganz unten«. Sein Vater hatte es mit vieler Mühe zum kleinen Verwalter gebracht. Dank einer gutsherrlichen Gepflogenheit wurde der Sohn des Verwalters zum Offizier ausgebildet. Die Voreltern aber waren gewiß bis zum Beginn zurück als Leibeigene im Lande gesessen. Vielleicht war eine tiefe Erinnerung an die Vorfahren der Grund, warum jetzt der Oberst, der dem Tage zu Ehren Paraderock und Tschako trug, seine Schritte zu der armseligen Chatte lenkte, wo er auf einem Streifzug ein verwahrlostes Häuslerpaar entdeckt hatte. Derartige Absonderlichkeiten ihres Gatten mißbilligte Mama aufs schärfste.

Die Autoren pflegen die Ehe als einen Kampf der Geschlechter darzustellen. Ist sie nicht weit öfter ein Klassenkampf? Mamas Familie gehörte zum »Beamtenadel«. Dieser ehrgeizigen

Kaste waren die meisten Erfolgswege versperrt. Von unten wurde sie gehaßt, von oben nicht geachtet. Dazu kam, daß sie ihre Armut nicht eingestehen durfte und immerfort gezwungen war, aus nichts etwas zu machen. Dieser Zwang ist stets der Ursprung von Krankheiten des Selbstgefühls. Die Krankheit jener Kaste war ein inzüchtig-säuerlicher Dünkel. Leider kann Mama von solchem Dünkel nicht ganz freigesprochen werden. Im Klassenkampf ihrer Ehe hatte er sich als gut verwundende Waffe noch geschärft. Papa besaß keinen Ehrgeiz. Wenn er an die Niedrigkeit seiner Jugend dachte, so kam ihm alles Erreichte unverdient-großartig vor. Daß er sich so gerne beschied und das ruhelose Emporstreben des Bürgers nicht besaß, dies gerade reizte Mama. Aber man soll ihr nicht Unrecht tun. Der Dünkel und Ehrgeiz füllte sie nicht aus wie ihre Schwester Karolin. Sie hat später den Mut zu einem eigenen Schicksal bewiesen, etwas, das ihrer Kaste am auffälligsten fehlte.

Der Oberst nahm Ferdinand an der Hand und führte ihn in die Hütte. Ekelhafter Geruch schlug ihnen entgegen. Eine Stube, schwarz wie ein Ofenloch. Abgezehrtes Licht kroch durch eine Scharte. Den Eintritt hat Ferdinand nicht vergessen. Auch in Papas Stimme lag Ekel.

»Nun, wie geht's, Onkelchen?«

Etwas Körperähnliches bewegte sich auf einer Bettstatt. Ein winziges Gespenstergesicht und ein verfilzt heller Riesenbart schwankten. Ferdinand sah, daß dieser Körper nicht auf einem Laken lag, sondern auf hochangehäuftem stinkigem Laub.

»Warum laßt ihr ihn so liegen, warum macht ihr ihm kein anständiges Bett«, rief Papa ins Dunkel. Eine Hexe fuhr jählings aus dem Nichts. Drahtiges Weißhaar wehte. Eine schartige Stimme durchschnitt die widerwärtig körperliche Luft:

»Euer Gnaden, Herr Kommissär! Das ist das Beste für ihn. Ich kenne mich aus.«

Papa wich zur Tür zurück:

»Macht ihm ein anständiges Bett, sag' ich euch!«

Die Alte verteidigte sich:

»Blätter sind das Allerbeste, Euer Gnaden, Herr Kommissär!

Erde ist das Allerbeste, ich kenne mich aus. Er hat's ja in den Hoden. Sie müßten das sehen...«

Der Oberst ließ irgendwo zwei Silbermünzen liegen und zog Ferdinand schnell wieder ans Licht. Wie gut paßte doch der spukhafte Augenblick in der Keusche zu diesem schicksalsschweren achtzehnten August. Jetzt führte Papa Ferdinand an der Hand. Sie gingen durch eine Pappelallee. Der Sohn spürte die unermeßlich traurigen Gedanken seines Vaters. Und der Vater wiederum spürte, daß dieses kleine Kind ihn verstand. Er gab darum seinen Gedanken Worte und sprach zu dem Knaben, von dem er wußte, daß er diese Worte selbst nicht würde auffassen können. Wäre Ferdinand zwei Jahre älter gewesen, hätte sich der Oberst geschämt, und die Geständnisse wären nicht über seine Lippen gekommen. Nun aber sprach er gerade darum, weil Ferdinand noch ein so kleines Kind war. Er sprach, wie man jemandem einen versiegelten Brief mit dem Auftrag hinterläßt: Öffne ihn nach zehn Jahren! Er tat seine Worte wie Münzen in die Sparbüchse dieser kindhaften Leere. Wer weiß, vielleicht werden sie dereinst zu finden sein, wenn man die Sparbüchse schüttelt. Er sprach ferner wie ein Mann, der die günstige Gelegenheit zu wichtigen Eröffnungen wahrnehmen muß, weil sie vielleicht nicht wiederkehrt:

»Du bist noch ein kleiner Junge!« sagte er mit leisen, schnell verwischten Worten, die keinen Wert auf Verständnis legten, »aber immerhin fünf Jahre alt und im nächsten September schulpflichtig. Wir werden uns bald schon darüber schlüssig werden müssen, was aus dir werden soll. Ich bin sehr im Zweifel, ob ich dich zur militärischen Laufbahn verdammen darf. Bei mir ist das etwas anderes. Ich bin gewissermaßen nichts als Soldat. Wenn ich an meine Herkunft, an meine Armut denke, so habe ich schließlich das Höchste erreicht, was mir offen stand. Ich werde, wenn ich bis dahin noch lebe, als Generalmajor in den Ruhestand gehen und meine Pension in Graz oder in einer anderen Kleinstadt in müßige Bequemlichkeit umsetzen. Aus dir aber, mein Kind, wird niemals ein wirklicher Soldat werden. Dafür hab' ich schon mein Gefühl. Du bist ein sehr nervöser Junge, du bist weich und verletzlich, bald wirst du rot, bald blaß. Das ist nicht das Richtige. Wenn ich an meine Laufbahn zurückdenke, so war sie eine Kette ausgesuchter Erniedrigungen, ein dauernder Martertod meines Stolzes. Weißt du, was es bedeutet, niemals Herr über seine Entscheidungen zu sein, niemals frei, immer nur ein ausführendes Organ, über das irgendwelche Vorgesetzte verfügen, die nicht im mindesten pflichtbewußter und wissender sind. Nun, ich habe mich abgefunden, jetzt bin ich selbst ein hoher Vorgesetzter und kann sogar gestehen, daß ich noch immer ein bissel Freude am Spiel hab. Was hätte ich denn vom Leben anderes verlangen dürfen, ich, der Sohn des Verwalters, der Enkel eines Häuslers. Ja, in einer ähnlichen Höhle, wie du sie vorhin gesehen hast, ist mein Großvater verendet. Sterben wäre ein viel zu vornehmes Wort dafür. Ich hab' seinen Tod noch in mir, du nicht mehr, oder weit weniger, du mein Kind mit deinen Augen... Ich halte dein Handerl, und deine Wärme kommt zu mir. Aber was wird aus dir werden? Es ist vielleicht sehr dumm von mir, daß ich mir über diese Frage Gedanken mache. Was geht mich die Welt nach meinem Tod an? Nichts werde ich von deinem Schicksal erleben. Denn du bist fünf Jahre alt und ich dreiundfünfzig. Was hat man davon, wenn man in meinem Alter Kinder bekommt? Vor zehn Jahren wäre alles noch anders gewesen. Ich alter Mensch hab' eine Zwanzigjährige geheiratet. Ja, ja, deine Mutter ist noch sehr jung. All das macht mir große Sorgen. Die Gage ist ja nicht schlecht. Achthundert Gulden alles in allem im Monat. Man müßte Ersparnisse machen können. Aber die Mama versteht es nicht, mit Geld richtig umzugehen. Ich sehe es ein, daß sie mit ihrer schönen Figur lieber bei der ersten Schneiderin der Stadt arbeiten läßt als bei den dunklen Quellen der anderen Offiziersdamen. Sie gleicht diesen knochigen Weibern Gott sei Dank in keiner Beziehung. Aber Gott weiß, wo all das Geld hinkommt. Nicht einen Kreuzer haben wir uns zurückgelegt. Wenn ich von Gott etwas für dich erbitten möchte, so wär's, daß er dir das Schuldgefühl erspart, das mich deiner Mama gegenüber schwach macht. Siehst du, das ist wieder diese verdammte Last der Vergangenheit. Fronlinge waren wir und zitterten, wenn wir dem Herrn das Zehnt nicht abliefern konnten. Nein, nicht einmal in dieser reichen Gegend hier. Unsere Familie lebt weiter im Westen, im Gebirgsland, fast an der Grenze. Leibeigene waren wir. Die Familie der Mama hat immer zu den Herren gehört. Sie behauptet es wenigstens. Wie soll man sich da befreien? Die Möglichkeit, wieder leibeigen zu werden, steckt tief in unsereinem...«

Die Nachmittagshitze hatte ihren Höhepunkt erreicht. Das Licht war zu stechend feinem Staub geworden, der in alle Poren drang. Nichts rührte sich auf der schnurgeraden Straße. Kein Wesen begegnete den Spaziergängern, nicht einmal ein Schmetterling. Ferdinand scharrte mit schleppenden Füßen dahin. Papas Worte hörte er gar nicht mehr:

»Schlecht ist es um den österreichischen Offizier bestellt. Woanders, in Deutschland, in Frankreich, gilt der Offizier als Blüte der Nation. Wir haben keine Nation, wir gehören nirgends hin, wir sind die armen Waisenkinder des Staates, die blassen Kellerpflanzen der Kadettenschulen und Militärakademien. Siehst du, Kind, das hat auch mit dem peinlichen Verlegenheitsgefühl zu tun, mit der Angst, uneingeladen an den gedeckten Tisch zu treten. Ich weiß nicht, was ich darum gäbe, wenn dir das erspart bliebe. Die Mama hat übrigens eine feine Witterung für solche Dinge. Vielleicht steht sie wirklich höher?! Ach, sie steht schon höher, weil sie jung und...«

Der Oberst, der all diese Dinge nicht mehr ausgesprochen, sondern nur gedacht hatte, nahm den schweren Tschako ab. Die runde Narbe glühte. Scharf stieß er hervor:

»Wenn etwas daran ist... Die Sache wird sich nicht halten...«

Dann ging er stumm weiter. Erst nach einer Weile schloß er seinen Monolog laut und verzweifelt ab:

»Wenn ich heute sterbe, stehst du ohne Heller da. Und was dann?«

Jetzt erst schien er sich der wirklichen Gegenwart des Kindes zu erinnern:

»Kannst du noch weiter, Bubi?«

Da Ferdinand nichts sagte, hob ihn Papa auf und trug ihn ein Stück Weges.

Der Himmel des Sommertages brannte immer dunkler.

»Kaiserwetter«, sagte der Oberst und machte einen weiten Schritt, als träte er aus einem schwarzen Tor ins Licht. Die ersten Häuser der Ortschaft kamen ihnen entgegen. Vom Hauptplatz her ertönten die »Dorfschwalben aus Österreich«.

Achtes Kapitel

Jähes Erwachen

Das Ende des Nachmittages nahm für Ferdinand einen erfreulichen Verlauf. Man hatte ihn Barbara überlassen. Gemeinsam mit ihr stand er nun unerbittlich die letzten Nummern der Platzmusik aus. Ohne mehr an den Spaziergang mit seinem Vater zu denken, schlug er ebenso wie andere Knaben den Takt. Später saßen die beiden in der kleinen Ortskonditorei, um Gefrorenes zu essen, was ihnen Mama erlaubt hatte. Auch der Besuch des Volksfestes war ihnen nicht gerade verboten worden. Die sehr sparsame Barbara – Vojta hielt sie sogar für ausgesprochen geizig – spendierte heute ihrem Liebling zwei Fahrten auf dem Ringelspiel und ein paar Lose für den Glückshafen. Sie betrachteten mit großem Eifer alle Spiele und Vergnügungen, die der Menge dargeboten wurden: Das Baumklettern, die Hammerprobe, Preisschießen, Kuchenwettessen, ein Kasperltheater und zuletzt das Raritätenkabinett. Der Tag war mit Erlebnissen bis zum Rand gefüllt. Als es dunkel wurde, setzte das »kolossale Brillantfeuerwerk« ein. Barbara, die wußte, daß Ferdinand längst ins Bett gehöre, konnte sich, trotz ihrer Gewissensbisse, von dem erregenden Geknatter und dem buntzerstäubenden Flammenanblick nicht trennen.

Sie kamen erst um neun Uhr ins Hotel. Mama war nicht da. Das ganze Haus schien ausgestorben zu sein. Die Veranstaltung en petit comité fand außerhalb des Ortes auf einem kleinen Jagdschloß statt. Auch die Bedienung war ausgeflogen. Barbara konnte erst nach langem Suchen jemanden ausfindig machen, der ihr den Schlüssel übergab. Zwei mäßige Räume, miteinander verbunden, standen Mama und den beiden zur Verfügung. Ferdinand schlief mit Barbara. Die Zimmer waren noch nicht für die Nacht hergerichtet. Barbara machte sogleich das Bett des Kindes, darein es todmüde sank. Dann eilte sie hinab, um für Ferdinand Milch und Eier zu bestellen. Als sie zurückkam, war er schon längst eingeschlafen.

Dies aber sollte sein Erwachen sein.

Zuerst war es ihm, als ob sehr viele Menschen mit nachwehenden Mänteln durch den Raum seines Schlafes liefen. Einige davon fuhren ihm unerbittlich mit Kerzenflammen übers Gesicht. Dann hörte er ein Gepolter von fallenden Gegenständen. Jetzt aber bohrte sich ein Schrei in seinen Schlaf und schnitt ihn entzwei. ›Die Eltern‹, wußte er sogleich. Er wurde heftig gerüttelt. Barbara hatte ihn aus dem Bett gerissen. Sein Kopf taumelte gegen die Schulter der Kinderfrau, die noch ihr weißes Nachtjäckchen trug. Was war geschehen? Warum ließ man ihn nicht schlafen! Tiefe Nacht lag noch in den Fenstern. »Jesusmaria!« Barbara flüsterte das unaufhörlich, wie von Sinnen. Weiterschlafen, weinte die Müdigkeit in dem Knaben. Er drängte, zum Schlaf entschlossen, sein Gesicht an ihre Brust. Sie aber versuchte, ihn mit fliegenden Händen anzukleiden. Es gelang nicht schnell genug. Er hatte nur einen Strumpf an, als sie ihn hochriß und ins Nebenzimmer trug.

Ferdinand sah Mama. Sie lag in ihrer ausgeschnittenen und streng geschnürten Balltoilette auf dem Bett. Die Füße in den sehr spitz zulaufenden Lackschuhen hingen über den Rand, als hätte sie eine plötzliche Übelkeit gezwungen, sich aufs Bett zu werfen. Auch die umsichtig errichtete Frisur war bis auf eine losgelöste Haarsträhne noch vollkommen in Ordnung. Mama schien zu schwanken, ob sie in eine lange Ohnmacht fallen oder in einen schrecklichen Weinkrampf ausbrechen solle. Sie entschloß sich zu etwas Drittem und wiederholte mit schriller, haßverzerrter Stimme unablässig zwei Sätze: »Du machst dich ja lächerlich...« und »Das schaut dir ganz ähnlich!«

An jener Stelle des Zimmers, die am weitesten von Mama entfernt war, stand Onkel Bogdan. Ferdinand hätte ihn fast nicht erkannt, denn der Rittmeister trug Zivil, einen Smoking. Es wirkte unangenehm, daß ihm die schwarze Binde aufgegangen war und in zwei langen Enden schlaff hinabhing. Den merkwürdigsten Anblick bot aber Papa. Er trug Felduniform. Die Kappe mit dem Band der weißen Partei war ein wenig nach hinten gerutscht. An den Gürtelriemen war vorne der Feldstecher geschnallt und seitlich die offene Pistolentasche. Um den Leib schlang sich die gelbe Feldbinde, von der die großen gelben Quasten abwärtsbaumelten. Reitstiefel, Handschuhe, ein Stöckchen vervollständigten das Bild der Dienstausrüstung. Auf der Straße unten hörte man schon militärisch-gespenstigen Frühlärm: Pferdegetrappel, Signale, Gleichschritt, Kommandorufe. Auch schreckte Laternenlicht über die Wände des kerzendunklen Zimmers und gab blitzhaft warnende Zeichen, die niemand verstand. Das Kind starrte auf diese zuckenden Laternenflecken. Sie nahmen es mehr gefangen als das fremdartige Gehaben der Erwachsenen.

Mama ließ nicht ab, ihre sinnlosen Sätze in den Raum zu schnellen, als hätte sie es darauf angelegt, den Skandal bis in die schlaferfülltesten Winkel der Herberge zu treiben. Papa hielt die Augen halbgeschlossen, wie er es in nachdenklichen Momenten immer tat. Von Zeit zu Zeit sagte er mit unterdrückter Stimme, mehr zu sich selbst als zu den andern:

»Aber jetzt, bitte, fort!«

Onkel Bogdan in seiner Ecke lächelte angelegentlich und begütigend, als wäre er voll davon überzeugt, daß dieses sonderbare, ein wenig komische Mißverständnis auf dem besten Wege sei, aufgeklärt zu werden. Er sandte eine diensteifrige Stimme zu Papa hin:

»Herr Oberst, ich schwöre dir gehorsamst, daß deine Annahme auf einem peinlichen Irrtum beruht.«

Papa hörte nicht, beachtete ihn nicht:

»Fort, bitte!«

Der Rittmeister lächelte daraufhin noch um einen Schatten nachsichtiger:

»Herr Oberst, ich muß dich in aller Freundschaft davor warnen, eine Banalität zu begehen...«

Veselovich war sich im Augenblick über dieses Wort »Banalität«, das ihm unerwartet über die Lippen gerutscht war, nicht ganz im klaren. Er verfolgte die Absicht, durch seinen leichten und eleganten Tonfall die Szene zu entladen. Jetzt aber erkannte er, daß von diesem Fremdwort ein beleidigender Sinn ausstrahle. Dies erfüllte ihn mit merklichem Mißbehagen, denn er gab sein bisheriges Verhalten auf, nahm plötzlich Stellung und schlug einen hohen Ton an:

»Herr Oberst, ich stehe dir selbstverständlich in jeder Weise gehorsamst zur Verfügung!«

Auch dieser pathetische Satz wurde nicht angenommen. Es war zum Verzweifeln. Blind, steinern ragte der Oberst an seinem Ort und ging nicht in die Falle einer Szene, die einen dagewesenen und abgespielten Verlauf gewährleistet hätte. Mama aber sprang jetzt unversehens vom Bette auf, warf die Arme hoch und stürzte sich auf das Kind. Ferdinand erschrak vor Mama bis ins Herz. Niemals war sie ihm fremder gewesen als jetzt, da die Leidenschaft ihrer allzu großen Bewegungen und Worte in ihm einen ungläubigen Widerstand hervorrief. Er stemmte sich gegen sie, um sich ihrer Umarmung zu entwinden. Ach, warum schrie Mama nur so böse?

»Du bist mein Kind! Du gehörst mir! Ich nehme dich mit! Was geht ihr ekelhaften Männer mich an!?«

Nun geschah es das erste und einzige Mal, daß Ferdinand seinen Vater schreien hörte. Ein gewaltiger brüllender Befehl drang aus der Brust des Obersten:

»Fort, Sie mit dem Kind! Augenblicklich mit dem Kind in mein Quartier!«

In Todesangst umklammerte der Knabe die Kindsfrau. Doch Mama, in der jetzt eine echte, rasende Kampfeswut erwachte, warf sich auf Barbara, um ihr den Knaben zu entreißen. Diese aber, aus deren Mund noch kein Ton gekommen war, fiel jetzt, selber aufschreiend, in die Knie. Denn sie sah des Obersten Armeepistole, deren Mündung sich auf den Kopf ihrer Herrin richtete. Der Rittmeister, immer noch an seine Ecke gekettet, machte mit beiden Händen wilde Zeichen. Da packte Barbara das Kind, hob es auf und rannte mit ihm aus dem Haus.

Neuntes Kapitel

Typhus

Es war eine Ehetragödie im Stil der neunziger Jahre.

(Wie schon gesagt, nicht nur die Bilder, auch die Schicksale werden im Wandel der Zeiten zum Kostüm. Wir betrachten eine Aufnahme aus den ersten Jahren der photographischen Kunst. Im Vordergrund einer Gartenlandschaft steht ein Herr, der seinen hohen Zylinder in der Hand hält und sich, den linken Fuß leicht über den rechten kreuzend, auf einen Stock stützt. Daß dieser Herr altmodisch wirkt, ist weiter nicht verwunderlich, aber warum sehen auch die Bäume so unnatürlich stilisiert aus, als wären sie von einem Vorgänger Corots gemalt? Verdient das Objektiv der Kamera nicht, objektiv genannt zu werden? Oder ist die Natur selbst dem Ablauf der Moden unterworfen, so daß auch die Bäume ihr Laubgewand alle dreißig Jahre auf eine andere Art raffen? Nicht zu leugnen ist es, daß die bittersten Schicksale und Nöte des Menschen nach einiger Zeit in uns einen veraltet stilisierten Eindruck hervorrufen. Sie scheinen den steifgewordenen Theaterstücken ihrer verrauschten Gegenwart entsprungen zu sein. Die überlieferten Worte und Handlungen der Toten gemahnen an den Text jener Komödien, der in stockfleckigen Soufflierbüchern aufbewahrt wird.)

Von den Personen der großen Szene in dem ländlichen Hotelzimmer war in Ferdinands Gedächtnis weder Papa in Feldmontur zurückgeblieben noch Mama oder Onkel Bogdan. Nur das schreckhafte Erwachen lebte weiter, die warnende Laternenschrift an der Wand und das Gefühl, durch einen langen Gang getragen zu werden, der zugleich ein Spalier höhnisch geöffneter Türen ist.

Des genaueren Folgenablaufs jener Nacht ist sich Ferdinand auch nicht völlig bewußt. So zum Beispiel weiß er nicht, ob zwischen Papa und Onkel Bogdan ein Zweikampf stattfand. Fest steht, daß er Mama zu Hause nicht wiedersah. Doch es befällt ihn noch oft das Andenken an die letzte Begegnung mit ihr. Sie fand in den städtischen Anlagen statt. Fest steht ferner, daß der Rittmeister sogleich den Dienst quittierte oder quittieren mußte, und daß er in der Weihnachtswoche desselbigen Jahres sich heimlich mit Mama in Genua einschiffte und mit ihr nach Argentinien floh.

Ferdinand aber erkrankte am Abend des Allerseelenfestes schwer. Es liegt keine Notwendigkeit vor, seine Erkrankung mit jenem schweren Erlebnis, so gefährlich es sich auch eingewühlt hatte, in Zusammenhang zu bringen. Typhusepidemien waren zu damaliger Zeit in der Hauptstadt an der Tagesordnung. Barbara hatte dem Knaben gerade das Abendessen gebracht. Es bestand aus zwei kernweich gekochten Eiern und einem Stück Butterbrot. Sie schlug die Schalen auf und schob Ferdinand den Becher hin. Er begann träge das dickflüssige Dotter zu löffeln. Kaum aber hatte er einige Bissen geschluckt, als ihn ein tiefer Ekel erfaßte. Keine Speise der Welt schien ihm jetzt widerwärtiger zu sein als kernweiche Eier.

»Das ist schlecht, es schmeckt mir nicht«, sagte er. Barbara roch zu dem Ei:

»Nein, es ist ein wunderbares Ei. Er muß es brav aufessen!«

Dagegen gab es keine Berufung. Ferdinand bezwang sich und würgte noch zwei Löffel hinunter. Dann aber starrte er Barbara an:

»Da heraus kommen die Hühner, was?«

»Ja, ja! Ess' Er nur brav weiter!«

»Aber die Hühner haben doch Blut...«

Er stand auf und mußte sich übergeben. Barbara brachte ihn zu Bett. Das Fieber stieg sogleich hoch hinan.

Kein Wunder, daß der Oberst, der ja in diesen Wochen um den Besitz seines Sohnes kämpfte, Tag und Nacht für Ferdinands Leben bangte und alles aufbot, um die Krankheit niederzukämpfen. Nicht nur erschien allabendlich der Regimentsarzt Doktor Lederer – dessen lustige Art anfangs eine erfreuliche Abwechslung bot –, es kamen einmal zwei finstere Herren mit ihm und umflüsterten das Kinderbett. Ferdinand schenkte ihnen nicht die geringste Beachtung; selbst für Papa hatte er nur eine geduldige Gleichgültigkeit übrig. Je weiter die Krankheit vorschritt, um so mehr verdrängte sie alle Gestalten aus seinem Bewußtsein, bis auf Barbara.

Er lernte erleben, daß die Wirklichkeit in mehreren Schichten und Zuständen an uns herankommt. Es gab für den Kranken zwei Hauptwirklichkeiten: die Gegenstände des Zimmers, der Wechsel der Tageszeiten, die Ärzte, Papa, Vojta, dies war die eine, entfernt, traumhaft wie ein dumpfer Lärm. Barbara aber hieß die andere, eigentliche Wirklichkeit, und nicht nur die Frau selbst, sondern alles, was mit ihr zusammenhing, was sie tat und redete. Selbst die dicke Gerstenschleimsuppe, die sie ihm immer zur gleichen Stunde brachte, gehörte zu dieser anderen Wirklichkeit. Manchmal, wenn es Abend wurde, zündete sie auf einem Aschenbecher kleine Räucherkerzen an, die man hierzulande Franziskerln nannte und die zu Winterbeginn auf den Straßen der Stadt feilgeboten wurden. Ferdinand sah ins blaue Kräuseln, roch den brenzligen Duft, und ein erhaben beruhigender Klang zog durch seinen Sinn. Oft saß Barbara stundenlang mit einer Arbeit an seinem Bett, und weil er es forderte, erzählte sie ihm immer wieder die gleichen Geschichten und Gedichte. Die Sonne brennt unerträglich aufs goldene Getreidefeld. Den ungezogenen Jungen schilt die Mutter: »Geh nur! Die Mittagsfee wird dich holen.« Und da taucht sie auf aus dem Gewoge des Roggens, mit Kornblumen bekränzt, überschüttet von losen Halmen. In der Hand trägt sie eine riesige rote Mohnblume. In trunkenen Kreisen schleicht sie näher und näher. Sie gleicht Barbara nicht ganz, aber ein wenig doch. – Dort am Bach steht eine große Weide, die Ferdinand genau sieht. Holzarbeiter kommen mit ihren silbernen Äxten, die Weide zu schlagen:

»Oh, fällt die Weide, fällt die Weide nicht!
Allnächtlich kommt ein Kind im Mondenscheine,
Das um die Mutter seine Ärmchen flicht...«

Die Weide ist eine Frau, die vom Winde hin- und herbewegt wird. Wiederum ein wenig Barbara und doch auch nicht.

»Hast du denn kein Kind?« fragt Ferdinand.

Er bekommt keine klare Antwort:

»Vielleicht hab' ich einmal so ein's gehabt wie du bist.«

Eines Tages aber gab die Kinderfrau den Betteleien Ferdinands nicht mehr nach. Sie hörte auf, ihm die alten Geschichten vorzusingen, als wären die Sagengestalten unfreundliche Mächte, die man nicht in ein Krankenzimmer lassen soll.

Dann kam der Abend, da Doktor Lederer, sich selber mißtrauend, die Herren des Konsiliums mitbrachte. Eine endlose Nacht nachher und wieder ein endloser Tag wie ein fader quälender Nachgeschmack. Nun aber entfernte sich auch die Wirklichkeit Barbaras von Ferdinand; auch ihr Gehen und Kommen wurde undeutlich schattenhaft. Eine dritte Wirklichkeit nahm ihn in Besitz, und ihr Inhalt war sein Körper, der sein ganzes Bewußtsein auszufüllen begann. Manchmal war dieser Körper eine große halbdunkle Höhle, in der Ferdinand ängstlich hockte, nur noch ein anderes Wesen neben sich, unsichtbar, aber laut, den Atem. Manchmal war dieser Körper eine weitgedehnte Landschaft. Zwischen Kopf und Füßen lagen mühsame Wegstrecken. Meist war der Knabe damit beschäftigt, sich in den neuen Verhältnissen seines Lebens zurechtzufinden. Nur einmal sah er auf. Sein Blick traf die Weckeruhr auf dem Tisch. Uhren zu lesen hatte er lang schon gelernt. Er versuchte den Zeigerstand zu enträtseln. Aber die Zeit spielte mit ihm Verstecken. Sie neckte ihn. Jetzt war es fünf Uhr und im nächsten Augenblick dreiviertel zwölf. Schnell gab er den anstrengenden Kampf mit der Zeit auf. Sogleich – dies war die wunderbare Folge – hatte er das Wohlgefühl, auf einer wasserähnlichen Fläche friedlich hinzuschweben, oder besser, das Fließende selbst zu sein. Ein namenloses Einverständnis mit seinem Zustand durchschwang ihn. Er bemerkte Barbara gar nicht mehr, die in diesem Augenblick eintrat.

Mißtrauisch betrachtete sie ihn, ergriff seine Hände, ließ sie wieder fallen, tastete ihm über die Brust. Dann stürzte sie aus dem Zimmer. Rauh erscholl ihre Stimme auf dem Gang: »Vojta!« Vojta aber, der jetzt vom Joch seiner Herrin befreit war, beehrte das Haus tagsüber selten mit seiner Anwesenheit. Barbara lief ins Zimmer zurück. Um ihren Kopf hatte sie unordentlich ein Tuch geschlungen. Vielleicht wollte sie Hilfe holen. Sie weinte nicht, aber keuchende, bedeutungslose Laute entrangen sich ihrem Mund. Mit Ferdinand war eine neue Veränderung vor sich gegangen. Er sah jetzt deutlich Barbaras verzweifeltes Huschen von der Tür zum Bett, vom Bett zur Tür. Eine beobachtende Verwunderung erwachte in ihm. Es war ihm, als liege er nicht nur gelähmt im Bette, sondern schwebe zugleich eine kleine Spanne hoch über seinem eigenen Daliegen. Kranke in diesem Zustand haben ein »verwackeltes« Bewußtsein. Barbara aber, die erkannte, daß sie das Kind jetzt nicht verlassen dürfe, um einen Arzt zu rufen, faßte sich plötzlich. Ein dunkler mächtiger Entschluß trat in ihre Züge. Sie kniete mit festgefalteten Händen mitten im Zimmer nieder, ohne Ferdinand zu beobachten, ohne Verzweiflung zu zeigen. Tief senkte sie den Kopf und verblieb regungslos in der anbrechenden Dämmerung, die das Schweigen des Raumes verzehnfachte. Die Gestalt der knienden Frau ballte sich zu einem schmalen schwarzen Berg zusammen, der aus der Zimmerlandschaft faltig emporwuchs. Das Kopftuch fiel ihr übers Gesicht. Ferdinands Haut begann auf einmal zu jucken. Er wimmerte leise auf. Barbara regte sich noch immer nicht. Das Jucken ging in ein Brennen über. Zugleich drückte und zog ihn etwas von allen Seiten ins Bett zurück. Jetzt fing er zu weinen an...

Barbara erhob sich, ging mit ruhigem Schritt zum Bett, schob das Hemd des Kindes zurück und legte ihre arbeitsharten Hände auf seine Stirn und Herzgrube. Ferdinand bäumte sich empor. Vielleicht war in ihren Händen der Strom des Gebetes so stark noch geschlossen, daß er wie ein elektrischer Schlag seinen Körper durchschütterte. Nach wenigen Minuten schlief er ein.

Zehntes Kapitel

Die Selbstmörderin im Kinderteich

Lange noch lag der Schatten dieser Krankheit auf Ferdinand. Er, bis dahin ein frisches wohlgerundetes Kind, war nun schwach und ohne Appetit. Auch in seinem Gefühlsleben hatte sich eine Wandlung vollzogen. Er neigte jetzt oft zu Anfällen grundloser Überreizung.

Mit seinen abgemagerten müden Beinen lief Ferdinand neben Barbara. Das Frühjahr war gekommen. Der Arzt hatte gewünscht, daß man viel spazierengehe. Das Stadtkind zog durch die Straßen und über die Kieswege der erwachenden Anlagen. Da taumelte vor ihm ein verfrühter Falter. »Schmetterling!« rief Ferdinand, und dieses Wort war wie eine geheimnisvolle Beschwörung, die ihn selber an den Ort bannte, während er dem bescheidenen Ding nachstarrte. Es gab gewisse Bäume, deren Anblick und Name ihn mit ähnlichen Verwirrungen erfüllte: Zitterpappel, Blutbuche. Es war aber nicht die Natur, die das Kind erbeben ließ. Der Typhus, das Fieber hatte die Mattscheibe seiner Empfängsniskraft gefährlich gelichtet. Ihm fehlte der Reizschutz gegen die Bilder, die mit scharfen Farben ihn durchdrangen.

Barbara, die diese Gefahren erkannte, wünschte, daß er auf den Spielplätzen mit anderen Knaben Freundschaft schließe. Sie selber führte ihn in die Gesellschaft robuster Jungen verschiedenen Alters ein, die auf dem großen Spielplatz des Stadtparks ihre Taten und Abenteuer bestanden. Ferdinand lernte all die Spiele, die eine Generation der andern weitergibt und die eine der kleineren menschlichen Unsterblichkeiten bilden: »Räuber und Soldaten«, »Nationale«, »Quadratelspringen« und das bezaubernde Glücksspiel mit den schönen Glasmurmeln, deren Gewinn und Besitz die ersten Schauer des Reichtums vermittelt. Leider versenkte sich Ferdinand in dieses Treiben mit solcher Leidenschaft, daß er meist schon nach einer Viertelstunde totenblaß aussah. Barbara erschrak und vermied es nach ein paar Tagen, mit ihrem Schützling diesen lauten Ort aufzusuchen.

Ganz bestimmte Musikstücke oder Klangarten konnten auf Ferdinand eine unerwartete Wirkung ausüben. Klavierspiel und geregelter Gesang ließen ihn im allgemeinen ziemlich gleichgültig. Einmal aber fand ihn Barbara von unkindlich stummem Schluchzen geschüttelt auf dem Diwan liegen. Das Fenster stand offen, und aus dem Hof gluckste der quälende Schmachtfetzen eines Leierkastens empor:

»Seit jener Zeit, wie liebt' ich dich mein Leben...«

Es gab Ereignisse, die Ferdinand, wenn er von ihnen vernahm, in tagelang währende Erregung versetzen konnten. In dem Park, der in der Nähe der Wohnung lag, gab es einen kleinen künstlichen Weiher. Seine Umgebung war der Lieblingsplatz aller Bonnen und Kindermägde. Über einen kulissenhaften Felsen stürzte sich der Wasserfall ins Bassin, das er speiste. Eine breite Strandwiese, mit Ketten abgezäunt, war für das Teichgeflügel freigehalten. Schöne metallfarbige Enten sonnten sich dort, ein hoffärtiges Storchenpaar stolzierte umher und ein prächtiger Reiher. Manchmal legten auch die großen Schwäne hier an und schleppten ihre schwerfälligen Schiffskörper einige Schritte weit ins Gras. Brezelweiber verkauften ihre Ware an die Kinder, die zu allen Tagesstunden das Geflügel fütterten. Um die Romantik des Ortes zu erhöhen, tauchten aus dem Weiher zwei kleine Inseln, die dicht verwachsen und mit niedrigen Trauerweiden bestanden waren. An einer dieser Inseln lag ein plumpes ungefüges Boot verankert, dessen aufgemorschter Boden Wasser durchließ. Der alte Nachen stand zur Traumhaftigkeit des kleinen Gestades in einem düster sachlichen Gegensatz. Ferdinand hatte schon einmal Barbara nach dem Zweck des Kahnes gefragt. »Sie haben ihn für den Fall eines Unglücks dort angebunden.« Dies erhielt er zur Antwort. »Sie«, das waren die Parkwächter mit ihren verdrießlichen Gesichtern und dunkelgrünen Uniformen, die allen Kindern von den Mägden als grimme Schreckbilder vorgehalten wurden.

Einmal nun hörte Ferdinand, wie eine andere Wärterin der Barbara erzählte, daß in der vergangenen Nacht eine Selbstmörderin, ein junges Mädchen, hier ins Wasser gesprungen und ertrunken sei. Die fremde Kinderfrau kritisierte daraufhin nicht die Tat der Unglücklichen als solche, sondern die verwerfliche Wahl dieses angenehmen Ortes, der zur Erholung des Publikums bestimmt und seinem Schutz empfohlen sei. Was ihren Abscheu aber besonders erregte, war der Umstand, daß man die Leiche der Selbstmörderin nicht gefunden habe und sie daher noch immer unter dem harmlosen Spiegel des Weihers liege. Sie wisse diese unerhörte Geschichte vom Oberwächter selbst. Erst in der kommenden Nacht werde man das Wasser ablassen und die Tote herausfischen.

Ferdinand grub seine Nägel in Barbaras Hand. Die braune Fläche bewegte unmerklich das morsche Boot. In der Tiefe aber – er war von der abgründigen Tiefe des Teiches überzeugt – lag sie, die arme, sträfliche Tote. Vielleicht kam die leise Bewegung des Spiegels, das Kräuseln, Blasenwerfern, Hinschauern, das schwache Gewiegtsein des Kahns von ihrem letzten Kampf dort unten. Und die Tote selbst? Mama! – Mama, von der ihm Barbara erzählt hatte, daß sie wochenlang in einem großen Schiff übers Meer gereist sei und jetzt aus unbegreiflichen Gründen ein paar Jahre in einem fremden Lande zubringen werde. Mama, die nicht mehr in festlicher Erregung durch die erleuchteten Zimmer schritt und die letzten Anordnungen zum Empfange der Gäste traf. Nun gab es keine Geselligkeit mehr im Hause des Obersten.

Knapp vor dem Ausbruch seiner Krankheit hatte Mama hier an diesem Teich, in dieser Platanenallee ihr Kind zum letztenmal umarmt. Es war ein Zusammentreffen voll Pein gewesen. Warum nur kam Mama tief verschleiert? Ferdinand empfand damals ein Unbehagen, als werde er durch die Begegnung zu einem Unrecht gezwungen, zu einer Fülle von Verheimlichung, die ihn Papa gegenüber belaste. Er war schon verständig genug, um von dem schweren Verbot zu wissen, das der Vater auf ein Wiedersehen zwischen ihm und Mama gelegt hatte. So tief fühlte sich der Oberst durch das Verhalten der entflohenen Frau verwundert, daß auch er zu unritterlichen Kampfmethoden griff. Dies aber war nicht alles. Mama sah hinter ihrem Schleier ganz anders aus als sonst. Während dieser Wochen hatte sich ihr Gesicht sehr verändert. Man kann's nicht anders sagen, eine fremde Dame neigte sich zu Ferdinand hinab. Welch böse Macht zwang ihn, in dieser Minute des ewigen Abschieds unaufmerksam dreinzuschauen? Als ihn Mama küßte, spürte er, wie ihn der duftende Schleier der fremden Dame kitzelte.

»Wirst du an mich denken, Bubi?«

Er sagte schnell »ja«, wie um eine umbequeme Frage eilig abzutun. Sie preßte und küßte ihn noch wilder:

»Ach, du hast mich ja jetzt schon vergessen!«

Er aber reckte den Hals, wandte sein Gesicht ein bißchen zur Seite und lugte zum Teich hin, dessen Wasser man nicht sah, weil der ganze rotblättrige Herbst darauf schwamm. Da ließ sie ihn stehen und lief, ihre Röcke raffend, davon. Die Bonnen und Mägde schauten ihr mit großer Neugier nach.

Und jetzt, jetzt lag sie dort unten. Der Kahn schwankte leicht. Schrecklich war die Bewegung des Kahns. Immer unwidersprechlicher fraß sich die Vision in den Geist des Knaben ein: Mama liegt dort unten im Parkteich.

Es war ein warmer Maitag. Diese Vision sollte sich bald als eine tiefe Ahnung entpuppen. Denn Ende Mai erkrankte Mama an Typhus und starb in der Nacht des fünften Juni im Hospital zu Buenos Aires. Die gleiche Krankheit, der ihr Sohn fast erlegen wäre, hatte sie im tropisch fremden Klima hingerafft. Auch hierin liegt vielleicht eine tiefere Verknüpfung, die man mehr als Zufall nennen kann.

Am Abend dieses Teich-Erlebnisses konnte Ferdinand nicht einschlafen. Sein Mund aber blieb selbst Barbara gegenüber verschlossen. Er erwähnte kein Wort von seiner Ahnung, kein Wort von Mama.

Auch der Oberst sprach seit Monaten kein Wort von ihr. Als er dann die Kabeldepesche erhielt, in der ihn Bogdan Veselovich vom Tode der Gattin verständigte, sperrte er das Blatt in seine geheimste Schublade. Es bedrückte ihn sehr, daß er es von Tag zu Tag verschob und endlich aufgab, dem Knaben die Todesnachricht kundzutun. Hätte Ferdinand nur ein einziges Mal eine Frage nach Mama gestellt, so wäre es dem Obersten möglich gewesen, die Trauerbotschaft in (freilich schwer zu findende) Worte zu bringen. Aber dieses merkwürdige Kind vermied derartige Fragen. Es war dabei mehr als ein Nichtfragen, es war ein feinfühliges und fast gekränktes Schweigen. Das Schweigen Ferdinands verschloß wiederum den Mund des Vaters, der als alter Soldat darüber staunte, daß durch die Scham eines Kindes seine eigene Scham so überhandnehmen konnte. Die Folge dieses gegenseitigen Schweigens, das eine so gewaltige Tatsache unterdrückte, war ein moralisches Mißgefühl, das sich nun immer dichter zwischen Vater und Sohn legte. Der Oberst, der nach Mamas Flucht glaubens war, das Herz Ferdinands gehöre ihm nun ganz allein, mußte erkennen, daß die Liebe des Kindes für ihn deutlicher gesprochen hatte, als es noch in den vielen Heimlichkeiten des elterlichen Zwistes für Papa Partei nehmen konnte. Nun aber schien die Tote eine rachsüchtige Wirksamkeit zu entfalten, bei der sie sich klüger verhielt als im Leben. Die Mahlzeiten an dem Tisch, der für die beiden nur zur Hälfte gedeckt war, gingen sehr still dahin, da Mamas geläufige Stimme fehlte. Und in dieser Stille fühlte Papa genau, wie fern ihm der kleine Junge dort gegenüber war. Er sagte sich zwar immer wieder: Ein sechsjähriger Bub. Man darf solche Sachen nicht tragisch nehmen. Dennoch aber legte sich der seelische Nebel der vereinsamten Mahlzeiten immer schwerer auf seine Stimmung. Einmal kam ihm der Gedanke, ob es nicht besser wäre, wenn er, wie als Junggeselle, wieder an der Offizierstafel erschiene. Entrüstet wies er aber diese Versuchung sogleich von sich. Er hatte mehr als die einfache Vaterpflicht gegen sein Kind zu üben. Aus diesem Bewußtsein beging er ganz bestimmt einen erzieherischen Fehler, indem er immer mehr um Ferdinand zu werben begann. Nun brachte er öfters Geschenke heim. Der Sohn zeigte bei Tisch wohl Freude über diese Gaben, aber der Vater konnte bemerken, daß er sich kaum einen Tag lang mit ihnen beschäftigte. Die gemeinsamen Kasernvisitierungen wurden wieder aufgenommen. Der Oberst versuchte mit Ferdinand lange ernsthafte Gespräche zu führen. Der Knabe blieb zurückhaltend und leicht zerstreut.

Mamas weiblicher Scharfblick hatte tiefer geschaut, als sie in Barbara die Schuld von Ferdinands Abwendung sah. Er ging vollkommen in der Magd auf, er schenkte ihr seine ganze Liebe. Aber auch Mama hatte die ungewöhnlichen Persönlichkeitskräfte der Kinderfrau nicht voll erkannt, mit denen sie Ferdinands Liebe empfing und erwiderte. Papa jedoch beachtete Barbara gar nicht.

Auch die Nachmittage, an denen der Oberst sich zum Klavier setzte und Ferdinand im Schaukelstuhl dem klapprig anfängerhaften Spiele lauschte, hatten eine neue Art angenommen. Sollte man dem öden Luftzug, der durch die unbelebten Räume strich, allein die Schuld geben? Wieso kam es aber, daß dem Vater jetzt sein schlechtes Geklimper immer öfter und immer blamabler ins Bewußtsein trat und er sich seiner törichten Leidenschaft vor dem Sohne zu schämen begann? Er erwog, daß nun bald die Zeit kommen werde, da er andre Stunden wählen mußte, dem süßen Laster der Musik zu frönen, Stunden etwa, in denen Ferdinand über seinen Schulaufgaben sitzen würde.

Einmal, als er wieder am Klavier saß, hörte er die Stimme des Knaben:

»Was spielst du denn da, Papa?«

Schuldbewußt hob der Oberst seine verbrauchten zigarettenrauchgebräunten Soldatenfinger von den Tasten. Er beeilte sich, zu vermelden:

»Das sind ›Lieder ohne Worte‹ von Felix Mendelssohn-Bartholdy.« Und erfreut über die musikalische Teilnahme seines Sohnes vervollständigte er die Belehrung:

»Ein wunderbarer Meister, Bubi! Nicht wahr, dir gefällt diese Musik auch?«

»O ja«, erklärte Ferdinand kühl und unbestimmt. Der Oberst wartete. Er war in diesem Moment tief durchdrungen von der Erwartung, das Kind werde jetzt nach dem Schicksal seiner

Mutter fragen. Starkes Herzklopfen überfiel ihn, als er es versuchte, sich innerlich eine zugleich trockene wie angemessene Antwort zurechtzulegen. Er lauschte mit großer Spannung einigen Minuten nach, die leer vorüberzogen. Vom Schaukelstuhl kam keine Frage weiter.

Wiederum ließ der Vater seine verrauchten und verbrauchten Soldatenfinger auf die Tasten sinken. Sie begannen langsam, aber dennoch atemlos einem »Venezianischen Gondellied« nachzulaufen. Die Baßhand schlug unbelebt und pedantisch die Sechsachtelfigur der Begleitung aus. Nun aber geschah etwas Unerwartetes. Dieselbe Baßhand, die eben noch so atemlos korrekt den Noten nachgelaufen war, blieb auf einer falschen Oktave liegen und fing unsinnig zu tremolieren an. Die Rechte aber führte mit geballter Faust einen Schlag gegen das Notenpult, so stark, daß die Lieder ohne Worte zur Erde fielen.

Es war ein unbeherrschter Ausbruch von Unmut, Nervosität oder Schmerzen. Das erstemal hatte es der Oberst vermocht, zumindest teilweise seinen Gemütszustand durch die Mittel der Musik auszudrücken. Erschrocken brach er das Tremolo auf dem falschen Ton ab. Er erhob sich ruhig, als wären Mißklang und Faustschlag auf dem Programm seiner musikalischen Übung gestanden. Langsam klappte er den Flügel zu: »Schluß für heute!«

Elftes Kapitel

Spiegel und Tod

Nicht nur Liebe war es, die Ferdinand und Barbara miteinander verband. Es hatte sich zwischen ihnen eine tiefe Einheit herausgebildet, eine Einheit, in der beide aufgingen. So widerspruchsvoll es klingt, diese Einheit wäre nicht so mächtig gewesen, wenn das Paar, gleichen Blutes, ineinander Mutter und Kind hätte lieben müssen. Daß sie sich nur durch Zufall gefunden hatten, daß die äußeren Mächte sie einst bestimmt auseinanderreißen würden, dies verlieh ihrem Bund eine angstvolle Zärtlichkeit.

Das erste Bild, das Ferdinand beim Erwachen sah, war Barbara. Barbara entkleidete ihn auch und zog den Vorhang des Schlafes über sein Bewußtsein. Vorher sprach sie gemeinsam mit ihm ein kurzes Kindergebet. Man darf nicht meinen, daß sie das Gemüt des Knaben immerzu mit religiösen Worten und Vorstellungen erfüllt hätte. Im Gegensatz zu andren älteren Frauen gebrauchte sie den Namen Gottes und der Heiligen auffallend selten. Dessen hatte es bei ihr nicht Not. Heute will es Ferdinand R. scheinen, daß jede ihrer Bewegungen, jede Handreichung, jeder Gruß, jedes Lächeln dieser unendlichen Inhalte voll gewesen sei, die nicht erst wörtlich beschworen werden mußten.

Der Schiffsarzt vertritt mit Vorliebe die Ansicht, daß die Menschen ein und desselben Zeitalters, des unsrigen zum Beispiel, durchaus nicht der gleichen geschichtlichen Epoche angehören müssen. Zwischen den Bewohnern eines Bauerngehöfts, mögen sie auch noch so gut mit dem Radio umgehen, und den Inhalten eines Literatencafés, mögen sie sich auch noch so sehr zur proletarischen Einfalt bekennen – klafft der Abgrund einiger Jahrzehntausende. Ferdinand, der, wie es sich zeigen wird, Bauernhöfe und Literatencafés kennengelernt hat, hält den Weg dieser Jahrzehntausende weiter für keinen Fortschritt. Er sieht nur in gewissen Menschen den Ausdruck verschiedener historischer Zeiten. Auf den Straßen gehen Gestalten aus der jüngeren Steinzeit einträchtig neben gezierten Figuren des achtzehnten Jahrhunderts. Man muß nur den Blick dafür haben, um diese Vielfalt zu entdecken. In Barbara könnte man eine Frau des zwölften oder dreizehnten Jahrhunderts erblicken. Für Ferdinand wenigstens ist sie auf Goldgrund gemalt.

Noch heute dünkt es ihn, daß selbst das Animalische seiner frühen Kindheit von Heiligung durchdrungen war. Er erinnert sich bestimmter, sehr wohlschmeckender Speisen, die ihm Barbara einst zubereitete. Wenn er den Geschmack dieser Speisen in sich hervorruft, beschleicht ihn ein zartes Ergriffensein, dessen Eigenart vielleicht am nächsten dem Worte »fromm« benachbart ist. Ja, er bewahrt in seinem Gedächtnis den Geruch und die Würze solcher Gerichte, wie man sich mit Rührung verschollener Landschaften erinnert, von denen man nicht weiß, ob man sie in Wirklichkeit, im Traum oder in einem anderen Leben gesehen hat.

Es kann nicht wundernehmen, daß Ferdinands Beziehung zu Papa in diesen Wochen immer schwächer und kühler wurde. Die Krankheit des Winters hatte seine Sinne geöffnet und seine Fühlenskraft gealtert. Niemals noch waren seine Tage reicher gewesen als während dieses Frühlings. Die Einheit zwischen ihm und Barbara aber konnte ein Dritter nicht durchbrechen. Auch beging Papa, nachdem sein Werben um Ferdinand mißlungen war, neuerdings einen Fehler dadurch, daß er jetzt ein strenges, forderndes Wesen annahm. Der Bub war nun bald sechs Jahre alt. Andere Kinder hatten schon vor Schulantritt die Anfangsgründe des Lesens und Schreibens inne. Ferdinand neigte offensichtlich zum Nichtstun, zur verträumten Trägheit. Man würde ihn sehr früh schon in geregelte »Beschäftigung« spannen müssen. Papa brachte als letztes Geschenk einen Malkasten und Vorlagen mit. Ferdinand erhielt den Auftrag, alltäglich eines dieser Muster abzupinseln. Hatte er bisher mit Leidenschaft farbige Absonderlichkeiten zu Papier gebracht, so erstickte Papas Forderung nun sogleich die Lust daran. Er versäumte die anbefohlene Beschäftigung und lernte nun die Angst des Arbeitsscheuen kennen, wenn Papa am Nachmittag in sein Zimmer trat. Wer weiß, wie sich das Verhältnis zwischen Vater und Sohn noch weiter verändert hätte, wäre nicht jenes verhängnisvolle Ereignis eingetreten, das Ferdinands Kindheit so frühzeitig zerstörte.

Der Juli neigte seinem Ende zu. Die Garnison rüstete sich schon, die Übungslager zu beziehen. Es fanden die letzten großen Ausrückungen in der hauptstädtischen Umgebung statt, während welcher sich die Kommandanten von der kriegerischen Tauglichkeit ihrer Truppenkörper überzeugen wollten, ehe sie die Bataillone »draußen« der pedantischen Nörgelei oder der hochnäsigen Süffisance alter Generale und junger Generalstäbler aussetzen mußten. Die Kasernen hatten ihre nervösen Tage. Standeslisten, Anforderungen, Verrechnungen, Schikanen häuften sich auf den Kanzleischreibtischen. Übernahme und Fassung verwirrte die Ruhe der Magazine. Reservisten rückten zur Waffenübung ein und brachten mit dem phlegmatischen Widerstand ihrer verbürgerten Körper die Kompagnieverhältnisse in Unordnung. Alljährlich um diese Zeit fand eine kleine Mobilisierung statt. Keiner wußte, wo ihm der Kopf stand. Die Chefs der einzelnen Regimenter durchlebten erregte Stunden, da sie sich für den Glanz ihrer Truppe verantwortlich fühlten und davor zitterten, daß im entscheidenden Augenblick etwas nicht klappen könnte. Auch die älteren Herren, die eigentlich nichts anderes zu fürchten hatten als eine unwesentlich verfrühte Pensionierung, dampften vor Angst und Ehrgeiz. Es gehört ja zum Wesen des militärischen Lebens, daß es die Empfindungen, die es dem Menschen beläßt, ohne Rücksicht auf Sinn und Vernunft automatisch auslöst. Vor der Manöverepisode des Jahres war eben Jung und Alt vorschriftsgemäß erregt. Dies gehörte sich so. Die Erregung hatte heuer sogar einen besonders feierlichen Anlaß, denn das Korps der Hauptstadt war dazu bestimmt worden, bei den diesfälligen Kaisermanövern in Mähren die Angriffsarmee zu bilden.

Auch die Nervosität des Obersten hatte einen ungewöhnlichen Grad erreicht. Ihm war die erwünschte Aufgabe zugefallen, die Kaisermanöver an der Spitze seines Regiments mitzukämpfen. Ein verzehrender Ehrgeiz erwachte in ihm – auch dies war eine epidemische Erscheinung –, Seiner Majestät, dem Kaiser, Bataillone ohnegleichen vorzuführen, Soldaten mit blitzenden Knöpfen, blank von der Kappe bis zu den Stiefeln, eine herrliche Schar, deren reglementarischer Glanz auch in der Hitze des Gefechtes nicht verlorengehen sollte. Ebenso wie alle andern Offiziere war auch dieser feiner empfindende Mann von dem allgemeinen Traume heimgesucht, gerade er und sein Regiment werde durch eine unvorhergesehene Fügung den Augen des Monarchen auffallen. Auch er hörte schon bei der »Kritik« einen freundlichen Ausruf der Allerhöchsten Person, ein Lobeswort, er sah sich ausgezeichnet und vom knirschenden Neid dunkel gebliebener Kameraden beglückwünscht. Der Oberst kümmerte sich um alles, vom festgerollten Soldatenmantel bis zum Brotsack, vom Gewehrverschluß bis zur Fahrküche, vom Stabsoffizier bis zu Kedvesch. Er arbeitete tief in die Nacht hinein in der Regimentskanzlei. Einige Tage lang bekam ihn Ferdinand überhaupt nicht zu Gesicht.

Für Donnerstag und Freitag waren die letzten Ausrückungen auf den »Weißen Berg« angesetzt; Donnerstag ein Gefechtsakt, die Erstürmung supponierter Artilleriestellungen bei der Kapelle, Freitag aber eine Parade sämtlicher Kompagnien, eine Generalprobe der Exerziertüchtigkeit und guten Haltung der eingerückten Jahrgänge. Das Unglück wollte es, daß bei den endlosen Übungen eine Hitze sondergleichen herrschte. An beiden Tagen blieb der Oberst stundenlang im Sattel, ohne aus der prallsten Sonnenglut zu weichen, womit er den Seinen das Beispiel einer tapferen Ausdauer geben wollte, die vor keiner Elementargewalt zurückweicht. Der Freitag wuchs sich zu einem Katastrophentag erster Ordnung aus. Er begann schon mit Verdruß. Zwei jüngere Offiziere nämlich trafen verspätet auf dem Exerzierfeld ein, und der Herr Oberst war infolgedessen gezwungen, sein eigenes Erscheinen zurückzuhalten, da durch diese Verwirrung die dienstgemäße Stufenleiter der Meldungen nicht zustande kam und volle zehn Minuten (nach militärischen Begriffen eine ungeheuerliche Zeit) vergehen mußten, ehe der älteste Bataillonskommandant auf den Chef zuritt, den Säbel senkte und ihm mit bebender Stimme die Zahl der ausgerückten Feuergewehre meldete. Nur wer Soldat gewesen ist, kann ermessen, welch eine niedergedrückte Stimmung von solchen Verstößen erzeugt wird. Ein ähnlich schmachbeladenes Gefühl entsteht in einem Orchester, wenn einige Takte »geschmissen« werden. Aber bei diesem anfänglichen Schmiß blieb es nicht, denn ein Anstand folgte auf den andern. Das Regiment erwies sich nach der immer wieder geäußerten Ansicht seines Führers als eine »Zivilistenhorde« und ein »Sauhaufen«. Das Maß war voll, als ein Einjährig-Freiwilliger dem Kommandanten eine unschickliche Antwort gab. Gegen seine sonstige Art geriet der Oberst außer sich und verdonnerte den Frevler, ohne ihn erst zum Regimentsrapport zu befehlen, auf der Stelle zu einer ausgedehnten Arreststrafe. Alles hatte sich verschworen, denn gerade während dieser unerquicklichen Episode meldete ein Adjutant die Ankunft des Herrn Divisionärs, der den Übungen beizuwohnen wünschte. Dieser unangesagte Überfall durch einen hohen Vorgesetzten war nicht darnach angetan, den Gemütszustand des Obersten aufzuhellen. Als dann die alte Exzellenz, eine magenkranke Verdrußgestalt, herumzumäkeln begann und, um ihre Kenntnisse ins rechte Licht zu rücken, dies und jenes ausstellte, platzte die Bombe. Gegen alle soldatische Sitte brach der Oberst die Übung ab und meldete dem General gehorsamst, daß er seine Leute den Gefahren des Hitzschlags nicht länger auszusetzen gedenke.

Abends, auf dem Heimweg von der Kaserne befielen ihn dann Gewissensbisse. Sie galten aber nicht, wie man leicht annehmen könnte, der scharfen Lehre, die er seinem Vorgesetzten erteilt hatte, sie galten einem Untergebenen. Er hatte nämlich erfahren, daß jener gemaßregelte Einjährige den doppelten Doktortitel besitze und eine Hoffnung der Wissenschaft vorstelle. Der Oberst litt stets unter dem Bewußtsein einer unzulänglichen Bildung. Trotz seines Ranges gemahnte ihn das Leben immer wieder an seine Herkunft und an seine einseitig beschränkten Kenntnisse. Dazu kam, daß er, wie alle strebsamen Militärs, eine abergläubliche Ehrfurcht vor dem Zauberwort »Wissenschaft« empfand. Nun war durch einen Zufall ein sehr gelehrter und durchgebildeter Geist unter seine Fuchtel geraten. Und er hatte es in einer plebejischen Zornesanwandlung nicht verschmäht, diesen Gelehrten, der vor Gott höher stand als er selbst, seine Macht fühlen zu lassen. Von solch trüben Gedanken verfolgt, betrat der Oberst seine Wohnung. Barbara hatte Ferdinand schon zu Bette gebracht. Papa zog einen Stuhl heran und betrachtete eingehend und stumm seinen Jungen. Ja, auch dieser hier war aus einem andern Holze geschnitzt als er, aus dem Holze des sehr studierten Einjährig-Freiwilligen vielleicht. Über kurz oder lang würde auch er zu seinen Feinden übergehen. Der Oberst hörte den Ton, mit welchem der doppelte Doktor heute vor der Front seine scharfe Frage, »Haben Sie verstanden«, beantwortet hatte: »Zu Befehl, Herr Oberst!« Vier Worte nur! Aber wer hören konnte, entnahm ihnen eine unbändige Verachtung. Nein, nein, Ferdinand sollte nicht Soldat werden. Aber was sollte er denn werden? Zum Studium gehörte Geld. Papa dachte mit eiskaltem Grauen an gewisse Wechsel, die er vorgestern unterfertigt hatte. Dumpfe Sorgen durchwölkten den Sinn des Mannes. Er nahm Ferdinands Hand:

»Also, Bubi, in acht Tagen geht es los. Willst du mitkommen? Ich werde dich und Babi schon irgendwo unterbringen.«

»Ja, Papa.«

In Ferdinands Stimme lag keine große Begeisterung. Litt der Bub vielleicht unter der Trennung von seiner Mutter? Ach, und er wußte ja gar nicht, daß sie tot war. Ein verwickelter Konflikt wuchs groß. Die Frage, die Papa jetzt an seinen Sohn stellte, klang fast demütig:

»Ist es dir vielleicht lieber, mit Babi in der Stadt zu bleiben?« Ferdinand schwieg vorsichtig. Daraufhin entwickelte der Oberst einen andern Plan:

»... Oder warte! Ich werde hier in der Nähe, auf dem Lande draußen, etwas Geeignetes für euch suchen. Du siehst ja elend aus. In der Stadt kannst du nicht bleiben. Du mußt frische Luft haben. Wie?«

»Was dir lieber ist, Papa...«

Ferdinands frostige Teilnahmslosigkeit machte dem Obersten seine eigene Erschöpfung bewußt. Er sagte gute Nacht und erhob sich. Langsam ging er durch die dunklen Räume. Vor dem Klavier zögerte er einen Augenblick. Aus der Küche drang die Stimme des Burschen Vojta:

»Korn hab' ich gesät,
Doch ich werd's nicht mähn.«

Die heulende Stimme beklagte in einem nicht ganz verständlichen Vers die Härte eines Mädchens, ehe sie sich zum Verzicht aufschwang:

»Wer sie führt zur Ehe,
Auch den Roggen mähe...«

Der Oberst betrat sein Zimmer. Hier erfaßte ihn ein absonderlicher Anfall von Einsamkeitsfieber. Er hielt sich mit beiden Händen am Schreibtisch fest, dann ließ er sich los wie einen Gegenstand, der von fremden Kräften angetrieben wird, und umjagte einige Dutzend Male das Zimmerrechteck. Zuletzt erwischte er eine Porzellanfigur (ein Geschenk Mamas) und drückte sie als Kühlung an seine Stirn, denn er glaubte, vor Kopfschmerzen wahnsinnig werden zu müssen. Es war nicht auszuhalten. Nur fort aus dem Hause, irgendwohin, in ein Varieté, in ein Kaffeehaus, unter Menschen! Ein Weib aufgabeln und die Nacht mit ihr in einem Hotel verbringen! Nur fort! Er begann sich umzukleiden. Die Handhabung mit dem ungewohnten Zivil, mit Kragen und Krawatte, beruhigte ihn etwas. Endlich war er fertig und trat vor den Spiegel. Abgründiges Erstaunen wandelte ihn an. Eine eckige Gestalt stand da im steifen, gleichsam ausgewachsenen Gewand, das den Körper entstellte. Ein Anblick, der keine Befriedigung gewähren konnte. Wer war dieser Prolet im

Sonntagsanzug, dieser in die Stadt verschlagene Knecht, der ihn dumpf anstierte? Der Oberst machte einige Bewegungen, um zu sehen, ob das Spiegelbild sie erwidern werde. Und wahrhaftig, der Sohn des Verwalters im Spiegel erwiderte sie.

In dieser Nacht wurde Ferdinand von einem schweren bilderkranken Schlaf gequält. Es lag schon die erste Dämmerung im Zimmer, als ihn ein Geräusch erschreckte, das in dem hallenden Hohlraum dieser Stunde sonderbar übertrieben klang. Papas Schlüssel rauschte im Schloß der Wohnungstür, die mit einem langen Seufzer aufging. Die schweren, unsicheren Schritte eines Menschen, der nichts sieht, tappten im Vorraum. Ferdinand fürchtete sich jetzt vor Papas Schritten wie vor einem Gespenst. Er fühlte, daß sie sein Zimmer suchten. Ängstlich umarmte er sein Kissen und preßte die Augen zu. Das Tappen kam immer näher. Endlich stand es vor seinem Bette still. Der Knabe zweifelte nun, ob diese unbekannten Schritte seinem Vater angehörten. Vielleicht war ein Fremder, ein Feind in sein Zimmer eingebrochen. Er hielt seinen Atem an. Der fremde Mann machte keine Bewegung, und Ferdinand versteckte sich in dem fernsten Winkel seines Halbtraumes. Schwer kämpfender Atem wurde vernehmlich. Da spürte Ferdinand, daß sich das Gesicht des Eindringlings ihm annäherte, und im nächsten Augenblick streifte ein schnurrbärtiger Kuß seine angstfeuchte Stirn. Dies war der einzige väterliche Kuß, der ihm in Erinnerung geblieben ist. Nach einer Ewigkeit hob das Stapfen wieder an. Er hörte es nur mehr wie ein murrendes Gewitter, das viele Meilen weit von hier niederging. Als Barbara am Morgen sah, wie tief er noch schlummerte, weckte sie ihn erst zu später Stunde auf. Er konnte aber nicht recht erwachen. Immer wieder fiel er in neue Schlafumklammerung zurück. Es war schon zehn Uhr, als er am Tisch saß, um seine Frühstücksmilch zu trinken.

Kaum jedoch hatte er begonnen, öffnete sich die Tür und Vojta stürzte mit entsetzensverzerrter Grimasse herein. Er winkte Barbara mit irren Gebärden und flüsterte ihr unverständliche Worte zu. Sie wurde totenblaß und rief:

»Komm nur schnell, laß die Milch stehen...«

Und schon rannten alle drei die Haustreppe hinab. Unten wartete eine Droschke, die Vojta requiriert hatte. Der Kleine setzte sich in den Fond. Der Diener aber und die Magd hockten auf dem Rücksitz, als gebühre es ihnen in dieser Stunde nicht, neben dem Sohne des Obersten Platz zu nehmen. Der müde Wagen holperte über ein widerspenstiges Pflaster der Kasernenvorstadt zu. Barbara und Vojta tuschelten heftig miteinander. Ferdinand erhielt immer die gleiche, eintönige Antwort:

»Papa ist ein bißchen krank geworden.«

In der Kaserne herrschte ein verlegenes Gedränge. Die Leute verrichteten mit aufdringlicher Geschäftigkeit ihre Arbeit, sprachen aber wenig und nur gedämpft. Die geschäftige Arbeitsleistung konnte darüber nicht hinwegtäuschen, daß all die klappernde Tätigkeit heute nur eine Maske war, hinter der sich ganz andere Dinge verbargen. Vielsagende Blicke und kurze Bemerkungen flogen von einem zum andern, während der Dienst seines gewöhnlichen Weges zu gehen schien.

Bei Kindern, Schülern, Soldaten, bei allen Wesen, die im Stande der Sklaverei leben, löst das Unglück eines auch noch so beliebten Vorgesetzten eine eigentümliche Sensation aus. In die starre Mauer der Ordnung scheint eine Bresche gelegt, ein Glied der fesselnden Fußkette hat sich gelockert, unbestimmte Hoffnung schleicht in die Gemüter, daß nun vielleicht die Mannszucht den ersehnten Riß erhalten habe und die endgültige Befreiung nicht ferne sei. Auf dem Grund der vielsagenden Blicke lag das pfiffige Lächeln dieser unsinnigen Hoffnung, mochte es auch nicht mehr bedeuten als: Vielleicht bekommen wir morgen einen dienstfreien Tag. Alles starrte den Knaben eindringlich an, der von Vojta und Barbara die endlosen Treppen und Gänge entlang geführt wurde. Vor den ärztlichen Räumen der Kaserne wartete ein Offizier, der Ferdinand nach ein paar beruhigenden Worten bei der Hand nahm und in Doktor Lederers Ordinationszimmer brachte.

Papa lag auf dem Diwan. Sein Kopf war hochgebettet, seine Uniformbluse und das Hemd darunter geöffnet. Im Zimmer befanden sich außer Doktor Lederer, dem vor Mühewaltung und

Verantwortlichkeitsgefühl der Schweiß auf der Stirne stand, nur noch ein Gehilfe und der rangälteste Stabsoffizier des Regiments. Dieser Oberstleutnant sprach ungehemmt auf den Kranken ein, und zwar mit einer lauten martialischen Stimme, deren Vollklang gleichsam beweisen wollte, daß er für seine Person mit derartigen Anfällen wohlvertraut sei und ihnen, tröstlicherweise, keine übermäßige Bedeutung zumesse. Er erzählte von ähnlichen Attacken, die Kameraden seiner Umgebung erlitten hätten, und fügte hinzu, daß die Wiederherstellung der Gesundheit niemals mehr als zwei oder drei Tage beanspruche. Dann nahm er sich's als alter Freund heraus, dem Obersten vorzuhalten, daß er seiner Kraft in den letzten Tagen allzuviel zugemutet habe, und daß solch zäher selbstvergessener Fleiß notwendig zu einem Zusammenbruch führen müsse. Er selber werde in Zukunft dafür sorgen, daß der Chef mehr seine Nerven schone.

Ferdinand erschrak vor der lauten Stimme und dem Gerede des Offiziers. Warum sprach dieser Mann Dinge aus, die er nicht glaubte? Warum benahm er sich zu Papa wie zu einem Kinde, das man nicht ernst nimmt? Ehe Leid und Herzangst ihn noch überwältigen konnten, war es S c h a m für Papa, die Ferdinand erfüllte. Die traurige Lage, in die das Schicksal den glänzenden, mächtigen Vater geworfen hatte, war ja so peinlich. Inzwischen wurde Doktor Lederer, der immer wieder frische Eisbeutel auf den Kopf des Kranken legte, durch den albernen Schwatz des Stabsoffiziers wütend:

»Herr Oberstleutnant«, rief er, »ich bitte gehorsamst zu bedenken, daß der Herr Oberst kaum etwas von dem auffassen kann, was Sie ihm hier erzählen.«

Daraufhin zog sich der Schwätzer zurück, und der Arzt schob Ferdinand näher zum Diwan heran. Papas Gesicht schien in unnatürlicher Art braun und sonnverbrannt. Das rechte Auge war halbgeschlossen, das linke starrte den Sohn strenge an. Alles in allem hatte der Daliegende sehr wenig mit Papa zu tun. Der Mund, der sonst so fest verrammelte, klaffte auseinander, ein langer Speichelfaden zog sich von der Unterlippe über das Kinn. Hie und da brachte der Oberst ein Wort zustande, aber gaumighohl, lallend und kaum vernehmlich. Er schien mit dem einzigen strengen Auge seinen Sohn gegnerisch zu messen:

»Der dort... Vor dem Feinde... Einjähriger Korporal... Das Ganze herstellt... Näher kommen...«

Doktor Lederer beugte sich über den Kranken:

»Herr Oberst! Schauen Herr Oberst nur, wer gekommen ist!«

Und er zog den widerstrebenden Knaben ganz nahe in das Blickfeld des starrenden Auges. Dieses aber erweichte sich nicht, und die Stimme keuchte wütend:

»Haben... Sie mich... verstanden, ... Sie Gelehrter!?«

Ferdinand hätte fast losgeheult, aber nicht aus Schmerz um Papa, sondern weil es ihm unerträglich war, länger in diesem Zimmer zu bleiben. Jetzt schien sich der Oberst zu besinnen. Mit Riesenanstrengung versuchte er eine Hand zu bewegen. Auch das stiere Auge kämpfte um einen andern Ausdruck. Der Arzt betonte, als müsse er sich einem Schwerhörigen verständlich machen, jede Silbe:

»Was befehlen Herr Oberst?«

Nun aber hatte der Vater sein Kind erkannt. Der gelähmte Körper kämpfte. Die heiseren Atemstöße bildeten Worte:

»Nach Hause, du... Schnell, du... Gleich... Mama herbringen...«

Doktor Lederer führte Ferdinand rasch aus dem Raum und übergab ihn Barbara. Sie verbrachten beide den ganzen Nachmittag im Wartesaal des Garnisonsspitals. Die Ärzte aber ließen den Knaben nicht mehr zu seinem Vater vor. Gegen acht Uhr abends schickte man ihn und Barbara nach Hause. Was Ferdinand bisher nur selten getan hatte, geschah an diesem Abend. Er ging in das Zimmer Papas und setzte sich dort still nieder. Barbara, der eine tiefe Scheu Schweigen gebot, ließ ihren Liebling gewähren. Sie kam nur einmal in das Zimmer des Vaters, um Licht zu machen. Ferdinand sah die Glocke der Gaslampe im langen Spiegel des Kleiderkastens schwanken. Eine unbekannte Neugier erfaßte ihn. Er schlich auf Zehenspitzen näher, als habe er etwas Verbotenes, Sündhaftes vor. Und dann besah er sich sehr lange in Papas Spiegel, in demselben Spiegel, der gestern nachts dem Todgeweihten eine so fremde und armselige Gestalt dargeboten hatte.

Ferdinand betrachtete jetzt zum erstenmal mit Bewußtsein sein eigenes Bild, sein eigenes Ich im Spiegel, und dies ereignete sich in derselben Stunde, die ihn zur Waise machte.

Zwölftes Kapitel

Generaldecharge

Ferdinand ist überzeugt davon, daß der Begräbnistag seines Vaters der eitelste Tag seiner Kindheit war. Das militärische Schaugepränge, das anläßlich der Trauerfeier entfaltet wurde und den kleinen Sohn des Toten in die glänzende Mitte nahm, bot auch Grund genug zur Eitelkeit.

Doch schon vorher tauchten mehr oder weniger fremde Leute auf, die Ferdinand mit Liebesbeweisen und Zeichen der Anteilnahme überschütteten. Tante Karolin, die man sonst nur selten zu Gesicht bekam, drang mit scharfer Energie in die Wohnung und in die Gemeinsamkeit von Ferdinand und Barbara ein. Zwischen dem Obersten und Karolin hatte sich nach Mamas Verschwinden eine höchst unerquickliche Szene abgespielt, in deren Verlauf ein Hagel von Anklagen über ihr Haupt niedergegangen war. Sie trage die Hauptschuld am Zusammenbruch seiner Ehe, hatte der Oberst behauptet, sie habe sich immer als böses Prinzip erwiesen und in ihrer jungen Schwester stets Unzufriedenheit, Hochmut, dünkelhaftes Streben und verbotene Süchte erweckt. Anstatt als weitaus Ältere dahin zu wirken, daß die Mißverständnisse zwischen Mann und Frau sich mindern, habe sie aus reiner Bosheit jedes kleine Ärgernis aufgebauscht, unablässig Gift gestreut und nicht eher geruht, bis das Glück in Trümmern lag. Nach dieser blutigen Anklage war Karolin damals weinend davongestürzt und hatte geschworen, das Haus ihres ehemaligen Schwagers bei seinem Lebzeiten nicht mehr zu betreten. Das Schicksal erleicherte ihr es, diesen Schwur zu halten. Sie erschien am Tage nach Papas Ableben schon um neun Uhr morgens und erbot sich, das Kind ihrer Schwester sogleich zu sich zu nehmen. Da sie Witwe war und eine große Wohnung besaß, lag dieser Entschluß sehr nahe. Erst den gewichtigen Gründen, die Barbara ins Treffen führte, gelang es, die Entscheidung über Ferdinands Zukunft auf die Tage nach den Funeralien zu verlegen. –

Bis dahin setzte sich Tante Karolin im Hause fest und nahm die Beileidsbesuche entgegen, denn es prangte, obgleich sie mit dem Verstorbenen in schwerer Fehde gelegen, neben Ferdinands Namen einzig der ihre auf der Totenparte. Mochten es auch die Eingeweihten für abgeschmackt halten, sie thronte im Salon, sprach leise, trug Trauer, zeigte in Gegenwart der Besucher Tränenspuren und ließ jedesmal Ferdinand von Vojta hereinführen, der nun wieder Livree tragen mußte. Sie hielt für ihre Gäste Teegebäck und eine nicht minder trockene Phrase bereit, in der das Wort »der arme Junge« die erbarmenswürdige Hauptrolle spielte. Wenn es ertönte, empfand Ferdinand immer einen bittersüßen Stolz, der, indem er weh tat, wohltat. Wie seltsam vermischte sich doch das Angenehme mit dem Leidvollen! Hatte man unter dem Daumennagel eine wunde Stelle, so rief man gewiß durch Schieben und Quetschen unablässig jenen leicht-brennenden Schmerz hervor, der zugleich Lust bereitete.

Der plötzliche Tod des Obersten hatte in der Stadt einiges Aufsehen gemacht. Ein stiller rechtlicher Mann, in keiner Weise sich vordrängend, war einige Monate nach der niederschmetternden Tragödie seines Lebens vom Schlage hingerafft worden. Romantische Verknüpfungen lagen auf der Hand. Hier ein ergrauender Krieger, der alten Generation noch angehörend, dort eine weit jüngere Frau, emanzipiert, den verbrauchten Ehrbegriffen abhold, von der Leidenschaft besessen, »sich auszuleben«! Sich ausleben, in diesem abgestandenen Wort aus der Perspektive des Jahrhundertendes ist der moralische Geruch jener Zeit gut eingefangen, alles, was ein gefestiger Mitmensch damals Mama und ihresgleichen vorzuwerfen liebte. Wie leicht also war es zu begreifen, daß ein älterer Ehrenmann, der noch an die Heiligkeit der Ehe glaubte, durch solche Enttäuschung zugrunde ging.

Der Korpskommandant der Hauptstadt, Feldzeugmeister Baron Röthel, dessen fideler Stab im Vorjahre dieser Ehetragödie Vorschub geleistet hatte, ließ sich das Konduite- und Beschreibungsblatt des Obersten vorlegen. Dabei stellte sich heraus, daß der Hingeschiedene zu der dünngewordenen Garde von Offizieren gehörte, die noch den Feldzug von 1866 mitgekämpft hatten, wobei ihm eine schöne Auszeichnung zuteil geworden war. Fast niemand unter seinen Kameraden wußte etwas von dieser kriegerischen Vergangenheit, da er niemals davon gesprochen hatte. Es zeigte sich ferner, daß man ihn nach den diesjährigen Kaisermanövern keinesfalls hätte im Avancement übergehen dürfen, da er nicht nur ein tüchtiger Truppier gewesen, sondern laut der Qualifikationsliste all jene Kurse absolviert hatte, die den höheren militärwissenschaftlichen Anforderungen entsprachen. Es gereichte ihm auch zu besonderem Ruhme, daß er im Gegensatz zu allen Strebern keinen Schritt zur Förderung seiner Interessen unternommen und nirgends und bei niemandem vorgesprochen hatte. In einer Tageszeitung erschien eine verständnisvolle Würdigung seines milden und dabei unbeugsamen Wesens. Sie stammte aus der routinierten Feder eines früheren Einjährig-Freiwilligen und war von der erstaunten Rührung verklärt, die wir gerne für einen Mächtigen empfinden, der uns menschlich behandelt oder auch nur in Ruhe läßt, wo er uns doch ebenso leicht kujonieren könnte. Dieser Aufsatz, der auch in anderen Blättern nachgedruckt wurde, trug nicht wenig zur Hebung des militärischen Ansehens in einer Stadt bei, die alles eher als armeefreundlich war.

Daraufhin beschloß Feldzeugmeister Baron Röthel dem Obersten ein Leichenbegängnis zuzubilligen, wie es sonst nur Gebühr der Generalität war. Daß ihm bei dieser Verfügung die peinliche Nachtszene in dem kleinen Hotel unangenehm in Erinnerung trat, war weiter nicht verwunderlich.

Eine »Generalsleich« unterscheidet sich von einer rangsniedrigeren Leich durch drei Dinge: durch den schwarzen Ritter, durch das Ordenskissen und durch das Leib- und Schlachtroß. Bis auf das Schlachtroß, das gewürdigt ist, dem Feldherrnsarg voranzuschreiten, bis auf diese erhabene Prunkgebärde, die den höchsten Chargen vorbehalten bleibt, wurden dem armen Obersten die Gebräuche einer Generalsleich so ziemlich zugestanden. Ein Ritter in schwarzer Rüstung, dem man den Fahrkanonier nicht anmerkte, folgte wuchtig dem Leichenwagen nach, von dessen Turmknauf ein schwarzer Roßschweif niederwehte. Der Stabsfeldwebel trug das Kissen mit den Orden. Ein volles Bataillon bildete die Abteilungen des Zuges, in dessen Vorhut die Regimentsmusik mit Kedvesch und dem Trommelwägelchen marschierte. In der Mitte der Kolonne schritt Ferdinand neben Tante Karolin: dicht hinter ihnen das gesamte Offizierskorps der Stadt. Barbara, die einen würdigeren Platz verdient hätte, ging unter dem zusammengewürfelten Volke, das aus Schaugier und Musikhunger dem Gepränge folgte. Als diese zufälligen Trauergäste sich nach und nach verloren, fand sie an ihrer Seite eine alte Bäuerin, die mit erschrockener und scheuer Miene zum Friedhof strebte. Da sie nichts sprach und außerhalb des Trauergefolges blieb, konnte niemand wissen, daß es die einzige Anverwandte des Toten war.

Am Grabe erfolgten mit ehrenvoller Ausführlichkeit die vorgesehenen Zeremonien. Der Brigadier und jener Oberstleutnant, den Doktor Lederer hinausgeworfen hatte, hielten Nachrufe, wobei sich der Oberstleutnant wiederum als unzügelbarer Redner erwies. Ferdinand schwankte an der Hand der fremden Frau hin und her. Von all den Stimmen, Farben, Klängen, von diesem wirren Gestöber, von den Gedanken, die er nicht denken konnte, von den Gefühlen, aus denen nichts wurde, war sein Kopf wie betrunken. Die Worte der Redner, die laut die Tugenden des Kameraden priesen, knallten ihm abgehackt ins Ohr. Es schien, als ob die sprachgewandten Offiziere dem Toten Grobheiten sagten, denn sie befleißigten sich auch angesichts des aufgeworfenen Hügels ihres barschen Berufstones. Ferdinand verstand nichts davon. Als jedoch die zur Generaldecharge kommandierte Kompagnie ihre Salve abfeuerte und in den lang nachrollenden Knall der feierliche Donner der Volkshymne erschütternd brach, da weinte der Sohn jäh auf. Er weinte, weil ihm das gewaltige Getöse das Herz zerschlug, weil es ihm zeigte, daß sein Papa nun tot, gleichzeitig aber in diesem erhabenen Donner zum Mittelpunkt des Weltalls geworden war.

Als Barbara an diesem Abend Ferdinand zu Bett brachte und er sich gerade anschickte, sein Nachtgebet aufzusagen, ließ er die gefalteten Hände wieder sinken, und es ereignete sich folgendes Gespräch:

»Und wo ist denn der Papa jetzt?«

»Im Fegefeuer, mein Schatz.«

»Warum?«

»Das ist einmal so. Von hier kommen wir alle zuerst in das Fegefeuer.«

»Was ist das Fegefeuer?«

»Es ist halt ein Feuer.«

»Ein Feuer, so wie im Ofen?«

»Wer weiß? Vielleicht ähnlich...«

»Aber das tut ja furchtbar weh.«

»Es tut schon weh. Aber so furchtbar weh tut's nicht. Man wird es wohl aushalten können.«

»Wenn man sich nur ein bißchen verbrennt, tut's ja furchtbar weh.«

»Aber die Seelchen, mein Schatz, die Seelchen! Das ist doch ganz etwas anderes.«

»Und alle Seelchen kommen ins Fegefeuer?«

»Vielleicht nur die Heiligen nicht. Aber von den armen Seelchen werden die Sünden weggeputzt, ehe sie in den Himmel kommen dürfen.«

»Ist das Fegefeuer in einem Haus oder im Freien?«

»Wer kann das wissen? Aber es wird wohl im Freien sein, denn in einem Haus wäre nicht Platz genug.«

»Es muß doch sehr weh tun...«

»Deshalb muß man beten, damit es nicht sehr weh tut. Wenn man für sie betet, spüren die armen Seelchen fast gar nichts.«

»Dann möchte ich beten...«

»Ja, wir werden beten, mein Schatz.«

»Und Mama? Ist Mama auch im Fegefeuer?«

Barbara zögerte einen Augenblick. Auch sie hatte dem Knaben bisher noch nichts vom Tode seiner Mutter gesagt. Das Schweigen des Vaters war einem peinvollen Zwang entsprungen, über den er sich selber keine Rechenschaft hatte geben können; das Schweigen Barbaras entsprang dem Erbarmen mit diesem geliebten Kinde. Gegen die ungetreue Herrin, die sich nach ihrer Ansicht schwer versündigt hatte, empfand Barbara eine strenge Abneigung. Aber nicht die Sünde war es, weswegen sich ihr Herz der Ärmsten gegenüber verhärtete. Sie sah in der Besiegten noch immer die Feindin. Der geheime Kampf um das Kind, den das Schicksal zu ihren Gunsten entschieden hatte, klang noch immer in ihr nach. Kein Zweifel, daß Gott ihr den kleinen Ferdinand zugesprochen hatte und keiner andern Frau der Welt. Sie erblickte ein himmlisches Rechtsurteil darin. Der abgeschiedenen Seele wünschte sie alles Gute, obgleich sie nicht glauben konnte, daß die Sünderin einen so milden Aufenthaltsort gefunden habe, wie es das Fegefeuer ist. Um des Kindes willen aber sagte sie:

»Ja! Auch Mama ist im Fegefeuer.«

Ferdinand dachte lange nach, ehe er entschied:

»Für Mama muß man besonders viel beten, damit es ihr nicht weh tut.«

Barbara, die gar nicht überrascht war, daß Ferdinand alles wußte, stimmte dieser Ansicht eifrig zu. Dann drehte sie das Gaslicht ab, um der Unterredung ein Ende zu setzen. Ferdinand starrte scharf ins Dunkel.

»Papa und Mama leben jetzt im Fegefeuer zusammen, was?« Barbara hielt schon die Kleider und Schuhe des Knaben in der Hand, die sie allabendlich reinigte.

»Gewiß, Papa und Mama leben jetzt zusammen«, verkündigte sie.

»Gut!«

Ferdinand streckte die Glieder. Die schmerzhafte Spannung dieser Tage löste sich in trauliche Müdigkeit. Das tröstende Bewußtsein der elterlichen Wiedervereinigung trug ihn angenehm in den Schlaf hinüber.

Dreizehntes Kapitel

Das Museum der Wallfahrtskirche

Die bekannte Wallfahrtskirche erhebt sich auf einem Berg, zu dem zwei Wege emporführen. Der eine heißt Kalvarienweg und ist eine ziemlich breite Straße, die in gelinden Serpentinen ansteigt. An den Wegbiegungen stehen vierzehn kleine Kapellen zum Gedächtnis der vierzehn Leidensstationen Christi. Der andere Aufstieg drängt in schnurgerader Linie vom Marktplatz der kleinen Stadt zur Gipfelterrasse empor. Er besteht aus einer steilen Riesentreppe von dreihundertsechsundneunzig überaus hohen schwererklimmbaren Stufen, die in zwölf jeweils dreiunddreißigstufige Unterabteilungen zerfallen. Dies ist der Bußweg. Die Andächtigen, die Wallfahrergruppen und Pilgerzüge wählen je nach Maß ihrer Frömmigkeit und ihres Sühnbedürfnisses einen oder den anderen Weg.

Die Stadt selbst lebt vom Bergbau und von einem wundertätigen Muttergottesbild. Beides, der Bergbau und das heilige Bild, stammen aus uralter Zeit. In den Schächten der Umgebung wurde das reinste Silber gefördert, und die Könige des Landes, die mehrmals auch römisch-deutsche Kaiser waren, ließen in dem Städtchen ihre Münzen schlagen. Der Ertrag an Feinsilber ist heute nicht ganz so reich wie einst, dafür wird in den sechzehn kilometertiefen Stollen der Bergwerke um so mehr Blei zutage gebracht. Die Stadt und Landschaft beherbergt viele Tausende von Bergarbeitern, und eine Montanhochschule sorgt für den Nachwuchs an Ingenieuren und Werkleitern.

Was die Muttergottes anbelangt, so gibt es eine lange Budenzeile, wo sich Laden an Laden reiht, in denen überall das gleiche feilgeboten wird: Gebetbücher, gemalte Kerzen, Heiligenbilder, gerahmte Segenssprüche, Amulette, Kruzifixe aller Größen, Rosenkränze, Ansichtskarten, Briefbeschwerer, Medaillons, Anhänger, Tabakspfeifen, Schmuckstücke, mit der Abbildung des Wallfahrtstempels geziert. Im allgemeinen machen die Gebetbüchelkrämer gute Geschäfte, und die fromme Bijouterie für Bauern und kleine Leute findet glänzenden Absatz. An Festtagen herrscht in dieser Budenzeile, in der ganzen Stadt und auf den beiden Bergwegen ein wildgedrängtes Leben. Die vielen Pilgerzüge mit ihren Priestern, Fahnen, Musikkapellen geraten durcheinander. Völkerwanderungen von Neugierigen in regellosen Horden steigern die Verwirrung. Kinder erheben gellendes Wehgeschrei. Aufgeklärte Störenfriede und tätige Freidenker veranstalten boshafte Stockungen. Von einer Seite ertönt hundertstimmig:

»Komm heiliger Geist, o dritte Person,
Von einer Natur mit Vater und Sohn!
Der du von seiner Sündenlast
So manches Herz befreiet hast!«

Ein anderer Chorschwall fährt in diese Strophe und trübt sie:

»Laß uns wie am Tage wandeln,
Nicht in Fraß und Trunkenheit,
Nicht in Fleischbegierde handeln,
Weit verbannt sei Zank und Streit!«

Es kann aber geschehen, daß in die Vermischung der heiligen Sänge plötzlich ein Spottlied plärrt. Diese Stadt ist ja eine Arbeiterstadt und wird es immer mehr. An den Wallfahrtstagen gerade werden politische Versammlungen abgehalten und den Massen populärwissenschaftliche Vorträge dargeboten. Kein Wunder, daß sich der Wissensstolz in höhnischen Liedern entlädt, die dem abergläubisch engstirnigen Bauernpack die Wallfahrt versalzen wollen. Keiner Warnung, keiner Drohung, keiner amtlichen Eingabe des bischöflichen Ordinariats war es bisher gelungen, den Unfug abzustellen. Aber was tut's, es bildete ja nur einen kaum wahrnehmbaren Schatten auf der breiten Flut der zu Gott emporwallenden Herzen.

An einem der schönen Sommerfeiertage, kurz nach Papas Tod, wurden auch Barbara und Ferdinand auf dem Kalvarienwege von der großen Menschenflutung zur Kirche emporgetragen. Wie sie hierherkamen, ist schnell erzählt.

Barbara war in einem Dorf in nächster Nähe dieser Wallfahrtsstadt zu Hause. Als Tante Karolin, vom Begräbnis heimkehrend, den Hausstand sogleich mit umsichtiger Genauigkeit aufzulösen begann und die Übersiedlung in ihre Wohnung für das Monatsende verfügte, hatte Barbara eine Unterredung erbeten, bei der Ferdinand nicht anwesend sein durfte. Zu seiner großen Freude aber konnte sie ihm nachher mitteilen, daß sie von der Tante die Erlaubnis erwirkt habe, ihn für mehrere Tage in ihre Heimat mitnehmen zu dürfen. Das Verlassen der alten Umgebung, das Einrücken in fremde Verhältnisse, wie schwer fällt es einem empfindsamen Kind! Barbara spürte das genau und hatte deshalb den Plan dieses heilsamen Landausfluges gefaßt. Tante Karolin war aus guten Gründen damit einverstanden. In der Woche, da sie mit der Verlassenschaftsbehörde verhandeln mußte und ihr ein Kampf um die Möbel des verstorbenen Schwagers bevorstand, brauchte sie keine unerwünschten Zeugen. Die beiden bekamen sogar noch ein Reisegeld auf den Weg.

Sie gingen nicht in der geschlossenen Ordnung der Wallfahrtscharen mit, sondern trollten unter den müßigen Schlachtenbummlern Gottes. Rechter Hand von Ferdinand schritt ein mächtiger Kerl mit einem farbigen Band über der Brust einer Prozession voran. Zwei Fahnenträger, die, bleich vor Anstrengung, große Banner hielten, umgaben ihn. Mit einer ebenso unüberwindlichen wie wurstigen Stimme sang der Vorbeter die Ausrufungen der Litanei, nach jedem Abschnitt auf den Respons der Menge wartend:

»Herr, erbarme dich unser!
Christus, erhöre uns!
Gott Vater vom Himmel!«

»Erbarme dich unser!«

»Gott Sohn, Erlöser der Welt,
Gott heiliger Geist,«

»Erbarme dich unser!«

»Heilige Dreifaltigkeit, ein einiger Gott,
Herz Jesu, des Sohnes des ewigen Vaters,
Herz Jesu, im Schoße der jungfräulichen Mutter
Vom heiligen Geist gebildet,«

»Erbarme dich unser!«

Als Barbara und ihr Knabe durch eine Stockung gezwungen wurden, hinter diesem Zuge zurückzubleiben, platzte auf einmal neben ihnen eine Blechmusik los. Es war eine der Dorfbanden, die heute ihre atemschnappenden Choräle in den großen Sommerchor des Feiertags flochten. Die gelben zerbeulten Instrumente erzeugten einen unsicheren und ängstlichen Klang, besonders die dumpfig prustenden Bässe, die unter der Verantwortung, den Halt des Tongebildes abgeben zu müssen, allzu eifrig einherseufzten.

Die Flöten und Klarinetten benahmen sich weit frecher. Wenn sie ihre langen Triller vollführten, zwangen sie den Blick, diesen starken Vogelklängen nachzuschauen. Unwillkürlich sah man empor. Und wirklich, ganze Vogelstämme und -nationen hatten sich eingefunden, die, der katholischen Menge ähnlich, das Gotteshaus mit erregten Huldigungen umzogen. Der wolkenlose Himmel war nicht wie sonst aus einem einzigen Stoff gewölbt, sondern ein undurchdringlich flammendes Laubdach, aus unzählig kristallgelben Blättern zusammengeschuppt. An einzelnen Stellen der Serpentine bot sich die weite Ebene offen dem Rundblick dar. Noch stand zum großen Teil die Ernte. Das irdisch verwandelte Sonnengold der fruchtbaren Weizenwüsten rollte in langen Wellenstrichen an das Gestade des Horizonts. In der Ferne verriet eine schmale baumumharschte Narbe den Lauf des Flusses. Von unten glotzte die Stadt greisenhaft harthörig empor. Sie hatte mit dem gehörnten Turmkopf in ihrer Mitte etwas Gleichmütig-Hockendes wie ein Rind. Um sie war wie Weide ein farbloser Ring des Landes leergerupft. In diesem Ring reckten sich ein paar Fabrikschlote hoch, die im Licht zu schwanken schienen. Unfreundlich brütete der kahl-fiskale Bau der Montanschule innerhalb der Bannmeile.

Ferdinand ging in einem freudigen Zustand von Überwachheit die wirrbewegte Straße dahin. Jede Einzelheit des Lebens schien vergrößert und von einem winkenden Sinn erfüllt, der sich verständlich machen wollte; der dürftigste Laut gehörte einer Geheimsprache an. Die Wipfel der Ebereschen bewegten ihre unreifen eiergelben Beerenbüschel. Aus der Tiefe drang plötzlich ein befehlshaberischer Ruf empor, der ohne Herkunft war. Auf dem Gemäuer, das die Straße umsäumte, wuchs fettblättriger Steinwurz. Kleine Weinbergschnecken saßen in den Ritzen, Ferdinand sah sie deutlich. Brummlaute der sich entfernenden Posaunen! Plärrende Fetzen der Litanei! Das leise und doch mächtige Gedröhne der luftdurchschneidenden Insekten, die ganz nah an den Ohren vorüberläuteten! Auch sie sangen feiertäglich heute. Und dann das Traben und Knirschen der tausend Menschenfüße auf dem Kies des Kalvarienweges! Gott hatte der Menschheit eine zweifache Stimme gegeben: die bewußte, plappernde, eifernde, keifende, lachende, buhlende des Mundes, und die zweite, unbewußte, erdzugekehrte, dunkle Stimme des Schrittes, der wie einem Tiere nur ein geringes Maß von Ausdruck vergönnt ist. Die geordneten Schritte der Wallfahrer und die ungeordneten der Spaziergänger, auch sie vereinigten sich zu vielstimmigen Chören und Litaneien.

Barbara hatte den Knaben oft wegen seines schleppenden Ganges zurechtweisen müssen. Heute war das nicht nötig. Ferdinand fühlte sich von der Menge leibhaftig getragen. Er war so frisch und befand sich trotz des langen Weges so wohl, als hätte er seine eigenen Beine nicht brauchen müssen. Freilich, Barbara führte ihn an der Hand. Sie war ja hier daheim. Aus ihrem Wesen drang das frische Wohlbefinden in seinen Körper, so daß er, das Stadtkind, sich hier nicht fremd fühlte, sondern dieser Menge zugehörig. Ferdinand nahm teil an Barbaras Heimat. Die Hand der Ziehmutter verband ihn diesem Gedränge von Bauern, unter denen noch viele die altertümliche Tracht mit großen

Hüten und silbernen Knöpfen an den Jacken trugen. Wenig kümmerte er sich darum, daß er die Sprache, die rings um ihn gesprochen wurde, nur unvollkommen verstand. (Der Oberst hatte angeordnet, daß die Kinderfrau mit Ferdinand ausschließlich deutsch spreche.) Noch ahnte der Sohn des österreichischen Offiziers nicht, wie ausgesucht heimatlos er in der Welt stand, daß ihm verwehrt blieb, wessen sich jeder Landstreicher rühmen darf: Heimat und Volkszugehörigkeit. Nun und hier lieh Barbaras Hand ihm diese Güter, und mehr als sie.

Sie gingen in die Kirche ein und tauchten in den kühlen Raum der Gottheit, der sich seltsam von allen irdischen Räumen unterscheidet wie ein sternenfremdes Element, das ein wenig dem Wasser ähnelt und ein wenig dem Waldesdunkel, aber nicht ganz, sondern nur ein klein wenig. Wie Dunkel umschläfert es den Sinn, wie Wasser umschlüpft es den Leib, mag vor dem Tor auch hundstägig die Sonne brennen. Man könnte meinen, bei der Kirchenweihe habe ein Engel eine kleine Glasphiole voll Himmel zerschlagen, damit ihr Inhalt die Wölbungen fortan erfülle.

Einige tausend Menschen durchwogten die Propsteikirche. Dennoch war es kühl, und man spürte ihren Atem nicht. Niemand konnte daran denken, hier seines eigenen Weges zu gehen. Auch Barbara und Ferdinand überließen sich der allgemeinen Brandung. Sie wurden zu der Kapelle gespült, wo zwei Märtyrer in Glassärgen zur Schau gestellt waren. Mit eigentümlicher Feinheit ertrugen die Leichname den Blick der Neugierigen. Weiße Atlasseide, wie sie zu Brautkleidern verwendet wird, umspannte straff Totenkopf und Skelett, das mit emporgezogenen Knien kaum die Größe eines sechsjährigen Kindes erreichte. Eine von großen Edelsteinen funkelnde Dornenkrone saß auf dem Haupte und ein nicht minder geschmückter Brokatüberwurf umfaltete den Körperrest. Der von weißglänzender Seide umstraffte Schädel, der mit seinen ekstatisch-regungslosen Augenschatten durchaus einem Asketengesichte glich, die Märtyrerkrone mit den Edelsteinen, diese schöngestellte Vereinigung grauenhafter Widersprüche gab Zeugnis von der zarten Furchtbarkeit und vom Herrschertum des religiösen Leidens sowie vom Adel der Heiligenverwesung.

Kaum hatten Ferdinand und Barbara einen Blick auf die Dulder werfen können, als sie schon wieder vorwärts geschoben wurden. Sie sahen die riesige, aus Silber getriebene Weltkugel, deren Äquator die Schlange umringelte. Dann standen sie endlich vor dem Wunderbild der Muttergottes, das ringsum von einem Gitter eingefaßt war. Die kleine Figur der Madonna verschwand im Unbestimmten, denn sie erhob sich auf dem Kapitell einer hohen Säule, die sie aller menschlichen Nähe entrückte. War sie unwillig, zu hören, so durften die Fluten des Gebetes kaum ihre Füße netzen. An der Säule gischtete ein weißer Berg empor. Es war eine Schneewächte von Wachs, aus tausend Opferkerzen und Opfergliedern zusammengeschmolzen. Zwei Sakristane lockerten mit dem Spaten diesen frommen Opferschnee, um für neue Gaben Platz zu schaffen.

Aber auch hier war keines Bleibens. Schon fanden sich die beiden auf der Treppe, die zur Schatzkammer der Kirche emporführt. Ein Kuppelsaal mit vielen Schaukästen, in denen sich wertlose und kostbare Weihgeschenke aneinanderreihten. Prunkvolle Meßgewänder, märchenhafte Perlenschnüre adeliger Herrinnen, daneben Eheringe und billiger Allerweltsschmuck kärglicher Kleinbürgersfrauen. Die jenseitserfüllte Demokratie des Glaubens machte zwischen irdischen Werten keinen Unterschied. Die Opfergaben waren nicht in materielle Klassen geteilt. In der Mitte des Saales herrschte eine Bildtafel der Madonna, die ein König des dreizehnten Jahrhunderts auf all seinen Feldzügen mitgeführt und nach einem Siege hierhergebracht hatte. Mit näselnder Stimme und in memoriertgeschraubten Wortfolgen, die geschichtlichen Jahreszahlen gemütlich herunterleiernd, gab ein trinkgeldsüchtiger Kirchendiener von diesem und anderen Ereignissen Bericht.

Ein unabsehbar langer Gang tat sich auf. Das Kalkweiß der Mauern war fast nirgends zu sehen, denn bis zur Wölbung hinan hingen dichtgedrängt Bilder und Trophäen. Hier hatte ein Mädchen seinen goldblonden Zopf der Göttin geopfert; fest und üppig hing er, mit himmelblauer Masche gebunden, hinter Glas und Rahmen. Barbara las das Datum der Devotion: »Am dritten August 1850, im achtzehnten Jahre meines Lebens.« Sie rechnete dem Knaben vor: »Wenn diese Frau noch lebt, ist sie jetzt sechsundsechzig Jahre alt. Sie hat sicher ganz weiße Haare, denn selbst ich bin schon grau. Schau her, ihr Zopf ist blond geblieben...« Ferdinand zweifelte nicht daran, daß dies ein Wunder sei. Eine Abteilung dieser Danksagungsgalerie war grauenhaften Gegenständen gewidmet. In regellosem Durcheinander waren Krücken, Prothesen, orthopädische Schuhe, Schienen, Mieder und solcher Leidensdinge mehr an die Wand gehängt oder gestellt. Krankenstühle sogar standen in den tiefen Fensternischen. Ein Museum des bresthaften Menschenleibes.

»Alle sind sie gesund geworden und haben diese Sachen dann hierhergebracht«, sagte Barbara. Und Ferdinand sah, wie die Lahmen ihre Krücken fortwarfen, wie sie lachten, die Arme reckten und kindlich umhersprangen. Einen Augenblick lang dachte er an den unwiderruflichen Tod seiner Eltern. Vielleicht hätte ihnen diese Muttergottes helfen können. Er drückte erregt Barbaras Hand. Unter der Himmelsmutter stellte er sich nicht viel anderes vor als eine jüngere und schöngekleidete Barbara, eine Barbara aller Menschen, die über den Wolken wohnte. Alle Bilder hier verkündeten ihre fleißige Fürsorge und zeigten, daß der Mensch nicht verloren war. Eine Frau streckte ein schreckhaft aufgequollenes Bein aus dem Bett. Eine andere lag schon im Sterben. Dort entwickelte eine steife Lokomotive drohenden Riesenqualm, gewillt, das ahnungslos auf den Schienen spielende Kind zu zermalmen. All diese Siechen und Gefährdeten rettete die Muttergottes mit einem lächelnden Wink.

Es war die erste Bildersammlung, die Ferdinand in seinem Leben sah. Die Maler hatten grellfarbige Flächen mit unbeholfenem Pinsel hingestrichen und ihre Figuren in geheimnisvoll altfränkische Gewänder gesteckt, die es nicht mehr gab. Furchtbar leuchtete das Blut der Wunden, abscheulich starrten die Verzerrungen der Glieder, die Blässe der schmerzhaften Gesichter strömte Schrecken aus. Die Wirklichkeit auf diesen Bildern war nicht allein durch das Ungeschick der Maler so kraß verzerrt. Die finsteren Mächte des Hinterhaltes, die all diese Schreckensszenen entfesselt hatten, schienen an diese ihre Darstellung ohnmächtig gebunden und schnitten Grimassen. Wie sich doch die Gefahren aufbäumten, die rings den Menschen umlauern! Mit rotgeöffnetem Höllenrachen sprang der tollwutkranke Wolfshund den Wandersmann an, der vom Neubau abstürzende Stein hielt sich in furchtbarer Schwebe über dem Haupte des Hinzumordenden, jene Lokomotive brauste, aus allen Nüstern drachenhaft dampfend, ewig auf ihrem Fleck. Stichflammen des Grauens und der Gnade schossen aus diesen Gemälden. Die Bauern und Kleinbürger aber, die zur Stunde die Galerie bevölkerten, fühlten sich mehr vom Grauen angezogen, denn sie standen gerade vor jenen Bildern im dichten Haufen, wo der ekelhafte Panoptikumsanblick zerfressener Glieder oder greller Gefahren den Gedanken an die Rettung fast völlig verdrängt.

Von solchen Erlebnissen war Ferdinand sehr erschöpft, als sie sich nun einer schmalen Wendeltreppe zuwandten, um den Glockenturm zu besteigen. Oben in der Stube, wo die weltberühmte Glocke hing, trat Barbara auf die Erkerstufe der Turmluke. Sie hob den Knaben empor, damit auch er das Land sehe. Viele Minuten verblieben sie stumm. Dann machte die Frau eine unbestimmte Bewegung mit der freien Hand in die Landschaft hinaus. Es gelang ihr nicht, den Ort, den sie meinte, genau zu zeigen, denn das Kind war ja schon ziemlich groß und schwer. So blieb ihre Gebärde zwischen Himmel und Erde hängen. Sie sagte ins Leere hinaus: »Dort bin ich zu Hause.« Ferdinand aber umhalste sie mit seinen Armen. Ein schläfrig-süßer Wohllaut des Gefühls durchströmte ihn bei ihren Worten. Das Stimmentausend des Doms warf seine Blasen durch die Falltür der Glokkenstube. Ferdinand roch den leisen Weichselholzduft von Barbaras Scheitel. Er war bei ihr zu Hause.

Vierzehntes Kapitel

Räuber Janetschek, die Schlange und der Fluß

Der nächste Tag war einer der ereignisvollsten in Ferdinands Kindheit, obgleich nichts Wichtiges oder Folgenreiches an diesem Tage geschah und seine Stunden recht undramatisch verliefen. Dennoch haftet er mit all seinen unwesentlichen Einzelheiten klarer in des Mannes Gedächtnis als etwa die verhängnisvolle Nacht des Kaisergeburtsfestes und der schreckliche Augenblick, da er seinen Vater im Marodenzimmer der Kaserne sterben sah.

Franta vor allem! Franta war Barbaras Neffe, der Sohn ihres Bruders, des Bergmannes, der auf dem kleinen elternererbten Anwesen lebte. Dieser Junge zählte um zwei oder drei Jahre mehr als Ferdinand. Aber an Gestalt und Kräften überragte er ihn um das doppelte Altersmaß. Dies allein war schon Grund genug für Ferdinands hingebungsvolle Bewunderung. Dazu kam der Unterschied der Gewandung. Ferdinand trug einen dunkelblauen Matrosenanzug mit blauweißgestreiftem Reverskragen, der in weitem Ausschnitt ein hellgelbes Plastron umsäumte, in dessen Mitte ein Anker eingestickt war. Unterhalb des Kragens hing ein nachlässig geschlungener schwarzseidener Schifferknoten hinab. Die Hosen verbreiterten sich in modischer Weise nach unten, was Ferdinand nicht leiden konnte. In dem schicken Zuschnitt dieses Anzugs kamen die letzten Reste von Mamas Walten zur Geltung. Es gehörte zu den Eigenheiten des Knaben, daß er schon als kleines Kind Widerstand gegen elegante Kleidungsformen zeigte. In einem Kinderkonfektionsgeschäft kam es zu einem heftigen Zusammenstoß zwischen ihm und Mama. Er weinte grimmige Tränen über das hübsche Modegewand, das sie für ihn ausgesucht hatte. Dieser Widerstand entstammte nicht allein der tiefliegenden Abneigung gegen alles Gezierte, sondern auch einer schamhaften Angst, sich durch eine weichliche Auffälligkeit von anderen Jungen abzuheben. Noch heute trägt der Schiffsarzt nur seine bescheidene Marineuniform oder einen blauen Anzug. Farbenfreudige Krawatten verschmäht er; sie würden ihm ein unbehaglich verlegenes Gefühl bereiten. Mama verstand damals natürlich nichts von dieser Scham und ärgerte sich über seine Ungezogenheit, die sich boshaft gegen etwas Schönes und Elegantes wehrte.

Franta gegenüber artete dies geradezu in Kleinmut aus. Der Bauernbub trug halblange Hosen, einen groben Janker und eine verwegene Mütze. Überdies ging er barfuß. Das feingekleidete Stadtkind erkannte zu seiner Trauer, daß es niemals mit Frantas ländlich-praktischer Kraft den Wettkampf werde bestehen können. Franta aber war ein gutmütiger Bursche, der sich des seltsamen Besuches freute und Ferdinand seine Überlegenheit nur in der milden Form freundlicher Ironie zu verstehen gab. In seiner Seele begab sich wohl das Umgekehrte. Die gewählte Kleidung des vornehmen Herrensohnes flößte ihm Respekt ein. Da durch diese Umstände gegenseitige Achtung entstand, war am frühen Morgen schon die Freundschaft geschlossen.

Sie zogen aus. In Franta brannte der Eifer des Lokalpatrioten, der einem Fremden die Schätze seiner Heimat zeigen will. In Ferdinand aber lebte der glückselige Schauder eines Weltfahrers, dem unbetretene Erd-Geheimnisse sich öffnen. Franta hielt sich nicht lange damit auf, seinen Gast auf dem väterlichen Hof herumzuführen. Er dachte sich, daß dem Sohn eines Obersten der kleine Kuhstall, der Ziegenkotter und die Scheune mit der Grummetmahd nicht sonderlich imponieren werde.

»Mein Alter«, sagte er entschuldigend und in der erwachsenen Ausdrucksweise aller Proletenkinder, »der ist gar kein Bauer. Die Mutter macht hier die Wirtschaft ganz allein.«

Eine wegwerfende Handbewegung deutete an, daß man Wichtigeres zu tun habe und nicht gezwungen sei, nur von der Bäuerei zu leben.

Hernieder glühte einer von jenen gewaltigen Sommertagen, die den Kessel der Natur zum Übersieden bringen. Die kraftgeladenen Strahlen zerrten an der Erde, als wollten sie bis zur Stunde der Scheitelhöhe jeden Brocken des toten Stoffes in organisches Leben verwandeln. Bei einem abgelegenen Tümpel in der Nähe der Ortschaft machten die Knaben halt. Es gehörte zu den Gewohnheiten Frantas – fast glich es einer Zeremonie –, daß er stets diese Lache zum Ausgangspunkt seiner Streifzüge machte. Er warf sich am Rande nieder und beugte das Gesicht über die schlammig-grüne Wasserfläche, die er mit gerunzelter Kennermiene betrachtete. Ferdinand hatte einige Besorgnisse zu überwinden, ehe er sich an Frantas Seite zur Erde gleiten ließ. Die zweischneidige Verlegenheit zuerst, entweder blöde abseits zu stehen, oder es diesem Beherrscher und Meister des Erdbodens ungeschickt-aufdringlich gleichzutun; schließlich auch die Angst, den feinen Matrosenanzug zu beschmutzen. Nach kurzem Zögern aber lag auch er bäuchlings auf dem Boden und starrte ins Wasser. Ein Schleier von Gelsen überspielte mit giftigem Summen den kleinen Spiegel. Fette Zöpfe von Sumpfgras schwammen obenauf und ein paar dunkelgrüne großmäulige Wasserblumen. »Hundert Frösche«, erklärte Franta, und Ferdinand sah, wie die erregten Scharen der kleinen Amphibien von einem Sprungstand aus sich ins Wasser stürzten, sportlich sinnlos, menschlichen Schwimmern ähnlich, die einen Wettkampf ausfechten, aber mit einer spreizbeinigen, fast unanständigen Geste. Nach einer Weile sprang Franta auf, meldete: »Würmer«, und stieß mit dem Fuß einen größeren Stein beiseite. Ferdinand konnte sich wirklich von dem widerlichen Gewurle überzeugen, das unter dem Stein sein Unwesen trieb. Aber schon hatte Franta an einer anderen Stelle einen Aufwurf trockenen Heus weggescharrt, ein Brett gelüftet und einen hölzernen Gegenstand aus der Grube gezogen. »Schiff«, sagte er, indem er den Gegenstand, der diese Bezeichnung nicht verdiente, Ferdinand unter die Nase hielt. Er sprach mit dem Gaste nur in kurz hingeknallten Hauptwörtern, so wie man mit Säuglingen, mit Schwerhörigen oder mit Wilden spricht. Offenbar glaubte er, sich auf solche Art diesem fremdartigen Wesen, das seine Tante ins Haus gebracht hatte, leichter verständlich machen zu können. Ferdinand erzählte daraufhin der Wahrheit gemäß, daß er zu Hause ein wirkliches Schiff besitze, einen Raddampfer namens Bohemia, der ganz gut in der Badewanne schwimmen könne. Franta aber, der für das Besitztum anderer Leute wenig Vorstellungskraft und kein Interesse hatte, versenkte sich mit gerunzelter Aufmerksamkeit in die Betrachtung seines eigenen Schiffes. Er warf einen Blick auf den Tümpel und schloß wiederum in knappen Hauptworten seine Meinung ab: »Kein Regen! Schlechter Wasserstand!« Dies bedeutete, daß er entschlossen war, seine Barke heute nicht schwimmen zu lassen. Er brachte sie sorgsam wieder an Ort und Stelle. Ohne weitere Erklärung pfiff er jetzt und schnalzte mit dem Finger. Ferdinand verstand sogleich, daß es ein Aufbruchszeichen sei.

Der Weg, den nun Franta vorantrabte, führte im Zickzack über Feldraine, über Viehweiden, an Hafelgestrüpp vorbei in den Buchenwald. Wie alle Knaben liefen sie nicht geradeaus, sondern immer ein wenig seitab ihres Weges, wobei sie gebahnte Pfade möglichst vermieden, wie es die schweifende ordnungswidrige Natur verlangt, die in Kindern steckt. Nur einmal, als Ferdinand eine ganze Strecke lang durchs Getreide stapfte, erwachte in Franta der Bauernjunge, und er zog den Städter am Arme aus der reifen Frucht. Mitten im Lauf ergab sich für Ferdinand eine peinliche Schwierigkeit, denn ein Zaun mußte überklettert werden. Mit einem Schwung war Franta hinüber. Ferdinand mühte sich verzweifelt und schmachbeladen ab. Der andere verschränkte in pädagogischer Unerbittlichkeit die Arme und gab dem Zappelnden Anleitungen, wohin er die Füße setzen müsse, um das Hindernis zu bewältigen! Endlich gelang es. Nach dieser ansehnlichen Leistung fühlte sich Ferdinand hochbefriedigt und das erstemal seinem neuen Freunde gegenüber ganz frei.

Im Buchenwald – es war eigentlich ein gemischter Wald, teils Laub-, teils Nadelholz – wies Franta auf eine ziemlich geräumige Grube: »Räuberhöhle«, erklärte er mit seiner stoßweisen Einsilbigkeit. Räuber, dieses Wort war ein wichtiger Bestandteil jener Erzählungen, die Ferdinand aus Barbaras Munde kannte. Ehrfurchtsvoll fragte er:

»Da wohnen Räuber drin? Und was für Räuber?«

Franta meldete dumpf: »Janetschek!«

Ferdinand konnte Furcht kaum bezwingen:

»Janetschek? Ist das ein großer Räuber?«

»Der größte, den wir bei uns haben...«

»Und lebt er noch?«

»Ja, er wird vielleicht noch leben...«

»Und wohnt er dort unten?«

»Vielleicht wohnt er dort... Aber nur in der Nacht.«

Dieses »Vielleicht« und die unsichere Wortfolge von Frantas Bericht, der Hinweis darauf, daß die Höhle nur zur nächtlichen Behausung des Räubers Janetschek diene, gaben Ferdinand allen Mut zurück. Zugleich aber mit dem Mut stellte sich eine warme Sympathieregung für Janetschek ein, die dadurch nicht vermindert wurde, daß sich auf dem Boden der Grube zwei rostige Töpfe, verkohltes Holz und andere Überbleibsel menschlichen Wohnens zeigten. Dies waren gewiß die Spuren des verfolgten Helden. Ein leidenschaftlicher Einfall wandelte Ferdinand an:

»Wir müssen Steine hertragen und um die Höhle eine Mauer bauen...«

Jetzt war es an dem verständigen Franta, zu staunen:

»Wozu das?«

»Damit er sich besser verstecken kann, der Janetschek.«

Und schon begann Ferdinand mit seinen ärmlichen Kräften einen Stein herzuwälzen. Franta, der sich mit diesem Unsinn nicht anfreunden konnte und der zu dem kleinen Buben doch nur ein väterlich-herablassendes Verhältnis unterhielt, machte sich dennoch auch an die Arbeit. Die Leidenschaft in Ferdinands Wesen und die Phantastik seines Planes wirkten als Autorität. Franta hatte schon ein paar Steine zugetragen, als er innehielt:

»Was soll es denn werden?«

»Ein Fort. Weißt du, was ein Fort ist?«

»Nein! Wie kann ich das wissen?«

»Sie haben das beim Militär...«

»Woher weißt du es?«

»Von meinem Papa.«

»Aber dieser... dein Papa... ist doch schon tot?«

»Ja, er ist tot.«

»Und er ist etwas sehr Hohes gewesen, was?«

Ferdinand dachte an die Salve bei Papas Begräbnis und verkündete, jedes Wort betonend:

»Kaiserlich und Königlicher Oberst, Kommandant des Infanterieregiments Numero dreiundsiebzig.«

Franta erschauerte:

»Oberst! Das kommt gleich nach dem Kaiser, was?«

»Ja, da kommt nur noch der General vorher.«

»Aber ein Feldwebel, der ist auch etwas, nicht?«

Ferdinand zog ein verächtliches Gesicht:

»Feldwebel? Weißt du denn nicht, daß der nur Mannschaftsperson ist?«

Franta zeigte sich durch diese Antwort beleidigt. Er wisse sehr gut, daß der Feldwebel, den sie vor zwei Jahren als Einquartierung im Hause hatten, ein großes Tier sei. Ferdinand, der den militärischen Schematismus mit der Muttermilch eingesogen hatte, erklärte dem Bauernjungen, daß so ein Feldwebel weniger sei als ein Fähnrich, durch welche von oben herab erteilte Belehrung Franta sich immer gedemütigter fühlte. Dieses Gespräch bewirkte, daß nicht nur der Räuber Janetschek samt seiner Höhle in Vergessenheit geriet, sondern auch Franta sich nunmehr achtungsvoll regelrechter Sätze anstatt kahler Hauptwörter befleißigte:

»Wollen wir baden gehn?« fragte er höflich.

Auf dem Weg zum Fluß mußten die beiden ein Abenteuer bestehen. Franta hatte sich im Walde einen großen Stock abgeschnitten. Nun, da sie über eine Geröllhalde liefen, hieb er immerzu im Takt gegen die Steinhaufen. Dadurch geschah es, daß er unversehens eine Kreuzotter aus ihrem Schlafe schreckte. Das gereizte Tier stellte wütend seinen Kopf auf. Ferdinand schrie und konnte sich nicht vom Fleck rühren. Bisher hatte er Schlangen nur auf Bildern gesehen, aber dieser Anblick schon war ausreichend gewesen, Grauen und Ekel vor diesen höllischen Kreaturen in ihm wachzurufen, der durch Barbaras Abscheu vor ihnen noch gesteigert wurde. Nun zeigte sich, was er mehr für märchenhafte Ausgeburt denn für Wirklichkeit gehalten, als lebendige Gefahr. Nicht nur Furcht bannte ihn an seinen Ort, sondern die häßliche Zauberinnengewalt dazu, die er in dem Geringel des Schlangenleibes spürte. Franta war zurückgesprungen. Doch sogleich raffte er seine Courage zusammen; eine glänzende Gelegenheit bot sich, vor dem Sohn eines Obersten seine wilde Unerschrockenheit zu beweisen. Er zielte und ließ dann den Stock auf die Schlange niedersausen. Ein Held! Mit dem ersten Hiebe schon hatte er den Unhold betäubt. Jetzt aber setzte ein wütendes Gemetzel ein. Franta ruhte nicht früher, bis er das dreieckige Köpfchen mit einem großen Stein plattgequetscht hatte. Ferdinand wandte sich ab. Er glaubte, ihm müsse übel werden. Der Held arbeitete sachlich. Während ihm der Siegerstolz das Blut erhitzte, sagte er wegwerfend, um sich ja keine pathetische Blöße zu geben:

»Bei der Bezirkshauptmannschaft kriegt man fünf Sechser für eine tote Schlange.«

Er riß ein paar große Huflattichblätter ab, pendelte den Kadaver mit dem Stock auf diese Unterlage und häufte Steine darüber. Er zeigte damit seine Absicht, sich die fünf Sechser keineswegs entgehen zu lassen. Kaum war die Schlange verschwunden, als sich der Schreckensbann von Ferdinand löste und ihn eine dankbare Begeisterung für den Drachentöter ergriff.

Das seelische Gesellschaftsleben der Menschen besteht, wenn man aufrichtig sein will, aus einem unablässigen Kampf um Überlegenheiten, wenn auch zumeist um Überlegenheiten der lächerlichsten Art. Wie man den Luftdruck nach »Atmosphären« mißt und die elektrische Stromspannung nach »Volt«, so könnte man die seelische Spannung des menschlichen Verkehrs nach »Überlegenheitseinheiten« messen, die dem Selbstgefühl zugeführt oder entzogen werden. Die Güte eines Menschen erweist sich nirgends reiner als in der Großmut, mit welcher er den Reichtum seines Nächsten an solchen Überlegenheitseinheiten anerkennt und erträgt. Die Wagschale von Frantas Überlegenheit schnellte nach dem Schlangenabenteuer hoch empor. Ferdinand seinerseits gab sich restlos der Bewunderung hin.

Dort, wo sie ans Ufer kamen, gibt sich der Fluß ein ziemliches

Ansehen. In mehrere Wasserarme zersträhnt, bildet er einige leere Sandbänke und auch ein paar kleine Inseln, die mit ihrem Urwaldanflug die Rolle geheimnisvoller Erdteile spielen, die auf den Karten mit weißen Flecken verzeichnet zu werden pflegen. Auch hier hatte heute die Energie der Sonne das Leben zum tropischen Übermaß umgefälscht. Die Uferpartie selbst war abwechselnd grasig, sandig oder lehmig. An einigen böschungsniedrigen Stellen hatte der Fluß das Land angefressen. Hier stand das dichte Schilf und Riedgras. Darunter aber, von zuckenden Libellenblitzen überzittert, brodelte es, und ein atemloses Quaken und Unken machte sich breit. Von einer der Inseln plätterte jetzt eine Kette großer Vögel ins Blau. Das gab einen kurzen scharfen Lärm, wie wenn man ein festes Stück Leinwand mitten durchreißt. Das Wasser zog langsam und schmalspurig dahin. Es war ja sozusagen ein Sekundärfluß, der nur eine mäßige Verkehrsaufgabe zu lösen hat. Immerhin beherbergte auch er seine Fischvölker, und hin und wieder durchbrachen silbrige Schemen den Spiegel, um in einer Hundertstelsekunde ihre Insektenbeute zu schnappen; viele metallgrüne Fliegen surrten dicht über der Fläche. Ferdinands Augen wurden ganz schwer von der Betrachtung all dieses unbekannten Lebens. Franta aber kümmerte sich nicht darum, sondern warf eilig die Kleider ab und schritt in den Fluß:

»Zieh dich aus«, rief er zurück, »und komm!«

Ferdinands Herz blieb stehen. Das »Erstemal« ist immer mit Furcht und Grauen verschwistert. Darum bedeutet die Kindheit das eigentliche Heldenzeitalter des Menschen, denn jede Stunde ist voll von Entdeckertaten und Forschergefahren. Ferdinand war noch nie unter freiem Himmel im Wasser gewesen. Daheim im Bade zu sitzen, das rief angenehme Gefühle hervor. Doch dieser Fluß hier wuchs in dem Augenblick, da es notwendig war, Frantas Befehl zu gehorchen, zu einem unerbittlichen Ozean. Kläglich sah er auf die Wasserfläche hinaus. Seit Mamas Flucht erschien ihm alles Gewässer (der Parkteich) so drohend und unheimlich. Was aber konnte er tun? Unmöglich, da Franta schon kühn in den Fluten plätscherte, sich hinzusetzen, zu warten oder gar, wie's ihm wirklich zu Mute war, in Tränen auszubrechen. Hatte er es von Papa gelernt, daß man solche Anwandlungen verbeißen müsse? Nein, in seinem winzigen Leben konnte er noch nichts erlernt haben, aber ererbt hatte er von seinem Vater das blutgedrillte Muß, vor einer bitteren Sache nicht auszukneifen. Was blieb ihm übrig? Er durfte nicht zurückbleiben.

Ferdinand ist weder ein tapferer Mensch noch ein Feigling. Wie bei den meisten Leuten besteht sein Mut in der Feigheit, den Mut zu seiner Feigheit zu haben. Auch jetzt wagte es der kleine Knabe nicht, sich seiner Furcht hinzugeben, sondern legte mit ungeschickten Bewegungen seine Kleider ab, da Barbaras Hand ihm fehlte. Nackt stand er da. Aber es war eine andere Nacktheit, als er sie bis nun an sich kennengelernt hatte, es war eine andere Nacktheit als die zu Hause. Ganz unbekannt kam ihm sein schwacher Körper vor, der in der Sonne wie ein fremdes Wesen aufleuchtete. Er sah sich selbst zum erstenmal im Freien. Die Bloßstellung erfüllte ihn mit heiklen Verpflichtungsgefühlen Franta, dem Fluß und der offenen Welt gegenüber.

»Komm endlich!« ertönte es mahnend. Keine Rettung! Ferdinand schloß die Augen, berührte mit den Zehen das Wasser und zuckte zurück. Franta höhnte. Da spürte Ferdinand, daß er nun ganz gewiß weinen werde. Dies aber wäre das Allerpeinlichste gewesen! Auf keinen Fall durfte der andere die Tränen sehen, die sich unter seinen Lidern sammelten, und den Mund, der sich schon verräterisch zu kräusen begann. Er holte tief Atem und verzerrte sein Gesicht. Wie einer, der sich selbst aufgibt, den Atem krampfhaft festhaltend, ging er tapfer auf die Stelle zu, wo Franta stand. Mit Messerschärfe zerschnitt Zoll um Zoll das Wasser seine weiche Haut. Nun reichte es ihm an die Brust. Aber der Schreck hatte nur einige Augenblicke gedauert. Schon erfüllte eine wunderbare Wärme, eine überirdische Leichtigkeit seinen Leib. Er öffnete die Augen, von denen jetzt ungehemmt die Tränen rannen. Frantas Hände erfaßten ihn. Der Himmel wogte.

Ferdinand stieß einige plärrende, dann ein paar fröstelnde

Laute aus, die von der überstandenen Angst beschattet waren, und nun brach ein kreischendes Gelächter aus seinem Herzen, das sich zu Jubelschreien steigerte. Er begann mit beiden Armen das Wasser zu peitschen, das Wasser, das er so furchtsam besiegt hatte. Franta tauchte immerzu unter. Ferdinand aber sandte seine wilden Glücksschreie in die Welt.

Fünfzehntes Kapitel

Die Neige des Tages

Die Stube des Bergmanns!

Es ist nicht allzu lange her, daß der Schiffsarzt in seiner Kabine mehrere Nächte hintereinander ein und denselben Raum im Traumbild sah. Es war ein ziemlich großer dämmriger Saal, der dem Präparatenzimmer eines medizinischen Instituts glich. Eine Projektionsleinwand im Hintergrund, auf der rauchig schwache Bilder zerflossen, sprach für dieselbe Bedeutung. Nicht so die innerlich erleuchteten Kristalldrusen, die von der Platte schwerer Eichenkasten herniederschimmerten. Der Anblick dieser Kasten und Kristalle bewirkte in dem Träumer jedesmal eine merkwürdige Lähmung.

Halberwacht setzte er sich dann im Bette auf und dachte an die alte Heimat, während sein schwarzer Mantel an der Kabinentür, vom Meeresatem in Gang gesetzt, wie ein Uhrpendel die Sekunden einer außermenschlichen Zeit zählte. Ohne recht zu wissen warum, dachte er an die alte Heimat.

O Land der Mitte, Zweivölkerland, Dreivölkerland, Böhmerland! O Land des Blutes, das sich dreifach durchdringt und das dreifach vergossen wird in unaufhörlichen Opferungen seit tausend Jahren! Deiner Stämme Zahl, Deutsche, Slawen, Hebräer, umarmt einander in inbrünstiger Feindschaft. Aber vielleicht sieht Gott nur die Umarmung und nicht die Feindschaft! Land der unendlich ruhenden Saatfelder, Land der gierigen Industrien, Land grobschlächtiger Leiber, Land der entschwebenden Geister! Viele deiner Kinder sendest du aus, damit sie dein vergessen. Dann aber schickst du ihnen eifersüchtig über die fremden Meere Träume nach, die ihre Glieder in mystischer Lähmung erstarren lassen!

Damals freilich war die Stube des Bergmanns keineswegs in Dämmerung gehüllt. Die riesige Sonne jenes Tages stieß ihre scharfen Lichtklingen durch die niedrigen Fenster des bäuerlichen Raumes. Auf dem Kasten standen wohl zwei große Drusen von Eisenblüte und Bleierzkristall, aber sie schimmerten nicht. Alles andere hatte der Traum hinzugefälscht, den feiertäglich gedeckten Tisch in der Mitte des großen Zimmers aber vergessen. Man erwartete ja Gäste. Nicht nur Barbara und der Sohn des Obersten, auch der älteste Bruder der Kinderfrau und des Bergmannes war angesagt. Als hochwürdiger Herr und Pfarrer in einem Marktflecken bildete er den Stolz der Familie.

Da die Schwägerin in aller Frühe über Land gegangen war, um einen Wöchnerinnenbesuch abzustatten, und nicht vor dem Mittagessen zurückerwartet wurde, hatte Barbara die Zubereitung des Festmahles übernommen. Vielleicht war das Verschwinden der Bergmannsfrau eine Abdankung vor Barbaras Kochkunst, die von den Brüdern stets hochgepriesen wurde. Das Mittagsmahl war demnach eine willkommene Freude für alle. Es wäre ungerecht, ihm nicht ein paar Worte zu widmen.

Knapp gerechnet bringt der Mensch täglich eine Stunde mit dem Essen hin. Dies macht in einem mäßig langen Leben von sechzig Jahren nicht weniger als einundzwanzigtausendneunhundert Stunden aus. Übersetzt man es in eine faßliche Zahl, so sind es neunhundertzwölf Tage und Nächte oder zweieinhalb volle Jahre unseres Lebens, die wir einzig und allein dieser Tätigkeit widmen. Ein guter Statistiker könnte errechnen, daß unsere Tragödien, unsere seelischen Kämpfe, unsere geistigen Stürme, unsere philosophischen und künstlerischen Erlebnisse eine weit geringere Weile in Anspruch nehmen. Wieviel aber reden die Menschen und ihre Bücher von diesen großartigen Dingen, deren Besitz adelt, während sie die wichtigste und ausdauerndste Beschäftigung ihres Daseins mit hochmütigem Schweigen übergehen. Dies ist eine zimperliche Heuchelei und gouvernantenhafte Prüderie, welche die Alten nicht kannten, da sie das Mahl zu einem rechtmäßigen Mittelpunkt ihrer Tage und Werke setzten.

Barbara und die Schwägerin trugen die Speisen auf. Zuerst kam eine starke dunkelbraune Suppe, die den Saft eines großen Stückes Rindfleisch in sich aufgenommen hatte und die Würze so manchen grünen Gemüses. Zudem schwamm in dieser Suppe noch eine hübsche Portion Leberreis. Dann folgte – was sich an Sonntagen auch auf armen Tischen hierzulande findet – ein zarter magerer Schweinsbraten mit brauner Kruste. Kartoffeln und süßsaures Kraut vervollständigten den Gang. Dazu trank man frisch abgezapftes Bier, das Franta aus dem Wirtshaus geholt hatte. Nun aber brachte Barbara auf einer großen Schüssel die Speise herein, die sie ihrem Pflegekind als besondere Huldigung zugedacht hatte. Es waren je drei Kirschen in dünnen Teig gewickelt und gesotten. Darüber wurden Streuzucker, geriebener Topfen und zerlassene Butter geschüttet. Der blaurote Fruchtsaft vermischte sich mit den übrigen Zutaten zu einem höchst schmackhaften Sud, den Ferdinand leidenschaftlich liebte.

Alles in allem ein ziemlich grobes und landläufiges Mahl. Aber der Schiffsarzt, der in seinem Leben oft gehungert hat und jetzt alltäglich vor den internationalen Gleichgültigkeiten endloser Diners sitzt, würde alle feineren Tafelgenüsse dafür hergeben, servierte man ihm Barbaras Speisenfolge. Wie alle andern Kindheitserlebnisse, so ist auch das erste Erlebnis des Wohlgeschmacks richtunggebend. Es ist ein wichtiges Element der Heimatliebe und bestimmt die Sympathien mit, die der Mensch für Völker und Länder hegt.

Beim Essen wurden in trägen Pausen Gespräche geführt, wie sie gewiß an den meisten Sonntagstischen dieser Gegend üblich waren. Nicht nur der Bergmann, auch der Pfarrer hatten ihren Rock abgelegt und stützten ihre wuchtigen Arme in den weißen Hemdärmeln schwer auf den Tisch, während sie von weither ihre Suppe löffelten und schlürften. Der Bergmann sprach wenig, gleichsam um seinem gelehrten und höherstehenden Bruder mit unbeholfenen Worten nicht im Wege zu sein. Es muß aber gesagt werden, daß der alte Arbeiter ein viel wissenderes und feineres Antlitz besaß als der Geistliche, von dessen stupsnäsig rotem Bauerngesicht der Schweiß herunterrann. Dieser sagte übrigens genau dasselbe, was auch der Bergmann gesagt hätte, würde er mehr gesprochen haben: Etwa, daß die Ernteaussichten zufriedenstellend seien, aber man dennoch einen zweitägigen Regen brauchen könne, daß sich der neue Kreistierarzt in Milin als Nichtskönner entpuppt habe, daß an allem Unglück die Politik Schuld trage und die Reichsratsabgeordneten in Wien nur deshalb Obstruktion trieben, um die Sitzungsdauer hinauszuschieben und ihre Diäten in den Vergnügungslokalen der Weltstadt anzubringen. Trotz dieser leicht pessimistischen Betrachtungen, die das Mahl würzten, war man auf der Hut, sich zu erregen und darüber die Essensfreude zu vergessen. Nur einmal ereiferte sich der Pfarrer stärker, wobei er sogar auf den Tisch schlug. Er kam nämlich auf den großen Skandal zu sprechen, in dessen Mittelpunkt eine Spar- und Vorschußkassa der Hauptstadt prangte, die in Konkurs gegangen war. Durch den Diebstahl eines Direktors und die Hehlerei mehrerer Politiker, die ihm Schmiere standen, waren Tausende von armen Leuten um ihren Sparpfennig gekommen. Auch der Pfarrer hatte dabei hundert Gulden verloren. Er erklärte das gesamte Bankwesen der Welt für eine staatlich geschützte Diebsverschwörung und gelobte, in Zukunft seine Ersparnisse, wie alle wahrhaft gescheiten Leute, in den Strumpf zu stecken. Barbara und ihre Verwandten stimmten eifrig zu. Der Bergmann war durch die Anwesenheit seines Bruders und des Oberstensohnes sichtlich versteift. Seine Frau redete den Schwager mit »Hochwürden« an, was sie aber, sooft es nur ging, vermied. Zu Ferdinand sagte sie: »Junger Herr!« Barbara, die wieder einmal zu Hause auf dem Grunde ihrer Eltern war, strahlte von innen und bemühte sich, ihren Pflegebefohlenen mit heimisch mütterlicher Liebe zu umgeben. Es gehörte durchaus zum Bilde dieses ländlichen Tisches, daß die Männer nur selten das Wort an die Frauen richteten, und die Frauen ihrerseits, unbekümmert um die Männer, angelegentlich miteinander flüsterten. Ferdinand ahnte nicht, daß er und seine Zukunft der Gegenstand dieses eifrigen Getuschels war. Er hatte die genierte Beklemmung schnell überwunden, die ihn in einer fremden Runde immer überfiel. Durch das Flußbad wundersam erweckt, durch den langen Weg sehr hungrig, saß er neben Franta und ließ sich seine Lieblingsspeise schmecken. Die Bewunderung für den neuen und ersten Freund war so rasch gewachsen, daß er alle Dummheiten und Ungezogenheiten des Burschen sogleich nachahmte. Zupfte Franta am Tischtuch, jonglierte er mit dem Besteck, schlenkerte er aufdringlich mit den Beinen, so vollführte Ferdinand unverzüglich die gleichen Taten. Nur die wildbettelnde Gebärde Frantas, mit der er seiner Mutter den leeren Teller zur Füllung hinbot, vermochte der Gast nicht nachzuäffen.

Nach Tisch ging der Pfarrer mit den beiden Jungen in den kleinen Garten. Sorgenvoll inspizierte er die Rosenstöcke vor dem Haus, die sein Geschenk waren. Mit der Gärtnerschere schnitt er die abgeblühten Reste ab und entfernte die welken Zweige. Die Sonne wütete mit unverminderter Kraft. Über das leere Bauerngesicht des Geistlichen lief immer dichter der Schweiß. Er hielt bei seiner Arbeit die Augen halbgeschlossen. Ferdinand und Franta standen ihm zur Seite. Er wußte selber nicht, wie er zu dem recht verworrenen Einfall kam, einen Knaben, der noch nicht einmal die Volksschule besucht hatte, in die lateinische Deklination einzuführen. Vielleicht wollte er dem kleinen aber hochgestellten Gaste des brüderlichen Hauses eine Ehre zuteil werden lassen. Vielleicht auch wollte er damit betonen, daß sie beide, er und Ferdinand, nicht ganz zu dieser Umgebung gehörten, sondern Mitglieder einer höheren sozialen Schicht vorstellten:

»Die Rose heißt auf lateinisch rosa«, lehrte er, »rosa, rosae, rosae, rosam, rosa, rosā! Sprich das schön nach!«

Und voll freudiger Zuvorkommenheit gab Ferdinand, zuerst mit einigen Schnitzern und dann richtig, dieses Lied wieder:

»Rosa, rosae, rosae, rosam, rosa, rosā.«

Von diesem lateinischen Spiel, in das noch ein paar andere Vokabeln einbezogen wurden, die sich ringsum anboten, blieb Franta, der Prolet, ausgeschlossen. Aber er fand sich damit ab.

Dann ging der Pfarrer schlafen, und die Knaben entwischten wieder. Auf einer frischgemähten Wiese brachte Franta seinem Gaste die Anfangsgründe des Fußballspiels bei. Als Ball diente ein abgefallener halbreifer Apfel. Ferdinand faßte sogleich Leidenschaft für diese Betätigung, die ihn im Leben nicht mehr verlassen sollte. Das heißt, er ist nicht etwa ein guter Fußballspieler geworden oder auch nur ein Enthusiast der Sportstribünen. Aber noch heute, wenn er seines Weges geht, und vor ihm liegt ein größerer Stein, wird er ihn gewiß eine ganze Strecke lang weiterstoßen und dabei die Erinnerung jener Freistunden in den Füßen haben, da er mit andern halbwüchsigen Kameraden sich an dieses Spiel verlor. (Das »Goal« war durch zwei Haufen markiert, die aus den Röcken und Kappen der Spieler bestanden.)

Es wurde kühler, und die Buben legten sich müde nebeneinander auf die Wiese hin. Ferdinands ausgestreckter Körper fühlte mit seiner ganzen Fläche die Erde. Dieser erneuerte Kinderkörper, der heute zum erstenmal das Wesen des Wassers gekostet hatte, er kostete jetzt zum erstenmal das Wesen der Erde. Mit tausend nervösen Saugnäpfen, mit winzigen grasverhüllten Lippen prickelte und sog sie an dem hingegebenen Leibe. Ferdinands Rücken spürte ihre Lust, ihn wie alles andere zu schlukken, gierig alles Oberirdische sich einzuverleiben. Sie atmete wie ein ruhiges unendliches Tier. Ihr Atem roch nach Heu. Ferdinand rückte dicht an Franta heran. Da kam auch über den größeren Jungen Zärtlichkeit:

»No, und was wird weiter mit dir werden, Mensch?« fragte er in abgebrühtester Erwachsenheit. Ferdinand erfaßte den Sinn dieser Worte nicht voll. Aber er stammelte bekümmert:

»Ich weiß nicht...«

Franta richtete sich halb auf:

»Und ich sage dir, was brauchst du fortzufahren? Hast ja dort eh' niemanden!«

»Ich muß aber in die Schule gehen«, erklärte Ferdinand.

»Warum mußt du dort in die Schule gehen? Kannst auch hier in die Schule gehen. Der Lehrer, gut, der ist oft besoffen. Herr Vondrak heißt er. Aber der deine dort, wird er besser sein als der Herr Vondrak? Ich sag dir, bleib bei uns! Wir werden schon zuschauen...«

Diese holprige Einladung grub sich in Ferdinands Sinn ein.

Man ging früh schlafen, kaum daß es dunkel geworden war. Die Schwägerin hatte für Barbara und Ferdinand die Mansardenkammer hergerichtet. Dem Kinde war das Bett zugedacht, Barbara sollte auf dem alten Wachstuchsofa schlafen. Sie trug zwei kleine Kränze aus Wiesenblumen in das Dachzimmer, die sie am Nachmittag geflochten hatte. Dieser uralten Mädchensitte aus verschollener Zeit erinnerte sie sich immer, wenn sie nach Hause kam. Jetzt legte sie die kunstvoll gewundenen Kränze in zwei tiefe Suppenteller voll Wasser. Ferdinand aber hatte bemerkt, daß sich draußen auf der kleinen Holztreppe einige Blumen losgelöst hatten und herabgefallen waren. Es störte ihn, die vereinsamten aus dem Zusammenhang des Lebens gefallenen Blüten in der Finsternis welken zu wissen. Er machte Barbara auf diese Unordnung aufmerksam. Sie ging mit dem Licht hinaus, suchte die verlorenen Blumen auf der Treppe zusammen und legte sie einzeln zu den Kränzen ins Wasser. Diese Nichtigkeit befriedigte Ferdinand auf eigentümliche Weise. Als Barbara die Kerze ausgeblasen hatte, wagte er sich mit seinem Anliegen hervor:

»Sag du... könnten wir denn nicht hierbleiben... immer...?«

Ungläubig staunte die Antwort ins Dunkel:

»Was will Er? Was sagt Er?«

»Ich kann auch hier in die Schule gehen... Der Lehrer, gut, der ist oft besoffen... Herr Vondrak heißt er... Aber wird der meine dort besser sein...?«

Entschiedene Ablehnung kam herüber:

»Das ist keine Schule für Ihn. Aus Ihm soll etwas anderes werden, etwas Großes, wie es Sein Papa war.«

Ferdinand wehrte sich weinerlich-trotzig:

»Aber ich will ja gar nichts Großes werden, ich will lieber hierbleiben...«

Daraufhin schien Barbara über diesen Wunsch ernsthaft nachzudenken und lange Für und Wider zu erwägen, ehe sie ihn endgültig verwarf:

»Was denn? Hierbleiben? Hier gehört Er nicht her. Er gehört zur Herrschaft!«

Ferdinand wußte auf dieses Argument nichts mehr zu erwidern. So traurig es war, ihm blieb nichts anderes übrig als zu schweigen und einzuschlafen.

Sechzehntes Kapitel

Bahnhofsgefühl

Zur fünften Nachmittagsstunde, da Barbara und Ferdinand in die Wallfahrtskirche traten, um Abschied von ihrem Landausflug zu nehmen, war der hohe Raum dunkel, hohlschallend und menschenleer. Nur aus dem Düster einer fernen Unsichtbarkeit drang das Gemurmel der Heiligenlitanei her, die in irgendeiner versteckten Seitenkapelle abgehalten wurde. Tonlos, kaum vernehmlich flogen in der vorschriftsmäßigen Aufeinanderfolge die angerufenen Fürbitter auf.

Barbara hatte sich an der Pforte mit Weihwasser bekreuzigt und war dann, Ferdinand mit sich niederziehend, vor einem der unscheinbaren Nebenaltäre auf die Knie gesunken. Sie begann eifrig in einem kleinen zerfetzten Gebetbuch zu blättern, das der Knabe noch nie bei ihr gesehen hatte. Als die Stelle, nach der sie suchte, gefunden war, flüsterte sie:

»Denk Er jetzt an Papa und Mama!«

Sie selber aber las mit unhörbarer Stimme das »Gebet für Verstorbene«, wie es in diesem Buche stand, das sie noch seit ihrer Schulzeit besaß. An dem betreffenden Ort setzte sie die Namen ein, zu deren Gunsten sie sich an Gott wandte:

»Wie Du Dich unser, der noch lebenden Menschen erbarmen mögest, o Gott, so erbarme Dich auch unserer verstorbenen Brüder und Schwestern im Reinigungsorte; rette sie aus ihren Strafen und nimm sie zu Dir ins Himmelreich! Insbesondere derjenigen erbarme Dich, welche einst unsere Verwandten, Freunde, Wohltäter und gute Bekannten waren, besonders des Herrn Oberst und seiner Frau, der Eltern dieses Kindes! – Erbarme Dich ihrer nach Deiner großen Barmherzigkeit! Verzeih ihnen ihre Sünden, besonders aber ihr, der Sünderin! Laß ihnen ihre längeren Strafen nach und nimm sie zu Dir in das Himmelreich! Verzeih ihnen und gib, daß wir uns alle dereinst wiedersehen in Deiner ewigen Freude durch unsern Herrn Jesus Christus, Amen!«

Ferdinand schloß die Augen und ballte die Fäuste. Er hatte den besten Willen, Barbaras Wunsch zu erfüllen und mit aller Kraft Papa und Mama herbeizurufen. Aber die Toten entzogen sich ihm. Sie wollten das Element nicht verlassen, in dem sie sich nun bewegten. Ebensowenig kann man Fische mit der bloßen Hand fangen, wie die scheuen Schatten der Toten. Sie waren schon so gleichgültig geworden, als wären sie nicht einige Tage und Wochen, sondern ein paar Ewigkeiten tot. Immer weiter schwammen sie davon, und es fiel ihnen nicht ein, sich von ihrem Kinde heranlocken zu lassen. Hingegen unterbrach Frantas Bild breitspurig Ferdinands Bemühungen. Je ausschließlicher er an seine Eltern denken wollte, je frecher drängte sich ihm der Bub auf. Frantas Kopf, wie er struppig und triefend aus dem Wasser taucht! Franta, den kühnen Hieb gegen die Schlange führend! Franta, wie er mittwegs von dem scheppernden Leiterwagen hinabspringt, der Barbara und Ferdinand in die kleine Stadt zurückführt. Zuerst stapft der Bursche weiter, ohne sich umzuschauen. Dann aber, als koste ihn diese Freundschaftsbezeigung eine ehrliche Überwindung, dreht er sich um und winkt Ferdinand kurz mit der Hand. Das Bild des knappen, fast groben Grußes steigert in dieser Minute die Sehnsucht des Knaben nach seinem ersten Freunde immer stärker.

Die Sehnsucht wich erst wieder, als Barbara ihn zum Umkreis des wundertätigen Bildes führte, um eine letzte Andacht zu verrichten. Ein dumpf-gelblicher Strahl, von der Fensterrose gefiltert, streifte an den Schaft der Säule. Dadurch wirkte die Gottheit in ihrer Höhe noch unbestimmter und kaum mehr im Stein verwirklicht. Barbara forderte:

»Bete Er jetzt für uns, und daß wir noch lange zusammenleben dürfen!«

Diese Worte entschleierten eine Wunde in Ferdinands geheimstem Vorwissen. Wohl war er noch zu klein, um zu ahnen, warum er trauere. Aber seine Seele, die mehr wußte als er selbst, trauerte der Trennung entgegen, die ihm in wenigen Jahren schon Barbara entreißen würde. Es ist nicht wahr, daß es Kinderseelen im Sinne von unfertigen Seelen gibt. Es gibt nur ein kindliches Bewußtsein, ein primitives, unvollständiges Wissen um die Wirklichkeiten, die der kleine Mensch in sich trägt. Wenn man Kinder recht beobachtet, lernt man verstehen, daß sich ihr Wesen von den Erwachsenen durch nichts anderes unterscheidet als durch unerwecktere Empfangs- und Ausdrucksmittel des Selbstbewußtseins. Die Seele selber verwandelt und entwickelt sich nicht. Um sich hievon zu überzeugen, braucht man nicht nur an die weisen Fragen ganz kleiner Kinder zu denken. Ein Blick in die stillen Augen eines Säuglings genügt. Die Seele, das sich selbst erlebende Licht, leuchtet von Anfang an mit der gleichen Stärke. Nur die Lampe, in der es steckt, Glas und Schirm verändert sich, erhellt und verfinstert den Lichtkern. In der unentwickelbaren Ganzheit dieser Seele ist unser Leben, unser Schicksal als ebensolche Gesamtheit vorweg enthalten. Und dies ist das Geheimnis des Vorwissens, jener Kraft in uns, die wir am meisten fürchten. Daß wir bei unserer Geburt ein leeres, bloß vererbungsmäßig vorliniertes Blatt sein sollen, auf das nun das Leben seine Haar- und Schattenstriche zu schreiben beginnt, dies ist etwa ein ähnlicher optischer Irrtum wie die Annahme der alten Welt, daß die Sonne um die Erde kreise. Die Zeit fügt uns nichts hinzu. Wer nicht ahnt, daß sie eine fortnehmende, rein analytische Macht ist, hat ihr Wesen nie erlebt. Unser Leben, um ein einfaches Gleichnis zu gebrauchen, ruht schon bei der Empfängnis in uns wie eine geschlossene vollblättrige Rose. Die Zeit zupft Blatt für Blatt ab. In der Loslösung der Blätter, in der Entzweiung der Teile mit dem Ganzen, in der Dialogmöglichkeit dieser Entzweiung liegt das Wesen des gröberen Bewußtwerdens, welches das zarte Voll- und Vorwissen verdrängt.

Die Trauer, in deren Verhüllung Ferdinand jetzt neben Barbara kniete, diese gedankenlose Trauer war sein schmerzhaftes Vorwissen. Aber auch Barbaras Seele betete, während ihr Mund nun ohne Zuhilfenahme des Gebetbuches ein paar Marienformeln sprach, ein ganz anderes Gebet:

»Heilige Mutter Gottes, hilf mir! Hilf mir und verzeih mir die Sünde, daß ich mein eigenes kleines Kindchen, das mir vor so vielen Jahren schon gestorben ist, ganz vergessen habe. Nein, ich denke gar nicht mehr daran, denn ich hab nur dieses, dieses Kind hier lieb, das jetzt keine Eltern mehr hat. Mein Herz ist ganz bange von Liebe, denn ich bin bloß eine Fremde, eine Kinderfrau und Köchin, die man aufnimmt und kündigt. Wo ist mein Anrecht, diesen Buben so sehr gern zu haben, den ich von klein auf gepflegt hab, mehr als seine Mutter. Du weißt es! Man kann mich jeden Tag wegschicken und man wird es auch. Heilige Mutter Gottes, schenke mir noch drei, vier Jahre, die ich bei ihm bleiben darf, nur noch so lange laß mich bleiben, als er in die Volksschule gehen wird. Ich flehe darum nicht allein um meinetwillen, nein auch um seinetwillen. Denn diese Tante Karolin hat ihn nicht gern. Sie ist eine harte geizige Person, das hab ich schon heraus. Gleich hat sie mir ja gesagt, daß sie mir nur den halben Lohn zahlen kann, wenn ich mit dem Kinde zu ihr übersiedeln will. Mit der Frau wird es viel Krach geben, ich seh das schon. Aber ich gelobe Dir, heilige Mutter Gottes, daß ich ohne jeden Lohn dort dienen will, wenn es sein muß, für das bloße Essen. Ich habe ja keine Angst. Später werde ich noch Stellungen genug finden!... Du bist voller Gnaden. Der Herr ist mit Dir... Du bist gebenedeiet unter den Weibern... Nur laß mich noch bei dem Buben bleiben, lange, sehr lange...«

Während Barbara diese Herzensergießung zum Wunderbilde emporsandte, war Ferdinand auf den Knien eingeschlafen und träumte einen kurzen, unruhigen Traum von Janetschek, dem Räuber. Franta hatte ihn im Walde mit dem Befehl, zu warten, allein gelassen. Aber wie lange und geduldig er auch wartete, der Freund kam nicht zurück. Statt seiner ertönte auf einmal Vojtas Stimme aus dem Gebüsch. Er selber aber blieb unsichtbar und schien sich während des Singens einmal anzunähern, das andere Mal wieder zu entfernen. Die Ziehharmonika quäkte zu einem der hundert Lieder, die auf des Pfeifendeckels Repertoire standen. Dieses aber hatte er wohl noch nie gesungen:

»Wasserlein, so kalt wie Eis,
Ja, so kalt wie Eis...«

Die gleichen Worte wiederholten sich immer wieder. Als sie verklangen, fühlte sich Ferdinand noch viel, viel einsamer als zuvor, ja er hatte bisher noch gar nicht gewußt, was Einsamkeit und Angst sei. Dies war der rechte Augenblick für Janetschek, aus seiner Höhle emporzutauchen. Obgleich der Mann einen echten struppigen Räuberkopf besaß, schien er doch weniger ein romantischer als ein pedantischer Räuber zu sein. Bald erkannte Ferdinand, daß Janetschek niemand anderer war als Herr Vondrak, Frantas Schullehrer. Er schwang taktmäßig in seinen Händen den Ast, der zur Tötung der Schlange gedient hatte. »Komm nur, ich werd dir schon das Affazanza zeigen«, sagte er. Ferdinand kannte dieses Wort nicht, aber er verstand so ziemlich seinen drohenden Sinn. Es half nichts, die Gewalt des Traumes zwang ihn, auf den Knien bis zu der Höhle hinzurutschen und seine feinen Hosen an den Steinen zu zerreißen, die er gestern zum Schutze des Räubers zusammengetragen hatte. Dieser aber empfing ihn gnadenlos und führte mit dem Schlangenstabe leichte, aber um so schmerzhaftere Schläge gegen die Oberschenkel des Knaben...

Als Barbara und er wieder im Freien standen und die steilen Treppen des Bußweges stadtabwärts wanderten, schmerzten ihn noch immer die Knie, und sein Kopf war trübe. Dann aber in der Vorhalle des Kleinstadtbahnhofs, nachdem Barbara am Schalter die Fahrkarten gelöst hatte, war Janetschek gänzlich und für alle Zeit zergangen.

Jeder Bahnhof ist auch ein dicht verwickelter Knotenpunkt von seelischen und nervösen Strömungen. Nicht nur die stetige Wolke von Kohlenqualm und Wasserdampf lastet auf ihm, sondern auch eine andere, feinere Wolke, aus der Vibration einer ewig wechselnden Menschenmenge emporsteigend. Die Nervenaussendungen der Ungeduld, des Wartens, der Versäumnisangst, des Reisefiebers, der unzähligen Gefühlswerte des Abschieds (von der Todesnot bis zum Freiheitsrausch), die Morgenfreude der gebirgwärts strebenden Ausflügler, die Bedrücktheit der Heimkehrenden, Sonntagsluft und Montagsfurcht – aus all diesen elektronenhaft schwirrenden Strömungen bildet sich jene unsichtbare Wolke, deren Unruhe wie ein leiser Regen über jedem Bahnhof liegt. In dem Bewegungsbild der Menschen, die atemlos die Bahnsteige entlang hasten, mit grimmiger Entschlossenheit ihre Koffer schleppen, verzweifelt den richtigen Zug suchen, und haben sie ein Abteil gefunden, ihren Platz mit kriegerischer Wut beziehen, gewillt, jeden neuen Obdachsuchenden zu vernichten – in all diesem jagenden Gehaben tritt das menschliche Provisorium als faßliches Zeichen zutage, die Sinnlosigkeit, das unselige Verstoßensein und der zwangsläufig bittere Egoismus dieses Lebens. Ein Wartesaal dritter Klasse zum Beispiel im Spätherbst, wenn es draußen nieselt und in der Dämmerung hocken die Menschen auf den Bänken, ihre verbrauchten Handtaschen und die verschnürten Pakete hütend – gibt es ein treffenderes Sinnbild der Todeserwartung?

Wir alle haben irgendwo zum erstenmal das traurige Bahnhofsgefühl erlebt, wie es jetzt den kleinen Ferdinand packte. Früher, auf Spaziergängen mit Barbara – über einen Viadukt donnert mit silbernen Fensterstrichen ein Schnellzug –, da hatte er sich am Spielzeughaften des Eisenbahn-Anblicks geweidet und in wilder Kennerbegeisterung »Schnellzugmaschine« gejubelt. Auch der Lichtertanz der Signale, das Schrillen der Klingeln, das Schreiten des Stationsvorstandes, die scharfen Pfiffe, Hornstöße und der Rangierlärm waren immer hochgeachtete Gegenstände freudiger Teilnahme gewesen.

Heute aber zeigte ein gehässiges Klingelzeichen den nahenden Personenzug an, es regnete träge, und der Stationschef hatte eine wachslederne Kapuze über die rote Kappe gestülpt. Ein mißvergnügter Schaffner durchlochte grimmig die Fahrkarten. Das verrauchte Bahnhofshaus der Provinz war mit einer zerbröckelnden Farbe angestrichen, die gelb-grauem Spülwasser glich. Es sah genau so abweisend drein wie die Beamten, die dem Publikum verächtlich zu verstehen gaben, daß der Staat Selbstzweck sei und der Reiseverkehr der Monarchie diene, nicht aber ihren Untertanen. Die Eisenbahner schritten bedächtig und entrückt an dem wartenden Volke vorüber. Feierlich setzten sie ihre widerspenstigen Porzellanpfeifen immer wieder in Brand. Ein

Beet mit schlechtgeratenen Fuchsien und ein halbabgestorbenes Bäumchen in einem Topf wirkten fast als loser Widerspruch zu dieser schläfrigen Amtshoffart.

Nicht allzuviele Menschen warteten hier auf den Abendzug. Scheelsüchtige Bauern bewachten diebstahlsfürchtig ihre schmutzigen Bündel. Geschäftsreisende, die zudringliche Unruhe ihrer Lebensbestimmung in den Beinen, machten sich längs des Perrons Bewegung. Sie strichen wie Verschworene schnell aneinander vorüber und riefen sich Fragen zu, auf deren Beantwortung sie keinen Wert zu legen schienen. Eine Frau saß inmitten kleiner Kinder und schlecht verschnürten Auswanderergepäcks. Ihre Augen flohen mutlos im Kreis. Sie wußte sich nicht zu helfen.

Und Barbara? Wie abgespannt war sie, wie blaß, wie alt! Kaum mehr konnte sie sich auf den Füßen halten und sank auf eine der Bänke nieder. Still setzte sich Ferdinand an ihre Seite. Sie entnahm ihrem Zöger ein Tafelchen Suchard-Schokolade, befreite es vom Stanniolpapier und gab's ihm. Er hielt die Schokolade steif in der Hand, ohne davon abzubeißen. In diesem Augenblick ahnte seine Seele, daß sie den ersten Abschied nehmen müsse von Barbara. Es war ein Abschied unbegreiflicher, verworrener Art, denn er wußte ja, daß sie mit zu Tante Karolin übersiedeln und dort in alle Ewigkeit, wie sie vor jedem Kinderleben liegt, bei ihm bleiben werde. Dennoch war alles verwandelt. Mit großer Schärfe kam ihm zu Bewußtsein, daß man ja nicht mehr nach Hause zurückkehren könne. Die alte Wohnung, sein Zimmer, und alles was an Stimmen und Gesichtern dazugehörte, das gab es nicht mehr. Nicht vorher und nicht nachher, nein, jetzt in dieser Minute auf der Bahnhofsbank der Bergwerkstadt war alles anders geworden. Vielleicht war auch schon Barbara eine andere. Da überkam den Knaben eine wehe Schlafsucht, und er ließ den Kopf schwer in ihren Schoß gleiten, in den Schoß, der ihn nicht geboren hatte. Barbara auch näherte ihr eingefallenes Gesicht, dessen Züge immer blinder wurden, dem Antlitz des Kindes. Und wortlos, ihres Abschiedsschmerzes unbewußt, sahen sie einander in die Augen und in den Abgrund ihrer Liebe. So groß war die Macht der Haltung, in der sie erstarrten, daß sich Barbara und Ferdinand kaum losreißen konnten, als der rußige Personenzug hereinkreischte und der Schaffner mit Pfiffen und Zurufen die wartenden Menschen in die schmutzigen Abteile scheuchte.

Zweites
Lebensfragment

Erstes Kapitel

Alfred Engländer und die Intelligenz

»Auch Sie werden hereinfallen«, sagte der schwarzgekleidete, etwa fünfundzwanzigjährige Herr zu Ferdinand, der regungslos in fröstelnder Haltung in der tiefen Fensternische des kleinen Schlafsaals saß. Das Fenster war von dem ereignisreichen Emporstreben des Domturmes ausgefüllt, denn der Schlafsaal befand sich in dem berühmten Churhaus zu Sankt Stephan, wo damals in den Jahren vor dem Krieg das Internat des erzbischöflichen Seminars untergebracht war. Ferdinand überdauerte hier in dieser dumpfigen Stube mit zwei anderen Alumnen, denen es nicht besser ging als ihm, den Rest der Sommerferien. Seine beiden Schlafgenossen hatten am heutigen Sonntag einen Ausflug nach Baden unternommen, und er war in dem ausgestorbenen Internat allein zurückgeblieben.

Ferdinands Besuch, jener junge schwarzgekleidete Herr, der mit wiegenden Schritten auf und ab ging, hieß Alfred Engländer. Er machte den Eindruck eines Menschen, der nicht ganz zu sich selber paßt. Ziemlich groß, trug er schon einen ansehnlichen Bauch und ein backenrotes rundliches Gesicht vor sich her, das für bequeme unverskrupelte Lebensauffassung zu zeugen schien. In dieses Gesicht aber, zu dem von Rechts wegen dicke Lippen gehörten, war ein scharfer strenger Mund geschnitten, und unter der Stirne trauerten – nicht minder erstaunlich – zwei schwachsichtig-schwermütige Augen. Bei Erschaffung dieses Menschen schien die modellierende Natur zwei verschiedene Entwürfe durcheinandergebracht zu haben.

Ferdinand hatte Engländer in den Vorlesungen des erzbischöflichen Seminars kennengelernt. Zu welchem Zwecke und durch wessen Förderung dieser junge Jude, der nicht einmal getauft war, die theologischen Vorlesungen besuchte, wußte niemand. Ferdinand erwiderte die Sympathie Engländers, die ihm, dem Neunzehnjährigen, auf eine belehrend überlegene Weise zuteil wurde. Er saß, wie es seine Gewohnheit war, unbewegt und hielt die Augen niedergeschlagen. Seine unfertige Gestalt steckte in jenem Gewande, das angehende Kleriker zu tragen pflegen. Die Hände verbarg er meist in den ziemlich weiten Ärmeln. Er sah sehr schlecht aus. Dadurch, daß er das braune Haar in die Stirne geschnitten trug und seine tiefgesenkten Wimpern mit den Augenschatten zu schwarzen Flecken zusammenschmolzen, wirkte sein Aussehen noch elender. Über seinem ganzen Wesen lag die Erloschenheit, wie sie allen Staatskindern, allen Geschöpfen eignet, deren Vater der Staat ist. Seit seinem zehnten Jahr, seitdem er Tante Karolins Haus verlassen und getrennt von Barbara lebte, war er bis auf diesen Tag kaserniert gewesen. Militärschule zuerst bis zur Katastrophe, dann das Alumnat und jetzt hier das Seminar in Wien. Welch eine Vorstellung, daß es Menschen gibt, die ihr Leben frei gestalten dürfen und es nicht mit tiefer Dankbarkeit für Speis und Trank als ein Verhängtes, als Verhängnis hinnehmen. Sie dürfen nach eigenem Ermessen über die Straße gehen, nach freier Wahl essen, trinken, sitzen, lesen, rasten. Märchenhafter Gedanke, daß solch ein Mann wie Engländer keinen vorgeschriebenen Rock trägt, sondern sich nach seinem Geschmack bei einem Schneider den Anzug machen läßt, der ihm gefällt.

Alfred Engländer, der ein Wesen wie Ferdinand noch niemals kennengelernt hatte, wurde von dem halbbewußten Leiden dieses Gefangenen immer stärker ergriffen. Er besuchte ihn seit dem letzten Semester regelmäßig, nahm ihn auf Spaziergänge mit und brachte ihm heimlich Bücher. Obgleich Ferdinand zumeist schwieg und Engländer immer redete, fühlte sich der Ältere doch nicht als Wohltäter, sondern eher als Beschenkter. Er war ein aufgeregter, mit sich selbst zerfallener Mensch, und die eigentümliche Ruhe des Gefangenen vermehrte sein inneres Unzufriedensein. Dies kam immer wieder zum Ausdruck:

»Wissen Sie, was das Beste an Ihnen ist«, fuhr er fort, »Sie sind kein intelligenter Mensch! Gott, wenn Sie sich dieses Manko nur erhalten könnten!«

Er unterbrach sich:

»Ich hoffe, Sie verstehen, daß ich Sie mit dieser Feststellung nicht beleidigen, sondern auszeichnen will. Ich halte Sie selbstverständlich für keinen dummen, keinen ungeistigen Menschen, ganz im Gegenteil. Was mit Ihnen los ist, läßt sich aber sehr schwer definieren. Schade nur, daß auch Sie auf den Intellekt hereinfallen werden, was keinem modernen Menschen erspart bleibt. Ihre Ansichten von vorhin beweisen das...«

Engländer blieb hinter Ferdinands Rücken stehen:

»Sehen Sie, ich komme aus einer ganz anderen, sehr geweckten Welt. Meine Kindheit, meine Umgebung, meine Brüder, meine Freunde, alle waren und sind äußerst intelligent. Und ich selber bin leider Gottes meiner Natur nach ein intelligenter Mensch bis in die Fingerspitzen. Eine hübsche Geschichte hab ich übrigens vor ein paar Tagen bei einer sozialdemokratischen Versammlung erlebt, wo ein sehr intelligenter Dummkopf einen Vortrag über die ›Sozialen Elemente des Urchristentums‹ hielt. Nachher hörte ich, wie ein Arbeiter zu einem anderen sagte: ›Dieser Jesus ist für seine Zeit ein ganz intelligenter Mensch gewesen.‹ Und der Bursche, im Vollbesitz seines Beton-, Dynamo- und Pferdekraftbewußtseins, fühlte sich hocherhaben über Jesus.«

Ferdinand lachte nicht. Es sah aus, als hätte er es längst schon aufgegeben, diese Haßausbrüche, die er gut kannte, verstehen zu wollen. Engländer aber ließ mit Wucht ein Buch, das er ergriffen hatte, auf die Tischplatte niedersausen:

»Ist nicht ein einziger Satz der Dogmatik, irgendeine Definition des Lateranense oder Tridentinums nicht nur an Welttiefe, sondern auch an wissenschaftlichem Verstand hundertmal gewaltiger als diese ganze freidenkerische Geistesverfassung?«

Und er deklamierte auswendig und mit Pomp:

»Gratia actualis est internum auxilium supernaturale, quod Deus propter Christi merita homini lapso largitur per modum motionis transeuntis ad operandum in ordine ad ejus sanctificationem.«

Er genoß den knappen Hammerklang dieses Satzes, dem er selbstberauscht nachblickte, als wäre er von jener vorübergehenden Gnadenregung nicht ausgeschlossen, deren Wesen in solch hartes und großartiges Latein gepreßt ist. Ferdinand hingegen fand dergleichen Sätze von ganzem Herzen abscheulich. Ebensowenig konnte man einen Gymnasiasten, dessen Lehrstoff »Homer« war, von der Schönheit der Ilias überzeugen als ihn von dem Werte dogmatischer Formeln. Dieses Studium hatte er sich nicht selber gewählt, es war ihm aufgezwungen worden, wie sein ganzes Leben bisher. Es war eine der lästigsten Formen seiner Gefangenschaft. Für Engländer bedeuteten diese Dinge aber fremde, ja exotische Welten, in denen er sich mit dem Stolz eines Entdeckers bewegte. Seitdem er in theologischen Studien lebte, erschien ihm die liberale Freigeisterei, in die er hineingeboren war, als ein grauenhafter Rückschritt aus einem lichten Geist-All in platt-überheblichen Primitivismus. Es war ihm unbegreiflich, daß nicht die meisten Menschen die gleiche Wandlung durchmachten wie er, weshalb er sich mit all seinen alten Bekannten zerstritt und sehr bald vereinsamt dastand. Jetzt schob er einen Stuhl zu Ferdinand hin. Dieser Junge war der einzige Mensch, der ihm naheging. In dem kleinen Seminaristen lebte etwas von der »Intelligenz« Unberührtes, etwas sehr Seltenes und Staunenswertes, wenn man an die übrigen Duckmäuser dachte, die nur schnell unterkommen wollten. Vielleicht konnte er ihn noch auf seinen Weg bringen. Dies war aber nicht der Grund, warum Engländer in der verwaisten Sonntagsnachmittagstunde im Angesichte Ferdinands seinem Monolog weiter nachhing. Er war ins Reden gekommen, und da konnte ihn nichts zurückreißen. Die Gefahr seines Denkens lag in einer Geläufigkeit des Wortes, die ihn über Stock und Stein lockte. Man hätte ihm leicht vorwerfen können, er spreche allzu »druckreif«, wenn ihn seine Sprunghaftigkeit und ein gewisser Singsang in der Erregung vor solchem Verdacht nicht geschützt hätte. Da er, wie gesagt, sich mit aller Welt zerschlagen hatte, war er beträchtlich redehungrig. Kein Wunder, daß er recht weit ausholte, um jene Erkenntnisse gut zu stützen, die ihm auf dem Herzen brannten:

»Einst hat sich der Intellekt von seinem Gott-Inhalt losgerissen« – er kam sehr schnell ins Schreien – »oder glauben Sie etwa, daß ein Origines oder Thomas weniger Intellekt hatten als ein Experimentalpsychologe heute? Der von Gott abgezogene Intellekt, das ist der intelligente Mensch, oder auch das Nichts. Die Intelligenz an sich besteht ja gar nicht. Sie ist ein rein formales Prinzip. Ich hab sie einmal für mich folgendermaßen definiert: Messende Bewältigung des Lebenseindrucks, Technik! Jawohl! Technik oder der ungeheure Leerlauf der Intelligenz! Verstanden? Ich bin natürlich nicht obskurant genug, all diese Sachen schlechthin zu verachten. Eisenbahnbrücken, Betonbauten, Autos, Wolkenkratzer, Kanalisierung, Lichtreklame, Blériots Flugversuche, die Brüder Wright. No, und wenn schon! Der Mensch hat sich an noch größere Wunder gewöhnt. Auch die Sonne und die Fixsterne sind keine üble Lichtreklame. Aber die Intelligenz will ihm ja das Verwundern austreiben. ›Was leuchtet hier‹, fragt er. ›Eine Glühbirne‹, antwortet sie. ›Warum leuchtet sie?‹ ›Weil Kohlenfäden glühen.‹ ›Warum glühen sie?‹ ›Weil ein elektrischer Strom von der und der Spannungskraft hindurchgeht.‹ ›Und was ist das der elektrische Strom?‹ ›Eine der Substanz eignende Kraftwirkung, die unter gewissen Bedingungen in Erscheinung tritt.‹ Daraufhin macht der Mensch eine enttäuschte Verbeugung, die Intelligenz aber verwarnt ihn: ›Vor allem, mein Lieber, verwundere dich nicht! Wunder ist nur der Laienausdruck für die Finsternis, die ich mit meiner erstklassigen Glühbirne noch nicht aufgehellt habe. Morgen werde ich dir eine klarere Antwort geben. Heute aber verwundere dich also nicht und sei froh, daß du ein anständigeres Licht im Hause hast als dein Großvater...«

Hier sprang Engländer auf. Seine dicken Backen erglühten von wirklicher Wut, und er schrie:

»Ich aber sage dir: ›Verwundere dich!‹«

Ferdinand fuhr unter diesem Anschrei zusammen. Immer, wenn eine laute Stimme ertönte, erschrak er unter der Vorstellung, ein Lehrer oder Vorgesetzter brülle ihn an. Engländer bemerkte gar nicht die Wirkung seines Ausrufs. Er befand sich schon in dem fortgeschrittenen Stadium, wo er ins Weite und zur ganzen Menschheit sprach:

»Schon unser Lehrer Aristoteles hatte die Verwunderung den Ursprung der Philosophie genannt. Leider war unser Lehrer Aristoteles ein ziemlich trockener Schulfuchs, sonst hätte er hinzufügen müssen: Es gibt, mein Lieber, eine Rangordnung der Verwunderungen, verstehst du? Nicht dasselbe ist es, mein Lieber, ob du dich über einen Vacuum Cleaner verwunderst oder über die Erbsünde, verstehst du? Aber ein intelligenter Mensch verwundert sich doch nur über den Vacuum Cleaner. Gott weiß, wann dieser stinkige Unfug angefangen hat.«

Engländer, der sonst immer eine angespannte Haltung beobachtete und seine Fettleibigkeit hinter einer strengen Würde zu verbergen suchte, streckte jetzt, vom Gegenstand hingenommen, seinen Bauch in fahrlässiger Weise vor:

»Ich weiß übrigens genau, womit es angefangen hat. Schuld an der modernen Intelligenz sind selbstverständlich die Engländer.« Eine gehässige Tücke überzog sein gutes Gesicht. Die Engländer, sie waren Alfred Engländers fixe Idee. Sein Haß ging soweit, daß er, dem das Schicksal einen verhaßten Namen auferlegt hatte, diesen sehr gerne mit einem anderen vertauscht hätte. Dem aber stand die Furcht im Wege, daß manche das Motiv einer Namensänderung als Flucht vor dem jüdischen Einbekenntnis mißdeuten könnten. Nichts aber hätte Engländer mit peinlicherer Scham erfüllt als ein solches Mißverständnis, doppelt darum, weil er der katholischen Weltanschauung tief ergeben war. Die Reinheit dieser Zuneigung sollte nicht ein Schatten des Verdachtes trüben, daß sie etwa der unlauteren Quelle eines nutzstrebigen oder snobistischen Zweckes entsprungen sei. In dieser verwickelten Scham war auch der Grund dafür zu suchen, daß Engländer, ein unter Theologen angestaunter Kenner der Dogmatik und Patristik, sich nicht hatte taufen lassen. Befragte man ihn darüber, erwiderte er, daß er sich noch nicht frei fühle, das Martyrium einer falschen Auslegung zu tragen. Er behielt seinen Namen und seine alte Religion, die er in vieler Beziehung hochschätzte. Kam er aber auf die Engländer zu sprechen, so sprühten seine Augen Haß:

»... Die Engländer natürlich und ihre amerikanische Nachgeburt! So ein Wiclif oder ein anderer Ketzer hat den Anfang gemacht. Mit der Leugnung eines Sakramentes hat es begonnen, und womit hört es auf? Mit der Metaphysik der Wasserspülung!«

Plötzlich kam es wie eine Verrücktheit über ihn. Er schloß die Augen, stellte sich in die Mitte des Raumes, faltete die Hände und begann im Tonfall eines kleinen Pfaffen folgende blasphemische Litanei zu plärren, deren Witz aber seine Wut nicht entspannte, sondern nur noch steigerte:

»Heiliges Kapital, erbarme dich unser!
Heilige Verzinsung, rechtmäßig aus ihm geboren, erbarme dich unser!
Heiliger Profitgeist der Intelligenz, dritte Person, erbarme dich unser!
Ihr hochheiligen Chöre und seligen Geister des Petroleums, der Baumwolle, der Kohle, des Leders, der Gummierzeugung, der Maschinenbestandteile, bittet für uns!
Alle heiligen Apostel und Evangelisten des Geldmarktes und der zu ihm gehörigen modernen Wissenschaft, bittet für uns!
Alle hochheiligen Mönche und Einsiedler der Trusts und Aktiengesellschaften in Landhäusern mit fließendem Wasser, Zentralheizung und Rembrandtbildern, bittet für uns!«

Diese Teufelslitanei gegen den zeitgemäßen Lauf der Welt hatte Engländer so aufgeregt, daß ihm der Schweiß auf der Stirne stand und er mit geballten Fäusten mehrmals durchs Zimmer lief. Hinter seinem Haß verbarg sich die Bitterkeit des stetigen Familienzwistes mit seinen Brüdern und ihrer intelligenten Weltauffassung.

Ferdinand hatte die lästerliche Parodie ebensowenig erfaßt wie dieser weiße gewölbte Raum des Churhauses, dem solche Worte noch nie untergekommen waren. Beide, er und der Raum, fühlten sich durch diesen Ausbruch leicht gestört. Ferdinand versuchte jetzt, das Gespräch auf seinen Ausgangspunkt zurückzuführen. Vorsichtig flüsterte er, wie man die letzte gefährliche Karte auf ein schon schwankendes Kartenhaus legt:

»Aber die Offenbarung...?«

In den Religionsdisputen, die diese ungleichen Freunde miteinander führten, spielte der junge Priesteramtskandidat die Rolle des Freigeistes und der Jude die Rolle des Christgläubigen. Es wäre unrichtig, wollte man bei Ferdinand von Zweifelsqualen und Gewissenskonflikten des Glaubens sprechen. Er litt zu sehr unter dem allgemeinen Drucke seines Sklavenlebens, als daß geistige Dinge ein Übergewicht bekommen hätten. Die Lehren, Formeln, Gebräuche, die man hier in sein Hirn stopfte, waren ihm unendlich gleichgültig. Sie erschufen nichts als eine dumpfe, schwer atembare Atmosphäre, deren erstickende Unerträglichkeit ihm jetzt, und zwar gerade durch Engländers Persönlichkeit, klar zu werden begann. Er brauchte gar nicht von Gott abzufallen, weil all diese Dinge Gott, so wie er ihn in sich trug, niemals berührt hatten. Sie waren ja nur Schulgegenstände, die man von Berufs wegen lernen muß. Er, als ausgestoßenes, mittelloses Staatskind, hatte ja keine Wahl. Daß diese ledernen »Gegenstände« einen Lebenswert besaßen, erfuhr er erst an Engländer. Die Folge war erstaunlicherweise ein wachsender Ekel vor allem Klerischen. Mitten während eines Gespräches, in welchem Engländer die ärztliche Wissenschaft verhöhnte, war in Ferdinand der leidenschaftliche Gedanke aufgestiegen, er selber müsse Arzt werden, dies sei der wahre Beruf, zu dem er tauge. Von Stund an wurde ihm die Vorstellung des geistlichen Amtes, zu dem ihn die staatliche Fürsorge ganz mechanisch bestimmt hatte, zu einem gräßlichen Druck. Der neue Gedanke, in den sich sein Freiheitsdurst verwandelt hatte, zerstörte seit Tagen seinen Schlaf. Wer würde ihm helfen? Vergebliche Hoffnung! So verschüchtert war er, daß er bisher nicht einmal den Mut gefunden hatte, sich Engländer zu eröffnen. Dieser aber, der keine Ahnung von dem besaß, was in Ferdinand vorging, stürzte sich mit Angriffsfeuer auf das Wort »Offenbarung«:

»Sehr gut!« Seine Stimme dehnte sich im Vollbewußtsein unwiderleglicher Beweise:

»Bitte sehr, Offenbarung! Ich stelle mich jetzt gerne auf den

Standpunkt der modernen Altertumswissenschaft. Die Bibel, das Alte Testament, das heilige Buch der Juden, ist ein nachexilisches Kompendium, von Esra und Nehemia, zwei gelehrten Politikern, zusammengestellt, wer weiß, vielleicht auch voll archaisierender Fälschungen, durchaus bewußtes zweckhaftes Menschenwerk, überfließend von allgemein vorderasiatischen Zitaten, die hinab bis zur Zeit des sumerischen Weltreiches und hinan bis zur hellenistischen Epoche reichen. Mit einem Wort: ein eklektisches Sammelsurium. Ich stelle mich, wie gesagt, ohne zu grinsen, auf den Standpunkt der Wissenschaft, obgleich ich es in den Fingerspitzen fühle, daß der Standpunkt dieser voraussetzungslosen Wissenschaft mit antisemitischer Elektrizität nicht übel geladen ist. Es ist ferner selbstverständlich, daß ich als gebildeter Zeitgenosse davon überzeugt bin, daß es schon vor vielen Jahrzehntausenden auf diesem Planeten Menschen, in sympathischen Urhorden organisiert, gegeben hat, die nicht erst auf Adam und Eva warten mußten. Ihrem kannibalischen Schutz waren zwar nicht die Parkanlagen des Paradieses empfohlen, sondern irgendwelche bewohnbaren Zonen in Mexiko, Atlantis oder Lemuria. Gut! Auch die Urzeugung des organischen Lebens dürfte weniger auf ein Kommando in hebräischer Sprache zurückzuführen sein als auf die Einwirkung ultravioletter Sonnenstrahlen. Solch ein Strahl im übermütigen Jugendalter hat eine faule Erdscholle so lange gekitzelt, bis sie sich selber wehe tat, welche unangenehme Empfindung von vielen für den Ursprung allen Lebens und Bewußtseins gehalten wird. Dies alles weiß ich, und meine Offenbarungsgläubigkeit, der Kinderglaube in mir, der so gerne an den Unsinnigkeiten und Widersprüchen eines alten Literaturwerkes festhalten möchte, ist gezwungen, abzudanken. Schön! Aber so wahr mir Gott helfe, hier stehe ich und kann auch anders!«

Damit man Engländers ungehemmte Wortseligkeit verstehe, muß bemerkt werden, daß diese bei ihm sehr oft die Folge einer körperlichen Schwächung war. Die körperliche Schwächung hatte hinwiederum ihre Ursache in den Kasteiungsstrafen, die er zur Buße gewisser fleischlicher Widerstandslosigkeiten über sich verhängte. Da er ein starker und genußgieriger Esser war, bestand die Strafe zumeist im Entzug von Mahlzeiten. Ertappte er sich selber auf der Straße bei unkeuschen Umblicken, so folgte das Opfer der süßen Speise bei der nächsten Mahlzeit. Artete die Begierde in »Nachsteigen« aus, wurde jeweils das Mittags- oder Abendmahl gänzlich gestrichen. Hatte die fleischliche Schwäche aber noch aktivere Formen angenommen, so dehnte sich das Fasten auf einen, anderthalb, in ganz schweren Fällen auf zwei Tage aus. Die gelungene Durchführung einer solchen Strafe fand ihren Lohn in der stolzen Erhöhung des geistigen Selbstbewußtseins und in einer unaufhaltsamen Verschnellerung des Gedankenablaufs. So stand es auch heute um Engländer, der im Augenblick die zwanzigste Stunde des Hungers hinter sich hatte! »Achtung! Ich bitte um etwas Verstandesschärfe«, rief er aus. »Zwei Kosmogonien stehen einander gegenüber: Hier der biologische Professor, sagen wir, Madenstierer, dort unser heiliger Lehrer Moses, ob er nun gelebt hat oder nicht. Ich bin übrigens bereit, diesem Herrn Professor Madenstierer glatt zu beweisen, daß weder Karl der Große, die Jungfrau von Orleans, Darwin, noch er selber je gelebt haben. Verstanden? Zwei Weltschöpfungslehren also! Im formalen Sinn ist die des Madenstierer um nichts evidenter als die mosaische. Weder er noch Mose waren Augenzeugen der Weltentstehung. Beide wenden sich an unseren Glauben für ihre Methoden. Verstanden? Der Unterschied liegt allein in diesen Methoden, das heißt in den Göttern, von welchen sie ihre Offenbarung empfangen haben. Madenstierers Gott ist der Intellekt und er nennt seine Offenbarung Hypothese. Auch sie lebt von dem Glauben, den wir ihr schenken. Ich gehe einen wichtigen Schritt weiter und behaupte, daß die Offenbarung Mosis, auf der die Kirche ruht, mit Seelenruhe die Hypothese des Professors in sich aufnehmen kann, wie ein größerer Begriff den kleineren. Beweis: Das heilige Volk der Juden – sie sind trotz aller zeitlichen Intelligenz im überzeitlichen Sinn ein heiliges Volk –, also die Juden lehren, daß die Bibel, die Offenbarung, einen mehrfachen Sinn besitze, den Buchstabensinn, den Erzählungssinn, den mystischen Sinn und einen höchsten letzten Sinn, den Gott allein kennt. Haben Sie das kapiert, was? Der Offenbarungsinhalt ist also kein fester Tatbestand, der den Menschen unverrückbar zugänglich ist, sondern ein tiefverschleierter ewiger Anlaß des Forschens und Sinnens. So entstand der Wunderbau des Talmud, dem Lehrgebäude der Kirche nicht unähnlich, denn beide entstammen der Auslegung. Jetzt aber kommt der springende Punkt. Die Auslegung ist durchaus keine Hemmung, sie ist eine Förderung des freien Forschens, und wer weiß, ob nicht in irgendeiner Talmudstelle oder beim heiligen Thomas die Hypothese Madenstierers mit enthalten ist. Das Gotteswort ist ein unausschöpfbarer Abgrund, in dem sowohl die biologische als auch die theologische Kausationslehre ineinander Platz haben, es ist der mathematische Ort der versöhnten Widersprüche. Beweis? Hierfür gibt es nur den relativen, aber großartigen Beweis der Geschichte. Denn unter uns leben nur zwei sozusagen ewige und unverwandelte Gestalten, die katholische Kirche und das Judentum. Wir sehen im geschichtlichen Verlauf, daß alle rein rationalen Lehren binnen kurzer Zeit abblühen. Und was die Hypothese des Professors Madenstierer anbelangt, so kann man das berühmte Wort des intelligenten Ibsen zitieren: ›Eine gut gebaute Wahrheit lebt zwanzig Jahre.‹ Diese Kurzlebigkeit wissenschaftlicher Annahmen kommt daher, daß sie sich einzig auf die Wahrnehmung, Erfahrung und Vernunft stützen. So muß zwangsläufig jede Erkenntnis von heute eine Ignoranz von morgen sein, genauso wie der Aberglaube von gestern ein Wissen von übermorgen werden kann, denn unsere sinnliche Wahrnehmung ist dem Wandel der Zeitalter unterworfen. Die vorgeschichtlichen Völker untergegangener Kontinente hatten vielleicht andere Sinnesorgane als wir. So nur kann man den ungeheuren Gedanken der Tradition verstehen. Sie ist der kollektive Zusammenschluß der Generationen über die Zeit hinweg zum Zwecke ersprießlicher Arbeit. Denn sie allein kann die Fehlerquelle des Zeitgebundenen und Individuellen ausschalten. Ist das klar? Unbewegt allein bleibt der Gedanke an Gott, ob er nun in hebräischen, lateinischen oder chinesischen Schriften niedergelegt ist. Alt wird nur die Wissenschaft, die sich an Gott bindet. Alle gottlose Intelligenz ist subalterne Gesinnung und Unmusikalität. Die Idioten! Als ob eine Melodie darum weniger vorhanden wäre, weil irgendein akustischer Schulmeister ihre Tonschwingungen zählen, aber ihren produktiven Zusammenhang nicht erfassen kann! Verstanden?«

Ferdinand hatte seine ruhigen Augen während dieses sich überstürzenden Vortrages nicht von Engländers Mund gewandt. Der zugespitzte Klang der Worte traf nur sein Ohr. Geistesabwesenheit, wie sie ihn seit letzter Zeit immer in den Seminarvorlesungen überwand, umrauschte ihn auch jetzt. Was gingen ihn diese siriusfernen Dinge an? Er sah gespannt die Speichelblasen, die sich auf dem Munde des Sprechers bildeten, wenn die Einfälle mit ihm durchgingen. So bemerkte er in Engländers hervorgesprudelter Apologetik die Unebenheiten, Fälschungen und Gedankensprünge nicht, bei denen ihn ein guter Gegner hätte packen können. Erst als jener noch irgendein nicht ganz geglücktes Gleichnis von einem Augenarzt anbrachte, der nicht einmal den Sehnerv versteht, das Wesen des Lichtes aber erfaßt zu haben glaubt, da entfuhr ihm wider Willen ein Seufzer, der durchaus nicht zur Sache gehörte:

»Mein Gott, könnt' ich doch nur ein Arzt werden!«

Engländer stutzte und unterbrach sich. Es schien, als bemerke er erst jetzt, daß jemand seinen Verstiegenheiten zuhöre. Er wechselte den Tonfall:

»Ach so, Sie wollen Arzt werden! Ich verstehe das ganz gut. Ich verstehe es, daß man von hier weg will, daß man dieses Leben unter mittelmäßigen Pfaffen nicht aushält. Sie wollen Mediziner werden? Sie werden es werden, Sie werden alles werden, was Sie wollen. Ein Mensch wie Sie kommt um die Intelligenz nicht herum. Man kann sie nicht überspringen, man muß hindurch. Sie werden in kurzer Zeit an den ganzen Mist glauben, zum Beispiel, daß nicht unsere Gottesferne, sondern irgendeine Wirtschaftsordnung daran Schuld hat, wenn sich die Menschen wie Schurken benehmen und einander kalt lächelnd zugrundegehen lassen. Man muß hindurchgehen. Ich hab auch an all diesen einfältigen Mist geglaubt. Sie wollen sich selber verstoßen. Bitte! Ich verstehe das sehr gut und werde Ihnen höchstwahrscheinlich dabei helfen. Sagen Sie einmal, haben Sie nicht irgend etwas zu essen? Ein Stück Brot?«

Ferdinand öffnete den kleinen Schrank, der zwischen zwei Betten stand. In guter Ordnung wurden ein paar ärmliche Habseligkeiten sichtbar. Ein zweiter Anzug, ein anderes Stiefelpaar und ein bißchen Wäsche. Diese evangelische Armut rührte Engländer sehr, und er begann über das Versprechen nachzudenken, das er, ohne es zu beabsichtigen, dem Seminaristen gegeben hatte. Ferdinand holte einen Teller mit einem schon angeschnittenen Striezel hervor. Dieses mandel- und rosinenhältige Gebäck war ein Geschenk Barbaras, das ihm die Post gestern gebracht hatte. Engländer, der auf einmal sehr schlecht aussah, schnitt ein großes Stück von dem Laib herunter und begann gierig zu kauen. In Ferdinand dröhnte das Wort helfen so stark nach, daß er Herzklopfen bekam. Um durch irgend etwas seine Erregung zu bemänteln, wollte er Licht machen.

»Lassen Sie es nur, wie 's ist«, grunzte Engländer mit vollen Backen.

Daraufhin setzte sich Ferdinand wieder in die Nische, in der noch ein Bodensatz des Tages schwamm. Vom Tisch her kam die kauende Stimme:

»Komisch, daß ich von Ihnen eigentlich gar nichts weiß. Warum reden Sie niemals von sich?«

»Sie haben das doch nie verlangt und auch nie danach gefragt«, entgegnete Ferdinand erstaunt, worauf Engländer bekannte:

»Sie müssen nämlich wissen, ich bin ein ziemlich egoistisches Schwein!«

Er nahm seinen Sessel und setzte sich dicht neben Ferdinand. Dieser aber rückte ein wenig fort, denn Engländers Atem streifte ihn, als er meinte:

»Vielleicht kann ich Ihnen zu den Irrtümern verhelfen, die Sie brauchen.«

Wie Wasser in einen tiefergelegenen Ort, drang dieses nochmalige »Helfen« in Ferdinand ein. Engländers Stimme bekam eine andere Schwebung:

»Wo kommen Sie denn eigentlich her?«

Eine Spannung löste sich. Warm durchrann es ihn. Verwundert über seinen eigenen, entfremdeten Stimmfall, begann er das erstemal zu Engländer von sich selbst zu sprechen.

Zweites Kapitel

Chronik

(worin Einiges nachgetragen wird, was Ferdinand erzählte, und mehr noch davon, was er verschwieg oder selbst nicht wußte)

Im Septembermonat, der auf Ferdinands zehnten Geburtstag folgte, trat er in die Militärschule ein. Dieses große Ereignis fiel mit einem anderen, nicht minder entscheidenden zusammen. Tante Karolin zog ihre schützende Hand von dem Knaben und verheiratete sich zum zweitenmal. Mit ihren achtunddreißig Jahren machte sie eine glänzende Partie in Gestalt eines abgelebten, aber ritterlichen magyarischen Grafen, dem sie »auf die Puszta folgen wollte«, wie sie sich schwärmerisch ausdrückte.

Mama und ihre Schwester hatten jederzeit einer bestimmten, nicht gerade vorurteilsfreien nationalen Rangordnung gehuldigt. Über die Deutschen der Monarchie, zu denen man selbst gehörte, sprach man nicht viel. Sie waren ein wertvoll-tüchtiges, aber glanzloses Volk, dem anzugehören weder eine Schande noch eine Ehre bedeutete. Die Slawen verachtete man. Sie galten als Dienstbotennation, sie gehörten in die Küche, sie besaßen keine Gesellschaft und demzufolge keine höheren Manieren, sie sannen auf Abfall, in ihrem Herzen schlummerten die gefährlichsten Gegensätze der Sklavengesinnung: Weichmut und blutrünstiger Haß. Unter ihnen zu leben, glich einer Art von Verbannung. War man fern von den beiden Mittelpunkten der Doppelmonarchie ans slawische Land gefesselt, kam man sich wie ein alter Römer in barbarischen Provinzen vor. Onkel Bogdan natürlich hatte nicht als Slawe zu gelten. Er war ein edler Magyare mit einem kroatischen Namen. Überdies verlor jeder Offizier im tragenden Elemente der Armee seine nationale Belastung, wie ein Körper sein Gewicht im Wasser verliert. Die Blüte des heimischen Staates aber war das Ungarvolk, welches einerseits aus malerischen Bauern und Pferdehirten bestand und anderseits aus nicht weniger malerischen Magnaten. Diese Magnaten, tollkühne Reiter, waghalsige Herren des Lebens und der Liebe, Spieler, Tänzer, Krieger und Pokulierer, nahmen im Herzen der Schwestern einen hohen Rang ein. Schon in den Schulen verbreiteten die Lesebücher rührende Geschichten: Maria Theresia, die große Herrscherin, war zu den Ungarn geflüchtet, und die Einzig-Getreuen huldigten ihr, während sie, den Kronprinzen im Arm, auf dem Krönungshügel die vier historischen Schwertstreiche gegen die Weltrichtungen führte. Auch Kaiserin Elisabeth, das Ideal aller romantischen Frauen jener Zeit, schätzte von den Völkern ihres Reiches die Magyaren am höchsten und fühlte sich nur auf dem Landsitz von Gödöllö völlig daheim. Mamas Generation hatte schon vergessen, daß knapp vor einem Lebensalter dieselben Ungarn die rote Fahne der Revolution entfaltet hatten.

Tante Karolins Hochzeit und Abreise fand noch im September statt. Ferdinand war groß genug, um zu erkennen, wie sehr seine Schulinternierung ihr gelegen komme. Darüber täuschte ihn die überstürzte Liebenswürdigkeit nicht hinweg, die ihm Karolin in den letzten Tagen zuteil werden ließ. Der Wahrheit soll jedoch die Ehre gegeben werden. Nicht die Schuld der Tante war es allein, wenn während dieser vier Jahre sich zwischen ihr und dem Kinde keine wärmere Zuneigung herausbildete. Oft genug hatte sie den Versuch gemacht, Ferdinand näher zu kommen. Aber immer wieder zog sie sich nach solchen Stunden, in denen sie ihre Kinderliebe und ihren Unterhaltungseifer erfolglos verausgabt hatte, mit heimlichem Groll von dem Sohn ihrer Schwester zurück. Wahrlich, die Tote würde ihr dereinst nichts vorzuwerfen haben. Sie verhätschelte den Jungen ihrer Meinung nach wie einen Prinzen – hielt sie ihm doch einen eigenen Dienstboten –, sparte kein Geld und verschwendete auch noch Herzensgüte, all dies für Gottes Lohn. Irgendein verstocktes Etwas steckte in dem Ferdinand, eine maultierhafte Unüberwindbarkeit des Gefühls, die einzige Erbschaft wohl des bockbeinigen Obersten, den zu ihrem Unglück die arme Schwester geheiratet hatte, ohne auf eine bessere Partie zu warten. Sah sie aber den Buben in Begleitung Barbaras aus der Schule kommen, hörte sie sein plapperndes Berichten, das ihre Nähe sofort dämpfte, dann kleidete sie ihren Mißmut in ein völlig unzutreffendes Wort: Kalfakter! Was Ferdinand betraf, so wußte er ganz genau, daß es sehr wenig hübsch sei, wenn ihn in Tante Karolins Gesellschaft so oft eine merkwürdige Leere und Schläfrigkeit anwandelte. Mußte er ihr nicht dankbar sein, ihr, die ihn aufnahm, nährte, kleidete und im großen und ganzen freundlich behandelte? Hatte sie nicht – und dies sollte er ihr doch hoch anrechnen – Barbara behalten? Barbara selber wies immer wieder darauf hin, daß die gnädige Frau damit ein Übriges tue; es stehe ja in ihrem Belieben, ihr täglich zu kündigen. Ferdinand aber konnte sich nicht helfen. Bei Tische und auf Spaziergängen, niemals verließ ihn an Karolins Seite diese unbehagliche Schläfrigkeit, die nichts anderes war als eine kindliche Form der Ablehnung. (Deshalb kamen für ihn alljährlich die schönsten Zeiten dann, wenn die Tante in einen Badeort reiste und er allein mit Barbara in der Wohnung zurückblieb.) Noch heute kann ihn ein ähnlicher Schläfrigkeitszustand erfassen, wenn er mit Menschen zusammensein muß, die an verzehrendem Ehrgeiz oder Machtwillen leiden. Tante Karolin litt an dem gleichen Übel, und die Seele des Kindes, unwissend warum, erwiderte darauf.

Karolin stellte eine unruhige Mischung von scharfer Berechnung und verstiegener Romantik vor. Die Berechnung zeigte sich in einem abschätzigen Blick und in ihrer peinlich-ordentlichen Lebensführung, die in keiner Minute eine verbessernde Möglichkeit durchschlüpfen ließ. Die Romantik lag in einer leidenschaftlich abstrusen Überschätzung der menschlichen Klassenunterschiede. Das war kein gewöhnlicher Snobismus nach der Schnur. In ihrer Vorstellung bildeten die Stufen der Würden und Geltungen eine Skala von unendlich feinen Nuancen. Sie war in erster Ehe mit einem Zahnarzt verheiratet gewesen. Den Verzweiflungsschritt dieser Ehe hatte sie nach ihren eigenen Worten nur deshalb getan, weil einem häßlichen Mädchen keine Wahl übrigbleibt. Daß ihr Gatte gerade ein Zahnarzt und nichts anderes war, erfüllte sie, trotz der reichlichen Einnahmen, mit einem ständigen Erniedrigungsleiden. Denn der Umgang mit Zähnen hatte ihrer Meinung nach etwas Lächerliches und adelte keineswegs. Sie fühlte sich dadurch gedemütigt, daß ein Teil ihrer eigenen Wohnung von einem Warte- und einem Ordinationszimmer eingenommen wurde, in dem leidende Menschen saßen, die ihr Leiden verachteten, Menschen, die keinen besonderen Respekt vor der Hand besaßen, die ihnen half. Und ihr Mann war dabei kein hergelaufener Techniker, sondern ein ehrlich studierter medicinae universae doctor. Ein Zahnarzt aber ist und bleibt der Paria unter den Ärzten. Selbst im Wartezimmer eines Augen- oder Ohrenarztes sitzen die Patienten mit furchtsamer Feierlichkeit, ganz zu schweigen von den pathetischen Vorräumen der Internisten und Chirurgen, jener großen Männer, die den Vorzug haben, mit dem Tode auf Du und Du zu sein. Ach, der Adel der Spezialisten nimmt mit der Entfernung von der Möglichkeit eines letalen Kurausgangs merklich ab. Nur äußerst selten und dann durchaus wider die Weltordnung passierte es einem Zahnarzt, daß er einen Patienten begraben muß. Durch diese verhältnismäßige Harmlosigkeit seiner Kunst aber bleibt er fortgebannt von den tödlichen Höhen der Wissenschaft und rückt fast in die Nähe der Gewerbetreibenden. Es wäre keine größere Mesalliance gewesen, wenn Karolin den Besitzer einer Drogerie geheiratet hätte. So faßte sie in Wahrheit ihre Stellung auf. Sie machte den Beruf eines Dentisten – in ihrem Mund klang das wie Hühneraugenschneider oder Masseur – dafür verantwortlich, daß ihr die Aufnahme in die höhere Gesellschaft versagt blieb, die ihr als Tochter eines angesehenen Staatsbeamten zukam. Im Laufe von drei Jahren gelang es ihr, den Zahnarzt von seinem und ihrem verfehlten Leben zu überzeugen. Ihm blieb nichts anderes übrig, als seinerseits das Wartezimmer eines Internisten fleißig zu besuchen, woraufhin er ein halbes Jahr später das Zeitliche segnete.

Der gute Mann hinterließ ihr einiges Geld, das eine hinreichende Rente abwarf, wovon sie sehr leicht auch den alljährlichen Kurgebrauch in einem großen Badeort bestreiten konnte. Einmal dachte sie sogar daran, den kleinen Ferdinand dahin mitzunehmen. Sie bildete sich ein, es werde ausgezeichnet wirken, wenn sie, einen hübschen Knaben an der Hand, in der Brunnenhalle auf und ab wandelte. Zu Barbaras und Ferdinands Freude aber siegte ihr Geiz über diesen dekorativen Einfall. Sie reiste allein und lernte ihren ausgewundenen Grafen kennen. Wer aber meinen sollte, daß Karolin, dieweil sie in reiferem Alter einen ritterlichen Magyaren gewann, nun in Dankbarkeit vor ihrem Schicksal knien würde, der täuscht sich. Sie hegte die Überzeugung, daß sie jetzt zu ihrem wahren Wesen und zu ihrer ursprünglichen Bestimmung heimkehre. Wenn sie sich im Spiegel betrachtete, nahm sie befriedigt zur Kenntnis, es habe sich das Unschöne ihrer Erscheinung in die gewisse herbe Dürftigkeit verwandelt, die einer Gräfin nicht übel ansteht, falls sie mehr auf vornehme Sittenstrenge Gewicht legt als auf mondäne Damenhaftigkeit. Und dazu war sie fest entschlossen.

In der Wohnung standen halbgepackte Koffer und Kisten umher. Auch wurden schon einzelne Möbelstücke zum Transport gerichtet, die Teppiche gerollt und in Sackleinwand eingenäht, denn drei Tage nach Ferdinands Schulantritt sollte die Übersiedlung Karolins stattfinden. Unter dem Transportgut befanden sich auch einige Stücke aus der Einrichtung von Ferdinands verstorbenen Eltern, deren Nutzgebrauch ihr behördlich zugesprochen worden war. Die wertvolleren Dinge, wie jener Mignonflügel, auf dem Papa alltäglich dem Klavierspiel gefrönt hatte, mußten seinerzeit verkauft werden, denn nach des Obersten plötzlichem Tod fand man eine sehr verwickelte Lage vor. Mama hatte nämlich in übergroßem Liebesleichtsinn die Schulden des Rittmeisters Bogdan Veselovich mit ihrem Namen gedeckt, was die Gläubiger für eine Weile hinhielt. Nach ihrer Flucht aber stürzten sie sich, mit den Unterschriften seiner Gattin bewaffnet, auf den Obersten. Es handelte sich dabei um Summen, die sich sehen lassen konnten. Anstatt aber alles abzulehnen und die Mahner einfach hinauszuwerfen, nahm der verzweifelte Mann in der panischen Offiziersangst vor neuer Entehrung das Kreuz auf sich. Er girierte die Wechsel der Gläubiger und unterwarf sich somit der Verpflichtung, jene Schulden zu bezahlen, deren Höhe der Kaution entsprach, die bei Schließung jeglicher Offiziersehe unantastbar hinterlegt werden muß. Nach seinem Ableben setzte ein heftiger Aktenkampf zwischen Militärärar und Vormundschaftsbehörde ein, der mit dem Siege des Militärs endete. Als Opfer blieb Ferdinand auf der Strecke.

Barbara erkannte mit Schrecken, daß es nichts Ärmeres auf der Welt gebe als ihren Liebling, der jetzt noch um die letzten, wenn auch ziemlich wertlosen Einrichtungsgegenstände seiner Eltern kam. Sie nahm es traurig hin als ein Schicksal, denn wie hätte sie, die Magd, aufbegehren dürfen! Mit leidenschaftlicher Umsicht hingegen rüstete sie das Gepäck des Knaben. Auf einer langen Liste hatte sie in zwei schlaflosen Nächten alle Dinge verzeichnet, die zu besorgen sie für notwendig hielt. Sie zeigte die Liste vor. Tante Karolin aber fand, daß die Hälfte der geforderten Anschaffungen überflüssig sei. Barbaras Fürsorge wäre übertrieben. Sie, Karolin, empfinde gewiß mütterliche Liebe für den Neffen, aber man dürfe ihn nicht verwöhnen. Der Staat, der in Zukunft sein Vater sein werde, hege spartanische Ansichten über Knabenerziehung, und dem sei gut so. Da ging denn Barbara hin und besorgte für eigene Rechnung einen Teil des Überflüssigen.

Damit sich keine irrige Meinung einschleiche, muß noch bemerkt werden, daß der Graf, Ferdinands neuer Onkel, als Untertan der transleithanischen Reichshälfte nun die Vormundschaft über den Knaben nicht übernehmen konnte oder vielleicht auch nicht wollte. Es herrschten nämlich zwischen den beiden Staaten des Kaisertums gewisse zivilrechtliche Verzwicktheiten. Wie einem mittellosen Angeklagten vom Gericht ein Ex-officio-Verteidiger beigestellt wird, so war dem Knaben nach dem Tode seines Vaters ein Ex-officio-Vormund gegeben worden, irgendein gleichgültiger Herr, den er im Leben keine drei Male zu Gesicht bekommen hat. Dieser blieb ihm auch jetzt erhalten.

Verwunderlich genug war es, daß sich Ferdinand über die Schwere der bevorstehenden Lebensänderung und über die Härte des Abschieds nicht ganz klar zu sein schien. Erregt lief er in der kahlen Wohnung umher, und seine Erregung war, wenn auch nicht freudig, so doch erwartungsvoll. Barbara jedoch saß, da nun alles verpackt und verschnürt der Auflösung wartete, wortlos auf einem Koffer. Ferdinand sah ihr Gesicht nicht, das sie tief gesenkt hielt, er sah nur ihren geradelaufenden, angegrauten Scheitel, ein trauriges Bild, das sich ihm einprägte. Zur Stunde aber empfand er kein besonderes Leid. Wieviel stärker hatte ihn einst das Abschiedsgefühl auf dem Bahnhof der kleinen Wallfahrtsstadt gepackt, als er todessüchtig in den Schoß der Frau sank, die seine Mutter nicht war.

Tante Karolin, die ursprünglich Ferdinand selber in die Militärschule begleiten wollte, besann sich anders, blieb ihr doch für die eigenen Angelegenheiten kaum mehr Zeit genug. So nahm sie denn in ihrem aufbruchsnackten Heim Abschied von ihrem Neffen und schickte ihn allein mit der Kinderfrau in das Haus seines neuen Lebens. Aber auch dann, als Barbara im Schlafsaal der kleinsten Kadetten vor der eisernen Bettstelle kniete, seine Sachen auspackte und in den kleinen Schrank ordnete, auch dann noch überwog Neugier und eine prickelnde Scheu das Weh des Abschieds. Barbara beherrschte sich:

»So, mein Schatz, jetzt muß ich gehen.«

Ferdinand sah sie verständnislos an. Sie drückte ihm einen Zettel in die Hand:

»Heb Er das hier gut auf! Es ist meine neue Adresse. Von morgen an bin ich dort im Dienst.«

Und sie wiederholte mehrmals deutlich den Namen ihrer neuen Herrschaft, Straße und Hausnummer. Dann flüsterte sie schnell, als wäre es eine unerlaubte Zumutung:

»Komm Er zu mir, wenn Er etwas braucht, wenn Ihm etwas fehlt. Die Tante ist weg. Aber ich bin da.«

Ferdinand erkundigte sich in plötzlicher Eifersucht:

»Werden dort Kinder sein?«

Barbara erschrak, als wenn sie daran noch nicht gedacht hätte:

»Ja, ein Bub und ein Mädel...«

Kaum aber hatte sie dieses Bekenntnis abgelegt, als sie, aufweinend, den Knaben an sich preßte:

»Nein, nur du, nur du ...«

Dies war der Abschied. Der Schlafsaal dehnte sich lang. Ferdinands Bett stand am unteren Ende, und Barbara hatte einen langen Weg zur Tür. Als sie sich umwandte, sah er ihr nicht mehr nach, sondern unterhielt sich mit einem anderen Zögling. Sie blieb mit einem tränenerstarrten Antlitz eine Minute lang gramvoll stehen. Dann heiterte sie sich auf. Gut wenigstens, daß der Bub nicht litt. Schon plauderte er lebhaft mit seinen Kameraden. Er wird sich bald zu Hause fühlen. Das tröstete sie.

Ferdinand besitzt die glückliche Fähigkeit, sich schnell in jede Lebenslage finden zu können. Unter dem äußeren Ungemach seiner Existenz hat er im Grunde niemals tief gelitten, ob es nun Kadettenschule, Alumnat, Kaserne, Krieg hieß, oder Obdachlosigkeit, Hauslehrerdienst und Hunger. Solange ihm ein paar Stunden des Tages lang Frieden und Beschaulichkeit gewährleistet sind, fühlt er sich ganz zufrieden. Verspräche man ihm ein eigenes Zimmer und ein paar Bücher, er ließe sich ruhig in die Hölle sperren. Dieser Stoizismus hat seinen Ursprung in zwei Tugenden, die Ferdinand in reichem Maße besitzt: Geduld und die Fähigkeit, ja die Sehnsucht, mit sich allein zu sein. Diese Tugend hat das Besitztum inneren Lebens zur Voraussetzung. Ihr Gegenteil ist Unternehmungsgeist und Aktivität, die zumeist auf den Mangel inneren Lebens gegründet ist, denn sie entspricht der Unfähigkeit, mit sich allein bleiben zu können.

Auch die Klasse, zu der Ferdinand nun gehörte, umspannte auf Knabenart diese Gegensätze. Es war übrigens eine recht gewöhnliche Klasse, aus dreißig Jungen bestehend, unter denen sich weder ein besonderes Talent noch eine stärkere Eigenart bemerkbar machte. Achtundzwanzig davon gehörten, ob sie nun besser oder schlechter vorwärtskamen, dem aktiven lebenstüchtigen Typus an, die beiden übrigen hatten es schwerer. Der zweite hieß Weber. Er schloß schon in den ersten Tagen mit Ferdinand Freundschaft, der er bis zum Ende Treue hielt. Sowohl die Lehrer – es waren durchwegs Offiziere – wie auch die Mitschüler hielten Ferdinand und Weber für recht unbrauchbare Leute, obgleich sie im Studienfortgang nicht einmal zu den

Schlechtesten gehörten. Aber dies ist ja eine alte Geschichte, daß der Alltagsmensch jeden, der von seiner Linie abweicht, im Grunde für minderwertig ansieht. Die Schweigsamkeit Ferdinands, der verzagte Ton seiner Stimme, wenn er sprach, jenes Abseitsstehen, das ihm von der Natur auferlegt war, bot Anlaß genug für ein abschätziges Urteil. Erstaunlich war es, daß sich Weber einem schwächlichen Knaben, der an dem rohen Ton der andern Militärschüler nicht teilnahm, restlos unterwarf. Herrschertum und Unterwerfung, Despotenwut und Sklaverei, dies sind samt ihren grausamen Folgen die Hauptleidenschaften männlicher Jugendinternate. Mochten aber auch viele Kameraden Ferdinand verächtlich ansehen, weil er nicht »geweckt« war oder weil man wußte, daß er kein Zuhause besaß – keinem gelang es, ihn in Abhängigkeit zu bringen. Den üblichen Versuchen der Quälerei hielt er stand, denn er nannte eine ehrliche Kraft, Leiden zu ertragen, sein und überdies eine glattpolierte Unnahbarkeit, an der die gewöhnlichen Mengen von Schimpf und Spott wirkungslos herabflossen. Um ihn aus dem Gleichgewicht zu bringen, bedurfte er stärkerer Teufeleien. Als die Burschen bemerkten, daß er gegen ihren Sadismus ziemlich gefeit war, halfen sie sich mit der Feststellung, er sei zu blöde, um ihre Frotzeleien überhaupt zu merken. Nach ein paar Wochen aber, da ihre Erbitterung über seine Fremdheit verraucht war, ließen sie ihn in Ruhe. Unter anderen Umständen wäre vielleicht alles seinen regelmäßigen Weg gegangen. Ferdinand gelang es immerhin, ohne besondere Mühe einen Vasallen und Freund zu funden, was seine Stellung kräftigte. Weber bewunderte ihn und war bereit, seine Überlegenheit in allen Dingen anzuerkennen. In den Pausen und Freistunden, am Abend vor dem Schlafengehen, immer steckten sie zusammen, und diese Stillen im Lande konnten dann, flüsternd und tuschelnd, mit ihrem schier unendlichen Gesprächsstoff kaum fertig werden. Schade, daß es sich nicht mehr feststellen läßt, worüber so heiß und eifrig geschwatzt wurde. Ferdinand, dessen Erinnerungskraft an die Kindheit so staunenswert stark ist, trägt von Weber nur mehr ein bläßliches Bild an sich. Einen langen Jungen sieht er, viel größer als sich selbst, um dessen spindeldürre Glieder die blaue Kadettenuniform mit den roten Aufschlägen täppisch schlottert. Das frühe Ende stand ihm ins Gesicht geschrieben. Von all dem Geflüster trägt Ferdinand nur einen Gegenstand mehr im Gedächtnis, und zwar den Schild des Achilles. In der zweiten Klasse, durch ein diesbezügliches Lesestück angeregt, faßten sie beide den Plan, aus Pappe, Stanniolpapier und mit Wasserfarben des Peliden Wehr rückzuerschaffen. Selbstverständlich mußte dieses poesievollen Planes Ausführung vor der höhnischen Mehrheit geheimgehalten werden, was manche Ungelegenheit bereitete. Ferdinand erinnert sich, daß Idee und Zeichnung von ihm stammten, während Weber mit seinen geschickten Schneiderhänden, dem kunstreichen Hephaistos gleich, den handwerklichen Teil übernahm. Ob aber aus dem Schild des Achilles etwas Rechtes geworden ist, das bleibt mit anderen Dingen im Dunkel der Zeiten versunken.

Klar jedoch steht Steidler vor Ferdinand, Steidler, der einzige wahrhafte Feind, der ihm im Leben begegnet ist. Wohlgemerkt, eine wirklich große Feindschaft finden, ist ebenso schwer wie eine wirklich große Liebe. Zum Begriff der reinen Feindschaft gehört es vor allem, daß sie nicht motiviert sei. Was aus Ursachen, aus Erniedrigungs-, Beleidigungs-, Rachegefühlen emporsteigt, kann noch nicht zu der reinsten Form der Feindschaft gerechnet werden. Diese muß aus dem Nichts hervorbrechen, aus den Abgründen tierhafter Antipathie, aus den mordtrunkenen Tiefen der Verneinung. Es gibt drei Stufen: Die Feindschaft der Überlegenheit, die Feindschaft der Unterlegenheit, dann erst kommt die absolute Feindschaft, die Feindschaft Steidlers gegen Ferdinand. Es begann damit, daß Steidler am zweiten Schultag in der Mittagspause durch den leeren Schlafsaal ging, um etwas aus seinem Schrank zu holen. Da man hier erst eine Nacht zugebracht hatte und einander noch nicht genau kannte, wußte Steidler wohl nicht, wer der Inhaber dieses oder jenes Bettes sei. Er kannte nur seine eigene Schlafstelle. Da sah er, daß auf einer der Matratzen ein Kadett sein hübsches Ledernecessaire vergessen hatte, was gewiß ein ordnungswidriger

Umstand war. Aber nicht dies erregte den Ärger des Knaben. Etwas Unbestimmtes brachte ihn in Harnisch, vielleicht die Form des Gegenstandes, vielleicht eine Erinnerung, vielleicht nur Bosheit, die sich seiner bemächtigte. Er sah sich um, ob er allein im Saale sei, dann schleuderte er das Lederkästchen auf die Erde, so daß die Flasche mit dem Mundwasser zerbrach und die übrigen Bestandteile ringsumherrollten. Da in diesem Moment ein paar Kadetten, darunter auch Weber, eintraten, entfernte sich Steidler pfeifend, als wisse er von nichts. Das mißhandelte Ding war ein Abschiedsgeschenk Barbaras an Ferdinand.

Beim ersten Abteilen der Klassenkompagnie, die nach dem Körpermaß erfolgte, zeigte es sich, daß Steidler der längste Mann der Klassenkompagnie war. Kein Wunder, zählte er doch um einundeinhalbes Jahr mehr als die anderen Schüler. Vorher hatte er schon die unterste Klasse einer Realschule besucht, die er aber aus unbekannten Gründen verlassen mußte. Er war ein sehr hübscher Junge, unbeschadet dessen, daß er eine fast lächerlich lange Oberlippe und ein aufgeworfenes Näschen besaß. Das Haar trug er immer drei Millimeter kurz geschnitten. Obgleich er einen ziemlich trägen Schüler und von Anfang an das Haupt aller Missetäter vorstellte, wurden ihm die Lehrer-Offiziere, mochten sie ihn auch gebührend bestrafen, doch nicht gram. Sie verziehen ihm seine Faulheit, weil er sehr geistesgegenwärtig war und sich in den körperlichen Übungen durch Geschick und Mut auszeichnete. Trotz aller Einwände sah der Lehrkörper in ihm einen künftigen Prachtoffizier. So gelang es ihm, einen mittelmäßig guten Rang zu halten, wo ein anderer in die Unterwelt der Hoffnungslosen gerutscht wäre. Auch blieb er der einzige unter den Schülern, den das vernichtendste Schimpfwort einer Militärklasse nicht traf: »Zivilist!«

Der Haß Steidlers gegen Ferdinand entlud sich nicht in einer täglichen Folge kleiner Hecheleien und Gemeinheiten, er kam nur auf einigen Höhepunkten zum Ausbruch. Lange Wochen und Monate zogen vorüber, in denen die beiden zwar nicht viel miteinander sprachen, aber den üblichen Verkehr pflogen wie alle andern. Einmal hatte es sogar den Anschein, als versuche es

Steidler, sich Ferdinand und Weber zu nähern. Sein Haß verriet neben jener abgründigen Wurzel noch eine zweite Seite, die man fast »politisch« nennen könnte. Wurde Ferdinand auch über die Achsel angesehen, er bildete doch mit Weber eine Partei. So winzig sie auch blieb, es war die Partei der Andersgearteten, der Träumerischen, der Beschaulichen, der Nichtbeteiligten, in denen sich vielleicht schon der hochmütige Keim des Geistes verbarg. Steidler hingegen war Anführer des grausamen Lebens, Held aller Lausbübereien, unternehmend bis zum Verbrecherischen, dennoch aber stets Vertreter der großen Partei, die ihm schmeichlerisch huldigte. Selbst der Klassenprimus war gezwungen, vor ihm zu kriechen. Er sah in Ferdinand den einzigen Widerpart, der nicht überwunden war und der, was ihn noch mehr erbitterte, gar keine Möglichkeit bot, ihn zu unterwerfen.

Die erste Entladung der Feindschaft war nichts als eine grenzenlos rohe Niedertracht. Sie spielte sich im Sommersemester des Anfangsjahres ab. Als die Klasse aus einem Lehrzimmer des zweiten Stockwerkes in den Exerzierhof hinabstieg und das Stiegenhaus vom Gepolter laut erschallte, drängte sich Steidler dicht an Ferdinand heran. Während er ruhig mit einem anderen sprach, packte er unversehens die Hand seines Gegenspielers und drehte sie schnell im Gelenk um. Aufschreiend und dann wimmernd fiel Ferdinand um. Die verstauchte Hand schwoll sofort an. Untersuchung und peinliches Verhör folgte. Der Angriff war so blitzschnell vor sich gegangen, daß sich Ferdinand selbst nicht ganz im klaren über Steidlers Roheit war. Er verriet ihn nicht. Der Frevler ging leer aus, da der Klassenkommandant an einen unglücklichen Zufall glaubte. Steidler ließ die Gelegenheit vorübergehen, sich offen zu seiner Grausamkeit zu bekennen. Moralischer Feigling, der er war, blieb er im Dunkel und pfiff noch frecher als vorher (pfeifen war streng verboten) den Fledermauswalzer, wenn er über die Gänge lief. Bezeichnend für den niedrigen Geist dieser Gemeinschaft war es, daß selbst diejenigen, die den wahren Hergang erkannten, Steidlers Feigheit für selbstverständlich hielten und Ferdinands Schweigen nicht hochachteten. Den Gipfel der Frechheit aber erklomm der

Sünder mit dem Ausspruch, der Verletzte sei ein wehleidiges Weib und man müsse den Verkehr mit ihm abbrechen. An dem Tag dieser Affäre fehlte Weber. Wenige Monate Militärerziehung hatten genügt, und er mußte immer länger das Marodenzimmer hüten.

Eine andere, minder rohe, doch wahrhaft teuflische Freveltat Steidlers fällt in die Zeit, da er sich an Ferdinand merklich heranmachte und, hochfahrend zwar wie immer, dennoch unverkennbar sein Vertrauen suchte. Es muß vorausgeschickt werden, daß Ferdinand an einem wirklichen moralischen Mangel leidet. Empfindet er auch übermäßig die Qual, unrecht zu tun, so bringt er doch die sittliche Kraft nicht auf, sich zu empören, wenn ihm Unrecht geschieht. Damals tat ihm Major Krispin, der Mathematiklehrer, gewiß Unrecht, denn alle wußten, daß er ihm aufsässig sei. Wenn Ferdinand auch kein besonderer Mathematiker war, so verdienten andere das Halbjahrs-Nichtgenügend und die bedeutende Rangverschlechterung weit mehr. Während der Zensurverteilung sah man, daß Steidler leidenschaftlich auf Ferdinand einredete. Krispin, ein kalter, mechanischer Mensch, stand auf dem Katheder und schnallte seinen Säbel um. Dies war ein Zeichen für den rangältesten Kadetten, mit krähender Stimme »Habt acht!« zu kommandieren. Die Klasse fuhr starr empor.

»Will jemand noch etwas wissen?« fragte der Offizier. Ferdinand fühlte sich von erpresserischen Händen aus der Bank geschoben. Ratlos trat er vor die Reihe und nahm Stellung:

»Herr Major, ich melde gehorsamst, daß ich dem Herrn Major für seine gütige Strenge gehorsamst danke.«

Es waren genau die Worte, die Steidler vorher ihm wohl fünfmal eingetrichtert hatte. Warum sprach er sie aus? Weil er sich mangelnder mathematischer Kenntnisse schuldig glaubte? Oder war er hilflos einer Suggestion des Bösen erlegen? Noch heute bildet dieser Satz, den er, keine zwölf Jahre alt, bei der Zeugnisverteilung hervorgestoßen hatte, für Ferdinand ein ungelöstes Problem. Manchmal neigt er dazu, sich den guten Glauben zuzubilligen, manchmal ist er mit seinen damaligen Kameraden einig und hält sich für einen bodenlosen Dummkopf. Ja, die ganze Klasse wieherte, aller militärischen Mannszucht zum Trotz, nach der blamablen Danksagung schrill auf. Krispin witterte anfangs in dieser demütig-blöden Ansprache eine unerhörte Frechheit. Als er aber eine Weile lang Ferdinands helles und trauriges Gesicht betrachtet hatte, zog er den beredten Schnurrbart zu einem säuerlichen Lächeln zusammen und klirrte ab. Das Gejohle schäumte von neuem auf. Steidler aber ging im Triumph von einem zum andern:

»Dieses Rindvieh! Die Festrede ist von mir. Ich hab sie ihm eingeschwätzt...«

Ferdinands Selbsterniedrigung hatte bei der Klasse eine Trunkenheit ausgelöst, die gar kein Ende nehmen wollte. Jetzt stand Steidler auf dem Katheder und schmückte die Szene parodistisch aus. Ferdinand aber saß, von seinen eigenen Worten betäubt, still in der Bank. Die Sache nahm einen dramatischen Verlauf, denn Weber beschloß, seinen Freund zu rächen. Er litt an einem ähnlichen langsamen Begreifen wie Ferdinand. Alles, was er tat und sagte, schien deshalb nachzuklappen und hatte eine ruckweise Art. Auch jetzt hätte niemand seine Absichten vermutet, als er ruhig aufstand und mit seinem langsam-wiegenden Gang zum Katheder trat. Steidler ließ sich nicht beirren. Weber aber ergriff vorsichtig ein Tintenfaß, das auf dem Tisch stand, und schleuderte es unversehens auf Steidler. Der Wurf war gut gezielt. Dem Feinde troff die Tinte vom Gesicht und verdarb seine Sonntagsmontur. Eine grobe, aber gelungene Rache, gegen die es keine Berufung gab, denn eine Anzeige hätte den Kläger mit ins Verderben gezogen. Steidler warf sich auf Weber, und im Nu war von allen Seiten eine rasende Schlacht entbrannt. Der Ansturm galt aber nicht nur den beiden Außenseitern. Die Wut und Erbitterung, die alle gegen alle während des Semesters in sich aufgestapelt hatten, kam zum Ausbruch. Einzelne Paare verbissen sich brüllend ineinander. Steidlers Anhang, eine feige Übermacht, riß Ferdinand und Weber zu Boden. Wer weiß, wie es den beiden ergangen wäre, hätte nicht Major Krispin seine scharfe Stimme wie eine Peitsche zwischen die Kämpfer sausen lassen. Er betrachtete von der weit aufgetanen Tür aus in strammer Stellung die Rauferei:

»Ruhe! Affenhorde! Ich werd euch alle über die Ferien einsperren!«

Und er fügte hinzu, was eine ständige Lieblingsfrage von ihm war:

»Bin ich hier in einer Judenschul'? So ein Sauhaufen! Kehrt euch, marsch hinaus!«

Alle entwischten lautlos-geschmeidig an dem ragenden Major vorbei, Steidler, indem er ängstlich hinter dem Rücken eines Vormanns seine Tintenschmach verbarg. Mit der Entfernung von dem Büttel wuchs der Lärm wieder. Die Kadetten donnerten in ihren Schlafsaal hinein. Jetzt aber kümmerte sich keiner um den anderen mehr. Die Semesterferien, drei Tage, waren bedroht, denn dem Krispin durfte man es zutrauen, daß er sein Versprechen, die ganze Klasse einzusperren, noch im letzten Augenblick wahrmachen werde. Jeder suchte seine Sachen zusammen, um so schnell und unauffällig wie möglich sich aus dem Hause zu schleichen. Eltern und Verwandte warteten schon auf die Buben. Nur Ferdinand blieb zurück.

Drittes Kapitel

Fortsetzung der Chronik

Zwei Jahre vergingen ohne nennenswerte Reibung, ehe Steidlers Haß zu einem Schlage ausholte, der schwere Folgen nach sich ziehen sollte.

Ferdinand hatte sich sehr bald in den soldatischen Zwang der Militärschule eingelebt. So zarte Nerven er auch besitzt, er ist niemals wehleidig gewesen und wußte gar nicht, daß man sich über das Leben beklagen könne. Bei wem auch hätte er sich beklagen sollen? Ebensowenig wußte er, daß es in anderen Schulen, in den Gymnasien zum Beispiel, weit weniger hart zuging, und daß man dort freundlichere Kameraden und verständnisvollere Lehrer finden konnte als die seinigen. Ehe es ihm in ganzer Schärfe bewußt wurde, fühlte er doch schon sehr früh die unpersönliche Gleichgültigkeit des Abstraktums, das nun sein Vater war. Wenn die andern etwas anstellten, im Rang herabrückten oder bestraft wurden, galt ihre Verzweiflung weniger diesem Mißerfolg als dem häuslichen Nachspiel, das ihrer wartete. Eine der ärgsten Drohungen der Lehrer lag in der Absicht, die »Herren Eltern« von dem Unwesen eines Sprößlings in Kenntnis zu setzen. An manchem Tag teilte der oder jener Kadett beim Mittagessen blaß der Runde mit: »Heut geht mein Alter zum Alten«, wobei mit dem zweiten »Alten« der Schulkommandant gemeint war.

Ferdinand hatte nur vor diesem zweiten Alten zu zittern, und er wurde oft glücklich gepriesen, daß bei ihm eigentlich nichts »herauskommen« könne und er nicht zwischen zwei Feuern stehe. In seinem Fall war der Schulkommandant der absolute Alte, und niemand besuchte die Sprechstunde, um seine Sache zu vertreten. Der Kommandant aber, im Vollbewußtsein dieses Faktums, vermied es nicht, diesbezügliche Andeutungen fallen zu lassen, wie: »Sie hätten allen Grund, einen besonderen Fleiß zu zeigen.« Oder: »Das Ärar nimmt Sie an Kindes Statt an, nährt und kleidet Sie – aber ich mache Sie darauf aufmerksam, wir sind nicht gezwungen dazu, wir können Sie ebensogut in eine Erziehungsanstalt stecken, wo Sie ein Handwerk erlernen und später als Infanterist Ihre drei Jahre dienen werden.«

Von Zeit zu Zeit nahm sich Ferdinand solche Schicksalsmahnungen bitter zu Herzen, und dadurch gelang es ihm, einen mäßigen Mittelrang zu halten. In manchen Gegenständen erwarb er die Sympathie, in manchen die neutrale Gleichgültigkeit seiner Lehrer, in manchen versagte er. Obgleich er ein ganz guter Turner und Fechter war, beim Exerzieren und Kommandieren haperte es. Hier machte sich eine bedrohliche Schwäche der Aufmerksamkeit und des Selbstbewußtseins geltend. Dies alles aber war es nicht, was Ferdinand bedrückte. Die Wochentage ließen sich ertragen. Ganz anders jedoch stand es um die Sonntage und um die kleinen oder großen Ferien.

Für die ersten Sommerferien hatte ihn Tante Karolin auf ihr Gut nach Ungarn geladen. Es war eine sehr langweilige Zeit für ihn. Er spielte weniger die Rolle eines einzigen Schwesterkindes als die Rolle eines »armen Verwandten«, an den man kaum das Wort richtet. Höchstwahrscheinlich hat er seinen neuerworbenen Onkel nicht minder gelangweilt, denn die Einladung wurde nicht mehr wiederholt. Daran aber trug auch das beginnende Unheil Schuld, das sich über Karolins Ehe zu senken begann. Der Graf bekam die ersten Anfälle eines schweren Rückenmarkleidens, mit dem man, wie der Arzt behauptete, hundert Jahre alt werden kann, was für Karolin keine heitere Aussicht bedeutete. Nicht minder zerrüttet erwies sich auch die Wirtschaft, und die Tante sah sich gezwungen, das Erbe ihres Zahnarztes in Dampfpflüge, Dreschmaschinen und Pumpanlagen hineinzuschustern. Ihre Verarmungsangst, die sie auch in guten Zeiten geplagt hatte, erwies sich nach und nach als gerechtfertigt.

Im nächsten Jahr gelang es Barbara, den Knaben zu den Ihren aufs Land mitzubekommen. Es war eine sehr schöne Zeit. Franta, fast schon ein erwachsener Kerl, zeigte zuerst eine düster-ablehnende Haltung vor Ferdinands Kadettenuniform. Nach Überwindung des anfänglichen Mißtrauens vertiefte sich ihre Freundschaft um so inniger. Schnell aber gingen die vier Wochen des Glücks vorüber. Ferdinand wußte natürlich nicht, daß Barbara um dieser Ferien willen ihre Stellung in der Stadt eigens gekündigt hatte. Im dritten Jahre – Barbara mußte mit ihrer Herrschaft verreisen – zeigte sich nichts. Da die Anstalt sommerüber geschlossen war, wurde Ferdinand in irgendeine widerwärtige Ferialkolonie mit Hunderten von Kindern in allen Altersstufen gesteckt. Das waren nur die großen Ferien. Aber Ostern und Weihnachten? Und die vielen Sonn- und Feiertage? Wer kann ermessen, was es heißt, in der kahlen Kinderkaserne allein zurückzubleiben, wenn am Sonntagmorgen die gnadenlos freudige Horde ausfliegt, jeder einzelne nach Haus oder wenigstens in die Freiheit einer bürgerlichen Wohnung? Dieses Zurückbleiben erlebte Ferdinand jedesmal, wenn ihn Weber nicht mit zu seinen Verwandten nehmen konnte oder wenn es die Verhältnisse nicht gestatteten, daß er Barbara aufsuche. Seitdem sie beide voneinander geschieden waren, wechselte die Kinderfrau unaufhörlich ihre Stellungen. Sie, die sonst so Stetige und Ergebene, hielt es nun in keinem Hause und bei keinem Kinde länger als ein paar Wochen aus. Ihre Dienstherren, die mit dieser Perle immer zufrieden waren, wunderten sich über die Unruhe der Person, die plötzlich und ohne Angabe näherer Gründe den Posten kündigte. Keine Lohnaufbesserung, keine lockende Versprechung konnte sie festhalten. Barbaras Wandertrieb aber war nichts anderes als eine Form der Treue, die sie ihrem Ferdinand wahrte. Stets brachte sie ihm brieflich ihre Veränderungen zur Kenntnis. Im Schulgebäude jedoch besuchte sie ihn niemals.

Die Sonntage, an denen sie ihren vertragsgemäßen Ausgang hatte und Ferdinand sie besuchte, waren ihr schönstes Glück. Sie konnte wie in früheren Zeiten mit ihm spazierengehen, oder der Kadett saß bei ihr, was soviel heißen soll, daß er im Dienstbotenzimmer und in der Küche mehr oder minder begüterter Bürgerhäuser saß. Ja, in häßlich-engen Dienstbotenzimmern und in dunstigen Küchen saß der Offizierszögling bei der Magd, und sie sahen einander an und redeten dies und jenes.

Manchmal machten sich andere Bedienstete im Raum zu schaffen, um ihre Neugier für das sonderbare Paar zu befriedigen. Manchmal kam die Hausfrau selbst herein, um eine Anordnung zu treffen. Sie aber waren so in ihr Beisammensein versunken, daß sie die Störung kaum bemerkten. Meist brachte Ferdinand Wäschestücke zum Ausbessern mit, und Barbara stürzte sich mit Nadel, Zwirn und Stopfholz darauf, denn so ließ es sich besser reden.

Mit Steidler trugen sich in dieser Zeit auffällige Veränderungen zu. Er, der bisher einem kühnen Wegelagererideal gehuldigt hatte, nahm auf einmal ein manieriertes Wesen an. Es begann mit dem Kragen seiner Kadettenuniform, der sogenannten Egalisierung. Der Vorschrift gemäß durfte er nicht höher sein als vier Zentimeter. Steidler erhöhte das Maß eigenmächtig auf sieben Zentimeter. Sein kleiner Kopf mit den leicht abstehenden Ohren wuchs nun aus einer beängstigend engen und langgezogenen Röhre. Hierzu kam noch ein Monokel, das er bei jeder Gelegenheit, sogar während der Unterrichtsstunden, ins Auge drückte. Wegen dieser Vergehungen wurde er zweimal in Strafe genommen. Die Folge war, daß er sich wochentags vorsichtiger benahm, beim Sonntagsausgang aber um so frecher mit den Sinnbildern seiner neuen Elegance prangte. Zugleich gewöhnte er sich eine Ausdrucksweise an, die sich der allgemeinen Verständlichkeit entzog. Er sagte etwa zu einem ahnungslosen Mitschüler: »Auf dich werd ich nicht Platz setzen.« Oder er wandte tagelang ein sinnloses Eigenschaftswort auf alles an, was ihm in den Sinn kam, zum Beispiel das Wort »nervos«, wobei er den Umlaut unterdrückte, was ihm als Gipfel aller Vornehmheit erschien. Nicht nur das Wetter war dann nervos, sondern auch Krispins Lackstiefel und das Rindfleisch beim Mittagessen. Eine dritte Art seines neuerworbenen Sprachschatzes bestand aus dunklen Fachwörtern, die dem Vokabular lebemännischer Verkommenheit anzugehören schienen. Daß die Kadetten der obersten Klasse »gestern mullatiert hatten«, das ging noch, denn einige wußten, daß es sich dabei um ein wüstes Trinkgelage handelte. Was aber das Wort »Breigel« bedeutete, das Steidler allen andern Neubildungen vorzog, läßt sich schwer feststellen. Er warf damit unausgesetzt herum: »Morgen wird es einen Breigel geben.« »Das geht mich einen Breigel an.« Und so fort. All diese Prachtausdrücke entstammten Steidlers neuem »außerdienstlichen« Verkehr, mit dem er jederzeit aufdringlich prahlte. Immer führte er jetzt stallduftende und champagnerhaltige Namen im Munde. Neben einem Baron Elemer von Marosfalva tauchte ein Graf Taresani auf, ganz zu schweigen von einem wirklichen Prinzen Rhodenspoek. Steidler war der Sohn eines untergeordneten Steuerbeamten, auf dessen unscheinbar-kleinbürgerliche Existenz er wenig Wert legte. Allwöchentlich beschwindelte er den Alten, indem er behauptete, er könne am Sonntag nicht nach Hause kommen, weil ihn Schulaufgaben in der Anstalt zurückhielten. Indessen aber verbummelte er den Rasttag in Gesellschaft dieser volltönenden Namen, unter denen er die Rolle eines hübschen Benjamin spielte. Die andern, Schüler der berühmten S.schen Akademie, waren weit älter als er. Ferdinand lernte die Bande auf eine unerwartete Art kennen. Es geschah zur Zeit, da man Weber in eine Heilanstalt nach Istrien gebracht hatte. Ferdinand wußte nichts davon und vermutete, sein Freund sei noch immer im Hause der hiesigen Verwandten bettlägerig. Weber lebte nicht bei seinen Eltern. Der Vater war als Militärintendant einer dalmatinischen Garnison zugeteilt. An einem Frühjahrssonntag wollte Ferdinand den Kranken besuchen. Von den Verwandten erfuhr er aber, daß man Weber zur Ausheilung seiner schweren Lungenentzündung vor drei Tagen nach dem Süden gesandt hatte. Der Vereinsamte kehrte in die Militärschule zurück. Er war überzeugt, den Schlafsaal so leer wie immer am Sonntag zu finden. Diesmal aber hatte er sich getäuscht. Ein paar ortsfremde junge Leute lagen in leichtbekleideter Verfassung lachend auf den Kavaletts. Als Ferdinand eintrat, fuhr ihn Steidler an:

»Hast du was gesehen?«

Ferdinand wußte nicht, was er gesehen haben könnte. Eine fade Stimme fragte:

»Wer ist das?«

Steidler wandte sich in seiner unentwirrbaren Geheimsprache an die Stimme:

»Der g'hört nicht zu uns. Das ist ein Weitverbreiteter.«

Die fade Stimme entschied:

»Dann gehn wir halt...«

Steidler aber faßte mit giftiger Zärtlichkeit den Ahnungslosen unters Kinn:

»Maul halten, Schakerl, Maul halten, sonst...«

Ferdinand maß dieser Szene keinerlei Bedeutung bei. Webers Tod verdrängte sie aus seinem Gedächtnis. Vierzehn Tage später nämlich ließ Major Krispin bei seinem Eintritt in die Klasse die Kadetten nicht niedersetzen, sondern machte ihnen in scharfen Worten, als wären sie alle schuldig an diesem Unglück, die Mitteilung, daß ihr Kamerad Weber in einer istrianischen Heilanstalt seinem Lungenleiden erlegen sei. Der Major fügte hinzu, daß er es der Klasse anheimstelle, durch freiwillige Sammlung einen Kranz zu erstehen, um mit ihm das Grab Webers auf dem Militärfriedhof von Triest zu schmücken. Der Primus fertigte sogleich einen Namenszettel an, worauf er die kleinen Beträge verzeichnete, die von den Kadetten zu diesem Zweck entrichtet wurden. Die Wirkung der Todesnachricht auf die Mitschüler war sonderbar. Sie zollten dem Dahingegangenen durchaus kein Mitleid und keine Erschütterung, sondern gerieten durch Webers Ende in eine Art unwillkommener Verlegenheit, als wäre der Tod eine überhebliche Sache, die dem Komment einer Knabenkameradschaft widerspricht. Selbst Ferdinand, den ein wahrhaft schwerer Verlust traf, konnte in sich keinen Schmerz entdecken. Auch dieser Tote entschlüpfte ihm sofort zu jenem unzugänglichen Totenort, wo er sich gut verstecken konnte. Wie hatte Weber bloß ausgesehen? Immer wieder zerrann das Bild des Freundes. Obgleich Ferdinand zu seiner eigenen Verwunderung keine tiefere Trauer zu empfinden glaubte, ging er doch viele Tage halbbetäubt umher.

Barbara hatte wieder einmal ihre Stellung gewechselt. Diesmal aber schien sie es besonders gut getroffen zu haben. In einem sehr großen Hause nahm sie nun den Posten einer Beschließerin ein, was soviel bedeutete, daß sie dem Küchenpersonal und der übrigen Bedienung vorzustehen hatte. Als Ferdinand sie an dem Sonntag aufsuchte, der jener Todesnachricht folgte, fand er sie in ihrer Küche sehr beschäftigt vor. Sie richtete Schüsseln mit Brötchen und Bäckereien her. Das Haus war voll Bewegung.

»Die großen Kinder haben Gesellschaft«, sagte Barbara traurig, während sie an der Anrichte ihres Amtes waltete. Ferdinand setzte sich still hin und sah ihr zu. Ein verknäulter Schwall schriller Stimmen prellte durch die halboffene Tür. Der Kadett zuckte zusammen. Unbehagen wuchs in seinem Körper empor. Sollte er nicht aufspringen und sich rasch davonmachen? Er blieb wortlos sitzen. Auch Barbara, die vielleicht ein ähnliches Unbehagen empfand, arbeitete, ohne Ferdinand anzusehen. Der Stimmenschwall verstärkte sich. Man konnte die häßlichen Rabenlaute mutierender Knabenkehlen unterscheiden. Jetzt durchtollte die Gesellschaft den Vorraum, der an die Küche stieß. Ferdinand schloß die Augen, so stark schlug ihm die Unabwendbarkeit des Schicksals entgegen. Die Tür wurde aufgerissen. Etwa zwölf halbwüchsige Jungen überschwemmten den Raum und stürzten sich gefräßig auf Barbaras Schüsseln. Mitten aber in dem Höllenlärm stand vor Ferdinand ein zweiter Kadett, Steidler. Beide sahen einander sehr lange starr an und sagten kein Wort. Dann machte Ferdinand eine leichte Bewegung mit dem Kopf und blickte regungslos seitwärts. Steidlers Mund öffnete sich zu einem Lachen, pfiffige Funken spritzten aus seinen Augen, er schwenkte die Arme, als wolle er den gesamten Chor herbeiholen. Im letzten Augenblick aber besann er sich anders und verließ, ohne Ferdinand weiter zu beachten, die Küche. Auch die übrigen zogen sich, stiller geworden, zurück, indem sie den Kadetten in dieser Umgebung mit erstaunten Blicken ansahen.

Ferdinand verabschiedete sich diesmal sehr früh von Barbara, die ihn, obgleich sie die ganze Szene nicht verstanden hatte, mit Angst im Herzen ziehen ließ. Heimgekehrt, erklärte er der Zimmerordonnanz, schreckliche Kopfschmerzen zu haben, und legte sich sogleich nieder. Als am Abend die andern Kameraden nach Hause kamen und mit wüstem Lärm und erbarmungslosem Gelächter zu Bette gingen, lag Ferdinand schon in einem wirren, ahnungsschweren Halbschlaf. Worte und Blicke umsangen ihn wie Stechmücken.

Als sich am Morgen die Kadetten im Klassenzimmer versammelt hatten, trat Steidler bedeutungsvoll auf ihn zu:

»Hallo, einen Moment, bitte.«

Er nahm Ferdinands Arm und ging mit ihm seitab:

»Ich schicke voraus, daß ich bis auf weiteres nicht reden werde.«

Neuerdings hatte sich Steidlers geziere Sprechweise den Aktenstil politischer Wichtigkeiten zugelegt:

»Dafür kann ich von dir Offenheit fordern.«

Ferdinand suchte Raum zu gewinnen:

»Was denn?«

»Mach keine Geschichten! Du weißt doch selber sehr gut, daß du nicht Offizier werden kannst, wenn es herauskommt.«

»Was redest du da für Blödsinn?«

»Ich wundere mich nur darüber, wie geschickt ihr das gemacht haben müßt, damit es aus den Dokumenten nicht ersichtlich wird.«

»Welche Dokumente, Herrgott?«

»Tu nicht so, mein Kind! Du bist zwar ein Trottel, aber so ein Trottel bist du wieder nicht. Du weißt es schon, daß der Sohn einer Illegitimen nicht Offizier werden kann.«

»Was heißt das: illegitim?«

»Ich mache dich aufmerksam, daß es einen großen Breigel geben wird, wenn du so fortfährst. Mich interessiert nur, wer deiner Frau Mama jetzt die Alimente zahlt.«

Diese gemeinen, undeutlichen Worte, mit denen Steidler herumwarf, trafen Ferdinand schmetternd. Die verschleierte Art dieses niederhagelnden Angriffs ließ alle seine Verteidigungskräfte versiegen. In ihm entstand keine Wut, nur ein maßloses Unglücksgefühl. Am liebsten hätte er losgeheult. Aber er sagte:

»Ich hab ja gar keine Mama.«

Steidler zeigte sich gekränkt:

»Weißt du, das ist nicht schön von dir, daß du deine Frau Mama verleugnest.«

Ferdinand stöhnte gequält auf:

»Aber ich verleugne sie ja gar nicht.«

Unbetrügbar ging Steidler auf sein Ziel los:

»Schau, ich komm auch nicht aus der Familie eines Statthalters oder Korpskommandanten. Ich sag's offen, mein Papa ist nur ein hoher k. k. Staatsbeamter. Und auch du mußt offen sagen, meine Frau Mama ist eine Köchin. Also sag's!«

Ferdinand konnte sein Weinen nicht länger besiegen:

»Nein, das ist nicht wahr, das ist nicht wahr!«

Steidler redete ihm innig zu:

»Also sag schön: Meine Frau Mama ist eine Köchin. Dann werde ich schweigen, widrigenfalls...«

Die Tür tat sich auf, und der Katechet trat in die Klasse, denn die Lehrstunde, die auf dieses Gespräch folgte, war der Religion gewidmet. Während der Unterricht abrollte, konnte Ferdinand kaum zu sich kommen. Jede Vernunft, jede Einschätzung der Wirklichkeit verließ ihn. Er war überzeugt davon, daß seine Laufbahn zu Ende sei, wenn Steidler die Drohung wahrmache und ihn als Illegitimen, als Sohn einer Köchin ausposaune. In die Verwirrung seiner Denkkraft mischten sich Gewissensbisse. Sooft die Kadetten am Sonntag ihre Ausgangszettel verlangten, mußten sie in der Schulkanzlei den Ort angeben, wohin sie zu gehen gedachten! Diese Verordnung wurde übrigens von einem gutmütigen Unteroffizier nicht sehr streng gehandhabt. Wenn Ferdinand zu Barbara ging, hatte er sich meist um eine Angabe seines Aufenthaltes herumgedrückt oder eine beliebige Adresse angegeben. Jetzt glaubte er fest, das Verbrechen dieser Vertuschung werde an den Tag kommen und ihm den Kragen brechen. Der furchtbarste Mißlaut in seiner Not aber war die Verleugnung. Ja, er hatte Barbara verraten, er hatte sie nicht beschützt, er war von ihr abgefallen. In seinem schweren Kopf entstand die krankhafte Einbildung, er habe mit dem Bekenntnis gelogen, daß er keine Mama besitze. Seine wirkliche Mutter fiel ihm gar nicht ein. In seinem Geiste brannte die Schmach, daß er sich Barbaras geschämt hatte.

Nach der Religionsstunde streifte Steidler noch einmal an Ferdinand vorüber:

»Ich habe mich entschlossen, dir bis zwölf Uhr Bedenkzeit zu geben.«

Der Unterrichtsplan sah von neun bis zehn Exerzieren vor. Die Kadettenhorde wurde auf den Hof getrieben. Fachlehrer im Exerzieren war ein rüder längerdienender Feldwebel, der jetzt an seinen Untergebenen dafür Rache nahm, daß sie einmal seine Vorgesetzten sein würden. Noch niemals hatte Ferdinand so viele Fehler verbrochen wie heute. Hieß es »Doppelreihen rechts um«, schwenkte er links. Mußte er den Zug führen, gelang es ihm nicht, die befohlene Richtung einzuhalten. Bei den Gewehrgriffen verwechselte er die einzelnen Tempi. Die Folge war, daß ihn der Lehrer zum Nachexerzieren verdonnerte, das heißt, wenn den andern eine Rast vergönnt wurde, mußte er entweder »wippen« oder den mühsamen Marsch-Eins, die österreichische Form des Parademarsches, unermüdlich üben. Das Unangenehmste an diesem Einzelexerzieren war der Umstand, daß die mokante Gesellschaft der Kameraden in behaglicher Zuschauerruhe ihre Witze über den Sträfling reißen konnte. Steidler trat vor die lockere Reihe und machte knappe und unverständliche Zeichen zu Ferdinand hin, die diesen noch mehr verwirrten. Die schneidende Stimme des Feldwebels klatschte über das Gesicht des Gemaßregelten: »Marsch Eins – Zwei! Eins – Zwei!« Die Hände über den Rücken gekreuzt, schleuderte Ferdinand das linke Bein weit vom Leibe, faßte vornübergeneigt Stand und zog den rechten Fuß mit feinfühlig die Erde streifenden Zehenspitzen nach, wie der Finger eines Geigers beim Lagenwechsel kaum merklich über die Saiten schleift. »Eins – Zwei!« Steidler hatte sich jetzt ganz nahe herangemacht und betrachtete die Strafübung, wie sich ein Müßiggänger einen Straßenunfall ansieht. Als Ferdinand dicht an ihm vorüberstampfte, sagte er sehr ernsthaft:

»Du hast recht. Denk nur fest an deine Frau Mama.«

Der Marschierende stockte mitten im »Eins«, zog bei »Zwei« den rechten Fuß nicht nach und senkte den Kopf. Der Lehrer klatschte ungeduldig in die Hände: »Eins – Zwei!« Und noch einmal: »Eins – Zwei!« Ferdinand rührte sich nicht. Der wütende Unteroffizier sprang dicht zu ihm heran und brüllte:

»Werden Sie gehorchen, Sie elende Mißgeburt?«

Der Beschimpfte hob langsam die Augen, um den Quäler anzusehen. Aber nun geschah etwas, was ein ganz ferner Teil seines Wesens selber mit wachsendem Entsetzen beobachtete. Seine Augen sahen den Feldwebel nicht. In einer unordentlichen Dämmerung schwankte der Hof. Ein grauenhaftes Außersichsein, eine verzweifelte Glut, eine unbekannte Ichzersprengung hob den Vierzehnjährigen fast vom Boden auf. Bis zum letzten Augenblick hatte er das Gefühl, er könne sich noch zurückreißen. Aber etwas Lustvolles reizte ihn gerade, sich ins Unbekannte hinein zu steigern. Er warf sich auf den Unteroffizier und trommelte mit beiden Fäusten auf ihn los. Ebensoleicht aber hätte er sich auf einen Kameraden oder einen Baum gestürzt, wenn er in der kürzesten Linie gestanden wäre. Es war kein Angriff, es war eine Flucht nach vorne, das unsinnige Rütteln an einem geschlossenen Notausgang, wenn das Feuer im Rücken wütet. Der Feldwebel schleuderte ihn mit einem Faustschlag zu Boden. Dort blieb er zusammengekrampft liegen. Man holte den Anstaltsarzt. Dieser untersuchte als erstes Ferdinands Faust daraufhin, ob der Daumen eingezogen sei.

Der Knabe verbrachte eine Woche im Krankenzimmer. Während dieser Zeit trat das Kollegium der Lehrer zusammen und beriet darüber, was mit Ferdinand zu geschehen habe. Insubordination und tätlicher Angriff auf einen Vorgesetzten, das sind in militärischen Augen unsühnbare Verbrechen. Anderseits mußte man dem Schüler wohl Sinnesverwirrung und einen Anfall zubilligen, welcher der Epilepsie nicht unähnlich sah. An eine gründlichere Aufklärung des Falls dachte niemand, so etwas widersprach den Traditionen der Militärschule. Alles in allem: Keine soldatische Natur! Darin stimmte der Lehrkörper mit Einhelligkeit überein. Von oben kamen immer schärfere Erlässe, die Ausmusterung der Offiziere betreffend. Daran mußte man sich halten.

Meldung, Bericht, Anfrage, Antwort, einige Bogen Kanzleipapier wuchsen zu einem Akt, der von der militärischen Behörde dem Pflegschaftsgericht zur gefälligen dortamtlichen Einsichtnahme beigeschlossen wurde. Darauf erschien jener gleichgültige Herr, der die Rolle von Ferdinands Ex-officio-Vormund spielte, im Marodenzimmer und eröffnete eine von Warnungen strotzende Unterhaltung über die Frage, was mit dem kränklichen Missetäter zu geschehen habe. Ferdinand stieß mit zitternder Stimme immer wieder den gleichen Wunsch hervor: »Nur fort von hier!« Der Vormund gab ihm zu verstehen, daß ein Mann wie er ein Anrecht auf wertvollere Mündel zu haben glaube. Dann schied er, einige dunkle Versprechungen zurücklassend. Die bürgerliche Behörde entschied den Fall im eigenen Wirkungskreis. Eines Tages tauchte in der Militärschule ein Laienbruder auf, der Ferdinand mit sich nahm. Das Alumnat eines gelehrten Ordens öffnete ihm seine Pforten. Sein neues Leben begann damit, daß er innerhalb eines Jahres die Wissenschaft des gesamten Untergymnasiums nachholen mußte. Ferdinand bewies seine Kraft. Es gelang ihm.

Viertes Kapitel

Ferdinand tritt auf die Straße

Engländer hatte Ferdinand durch Unterbrechungen und Fragen immer weiter auf den Weg des Berichtens gelockt. Dieser glaubte anfangs, daß er nichts oder blutwenig werde zu erzählen haben. Nach und nach aber kam das Leben in seinem Gedächtnis ins Gedränge. Dennoch sprach er nur zaghaft und ohne Ordnung ins Dunkel, was vor Engländer noch kein Mensch zu hören bekommen hatte. Man mußte ihm durch Fragen immer wieder weiterhelfen. Er schien an einer Art Platzangst des selbständigen Redens zu leiden. Keine halbe Stunde war vergangen. Engländer stand auf und schaltete das Licht ein. Er gab damit zu erkennen, daß er vorderhand genug wisse. Dann durchstampfte er ein paarmal den Raum, indem er mit Bewußtsein den Bauch einzog und die Lippen verkniff. Ob ihm der zaghafte Lebensabriß einen Eindruck gemacht hatte, blieb unbemerkbar. Sein Gedankenwandel kam dadurch zum Abschluß, daß er sich ein zweites Stück von Ferdinands Striezel abschnitt und als einen Riesenbissen in den Mund stopfte.

»Und was ist denn mit Ihrer Barbara?« fragte er, als er wieder sprechen konnte. Ferdinand fuhr in seinen Rock und holte eine nicht wenig abgeschabte Brieftasche hervor. In den Schlupfwinkeln dieser Brieftasche grub er lange nach, aber nur zum Schein, denn er schwankte plötzlich, ob er Barbaras Brief vorzeigen solle. Bald aber hielt Engländer ein mit kindhaft schiefliegenden Buchstaben bedecktes Schreiben in der Hand. Es begann in fehlerhaftem Deutsch, schlug dann, weil es der Schreiberin bequemer war, ins Böhmische über und schloß wieder deutsch. Barbara klagte sich an, daß sie so lange nichts von sich habe hören lassen. Es hätten sich aber große Veränderungen abgespielt. Ihr Bruder, der Bergmann, sei gestorben, und Franta bei der Assentierung genommen worden, so daß er im Herbst wohl werde einrücken müssen. Sie schrieb wörtlich: »Vielleicht schicken sie ihn, wie das Gesetz lautet, nach Hause, vielleicht auch nicht«, womit sie auf die Bestimmung anspielte, die den einzigen Sohn einer Witwe vom Militärdienst befreit. »Die Schwägerin und ich werden zusehen müssen.« Sie habe sich entschlossen, nicht mehr in Dienst zu gehen, da sie in diesem Sommer vierundsechzig alt geworden sei. »Ich kann in der Nacht nicht mehr sehr gut schlafen und denke deshalb oft an Ihn, ob Er etwas braucht.« Sie schloß damit, daß ihr ein Gerücht zu Ohren gekommen sei, wonach ausgeweihte Priester nach Afrika geschickt würden, »um dort die Wilden zu bekehren«. Diese Möglichkeit erfüllte sie mit Angst und Sorge.

Engländer las den Brief zweimal. Als ginge von dem ländlich vorlinierten, beim Dorfgreisler erhältlichen Briefpapier ein Leuchten aus, verklärte sich sein Gesicht.

»Also am besten gefällt mir die Aufschrift: ›Junger Herr‹ und die Anrede in der dritten Person. Sehen Sie, darin liegt eine der uralten Schönheiten Österreichs, eine Würde und Freiheit, die der gutverdienende Liberalismus und Nationalismus längst schon vernichtet hat.«

Er wurde unvermittelt nervös:

»Gehen wir, gehen wir! Ich halte es hier nicht länger aus. Kommen Sie, bitte, mit mir!«

Ferdinand griff nach seinem Hut. Engländer aber befahl:

»Nein! Vorher packen Sie Ihre Sachen zusammen. Wir nehmen Ihren Koffer mit.«

Der Seminarist starrte entgeistert auf seinen Besuch. Dieser aber stellte eine überzeugende Erwägung an:

»Ich glaube, eine günstigere Zeit für Ihre Flucht als dieser Abend kommt nicht wieder. Sie sind allein. Man wird Sie, nehme ich an, erst morgen früh vermissen. Packen Sie schnell zusammen! Für alles andere werd ich schon sorgen.«

Ferdinand gehorchte. Seine Hände waren so erregt, daß Engländer ihm beim Verstauen seiner Habseligkeiten behilflich sein mußte. Er hatte keine Vorstellung von dem, was sich jetzt ereignen würde. Sein ganzes Wesen aber war hingegeben an den Rausch der Flucht, die gestern noch eine unerlaubt tolle Phantasie gewesen war. Er überließ sich völlig dem Willen Engländers, dem Willen eines, seiner Meinung nach, überragenden und lebenskundigen Mannes, der einzigen Autorität, die er kannte. Was hatte Ferdinand zu verlieren? Dieses Eisenbett hier, zwei magere Mahlzeiten täglich und die Aussicht auf einen kargen Beruf, für den er nicht das geringste Verständnis besaß. Was hatte er zu gewinnen? Die Welt! Und Engländer war sein Freund, der ihn nicht verlassen würde. Dieser wiederum war selber überrascht von dem plötzlichen Entschluß, der ihn da überkommen hatte, diesen jungen Menschen seinem Gefängnis zu entreißen. Es gab für Engländer nichts Schrecklicheres als die Vorstellung von Fesseln, von Unfreiheit und Gefangenschaft. Er dachte in diesen Minuten wohl an seine Verantwortung, aber der Sachverhalt lag so klar, daß er die Bedenken zurückwies. Dieser Ferdinand war keine Ministranten- und Küsterseele. In dieser Zucht würde er verkommen. Er mußte auf den »Umweg« gebracht werden, von dem er, Engländer, vorhin gesprochen hatte. Ohne Abfall gab es für den modernen Menschen keine Heimkehr in Gott. Dieses war ja das Entsetzliche an unserer Zeit, daß es kein selbstverständliches Leben in Gott gab, sondern nur ein laues und halbes Konvertitentum, das sehr oft aus trüben Quellen floß. Engländer verstand sich auf diese Quellen: Da war der geistige Hochmut vor allem, der sich dadurch adeln wollte, daß er die zeitgemäß naturwissenschaftliche Weltanschauung als untief und banal verwarf. Da waren ästhetenhafte Neigungen und snobistische Vorurteile, von denen sich Engländer aber auch bei strenger Selbstprüfung frei wußte. Der Gedanke an Gott war ihm wirklich das Lebenszentrum. Geistreich, wie er »leider« war (das »leider« bildete in diesem Zusammenhang eine beliebte Redewegung Engländers), pflegte er Gott und das Göttliche als ein harmonisches Ereignis zu definieren, ähnlich der Musik, »die ebenfalls weniger verstandesmäßig als erlebnishaft anschaubar sei«. Aus diesem Gleichnis ersieht man, daß Engländer auch ein Untertan der Musik war. Er hatte zu jener Jugend gehört, die keine Wagnervorstellung in der Hofoper versäumte. Die Musik aber war eines der ersten Opfer, das fallen mußte. Auch sie war, losgelöst von einem höheren Inhalt, dem Intellekte gleich zu einer der schlimmsten Verführungen geworden. Engländer betrat nun kein Theater mehr und rächte sich an seiner alten Liebe für Wagner dadurch, daß er ihm die Schuld am Untergang der Kunst und an der frechen Selbstvergottung der Künstler gab. Umsomehr aber zog er die Musik nicht als Tondichtung, sondern als Welterscheinung in seine Gleichnisse und Gedanken. Es gab für ihn eine Musikalität des Ohres, des Auges, des Denkens und des Glaubens. Sie war das Einheitserlebnis harmonisch-rhythmischer, zeiträumlicher Zusammenhänge und als solche ein Kind der Urmusikalität, der Theophanie, der Gottesschau. Hierin aber sah Engländer den einzigen und wahren Unterschied zwischen den Menschen, die scharfe Trennungslinie, welche die Seelenwelt durchschneidet. Musikalisch und unmusikalisch, was sehr wenig mit Klavierspielen zu tun hat und die letzten Gegensätze umschließt: gut und böse, wohlwollend und mißgünstig, anmutig und plump, all diese Widerspruchspaare ließen sich auf die eine Formel bringen.

Was hatte ihn schon bei der ersten Begegnung mit Ferdinand im Vorlesungssaal so sehr bewegt? Was erschütterte ihn jetzt, wenn er zusah, wie der Jüngling seine Armut in den altertümlichen Strohkoffer raffte? Dies war ein »musikalischer« Mensch. Engländer mußte Tränen unterdrücken, so reizend-weltunkundig fand er Ferdinands Bewegungen. Ihn wandelte jetzt ein schrecklicher Zweifel an, ob er nicht doch ein Unrecht begehe, ob er auch wirklich für dieses Kind werde sorgen können.

»Haben Sie Ihre Dokumente?« fragte er.

Ferdinand kramte Taufschein und Maturitätszeugnis hervor. Engländer forschte weiter:

»Wer ist Ihr Vormund? Der Mann Ihrer Tante, wie?«

»Nein! Ich habe seit Jahren von den beiden nichts gehört. Vielleicht leben sie nicht mehr.«

»Also, wer ist Ihr Vormund?«

Ferdinand mußte selber lachen:

»Mein Wort, mir fällt der Name jetzt nicht ein.«

»Haben Sie Forderungen an den Staat zu stellen? Besteht eine Hinterlassenschaft Ihres Vaters?«

»Ich glaube, nein.«

»Ich glaube, nein! Sehen Sie, wie recht ich habe, mein Lieber. Aus Ihnen wird nie ein intelligenter Mensch werden ...«

»Und jetzt?«

»Ganz einfach! Sie werden an den Internatsvorstand einen Brief schreiben, den ich Ihnen morgen diktieren will. Außerdem werde ich mich mit einem Juristen beraten. Ich glaube nicht, daß man Ihnen etwas anhaben kann. Sie wollen Medizin studieren, gut! Sie bekommen die Mittel dazu. Niemand wird Sie zurückholen.«

Ferdinand wunderte sich, wie leicht es war, zu fliehen. Der Käfig stand immer offen. Nur der Vogel war allzu gezähmt und verzagt, um davonzufliegen. Damit der Pförtner keinen Verdacht schöpfe, trug Engländer den Koffer die Treppe hinab. An der nächsten Straßenecke stellte er ihn hin und bemerkte:

»So! Jetzt sind Sie ein entlaufener Mönch.«

Ferdinand glaubte das erstemal auf den Straßen Wiens zu stehen. Er glaubte eine Luft zu atmen, die er nicht kannte, eine Luft voll Schärfe, Kühnheit, Wind, Abenteuer und Angst. Einen Augenblick lang fürchtete er, ihm könnte übel werden. Er hatte ein wollüstig schwaches Gefühl in den Knien. Noch war nichts geschehen, aber das Schicksal hielt ihn gepackt und veränderte alles, so daß es ihm neu erschien wie einem Knaben, der eine Ewigkeit im Bett zugebracht hat. Alfred Engländer winkte einen Fiaker herbei. Wie bewunderte er diese selbstherrliche Gebärde! Er klammerte sich an den Arm dieses Mannes fest, den er für so stark und lebensgewandt hielt. Jeder Schritt war jetzt Freiheit und Selbstentscheidung. Darum auch tat jeder Schritt so weh, als wären die Schuhe zu eng. Im Wagen predigte Engländer:

»Sie werden so bald wie möglich einen Brief an Ihre Barbara schreiben. Sie wird sich gewiß darüber kränken, daß sie Sie auch in Zukunft nur ›Junger Herr‹ nennen muß und daß der ›Hochwürdige Herr‹ zu Wasser geworden ist.«

»Oh, das ist ihr gar nicht wichtig«, meinte Ferdinand.

Der Wagen hielt vor einem Hause des Gesandtschaftsviertels. Engländer läutete und gab einem ehrwürdigen Manne einige Anweisungen. Der Strohkoffer wurde in Empfang genommen. Der Ehrwürdige verschwand mit einer Verbeugung vor dem Haussohn. Dieser deutete auf das Palais:

»Die Burg meiner Väter! Hier wird eine verzwickte Patristik gelehrt. Ich bin ein Arrestant des Geldes mit Bewährungsfrist.«

Er gab dem Kutscher ein Zeichen. Der Wagen fuhr los:

»Ich will Sie mit den Verhältnissen dieses Daches, unter dem Sie ein paar Tage zubringen werden, vertraut machen.« In seiner wortüberlegenen Sprechart, die mit ironischer Vorliebe druckreife und stilblumige Wendungen anwandte, erzählte er, daß seine Eltern schon ziemlich lange tot wären, daß ihm dafür aber zwei Brüder »blühen«, jeder einzelne ein Ausbund an »Unmusikalität«. Da sie nicht Geldmenschen aus erster, sondern nur aus zweiter Hand seien, besäßen sie nicht einmal »die Dämonie des Erwerbs. Sie sind lauwarme Sekundogenitur des Kapitals. Eine Einladung bei irgendeinem Fürsten schätzen sie höher als einen gelungenen Verkaufsabschluß. Mich hassen sie, ohne den Mut zu haben, an ihren Haß zu glauben. Sie verschmieren ihn mit Pietät, mit familiären und gesellschaftlichen Rücksichten. Solang ich Sozialist gewesen bin, haben sie mich für gefährlich gehalten, seitdem ich die Wahrheit zu erkennen beginne, halten sie mich für verrückt. Die Stärke ihrer Position mir gegenüber beruht auf meiner Erfolglosigkeit. Da ich nichts verdiene und nur von meiner Rente lebe, bin ich ein Schmarotzer. Da ich keine Talente besitze oder sie nicht zur Geltung bringe, bin ich ein Verlorener.«

Die bürgerliche Welt, fuhr er fort, anerkenne nur drei Formen der menschlichen Existenz: »Entweder stehe gesellschaftlich über ihr, oder lasse im Geld- und Genußwettlauf die Verdienerzunge aus dem Maul heraushängen wie sie, oder gib dich zu ihrem Hofnarren her. Könnte ich Feuilletons oder Couplets verfassen, würden mich meine Brüder mit Freuden herumreichen... Erschrecken Sie nicht, mein Lieber, ich besitze Gott sei

Dank eine eigene Wohnung. Meine Brüder und die mit Recht dazugehörigen Frauen werden Sie nicht belästigen.«

Der Kutscher, der sein Ziel nicht kannte, wandte sich zurück: »Wohin, Herr Baron?«

»In den Prater«, entschied Engländer.

Freundschaft ist ausschließlich eine Tugend der Zwanzigjährigen. Ein Mann kann sich noch mit Sechzig tödlich in eine Frau verlieben, wirkliche Freundschaft schließt er nach dem dreißigsten Jahr kaum mehr. Die wunderbare Voraussetzung der Jugendfreundschaft ist die ideale Gleichheit, die alle Zwanzigjährigen miteinander verbindet. In welcher Lebenslage sie sich auch befinden, alle sind sie gleich arm, denn sie sind schlechthin nichts. So entfällt die trennende Gewalt des geselligen Lebens für sie, der Neid. Da sie alle arm und nichtig sind und noch nicht am Blute des Erfolges geleckt haben, gönnen sie den zukünftigen Erfolg einander von Herzen und sind bereit, sich gegenseitig auf den Weg zu helfen. Erficht ein junger Mensch einen Sieg, so hat er nicht für sich allein, sondern für seine ganze Generation gesiegt. Schon mit dreißig Jahren aber ist der Mann durch Erfolg verdorben oder durch Nichterfolg, was in einem tieferen Sinne dasselbe ist.

Engländer war zwar um sechs oder sieben Jahre älter als Ferdinand. Dennoch erlebten sie draußen im Wurstelprater eine wunderbare Stunde echter Jugendfreundschaft. Bei Engländer trat eine väterliche Empfindung hinzu und die Freude, heute nicht nur eine Befreiungstat auf dem Gewissen zu haben, sondern auch den Fremdenführer ins Leben spielen zu dürfen. Er nannte das Vergnügen, sich von der trubelnden Menge des Volkspraters treiben zu lassen, »im Leben baden«. Für Ferdinand war es so etwas wie ein erstes Bad. Merkwürdig, binnen wenigen Stunden war alles Bisherige fortgeschwemmt. Unabsehbar weit lag das Gestern zurück und sein ganzes Leben. Ferdinand hat das Glück, nicht nur eine ungewöhnliche Erinnerung zu besitzen, sondern auch ein ungewöhnliches Vergessen. Es war ihm selber unheimlich, wie die schnelle Entscheidung, die Flucht mit einem Schlage die ganze Vergangenheit unwirklich gemacht hatte. Nur sein Körper, an Reih' und Glied gewöhnt, an strenge Hausordnungen, an Klassenspaziergänge, bei denen man die Augen niederschlagen muß, nur der Körper konnte so schnell nicht vergessen und war ratlos dem farbigen Wirbel ausgeliefert. Ferdinands Gestalt in dem schwarzen Seminaristenrock schwankte unsicher. Manchmal lächelte er ein ängstliches Blindenlächeln. Engländer verfolgte seine Absicht. Er vermutete, daß festlicher Lärm und freudiges Farbengetümmel Heilmittel gegen Ferdinands Verschüchterung seien. Da er selber für die Sensation der Hochschaubahn schwärmte, löste er zu diesem Vergnügen Karten. Die jungen Leute sausten mehrere Male die wilden Kurven, furchtbaren Abstürze und schaurigen Tunnels dieses Unternehmens dahin, das die Lustgefühle der Todesgefahr den Leuten in harmlosen Dosen billig verabreicht. Diese rasende Bewegung, die das Zwerchfell zusammenkrampft, übte auf Ferdinand eine berauschende Wirkung aus. Beim dritten Mal schämte er sich nicht mehr und mischte seine Stimme unter die Schreie der Mädchen, die sich an ihre Begleiter preßten.

Nachher freilich, als sie dem Ausgang zuschritten, wurde es ihm schwarz vor den Augen, und er glaubte, er müsse umsinken. Wenige Stunden nur und diese Verwandlung! Es war zuviel für seine Kraft. Engländer erschrak und führte ihn rasch nach Hause. Das erstemal wieder seit seiner Kindheit schlief Ferdinand in einem Märchenbett.

In den folgenden Monaten sorgte Alfred Engländer auf das hingebungsvollste für seinen Schützling. Da er einem Konflikt mit den Brüdern, die sein Tun und Treiben ausspionierten, entgehen wollte, nahm er ein gutes Zimmer auf und bezahlte Kost und Quartier für ein halbes Jahr voraus. Er ließ Ferdinand bei seinem Schneider auf eigene Rechnung anständig ausstatten. Er lief auf die Universität und besorgte die Inskription. Zugleich auch schaffte er Lehrbücher an, ein anatomisches Besteck und was sonst noch für die Anfangsgründe des medizinischen Studiums notwendig ist. Auch eine Barschaft erhielt Ferdinand ausgefolgt, die freilich nicht sehr groß war, da Engländer selbst nie über große Summen verfügte. Das Testament seines Vaters beteiligte den geschäftsuntüchtigen, also mißratenen Sohn am Engländerschen Rieseneinkommen nur in Form zwar ansehnlicher, aber immerhin bemessener Monatsraten. Schon die Ausstattung Ferdinands hatte ihn gezwungen, Schulden aufzunehmen. Aus zwei Gewissensgründen, die ihm keine Ruhe ließen, tat er mehr als genug. Er hatte zu Ferdinands Flucht die Hand geboten. Sein Konvertitenherz war deswegen mehr bekümmert, als er sich's eingestand. Und dann, was noch wichtiger war. Er kannte sich selber allzugut. Nicht umsonst war er ein »Sohn des Reichtums«, und den Reichen war nach Christi Wort die »Seligkeit« verschlossen. Er legte die diesbezüglichen Stellen der Evangelien recht eigenwillig aus. »Gib all dein Gut den Armen«, hieß in seiner Auffassung nicht: Nähre und kleide die Bedürftigen – sondern: Befreie dich von der Unseligkeit des Materiellen. Den Fluch der Materie nannte er die Ungeduld, während Attribut der Seligkeit Ruhe und Geduld war. Ruhe bedeutete, nach seinem Glauben, Ewigkeitsbewußtsein der Seele, Unruhe aber und Ungeduld bedeutete Verwesungsgewißheit. Leider war er selber trotz seines religiösen Strebens voll Unruhe und Ungeduld über die Maßen. Der Impuls von gestern versiegte heute und wurde morgen schon unverständlich. Engländer traute selbst seiner reinen Freundschaftsempfindung für Ferdinand nicht. Vielleicht würde er sie übers Jahr kaum mehr begreifen. Schon deshalb mußte vorgesorgt werden. Eines beruhigte ihn, er hatte nichts anderes getan, als den Freiheitswunsch eines Gefangenen verwirklicht, den sein ganzes stummes Wesen ausatmete, seitdem er mit ihm bekannt geworden war. Als Ferdinand sein neues Zimmer bezog, sagte Engländer, als fiele ihm eine Last vom Herzen:

»So! Für ein Jahr, hoff ich, werden Sie zu leben haben. Hören Sie, ich bin nicht reich, sondern, wie ich schon gesagt habe, ein Arrestant des Geldes. Es wird gut sein, wenn Sie sich nach den Verdienstmöglichkeiten umsehen, die einem Studenten offenstehen. Es gibt Demonstratorstellen, Nachhilfeposten bei Mittelschülern und so weiter. Am Schwarzen Brett werden derartige Anträge veröffentlicht. Es wäre mir lieber, ich müßte Ihnen diesen Rat nicht geben. Andererseits aber werden Sie selber glücklich sein, etwas zu verdienen. Fürchten müssen Sie sich nicht. Solange ich nur kann, werd ich für Sie da sein...« Diese letzte Behauptung erfüllte Engländer mit Mißgefühl, als hätte er eine aufgeblasene Phrase ausgesprochen. Um davon abzulenken, fragte er:

»Wann haben Sie denn die Barbara zum letzten Male gesehn?« Ferdinand erschrak. Er hatte im Drang der letzten Zeit ihrer gar nicht gedacht und auch den Brief noch nicht beantwortet:

»Wann? Es ist lang her. Im vorigen Sommer«, bekannte er. Engländer betrachtete unzufrieden die Wände der Stube:

»Das ist zu kahl hier«, behauptete er. Dabei aber nahm er mit ekelerfüllten Fingern einen Öldruck vom Nagel, der schuhplattelnde Tiroler darstellte. Als er schon in der Tür stand, um fortzugehn, drehte er sich noch einmal um:

»Damit ich's nicht vergesse. Wir wollen uns Du sagen.«

Am Abend erhielt Ferdinand eine große, gutgerahmte Reproduktion. Die strenge Pietà eines vlämischen Meisters. Die Madonna darauf war eine alte Frau.

Engländer hatte die Beständigkeitskraft seiner Freundschaft unterschätzt. Keine Ungeduld, kein neuer Impuls kam ihm in die Quere. Sie sahen einander täglich. Er war stolz auf sein Geschöpf. Immer wieder erfüllte ihn die Ruhe dieses Knaben, seine beschatteten Augen, die Grazie in seinen Bewegungen und die zart verpuppte Geistigkeit mit sonderbaren Vaterfreuden. Der wird durchkommen, urteilte er und war nicht nur stolz auf Ferdinand, sondern auch stolz auf sich selbst.

Aber noch am Ende desselbigen Jahres wurde Engländer und Ferdinand mit ihm das Opfer eines widrigen Schicksals. Es kam zu einigen scharfen Auftritten zwischen den feindlichen Brüdern. Die Lage des Müßiggängers gegenüber den »Arbeitstieren«, wie sich die Textilfabrikanten selber bezeichneten, wurde unhaltbar. Alfred ließ sich, maßlos wie er war, hinreißen und dehnte die Verdächtigungen bürgerlicher Ehrbarkeit auch auf die verhaßten Ehefrauen der Brüder aus. Nun kannte die Empörung und Rachsucht gegen den jüngsten Bruder keine

Grenzen mehr, zumal sie durch Alfreds jähzornige Bosheit einen Anschein von Berechtigung gewonnen hatte. Routinierte Rechtsanwälte, in derartiger Forscherarbeit wohlbeschlagen, wurden angeworben, um die Nachlaßbestimmungen des alten Engländers bezüglich gewisser Klauseln neu zu untersuchen, auf deren ungünstige Ausdeutung um des Familienfriedens willen bisher verzichtet worden war. Die findigen Rechtsgelehrten hatten Erfolg. Sollte sich Alfred bis zu einem gewissen Zeitpunkt nicht zur aktiven Mitarbeit an der Firma entschlossen haben, so verlor er die Teilhaberschaft an den Fabriken, was im Sinne dieser nicht ganz klargefaßten Testamentsbestimmung als längst geschehen angenommen wurde. Da aber die Hauptmasse des Engländerschen Vermögens in Industrien steckte, verblieb dem Jüngsten nichts anderes als der Fruchtgenuß eines mäßigen Pflichtteils, der zum Unglück noch in unveräußerlichen Werten festlag. Mit einem Wort, Alfred Engländer war aus einem reichen Manne zu einem Kleinrentner geworden, der allmonatlich von der Bank zweihundert Kronen überwiesen bekam. Um der aufreizenden Fratze seiner Brüder nicht täglich begegnen zu müssen, entsagte er selbst seiner Wohnung in dem väterlichen Palais. Mit zweihundert Kronen hätte er, auch weniger verwöhnt, in der Residenz nicht leben können. Er übersiedelte deshalb in eine niederösterreichische Kleinstadt, nach Melk, wo er auch jenen immer mehr um sich greifenden fleischlichen Widerstandslosigkeiten besser zu begegnen hoffte. Von dort schrieb er lange bekümmerte Briefe an seinen Freund, denen er manchmal eine kleine Banknote beilegte, die er sich mühsam abgespart hatte.

Aber was half das? Ferdinands Elendszeit begann.

Fünftes Kapitel

Die Erkennungskapsel

Indem die Geschichtsschreiber des Weltkrieges oft auch entlegene Motive heranziehen, um die erbitterte Kampfesbereitschaft der europäischen Völker im August des verhängnisvollen Jahres zu erklären, vergessen sie ein naheliegendes Motiv, dessen Wichtigkeit nicht genug eingeschätzt wird. Der Weltkrieg war für Tausende von Menschen eine Erlösung vom Hunger.

Leset die Statistiken des Elends nach, die über das letzte Jahrzehnt vor dem Krieg aufgenommen wurden. Ihr werdet finden, daß von Jahr zu Jahr die Lohnstreiks sich verdichten, die unterirdischen Revolten stärker grollen, das Erstickungsleid der Seelen sich in sonderbaren Selbstmordepidemien zu entladen beginnt. Es scheint, als hätte das Fatum in dieser Weltminute die letzte Hand an die völlige Proletarisierung der Menschheit gelegt, aber so heimlich, daß es die Besitzenden kaum merken sollten. Wer nicht mitkommen konnte, war erbarmungslos verloren. Der Tiefkurs des Menschenlebens war schon festgesetzt, ehe ihn noch die Blutbörse auf den Markt warf. All dies ging unter einem frischgekräuselten Spiegel von Wohlstand, Wirtschaftsphrase, Dividendenlust, Kolonialdünkel, Fortschrittsrausch und eingeweihtem Kunstgerede vor sich. Die Aufruhrparteien aber wuchsen, und der gewissenhafte Kenner der Dinge weiß, daß es in keinem Jahre mehr Landstreicher und nächtliche Schwarzgäste unter Brückenbogen und auf Parkbänken gegeben hat als im Jahre neunzehnhundertundvierzehn. Für zahlreiche Existenzen also (es waren durchaus nicht nur Landstreicher dabei, sondern auch gestrandete Intelligenzler) bedeutete der Kriegsausbruch sicheres Brot, Nachtlager und Familienversorgung auf Jahre hinaus. Auch Ferdinand befand sich unter diesen Existenzen.

Es wäre aber eine Wahrheitsfälschung, zu behaupten, daß er sich aus keinem anderen Grunde sogleich kriegsfreiwillig meldete, als um einen Unterschlupf zu finden. Er glaubte wie fast alle anderen, was in der Zeitung stand. In ihm war der österreichische Offizierssohn erwacht. Der heilige Mut des Vaterlandes durchglühte ihn und die heilige Angst aller besseren jungen Leute, ohne Uniform und im Hinterland ein verächtliches Exemplar ihrer Generation vorzustellen. Das Leben, das er in den zwei letzten Jahren geführt hatte, machte ihm aber die freiwillige Meldung und den Ausblick auf eine kriegerische Zukunft wahrlich nicht schwer.

Das Leben, das er geführt hatte!

Von allen Erinnerungen, die sich dem Schiffsarzt so erstaunlich reich aufdrängen, sind diejenigen, die aus dieser dunklen Zeit stammen, die widerwilligsten. Eine Ausgestorbenheit des Gedächtnisses geht ihnen voraus und eine Leere, die dem Ohnmachtsgefühl des Geistes gleicht, der sich der Lösung einer verwickelten Rechenaufgabe nicht gewachsen weiß. Es gibt ein sinnloses, torkelndes Leid, das gleichsam in Gott keinen Widerhall erweckt, weil es nur mißbrauchtes Leben ist. Die Erinnerung an solche vergeudete Qualen erlischt nicht, aber sie stellt sich tot wie gewisse Tiere vor dem nahenden Feind.

Strafft der Schiffsarzt dann seinen Gedächtniswillen schärfer an, beginnt er zuerst ein klapperndes, schepperndes Geräusch zu hören, so stark, daß ihm die Ohren läuten, wenn die Beschwörung in der Nacht vor sich geht. Er kennt genau die Bedeutung dieses Lärms, der in den dunstigen Abwaschräumen der Restaurants um die Mittags- und Abendzeit herrscht. Wie oft hatte er sich sein Essen mit Teller- und Besteckwaschen in den großen Speisehäusern des Praters und der äußeren Bezirke verdient. Erhielt er bei dem großen Angebot diese Arbeit, so war's oft für ihn noch ein glückhafter Umstand. Es gab selbstverständlich noch ein paar andere Studenten an der Fakultät, die nicht minder bettelarm waren als Ferdinand. Diese durch altbekannte Not hartgesottenen Burschen griffen aber mit wilden Händen zu, wo sich ein Glückszipfel zeigte. Ferdinands feinere Kindheit, die luftdicht abgeschlossene Militär- und Internatserziehung machte ihn untauglich im Wettkampf um Stipendien und Vorzugsstellungen. Wenige Monate nach Engländers finanziellem Untergang war er schon so sehr herabgekommen, daß er nicht mehr in die Vorlesungen ging. Hie und da trafen zwar die kleinen Zuwendungen des Freundes ein, aber sie halfen gerade nur über ein paar Tage hinweg. Ferdinand meldete Barbara nichts von seinem Mißergehen. Er wußte, daß sie ihm bei der leisesten Andeutung seines Elends Geld schicken würde. Aber vor nichts scheute er tiefer zurück als vor den Spargroschen der alten Magd. Obgleich ihn manchmal des Nachts, wenn er sein Gesicht einer feuchten und verwanzten Proletenwand zukehrte, eine Sterbenssehnsucht nach ihr befiel, schrieb er keinen Brief, um sich nicht zu verraten. Manchmal schien sich das Schicksal seiner erbarmen zu wollen, und ein Hoffnungsstrahl fiel in die Einöde des Nahrungsmangels, des schimpflichen Quartierwechsels und des Menschengrauens, das ihm die Welt einflößte, in der er zu leben gezwungen war. Eine Hauslehrerstelle bot sich ihm in irgendeiner bürgerlichen Familie, wo er einen blöd-verschlafenen Gymnasiasten durch diese oder jene Klasse zu quetschen hatte. Dann saß er zumeist im spärlichen Nachmittagslicht eines dämmergrauen Zimmers vor einem mit Heften bedeckten Tisch und versuchte dem zerstreuten Zögling den Begriff der Logarithmen klar zu machen oder ein paar homerische Hexameter der Sprachlehre gemäß zu erläutern. Die Eltern solcher nachhilfsbedürftiger Gymnasiasten waren durchwegs strenge Brotherren. Wenn sich binnen wenigen Wochen nicht der erhoffte Schulerfolg einstellte, wurde Ferdinand wieder entlassen. So zitterte nicht nur das Söhnchen, sondern auch der Hauslehrer, wenn Vater oder Mutter von der Sprechstunde im Gymnasium heimkehrten, wo sie sich über den Fortschritt des Schülers erkundigt hatten. Ferdinand erwies sich sehr zum Mißbehagen seiner Zöglinge, die ihn sonst gut leiden konnten, als ein gewissenhafter Informator, der die Nachhilfestunden langhin ausdehnte. Wenn auch von den Gegenständen, Lehrbüchern, Aufgaben, Heften eine kaum atembare Langeweile aufstieg, so saß er wenigstens in einem warmen Zimmer und in einer gesättigten Umgebung. Hätte er diese Nachmittagsstunden besser verwenden können? In der Bibliothek? Die war überfüllt von Existenzen, die der seinen glichen. Auch hatte er sich, durch die Not abgedrängt, vom Studium schon allzuweit entfernt. Sollte er sich auf der Straße umhertreiben? Die Straße, sie machte ihn unglücklicher als jeder andere Aufenthalt, ist sie doch nicht nur ein Markt der Waren, sondern mehr noch ein Markt der Menschen. Jeder Blick, jeder Schritt, jedes Zögern, jedes Ausweichen, jedes Drängen, jedes Wenden, Kleidung, Schuhwerk, Gesicht und Blick – alles bedeutet auf diesem Menschenmarkt ein heimliches Angebot und eine heimliche Nachfrage. Die Straße zeigt uns, Männern und Frauen, was wir in der Ökonomie des verborgenen, aber unbestechlichen Wunschlebens wert sind. Was aber ist ein Mensch wert, der schlecht gekleidet ist, zerrissene Strümpfe und durchgelaufene Sohlen an den Füßen fühlt und dessen Mittagessen aus Kaffee und Brot besteht? Hat er auch solch ein hübsches Gesicht und eine gute Erscheinung wie Ferdinand, was nützt es ihm? Jede Frau weiß, daß es ein absolutes Schönsein kaum gibt, daß alles anziehende Aussehen eine Wirkung ist, die aus der inneren Kraft gesteigerter Selbstbejahung quillt. Obgleich Ferdinand nun wirklich ein hübscher Junge war, sahen ihn die Frauen doch selten an. Wenn er schnell und scheu die Häuser entlang schlich, lag nicht nur der Nebel der Armut auf ihm. Der Sohn aus gutem Hause fühlte sich deklassiert, und das kam in seiner Haltung zum Ausdruck. Noch heute überfällt ihn eine eigentümliche Furcht, wenn er in einen hellerleuchteten menschenbewegten Saal tritt.

Hatte er eine Hauslehrerstelle, so saß er, der vielen Überstunden nicht achtend, an der Seite der Lernenden und atmete gleich ihnen die staubige Luft gymnasialer Öde ein. Dann und wann am Abend oder am Sonntag behielt ihn die Hausfrau zur Mahlzeit da. Bei solchen Gelegenheiten litt er an der üblichen Hauslehrerkrankheit, an der Angst nämlich, Hunger zu zeigen und damit seine Gier nach langentbehrten Tafelfreuden offen einzugestehen. Er nahm den kleinsten Anteil von der Schüssel, und es konnte geschehen, daß die unzufriedene Dame dem wählerischen jungen Mann anriet, sich den Appetit durch Zwischenmahlzeiten nicht zu verderben.

Im Gegensatz zu anderen seinesgleichen aber krankte Ferdinand nicht an verletztem Stolz. Als er durch einen glücklichen Zufall eine Informatorstelle im Hause des Grafen H. bekam, wo er fast drei Monate lebte, wurde er der herrschaftlichen Tafel nicht beigezogen und mußte am Tisch der besseren Domestiken speisen. Wenn nicht der Fechtlehrer, ein Italiener, den das gleiche Los traf, sich stündlich über diese Behandlung das Maul zerrissen hätte, so wäre ihm die Schmach, die man gebildeten Menschen antat, kaum zu Bewußtsein gekommen. Als er diese Stellung verlor, hoben für ihn die dunkelsten Wochen seiner Armut an. Hätte er das Geld für die Reise gehabt, vielleicht wäre er, als ihn alle Kraft verließ, zu Barbara gefahren.

Der Höhepunkt seiner Bedürftigkeit fiel mit dem Kriegsausbruch zusammen. Er stellte sich noch im August der Musterungskommission für Kriegsfreiwillige. In der Kopflosigkeit der Mobilisierungszeit und der ersten Kriegsereignisse wurde er von Ort zu Ort geschickt, ehe er erst im Oktober die Zuteilung zum Ersatzkader eines in Böhmen stehenden Infanterieregiments erhielt, um die abgekürzte, aber damals immer noch mehrmonate Ausbildung zum Einjährig-Freiwilligen durchzumachen, wie sie für den Kriegsfall vorgesehen war.

Nach all den Erlebnissen seiner Freiheitsjahre erschien ihm das militärische Leben in der kleinen Ortschaft, die beglückende Sorglosigkeit, die es mit sich brachte, wie ein Spiel. Nicht umsonst hatte er schon als kleines Kind die Kaserne und ihren Dienst kennengelernt, nicht umsonst war er vier Jahre lang Kadett gewesen. Er fühlte sich sogleich in der Uniform wohl. Sein Leben kam ihm fast wie eine Heimkehr vor. Neben ihm wurden hier noch über hundert Freiwillige gedrillt. Alle ächzten unter dem Dienst und trugen die ersten Tage lang betäubte Schrekkensmienen umher. Ein Teil dieser Kameraden diente »auf eigene Kosten« und wohnte in privaten Quartieren. Die übrigen, arm wie Ferdinand, lebten in einem Mannschaftszimmer der Kaserne. Durch die spielende Bewältigung militärischer

Ansprüche, deren Art in seiner Erziehung und seinem Blute lag, schuf er sich eine ziemlich gute Stellung unter der Kameradschaft und bei den Vorgesetzten. Hauptmann Prechtl, der Schulkommandant, war ihm offensichtlich gewogen. Die Umstände wirkten stärkend auf sein Selbstbewußtsein ein. Im Gegensatz zu den Söhnen aus wohlhabendem Hause, die über gutes Taschengeld verfügten, fühlte er sich dennoch wohl. Häftling die längste Zeit seines Lebens, hatte ihn die Freiheit nicht verzärtelt. Wie bei allen Internatsgeschöpfen, bedeutete es für ihn eine gewisse Erleichterung, den Befehl über sich selbst verloren zu haben. Die andern litten an der Härte des Zwanges, am Frühaufstehn, an den körperlichen Übungen, am zufahrenden Gebrüll der Chargen und Offiziere, an der stets drohenden Möglichkeit bösartiger Strafen. Ihm war das alles gleichgültig. Die meisten sahen mit Bangen dem Tag entgegen, da sie mit der Marschkompagnie dem Tode entgegenziehen sollten. Ihn bedrückte dieser Tag nicht, und für den Tod hatte er keine Vorstellung. Ohne sich über die Zukunft Sorgen zu machen, genoß er den anstrengenden Augenblick, der für ihn Ruhe und Sicherheit einschloß. Aus dieser seiner Zufriedenheit erfloß eine Mißdeutung. Manche Kameraden hielten ihn für einen Soldaten mit Leib und Seele, wo er doch nur ein Geretteter war.

Unter einigen wenigen Wehmütigen, die aus einem gutgewürzten Leben sich plötzlich in den Soldatenzwinger geworfen sahen, setzte sehr früh schon ein persönlicher Defaitismus ein. Das heißt, der Fluch, den sie in aller Heimlichkeit gegen den Krieg schleuderten, galt weniger der mörderischen Einrichtung als solcher, als den Unannehmlichkeiten und drohenden Gefahren, die ihrer warteten. Wahre Pazifisten müßten wahre Passionisten sein, weit mehr bereit als alle Kriegerseelen, einen Dulderweg anzutreten. Jene Kriegsverneiner aber erschöpften ihre mordfeindliche Moral in einer leidenschaftlich verschlagenen Wühlarbeit, mittels welcher sie sich der Einreihung in die jeweiligen Marschkompagnien zu entziehen suchten. Als mühselige und beladene Verschwörer gingen sie umher. In ihren Blicken lebte die angespannte Aufmerksamkeit verzweifelter Kämpfer, der keine Wendung des Gegners entgehen darf. Hier ließ sich vielleicht ein Kanzleiunteroffizier bestechen, einen Namen aus der Marschliste zu streichen, dort konnte man am Ende den Oberarzt erweichen, daß er einen Gesunden zur Untersuchung dem Spital überweise, wodurch schon viel gewonnen war. Wenn man die tagtägliche Furcht und Nervenqual dieser stillen Kämpfer summierte, so käme ein Empfindungsgrad heraus, der neben der Todesangst des Schützengrabens wohl bestehen könnte. Es fanden sich aber auch zwei oder drei wirkliche Helden der Drückebergerei, gewaltige Burschen, die sich nicht unterkriegen ließen. Die Frechheit ihres Widerstandes gegen das Staatsungeheuer, die Gefahr schwerster Gefängnisstrafen, die sie hervorlockten, die tausendfältige Kunst des Simulierens, die sie standhaft und unerschrocken übten, auch sie war eines Lorbeers wert. Der verwickelten Zusammensetzung des Reiches gemäß, war die Gruppe der großen Patrioten in der Minderzahl. Sie hatte, bei Ferdinands Kader wenigstens, das Unglück, aus minder sympathischen Elementen zu bestehen. Die hoffnungslose Phantasiearmut dieser Draufgänger verquickte den großen Gedanken des Sieges mit lauten Träumen von silbernen und goldenen Tapferkeitsmedaillen, was allseits unangenehm auffiel. Die große Menge war hier wie überall Kanonenfutter. Ferdinand fühlte sich unter den Unauffällig-Wartenden am wohlsten.

Noch in der ersten Nacht, die er beim Kader zubrachte, hatte er einen Brief an Barbara geschrieben. Einige Tage verlebte er in einer sonderbaren Erwartungsangst und Niedergeschlagenheit. Dann kam Barbaras Antwort. Es ging ihr nicht schlecht. Sie war gesund und wirtschaftete in Frieden mit der Schwägerin. Als Ferdinand die schräge Kinderschrift auf dem Briefumschlag sah, wurde ihm fast übel vor Herzklopfen. Sie sandte ihm, vermeinend, er ziehe unverzüglich ins Feld, angsterfüllte Worte und flehte ihn an, ihr fleißig Feldpostkarten zu schreiben. Noch immer nannte sie ihn »junger Herr« und »Er«. Wegen seines jahrelangen Schweigens fiel kein Wort des Vorwurfs.

Der Brief kam mit einer Sonntags-Morgenpost. Ferdinand, der sehr bewegt war und das endlose Geschwätz dienstfreier

Tage fürchtete, machte einen Spaziergang entlang der Elbe, in deren Stromgebiet dieser Ort lag. Irgendwo in der Nähe, angesichts eines vulkanisch geformten Waldberges, dessen Kegelform ihn wundersam beruhigte, legte er sich ins Ufergras, denn es herrschte kein Novemberwetter, sondern ein falscher Frühling. Ferdinand hielt Barbaras Brief in der Hand, ohne zu lesen, ebenso wie er dem schönen Spiel der starken Strömung mit dem Möwenflug darüber zusah, ohne dies alles zu bemerken. Kindliches Glück erfüllte ihn. Lang streckte er sich hin. Da rief ihn eine Stimme an. In der Meinung, es könnte ein Offizier sein, riß er sich zusammen und sprang auf. Aber es war nur ein anderer Freiwilliger, von dem er bisher bloß den Namen wußte, sonst nichts: Ronald Weiß. Da noch keine zwölf Tage seit dem Einrücken vergangen waren, hatte man einander noch kaum kennengelernt. Weiß, ein kleiner, aber stämmiger Kerl mit scharfen unsicheren Augen und indianerhaft mageren Zügen, denen man es anmerkte, daß Verwegenheit ihr Wunschideal war, setzte sich neben Ferdinand:

»Du brauchst dich mir nicht vorzustellen«, sagte er, stolz wie ein Preisschütze, der sein Ziel nicht verfehlen wird. Und er traf sogleich ins Schwarze, indem er Ferdinands Familiennamen nebst sämtlichen Vornamen hersagte und das Geburtsdatum hinzufügte. Dann schoß er weiter:

»Dein Vater war Oberst des Infanterieregiments Nr. 73, Inhaber der Eisernen Krone zweiter Klasse, des Leopoldsordens und des Ritterkreuzes vom Franz-Josef-Orden... Stimmt das?«

Ferdinand machte eine erstaunte Wendung. Weiß war mit seiner Wissenschaft noch nicht fertig:

»Kämpfer von 1866, sehr angesehener altösterreichischer Offizier... wie?«

»Woher weißt du das?« fragte Ferdinand. Weiß ließ sich aber nicht aufhalten:

»Du selber hast die unteren Klassen der Militärmittelschule besucht, wodurch wir andern gehandikapt sind, du Schlaumeier! Leugnen hilft nichts.«

»Ja, aber wie hast du das alles herausbekommen«, verwunderte sich Ferdinand, der noch immer Barbaras Brief in der Hand hielt. Weiß schielte auf das Papier:

»Soll ich erraten, von wem dieser Brief ist?«

»Nein«, wehrte Ferdinand ab und steckte ihn ein. Dann riet er selber:

»Du bist im Zivil Detektiv, nicht wahr?«

»Oh, etwas viel Detektivischeres noch. Hast du denn nie meinen Namen gelesen?«

»Nein«, sagte Ferdinand aufrichtig, woraufhin Weiß ernsthaft gekränkt war und spaßhaft böse tat:

»Wie? Und Homer kennst du? Wie? Diesen alten Trottel von einem blinden Kriegsberichterstatter?«

Ferdinand kam über sein Erstaunen nicht so rasch hinweg:

»Du scheinst von jedem alles zu wissen. Wie verschaffst du dir nur die Daten...?«

»Also mein biographisches Geschäftsgeheimnis werd ich dir nicht verraten. Aber zwei Dinge will ich dir sagen: Erstens, daß ich mich für dich interessier', und zweitens, daß du ein schreckliches Ekel bist. Warum nützt du es gar nicht aus, daß du zur Familie der Aktiven gehörst? Wär dein Alter noch am Leben, wer weiß, vielleicht würde er ein ganz großes Tier sein. Stell dir nur vor, was du dann für eine Nummer wärst. Aber auch so! Alle Aktiven, und was zu ihnen gehört, halten jetzt fest zusammen. Mies ist ihnen schon vor dem Krieg, der gefährlich ist, ihnen das Geschäft verdirbt und Reserveoffiziere ausbrütet wie der Frühling die Wanzen. Merkst du denn nicht, wie dich der Hauptmann Prechtl bevorzugt?«

Zwischen den beiden Freiwilligen bahnte sich in der Folge dieses Gesprächs eine wachsende Freundschaft an. Ronald Weiß war mit seinen dreißig Jahren schon ein Journalist von großem Namen. Er schrieb für die bedeutendsten deutschen und österreichischen Zeitungen. Seine Stellung hatte er sich durch einige glänzende Abenteuer im amerikanischen Sinn erobert, die er mit einem niederwerfenden Temperament zu beschreiben wußte. Er war als Leichtmatrose auf einem kleinen Segler über den Ozean geschifft; er hatte als Landstreicher eine Walz durch

Deutschland unternommen, um die Obdachlosenheime und ihre Gäste kennenzulernen. Als Flößer, als Teepflücker, als Ausgrabungsarbeiter und als Chorsänger hatte er konditioniert und all diese Lebens- und Berufsformen in Aufsätzen beschrieben, die als besonders schmackhafte Spezialität bei Herausgebern und Publikum ausnehmend beliebt waren. Er kann das Verdienst für sich in Anspruch nehmen, der Schöpfer dieser heute vielgeübten publizistischen Spielart zu sein.

Es ist selbstverständlich, daß Ronald Weiß sogleich bei Kriegsausbruch von allen Seiten die gesuchtesten und gesichertsten Berichterstatterstellungen angeboten bekam. Er lehnte alles schlankweg ab, denn ihm war es darum zu tun, den Krieg als Infanterist, als Grabensoldat zu erleben, mehr aus Gründen der journalistischen Erkenntnis natürlich als aus patriotischem Pflichtgefühl. Unermüdlich witzig, von Leben triefend, mit einer kraftvollen und lustigen Natur begabt, besaß er überdies noch die Gloriole der Kühnheit, die ihm seine Fahrten und Erlebnisse eingetragen hatten. Er fand auch hier beim Ersatzkader sogleich einen Kreis junger Leute, die ihn bewunderten. Als berühmte Persönlichkeit nahm er eine Ausnahmestellung ein, was sich darin zeigte, daß er neben einem Reichsratsabgeordneten, der ebenfalls hier diente, als einziger Einjährig-Freiwilliger gewissen Kameradschaftsabenden des Offizierskorps zugezogen wurde. Diese Einladungen aber hatte er vor allem einigen Gaben zu danken, die in dem reichen Kranz seiner Fähigkeiten nicht fehlen durften. Er konnte die bekannten Schauspieler auf das trefflichste nachahmen, verstand sich mit staunenswerter Fertigkeit auf Kartenkunststücke, ganz zu schweigen von seinem Bauchrednertalent und der Jonglierkunst, die er sich unter Artisten angeeignet hatte, als er einst zwei Wochen im grünen Wagen einer Zirkusgesellschaft zubrachte. Daß Ferdinand diesen Tausendsassa bewunderte, ist weiter nicht merkwürdig. Viel merkwürdiger bleibt es, daß jener sich an den unscheinbaren jungen Menschen anschloß. Es muß ein geheimnisvolles Gesetz in Ferdinands Wesen geben, wonach er immer wieder auf Worte-Menschen eine starke Wirkung ausübt. Vielleicht liegt hier eine Wirkung des Gegensatzes vor. Es gibt ein Schweigen, das alle einfallsflüssige Rede vor ihr selber entlarvt und unsicher macht. Aus einem ähnlichen Grunde werden eingefleischte Großstädter in einer ruhenden Landschaft eigentümlich nervös und unglücklich, dennoch aber zieht es sie immer wieder dahin. Zum zweitenmal gelang es dem jungen Ferdinand, einen überlegenen, kenntnisreichen Worte-Menschen an sich zu fesseln. Auf den Fall Engländer folgte der Fall Weiß. Ferdinand war nicht so einfältig, die beiden miteinander zu vergleichen. Alfred Engländers Witz strömte aus einer leidenschaftlichen Bitterkeit, aus einer erkämpften Gesinnung, die bereit war zu leiden und zu verzichten. Weißens Witz entzündete sich ohne tiefere Herkunft an der Wirkung, die er erntete. Seine schnellen und unruhigen Augen verrieten das, wenn er gierig den Beifall der Runde einkassierte. Es kann nicht geleugnet werden, daß Weiß in gewissem Sinne um Ferdinand warb. Er suchte sein Wohlwollen und konnte in manchen Augenblicken des moralischen Katzenjammers fast kriecherisch werden. Obwohl er dann genau wußte, daß Ferdinand ihn nicht durchschaue, sprach er doch so, als sei er überzeugt, jener durchschaue ihn. Dabei arrangierte er eine gefällige Auslage seiner sittlichen Gebrechen und Lebensnöte, die dem Auge eines ungeübten Seelenkenners sympathisch angepaßt war. Es kam zu jener Spiegelfechterei, die den Zweck verfolgt, sich durch Selbstanklagen im Spiegel eines unschuldigeren Wesens reinzuwaschen, in einem Spiegel, von dem man gewiß ist, daß er selbst den Schmutz noch als reine Farbe zurückwirft. Jeder Mensch, den sein Talent dazu treibt, sich zum Narren herzugeben, kennt diese Art Spiegelung genau.

Ferdinand kümmerte sich wenig um Ronalds Verzwicktheiten. Er bewunderte und lachte. Lachte und bewunderte er einmal weniger als gewöhnlich, so konnte Weiß unglücklich und eifersüchtig werden wie ein Weib. Rundheraus gesagt, der Journalist war ein Ehrgeiziger, gemildert durch Eitelkeit. Dies ist ja das Versöhnende an der Eitelkeit, weshalb man sie mit den Jahren unter den menschlichen Schwächen höher schätzen lernt, daß sie den bösen Willen aufhebt. Sie annulliert das teuflische

Zielstreben, da sie die käufliche Dirne jedes Augenblickes ist. Kein Rachsüchtiger aber, kein wahrhafter Mörder und kein wahrer Sieger darf eitel sein.

Weiß war kein gewöhnlich Eitler. Er litt an seiner Eitelkeit, er litt selbst an seinem Talent, das ihn immer wieder abstürzen ließ. Der unersättliche Drang des Ewig-Glänzen-Müssens peinigt auch. Ferdinand hat so manche seiner Geschichten im Gedächtnis behalten. Das Repertorium umfaßte zwei Hauptrichtungen. Die eine bewährte sich an Anekdoten, die darin gipfelten, daß Weiß die Wahrheit über gewisse Größen der Weltgeschichte zu kennen vorgab. Sofern sie lebten, behauptete er, ihre persönliche Bekanntschaft zu besitzen. Aber auch dann, wenn sie der monumentalsten Vergangenheit angehörten, waren sie vor seiner Eingeweihtheit nicht gefeit. Er hatte nämlich in den meisten Fällen die Entdeckung gemacht, daß sie aus irgendeinem Winkel seiner eigenen Vaterstadt oder zumindest aus einem penetrantlautenden Neste seines weiteren Heimatlandes stammten, was für die Tischrunde der Landsleute eine unerwartete Herabsetzung und damit Lachstoff genug bedeutete. Wenn Weiß zum Beispiel die abenteuerliche Forschungsreise in ein derartiges Nest beschrieb, wo ihm ein verbissener Sonderling Dokumente und Geburtsmatrikel vorlegte, aus denen hervorging, daß Napoleon gar kein Korse gewesen sei, sondern ein junger Mann namens Neplatil, der später seine Spuren hochstaplerischerweise verwischt habe, dann freute sich alles über den spaßigen Blödsinn. Der Witzgehalt solcher Geschichten lag in der Entlarvung von Helden, die Weiß auf sein eigenes und das Maß seiner Kumpane zurückführte, worüber sie sich ehrgeizig erhoben hatten. Das andere Erzählungsschema hing mit der Verbrecher- und Dirnenverehrung zusammen, wie sie schon vor dem Kriege in Mode gekommen war. Ronald Weiß war ein guter Junge, der keinem Wesen weh tun wollte und mit tiefbürgerlicher Sentimentalität an seiner Familie hing. Zugleich aber war er mit den Restbeständen seiner kindlichen Wildwest- und Kriminallektüre nie fertig geworden. Als Gerichtssaalberichterstatter rühmte er sich der Freundschaft aller Verbrechergrößen der

Vorstädte, der Hochachtung vieler Zuhälter und der echten Liebe so mancher Prostituierten. Diesbezügliche Anekdoten schlossen meist mit einer pompösen Szene. Weiß befindet sich in einem mondänen Ort der Riviera oder er sitzt in einem vornehmen Salon, wohin er durch Zufall geraten ist. Die schönen Trägerinnen großer Namen erfüllen den Raum. Da fällt ihm das Gesicht einer bezaubernden Madonna auf, die als Gräfin Soundso angemeldet wurde. Das Gesicht müßte er kennen. Irgendein Irrtum! Er erinnert sich nicht. Es wird ihm ganz unbehaglich zumute, denn die Schöne zeichnet ihn immer deutlicher mit schmachtenden Blicken aus, die um seine Aufmerksamkeit werben. Endlich nähert er sich ihr, vor Demut ersterbend. Sie aber flüstert in den heimischesten Lauten: »Aber Ronny, kennst mich denn nimmer? Ich bin ja die Lola vom Blauen Affen.«

Oft waren diese Geschichten weniger grob erfunden, und es lag ihnen sogar ein überzeugender Kern der Wahrscheinlichkeit zugrunde. Mochten sie aber sein was immer, sie erfüllten ihren Zweck, indem sie einer des Abmarsches wartenden Horde von Kriegsopfern die Abendstunden vertrieben.

Was Weiß an Ferdinand am allerwenigsten begreifen konnte, war seine Blödigkeit gegenüber den Frauen. Er selber rühmte sich des lästigen Glücks, daß ihm von den sieben Nächten der anstrengenden Woche keine einzige frei und einsam blieb. Die Frauen belagerten seine Bude, und er schien zu keinerlei Treue genötigt, da es fast immer andere waren, die ihm nachstellten: nicht nur die Dirnen der Hauptstadt (seine Freundinnen), die eigens zu ihm hieherfuhren, sondern auch verheiratete Frauen, Bürgermädchen und Arbeiterinnen, welche sich »vom Sehen« in ihn verliebt hatten. Was die Dirnen anbelangt, so war er auf ihre Glut besonders stolz, denn er urteilte, daß die Liebe, die immer zu haben ist, am seltensten zu haben ist. Mit einem dieser Mädchen ihren Freund durch wirkliche Liebe zu betrügen, dies erschien dem Glückspilz als ein Gipfel erotischer Verwegenheit und männlichen Erfolgs. Weiß, wie die meisten kleingewachsenen, unansehnlichen Leute, gierte nach unausgesetzter Bestätigung seiner Vollkraft und Liebesgültigkeit. Um so unbegreiflicher für ihn, daß ein schöngeformter blondhaariger Bursch wie Ferdinand sich so schwierig anstellte.

Es kamen manchmal Tage des Überdrusses, wo Weiß das Bedürfnis fühlte, sich vom Rudel seiner männlichen und weiblichen Bewunderer zu trennen. Dann unternahm er mit Ferdinand Spaziergänge in die Umgebung oder sie hockten zu zweit in irgendeiner finsteren Dorfschenke. Diese gemeinsamen Sonntagsstunden – die Müdigkeit des militärischen Alltags machte Spaziergänge sonst unmöglich – waren Ferdinand weitaus die liebsten. Weiß, den jegliche größere Gesellschaft sogleich zum Brillieren aufstachelte, war verwandelt. Er sprach jetzt stundenlang mit einer merkwürdig unterwürfigen Begeisterung von Büchern. Jene kalte Aufgeregtheit, die er sonst zur Schau trug, verließ ihn, und er führte das Gespräch nach Ferdinands Sinn. Es zeigte sich, daß auf dem Wesensgrund des entwertenden Witzbolds eine fast komische Ehrfurcht vor allem Höheren lagerte, mochte es der geistigen, tätigen oder gesellschaftlichen Welt angehören. Aber wenn bei der Heimkehr das Städtchen und mithin die Hoffnung auf neue Erfolge in Sicht kam, war Weiß mit einem Schlag wieder der alte. Einmal, als es bei solch einem Ausflug schon spät geworden war, beschleunigte er beim Rückweg das Tempo, um ins ›Deutsche Haus‹ zurechtzukommen, wo sich allabendlich sein Stammtisch versammelte.

Ferdinand ärgerte sich darüber und schlug absichtlich keine schnellere Gangart an, so daß Weiß vorauslief. Als er merkte, daß er Ferdinand nicht zu einem rascheren Marsch bestimmen konnte, blieb Weiß stehen und drehte sich ganz traurig um:

»Warum bist du so streng mit mir?« fragte er.

Neben den Helden der Drückebergerei gab es in der Freiwilligenschule noch zwei oder drei »schwere Jungen«, rauflustige Kampfnaturen, Ordnungsfeinde, deren Stolz es war, vor keiner Tat und keiner Strafe zurückzuschrecken. Sie hielten sich weder an die Stunde des Zapfenstreichs noch an die Stunde des Antretens, sie kamen betrunken zum Dienst oder verließen ihn ohne Erlaubnis, sie gingen am hellichten Tag im Zivil über den Marktplatz und scherten sich den Teufel um die bitteren Folgen.

Diese blieben nicht aus. Lang noch, ehe ihre Ausbildung abgeschlossen war, wurden sie insgesamt mit den jeweils nächsten Marschkompagnien an die Front befördert. Sie zeigten sich darüber keinen Augenblick bestürzt, als hofften sie draußen im Felde so recht in das zügellose Element zu geraten, das ihrem Wesen entsprach. Diese Aufrührer bewunderte Weiß aus tiefer Seele und suchte ihren Umgang, ohne daß er, selbst ein Vielbewunderter, von ihnen vollgenommen worden wäre. Die Praktiker der Verwegenheit spürten genau, daß Weißens Mut und Tatendrang nicht ganz naiv war, sondern eher dem Ehrgeiz nach Verfluchtheit entsprang als einem natürlichen Bedürfnis. Das ging so weit, daß der Journalist, der in Ferdinands einsamer Gesellschaft eine Stunde lang vor einem einzigen Glase Bier sitzen konnte, in der Gegenwart jener Kraftnaturen den unbändigen Trinker hervorkehrte. Er mochte tun, was er wollte, trotz seiner sonstigen Erfolge und seines revolutionären Gehabens, die Freundschaft der Gewaltskerle errang er nicht. Er kam über die Ausbildungszeit mit einer kleinen Arreststrafe hinweg, die sich allerdings in seinen späteren Erzählungen zu einer rühmlichen Kerkerqual steigerte. Gemeinsam mit Ferdinand und dem übrigen Nachwuchs rückte er nach dem neuen Jahre zur Korporalswürde empor, womit die Zeit des Frontdienstes und die Einteilung in eine Marschkompagnie gegeben war.

Die riesigen Verluste der österreichischen Armeen auf allen Kriegsschauplätzen forderten den Nachstoß neuer ungeheurer Menschenmassen. Die Ersatzkaders, diese rührigen Fabriken zur Erzeugung von Blutfutter, arbeiteten fieberhaft. Es vergingen kaum ein paar Wochen, und immer wieder stand ein neues kriegsmäßiges Bataillon marschbereit. Allerdings, es war sehr bald schon minderwertige Ware, die da von den Fabriken geliefert wurde. Sah man nur auf die Verpackung, schien diese Ware anfangs noch leidlich brauchbar zu sein, aber wie auf allen anderen Lebensgebieten, begann auch auf dem der Menschenbelieferung der »Ersatz« in jedem Sinn sehr rasch eingeführt zu werden. Dies machte jedoch der Führung nicht allzuviel Kummer. Die Tüchtigkeit der Ware nämlich lag weniger im Gebrauchswert des einzelnen als im passiven Schwergewicht der Masse, so daß es dem Rekruten, der ins Feldgrau gekleidet wurde, genügen mußte, wenn er halbwegs den Gewehraufsatz stellen und das Züngel abdrücken konnte. Es gab immer häufiger ein Abschiedsfest auf dem Kasernhof, bei welchem mit Eichenlaub bekränzte Opfergestalten in Reih und Glied standen, der Feldkurat im Schnellzugstempo immer dieselbe Ansprache hielt, der Kommandant desgleichen, wenn auch im schwungvolleren Stil, und die aus Untauglichen zusammengesetzte Musikkapelle immer schwindsüchtiger für Marschbegeisterung sorgte. Auf dem Wehgeheul von Vätern, Müttern, Frauen und Lebensgefährtinnen schwamm eine dünne Schicht von Hochrufen wie die Haut auf einem ausgekühlten Milchkaffee, und eh man sich's versah, hatte der Bahnhof den traurigen Traum verschluckt. Mit jedem abziehenden Transport nahm die Zahl der Freiwilligen reißend ab. Weiß und Ferdinand traf das Los ziemlich spät. Was den letzteren anbelangt, dürfte Hauptmann Prechtl die Ursache der Verzögerung gewesen sein. Erst als er selber zum Führer zweier Marschkompagnien kommandiert wurde, erhielten die beiden auch den Bereitschaftsbefehl.

Jeder, der es erlebt hat, weiß, welch einen eigenartigen Zustand die Spanne umfaßt, die zwischen der Einteilung in eine sogenannte Marschkompagnie und dem Abreisetag liegt. Warten! In einer scharfen Verkleinerung steckt in diesem Wort das Wesen der Lebensspannung überhaupt. Alles der Zeit Unterworfene wartet. Das so sehr hörbare Rauschen der Stille ist nichts anderes als die Musik des Wartens. Sie grundiert auch noch die städtisch-lärmendste Minute. Unter den Soldaten aber und im Kriege wird die reine Idee des Wartens zur blutigen Wirklichkeit. Jede Stunde kann die Entscheidung bringen, und jede Stunde bringt sie, sei es auch nur als falschen Alarm: »Hast du den fremden Hauptmann gesehen, der jetzt in der Kanzlei ist?« »Nein.« »Der Kerl kommt sicher vom Platzkommando. Er hat ein auffällig halboffiziöses Gesicht gemacht, und der Alte hat nach dem Rechtsum (Rechnungsunteroffizier) gebrüllt. Vergatterung zum Heldentod, sag ich dir.« Oder: »Ich hab einen Bekannten, der mit dem Bahnmeister verwandt ist. Also lach nicht, du schlecht adjustiertes Tragtier! Morgen wirst du nicht lachen, denn die Lokomotive unseres Trains steht schon unter Dampf.«

Den prickelnden Gerüchten ist kein Ende gesetzt, bis, gemäß der vorbildlichen Dramatikertechnik Gottes, der Marschbefehl in eine Stunde der Entspannung hineinplatzt. Die Wartezeit über genießt die Mannschaft eine Sonderstellung und Schonfrist. Sie gehört schon anderen Göttern an und versieht den täglichen Dienst mit einer lässig-deutlichen Verachtung für das Hinterland. Weiß schaffte sich als erstes ein paar Notizhefte an, um für die Führung seines Kriegstagebuchs gerüstet zu sein. Überdies trug er von Stund an ein Schillerhemd unter der Uniform, wodurch er andeutete, daß für ihn das Salutier- und Exerziersoldatentum aufgehört habe. Auch Ferdinands Nerven zitterten vor Erwartung, und es half ihm nichts, daß er sich immer wieder sagte, er habe dort und hier weder etwas zu gewinnen noch zu verlieren.

Eines Tages, als er Kaserndienst hatte, jagte der Feldwebel durch die Räume und schrie:

»Alles zusammentrommeln! Monturfassen! Gewehrvisite...«

Ferdinand wußte sofort: Der Befehl ist da! Im ersten Augenblick war's ein leichter Schreckblitz. Dann entwickelte sich etwas wie angenehme Hoffnung auf eine bewegte Zukunft, die ihm Gutes bringen könnte. Wenn wir nur schon fort wären, dachte er. Einige Tage noch! Sie waren erfüllt von Hin- und Herrennen, sinnlosem Rufen und Gerufenwerden, von einem gehetzten Treppauf Treppab, daß man sich wundern mußte, wie die sechshundert Mann der beiden Marschkompagnien zuletzt doch in Ordnung kamen. Nun steckte Ferdinand in der neuen groben Montur, die ihm brennend die Glieder kratzte. Der Kopf war ihm glattgeschoren worden wie einem Verbrecher. Sein Rucksack mit der eisernen Büchsenration, den Patronen, dem anderen Stiefelpaar, der Wäsche, den Büchern, die er mitnahm, den Brotlaiben – war so schwer, daß er nicht hoffte, ihn je erschleppen zu können. In den Mannschaftszimmern herrschte ein aufgeregter Dunst. Die Soldaten, die wenige Tage vorher noch die Freiwilligen wie Herren behandelt hatten, sahen in ihnen jetzt gewöhnliche Chargen, denen man mißtrauen mußte. Über so untaugliche Leute, wie den dicken Wellemin, ergossen sie ohne Scheu ihr Hohngelächter. Mit einem Schlag war der letzte Rest kameradschaftlich-scherzhaften Wesens aus der Gemeinschaft gewichen, ein geschäftiger Egoismus machte sich breit. Jeder wollte von den Sorten und Gebühren das Beste für sich erwischen. Ferdinand zog wie immer bei solchen Kämpfen den kürzeren. Als er dem Magazinsleiter die schadhafte Wäsche vorwies, die er gefaßt hatte, knurrte ihn dieser an:

»Jeder Hund muß selber um den Knochen raufen.«

Je näher die Stunde rückte, um so fremdartiger wurde der Ernst, der nun Ferdinand erfüllte. Auch Ronald Weiß war auf einmal kleinlaut geworden und schrieb den ganzen Tag lang Briefe. Im letzten Augenblick langte für Ferdinand Geld ein. Engländer sandte ihm zweihundert Kronen, die er für den Freund von seiner Rente abgespart hatte. Dies war eine Riesensumme für Ferdinand. Merkwürdig, welch ein starkes Gefühl des Schutzes und der Sicherheit vom Gelde ausging. Selbst der schreckliche Rucksack schien ihm jetzt leichter geworden zu sein.

Alles war bereit. Nur eine Kleinigkeit fehlte noch. Die Mannschaft wurde gruppenweise in die Kanzlei getrieben. Ferdinand hielt plötzlich einen talismanartigen Gegenstand, der an einer Schnur hing, in der Hand. Eine kleine Metallkapsel, auf der die Nummer des Regimentes eingestanzt war. Zugleich bekam er einen kleinen Zettel mit dem Befehl ausgefolgt, die vorgedruckten Rubriken auszufüllen: Namen, Alter, Zivilberuf. Einem starken Anreiz gehorchend, begann er nicht zu schreiben, sondern zu kalligraphieren: Haarstrich, Schattenstrich, Schnörkel, er wußte nicht, warum ... »Schneller, schneller«, eiferte ihn der ungeduldige Kanzlist an. Aber Ferdinand, selbstverliebt in sein Geschreibsel, ließ sich nicht aus der Fassung bringen. Er genoß, die Sache hinausziehend, den Reiz der Buchstaben, als wären sie sein ganz besonderes Eigentum. Endlich kam er zu der Zeile: Vater, Mutter, Angehörige. Ein kleines Weilchen dachte er nach. Dann legte er wie ein Schreibanfänger den Kopf schief über den Arm und malte mit den größten Lettern, die Raum hatten, Barbaras Namen und Adresse auf das Papier der Totenerkennungsmarke.

In der Nacht konnte er nicht schlafen. Er warf sich hin und her. Bei jeder Bewegung flüsterte der Strohsack. Ferdinand setzte sich auf. An seinem Tischchen weit unten saß der Inspektionssoldat vor der Petroleumlampe, deren muffiges Licht kaum den Nebel des Saales durchstach. Er stand auf, schickte den Gefreiten zur Ruhe und übernahm selbst den Dienst. Jetzt saß er regungslos und betrachtete den bewegten, ja wogenden Schlaf dieser Männer, denn immer wieder erhob sich auf den Pritschen ein gelblich umhemdeter Körper wie eine Woge und fiel zurück. Es herrschte kein seichter, aber ein ruheloser Schlaf, wie man ihn nur vor großen Lebensentscheidungen schläft. Manchmal stieß einer aus der Tiefe seines Verlorenseins mehrere gurgelige Worte aus, grob, kurz und mit sachlicher Betonung. Dann geschah es auch, daß ein anderer ihm ebenso antwortete. So besprachen sich die armen tagstummen Seelen hinter den Mauern ihres Schlafgefängnisses, ohne einander zu verstehen.

Auf den Gängen scharrte dann und wann eine schleichende Bewegung vorbei. Im Hof unten knallte Postenschritt. Die Männer hier wurden gut bewacht. Es war dafür gesorgt, daß keiner seinem Schicksal entgehe. Von Monat zu Monat lauteten die Verfügungen strenger, denn es hatten sich Unbotmäßigkeiten ereignet, für die das Kriegsgesetz die Todesstrafe vorsieht. Ferdinand hörte das verzweigte Atemkonzert der Schläfer. Er hatte ja so selten noch das Glück gehabt, ein eigenes Zimmer zu besitzen, und er kannte das Ärgerliche, Empörende des Schläferatems, dem man in ruhelosen Nächten haßverzerrt lauschen muß. Einer stöhnte, einer summte, einer schnarchte, einer seufzte, einer sang. Ferdinand ärgerte sich jetzt nicht. Ihm war, als höre er wohl keine schöne, aber eine tiefsinnige Musik. Jeder Atemzug schien ein zukünftiges Schicksal zu erzählen. Ferdinand faßte den natürlichsten Gedanken, den an seiner Stelle auch jeder andere gehabt hätte: Wer von diesen Männern wird heimkehren? Jetzt schlafen sie und in einigen Tagen vielleicht...

Das Sonderbare aber war, daß sich Ferdinand, im Augenblick wenigstens, von diesem Gedanken selber ausschloß. Jetzt, in diesem unheimlich schwingenden Raum fiel ihm sein eigenes Schicksal nicht ein. Ihm war zu Mute, als gehöre er diesen Schläfern gar nicht zu. Sie schliefen ja und er wachte. Irgendwo war Gott. Und hier auf ihren Strohsäcken wälzten sich die Menschen. Dazwischen aber, regungslos auf einer unräumlichen, unweltlichen Nebelinsel, saß er vor einem kleinen Licht. Ein völlig unbekannter Zustand wandelte ihn an, eine ferne, aber erschütterte Zuneigung. Ihm wurde der Atem so enge, daß er langsam die Arme gegen die Schläfer ausbreitete.

Sechstes Kapitel

Champagner

Wenngleich man noch nicht einmal das erste Viertel des Krieges überstanden hatte, so herrschte doch in der Menge, die mit den Marschkompagnien zum Bahnhof zog, eine galgenhumorige Wut und eine höhnische Erbitterung. In dieser Stadt und in diesem Lande zumindest war es so. Die begleitende Menge selber zerfiel in zwei Ströme, in einen äußeren, der aus Gaffern und Mitläufern bestand, und in einen inneren, den die verzweifelten Angehörigen der Krieger bildeten. Die Gesichter der Mütter, Väter, Frauen waren in einer eigentümlichen Weise blutleer und abgespannt. Alle schienen sie übernächtig zu sein, aber nicht nur von einer, sondern von vielen Nächten her. Manche unter ihnen waren ja auch schon knapp nach Mitternacht aufgebrochen, um mit den ersten Personenzügen oder auf Bauernwagen zurecht zum Abschied zu kommen. Dann hatten sie noch viele Stunden lang vor der Kaserne warten müssen und von ferne die kriegerischen Ansprachen, Feldmesse und Kaiserhymne überdauert. Nun scharrten sie neben der Truppe einher, deren schlecht ausgerichtete Glieder wie in Schlaftrunkenheit vorwärtsschwankten. Auffällig war es, daß in diesen letzten Minuten zwischen den Scheidenden kaum ein Wort fiel. Die Soldaten bemühten sich, mürrische Gesichter zu schneiden, als sei ihnen die Anwesenheit der trostlosen Verwandten eine unerwünschte Belästigung. Auch die Familie von Ronald Weiß war vollzählig ausgerückt. Sie erwies sich als recht vielköpfige Sippe: Vater, Mutter, eine Schwester und zwei jüngere Brüder. (Der älteste Bruder stand schon seit Kriegsbeginn in Serbien. Seit drei Wochen hatte die Familie nichts mehr von ihm gehört, was auf die Stimmung des heutigen Abschiedstages mit Zentnerlasten drückte.) Die Fünf stolperten regellos durcheinander, denn jeder wollte seinen Anteil an Ronald haben. Die Mutter hielt sich noch am meisten abseits. Sie war mit einem stummen, gleichmäßigen Weinen beschäftigt, das sie wie eine unaufschiebbare Arbeit den Ihren entzog. Der Vater, ein kleiner dürftiger Mann mit einem beweglichen Spitzbärtchen, zeigte in rührender Zudringlichkeit das Bestreben, seinem Sohn den Rucksack zu entreißen, um ihn wenigstens bis zum Bahnhof selber zu schleppen. Es war ein sinnloses Beginnen, das die Geschwister zwang, durch ähnliche Versuche ihrerseits die Wirrung zu mehren. Die Offiziere ließen alles geschehen und machten sich unsichtbar. Der Kampf um den Rucksack ergab wenigstens auf dem Flügel, wo Weiß marschierte, Heiterkeitsstoff und Gelächter. Als der Bahnhof in Sicht kam, verfiel Ronald plötzlich in eine falsche Ausgelassenheit und begann zu plappern und alberne Witze zu erzählen. Da der Alte schwerhörig war, mußte er schreien: »Vater! Weißt du, was der Unterschied zwischen einem General und einem Kriegsberichterstatter ist, wie? Nein!? Ich weiß ihn auch nicht. Aber ich weiß das Gemeinsame. Beide sieht man nie in der Feuerlinie.« – »Weißt du, wohin sich der Armeekommandant begibt, wie? Nein!? Auf den Kriegszuschauplatz.« Die letzten hundert Schritte folgte ein schlechter Witz dem andern, während die stumme Tränenarbeit der Mutter in ein erschrockenes Winseln überging.

Vor dem Bahnhof geschah etwas Unvermutetes. Jäh erscholl das Kommando: »Einzeln abfallen!« Und zwischen einem Spalier von Feldgendarmen mußten die Kompagnien im Gänsemarsch sich durch das nur halbgeöffnete Portal zwängen. Kaum aber war der letzte Mann im Tor verschwunden, als auch der andere Flügel zufiel. Die Gendarmen machten Front gegen die Menge der Verwandten und Mitläufer, die in ein Wehgeheul ausbrach. Auch durch die Mannschaft ging ein Ruck. Die Köpfe senkten sich. Jeder spürte, daß er jetzt erst in der Falle des Krieges gefangen war. Die Bahnhöfe spielten die Rolle von Fußangeln. Man ließ den Leuten aber keine Zeit zum Klarwerden. Nun stürzten sich die Offiziere, die während des Marsches unsichtbar geblieben waren, mit scharfen Rufen auf die Abteilungen. Wie um die Truppe und sich selbst zu betäuben, und Angst einjagend, die eigene Angst zu überwinden, ergingen sie sich in verwirrenden Befehlen und Schimpfreden. Ohne daß jemand auch nur ein ungehorsames Blinzeln gewagt hätte, glich der ganze Raum doch einem Schiff, dessen meuternde Matrosen eben entwaffnet worden sind. Neue Erlässe, strenge Repressalien vielleicht, die keiner hier verstand, waren in Kraft getreten. Wenig Zivilisten befanden sich auf den Bahnsteigen und finsterentschlossene Bewachungsmannschaft hütete drohend die Ausgänge. Es gehört zu den Erfahrungen des Krieges, daß derartige Mannschaft, die einen »Hinterlandsschwindel« erwischt hatte, besonders scharf gegen die weniger glücklichen Kameraden vorging, da sie durch solche Schärfe ihre Heimatsstellung zu festigen glaubte. Unter den vielen schmutziggrauen Uniformen und den unrasierten Männergesichtern, die sich von der Tuchfarbe wenig unterschieden, regten sich nur drei weiße Flecke. Dies waren die Damen des »Labedienstes«, wobei die Bezeichnung Damen eine wohlwollende Übertreibung vorstellt. Die wirklichen Damen nämlich hatten sich nach den ersten Wochen des patriotischen Überschwanges von dieser Liebespflicht zurückgezogen. Drei verbrauchte weibliche Erscheinungen, hohlwangig und mit eingesunkenen Augen, waren als abgeblühter Rest jenes ehemaligen Labesegens und patriotischen Liebestriebs zurückgeblieben. Sie händigten den Soldaten kleine Schächtelchen mit Zuckerwerk aus, wie man sie gegen einen Groscheneinwurf von Stollwerckautomaten beziehen kann.

Von allen Seiten kreischten jetzt die Chargen den Befehl »Vergatterung« durcheinander. Die verbellte Herde stellte sich in zwei langen Reihen an und starrte auf den leeren Riesenzug, der sie aufnehmen und viele von ihnen in den Tod führen sollte. Die Kompagniezüge wurden abgeteilt und in Abstand gesetzt. Die Leutnants machten dem Hauptmann Prechtl, der die Front abschritt, schallend die Meldung. Hinter Prechtl stolzierte ein dicker Feldwebel, der die Standesliste mit der gemeldeten Mannschaftszahl verglich. Plötzlich flüsterte er dem Hauptmann etwas zu, der unruhig wurde und die anderen Herren zu sich beschied. Zwei Infanteristen fehlten. Der Vorgesetzten bemächtigte sich eine peinliche Verlegenheit. Prechtl bekam einen blutroten Kopf. Die Abteilungen wurden namentlich ausgezählt mit dem Erfolg, daß man jetzt wußte, wie die Deserteure hießen. Zwei Minuten später schon meldeten Telegraph und Telephon die beiden Namen an alle Militärpolizei- und Gendarmerieposten des Landes. Der Hauptmann stellte mit den Rotten, zu denen die Ausreißer zählten, ein kurzes Verhör an. Sie seien während des Marsches zum Bahnhof aus der Reihe getreten, um Zigaretten zu kaufen. Mehr wußte niemand. Hauptmann Prechtl verkündete darauf diesen Verbrechern und allen, die sie nachahmen würden, einen schnellen, aber gründlichen Tod durch Erhängen oder Erschießen. Seine Stimme zitterte. Er ließ durchblicken, daß er alle für mitschuldig halte und es bedaure, mit solch »schurkischem Menschenmaterial« gegen den Feind ziehen zu müssen. Strammgespannt standen während dieser Worte die Kompagnien da, als wollte jede Sehne zerspringen. Dennoch konnte manche Miene den schiefgezogenen Ausdruck eines verbissenen Triumphes nicht verhehlen. Dies hatte mit politischen Gefühlen nichts zu tun. Befriedigter Sklavenstolz bewunderte die Kühnheit von Mitsklaven, die ihre Ketten zerbrochen hatten.

Nach dieser Szene vollzog sich die Einwaggonierung schnell und klaglos. Ferdinand bestieg einen der Wagen, auf dem neben der Aufschrift »40 Mann oder 6 Pferde« noch einige patriotische Kernsprüche in Kreide prangten. Weiß behauptete, daß diese kriegerischen Sentenzen nicht von Soldatenhand stammten, sondern allmorgendlich von Amts wegen auf den Wagenwänden immer erneuert würden. Obgleich beide verschiedenen Kompagnien angehörten, kletterten Ferdinand und Weiß in denselben Waggon, um die Reise ins Feld gemeinsam zu erleben. Der Journalist bemühte sich, gleichmütig und witzig zu bleiben, und Ferdinand – der sich im Gegensatz zu all den Abschiedskranken wundersam frei fühlte – unterstützte ihn durch vorsichtige Gespräche bei dieser Anstrengung. Einige unverwundbare Gemüter begannen zu singen. Die andern blieben ablehnend stumm. Bald erstickte der Gesang wie eine Flamme, die zu wenig Luft hat. Als sich dann endlich der Zug in Bewegung setzte und sechshundert Menschen ihre dreiviertelgewisse Todesfahrt antraten, herrschte einen Augenblick lang tiefes Schweigen. Jeder sah vor sich hin oder wühlte in seinem Rucksack. Nach einigen Minuten der Fahrt sagte Ronald Weiß zu Ferdinand:

»So, Gott sei Dank! Jetzt sind meine Leute schon ein paar Kilometer weit fort. Und morgen hundert Meilen, und übermorgen noch mehr. Und wenn wir auf einem andern Stern ausgeladen werden, so würde ich überhaupt nichts mehr von ihnen wissen. Es ist erstklassig eingerichtet, daß unsere Sentimentalität mit der Entfernung abnimmt...«

Ferdinand bewegte mehrmals stumm die Lippen, ehe er eine ganz verwirrte Empfindung zum Ausdruck brachte:

»So fährt man auch von sich selber fort... immer weiter... glaubst du nicht?«

Weiß starrte ihn zornig an:

»Weißt du, ich bin froh, daß mir jetzt wenigstens im Magen besser ist... Tiefsinnige Probleme werden uneröffnet zurückgestellt... Hast du einen Rum in der Feldflasche? Her damit!«

Nach zwei Stunden etwa war die Gemütsverfassung dieser Menschenladung völlig ausgewechselt. Alles schrie, lachte und juchzte durcheinander. Als reise hier nicht eine Kriegstruppe ins tödliche Trommelfeuer, sondern eine ungezügelte Horde von Bauernbengeln zu einem Jahrmarkt, so durchtobte die Fröhlichkeit der Jugend die rollenden Räume. Die Leute hatten den beim Abmarsch gefaßten Alkohol längst vertilgt. Nun sangen, brüllten und rauften sie in ihrem Kotter und schlugen mit Lederriemen nach einander. Auf der Türschwelle des Waggons, den man wegen Licht und Luft geöffnet hatte, saßen zwei Burschen und ließen die Beine hinunterbaumeln. Von jeder Mitteltür der zwanzig Wagen baumelten Beine hinunter. Die meisten Leute spielten Karten: Mariage, Einundzwanzig, Sechsundsechzig und wie alle die Spiele heißen, die in Schenken und Kantinen beliebt sind. Hundert Hände schlugen die fettigen Blätter auf die vielfältigsten Unterlagen. Auch im Offizierswagen wurde im ähnlich befreiten Seelenzustand Tarock gespielt. Ferdinand war der einzige Einjährig-Freiwillige in seinem Waggon. Ronald Weiß hatte auf Befehl bei seiner eigenen Kompagnie Platz nehmen müssen. Man durfte einander zwar besuchen, aber seinen Standort auf die Dauer nicht wechseln. Als einer der Beinbaumler in den Innenraum zurücktrat, setzte sich Ferdinand an dessen Platz. Nun sah er auf die Landschaft hinaus, über der das leise Gruneln des Frühmärzen lag, wiewohl der Schnee noch nicht überall fortgeschmolzen war. Die Erde schien unendlich gleichgültig oder machte sich nichts wissen. Aber nicht nur sie, auch der Mensch. Waren etwa die Straßen, die an der Seite des Zuges rannten, waren die Ortschaften, waren die Häuser mit den Gaffern in ihren Fenstern, waren sie erregt über das Geschehen in der Welt? Vielleicht blieb dieses Geschehen viel unwichtiger als man glaubte. So weit und frei dehnte sich das Land. Komisch nur, daß ein Wort, ein Befehl, eine schriftliche Verfügung die Macht hatte, die Menschen mit unwiderstehlichem Zwang in enge Löcher und Gräben zu pferchen, wo doch soviel Erdraum vor ihnen lag? Entsprach das alles einer tiefen Notwendigkeit oder war es nur eine Geisteskrankheit, an die man sich gewöhnt hatte? Warum gehorchte man ihr dann? Aus Angst, die auch nur eine Erscheinungsform dieser Geisteskrankheit bildete? Vielleicht waren die beiden Deserteure die einzig Gesunden, die zum vernunftgemäßen Handeln den wahren Mut besaßen. Ferdinand malte sich aus, wie die frechen Gesellen sich jetzt höhnisch in einem verlassenen Weiler oder auf einem einsamen Gehöft, vielleicht auch mitten im Forst verbargen und, allen Nachstellungen der Gendarmerie trotzend, Tage einer gotthaften Freiheit verlebten. Unermeßlich ist die Erde, und die Menschen sind Feiglinge, die zwar gleichgültig in den Tod gehen (wie zum Beispiel er selbst), aber das wirkliche, losgelöste Leben nicht wagen. Was hatte er in den letzten Jahren alles ertragen müssen, um ein warmes Essen in den Magen zu bekommen? Jene Mutigen aber pfiffen auf solche Dinge. Sie wühlten nicht wie Hunde im Kot nach Speiseresten. Sie führten, fern von allen Städten und Menschen der Erde verbunden, ein großartiges Jägerleben. So wähnte wenigstens Ferdinand in diesen Minuten der Schwärmerei.

Es war eigentlich lächerlich, daß sie alle nicht wußten, wohin die Fahrt ging. Es konnte immer noch alles Mögliche sein: Rußland, Galizien, Balkan. Vielleicht auch schwenkte man in der Nacht ab und beförderte sie heimlich an die italienische Grenze, wo schon der neue Feind lauerte. Gut! Das Heer mußte sich vor Verrat schützen. Aber erniedrigend war's doch, ein Mensch auf dieser unermeßlichen Erde zu sein und wie eine Viehladung ins Jenseits verschoben zu werden.

Fuhr man in eine Station ein, steigerte sich jeweils die lustige Tollheit des Kanonenfutters. Einige, die Geld besaßen, spendierten Bier und Schnaps. Weiß, Ferdinand, Wellemin und andere beteiligten sich an der allgemeinen Freigebigkeit. In diesem Stadium der Fahrt teilte man alles mit allen. Würste, Bauernselchfleisch, Rum und Schokolade wanderten im Tauschwege von einem zum andern. Dieser rasch um sich greifende Kommunismus erfloß aus dem Gefühl: Wozu aufheben? Was wissen wir von Morgen? So war's denn auch ein ziemlich wahrer Kommunismus, der mehr in der Entäußerung als in der Aneignung bestand.

Als Ferdinand auf einer der Haltestellen sich entlang des Zuges Bewegung machte, winkte ihn Hauptmann Prechtl heran. Er war ein schon älterer Offizier mit einem sehr offenen Gesicht. Schon während der Ausbildungszeit hatte er dem Freiwilligen öfters Zeichen einer Sympathie gegeben, die aber nicht deutlich wurde und es nicht einmal zu einer persönlicheren Ansprache kommen ließ. Jetzt aber reichte er ihm die Hand:

»Sie, Einjähriger! Es ist mir lieb und ich hab mich dafür verwandt, daß Sie draußen meinem Bataillon zugeteilt werden... Ich habe nämlich als junger Fähnrich mein erstes Jahr unter Ihrem Herrn Papa gedient, und ich achte sein Andenken sehr hoch... No, wie gesagt, damit Sie das wissen...« Und weil er nichts weiter zu sagen fand: »Halten Sie sich weiter brav. Ich werd schon auf Sie aufpassen.«

Nur wer jemals die Preisgegebenheit und das Nichtigkeitsbewußtsein eines Soldaten niedrigen Grades selbst erlebt hat, kann es nachfühlen, daß die wohlwollende Ansprache eines Höheren auf die Seele wirkt wie Regen auf verdorrtes Gras. Alle Geschöpfe der Sklaverei bedürfen der Ermunterung. Sagt man zu einem bissigen Köter mehrmals mit weicher Stimme »Du braver Hund«, so weiß er sich vor heulender Erschütterung nicht zu fassen, springt zärtlich am Lobesspender empor und vergeht vor Dankbarkeit. Der Soldat aber, der »Brav« geheißen wird, strafft seinen Körper unnatürlich gerade, als sei er entschlossen, in alle Ewigkeit stramm zu stehen, um sich des Lobes würdig zu erweisen. Auch Ferdinands Lebensmut war jetzt wundersam gestärkt. Der Hauptmann Prechtl also bildete ein Bindeglied zwischen ihm und seinem Vater, der zwanzig Jahre nach seinem Tode für den Sohn noch wirken durfte. Er gehörte jetzt nicht mehr zu den Niedrigen und Namenlosen. Eine stürmische Liebe für Prechtl ergriff ihn, wodurch auf einmal der ganze Krieg ein anderes Gesicht bekam. Ferdinand holte die Bilder des Vaters aus sich hervor. Der Oberst wäre heute sicherlich, daran zweifelte er nicht, ein Leuchtend-Großer, ein angebeteter Feldherr dieses Krieges. Auch General Hindenburg, der Sieger von Masuren, war ja in hohem Alter aus einem Pensionistenwinkel hervorgeholt worden. Ferdinand fühlte sich im Zuge seiner Phantasien durch seinen Vater mit allen großen Heerführern sonderbar verwandt. Was verstanden denn die andern alle vom Krieg? Und er, der vor einer Stunde noch von der Weite dieser Erde und von der gotthaften Freiheit der Deserteure geträumt hatte, war jetzt willens, sich aktivieren zu lassen und in die Fußstapfen Papas und der großen Feldherren zu treten. Diese innere Wandlung hatte das freundliche Wort eines kleinen, schon recht überalterten Hauptmannes vermocht.

Die Nacht kam und stürzte die Seelen, die das Leben ausgelassen feierten, erbarmungslos von der Höhe hinab. Es war winterlich kalt geworden. Trostlos hing eine schmähliche Funzel von Lampe an ihrem Nagel. Wie sollten vierzig Mann auf Bänken und Boden einen hinreichenden Schlafplatz erwischen? Die Klugen hatten sich schon beizeiten hingelegt und die Fläche in Beschlag genommen. Die andern aber konnten sich nicht rühren und ächzten in verkrampften Stellungen. Zuerst stiegen vereinzelte Schimpfworte auf, die sich bald zu einem dichten Gemurre steigerten. Flüche gegen die Transportart, gegen die Offiziere in ihrem beneidenswerten Waggon zweiter Klasse, gegen den Krieg, der schon viel zu lange dauerte, wurden laut, oft aber auch nur gemeine und schmutzige Worte, die irgend jemand ohne Zusammenhang ausstieß, um seine Wut loszuwerden. Zugsführer Kläsner, der Rangälteste hier, der schon zum zweitenmal ins Feld ging, fuhr mit höhnischen Worten in die allgemeine Unzufriedenheit. Sie würden sich alle, wenn sie erst im Grabendreck einquartiert wären, nach diesem Viehwaggon zurücksehnen. Solch hoffnungsvolle Aussicht beruhigte niemanden. Zugleich mit dem Gestank, der in solchem Pferch nur natürlich war, verbreitete sich eine andere Macht: Haß! Nicht nur der gewöhnliche Haß der Sklaven gegen die Peiniger, sondern der verzehrende Haß von Sklaven untereinander. Dieselben, die am Nachmittag ihre Güter brüderlich miteinander geteilt hatten, waren plötzlich in Eigentumsfanatiker verwandelt. Böse hüteten sie ihre Rucksäcke, die nur die karge Fassung und wahrlich keinerlei Schätze bargen. Haß verwirrte den müden Sinn. Jeder Nachbar wurde im Halbtraum zum Dieb und Feind. In einem Winkel erhob sich ein schallender Streit, der gefährlich auszuarten drohte. Ein Infanterist schrie, jemand habe ihm seine Zigaretten aus der Manteltasche gestohlen. Dadurch fühlte sich ein anderer beleidigt und ging mit beiden Fäusten auf den Ruhestörer los, der das Bajonett zog. Die Chargen, darunter auch Ferdinand, mußten sich zwischen die Rasenden werfen, mit sofortiger Anzeige und der schweren Strafe des Anbindens drohen, um ein Unglück zu verhüten. Endlich gelang es. Die beiden Hähne legten sich wieder hin. Der eine zischte, als könne er sich anders nicht beruhigen, mit blödsinniger Hartnäckigkeit schweinische Worte in die Luft.

Die unbesiegliche Langsamkeit der Nacht überwand auch den Haß. Das Fluchen und Lästern ging in Räuspern und Seufzen über und endete, wenn auch nicht im Schlaf, so doch in Apathie. Nur wenn der Zug über eine Weiche hüpfte, stehen blieb oder krachend verschoben wurde, wogte das Murren wieder auf, und ein paar inbrünstige Unflätigkeiten flogen über die Köpfe.

Ferdinand, wie er es immer in aller Lebensunbill hielt, machte sich klein, zog sich zusammen, womit er die Kampfesweise jener Tiere nachahmte, die dem Feinde die kleinste Angriffsfläche bieten. Er schlief nicht, sondern ein schwerer Halbschlummer ringelte sich wie eine schwarze dicke Schlange um die abgeblendete Lampe seines Bewußtseins. Dennoch, als am andern Morgen die Sonne in urweltlicher Röte aufging, fühlte er sich frisch und beisammen. Er stieg über Leiber, die lebensunwillig zusammenzuckten, setzte sich auf die Türschwelle und ließ die Beine herabhängen wie gestern.

Veränderte Landschaft: flach, kahl, steppenhaft, östlich. Dies mußte Galizien sein. Wenigstens wußte er nun, wohin es ging. Diese weite Erde zeigte die vernichtende Gewalt der Einsamkeit ganz anders als das böhmische Land. Hier war es schon schwerer, Deserteur zu sein und den Kampf mit ihr aufzunehmen. Fast bildete es, angesichts dieser leeren Steppe, dieser grundlosen Karrenwege, eine behagliche Vorstellung, an eine Menschenherde gefesselt zu sein und die Eßschale mit Konservenkaffee zu erwarten. Die Fahrküchen im Proviantwagen rauchten schon. Ferdinand dachte heute nicht mehr an die tapferen Flüchtlinge, und er dachte auch nicht mehr daran, sich aktivieren zu lassen. Seine Gedanken begannen sich zum erstenmal deutlich mit der Front zu befassen, der man immer näher kam. Er benützte die Zeit, um einen Brief an Barbara und eine Karte an Engländer zu schreiben.

Während dieses Tages wollte sich die gewaltige Lustigkeit der gestrigen Nachmittagsstunden nicht wieder einstellen. Es ging zwar durchaus nicht unheiter her, scharfe Späße trafen ihr Ziel, Witze wurden gewechselt, dennoch hatte das Ganze eine verdrießliche, ja boshafte Farbe. Eine bestimmte Gruppe von Leuten spielte sich immer frecher auf und gewann die Oberhand. Es waren das jene Männer, die nach ausgeheilter Verwundung oder Krankheit beim Kader gewartet hatten, um neuerdings ins Feuer geschickt zu werden. Sie führten das große Wort, und ihr Bestreben ging dahin, die ängstlichen Neulinge zur Verzweiflung zu bringen. Der riesenhafte Zugsführer Kläsner tat sich besonders hervor. Er hatte den dicken Einjährigen Wellemin, dem man den Wohlstand anmerkte und deshalb doppelt gerne eins aufpfefferte, zur Zielscheibe erwählt:

»Also, mein Kinderl, das ist gar nicht so gemütlich, wie Sie glauben. Jetzt sitzen S' noch großartig in unserer ersten Klass'. Aber auf einmal, vielleicht schon in der nächsten Stund', da macht's einen Ruck, so! Zugsweise aussteigen! Und eh' Sie sich noch schneuzen können: Schwarmlinie! Deckung suchen! Die Russen haben uns eingesehen. Und schon! Granatlage: Eins, zwei! Sie können bis sechs zählen...« Und er ahmte naturgetreu das Heulen des Granatenflugs nach: »Neben Ihnen schlagt's ein und Sie kriegen Erd' zu fressen. Aber eh' Sie noch wissen, wie Ihre Frau Mama heißt, stehen ein paar Wolkerln in der Luft, tschutz, tschutz. Schrapnells, mein Goldner! Spüren Sie schon, wie es Ihnen hinten warm wird? Also, die Sprengstücke, das ist weiter gar nichts, die reißen einem höchstens Händ' und Füß' ab, aber wenn Sie eine Hülse erwischt, nicht größer als eine Bierflasche, da können S' von Glück sagen; die haut Sie so umeinand' und versteckt Sie so tief, daß man mit Ihnen keine Scherereien mehr hat...«

Wellemin machte das angestrengte Gesicht eines Menschen, dem Kopfschmerzen das Zuhören erschweren. Die Stimme blieb ihm fast aus, als er fragte:

»Sagen Sie, Herr Zugsführer, ist das immer so, daß man beim Aussteigen gleich beschossen wird?«

»Immer, mein Engel, immer. Was, meine Herren«, wandte er sich an die Kriegserfahrenen, »unser Generalstab hat das extra so eingerichtet, damit man sich sofort ans Feuer gewöhnt.«

Nun begannen die Eingeweihten sich mit einem Schwall aufgeblasener Frontgeschichten zu überbieten. Neben den gewöhnlichen Bramarbastaten, die wie anekdotische Fabriksware anmuteten, kehrte ein anderes Motiv immer wieder: Rache an verhaßten Offizieren! Während eines Patrouillenganges, eines Sturmangriffs oder bei einer anderen Gelegenheit wird solch ein Schreier und Menschenschinder abgeknallt wie ein räudiger Hund. Ein Schuß in den Kopf, ein paar Kolbenhiebe, und wenn sich das Vieh noch rührt, wird es ausgetreten wie eine Zigarette. »Aber«, hieß es dann weiter, »die Herrschaften wissen das sehr genau, und deshalb sieht man immer seltener einen Aktiven in den vordersten Gräben. Kommt dann so eine Bestie, ist sie zukkersüß und behandelt euch wie junge Mädchen. Denn draußen, Burschen, da gibt's nichts...«

Zu dieser Zeit machten die Militärbehörden den Versuch, in den einzelnen Truppenteilen die Völker, soweit dies möglich war, zu mischen. So auch waren diese beiden Marschkompagnien aus verschiedenen Ergänzungsbezirken zusammengesetzt und bestanden aus Deutschen und Tschechen. Man muß aber sagen, daß die Deutschen den anderen, was den Haß gegen die Offiziere betrifft, nicht viel nachgaben. Zugsführer Kläsner zum Beispiel war ja ein Deutscher aus Gmünd. Diese Reden hatten aber noch eine Nebenabsicht. Sie sollten Wellemin und Ferdinand, den künftigen Reserveoffizieren, beizeiten den Standpunkt klarmachen.

Ferdinand saß längst wieder auf seinem Lieblingsplatz. Bei Kläsners Schilderung vorhin war es auch ihm kalt und heiß geworden. An dem leichten Übelkeitsgefühl im Zwerchfell erkannte er, wie er sich fürchten werde. Weiß, der alle Augenblicke im Stabswagen umherschnüffelte und stets überraschende Neuigkeiten brachte, war zu Ferdinand mit der diskreten Botschaft gekommen, daß man heute in einer großen Etappenstadt übernachten werde, und daß ihr Schicksal ihnen noch einmal Gelegenheit biete, den Rausch des Lebens zu kosten. Und wirklich, um sieben Uhr abends blieb der Zug in einer bedeutenden Bahnhofshalle stehen, und der Befehl pflanzte sich fort: »Alles heraus!«

Die Kompagnien wurden in Baracken untergebracht, die innerhalb eines schönen weiten Parks aufgestellt waren. Es gab keine Strohsäcke und Kavaletts, sondern nur große, ein wenig nach unten geneigte Schlaftische, die für je vier Mann Platz boten. Niemand aber wollte schlafen. Die Augen der Männer knisterten von Abenteuerlust. Man hatte erwartet, noch heute im Schmutz eines Schützengrabens zu landen, nun aber sah man sich in eine ziemlich große Stadt versetzt, wo Bogenlampen brannten, wo bunte Lokale ihr verheißungsvolles Licht auf die bewegte Straße warfen, wo elegante Weiber augenwerfend dahinstrichen, Wagen rollten und ein süffiges Leben herrschte wie nirgends mehr im Hinterland. Zwar konnte man beim Durchmarsch mitten auf der Hauptstraße zerschossene Häuser und Kirchenruinen sehen; dies aber steigerte nur die Lebenslust der Leute. Gerade die Zerstörung bot einen besonderen Reiz, denn sie bewies, daß sich hier in nächster Nachbarschaft des Krieges die Ordnung des Lebens gelockert hatte, daß alles Gottverbotene hier erlaubt war und daß durch die traurigen Lücken der Straße eine lüsterne Anarchie überall eindrang. Ein starker Mann kann einmal auch imstande sein, sich mit einem verwüsteten Weibe abzugeben, in deren schamloser Hingabe er auf einen neuen und unheimlichen Grund des Genusses zu stoßen hofft. Einem derartigen Weibe glich diese Stadt, deren faule Lüsternheit dem Kriege zu Diensten stand.

Hauptmann Prechtl fühlte genau, daß es nicht ratsam wäre, heute eine scharfe Disziplin walten zu lassen. Eine Schar von Feldgendarmen wäre nötig gewesen, die Baracken zu bewachen. So entschloß er sich klugerweise, jeder schädigenden Verletzung der Manneszucht zuvorzukommen und alle drohenden Anstände im Keim zu ersticken. Wer es erbat, erhielt von ihm das Ausgangsrecht mit der Warnung freilich, er würde jeden, der um sechs Uhr morgens nicht blitzblank dastünde, unerbittlich anbinden lassen. Auch Ronald Weiß ersuchte im Namen aller anderen Einjährigen um Überzeit-Erlaubnis für die ganze Nacht, die ihm nebst einigen Vermahnungen gewährt wurde.

Ferdinand, Ronald, Wellemin machten sich sogleich auf den Weg. Weiß, der große Forschungsreisende, der sich der Kenntnis jedes europäischen Winkels rühmte, behauptete auch in dieser Stadt zu Hause zu sein. Vor Jahren habe er hier zwei lustige Nächte zugebracht, als er im Auftrage einer Zeitung das Land bereiste, um über die bodenständige Salz- und Petroleumgewinnung eine Reihe volkswirtschaftlicher Stimmungsbilder zu schreiben. Er nannte aus dem Gedächtnis den Namen des örtlichen Hauptcafés sowie den ungewöhnlichen Titel eines ansprechenden Weinlokals, das wegen der Friedenskundschaft vormals hier garnisonierender Artillerieoffiziere ›Zum Richtkreis‹ hieß. Und wirklich, es stellte sich heraus, daß Weiß kein leerer Geschichtenerfinder, sondern ein gewissenhafter Chronist war. Denn sehr bald wurde die Aufschrift des Cafés Habsburg sichtbar und nicht weit davon die Lichterreihe des Richtkreises.

Im Kaffeehaus entstand bei Ronalds Eintritt ein Hallo. Wahrhaftig, unabsehbarer Bekanntheit mußte sich der Journalist erfreuen, daß er hier in einer Etappenstadt begrüßt wurde wie daheim. Es gab übrigens eine Erklärung dafür. In dem Frontabschnitt, hinter dem diese Stadt lag, standen heimische Divisionen. Nicht ohne sich durch einen schnellen Blick davon zu überzeugen, daß Ferdinand seine Beliebtheit gebührend bemerkte, ging Weiß von Tisch zu Tisch, wo seine Bekannten saßen, zum größten Teil Reserveoffiziere. Er benahm sich im Sinne militärischer Ehrerbietung sehr frei und frech. Die Kappe nahm er nicht ab, schob sie weit ins Genick zurück, spitzte den Mund zum Pfeifen und vergrub die Hände in den Hosentaschen, wobei das Bajonett am Überschwung nach vorne rutschte. Er setzte die Miene eines verwegenen Apachen auf, was er immer dann tat, wenn er sich beobachtet fühlte, und schlenderte herausfordernd durch das Café, ohne daß man seiner Haltung eine Gezwungenheit anmerken konnte. In dem Lokal befanden sich auch ein paar höhere Offiziere. Aber sie wollten keinen Anstand machen und übersahen deshalb hinter ihren großen Zeitungen das herausfordernde Benehmen dieses kleinen vorlauten Korporals. Weiß ließ seine Stimme nach allen Seiten hin erschallen, wo er nur ein »Servus« oder ein »Heil« anbringen konnte. Ruhig duzte er die bekannten Reserveoffiziere und klopfte sie brüderlich auf die Schulter, obgleich sie, ihrem soldatisch-zivilistischen Zwitterwesen gemäß, sich besorgt umsahen, ob niemand diese Vertraulichkeit eines Untergebenen ihnen gegenüber mit scheelen Augen ansehe. Ronalds schnelle Blicke aber und seine schnelle Zunge schufen sich überall Raum:

»Servus, Franzl! Wie geht's dir, Jaro? Ich soll dir was ausrichten. Von wem? Das kann ich dir nur unter vier Augen sagen. Einen Krieg führt's ihr da, meine Herren! Höchste Zeit, daß ich nachschauen komm! Wie? Ich hab schon längst den Verdacht, daß der ganze Krieg ein Schwindel ist. Ich werd ihm draufkommen. Schön sitzt es sich da im Café Habsburg, und das Hinterland gibt Gold für Eisen...« In diesem Ton ging es weiter, bis Weiß den süßen Trank seines Ruhmes und seiner Witzigkeit ausgekostet hatte. Während dessen standen Ferdinand und Wellemin ziemlich verlegen an der Tür.

Endlich kam Ronald mit zwei Herren, die sich ihm angeschlossen hatten, und entschied, daß man sich zum ›Richtkreis‹ begeben werde. Die zwei Neuen waren: Ein langer Artilleriefähnrich, der mit ungestörter Sorgfalt minutenlang seine Mantelfalten richtete, ehe er mit kurzer sporenklirrender Verbeugung den Raum verließ; und dann ein brünetter, schmächtiger Oberarzt, der Ronald Weiß immer nur als »Herr Redakteur« ansprach.

Im ›Richtkreis‹ spielte sich eine ähnliche Szene wie im Café Habsburg ab. Ronald hatte sogleich alte Freunde gefunden. Gott weiß warum er den krummbeinigen und grinsenden Oberkellner »Don Diego« titulierte und ihn als echten »Spanier aus der Sierra von Podbaba« vorstellte. Die andere Bekanntschaft hieß Mila und warf sich ihm mit dem Ausruf »Jesusmaria, Ronny« in die Arme. Mila aber war nicht die einzige Frauensperson an diesem Ort. Sie teilte ihr animierendes Amt mit Vilma und Bronislava, genannt Slava. Letztere war ein Riesenweib, mindestens einen Meter fünfundachtzig hoch, durch welches Übermaß sie das Interesse des kleinen dicken Wellemin gewann. Vilma war ein Stöpsel – und da sich das Gesetz von der Anziehungskraft der Gegensätze hier vollinhaltlich bewahrheitete – fand sie sogleich die Gunst des langen Artilleriefähnrichs. Man hatte in einem abgesonderten Raum zwei Tische zusammengeschoben. Es war eine der typischen Örtlichkeiten, wie sie in den Knotenpunkten zehn bis zwanzig Kilometer hinter der Front überall zu finden waren. Eine papierene, giftig-grelle Pracht verhüllte nur ungenügend die Moderfeuchte entmörtelter Mauern, die bedenkliche Risse aufwiesen. An bloßen Schnüren herabhängende Glühbirnen waren von zerknitterten Kinderlampions umkleidet. Die Sitzgelegenheiten bestanden aus strohgeflochtenen Stühlen und einem breiten Sofa, auf dem ein guter Teppich lag. Diesem schönen Beutestück des Krieges konnte ein scharfer Blick anmerken, daß es sein Eroberer in Ermangelung anderen Kleingeldes hier hatte zurücklassen müssen. Statt eines Pianos oder Grammophons stand ein gewaltiges Orchestrion im Zimmereck. Die Mädchen verlangten immer wieder einen »Sechser« zum Einwurf, worauf aus dem Bauch des Unholds eine niederschmetternde Musik fuhr, die jedes Gespräch zerdrosch, aber auch dem Tanze nicht förderlich war. Gleich zu Beginn hatte jemand ein paar Schnapslagen bestellt. Ferdinand, der schon zwei Nächte nicht recht geschlafen hatte und eine starke Übermüdungssucht nach Alkohol empfand, stürzte rasch nacheinander drei Gläser Kontuszowka hinunter.

Niemand konnte verhindern, daß sich sogleich ein Kriegsgespräch entspann. Die Zeit war in die Phase der ersten Enttäuschungen getreten. Im Herbst, wenn die Blätter fallen, so hatte der deutsche Kaiser prophezeit, werde der Krieg zu Ende sein. Und nun begann schon ein neues Frühjahr. Weiß malte ein ziemlich düsteres Bild von der Lage. Neue Feinde rüsteten sich. Die Kriegspartei in Italien gewann die Oberhand. Der Journalist ließ erkennen, daß er in das geheimnisvolle Gewebe der Dinge tiefer eingeweiht war als andere. Er schien auf seinen Pessimismus merklich stolz zu sein. Sehr früh schon begannen sich die Kassandranaturen, die »Schwarzseher«, als eine Aristokratie zu fühlen, die sich von der zuversichtlichen Torheit der Herde schmerzlich abhob. Der Oberarzt unterstützte ihn mit dumpfem Schwermutston und bekräftigte alle Augenblicke Ronalds Rede:

»Hört, hört! So ist es, Herr Redakteur!«

Der Fähnrich hatte zwei große, krebsrote Tatzen vor sich liegen, die er ingrimmig betrachtete, als litte er mit ihnen an der Sehnsucht, jemandem eine Ohrfeige versetzen zu dürfen. Sein

Kinn sprang weit vor, und seine Augen glitzerten unruhig. Er gehörte zu jenen verdrießlichen Menschen, deren Nerven Tag und Nacht von irgendeiner unbekannten Erbitterung beben. Solche Leute stehen unter der unabänderlichen Qual des Verneinungszwanges, der einer tiefeingewurzelten Gekränktheit entspringt. Sie sind schwer erträglich. Der Fähnrich hörte eine Weile mit tückisch irrenden Augen stumm dem Gespräche zu, doch so, daß man merken konnte, er lasse die alten Weiber zuerst ihren Unsinn schwatzen, um dann mit der ganzen Wahrheit aus dem Hinterhalt hervorzubrechen. Das tat er denn auch und schrie:

»Das ist alles ein Scheißdreck, meine Herren! Haben Sie den Armeebefehl Seiner Majestät, des Kaisers, gelesen?«

Er fuhr klirrend auf, nahm Stellung und schnarrte:

»Schmerzerfüllt verordne ich, daß das k. u. k. Infanterieregiment Nr. 28 wegen Feigheit und Hochverrat vor dem Feinde ausgestoßen werde aus meinem Heere. Die Fahne ist dem Regiment abzunehmen und dem Heeresmuseum einzuverleiben. Die Geschichte des Regiments, das vergiftet in seiner Moral von Hause aus ins Feld gezogen ist, hat mit heutigem Tage aufgehört.«

Der Fähnrich setzte sich. Er hatte so feierlich gesprochen, als sei er eigens dazu beauftragt, die Ausstoßung immer wieder zu verkünden. Der Abfall des Prager Hausregimentes und der kaiserliche Armeebefehl, der ihn offen zugab, hatte wie ein Schlag auf das Selbstbewußtsein der Monarchie gewirkt. Es war die erste Todesmahnung. Viele glaubten nach diesem Ereignis, daß ein strenges Strafgericht und die unerbittliche Verfolgung der hochverräterischen Bestrebungen allein das Reich retten würden. Auch der Fähnrich verfiel aus dem feierlichen in den wütenden Ton:

»Das ist es, Herrschaften, ich hab's auswendig gelernt, das ist es. Viel zu schlapp sind unsere Leute. Wir sollten von den Reichsdeutschen lernen, Himmel Herrgott. Ich war am Duklapaß Batterieaufklärer, und hab's selber gesehn. Mit Musik, meine Herren, sind sie hinübergelaufen. Mit Musik, ich habe die

Meldung selber weitergegeben. Ein Riesenloch, sag ich Ihnen. Wir haben achtzig Prozent Verluste gehabt. Damals bin ich zur großen Silbernen eingegeben worden. In den nächsten Tagen muß ich sie bekommen. Meine Herren, es gibt nur eines«, schrie er, »hängen, schießen, foltern, morden das Gesindel!«

»Kann ein radikales Vorgehen wirklich helfen?« erlaubte sich der Oberarzt zu bemerken. Der Fähnrich schmetterte seine roten Hände auf den Tisch:

»Mir scheint, du bist auch so einer. Da gibt's nichts. Hängen, schießen, foltern, morden, nur nicht einsperren!«

Don Diego hatte ein paar Flaschen säuerlichen Weines gebracht, auf deren Etiketten das handgeschriebene Wort »Liebfrauenmilch« prahlte. Der Fähnrich löschte erst gründlich seinen Durst, dann brachte er der Runde zur Kenntnis:

»Ich will Ihnen meine Auffassung sagen. Sehen Sie, ich bin auf Urlaub. Aber ich kürze meinen Urlaub freiwillig um sechs Tage ab. Was? Sie glauben mir das nicht? Hier, bitte, mein Offener Befehl! Überzeugen Sie sich! Warum ich so blöd bin? Ich werd Ihnen das sagen, Herr Redakteur und Korporal Weiß. Weil ohne mich bei der Batterie alles drunter und drüber geht, deshalb komm ich früher zurück!«

»Der junge Mann hier, Mila«, sagte Weiß zu seiner Nachbarin, »ist noch so jung, daß er sich für gerad so unersetzlich hält wie den Conrad von Hötzendorf. Aber was tut Gott? Er ist gerad so ersetzlich wie der Conrad von Hötzendorf.«

Diesem Paradox, das seine Auffassungsgabe weit überstieg, saß der Fähnrich unsicher gegenüber.

»Haben Sie eine Ahnung von den Verhältnissen?« ereiferte er sich. »Es kommt heut auf jeden wirklich militärischen Menschen an. Die Ersatzmannschaft wird immer schäbiger.«

Weiß erhob sich und nahm tief beleidigt Habachtstellung:

»Herr Fähnrich, ich bitte gehorsamst um Verzeihung, aber ich selbst und meine Kameraden hier gehören zu dieser Ersatzmannschaft.«

Der Fähnrich, der nicht wußte, was er von diesem Ton zu halten habe, murrte:

»Man wird es euch draußen schon zeigen.«

Wellemin, der die ganze Zeit über von der Todesgefahr der nächsten Tage träumte, mischte sich ängstlich in das Gespräch:

»Diese schrecklichen Vorkommnisse verlängern den Krieg. Und ich hab gehofft, er wird schon im Winter aus sein und ich werde nicht mehr hinaus müssen.«

Er erschrak und suchte seine Offenherzigkeit zu verwischen:

»Die Entente nämlich faßt neuen Mut...«

»Was soll aus sein«, brüllte der Fähnrich, »warum soll der Krieg aus sein? Wir sind ja noch nicht fertig. Wir haben ja noch nicht alles erreicht. Im Gegenteil. Das wär eine Schmach. Serbien muß aufhören zu existieren.«

Weiß wandte sich mit tiefem Ernst an Wellemin:

»Natürlich! Warum soll der Krieg aus sein, du Trottel?! Wir sind noch lange nicht fertig. Der Herr Fähnrich ist zwar zur großen Silbernen eingegeben, aber hat sie noch nicht geliefert bekommen. Und dann braucht er ja außerdem noch das Signum laudis, das Eiserne Kreuz von den Deutschen, die Eiserne Krone, und wer kann es wissen, vielleicht den Maria Theresienorden für eine Heldentat gegen den Befehl. Bis dahin kann der Krieg noch ein bissel dauern.«

»Von mir aus kann er dauern, so lang er will«, sagte Mila, »aber nur der Stellungskrieg. Es geschieht nicht viel und man bleibt am Platz.«

»Recht hat diese Kriegsgewinnerin«, sagte Weiß, »man schränkt die Verlustliste ein und hält sonst den Vergnügungsbetrieb aufrecht.«

Der Oberarzt schloß sich jetzt der Verspottung des Fähnrichs an: »Wissen Sie, Herr Redakteur, ich hab darin eine große Spitalserfahrung, den Unterschied, wie die verwundeten Infanteristen und Artilleristen reden, den möchte man gar nicht für möglich halten. Die Infanteristen stecken nämlich in der wirklichen Hölle und die Artilleristen nur in einem ziemlich komfortablen Fegefeuer.«

Bei dieser Eröffnung wurde Wellemin sehr blaß. Der Angegriffene aber wehrte sich leidenschaftlich:

»Was weiß so ein Brunzflaschenträger davon!? Ich, als Aufklärer, bin immer im vordersten Graben.«

»Ja, aber das ist doch kein festes Engagement, sondern nur ein Gastspiel.«

»Man sollte den Doktor als einen Verbreiter beunruhigender Gerüchte zur Verantwortung ziehen«, meinte Weiß.

Wellemin prüfte, um seine Sorgen zu ersticken, andächtig den Maßunterschied seiner kurzen und Slavas langer Schenkel. Ohne von dieser Arbeit aufzusehen, seufzte er:

»Der Endsieg zieht sich immer weiter hinaus.«

»Korporal Wellemin verkündet den Endsieg! Große Titelleiste gleich unter dem Heeresbericht!« Der Zeitungsmann zeichnete dieses Ereignis in die Luft, während der verärgerte Fähnrich, der nicht mehr nüchtern war, nach Worten rang:

»Aufräumen, Ordnung machen muß man!«

»Wieso?«

»Die Hochverräter schinden!«

»Der Herr Fähnrich«, stellte Weiß fest, »möchte am liebsten gegen den inneren Feind kämpfen.«

»Das ist auch nötig. Hundertmal ja! Hängen, schießen, foltern, morden!«

»Methoden«, unterbrach ihn der Oberarzt, den Kopf wiegend.

Der Artillerist sammelte seinen Verstand, die kleinen splittrigen Augen kamen zu sich. Unterm Tisch schlug er die Sporen zusammen:

»Du bist... Herr Oberarzt... pardon... sind Jude... Ich habe... pardon... nichts gegen die Juden... Aber vom militärischen Standpunkt aus... pardon... sind die Juden feige Schweine!«

»Sie wissen... pardon... einen Dreck von den Juden«, fuhr der Oberarzt auf. Er beherrschte aber sofort seinen Zorn und wandte sich mit seiner Darstellung an die anderen, als sei der Fähnrich viel zu dumm, dergleichen zu verstehen. Es gebe bekanntlich zwei Rassen von Juden. Die echte, die mit den Beduinen und Arabern gleichen Blutes sei, und die unechte, die man in diesem Lande hier, in Polen und Rußland reichlich antreffe. Diese zweite Kaftan- und Schläfenlockenrasse habe mit dem wahren Judentum nichts gemein. Sie stamme gar nicht von Semiten ab, sondern von dem ostrussischen Volksstamm der Chazaren. Daß aber die echten westlichen Juden trotz der furchtbaren Leiden zwei Jahrtausende ihr tapferes Wüsten- und Reiterblut nicht verloren haben, dafür zeuge nichts deutlicher als dieser Krieg und ihre unzähligen Blutopfer und Waffentaten an allen Fronten. Wer anderes behaupte, sei ein bewußter Verleumder... Und der Rassentheoretiker blickte an sich herab, als wolle er an seinen eigenen Gliedern prüfen, ob der Beduine in ihm selber nicht verlorengegangen sei. Der Fähnrich, der nicht wußte, ob er ehrenrührig beschimpft worden war, schnappte nach Luft und bekam noch rötere Hände, als er sie schon hatte. Ehe er aber einen neuen Schlag führen konnte, donnerte das Orchestrion los, das eines der Mädchen vorsichtigerweise zu Hilfe gerufen hatte. Ein ungehobelter Vorkriegs-Onestep tobte durch den Raum. Weiß, der in dieser Fachliteratur eine unerschöpfliche Textkenntnis besaß, krähte mit:

»Und so schieben
Wir gerieben
Immer an der Wand lang.«

Don Diego war inzwischen – Ferdinand wußte nicht auf wessen Bestellung – mit Champagner aufmarschiert. Der junge Mensch genoß solchen Trunk das erstemal im Leben. Schon nach einem Glas verbreitete sich ein großes Wohlgefühl in seinem Gemüt. Während der Fähnrich durch den Wein immer gewalttätiger zu werden drohte, stellte sich bei Ferdinand eine neuartige Begeisterung ein und eine flugleichte Verzücktheit. Slava faßte ihn an und forderte ihn auf, mit ihr zu tanzen. »Aber ich kann ja gar nicht tanzen.« Sie preßte ihn an sich und küßte ihn: »Es wird schon gehn, Herzerl.« Und es ging wirklich. Als wäre eine Zwangsjacke von seinem Leib abgefallen, schwebte er. Slava flüsterte:

»Du bist mir viel lieber als der Dicke. Ich hab dich sehr gern.« Ferdinand fühlte sich von einer süßen Betäubung emporgetragen. Der Wein und der Duft des Weibes umnebelten ihn. Die schwarze Wolkenwand, die das Wort »Morgen« bedeutete, löste sich auf. Dabei sah er genau, was in dem Raum vorging. Er sah, daß Weiß eifrig mit Mila verhandelte. Er sah, daß der Fähnrich, auf dessen Schoß jetzt Vilma saß, mit dem Doktor weiterstritt. Er sah, daß Wellemin seine Brieftasche untersuchte und sie dabei vor den anderen abdeckte, damit ja niemand sich von ihrer Fülle überzeugen könne. Angesichts des tödlichen Schützengrabens war auch dieser kleine Geizhals im Zweifel, ob er nicht eine beträchtliche Summe opfern solle, um die letzten Stunden des Lebens der Lust und Liebe zu weihen. Er richtete an Slava ungeschickt verstohlene Zeichen. Sie aber tanzte bis zum letzten Takt, den das Orchestrion herausschmetterte, mit Ferdinand, dem sie Zärtlichkeiten erwies. Er taumelte an den Tisch zurück und trank sein Glas leer. Wiederum hörte er das Wort: »Krieg!« Da kam ein sonderbar glückseliger Zorn über ihn. Es litt ihn nicht länger. Auch er hatte etwas zu sagen, vielleicht etwas Wichtigeres als alle andern. Man mußte einmal die verfluchte Scham überwinden. Verwundert bemerkte er, daß er wie ein Tischredner aufgestanden war. Ganz von ferne kroch Ronalds Stimme zu ihm:

»Er ist besoffen... Paßt auf, was da herauskommen wird...« ›Ich bin also besoffen‹, dachte Ferdinand, ›das ist ja ausgezeichnet, da bin ich gar nicht verantwortlich.‹ Diese Erkenntnis stärkte ihn mit überlegener Heiterkeit. Während ihn leichte Gedanken erfüllten, die voll goldner Wahrheit zu sein schienen, gab die Zunge den Worten immer schwerer nach:

»Man hört immer nur Krieg, Krieg... Aber was vom Krieg geredet wird... das ist ja gar nicht der Krieg... ich bitte um Verzeihung... das ist etwas ganz anderes... das ist, ich weiß nicht was... Wie spät ist es jetzt?... Ich glaub, es ist schon zwölf vorüber... Also, Weiß, Wellemin, in ein paar Stunden werden wir schon besser wissen, was der Krieg ist... Wunderschön aber ist es jetzt hier im Richtkreis, gerade deshalb, weil wir in ein paar

Stunden im Krieg sein werden... Ich kann mich nicht ausdrükken... Er kommt mir wie ein fremdes Land vor, dessen Grenze wir schrecklich bald überschreiten werden... Ich möchte noch ein Glas Champagner haben... Herrlich, herrlich... Von einem fremden Land weiß man doch nur etwas, wenn man dort lebt... Man atmet die Luft... Ich bitt gehorsamst, Herr Fähnrich... Die silberne Tapferkeitsmedaille und das Signum laudis ist sicher etwas sehr Schönes... Aber man kann doch nicht dafür ausgezeichnet werden, daß man in einem fremden Land lebt und Luft atmet... Das hab ich, bitt gehorsamst, sehr blöd gesagt... Aber ich kann mich nicht ausdrücken... Es ist viel zu schön hier...«

Hochbefriedigt fiel Ferdinand auf seinen Sitz. Welch eine Erleichterung, die Seele von der Wahrheit befreit zu haben. Von allen Seiten spritzte ihn Lachen an. Sein Glas war wieder voll von dem begeisternden Zaubertrank. Die Welt verwirrte sich göttlich. Er verstand nicht mehr, was Weiß ihm sagte. Er hörte nur noch Slavas Bekräftigung: »Recht hat er!« Wie alle ihresgleichen hatte sie eine Schwäche für Verworrenes und Gefühlsschweres. Ferdinands Kopf fiel auf den Tisch. Einen Augenblick später fühlte er sich von vielen Händen aufgehoben. Wieder roch er Slavas Parfüm. Nun lag er auf dem Diwan und glaubte auf einem Schiff dahinzufahren. (Mama hatte einst mit dem Kinde Ausflüge auf einem kleinen Flußdampfer unternommen.) Weiß berichtete den anderen, daß Ferdinand heute wohl seinen ersten Rausch im Leben habe. Dann setzte er sich zu ihm und sprach auf ihn ein. Ferdinand hörte immer: »Bis fünf kannst du hier schlafen, dann wirst du hinausgeschmissen.« Er hörte diese Worte, konnte ihren Sinn aber nicht ganz erfassen. Das Geschepper des Trinkgelages wurde immer undeutlicher. Dann waren Weiß und Mila verschwunden. Ferdinand schlug noch einmal die Augen auf, um Slava herzuwinken. Aber auch sie hatte sich mit Wellemin davongemacht. Zuletzt schien nur mehr der Fähnrich mit Vilma, dem Stöpsel, anwesend zu sein. Es gab einen Krach mit dem Kellner, der aber das selige Hinschweben des Schläfers kaum mehr erreichte.

Als ihn Don Diego mit der Mahnung »Lokalschluß« aufweckte, fand er sich zu seinem Erstaunen auf dem Diwan. Neben ihm lag ein großer Zettel Ronalds, der ihn aufforderte, den Abmarsch in den Krieg nicht zu versäumen. Ferdinand setzte erschrocken seine Füße in den fremden Raum wie in eiskaltes Wasser. Don Diego gähnte.

»Die Rechnung wär noch zu bezahlen.«

Ferdinand hielt sie in der Hand, konnte aber vor Verwirrung nicht lesen. Er stammelte:

»Haben denn die andern nichts gezahlt?«

»Nur den Wein und Schnaps. Beim Sekt haben die Herrschaften gesagt, der Herr Fähnrich soll zahlen. Der Herr Fähnrich aber hat nicht gezahlt.«

Ferdinand kam langsam zu sich:

»Wer ist denn zuletzt weggegangen?«

»Der Herr Fähnrich.«

Ein Strom von Schreck durchlief Ferdinand:

»Aber ich hab ja gar keinen Champagner bestellt.«

»Tut mir leid.«

»Den Champagner muß doch zahlen, wer ihn bestellt hat.«

»Tut mir leid. Der Herr Fähnrich sind als Vorletzter weggegangen und der Herr Einjährige sind der letzte. Ich habe hundertzweiundsechzig Kronen zu bekommen, bitte.«

Ferdinand sprang auf. Eine schnelle Regung: Den Schurken niederschlagen und davonstürzen. Er starrte mit leeren Augen auf die Rechnung. Don Diego wurde unangenehm. Er wußte genau, wie man einen Grünspecht zu behandeln habe. Einem Schutzmann gleich, zog er ein Notizbuch heraus, schrieb das Regiment des Schuldners auf und fragte mit frechem Ton nach seinem Namen. Da blieb dem Unglücklichen, der dieser Lage nicht gewachsen war, nichts anderes übrig, als zu bezahlen. Das Geschenk Engländers, das ihn mit dem holden Stolz des Reichtums erfüllt hatte, verschwand in der ekelhaft schmierigen Brieftasche des Kellners. Drei Zehnkronennoten und einiges Kleingeld bekam er heraus.

Auf der Straße übermannte ihn dieser Verlust mit schrecklicher Traurigkeit, die ihn nüchtern bis in die Knochen werden ließ. Er litt nicht nur wegen der ihm entrissenen Riesensumme, sondern auch um seines Freundes Engländer willen, dessen Opfer nun so schnöde vertan war. Als aber die Dämmerung begann und er auf einer Parkbank dem Tageswerden zusah, wich die Schwermut von ihm. Hatte er wirklich etwas Unentbehrliches verloren? Konnte er, der sein Lebtag nichts besessen, etwas verlieren?

Als die Kompagnien sich vergatterten, um zum Bahnhof zu marschieren, fragte ihn Weiß im Vorüberrennen:

»Hat dieser tierische Fähnrich seinen Champagner bezahlt?«

In dem Geprellten verwirrten sich viele Gedankenfäden: ›Wozu reden? Wenn ich es sage, wird mir Weiß alles ersetzen wollen, und er ist doch selbst ein armer Teufel. Seine Familie! Mein Gott, der komische Spitzbart von dem Alten. Dem Wellemin werd ich's vielleicht sagen. Der ist reich. Aber er weint um jeden Heller. Soll ich's nicht doch lieber dem Weiß sagen? Soll ich, soll ich nicht?...‹

Ferdinand gab einige unbestimmte Laute von sich und sah, fast erlöst, daß Ronald, vom Kommandoschrei angetrieben, in seine Einteilung rannte. Die Bewegung des Marsches, der windige Sonnenaufgang, die Müdigkeit von drei schlaflosen Nächten, der Wein, dies alles erzeugte in Ferdinand einen Nachrausch und eine neue Gehobenheit. Er mußte die Tränen eines unbekannten Enthusiasmus verbeißen. Da heute keine Verwandten und keine bösartigen Wächter die Herzen bedrückten, zogen die Kompagnien in lachender Laune dahin, ohne an ihr Ziel zu denken. Diesmal wurde sogar ein Gesang von der Mehrzahl aufgenommen.

Und wieder stand die Mannschaft in einer langen Front vor dem leeren Zug. Wieder machten die Kompagnieführer dem Hauptmann Meldung. Wieder wurden die Namen aufgerufen und mit der Standesliste verglichen. Auf einmal aber stand eine Dame da. Eine ungewöhnlich schöne und große Frau in Schwesterntracht. Sie trat auf Hauptmann Prechtl zu und sagte mit lauter Stimme, die nicht gewohnt war, den Angeredeten in Betracht zu ziehen, daß sie zu dieser frühen Stunde einen gemeldeten Malteserzug mit Verwundeten erwarte. Ohne daß sie ihren Namen genannt hatte, zerschmolz Prechtl in ehrfürchtiger Galanterie. Die Schwester erkundigte sich immer mit gleichmäßig lauter Stimme um dies und jenes. Endlich fragte sie, ob der Herr Hauptmann ihr gestatten würde, an die ausziehenden Krieger Zigaretten zu verteilen. Sie verschwand für einen Augenblick und kam mit einer geistlichen Schwester und einem livrierten Chauffeur wieder, der einen Korb trug. Sie und die zwei anderen begannen von beiden Flügeln aus, den Soldaten die Zigaretten zu überreichen. Als die schöne Dame zu Ferdinand trat, zögerte sie einen Moment und lächelte:

»Bitte, nehmen Sie nur...«

Er aber starrte sie mit wortloser Begeisterung an und lächelte auch, als könne er diesen herrlichen Anblick nicht fassen und wolle sich nimmer von ihm trennen. Die Zigaretten nahm er, steckte sie ein, sagte kein Danke, um nichts zu verkleinern und zu entzaubern. Die Kraft seines Blickes nahm aber auch die Frau gefangen. Sie bewegte sich nicht vom Fleck und suchte nach einer Konversation:

»Was für ein Landsmann sind Sie? Gehen Sie das erstemal ins Feld?«

Ferdinand gab karge Antwort, ohne seine Augen losreißen zu können. Endlich wußte sie keine Frage mehr. Ihr Auge nahm Abschied, und sie reichte dem jungen Menschen die Hand:

»Ich wünsche Ihnen alles Glück und eine gute Heimkehr.«

In glückseliger Verliebtheit bestieg Ferdinand den Viehwaggon. Es war eine Verliebtheit, die so gut zu ihm paßte. Ein Augenblick nur! Eine Erscheinung, eine Göttin, die keinen Namen hat, die von Nirgendher kommt und ins Nichts entschwindet. Und doch eine Umarmung, und doch ein Besitz, reicher, währender, als jemals ein Weiß es zu fassen vermöchte. Ferdinand breitete seinen Mantel aus und legte sich auf den schmutzigen Boden des Wagens, um im Schlafe die überirdische Fülle dieses Augenblickes auszukosten. Die Frau, schon war sie Bild geworden. Von allen Seiten schossen die Kräfte in dieses Bild ein und nährten es, auf daß es in schönen Farben erstrahle. Ferdinand sah in ihre Augen, solange er wollte, er verfolgte die Bewegung der Lippen. Unter der Schwesternhaube stahl sich eine dünne, aber ewige Strähne des hellen Haares hervor. Die von sich selber Losgelöste sprach weiter mit ihm, und sie gestand, daß auch sie ihn nun für immer in sich trage. Ferdinand sehnte sich nicht nach ihr, so erfüllt war er von diesem Besitz. Knabenhaft heroisch verwandelte sich der Krieg in ein Bilderbogengewoge. Um ihr zu gefallen, tanzte Ferdinand zwischen den feuerspritzenden Fronten, und während das Schweigen der Schlachtopfer in dem Waggon immer beklommener wurde, näherte er sich als Einzig-Glücklicher dem unhörbaren Grollen in der Ferne.

Siebentes Kapitel

Das Sterben der Pferde

Der Zugsführer Kläsner hatte mit seinen Geschichten geschwindelt. Als die Neulinge einige Stunden später aus dem Waggon kletterten, befanden sie sich vor einer kleinen Bahnhofsruine, deren nacktes Elend mit Brettern und Dachpappe notdürftig verschalt war. Sonst aber herrschte hier ländlicher Friede. Ein paar grauhaarige Landsturmleute brockten träumerisch Brot in ihre Suppe, und eine Bäuerin bestellte, vor sich hinsingend, den Gemüsegarten, der neben der Lampisterie lag. Keine Granate und kein Schrapnell, nur Schwalben schossen über die Trümmerstätte.

Die Züge formierten sich. Der Ruf »Rauchen erlaubt« lief voran, und in regellosem Trott stampfte man schwitzend, kauend, schnaufend, schmauchend über eine ungebärdige Landstraße, in deren abgrundtiefen Löchern der Schritt gleichgültig und ohne Gegenwehr versank. Eine Viertelstunde darnach entschloß sich die angenehme Chaussee in ein Städtchen einzubiegen, erwies sich aber darum nicht weniger verlottert. Im Gegenteil, sie nahm jetzt den menschlichen Schmutz und Abfluß in sich auf. Die Ortschaft war gänzlich zerschossen. Ein Kranz malerisch gezackter Fassaden umstand im weit gezogenen Ring den ehemaligen Marktplatz. Einzig ein ausnehmend pausbäckiges Hauptgebäude, das Rathaus vielleicht, war verschont geblieben. Die Frage lag nahe, wie es kam, daß sich das Schicksal in wunderhafter Weise gerade dieses hervorragenden und zielbildenden Individuums erbarmt hatte. Ronald Weiß, der Journalist, meinte, daß, wo Generäle wohnen, keine Granate die Insubordination eines Volltreffers begehen könne. In der Tat prangte über dem Haus eine Firmatafel mit großbauchigen Lettern: »Kommando des k. u. k. Armeekorps Nr. soundsoviel«.

Świlcza hieß der Platz. Bei seinem geringen Namensgedächtnis hat sich Ferdinand dieses Wort doch genau gemerkt. Ein überaus alltägliches Leben herrschte hier, und Weiß bestand wiederum darauf, daß er den Krieg als »Schwindel« gehörig durchschaut habe. Das einzig Auffällige war nur, daß die Zivilbevölkerung recht zusammengeschmolzen schien. Ein paar Bauernweiber stampften wohl über die Straße, wobei der Schmutz einen glucksenden Laut gab, wenn sie ihre nackten Füße ihm entrissen. In den Parterreräumen der Zerstörung bekundeten ein paar Kaftanträger Unternehmungsgeist genug, einen Spezereiladen, ein Wirtshaus, einen Schnapsschank und eine Konditorei zu behaupten. Vereinzelte Soldaten scharrten müßig mit Tränkeimern, Eßschalen oder Brotkörben dahin. Andere standen gähnend vor einer Werkstätte. Niemand würdigte die neuen Marschkompagnien eines Blickes.

Auf ihrem Wege in die Schützengräben durchzogen sie noch dreimal derartige Flecken oder Dörfer, die größer oder kleiner waren, sich sonst aber durch nichts voneinander unterschieden. Beim fünften machte man halt. Hauptmann Prechtl verschwand in einem Häuschen, dessen Fensterbretter höchst unkriegerische Blumenstöcke darboten.

Die Truppe war im Befehlsbereich ihres Regimentes angelangt. Ein scharfer Ruf: »Rauchen einstellen!« Dann: »Habt acht!« »In Reihen abfallen!« »Rechts Front!« Aus dem Türchen trat ein verschlafener Oberstleutnant mit abwesend-wasserblauen Augen. Er hielt ein angebissenes Kipfel noch in der Hand, das er seinem Adjutanten zurückreichte. Der gute Mann erging sich in einer kurzen, aber aufmunternden Ansprache, in der er unter anderem sagte, daß die Tapferkeit die beste Art sei, jeglicher Gefahr zu entgehen. Er selbst besitze ein warmfühlendes Herz für seine Soldaten, was sich klar darin zeige, daß er keinem ordentlichen Burschen seinen regelmäßigen Urlaub vorenthalte, im Falle von Anständen jedoch die Urlaubsverweigerung allen anderen Strafen vorziehe. Er hoffe, daß die zwölfte und dreizehnte Marschkompagnie ihm keine Schande machen und »eingedenk der Lorbeerreiser, die das Regiment so oft sich wand«, diesen neue hinzufügen werde.

Daraufhin wurde eine große Karte ausgebreitet, die Offiziere nahmen ihre Mappen zur Hand und zeichneten die Dislokation der Truppen ein. Hauptmann Prechtl ließ Ferdinand vortreten:

»Sie, Einjähriger, Sie bleiben bei mir und übernehmen die Telephonstation des Bataillonskommandos.«

Als Ferdinand in die Reihe zurücktrat, wurde er neidisch beglückwünscht, denn das Telephon galt als ein sehr gesuchter »Schwindel«. Dies begab sich am Ausgang des kleinen Ortes, der die letzte Siedlung am Wüstenrand des Krieges war. Die Straße wanderte von hier noch einige hundert Meter weit eine sanft geneigte Bodenwelle empor, deren Kammlinie sich als Horizont nach beiden Seiten hin endlos erstreckte. Hinter diesem Kamm also lief die unermeßliche Erdwunde der Schützengräben, nahe und doch unsichtbar, nur daß jenseits der scharfen Kontur ein lahmer, aber unausgesetzter Lärm am Werke war, so, als würden am Himmel große Türen zugeschlagen. Dazwischen ein kläffendes Hämmern und Pochen wie aus hundert Werkstätten! Manchmal aber bebte die Erde von einem nahen Abschuß, der die Kriegsanfänger mit stummem Ernst erfüllte. Auf der Höhe des Hügels verschwand die Straße. Die einzelnen Abteilungen trennten sich voneinander; die beiden Hauptkolonnen wanderten künstliche Deckungen entlang und verschwanden in den Laufgräben. Ronald Weiß hatte mit seinem Zug die Geschützbedeckung einer Batterie abzulösen, was eine unter Umständen müßige und erfreuliche Aufgabe bedeutet. Der Unterstand des Bataillonsstabes war als ein recht geräumiges Blockhaus in die Lehne der Bodenerhebung eingebaut. Als Chef des Fernsprechwesens erhielt Ferdinand eine zwar winzige, aber eigene Zelle, in der sich sogar eine Pritsche mit Strohsack befand. Auf einem Tischchen lag die Karte des Leitungsnetzes, für dessen ungestörte Tätigkeit er nun zu sorgen hatte. Fünf Telephonlisten standen unter seinem Befehl. Ein anderer Einjähriger, der morgen auf Urlaub ging, machte ihn binnen einer Stunde mit den Schwierigkeiten seines neuen Dienstes vertraut. Die Leitungen seien vor drei Tagen abgeschritten und ausgebessert worden. Wenn nichts Ernstliches vorfalle, sei dieser immerhin heikle Spaziergang in den nächsten Wochen überflüssig. Ansonsten könne man das Leben hier recht gut ertragen, zumal, wie es heiße, der neue Kommandant Prechtl ein anständiger Kerl sei.

Ferdinand war der gleichen Ansicht, bezeichnete später auch das Mittagessen als eine Wohltat gegenüber dem Kasernenfraß und streckte sich nach der Mahlzeit, höchst zufrieden mit seinem Los, auf die Pritsche aus, um einige Stunden nachzuschlafen. Er war lange noch nicht ruhegesättigt, als ihn der Kamerad aufstörte. »Fliegerangriff, willst du dir's nicht ansehen?«

Hoch oben im dunkelblauen Nachmittag blitzte ein Schwarm von Eindeckern. Sogleich versammelte sich um sie eine Meute aufspringender Schrapnellwölkchen, die das Wild leise und nutzlos verbellten; denn ihrer ungeachtet zischte mit giftigem Hui eine Ladung von Fliegerbomben herab. Die gewaltige Explosion hüllte den Ort in Dampf, während das Raubzeug oben samt der verfolgenden weißwolkigen Meute sich nordwärts verzog. Der Einjährige forderte Ferdinand auf, unten im Flekken die Bescherung anzuschauen, er wolle inzwischen den Dienst besorgen.

Ferdinand schlenderte langsam den Hügel hinab, wobei er die Straße links liegen ließ. Er hatte keine besondere Eile, die Verwüstung in Augenschein zu nehmen. Weiß Gott, warum er sich so locker und frei fühlte, als träte er die weite Erde in jener Ungebundenheit, von der er auf der Reise geträumt hatte. Man konnte es dieser Erde ja wirklich nicht leicht ansehen, daß sie eisern gekettet und umkrallt war. Wohl machte sie den Eindruck des Verbrannten und Aufgeschürften; die Obstbäume, die mit der Straße liefen, waren fast alle entästet und gemordet, auch Riesen zeigten sich – Platanen, Linden, Pappeln – wie vom Blitz zerspalten. Andere aber standen in unbekümmerter Blüte. Der Bach, in dem da und dort Soldaten ihre Körper und ihre Wäsche spülten, war von unverletzten und frühlingssilbernen Weiden bestanden, deren schwache, geschmeidige Ruten bezeugten, daß sie im Besitz des einzig richtigen Systems waren, sich gegen die rohe Gewalt zu behaupten. Unter den Füßen hatte man, wenn man den Kampf mit dem Straßensumpf aufgab, einen schwingenden, nervösen, ja geradezu aufmerksamen Boden, der, durch Leiden gewitzigt, mißtrauisch zu lauschen schien. Rechts und links des Weges zeigten sich in weitverstreuten Gruppen Granattrichter und die ungeheuren Löcher der schweren Mörsergeschosse, die frisch ausgehobenen Massengräbern glichen. Dann aber wucherte aus dieser gequälten Erddecke wieder ein dichter Wildhain von Hasel-, Buchen- und Erlengebüsch, und an mancher Überblickstelle sah man fernhin ein friedfertiges Gewelle sanftmütiger Hügelrücken, von schwebenden Baumgruppen gekrönt, all dies voll Gleichmut und mit dem Weltlauf einverstanden.

Es war keine schöne Landschaft, nirgends überschritt sie das Bild der gewöhnlichsten Ebenen und Hügelnatur; aber gibt es überhaupt eine Landschaft, die nicht schön wäre? Diese hier enthielt das Element der zügellosen Weite, ohne daß es recht vor Augen trat. Und doch atmete die armselige und heimgesuchte Idylle in ihrer Weise nach dem weiträumigen Takt des Meeres oder der Wüste. Ferdinand spürte diese Größe genau. Vielleicht verhalf ihm dazu der Anblick ziehender Störche, deren mächtig klafternde Schwingenweite einem kleinlichen Unten nicht angepaßt ist. Und wie verbanden diese Vögel die Unbeholfenheit der Größe mit einer zarten Bewegungsanmut! Gab es etwas Rührendgraziöseres als die emporgezogene Haltung ihrer roten, fadendünnen Beine?

Eine Holzbrücke führte den Seitenweg in den Ort hinein. Sonderbarerweise hatten die elenden Lehmhütten der polnischen und ruthenischen Bauern wenig gelitten. Kaum hie und da sah man die Reste eines Strohdaches, das in Flammen aufgegangen war. Auf den meisten Chaluppen aber lag die dicke Strohschicht unbeschädigt; dumpf und bräunlich, unterschied sie sich vom Düngerhaufen nicht. Es sah fast so aus, als wären aus diesem Dorf die Männer »evakuiert«, die Frauen aber zurückgelassen worden. Frauen standen vor den Türen, alte, aber auch junge Kleinrussinnen mit eigentümlich städtisch-verfeinerten Zügen. Auch in ihren Augen lag der erschrockene Gleichmut der Erde ringsum, etwas Hellblau-Weitaufgerissenes, das um Schonung bat und zugleich sich nichts wissend machte. Ermüdend lang lief die Dorfgasse mit ihrem niedrigen, verrauchten Gehütte hin. Endlich unterbrach sie ein Platz, der einen verwilderten Garten umschloß, in dessen Kern sich die hölzerne Kirche erhob. Abseits stand ein Glockenturm, ebenfalls aus schwarzem Gebälke errichtet, aber durch die Jahre und nicht durch den Krieg baufällig.

Soldaten gaben jetzt Auskunft, wo die Bomben niedergegangen seien. Im Schloßpark, hieß es. Ferdinand gelangte, vom Platze abbiegend, über einen kurzen, gestuften Weg zu einem herrschaftlichen Baumbestand, den selbst das Trommelfeuer nicht ganz vernichtet hatte. Vom Schloß des Schlachtschitzen hingegen war kaum etwas anderes mehr zu entdecken als die aufragenden Fundamente. Ferdinand hörte ein gedämpftes Gewirre von schrill durchdringenden Lauten. Er folgte diesem schreckenverheißenden Lärm und stand bald vor einem zirkusartigen Gebäude, desses schief aufstrebendes Dach eingestürzt war. Die Sparren und Balken glühten an den Rändern mit müden und unwilligen Flämmchen, denen man es anmerkte, daß sie gar nicht die Absicht hatten in einen Brand auszuarten. Bretter, Steine, Äste, Stücke von Sätteln und Kummeten, Fetzen von Lederzeug lagen ringsumher. In die äußere Wand der hölzernen Baulichkeit war eine riesenhafte zackige Bresche gerissen. Trainsoldaten und Fahrkanoniere standen lachend, rauchend in Gruppen, als wäre nichts geschehen, das sie um ihre Ruhe bringen könnte. Zu Ferdinands Füßen lag eine Tafel, auf der geschrieben stand: »Pferdedepot des Artillerieabschnittes Nord«. Unzweifelhaft war dieser achteckige Bau der ehemalige Marstall der gräflichen Güter gewesen. Aber aus dem Innern des Zirkus drang das grausige Geschrille so stark und langgezogen, daß Ferdinand erstarrte und dennoch, da er die Leute hier völlig ungerührt sah, auf den rettenden Gedanken verfiel, es könnte irgendeine Maschine sein, die dort drinnen mit Kreischen Ordnung schaffe.

Nach Überwindung heftiger Angstgefühle schlich er durchs Tor und stand in einer aufgewühlten Manege, die mit den Trümmern der eingestürzten Kuppel übersät war. Auch die

Stallungen und Boxen, die in einem Vieleck um den Mittelplatz liefen, klafften aufgerissen, durchbrochen und vom Einschlag der Sprengstücke aufs gräßlichste zugerichtet. Aus diesen Stallkammern drang das unerträgliche Schrillen: Es war kein Gewieher, es war ein langes, ungegliedertes Schreien ohne Pause, ohne Atemzug. Die Pferde schrien nicht »menschlich«, so wie man von leidenden Tieren zu sagen pflegt, sie schrien »pferdlich«, aber so, als übersteige die Seelenkraft eines Pferdes jede menschliche Vorstellung an Schmerzensmaß.

Die erste Regung Ferdinands war Flucht. Doch schon hatte er jede Bestimmung über sich verloren und wurde von den Hilfeschreien der Pferde herangezerrt.

Ein Wallach lag eingeknickt und brüllte mit schief emporgeworfenem Kopf, gleich einem Hirsch, während blutiger Schaum abtropfte und die Mähne sich sträubte wie bei einem Geisterritt. Dicht daneben spreizte eine braune, riesige Zugstute die Beine breit, als wolle sie ein Bedürfnis verrichten, aber aus einer einen halben Meter langen Bauchwunde hingen ihr die rotgelben Gedärme. In den nächsten beiden Boxen sah Ferdinand Tiere, die unversehrt schienen. Sie benahmen sich merkwürdig. Manchmal rafften sie ein Maul voll Heu, als gehe sie das Elend ihres Geschlechts nichts an. Dann wieder horchten sie auf, der schreckhafte Ausdruck der Pferdepanik kam über ihre langen, furchtgemodelten Gesichter, und sie erwiderten mit weinerlichem, aber gesundem Gewieher den Schrei, den ein Roß nur in der Todesnot auszustoßen vermag. Den schmerzlichsten Eindruck machte auf Ferdinand ein Apfelschimmel, der ohne sichtbare Wunde auf seinen Knien lag. Manchmal ging durch den Leib des Tieres ein bebendes Rollen, das sich in einen prustenden Seufzer brach. Langsam wandte der Schimmel jetzt seinen Kopf nach dem Todeszeugen um. (Pferdeköpfe, die sich umdrehen! Ferdinand hatte sogleich Papas Kaserne vor sich. Der Bespannungsstall!) Der Kopf des sterbenden Schimmels aber war voll unaussprechlicher Weisheit. Nein, diese Weisheit sprach, und sie sprach zu Ferdinand, der wirklich und wahrhaftig Verlegenheit empfand, welche

Verständigungsbrücke er zu dieser weltalten Kreatur hinüberschlagen müsse, um ihr letztes Wort entgegenzunehmen. An die Innenwände dieses Pferdeschädels hämmerte Wissen; wie eine verhüllte Lampe ließ er aus dunkelrunden, matten Augenlöchern Licht durch.

Ferdinand trat ein wenig zurück. Ein Militärtierarzt mit seinen Gehilfen wanderte die Stallkammern ab. Er warf einen Blick auf den Apfelschimmel, befühlte die Sprunggelenke und rief ein Wort zu einem untergebenen Veterinär hin, der ihm auf dem Fuße folgte. Dieser reichte ihm sogleich eine Armeepistole. Der Tierarzt schob den Mechanismus der Waffe zurück und ließ die Patrone in den Lauf einspringen. Das Tier betrachtete diesen Vorgang mit aufmerksamen, abgrundernsten Augen, ohne das umgewendete Haupt zu bewegen. Der Tierarzt fragte seinen Stab irgend etwas. Ein Feuerwerker wurde gerufen, brachte ein Buch und gab Auskunft. Die Unterbrechung dauerte mehrere Minuten, während welcher das Pferd seinen schweigenden Blick unablässig auf dem Arzt ruhen ließ. Der machte einige Schritte vor, ging hinter sich und wieder vor, um den besten Stand zu suchen. Regungslos blieb der allwissende Kopf des Schimmels in der unnatürlichen Wendung erstarrt. Jetzt hob der Mann die Pistole, setzte sie an die Stirn des Rosses zwischen die wartenden Augen, wendete sich ein wenig ab und schoß. Es gab nur einen kurzen, klatschenden Knall. Der Körper des Pferdes blieb mit deutlichem Erstaunen zwei Sekunden lang noch in der gleichen Stellung, ebensolang als ein Organismus Zeit braucht, den Tod zu begreifen. Dann kippte er dumpf zur Seite wie ein leckes Schiff, das Wasser gefaßt hat.

Auf dem Heimweg sprach Ferdinand unausgesetzt sinnlose Worte zu sich selbst. Er sagte zum Beispiel: »Schießhund«, »Schußhund«, »Hundeschuß« oder »Eichenaugen«, »Ahornaugen« und wiederholte diesen Aberwitz zehnmal, zwanzigmal. Dessen bewußt werdend, raffte er seinen Verstand zusammen und überlegte: Zwei Bomben sausen herunter! Alltag! Fünf Pferde etwa müssen vertilgt werden. Wenn ein Pferd auf dem

Glatteis hinstürzt und sich ein Bein bricht, wird es auch vertilgt! Vermutlich werden wir jetzt Roßfleisch fassen. Gut, daß keinem Menschen etwas geschehn ist... Diese Überlegung erfüllte ihn mit einer stolzen Ruhe, von der er aber klar ahnte, daß sie lächerlich sei.

Achtes Kapitel

Schleier über der Landschaft

Während des Heimweges hatte sich die Welt für Ferdinand auf unbegreifliche Art verwandelt. Das Weite und Freie der Bilder war erloschen. Wohl hing der Spätnachmittag goldgründig im Netz einer Erle, aber das flügelmatte Licht setzte sich nicht durch gegen unsichtbare Widersacher. Der Grasboden sah plötzlich wie verrostet aus, und Ferdinand gewahrte, was er bei seinem Auszug übersehen hatte, daß die Erde übersät war mit alten Konservenbüchsen, ausgeschossenen Patronenmagazinen und menschlichen Abfällen. Überall erhoben sich ins abendliche Leuchten hinein Stangen, die Drähte trugen, überall lagen Balken und Traversen aufgestapelt, überall liefen die Kabel der Leitungen am Boden hin. Ringsum waren vorbereitete Stellungen ausgehoben, ringsum warteten zusammengerollter Stacheldraht, Hindernisse, spanische Reiter auf Verwendung. Ein bitterer Ekel, eine wachsende Übelkeit im Magen bemächtigte sich Ferdinands, er wußte nicht warum. Er schob diesen Zustand auf eine kleine abscheuliche Tierszene, der er begegnet war. Zwei Enten hatten sich um das Aas einer Maus gebalgt. Wie das träge watschelnde Geflügel, in wilde Raubvogelnatur verwandelt, den Kadaver zwischen den Schnäbeln zerrte, bis er mitten durchriß, das war ein brechreizerregender Anblick gewesen.

Als er die Stelle erreichte, wo der Einschnitt des Baches ins Tal tritt, hörte er ein paar sonderbar dumpfe Schläge, von denen er gleich wußte, daß sie ihn angingen. Um diese Stunde pflegten die Russen auf die Bataillonsstellungen, die Batteriemasken und das hinter ihnen liegende Dorf ein paar Dutzend Granaten zu senden. Schon arbeitete sich das Eisen keuchend durch die Luft, die Sekunde in viele Zeiteinheiten zerteilend, die sich unnatürlich lange dehnten. Wie ein Schwimmer einen Balken anstrebt, suchte Ferdinand den Schutz einer Platane. Einer der vorüberschlendernden Soldaten sah das und lachte:

»Das ist keine Deckung, Herr Korporal. Wenn's da hineinschlägt, kriegen S' auch noch die Äste auf den Schädel.«

Die Geschosse fielen weitab auf den Nachbarhügel. Zum erstenmal sah Ferdinand die kurzaufspringenden Vulkanausbrüche des Granateneinschlags. Dann aber nahm das spiralige Keuchen in der Luft einen strengeren Ton an. Noch stärker pochte die Empfindung jetzt, das Teufelsheulen suche niemand andern als ihn, Ferdinand, persönlich. Er verbeugte sich tief vor dem Nahenden. Aber auch die alten Soldaten, die hier herumstanden und den Krieg schon von Beginn an kannten, auch diese hartgesottenen Burschen, denen solche Kleinigkeiten nicht einmal mehr Verachtung abnötigten, nahmen die Pfeifen aus dem Mund, zogen den Kopf ein und machten einen devoten Katzenbuckel. Die Granaten krepierten in einem Umkreis von zweihundert Schritten, ohne Schaden anzurichten. Ferdinand lernte das Wispern und Pfeifen der Sprengstücke kennen. Er meinte, der Hagel singe dicht an seinen Ohren vorbei. Einer von den müßigen Soldaten, der sich mit wütendem Ziehen bemühte, seiner Pfeife wieder Leben zu geben, spuckte aus:

»Sakra, da kannst du tun, was du willst, aber den verdammten Himmelhuren muß man immer ein Kompliment machen, den dreckigen...«

Als alles vorüber war, stellte sich Ferdinand die Frage, ob es Angst gewesen sei, was ihn festgebannt hatte. Er fand aber, daß ein Wort wie Angst den Zustand, in dem er noch immer vorwärts taumelte, nicht erschöpfe. Um seinen Kopf war ein klammernder Eisenring geschraubt, und spitze Stifte bohrten sich in die Schläfen. Die Knie hatten keine Kraft und die Füße gingen unsicher wie auf Federmatratzen. Er betrat den Unterstand nicht eher, als sich diese Schwächeerscheinungen verflüchtigt hatten. Gerne hätte er von der überstandenen Gefahr gesprochen; aber er bemühte sich sofort, die Gleichgültigkeit der anderen nachzuahmen, die hier ihr Tagewerk verrichteten. Der beurlaubte Einjährige übergab ihm den Dienst und machte sich bei einbrechender Dunkelheit auf, um in einer der Ortschaften näher an der Bahn zu nächtigen. Nun sah Ferdinand aus einer engen Luke auf das traurige Feld: Konservenbüchsen, Stangen, Traversen, Senkgruben. Dennoch erkannte er, daß sein Posten, der nicht im vordersten Graben lag, eine Gnade Gottes und Hauptmann Prechtls war. Da krähte der Apparat auf dem Tischchen und verfiel in ein langes Surren, wie ein Insekt, das sich mit rasenden Flügelschlägen gegen einen Feind wehrt. Irgendeine Meldung, die dem Regimentskommando weitergegeben werden mußte: »Feindliche Batterie auf Kote 208 bringt ein neues Geschütz in Stellung.« »Russischer Munitionstransport auf eingesehener Straße im Kartenraum IV-6.« »Fesselballon über feindlicher Reservestellung Zatowka.« Oder auch nur: »Feldwebel Kudly von der dritten Kompagnie wegen Dysenterie ans Divisionsfeldspital abgegeben.« Zu jeder Stunde, Tag und Nacht, ob Ferdinand schlief oder wachte, das eifersüchtig summende Tier holte ihn heran.

Die nächsten Wochen vergingen, ohne daß an diesem Frontabschnitt schwerwiegende Ereignisse eingetreten wären. Ferdinand hatte sich sehr rasch eingewöhnt und fühlte sich wohl. Hie und da kam Weiß, oder er besuchte ihn in der nahen Stellung. Der unruhige Geist war mit seiner Einteilung bei der Geschützbedeckung nicht sehr zufrieden. Der Mut stach ihn. Er dachte daran, sich bei der nächsten Gelegenheit zu einer Sturmkolonne zu melden. Weiß bekam sehr viel Bücher ins Feld geschickt, die er dem Freunde lieh. Ferdinand schwelgte in der buntesten Lektüre. Eines Tages erhielt er einen langen, und angesichts der Zensur, gefährlich offenherzigen Brief von Engländer.

»Ich stehe«, schrieb Alfred, »vor dem schwersten Tag meines Lebens. Morgen muß ich zur Nachmusterung, und es ist so gut wie keine Hoffnung vorhanden, daß ich diesmal freikomme. Seit Wochen zwar malträtiere ich mein Herz mit Meeren von schwarzem Kaffee und mit den giftigsten Virginiers, die ich kettenrauche, aber das wird mir alles nichts helfen. Ich weiß genau, daß es tierisch egoistisch ist, wenn ich Dir, der in täglicher Lebensgefahr schwebt, so schreibe. Aber ich muß mich aussprechen, und Du bist der einzige Mensch, zu dem ich reden kann. De profundis clamo. Ich leide an einer maßlosen, wahnsinnigen, unausdenkbaren Todesangst, an einer niedrigen, schmählichen, schmutzigen Angst vor dem Tode. Seitdem dieser verfluchte Krieg in die Jahre kommt, denke ich an nichts anderes als an Tod, an meinen privaten Tod natürlich. Ich höre Deine ironische Stimme, mein lieber Ferdl: ›Und Deine Gläubigkeit? Hat nicht Christus, wie Du so gerne behauptest, die Welt erlöst?‹ Ach, lieber Freund, ich habe nicht aufgehört zu glauben. Mein Geist und meine Seele glauben, daß mir nichts geschehen kann, daß ich auferstehen werde. Aber mein Körper und seine Nerven glauben es nicht. Sie senden Verfinsterung aus und tauchen Geist und Seele in eine pathologische Phantasiehöhle. Über meinen Körper und Körpergeist hab ich keine Macht. Er hat Christus noch nicht in sich aufgenommen. Ich bin ein Jude und habe von meinen Vorfahren einen jüdischen Körper übernommen. Es ist ein Körper, an dem Ihr Christen eine jahrtausendalte teuflische Blutschuld habt. Ihr habt ihn gestoßen, bespien, getreten, gefoltert, mit glühenden Zangen gezwackt, ans Rad geflochten, in siedendem Öl gesotten, auf offenem Scheiterhaufen verbrannt. Es gibt keinen Menschenkörper auf der ganzen Welt, der so viel gräßliche Todeserfahrung, Todeserinnerung hätte wie der meine. Und der Krieg hat all diese Erinnerung aufgeweckt. Oh, Ihr Verfluchten! Oh, Ihr Mörder. Ihr habt meinen armen Körper so mißhandelt und entmenscht, daß er Christus nicht in sich aufnehmen kann, ihn, den mein Geist millionenmal heller erkennt als Ihr...«

Als Ferdinand zu dieser Stelle des Briefes gekommen war, wurde er zu Hauptmann Prechtl gerufen. Das Kämmerchen des Kommandanten, aus rohen Baumstämmen gefügt, auf denen das Harz noch immer honigartige Tropfen bildete, diente als Schlafraum und Kanzlei. Prechtl hatte eine ganze Menge von Photographien rings aufgestellt, wodurch das Loch einen wohnlichen und dauerhaften Eindruck machte. An der Wand hing sogar eine Reproduktion von Böcklins Triton. (Solche Drucke kennzeichneten die Kunstbeflissenheit und Bildung des besseren Aktiven.) Jetzt nahm er vorsichtig die Photographien von Tisch und Kisten und hob den Triton vom Nagel. Er übergab seinem Burschen den ganzen Bilderschatz, der ihn sorgfältig im Koffer verstaute:

»Das bleibt beim Regimentsstab«, befahl er, ehe er sich an Ferdinand wandte: »Also passen Sie gut auf.« – Er wartete, bis sich der Diener entfernt hatte. – »Morgen findet eine sehr große eigene Unternehmung statt. Was ich Ihnen jetzt sage, ist natürlich streng vertraulich. Auch in unserm Raum ist ein Durchbruch geplant. Bis auf weiteres der Mannschaft gegenüber kein Wort! Nehmen Sie Papier und Bleistift zur Hand! Um vier Uhr fünfunddreißig Minuten vormittags – haben Sie es – bekommen Sie vom Regiment die Meldung: Offener Befehl für Oberleutnant Dubsky liegt in der Brigadekanzlei bereit! – Haben Sie das? – Dieses Deckwort werden Sie unverzüglich an alle Kompagniekommandanten in den Gräben persönlich weitergeben! Verstehen Sie mich? Ebenso werden Sie die drei Batterien neben uns verständigen! Um vier Uhr fünfzig Minuten muß die Meldung überallhin durchgegeben sein, und dann erst werden Sie mich anrufen. Ich halte mich im ersten Graben der elften Kompagnie auf. Ist Ihnen etwas unklar? Nein! Wiederholen Sie den Befehl! Gut, danke! Sämtliche Leitungen werden heute noch abgegangen. Um sechs Uhr abends machen Sie mir Meldung, daß alles in Ordnung ist. Verstanden? Halten Sie sich marschbereit. Servus!... Herstellt! Noch etwas. Rufen Sie sofort den Herrn Hauptmann Rechnungsführer in der Proviantur an und erinnern Sie ihn, daß wir unbedingt das angeforderte Faß Rum noch heute abend hier haben müssen. So, das wäre alles! Sie lassen sich um sieben Uhr ablösen, damit Sie ausgeschlafen sind. No, und weil wir schon von Rum gesprochen haben, da, nehmen S' ein Stamperl Kognak. Trinken wir auf unser beiderseitiges Wohl! Denn wer weiß ...«

Der Hauptmann steckte die einzige Photographie, die noch übriggeblieben war, in seine Brieftasche.

Ferdinand schlief in dieser Nacht besonders ruhig und fest. Ein sonderbar lärmender Feuerschein weckte ihn noch vor der festgesetzten Stunde. Er trat ins Freie. Vor dem Blockhaus lagen etwa hundertfünfzig Mann um zwei Feuer. Zwischen den beiden Gruppen war ein Rumfaß aufgestellt, und die Leute füllten damit ihre Eßschalen an, ohne daß sie jemand beaufsichtigte. »Sturmtrupp«, sagte der Unteroffizier, der den Nachtdienst gehalten hatte.

Die Horde, die ums Feuer lagerte, glich keiner modernen Soldatenabteilung, sondern einem Haufen mittelalterlicher Strauchritter und Wegelagerer auf dem Theater. Das kam daher, weil diese Mannschaften die damals noch ungewohnten Stahlhelme trugen und mit Handgranaten bewaffnet waren. Dennoch, darüber konnte kein Zweifel herrschen: Dies waren Gewalttäter und Verbrecher, Abschaum und Bodensatz der Kompagnien. Bei Zusammenstellung der Sturmtrupps nahm man die Gelegenheit wahr, gefährliche Elemente loszuwerden. Doch meldeten sich auch Freiwillige genug, Furchtlose, die nach einer Auszeichnung gierten, Wüteriche, denen der Sinn stets nach Rauferei stand, Spielernaturen, welche die Möglichkeit einer glücklichen Verwundung, einen sogenannten Tausendguldenschuß, jeder langwierigen Kriegsdienstleistung vorzogen. Die Leute brüllten und lachten wüst durcheinander, als hätten sie es darauf abgesehen, alle Schläfer zu stören. Einige waren schon betrunken. Hauptmann Prechtl trat aus der Tür. Anscheinend war er nervös, denn er zeigte sich zu dieser frühen Stunde bereits völlig gerüstet. Sogar Trieder und Kartentasche hingen ihm schon am Überschwung. Die Horde nahm von der Gegenwart des Kommandanten nicht im geringsten Kenntnis. Verächtliche Augen maßen ihn, die den Blick nicht niederschlugen. Als ein Junger aufspringen und die Ehrenbezeigung leisten wollte, rissen ihn viele zornige Arme nieder. Ein Sturmtrupp fühlte sich außerhalb jeder Ordnung und Pflicht. Er bestand aus lauter Ausnahmemenschen, für die kein Gesetz galt. Die Herren Offiziere sollten schön kuschen und froh sein, wenn man draußen im Feuer nicht mit ihnen abrechnete. Prechtl wurde der herausfordernden Nichtachtung gegenüber verlegen: »Weitermachen«, sagte er, obgleich niemand auch nur für einen Augenblick das Gelage unterbrochen hatte. Er sprach diesen Befehl nur aus, um die aufreizende Grußverweigerung der Zecher damit ins Recht zu setzen.

Wenn das Wort »Weitermachen« erklang, war jedermann der Pflicht enthoben, sich um einen anwesenden Vorgesetzten zu kümmern. Das feine und verzwickte militärische Empfinden hatte durch solche Vorwegnahme die verletzte Dienstordnung tunlichst hergestellt, worauf sich Hauptmann Prechtl wieder in den Unterstand begab.

Ferdinand unterschied viele Sprachen in dem johlenden Gewirre. Ungarn und Tiroler, Tschechen und Bosniaken tranken sich aus dem ansehnlichen Faß Mut an. Der Übermensch und Held dieses Sturmtrupps schien ein Feldwebel zu sein, auf dessen Bluse eine vollzählige Sammlung aller Auszeichnungen klimperte. Es war ein hellblonder Kerl mit einem schimmernden Wolfsgebiß, das ein langausgezogener Schnurrbart nicht zudeckte. Die Augen eines Bauernfängers und das Kinn eines Raubmörders vervollständigten das Bild einer kraftvoll bösen Bestialität, wie sie Ferdinand noch niemals begegnet war. Dieser Feldwebel sprach ein aufgeblasenes und kauderwelches Deutsch voll von Flüchen und Schweinereien, die aus allen Völkerwinkeln der Monarchie wie Mist zusammengekehrt waren:

»Wer besoffen ist, dem g'schieht nichts«, prahlte er, indem er die Horde mit dem Wort »chlapy« ansprach, was soviel bedeutet wie: Burschen. »Aber richtig besoffen muß er sein, sag ich. Psia krew Cholera! Ich kenn mich aus. Zum sechstenmal bin ich heut freiwillig gemeldet. Mir ist nie was geschehn, nicht ein Ritzer, sag ich. Wer richtig besoffen ist, den kann das Ganze kreuzweis, sag ich. Die Sache hängt vom Rum ab. Bei Rawa Ruska hat man uns einen Extra gegeben. Bei Limanowa aber haben uns die Schweine vom Proviant Wasser hineingeschüttet. Der Rum hat euch geschmeckt wie saurer Katzenurin. Bassena teremtete! No, sag ich, wir sind auch gelaufen bei Limanowa wegen dem stinketen Rum. Zatracena podvrh! Ein guter Rum macht euch nicht blöd, sondern gescheit, sag ich. Ihr klettert aus dem Graben und freut euch nur auf den Spaziergang ...«

Um drei Uhr war das Faß bis auf den letzten Tropfen leergezecht. Hauptmann Prechtl ließ den Feldwebel zu sich rufen. Er hieß Matouschek. Ferdinand stand vor dem Eingang. Der riesenhafte Lackel schritt auf ihn zu, als wäre er Luft. Obgleich Ferdinand auswich, erhielt er von Matouschek einen brutalen Rempler, daß er zur Seite flog. Das ist ein Teufel der Roheit, dachte er. Der Spektakel der Betrunkenen an den Feuern steigerte sich. Als sie aber eine halbe Stunde später vorwärts in die Gräben torkelten, herrschte mit einem Male Totenstille in ihren Reihen.

Zur befohlenen Zeit erhielt Ferdinand von der Regimentsstation den Anruf: »Der offene Befehl für Oberleutnant Dubsky liegt in der Brigadekanzlei.« Der Telephonist, der sonst immer zu Späßen aufgelegt war, fragte: »Wer hat aufgenommen? Korporal R.? Also wiederhol mir's!« Und Ferdinand wiederholte mit gleich ahnungsschwerem Ton wie jener die unauffälligen Worte. Vor ihm stand eine Weckeruhr. Der Gang des Zeigers verlangsamte sich, die Zeit nahm einen feierlich zögernden Schritt an. Im Laufe von zehn Minuten sprach Ferdinand diesen Satz mit düster festlichem Ton noch etwa neunmal in die Muschel und hörte neunmal die Wiederholung. Wenn er nach dem Brauch das Gespräch immer mit den Worten »Ich schließe« beendete, überkam ihn das Gefühl, seine Stimme allein habe das Schicksal wieder um einen Ruck vorwärts getrieben. Um fünf Uhr fünfzig Minuten rief er die elfte Kompagnie an und machte dem Hauptmann die Meldung: »Der Befehl ist durchgegeben.« Dann geschah lange Zeit nichts anderes, als daß die Dämmerung leichter wurde und eine vernebelte Sonne aufging.

Ferdinand war über seinem Fernsprecher eingeschlafen, als ihn ein Erdbeben weckte. In der gleichen Sekunde begannen tausend Geschütze auf österreichischer Seite ihr Vernichtungswerk: Feldkanonen, Feldhaubitzen, schwere Haubitzen, großkalibrige Mörser, Minenwerfer und Grabenartillerie. Er trat aus dem Unterstand in dieses urweltlich-sintflutliche Heulen hinaus, das über seinen Kopf hinwegtobte. Die Landschaft zeigte ein ungeheures Erstaunen. Nie wieder konnte man eine verstummtere Natur erleben als in diesen brüllenden Sonnenfinsternis-Augenblicken. Doch keine Zeit blieb ihm zur Betrachtung. Das Tier auf seinem Tische wimmerte. Meldung um

Meldung verlangte Weitergabe. Ein wilder Arbeitsrausch erfaßte ihn, so daß er eine unangenehme Leere empfand, wenn der Apparat ein paar Minuten lang schwieg. Überstürzten sich aber die Meldungen, fühlte er sich selber gekräftigt, beflügelt und als ein wesentliches Glied dieses Automaten »Krieg«, den er nicht begriff. Als er mit brennendem Kopf auftaumelte, stand die Sonne hoch. Die Anrufe wurden immer seltener. Ein Teil der Leitungen schien zerstört zu sein. Jetzt erst ging die Artillerievorbereitung ihrem Ende entgegen. Immer müder und seltener bellten die Abschüsse. Doch indem das große Schlagzeug zurücktrat, erhoben sich andere gebieterische Stimmen aus der Partitur der Schlacht: Die scharfen, langhinschnarrenden Trommelwirbel der Maschinengewehre und das spitze weibische Keifen des Kleinfeuers. Man hatte zugleich mit dem Mittagessen eine ganze Ladung von Rumfässern in die Gräben befördert. Die Stunde war wohl gekommen, die Trunkenheit der Sturmtruppen auf die Höhe zu treiben. Zugleich aber fuhren unterhalb der Kammlinie fremde Maschinengewehre auf. »Die gelten uns«, lachte der Kanzleifeldwebel auf, »und nicht den Russen.« Ferdinand verstand nicht. Man belehrte den Neuling, daß im Falle eines fluchtartigen Rückzuges die Mitrailleusen die Aufgabe hätten, die eigenen Truppen wieder in die Gräben zurückzujagen. Ehe Ferdinand mit der Furchtbarkeit dieser Vorstellung fertig werden konnte, setzte der Gegenangriff der Russen ein. Der Feldwebel forderte alle auf, sich in einen eigens für solche Gefahren betonierten Keller zurückzuziehen. Ferdinand als Stationstelephonist behauptete, er müsse bei seinem Apparat bleiben. Obgleich der Feldwebel hönisch bemerkte, »Auf Sie und Ihren Apparat wartet man jetzt«, blieb der Kriegsanfänger in seiner Zelle. Während die russischen Geschosse im Umkreis des Unterstandes dutzendweise niedergingen und das Dach fast vollständig wegrissen, während sogar ein paar Splitter die Wände durchschlugen und ein faustgroßes Eisenstück auf der Pritsche liegen blieb, saß Ferdinand ruhig an seinem Tisch. Er wußte ganz genau, daß er jetzt weder mutig noch kaltblütig sei. Mit einem sonderbar kühlen Behagen suchte er auf den Grund seiner Haltung zu kommen. Zum großen Teil war's eine Art betäubter Faulheit, wie die eines Morgenschläfers, der sich gegen jede Veränderung wehrt. Andererseits bestand auch die leise Absicht, die Insassen des Betonkellers in Erstaunen zu versetzen. Letzteres aber war auch bei strengster Gewissenserforschung der schwächere Antrieb. Die sonderbare Faulheit, der betäubte Gleichmut war der tiefere Grund. Und überdies ein Buch noch, das ihm Weiß geliehen hatte und das er jetzt während des Trommelfeuers gierig las: Knut Hamsuns ›Mysterien‹. Um ihn donnerte und blitzte die phantastisch-tödliche Wirklichkeit. Ferdinand aber kehrte ihr den Rücken und trat in ein anderes Reich. Der Krieg brüllte, und er vergoß Tränen über den kleinen Minutte und über das Liebesschicksal einer weißhaarigen Frau.

Noch vor sechs Uhr war alles zu Ende. Nur mehr das Kleingeknatter tackte. Der Tag war ergebnislos verlaufen. Weder der österreichische Durchbruchsversuch noch der russische Gegenangriff hatten nennenswerte Erfolge gezeitigt. Die Kriegskarte blieb im großen und ganzen die alte. Ferdinand wurde abgelöst und ging den Hügel zu den Stellungen empor. Hier begegnete ihm das tiefe Erlebnis dieses Tages.

Es herrschte eine bedeckte, unsichtige Vorabendstunde. Ein leichter Nebel, der zum Frühling nicht passen wollte, schleierte von Osten heran. In diesem unbegründeten Nebel, der weder aus der Erde stieg noch vom Himmel fiel, bewegten sich tausend stolpernde Gestalten langsam weiter. Als Ferdinand die Höhe erreicht hatte, sah er, daß die Erde übersät war von dieser regellos zurückstolpernden Menge schwankender Menschen. Dazwischen krochen viele Wagen, zumal jene, deren Plachen mit dem roten Kreuze gezeichnet waren. Die ganze Bewegung bot den Anblick einer zwar ungeordneten und langsamen, aber rhythmisch-tanzmäßigen Einheit. Jeder Leichtverwundete, der sich durch den Nebel arbeitete, ging für sich wie ein Träumer, und doch gerade die Einsamkeit dieser tausend einzeln Dahinwankenden schuf den erschütternden Zusammenhang des ganzen Bildes. Die Flut, von der ein sumpfig-ekelhafter Geruch ausging, strich an Ferdinand vorbei. Die Gesichter und Hände waren schwarz. (Das romantische Wort »pulvergeschwärzt« bewahrheitete sich.) Die schlammbesudelten Monturen glichen nicht mehr Kleidungsstücken. Große Blutflecke zeichneten sich ab. Von den Notverbänden stiegen Wolken von Jodoformgestank auf. All diese Verwundeten, die noch gehen konnten, zeigten den gleichen Ausdruck in den Augen. Es waren bewegungslose Blicke seherischen Schwachsinns. Da und dort aber zeigte sich die Grimasse einer aberwitzigen Schadenfreude, eines verrückten Hohnes, der zu sagen schien: »Das gönne ich dem lieben Gott.«

Ferdinand strebte weiter in den Nebel und die übelriechende Körperüberschwemmung hinein. Die wenigen Schritte, die er vom Unterstand bis hierher zurückgelegt hatte, schienen ihm ein endloser Weg. Auch er schwankte unter der unbegreiflichen Schlaftrunkenheit, die über dieser zerschlagenen Menge lag. Einige Schritte seitab war ein Hilfsplatz durch ein paar Fahnen kenntlich gemacht. Die Ärzte hatten eben eine Ladung Verwundeter abgefertigt und warteten auf neue. Tragbahren standen umher, auf denen die schwersten und hoffnungslosesten Fälle lagen, die man einem holprigen Transport nicht aussetzen wollte oder in Ruhe sterben ließ. Als Ferdinand an eine dieser Bahren trat, erkannte er Matouschek, jenen großmauligen rohen Feldwebel des Sturmtrupps, der behauptet hatte, daß niemandem, der »richtig besoffen« sei, etwas geschehen könne. Der aufgeblasene Gewalttäter, den Ferdinand heute früh für einen Teufel der Roheit gehalten hatte, lag gelb und wortlos da. Als der Sterbende des Einjährigen gewahr wurde, erkannte er ihn und grüßte – warum nur – mit einem liebreizenden Lächeln. Der bestialische Kerl, vor wenigen Stunden noch ein hassenswertes Mördergesicht, jetzt lächelte er so zart, daß dieses mädchenhafte Wort »liebreizend« keine Übertreibung ist. Als Seelenerwecker zeigte sich der Tod. Er holte aus diesem Gesicht eine Kindheit hervor, die es nie besessen hatte. Nicht er selbst, nur das ungehemmte Leben in diesem Menschen war gewalttätig und böse gewesen. Nun lag, schnell atmend, ein verklärtes Schmerzenswesen da. »Armer Kerl«, sagte ein Sanitätsgefreiter zu Ferdinand, »Sprengstück in Bauch und Geschlechtsteile! Wir haben ihn gar nicht mehr verbunden...« Ein kurzes Schluchzen würgte in Ferdinands Kehle empor. Er kehrte sich schnell von dem Sterbenden weg. Da rief ihn eine Stimme an, fast aufjauchzend. Er kannte diese Stimme. Weiß! Aus einem Trainwagen drang die Stimme. Ferdinand war mit einem Sprung dort. Der Wagen hielt. Ronald Weiß, der drinnen auf Stroh gebettet lag, versuchte sich lachend aufzustützen. Sein Kopf war verbunden, der rechte Arm, das rechte Bein eingefascht. Sein Gesicht mit den Spitzbubenzügen wirkte ganz klein. Trotz seines Zustands aber befand er sich in einer unbändig lustigen Erregung. Siegestrunken brannten die Augen, als hätte er jetzt die Bestätigung gefunden, nach der er sein Leben lang gedürstet hatte. Triumphierend schrie er Ferdinand an:

»Sechs Wunden! Was sagst du? Sechsfach verwundet! Großartig, was, wie? Fühle mich brillant.«

Ferdinand sah ihn entsetzt an. Ronalds Augen fieberten immer trunkener:

»Ein Schwindel, sag ich dir! Den ganzen Tag lang waren wir im Graben von der Neunten, und keinem von uns ist was geschehn. Dann, wie gar nichts mehr los war, bin ich im Laufgraben zurück zur Batterie. Dort haben wir dann im Unterstand vom Oberleutnant Tarock gespielt. Also, ich bekomm dir ein fabelhaftes Blatt in die Hand. Ein todsicherer Pagat Ultimo. Ich sag ihn an. Der Oberleutnant gibt Kontra. Krach, bum! Die andern sind alle tot. Ich hab meine Karten noch in der Hand gehalten, als sie mich herausgezogen haben. Die geb ich nimmer her. Fabelhaftes Glück, was, wie?«

Ferdinand beugte sich über den Verwundeten:

»Hast du Schmerzen?«

»Die Rückenwunde ist unangenehm beim Fahren, und der Streifschuß am Kopf fängt an zu jucken. Aber das ist ja ganz Wurscht. Ich komm gar nicht dazu, Schmerzen zu haben, so brillant fühl ich mich. Wenn ich daran denk, daß ich vielleicht schon in vier Tagen zu Hause bin, Herrgott.«

Glückstränen standen in seinen Augen, als der Wagen anzog.

Ferdinand lief ein Stück mit. Während der holprigen Fahrt begann Weiß zu stöhnen: »Jetzt tut es weh! Gleich denk ich mir, das alles sind keine spitalsbedürftigen Wunden. Eine schwere Wunde darf doch nicht weh tun, wie? Oje, oje! Sie werden mich acht Tage lang bei der Division in der Sanitätsanstalt behalten und dann wieder hinausschicken. Oje, oje!« Am Dorfeingang fielen die Pferde in Trab. Die Freunde hatten keine Zeit mehr, Abschied zu nehmen. Langsam kehrte Ferdinand zum Unterstand des Bataillonskommandos zurück. Nie hatte er sich verlassener gefühlt als in dieser Stunde. Er beneidete Weiß um seine Verwundung, die ihn zu einem Helden erhob. Vor sich selber aber schämte er sich, weil er heil geblieben war.

Neuntes Kapitel

Eine Vision vom Papst

Nun war Ferdinand längst schon Leutnant.

Der arme Junge, der sich sein Lebtag immer selber die Schlafstätte aufgeräumt, Kleider und Stiefel geputzt hatte, besaß nun einen Diener, der fanatisch für ihn sorgte, Kaffee kochte, wusch und nähte. Josef Stepanek hieß der aufgeweckte Bursche, der sich diesen unverwöhnt-bescheidenen Herrn wohl zu schätzen wußte. Aber nicht nur einen Diener besaß jetzt der ehemalige Hungerstudent und Hauslehrer. Während des Stellungskrieges zumindest aß er an einer für seine Vorstellung üppigen Tafel. Er bekam täglich fünfundzwanzig gute Zigaretten verabfolgt (Egyptische dritter Sorte), Wein, Schnaps, Schokolade, wenn es der Nachschub wollte, und zu alledem noch die Leutnantsgage samt Feldzulage, die sich in seiner Brieftasche unberührt zu einem Kapital anhäufte.

Den Krieg hatte er an vielen Abschnitten der Ostfront und vier Wochen lang auch am Isonzo kennengelernt. War eine Katastrophe glücklich überstanden, schien ihm sein Los nicht unerträglich zu sein. Einmal wäre er fast in Gefangenschaft geraten. Das war bei den Kämpfen um die berühmte Worobiowkahöhe, wo die Russen die letzte gewaltige Anstrengung vor der Revolution machten, um die österreichische Armee zu vernichten. Ferdinand hatte sich, so unsinnig das klingen mag, an den Krieg gewöhnt. Aber dies ging auch anderen so, denn mit der Zeit verwandelte sich das ungeregelte Grauen der ersten Monate in ein gleichmäßiges Grauen, das manchem gar nicht mehr auffiel. Der eigentümlichen Dumpfheit seines Wesens gemäß, meinte Ferdinand fast, es gebe kein andersgestaltiges Leben jetzt in der Welt als dieses, und alles werde so weitergehen bis ans Ende der Tage. Seine Kameraden hielten ihn für einen Glückspilz, denn er war bis auf einige Kratzer und Streifschüsse niemals verwundet worden und aus ein paar ganz verfluchten Situationen unversehrt entkommen. Vielleicht hatte ihn Barbaras Gebet, wie einst in seiner Kindheit, vor dem Tode bewahrt. Alle zwei Wochen jahraus, jahrein schrieb er an seine alte Kinderfrau einen Brief oder eine Feldpostkarte, und pünktlich traf immer die Antwort ein. Hätte jemand diesen Briefwechsel gelesen, er wäre über die Trockenheit erstaunt gewesen, die sich darin kundgab. Ferdinand klagte niemals, und Barbara verhüllte ihre Klagen, um ihren Liebling nicht in Unruhe zu versetzen. Nur einmal hatte sie geschrieben, Franta sei nun auf seinem zweiten Urlaub zu Hause. Dieser Mitteilung aber war keineswegs der Wunsch beigefügt, der »junge Herr« möge sich dies zu Herzen nehmen.

Um die Wahrheit zu gestehen, Ferdinand empfand innere Widerstände gegen die Tatsache eines Urlaubs. Was für alle andern die süßeste Gnade Gottes bedeutete, dem stand er mit Angst und Zagen gegenüber. Urlaub? Barbara? Er hatte sie so viele Jahre nicht mehr gesehen. Sollte er als ein Entfremdeter, Entwachsener in jenem armen Anwesen plötzlich auftauchen und den Leuten dort zur Last fallen? Er wußte zwar wohl, daß diese Ausrede der Wahrheit nicht entspreche. Irgendeine Schwere hielt ihn zurück, der Müdigkeit eines Wanderers gleich, der ins Gras gesunken ist und nicht mehr die Kraft hat, weiterzugehen. Als aber jener Brief mit der Andeutung von Frantas Treue eintraf, entschloß er sich endlich, um Urlaub zu bitten. Dies fiel in die Zeit, die knapp vor seiner Beförderung zum Kadettaspiranten lag. Es war schon alles in Ordnung, die Marschroute aufgestellt, das Verpflegungsgeld ihm eingehändigt, der übernächste Tag zur Abreise bestimmt, als es ihm einfiel, er könnte in einer üppigen Ortschaft der Umgebung für Barbara ein Geschenk erwerben, einen Schinken etwa, wie man ihn von den pfiffigen Rechnungsunteroffizieren der Provianturen insgeheim kaufen konnte. Er machte sich also auf und marschierte nach dem Städtchen, wo das Divisionskommando untergebracht war. Dort wandte er sich an den erstbesten Bekannten und hielt eine halbe Stunde später den schweren wohlverpackten Schinken im Arm. Jetzt erst ergriff ihn ein würgender Glückszustand, eine wirblige Erregung. Nur mehr zwei Nächte im Unterstand, und drei oder vier Tage später wird er Barbara wiedersehen. Er verstand es nicht mehr, daß er diese Sehnsucht, die ihn jetzt außer sich brachte, so lange unterdrückt hatte. Er begann, die Augen auf den Boden heftend, über die löchrige Straße zu springen, um so bald wie möglich draußen in der Stellung einzutreffen. Vielleicht spürte er die Gefahr, die ihm von dieser Ortschaft hier drohte. Plötzlich hörte er ein wüstes Geschrei hinter seinem Rücken:

»Einjähriger! Halt! Bleiben Sie stehen, Sie idiotische Feldlaus, Sie nichtswürdige Amphibie, Sie!«

Ferdinand fuhr zusammen, machte scharf die Kehrtwendung und starrte mit dienstlicher Bewegungslosigkeit den Verfolger an. Es war ein Dragoneroberst, der den Einjährigen mit erbitterten Basiliskenaugen fraß:

»Das werden Sie mir büßen, Sie unverschämter Schimpanse! Wissen Sie, wer ich bin? Ich bin der Oberst Graf Sedwitz! Wiederholen Sie das sofort! So, jetzt wissen Sie, wer ich bin, Sie aussätzige Baumwanze! Warum haben Sie mir die Ehrenbezeigung nicht geleistet? Ich frage, warum haben Sie mich ignoriert und sind drei Schritt an mir ohne Gruß vorübergetorkelt wie ein paralytisches Känguruh?!«

»Herr Oberst, ich melde gehorsamst, daß ich den Herrn Oberst nicht bemerkt habe.«

»Was? Wagen Sie auf die Nichtachtung noch so eine Frechheit zu häufen?! Nicht bemerkt? Wer bin ich und wer sind Sie? Wie können Sie sich erdreisten, mich zu bemerken oder nicht zu bemerken, Sie verrotztes Nichts?! Wie heißen Sie?«

Wenn Ferdinand jetzt irgendeinen Namen und eine beliebige Kompagnie angegeben hätte, wäre die Sache vielleicht im Sande verlaufen. Er aber war so niedergedonnert, daß er die haargenaue Wahrheit sprach. Der Verfolger wußte sogleich den Namen des Regimentskommandanten. Er fauchte:

»Melden Sie sich sofort auf meinen Befehl beim Herrn Oberstleutnant! Ein Dienstzettel folgt nach, Sie Jammergestalt, Sie! Kehrt euch! Abfahren!«

Am nächsten Tag mußte der Verklagte zum Regimentsrapport antreten. Jener schläfrige Oberstleutnant, dessen Lieblingsthema der Urlaubsentzug als Disziplinarstrafe war, fühlte sich in seinem Element:

»Als intelligenten Menschen«, verkündete er, »kann ich Sie nicht anbinden lassen. Außerdem bin ich ein geschworener Feind körperlicher Züchtigungen. Was also soll ich mit Ihnen machen? Helfen Sie mir selbst! In welchen Monat fällt ihr rechtmäßiger Urlaub?«

»Morgen ist mein Urlaubsantritt.«

Die wasserblauen Augen des Oberstleutnants strahlten bei dieser erfreulichen Aussicht:

»Sehen Sie, sehen Sie, das trifft sich ja ausgezeichnet! Besser könnt's gar nicht kommen. Also diesen Urlaub schlagen Sie sich für die nächsten sechs Monate aus dem Kopf. Damit ist uns beiden geholfen. Sagen Sie mir nicht, ich soll eine andere Strafe ausfindig machen! Daheim in der Kaserne würde ich Sie auf vierzehn Tage einsperren. Aber kann man jemanden im Felde einsperren? Nein! No, sehen Sie! Als logisch gebildeter Mensch sind Sie derselben Meinung, Feldwebel! Nehmen Sie dem Freiwilligen die Marschroute ab!«

Als Ferdinand die Stätte dieses Urteilsspruches verließ, brach er in wütende Tränen aus. Prechtl schüttelte den Kopf:

»Unglücksmensch, warum haben Sie nur diesen Berserker übersehen? Sie sind wirklich einer der ungeschicktesten Opferknaben, die mir in meiner Praxis begegnet sind.«

Er schaute den Opferknaben traurig an, dachte eine Weile nach, ob sich etwas machen lasse, und sagte zuletzt resigniert:

»Der erste Urlaub! So ein blödes Pech...«

Ferdinand überwand binnen einigen Stunden seinen Schmerz. Den Schinken sandte er durch einen Urlauber an Barbara. Als die sechs Monate um waren, hatte man der Ereignisse wegen gerade alle Urlaube eingestellt. Auch war Ferdinand in jenen Tagen zum Fähnrich aufgerückt und übernahm die Führung einer Halbkompagnie, weshalb er schwerer um eine Erholungsfrist bittlich werden konnte. So kam es, daß er während dieser Jahre nur kurze vierzehn Tage im Hinterland zubrachte, als er nämlich zu einem Schallmeßkurs nach Hajmáskér in Ungarn abkommandiert worden war. Damals stand er dicht vor dem Avancement zum Leutnant.

Hauptmann Prechtl wurde zweimal verwundet. Fast ein volles Jahr verblieb er in Heimatsverwendung. Als Major kehrte er, nunmehr Regimentskommandant, zur Truppe zurück. Dies geschah im Frühjahr des Jahres 1917, in den Wochen, die der blutigen Kerenskioffensive vorausgingen. Ferdinands Regiment stand jetzt wieder im Osten Galiziens, im Raume von Zbirow, nachdem es im Vorjahr an der italienischen Front drei volle Bataillone eingebüßt hatte. Major Prechtl feierte mit Ferdinand ein herzliches Wiedersehen:

»Servus, lieber Freund! Laß dich anschaun! Man kann nicht gerade sagen, daß du besonders gut aussiehst. Wann hast du die letzte Erholung gehabt?«

»Eigentlich, Herr Major... noch gar keine...«

»Was? Herrgott... ich hab mir ja immer gedacht, daß in dir ein stiller Wahnsinniger stecken muß. Morgen also gehst du auf Urlaub!«

Ferdinand erschrak:

»Herr Major... Aufrichtig... mir wär's später lieber. Jetzt möcht ich ganz gern hierbleiben...«

Prechtl schaute ihn entgeistert an. Ein Frontsoldat, der sich um den Urlaub herumdrückt, das war ihm noch nicht vorgekommen. Dann aber fiel ihm ein, daß der Sohn seines ehemaligen Kommandanten vielleicht niemanden habe, bei dem er die freie Zeit zubringen könne, für solche Fälle gab es schließlich einen Ausweg:

»Hierbleiben? Nein! Daraus wird nichts. Ich werde dich zum Doktor schicken, damit er dir ein Erholungsheim verordnet.«

»Herr Major, ich fühle mich gesund. Ich habe sicher keine Erholung nötig.«

»Soso? Was Sie nicht sagen!«

Der Major wechselte aus dem kommoden in den dienstlichen Ton hinüber:

»Herr Leutnant! Merken Sie auf! Morgen geht die fünfzehnte

Kompagnie nach Złoczów auf Retablierung. Der Oberleutnant Rotgerber hat um Urlaub angesucht, den er hiermit bekommt. Sie übernehmen das Kompagniekommando! Fertig, Schluß! Suchen Sie sich in Złoczów ein angenehmes Zimmer und legen Sie sich gefälligst auf die faule Haut! Jede Widerrede werde ich als Gehorsamsverweigerung und Meuterei auffassen!«

Der Zufall wollte es, daß Ferdinand während der Retablierung ein prächtig hochgewölbtes Zimmer in einem alten Stift zugesprochen bekam. So glanzvoll hatte er noch niemals gewohnt. Jetzt erst begann er zu fühlen, wie müde ihn diese drei Kriegsjahre gemacht hatten. Ein paar Tage lang stand er gar nicht auf und genoß das gute, breite Bett mit den weichen Linnen. Sein Dienst bestand in nichts anderem als in der Fertigung von Verpflegslisten und in der lässigen Entgegennahme der alltäglichen Meldung, daß alles in Ordnung sei. Josef Stepanek, der Pfeifendeckel, überbot sich in Einfällen, seinem Herrn das Leben lebenswert zu machen. Sie hatten schwere Tage gemeinsam durchlitten. Josef setzte in seine Verführungskünste die Hoffnung, der Leutnant werde solch angenehme Verhältnisse nicht leicht mit dem Schützengraben vertauschen.

Eines Tages ging Ferdinand durch die schöne Lindenallee, die sich außerhalb der Stadt Złoczów erstreckt. Da hörte er scharfes Geschnarre, jene militärische Lautfolge, die ihn zwar nicht mehr vor Angst, aber vor Widerwillen erzittern ließ. Er sah einen langen strammen Artillerieoffizier, der einen dicklichen Kanonier beschimpfte. In dem Offizier erkannte Ferdinand sogleich jenen ehemaligen Fähnrich, der in der Weinstube »Zum Richtkreis« kriegswütige Reden gehalten und seine Zeche nicht bezahlt hatte. Jetzt spuckte der Stramme vor dem Dicken aus, ließ ihn verächtlich stehen und federte davon, wobei seine großen Sporenräder ein aufreizendes Geklirre verursachten. Der Beschimpfte rührte sich nicht und hielt noch immer den Kopf eingezogen.

Ferdinand fühlte ein ungewöhnliches Mitleid mit dieser Jammergestalt. Dann sah er schärfer hin, griff sich an den Kragen und fing zu laufen an:

»Engländer!« schrie er. »Engländer!«

Alfred Engländers dicke Backen wurden totengelb und begannen zu beben. Ferdinand umhalste ihn stürmisch. Schlaff aber lag der Freund in seinen Armen.

»Ach Engländer! Wie ist das nur möglich? Wie kommst du daher? Du in Uniform, Ärmster! An so etwas hatte ich wahrhaftig nicht gedacht! Komm, komm! Du wirst selbstverständlich bei mir wohnen!«

Der Kanonier sandte einen kurzen, bedeckten Blick aus:

»Wie befehlen Herr Leutnant, daß ich Herrn Leutnant nenne?« Ferdinand trat einen Schritt zurück. Er lachte zwar, aber mehr aus Entsetzen darüber, daß auch dieser große Geist, dem er so viel zu verdanken hatte, von der Vorgesetztenpsychose befallen war. Er faßte Engländer beim Arm und zog ihn mit sich. Die Welt war vergoldet, das Herz aufgetan. Vielleicht konnte er ein Tausendteil seiner Dankesschuld jenem edlen Menschen abtragen, der ihn aus seinem Loch ans Tageslicht gezogen hatte. Er fragte, wunderte sich und schwatzte immerzu, während Alfred Engländer, angstvoll schweigend, an seinem Arme weiter wankte.

Das erste, was in Ferdinands schönem Zimmer geschah, war, daß Engländer, von einem schweren Weinkrampf geschüttelt, zu Boden sank. Er gab keinen Laut von sich, aber mächtige Stöße rissen den korpulenten Menschen hin und her. Der ratlose Ferdinand kniete bei ihm nieder, ergriff seine Hände und streichelte sie. Es dauerte eine gute Weile, ehe sich Engländer so weit beruhigt hatte, um in langpausigen punktlosen Sätzen einiges über sein Schicksal zu berichten. Vor mehr als neun Monaten war er zur Ersatzbatterie eines Haubitzregiments eingezogen worden. Schon in den ersten Tagen zeigte sich seine völlige Untauglichkeit für den militärischen Dienst. Der Hohn aber, mit dem ihn seine Vorgesetzten verfolgten, steigerte diese Untauglichkeit ins Aberwitzige. Er selber könne sich sein lächerliches Versagen gar nicht erklären. Dümmere und selbst ungeschicktere als er hätten spielend die übliche Stufenleiter erklommen, während man ihn schon im Laufe der dritten Woche aus der

Offiziersschule verbannt hatte. Aber auch unter der gewöhnlichen Mannschaft, gestand er, war der Verfolgung kein Ende gewesen. Als man ihn dann später in die Kanzlei steckte, beging er auch dort so schwere dienstliche Fehler, daß man ihn ebenfalls aus diesem staubigen Tempel verwies. Das Furchbarste aber sei, daß sein grausames Schicksal nicht äußeren und offenen Widerständen entstamme, sondern einer inneren krankhaften Ohnmacht dem Soldatenwesen gegenüber. Er wisse genau, wie alles zu handhaben sei, dürfe aber nicht diesem Wissen gemäß handeln, denn eine dunkle Kraft zwinge ihn, sich wie ein Kretin zu benehmen. Seine Natur, der alleräußerste Gegensatz aller Kriegernatur, könne mit dem Militärischen nicht die leiseste Verbindung eingehen. So heiße denn sein einziger Gedanke bei Tag und Nacht: Selbstmord! »Vor etwa drei Monaten«, nun erzählte er schon gefaßter, »habe ich das große Glück gehabt, mir den Fuß zu brechen. Ich komme ins Rudolfinerhaus nach Wien, liege dort vier Wochen, humple weitere drei Wochen an Stöcken. Leider sehe ich, daß mein Fuß in unerbittlicher Geschwindigkeit heilt. Ich gebe aber das Hinken nicht auf, ein paar Ärzte begreifen mein Leid, und man behält mich wegen orthopädischer Behandlung noch im Spital. Das Glück macht mich übermütig. Es ist sehr widerwärtig, die Nacht mit zwanzig Leuten in einem Krankenzimmer zu verbringen. Ich komme darauf, daß die Torwache jedermann gegen eine kleine Bestechung am Abend entwischen läßt. Man muß nur die Kopftafel über dem Bette umdrehen, damit niemand Verdacht schöpft. Ich werde frecher und frecher. Keine Nacht schlafe ich mehr im Krankenhaus. Die Katastrophe aber, die ich dunkel vorausfühle, tritt pünktlich ein. Es sind noch keine drei Wochen her. Razzia des Militärkommandos in der Nacht! Man ist den Spitalsinsassen auf ihre Praktiken gekommen, auch auf die umgewendeten Kopftafeln. Die nächtliche Inspektion besichtigt die meinige... usw. Am nächsten Tag neuerliche Untersuchung in Gegenwart eines hohen Offiziers. Ich werde mit einem Uriasbrief zur Ersatzbatterie geschickt: Strafweise als Einzelreisender ins Feld, lautet er. Vor einigen Tagen treffe ich draußen bei der Batterie ein. Ein Wehgeschrei erhebt sich über diesen berüchtigten Zuwachs. Das ist ja noch günstig. Man stellt mich sogleich mit bestem Dank dem Regimentskommando zurück. Auch dort behandelt man mich wie Unrat, der nicht schnell genug aus dem Weg geräumt werden kann. Ich erhalte einen Fußtritt und einen Dienstzettel: Der Reservekanonier Alfred Engländer – so etwas gibt es – wird der Reparaturwerkstätte des Regiments als Kanzleiordonnanz zugeteilt. Und nun bin ich hier in Złoczów, räume den Feuerwerkern das Zimmer auf, kehre den Hof, lasse mich von einem viehischen Oberleutnant anschnauzen und muß noch zufrieden sein, wenn man mir nicht befiehlt, die Latrinen zu reinigen ... Und so sitze ich nun auch bei dir, mein lieber Ferdl«, schloß er, ohne ein neues Weinen zurückwürgen zu können.

»Hast du Hunger?« Dies war die erste Frage, die Ferdinand an seinen Freund stellte. Er ahnte, was der verwöhnte Mann unter der Mannschaftskost gelitten haben mochte. Der vollkommen eingeschüchterte Engländer sah nur stumm zu Boden. Der Leutnant aber schickte seinen Burschen in die Offiziersmesse. Josef möge bringen, was sich zu dieser Stunde nur ergattern lasse. Eine Weile später stand eine treffliche Mahlzeit von einigen Gängen auf dem Tisch. Der Ausgehungerte konnte seine Gier nicht verbergen. Ferdinand entschloß sich, noch heute mit dem unsympathischen Offizier zu reden, um ihm klarzumachen, welch ein Mann zu seiner Ordonnanz verdammt sei. Der Oberleutnant war glücklicherweise gut gelaunt: »Willst du deinen hervorragenden Philosophen bei dir behalten? Gerne geschehen! Ich lege nicht das geringste Gewicht auf intellektuelle Ofenheizer. Schick mir ihn wieder, wann du magst ...«

Als Ferdinand mit dieser Glücksbotschaft heimkehrte, konnte sich der Gequälte nicht fassen. Doch auch sein Glück noch war verfinstert von Unheilsahnungen und spitzfindigen Einwürfen der Angst.

Wunderschöne Tage! Die Freunde wohnten, schliefen, speisten zusammen und machten alltäglich lange Spaziergänge. Manchmal ließ Ferdinand den kleinen Kutschierwagen anspannen, den die Kompagnie mit sich führte. Das Wonnegefühl, der

Gebende zu sein, durchströmte sein Gemüt. Langsam erwachte auch in Engländer die geknickte Freiheit. Er begann nun wieder Reden zu halten und zu philosophieren. Ferdinand sah diesem Erwachen mit der Freude eines guten Arztes zu, der die Genesung seines Patienten beobachtet.

Auf einer der Spazierfahrten sprach Alfred Engländer vor sich hin:

»Wenn in einem Menschen der Mensch zertreten wird, so wird auch Gott in ihm zertreten. Gott stirbt. Es ist nicht wahr, daß Leiden und Prüfung den Glauben stärken. Im Gegenteil! In mir wenigstens ist schon seit neun Monaten Gott verschmachtet. Erst jetzt wieder beginne ich ihn leise zu spüren. Wie kann denn eine Menschheit, in der man die Menschheit und somit die Gottheit zertritt, an Gott glauben? Sie ist sein Massengrab!«

Nach einer Woche der Gemeinschaft etwa kehrte in Engländers Reden auch wieder der alte Witz heim. An einem berauschend warmen Morgen entschlossen sich die Freunde, den ganzen Tag im Freien zu verbringen. Da gab es in der Nähe der Stadt einen Hügel, der weder befestigt noch von Infanterie- oder Artilleriestellungen versehrt war. Die sogenannte dritte vorbereitete Linie lief hinter dem Bühl und tat ihm nichts an. Josef wurde beauftragt, einen Eßkorb in der Offiziersküche zusammenstellen zu lassen. Es gelang ihm, unglaubliche Mengen von kaltem Braten und Kuchen zu erbeuten, als müßte ein ganzer Divisionsstab damit verpflegt werden. Die Höhe selbst war mit alten väterlichen Linden bestanden, die gerade zu blühen begonnen hatten, den tiefen und edlen Duft ihrer Seele in die Welt sendend. Oben auf der Hügelkuppe hatte man die Empfindung, auf dem Gipfel eines hohen Berges zu stehen, denn so abgeschieden, so herausgehoben aus der kriegsbesudelten Umwelt glich die kleine Hochfläche einem antiken Weihtum. Selbst die Luft, obgleich sie keine hundert Meter über dem Tal stand, hatte hier die Kraft und Durchstrahltheit der Alpengipfelsphäre. Ferdinand und Alfred legten sich auf dem östlichen Hang ins Gras und beschäftigten sich mit Essen und Schlafen. Der Mittag war schon vorüber, als Ferdinand durch das merkwürdige Gehaben Engländers geweckt wurde. Dieser lief hin und her, hielt die Hand vor die Augen und lugte feindwärts in die Ferne:

»Was ist das dort?«

»Das sind unsere Gräben ...«

Ferdinand, der durch den langen Kriegsdienst ein guter Soldat geworden war und die Stellungskarte im Kopfe trug, begann zu erklären:

»Dort im Norden bis zur Linie etwa, die man senkrecht auf jenen gekappten Fabrikschlot legen kann, steht eine deutsche Division. Gleich an die Deutschen schließt ein gemischtes Regiment an. Die Stellung ist etwas zu schütter, sie läuft vor Zbirow vorbei bis zur zweiten Talwelle rechts. Dann kommt das Pilsner Regiment, Tschechen, gefährliche Jungen, die nicht zuverlässig sind. Ihr Abschnitt geht bis zu dem Ort Jósefowka. Auf der nächsten Hügelkette liegen zwei bosnische Regimenter. Die winzig dunklen Flecke dort vorne sind die maskierten Stände der Abschnittsartillerie. Um sie zu ahnen, muß man schon sehr gute Augen haben.« Die Stellungen, deren Plan Ferdinand vor Engländer entwickelte, lagen von dem Hügel mehr als acht Kilometer entfernt und waren überdies in Silberdunst gehüllt. Nichts ließ sich unterscheiden. Nur eine nebelhafte Ahnung des Krieges zeigte sich, nicht er selbst. Die Geschütze wechselten in trägen Zwischenräumen ein paar gleichgültige Schrapnells. Hie und da mischte auch ein Mörser seine Stentorstimme in das gelassene Kampfgespräch. Engländer gab sich nicht zufrieden:

»Weiter! Und auf der anderen Seite?«

»Die einzelnen russischen Regimenter kann ich dir im Augenblick nicht nennen. Früher standen uns die Divisionen der Armee Brussilow gegenüber. Aber seit der Revolution im März hat sich alles verändert. Der Volkstribun Kerenski soll jetzt selbst das Kommando über diese Truppen ergriffen haben ...«

»Aber, was ist dazwischen? Zwischen den Gräben, meine ich.«

»Wo? Ich verstehe dich nicht recht, Engländer! Zwischen

den Gräben liegen die Hindernisfelder. Der Abstand ist unregelmäßig und schwankt zwischen zwei oder auch nur einem halben Kilometer …«

»Nein, ich meine etwas anderes«, erklärte Engländer und hob ein Zeiss-Zweiglas ans Auge, den einzigen kriegerischen Gegenstand, den er ins Feld mitgebracht hatte.

»Ich sehe etwas anderes«, brummte er und ließ sich nach einer Weile niederfallen: »Ich habe da vorhin ganz merkwürdig geschlafen.« Nun begann er im Sitzen wieder und wieder den Horizont abzugucken.

»Was siehst du denn?« wunderte sich Ferdinand.

Erst nach einer guten Weile gab Engländer Antwort:

»Das müßte ja hier nicht gerade Złoczów, Zbirow und Jósefowka sein, nicht wahr? Es könnte ganz gut auch etwas anderes sein …«

»Etwas anderes?«

»Ja, Südtirol zum Beispiel, die Isonzofront, oder die Piavestellung, oder Verdun! Halt, Verdun ist am besten. Ich nehme an, daß dort Verdun liegt …«

»Was heißt das? Was willst du mit Verdun?«

»Verdun, das ist doch die blutigste Front, nicht wahr? Da böllert es ganz anders als dort unten. Nehmen wir also an: Verdun!«

Ferdinand, der bisher auf dem Rücken gelegen war, setzte sich auf, Engländer aber tastete neuerdings mit dem Feldstecher die Ferne ab:

»Vielleicht sind bei Verdun die Hindernisfelder schmäler … Ja, ja, selbstverständlich! Manche Gräben sind keine fünfzig Schritte voneinander entfernt. Ich seh es ganz genau …«

»Was siehst du?«

»Ich sehe ihn«, sagte Engländer sehr ruhig, indem er das Binokel sinken ließ, ohne seine Augen von der leeren Weite abzuwenden: »Ich sehe ihn. Er geht allein und an der Spitze. Gehen ist ein falsches Wort. Sein Gang gleicht einem Zwischending von gebrechlichem Wanken und Über-der-Erde-Schweben. Übrigens ist er barfuß. Alle sind barfuß …« Ferdinand war ganz wirr und empfand eine unheimliche Angst um Engländers Verstand. Der aber redete so gleichmütig, als brächte er keinen Wahnsinn vor, sondern die gewöhnlichste Sache von der Welt:

»Er ist jetzt nicht der römische Cäsar, aber das rechtmäßige Oberhaupt des Erdkreises mehr denn je. Mitra, Atlas, Pfauenwebel, ja, selbst den Fischerring hat er zurückgelassen. Nur etwas Glänzendes sehe ich, den Krummstab, auf den er sich stützt, sein Szepter und seine Krücke zugleich. Er trägt ein weißes Sterbe- und Büßerkleid und hinter ihm die Tausende ebenso, genau wie die frommen Juden am Versöhnungstag, ebenso wie Jehoschua, der Christus, es getragen hat, der Gott, der zugleich ein frommer Jude war. Vor vielen Tagen sind sie aufgebrochen aus dem Vatikan, aus dem großen Schmollwinkel. War das eine Nacht, die dem Wundermorgen voranging! Sie saßen zusammen, er, die Kardinäle der Ämter, alle italienischen Kardinäle, doch auch einige, die aus Frankreich und Spanien herbeigereist waren. Viele Bischöfe und Prälaten dazu! Manche von ihnen waren von hoffärtigem Nationalismus und von giftiger Kriegsphrase aufgebläht zum Zerplatzen. Als aber der Heilige Geist, der nach mystischem Gesetz in den Konzilien wirkt, über ihn kam, da ging ihnen ihr Hochmut aus und sie erschauerten. Er aber verfluchte die Diplomaten und ihre Dossiers, die Noten der Minister, die lügnerischen Verlautbarungen der Staaten, das zynisch-vollgefressene Zwischenträgergesindel in den neutralen Ländern, als wären sie der heuchlerische Feigenbaum, der nimmermehr Frucht tragen soll. Und als er die Akten, die Schriftstücke all, die vor ihm auf dem Tische lagen, zerrissen und mit Füßen getreten hatte, begann er, schluchzend seinen Glanz abzutun. Da aber ging in sein zerrissenes Weltenherz Christus ein und erfüllte die alten Nerven Benedikts mit Jugendschmerz und Jugendstärke, so daß er zu dem wahren Stellvertreter emporwuchs. Über die anderen aber – mehr als die Hälfte bestand aus hartherzigen, erzgescheiten, erdverbissenen Rationalisten –, auch über sie ergoß sich mit unwiderstehlicher Gewalt, angesichts des verklärten Hirten, die Reinheit ihres Amtes und ihrer Sendung. Auch sie entäußerten sich völlig, und in ihre Herzen zogen die Apostel ein. Als die Sonne aufstieg, folgten sie dem

Führer und traten auf den Platz des heiligen Petrus hinaus. Schnell verbreitete sich die Kunde dieses Ereignisses in der Stadt. Das Volk strömte herbei. Man sperrte die Mäuler auf. Die intelligenten Leute rissen Witze, und der Intelligenteste rief dringend die psychiatrische Klinik an. Unbekümmert aber schritt Benedikt und die Seinigen dem Orte entgegen, wo einst das nördliche Tor der Ewigen Stadt emporragte. Die erregte Menge folgte schreiend und drängend. Aus der Menge aber löste sich plötzlich ein alter Landpriester, ein Bauer mit morschen Zügen, weiter nichts. Und er fiel vor dem heiligen Wandel der apostolischen Fürsten auf die Knie und bat, sie möchten ihn mit sich nehmen. Und wirklich, zwei Kardinäle hoben den Alten auf und führten ihn vorwärts. Daraufhin kamen die Kleriker von allen Seiten, Pfarrer, Kapläne, Mönche, und schlossen sich zu Hunderten dem heiligen Zuge an. Das gleiche wiederholte sich in jedem Dorfe, jedem Markte, jeder Stadt. Die Behörden waren ratlos. Von der Front depechierten die Generale unaufhörlich, man möge, koste es was es wolle, den Zug aufhalten und in den Vatikan schleunigst zurückbefördern. Es sei zu befürchten, daß durch dieses Aufsehen die kriegerische Stimmung der Nation Schaden nehmen könne. Aber den Generalen halfen ihre bärbeißigen Telegramme nichts, denn gegen die Wahrheit und das Leben ist kein Kraut gewachsen. Zwar wurden Gendarmen ausgeschickt, Benedikt zu verhaften, aber sie knieten nur am Wegesrande nieder. Als man nach Mailand kam, war die Schar des Volkes auf fünftausend angewachsen. Trotz alles Hinterlandselends schleppten die Frauen überall riesige Milchschüsseln, Brotkörbe und Obstbutten heran. Weiter gegen Westen waren es schon siebentausend. Vor drei Tagen überschritt man die französische Grenze und jetzt...«

Engländer sah auf seine Uhr:

»...um zwölf Uhr fünfunddreißig mitteleuropäischer Zeit sind sie dort unten angelangt, zwischen den Gräben, in den Hindernisfeldern von Verdun...«

Er sprang auf, sah hinaus und beschrieb (nicht ohne leichten deklamatorischen Anklang) den Kampf, den er sah.

»Die Deutschen haben ihr Trommelfeuer eben beendet. Jetzt arbeiten schon die Maschinengewehre, Minenwerfer, Grabengeschütze auf beiden Seiten wie rasend. In irgendeinem der Abschnitte wird das Feuergefecht eingestellt. Mit einem wüsten Schrei, den ich bis hieher höre, beginnt der erste deutsche Sturmtrupp die Brustwehr zu ersteigen und gegen die feindliche Stellung anzurennen. In anderen Abschnitten auch setzt der Sturm an. Jetzt aber verwandelt sich das tierhafte Wut- und Angstgeheul des Angriffes in einen menschlichen, langhinrollenden Erstaunensruf. Auch die Franzosen sind aus den Gräben geklettert und schwingen wie von Sinnen ihre Gewehre, berauschten Männern gleich. Denn das weiße, barfüßige Heer Christi steht zwischen den Armeen des Satans. Immer schüchterner kläfft das Hundegebell des Feuers. Jetzt kein Schuß mehr! Selbst die tausend Batterien schweigen unter geheimnisvollem Befehl. Einige Generale und Generalstäbler stürzen sich, das erstemal in ihrem Leben, mitten in die vordersten Reihen, puffen und schlagen die Soldaten, damit sie den Krieg fortsetzen. Sie brüllen etwas vom Vaterland, was ich nicht verstehen kann. Aber kein Mensch kümmert sich um die rotgestreiften, schnarrenden Nußknacker... Hörst du, wie die Millionen weinen? Alle weinen. Die Erde weint. Denn Christus ist gekommen und hat den Frieden gebracht...« Und in diesem Augenblick erst verlor Engländer Besinnung und Redegewalt. Seine Augen traten vor, rund, stumpf wie Fischaugen. Er vollführte den keuchenden Tanz eines Besessenen und röhrte mit schrecklicher Stimme ins Tal hinab:

»Nicht Wilson, der öde Schulmeister, sondern Christus!«

Zwanzigmal vielleicht tobte er in die schlaffe Ruhe des fernen Stellungskrieges hinaus:

»Nicht Wilson, sondern Christus! Nicht Wilson, sondern Christus!«

Dann warf er sich bäuchlings auf die Erde und vergrub den Kopf im Gras. Stumm lag auch Ferdinand da. Einige Minuten mußten vergehen, ehe er etwas sagte:

»Dein Papstmärchen, Engländer, ist recht hübsch. Man

könnte fast denken, daß ein Keim der Möglichkeit darin liege. Der Herr der Christenheit wirft alle Bande von sich und tritt zwischen die kämpfenden Heere. Nur die Art, wie er das tut, ist ein bissel, sagen wir, theatralisch. Übrigens ist das ganze natürlich ein vollkommener Blödsinn... Warum auch? Warum sollte er so sehr gegen das Reglement verstoßen? Man kommt mit der Zeit zu unappetitlichen Gedanken, Engländer! Der Sternenhimmel über uns, so heißt es doch! Schau, ich beiße mir jetzt ein eingerissenes Stückchen Haut unterm Fingernagel ab, weiter nichts. Und in diesem mikroskopischen Nichts kreisen Millionen Atome. Und jedes Atom ist ein vollkommenes Planetensystem und kreist um einen Sonnenkern wie diese Erde hier. Auf einem der Planeten dieses Atoms, wahrscheinlich auf allen, wird Krieg geführt, und ein ähnlicher Kerl, wie ich, beißt sich während einer Pause den Neidnagel vom Finger, der wiederum ein unendlicher Kosmos für sich ist... Also?...«

Engländer hatte sich aufgesetzt und starrte Ferdinand mit bissigem Entzücken an:

»Oh, du süßer kleiner Intellektsanfänger mit deinem putzigen Makro- und Mikrokosmos. Kommt es denn auf solche kindische Bemessungen an? Ob wir zum Atom eines abgebissenen Neidnagels gehören oder eine eigene Weltfirma sind, wir leiden in allen Atomen, auf allen Sternen, und Christus, die Wahrheit und das Leben, erlöst uns da und dort...«

Derartige Gespräche führten sie noch lange Zeit unter der Milde des Sommerhimmels fort. Oft ergrimmten sie gegeneinander, ebensooft aber versöhnten sie sich wieder. Engländer, der Sohn reicher Juden, verdammte den Intellekt und pries das unfaßbare Geheimnis der Erlösung, während Ferdinand, der entlaufene Zögling eines Priesterseminars, nicht minder leidenschaftlich die Verteidigung der Wissenschaft übernahm. Als aber Josef gegen vier Uhr mit dem Kaffeetopf erschien, schliefen die Kämpfer friedfertig im jugendlich duftenden Grase.

Das Dienststück jedoch, das Ferdinand bei der Heimkehr auf seinem Tisch fand, stellte einen merkwürdigen Nachklang zur Philosophie des Lindenhügels vor. Es war eine jener von höchster Stelle herablangenden Geheimweisungen, die ein kleiner Kompagniekommandant gar nicht verstehen kann und die nur durch Irrtum oder Postverwechslung in seine Hände gerät. Hier folgt sie.

»A. O. K. Zahl... Datum...

An das Kmdo. der I. T. D.

Geheim!

Im Hinblick auf A. O. K. Nr.... vom..., die Behandlung eigener Überläufer betreffend, wird mit heutigem Tage angeordnet: Jeder Überläufer eines politisch unverläßlichen Truppenteils, der bei seinem Vorhaben abgefaßt werden kann oder in Gefangenschaft eigener Truppen gerät, hat dem nächstgelegenen I. T. D.-Kommando überstellt zu werden, wo er laut A. O. K. Nr.... vom... im kurzen Wege standrechtlich abgefertigt wird. Die Bestimmungen des Dienstbuches V-11, bzgl. der Kriegsgefangenschaft sind außer Kraft gesetzt.

Unterschrift, Stempel.«

Ferdinand las den düsteren Wisch zweimal durch, wurde nicht ganz klar daraus und warf ihn fort.

Zehntes Kapitel

Der Bademeister

Die idyllische Kriegszeit Engländers währte ganze drei Wochen. Dann erging an Ferdinand der Befehl, mit seiner Kompagnie nach dem Orte Kolkow abzugehen, in dem sich das Divisionskommando befand. Er trennte sich sehr schwer von seinem Freunde, mit dem zusammen er in großer Innigkeit gelebt hatte. Das schöne Zimmer erbte nun Alfred. Glücklicherweise war Kolkow nur anderthalb Wegstunden weit von Złoczów entfernt, und Ferdinand konnte fast täglich den kleinen Kutschierwagen der Kompagnie um Engländer senden, so daß die Gemeinschaft zwar erschwert, aber nicht aufgehoben war.

In seiner neuen Station sah er auch Ronald Weiß wieder, der in den nächsten Tagen zur Presseabteilung des Kriegsministeriums abgehen sollte. Weiß hatte Ferdinand überflügelt. Er war schon zum Oberleutnant befördert worden und trug alle erreichbaren Auszeichnungen an seiner Brust, sogar die Goldene, die nur selten verliehen wird. Die Pracht der Dekorationen war immerhin ein Widerspruch, wenn man bedenkt, welch scharfen Witz Weiß stets über das gesamte Medaillenwesen auszuschütten pflegte. Bald jedoch stellte sich heraus, daß alle Erlebnisse und Taten seiner Frontzeit nur die unwiderlegbare Bestätigung seiner alten Theorie vom Kriege bildeten. Das Ganze war ein frech erstunkener Schwindel! Dem impotenten Schwachsinn einiger Diplomatenhirne entsprungen, fand, nach einer bekannten Formel, der Schwindel, der sich Politik nannte, seine Fortsetzung im Kriege, das heißt in dem impotenten Schwachsinn einiger Generalshirne. Weißens Lästerung ging so weit, daß er behauptete, es habe in all diesen Jahren zu keiner Zeit und an keiner Stelle eine wirklich bewußte und gewollte Führerhandlung stattgefunden. Wären sie ehrlich, müßten alle Generale zugeben, daß ihr ganzes Feldherrentum darin bestehe, an irgendeinem Frontabschnitt einen Wirbel zu veranstalten und dann zuzuschauen, was sich daraus entwickle. Moderne Strategie sei die Kunst, das Chaos der Zufälligkeiten im Heeresbericht zur Absicht umzufälschen. Ebensowenig, wie sich der Atlantische Ozean mit einem Kochlöffel umrühren lasse, habe eine verlebte Generalstabsgehirnwindung Einfluß auf die stumpfe Eigenbewegung der Massen. Für die Masse selber aber sei der Krieg nichts anderes als eine Folge frech heraufbeschworener Naturkatastrophen, zu denen man abkommandiert werde, um durch Heldentod die Bevölkerung zu vermindern und die Schwerindustrie zu vermehren. »Ich will nicht behaupten, daß es in diesem Krieg keine Helden gibt«, eiferte Weiß weiter, während seine unruhigen Augen auf Ferdinands Antlitz lasen wie auf einem Zifferblatt, – »nein, ich behaupte sogar, daß es in diesem Kriege mehr als genug Helden gibt. Bei jedem Theaterbrand, bei jedem Hauseinsturz, bei jedem schlagenden Wetter finden sich Helden, das ist einmal so. Dann gibt es auch sportliche Naturen, Wettspielmenschen, die von dem Trieb geplagt werden, als Erste und Schnellste durch irgendein Ziel zu gehen. Meiner Ansicht nach aber bleiben diese Helden meistens unbekannt. Ich selber bin das Gegenteil eines Helden. Im Notfall hab ich mich immer benommen wie das Holzstück in einem Wildbach, das seine Richtung nach dem geringsten Widerstand nimmt. Und trotzdem hängt dein Auge mit offensichtlichem Staunen schon eine halbe Stunde lang an der Goldenen, die mir vom Busen glänzt. Ich verrate dir, mein Lieber, daß ich dieses hehre Prunkstück aus minderwertiger Goldlegierung für eine der wenigen aktiven Feigheitsleistungen meines Lebens erhalten habe. Die Sache ereignete sich folgendermaßen. Rückzug, was heißt Rückzug, Flucht bei Görz! Schreckliches Durcheinander! Alles ineinander verfitzt! Die Straße ein Weichselzopf von Honveds, Deutschmeistern, Landwehr, Gebirgsartillerie, Train, Sanität, Pionierequipagen. Ich mitten drunter, hab keine Ahnung, wo mein Bataillon ist und wo Gott wohnt. Die Katzelmacher pfeffern Hunderte von guttempierten Schrapnells über die Straße. Das Gejaule der Verwundeten, grauenhaft! Ich suche irgendeine Deckung. Da stehe ich neben dem Kanzleiwagen unseres Regiments. Aufsitzen und ein Stückel mitfahren natürlich. Unter mir sind Bücher aufgestapelt. Du kennst mich. Kann ich ein Buch liegen lassen? Also, ich fang zu blättern an: Präsenzstandesliste, das Menschenkontokorrent. Dann Urlauberprotokoll, Strafprotokoll, Rapportbuch, Befehlsbuch usw. Plötzlich hab ich einen Quartband in der Hand: Regimentsgeschichte. Hochwichtig, eine Art Fahne! In dieses Tagebuch trägt der Adjutant jeden Abend faustdicke Heldentaten ein. Warum ich den schweren Band unter den Arm genommen und fortgetragen hab? Ich weiß nicht. Auf einmal ein furchtbares Gebrülle! Generalstäbler und Stabsoffiziere werfen sich uns entgegen. Die Infanterie wird in die Maisfelder gejagt. Zurück in die vorbereiteten Gräben! Maschinengewehre drohen den Andersgesinnten. Nur Sanität und Train darf weitermarschieren. Der Wirbel ist ebenso sinnlos wie unbeschreiblich. Eine dreifache Kette von Offizieren sperrt die Straße. Kein Einzelgänger wird durchgelassen. Alles hat seine Abteilung zu suchen. Ich aber gehe auf den Oberst, der die Straßensperre leitet, zu, schwinge mein Buch und rufe begeistert: ›Regimentsgeschichte‹, worauf er, weiß der Teufel warum, achtungsvoll den Weg freigibt. Die Sache mit dem Offizierskordon hat sich natürlich nicht lang gehalten. Eine Stunde später war er durchbrochen. Ich hab zwei Tage lang den Standort meines Regimentes nicht gefunden. Als ich mich dann gänzlich abgerissen und durch einen Streifschuß koloriert mit meiner Trophäe meldete, haben sie über das wiedergefundene Heldenbuch gejubelt, und ich wurde sofort von wegen ›Rettung der Regimentsgeschichte‹ für die Goldene eingegeben. Den Belobungsantrag hab ich mir abgeschrieben und zur Erinnerung aufgehoben...«

Längst schon hatte sich Ferdinand angewöhnt, den Geschichten Ronalds zu mißtrauen. Auch jetzt war er überzeugt davon, daß dieser die Goldene für eine anständige Leistung und nicht für einen Schwindel erhalten habe. Die Situation der Geschichte mochte wahr sein, der Vorgang selber war gewiß verdreht worden. Je älter der Krieg wurde, umsomehr bemühte sich Weiß, seine Pathetik zu entwerten. Mit Wollust entwertete er sich selber dabei. Sein Glanzbedürfnis suchte neue Befriedigungen. Bei Gelegenheit machte Ferdinand seine Freunde Alfred Engländer und Ronald Weiß miteinander bekannt. Nachdem der arme Reservekanonier seine bebende Scheu vor den goldenen Sternen des Oberleutnants verloren hatte, kam es selbstverständlich zu erbitterten Streitigkeiten. Es drehte sich dabei um die beginnende russische Revolution, die damals den Atem der Welt stillstehen ließ. Überall an der Ostfront flutete eine Brüderlichkeitswelle über die Gräben. Russen, Deutsche und Österreicher vereinigten sich im toten Raum zwischen den Linien und tauschten Lebensmittel, Tabak und Friedensgesinnungen aus. Diese Bewegung erschien den Generalen der Mittelmächte so bedenklich, daß strenge Maßregeln ergriffen wurden, sie im Keim zu ersticken, ehe noch eine scharfe Politik die Russen abstieß und sie zum letzten verzweifelten Widerstand aufstachelte. Ronald Weiß war ein begeisterter Anhänger der russischen Revolution. Er träumte von einem Frieden, den die entfesselten Völkermassen der Soldaten in kurzer Zeit an allen Fronten zugleich eigenmächtig schließen würden. Engländer hingegen hielt von derartigen Revolutionen nicht das Geringste. Sie seien Erscheinungen des Todes, Symptome der Fäulnis, Verwesungszustände der imperialistischen und kapitalistischen Energien. Aus der Zersetzung aber komme keine neue Welt. Das Madengewurle in einem Leichnam sei ein völlig wertloses Leben. Nachdem Weiß gegangen war, tobte Engländer vor Eifersucht: »Was findest du an diesem Unterteuferl des falschen Temperaments«, schimpfte er, was Ferdinand nicht davon abhielt, Ronald zu verteidigen, der übrigens am nächsten Tag vor seiner Abreise nach Wien mit großer Begeisterung von »dem genialen schwermütigen Juden« sprach.

Einmal, als Ferdinand auf Alfreds Besuch wartete, kam anstatt des Freundes ein verzweifelter Brief, in dem der Ärmste berichtete, ihm sei für die nächsten Tage der Ausgang strafweise entzogen worden, weil er wieder einmal eine unmilitärische Antwort gegeben habe: »Das ist infame Soldatenmißhandlung«, schloß der Brief. Ferdinand war ehrlich enttäuscht.

Lange und leere Stunden lagen vor ihm. Vor wenigen Wochen noch wäre ihm seine Einsamkeit nicht aufgefallen. Jetzt, nach einer Zeit der Gemeinschaft, bedrückte ihn ein verlassener Nachmittag. Nicht die Besitzlosigkeit macht unglücklich, sondern der Entzug eines Gutes.

Da er es in seiner Stube nicht aushielt, trieb er sich ein wenig im Ort umher. Während er eine Gruppe von jungen Weibern betrachtete, die bei der Dorfmühle mit lässiger Wascharbeit beschäftigt waren, gesellten sich gewisse Erinnerungen zu ihm. Wie verschlampt, verkommen, verschimmelt sahen diese Frauen aus, die breitbeinig mit ihren großen abgelebten Kruppen dastanden, gemein lachten und träge Handgriffe vollführten. Die echten Soldatenhuren und Troßweibsen, die ihre Männer, welche in den Karpaten faulten oder im Karst verschmachteten, längst vergessen hatten. Im Vorjahr, auf dem Rückzug vor der Brussilowarmee, war Ferdinands Bataillon in eine Gegend gekommen, die noch merkwürdig unberührt vom Krieg erschien. Zwei Kilometer vor dem ruthenischen Dorfe Hodow lag ein Bauerngut mit einem schönen Wohnhaus, funkelnagelneuen Stallungen und Scheuern. Später brachte man hier das Kommando unter. Auf dem Gut mußten reiche Leute hausen, denn die Bauernstube war groß wie ein Saal. In ihren buntbemalten Festungen türmten sich zwei Betten auf, und der Ofen war ein Ungeheuer aus grünen und roten Kacheln. In dem Anwesen zurückgeblieben war die Herrin, ein Weib von zweiundzwanzig Jahren mit ruhig-würdevollen Gesten und einem sehr hochmütigen Gesicht. Sie hieß Marinka. Vielleicht aber hatten ihr nur die Soldaten diesen Namen gegeben und sie hieß anders. Ihr zur Seite stand eine Nichte, ein dürres dreizehnjähriges Ding, die, Gott weiß warum, Schuppa gerufen wurde. In dieser Gegend gelang es den Österreichern, den russischen Vorstoß aufzufangen, so daß der stattliche Bauernhof, der in einer von Bäumen wohlmaskierten Mulde steckte, nur wenige Kilometer hinter den eigenen Linien zu liegen kam. Während der ersten Zeit benahmen sich die Mannschaften unbestreitbar respektvoll gegen Marinka. In den beiden Nächten, die Ferdinand auf dem

Hofe zubrachte, schlief alles in den Scheunen, und die Offiziere nahmen im Dorf Quartier. Die Kanzlei wurde im zweiten Zimmer untergebracht, die große Stube aber blieb unangetastet. Niemand betrat sie mit kotschweren Stiefeln und verlauster Montur. Marinka aber, die entweder wirklich eine Patriotin war oder sie doch spielte, brachte den Soldaten irdene Riesenschüsseln voll Piroggen heraus. Die Kompagnien wurden vorwärtsgetrieben, und ein heftiger Stellungskampf setzte ein. Erst sechs Wochen später führte Ferdinands Weg wieder an dem Anwesen vorbei. Neugier trieb ihn, einzutreten. Die schöne unnahbare Bäuerin, die so tat als verstünde sie kein Wort, das man zu ihr sprach, hatte Eindruck auf ihn gemacht. Er nahm sich vor, in der Kanzlei irgend etwas zu verlangen. Jetzt war diese Kanzlei schon in der großen Stube untergebracht. Doch wie sah der Raum nun aus? Kotberge und Schmutzbäche überall, die buntbemalten Baldachinpfosten der Betten niedergerissen und kleingeholzt, alles besudelt, zerstört und geschändet. Kein Wunder! Der Krieg hat schließlich größere Schätze vernichtet als eine farbige Bauernstube. Die hochmütige Marinka aber lag auf der Ofenbank, während Ordonnanzen, Telephonisten, Offiziere ein- und ausgingen. Sie lag in einer schamlosen Art da, den Rücken nach oben gekehrt, den Kopf in den Armen vergraben, und schien zu schlafen oder betrunken zu sein, während Schuppa wie ein böser Marder zwischen den Männern umherfuhr. Ferdinand tippte Marinka, die er begrüßen wollte, an die Schulter. Sie wälzte sich schwerfällig von der Bank und blieb mit eingeknicktem Leib sitzen. Ihn traf ein leerer Blick aus verquollenen Zügen. Aber keine tränenverzerrte Schmerzensmiene hätte erschütternder wirken können als diese verkommene Wurstigkeit. Nach vier weiteren Wochen kam ein Unteroffizier dieser Kanzlei in die Stellungen hinaus. Ferdinand erkundigte sich sofort nach Marinka und Schuppa. Sie seien beide angesteckt und schwanger. Man habe sie gestern nach der allgemeinen ärztlichen »Zwangs-Konstatierung« für die weibliche Frontbevölkerung an ein Etappenspital »abgegeben«. »Jetzt sind wir allein im Haus«, meinte der Mann und fügte hinzu: »Schade!« Angesichts der verschlampten Weiber vor der Dorfmühle fielen Ferdinand Marinka und Schuppa ein, und er versuchte darüber klar zu werden, warum weder Alfreds tiefe noch Ronalds gewitzte Reden dem Wesen des Krieges nahe kamen. Nein, mit abstrakten Begriffen konnte man diesen ungemein leibhaftigen Riesen nicht erfassen. Seine Waffen waren nicht nur Mörser, Flammenwerfer und Gasgranaten, sondern auch Lues und Gonorrhoe. Er verdarb den Körper des Menschen, doch ebenso seine Würde. Er bediente sich der Cholera und des Flecktyphus nicht minder als der Krätzen und Läuse. Was es in der Natur Boshaftes gab, alles Höllische gleichsam, das in die Wirklichkeit eingesprengt war, stand ihm zu Diensten. Sollte er auch hundert Jahre dauern, die Erfindungsgabe des Hasses würde er nicht verlieren.

Der Gedanke an schwere Wochen stieg in Ferdinand auf. Er erinnerte sich, daß er oft weniger unter Hunger und Gefahr gelitten habe als an Schmutz, Krätzen und Läusen. Sonderbar war es, daß er, von diesen kribbligen Gedanken aufblickend, sich vor einem Hause fand, das schwarz auf weiß die Aufschrift trug: »Offiziersbad der k. u. k. I. T. D.« Ohne weitere Überlegung trat er ein.

Er war der einzige Gast im Hause. Der Bademeister räumte ihm die größte Kabine ein, brachte in mächtigen Trögen heißes und kaltes Wasser und füllte die Wanne nach des Leutnants Angaben.

Immer wenn Ferdinand in der weichen Erschlaffung eines lauen Bades saß, kamen Kindheitsgefühle, und Barbara tauchte auf. Auch jetzt und hier. Sie nahte in der Gestalt einer großen Müdigkeit. Fast war er schon im Wasser eingeschlafen, als ihn eine sanfte Stimme weckte. Der Bademeister fragte:

»Alles in Ordnung, Herr Leutnant?«

Ferdinand, der nicht recht wußte, ob er wach sei, stammelte benommen: »Ja, danke.«

Der Bademeister, ein großer schlanker Soldat ohne Chargengrad, der eine Lederschürze umgebunden trug, blieb an der Tür stehen und umfing den Badenden mit einem zärtlich-leidenden Lächeln. Das Gesicht dieses Menschen war unnatürlich schmal, der Schädel spitzte sich nach oben lächerlich scharf zu und fiel ohne jeden Hinterkopf senkrecht in den Kragen. Auf der Schädelspitze sträubte sich ein Wirbel weißblonden Haares, dünn wie Vogelflaumgefieder. Der halboffenstehende Mund mit schlaffer Unterlippe sprach von Sanftmut, Güte, Charakterschwäche, nicht anders als die zu ihm gehörende hohe Stimme, während die sehnenstraffe Gestalt diese Gutmütigkeit Lügen strafte.

»Befehlen der Herr Leutnant noch mehr warmes Wasser?«

»Nein, danke.«

»Ich kann auch Glyzerinseife bringen, wenn Herr Leutnant befehlen.«

»Nein...«

»Oder vielleicht einen Frottiermantel. Wir geben sonst nur Badetücher.«

Warum jage ich den Kerl nicht hinaus, überlegte Ferdinand. Aber die Benommenheit, die sich seiner bemächtigt hatte, raubte ihm fast die Sprache. Der Bademeister zeigte sich immer mehr um das Wohl seines Gastes besorgt:

»Herr Leutnant haben es heute sehr gut getroffen. Ganz allein sind Herr Leutnant heute bei mir. Montag ist immer ein schwacher Tag. Am Samstag aber geht es bei mir zu wie auf der Prager Brücke. Und dabei wollen alle Herren aufgebügelt werden.«

Ferdinand sah erstaunt drein.

»Aufgebügelt? Was heißt das?«

Der Bademeister lächelte zärtlich und nachsichtig:

»Ich massiere nämlich. Herr Leutnant befehlen nachher selbstverständlich auch eine Massage!«

Ferdinand wollte mit ingrimmiger Entschlossenheit »nein« sagen, sagte aber »ja«. Dabei wunderte er sich immerfort, daß der Mann überhaupt keine Augen habe, sondern an ihrer Stelle mattglänzende Klümpchen von nassem Lehm. Er suchte nach einer Ausrede, um sein Jawort zurückzunehmen. Aber der Bademeister stand schon dicht vor ihm:

»Ich massiere im großen Zimmer drüben, das auch sehr angenehm temperiert ist. Es liegt am Ende des Ganges. Herr Leutnant aber können nicht gut über den Gang laufen. Er ist nur gestampft. Herr Leutnant würden sich die Füße schmutzig machen. Strohpantoffeln, wie sich's gehört, haben wir hier keine. Ich habe sie schon längst angefordert. Es ist halt ein Kreuz hier. Ich werd einfach den Herrn Leutnant hinübertragen.«

Ferdinand erschrak:

»Ach was! Ich lauf schon selber.«

Des Bademeisters zärtliche Strenge steigerte sich. Ein leichtgekränktes Zwinkern kam zum Vorschein:

»Herr Leutnant können mit den reinen Füßen nicht über den Gang laufen. Das geht nicht.«

Was soll ich tun? Wär ich doch nie in dieses Haus gekommen! Trotz solch unbegründet nervöser Gedanken erhob sich Ferdinand gehorsam aus dem Bad. Er sah sich nach einer Fluchtmöglichkeit um. Kaum aber stand er, schlug der Bademeister den Frottiermantel schnell um seinen Leib, nahm ihn wie ein Kind in die eisernen Arme und trug die Manneslast im Laufschritt über den Gang in einen dunstigen Raum, der nach feuchtem Holz duftete. Dort lag Ferdinand nun auf einer Pritsche, während ein wildes Ohrensausen ihm den Kopf zu sprengen drohte.

Der Bademeister brachte einen Eimer, in dem er warmen Seifenschaum bereitete, und stellte eine Büchse mit Streupuder an das Fußende der Pritsche. Dann schlug er den Frottiermantel, der Ferdinand umhüllte, auseinander und begann sein Werk an den Beinen zuvörderst. Wahrhaftig, er verstand dieses Amt wunderbar. Ein eigentümliches Wohlgefühl durchlief sogleich den ganzen Körper des Behandelten. Der Meister griff mit seinen gewaltigen Händen nicht etwa roh zu, sondern bestimmt und fein zugleich. Er führte langsame Striche von den Fußknöcheln aufwärts zum Knie, und die Wade genoß dabei eine wundersam wohltätige Schmerzhaftigkeit. Während der Arbeit drang aus seiner Brust ein hohles Summen der Befriedigung, das sich aber zu keiner bekannten Liedmelodie zusammenfügte. Um irgendein Gespräch zu beginnen, fragte Ferdinand:

»Sie waren im Zivil auch Masseur, nicht wahr?«

Das Summen verhallte.

»Jawohl, Herr Leutnant. Ich hab auch diesen Beruf ausgeübt. Im Zehnerjahr war ich den Sommer über Badwaschel und Schwimmeister.«

»Und wo haben Sie im Krieg überall gedient?«

Einen Augenblick lang ruhten die Hände des Bademeisters, weil ihm die Erinnerung Mühe zu verursachen schien:

»In Serbien, Herr Leutnant, in der Bukowina und Gott weiß wo noch.«

»Sie sind Infanterist?«

»Nicht einmal, Herr Leutnant, nicht einmal ein echter Infanterist. Im Frieden war ich Ersatzreservist und hab nur meine acht Wochen gemacht.«

Nun kamen die Oberschenkel daran. Brennende Wohligkeit stieg bis zu den Hüften. Aber auch auf den Masseur schien das Lustgefühl, das er verursachte, überzugreifen. Wiederum drang das hohle Summen aus seiner Brust. Es glich dem langen, melodischen Knurren im Leibe großer Katzentiere, die sich hinter den Käfigstäben des zoologischen Gartens sonnen. Damit dieser sonore Summgesang ein Ende nehme, stückelte Ferdinand das Gespräch weiter:

»Aber im Graben draußen sind Sie ja doch ein Soldat wie alle andern gewesen.«

Der Bademeister griff nach der Bürste:

»Herr Leutnant, ich melde gehorsamst, ich bin nie im Schützengraben gewesen.«

»Wo waren Sie denn eingeteilt? Bei der Proviantur?«

»Auch nicht bei der Proviantur, Herr Leutnant. Ich bin immer in Divisionsverwendung gestanden.«

Das Wort »Divisionsverwendung«, so sanftmütig ausgesprochen, kam Ferdinand sehr komisch und sehr doppeldeutig vor.

»Was für eine Verwendung, sagen Sie?«

Der Bademeister stand nun am Kopfende der Pritsche hinter Ferdinand. Seine Hände vollführten auf den Schulterblättern des Liegenden einen anmutig klatschenden Triller. Ohne diese Musik zu unterbrechen, sprach er in der gleichen ruhigen Art weiter:

»Ich war nämlich bei der Division als Freymann eingeteilt.«

Dieses altertümliche Wort, dessen Sinn Ferdinand nicht verstand, traf ihn wie Eiseshauch. Mit Überwindung wiederholte er es fragend:

»Freymann?«

Der Bademeister aber brach, als hätte er nun der Kränkungen genug hinuntergeschluckt, das Verhörspiel ab:

»Herr Leutnant wissen doch selbst sehr wohl, daß ich Scharfrichter war. Das ist ja bei der Division bekannt.«

Lange Stille, während derer der Bademeister des Leutnants Arme auf das angenehmste knetete. Erst viel später brachte Ferdinand zwei Worte heraus:

»Und jetzt?«

Der Mann hielt einen Augenblick inne, um neuen Seifenschaum zu holen:

»Jetzt, Herr Leutnant, schon lange nicht mehr. Jetzt kann man bei uns die gesetzliche Art nicht mehr brauchen. Es sind zu viele. Sie werden gleich erschossen und nicht mehr gehängt. Aber damals, Herr Leutnant, in den ersten Monaten, in Serbien und in der Bukowina, da haben sich die Divisionen um mich gerissen. Man muß nur denken, was es damals alles gegeben hat: Zivilisten, Spione, Popen, Komitatschis... Jetzt sind es nur lauter eigene Soldaten, lauter Hochverräter und Politisch-Unzuverlässige. Das ist doch eine ganz andere Sache! Ja, ja, Herr Leutnant.«

Ferdinand hatte die Empfindung, er klebe an der Pritsche fest und werde nie wieder loskommen:

»Und Sie haben sehr viele Menschen...«

»Es werden vielleicht an hundert gewesen sein. Nicht gar viele... Bitte sich auf den Bauch zu legen, Herr Leutnant.«

Ferdinand sprach nun erdwärtsgekehrt:

»Aber es muß doch entsetzlich schwer sein, Menschen zu töten.«

Der Bademeister streute mit einer Gebärde schmerzlicher Verkanntheit den Puder auf Ferdinands Rücken:

»Herr Leutnant, bitt gehorsamst um Verzeihung. Ich hab nie niemanden getötet, ich hab nur dem Gesetze Genüge getan.«

Er hüllte diese juristische Wendung in eine abgenützte und dialektgefärbte Getragenheit:

»Ich hab nach Urteil und auf Befehl der Vorgesetzten oder Höheren gearbeitet. Mein Gewissen ist rein...«

Ferdinand, der nun wieder auf dem Rücken lag, schielte nach den Händen des Bademeisters:

»Und doch... Ihre Hände da... Sie haben natürlich auf Befehl gehandelt... Aber durch Ihre Hände da... Wie man's auch nimmt.«

Es waren auf den ersten Blick keine häßlichen Hände: groß, knochig, mit überaus langen Fingern. Es hätten die Hände eines Virtuosen sein können, wären nicht die letzten Fingerglieder alle in abscheulicher Weise verunstaltet gewesen, knollig, verbogen und ohne Nägel. Der Bademeister reckte sich hoch:

»Nicht wahr, der Herr Leutnant sind neu in Kolkow? Sonst würden der Herr Leutnant keine schlechte Meinung von mir haben. Keiner der Herren hat eine schlechte Meinung von mir. Seine Exzellenz, den Herrn Feldmarschalleutnant, massiere ich täglich um acht Uhr früh. ›Spengler‹, sagt er gern zu mir, ›Sie haben Patentpratzen!‹ Ich bin ein guter Familienvater, Herr Leutnant. Über mich hat sich noch niemand beklagen können, auch die armen Teufel nicht, denen ich auf Befehl hab helfen müssen. Menschlich muß man sein, Herr Leutnant, und auf den Griff kommt es an. Den Griff hab ich halt heraus, da gibt's nichts. Und daß der Griff nicht sehr unangenehm ist, Herr Leutnant, dafür hab ich auch meine Beweise...«

Und er neigte sich tief zu Ferdinand nieder, als müsse er ihm ein sehr pikantes Geheimnis anvertrauen. Das Flaumgefieder eines Vogels tanzte auf der absurden Schädelspitze:

»Bei meiner Ausführung, Herr Leutnant, ist noch jedem das Glied gestanden! Das kann ich beschwören.«

Ferdinand setzte sich auf:

»Sind Sie nun fertig?«

Der Virtuose strich noch einmal mit liebkosendem Streicheln über sein Werk.

»Fertig, Herr Leutnant! Ich bringe die Kleider.«

Ferdinand vollendete seinen Anzug erst vor dem Tor. Andere Offiziere sahen ihm erstaunt und mißbilligend nach. Als er zu Hause ankam, warf sich neuerdings die schwerste Müdigkeit auf ihn. Er legte sich, wie er war, aufs Bett und befahl dem Burschen, ihn nicht zu wecken. Er hörte noch, wie Josef ihn mehrmals auffällig ernsthaft vermahnte:

»Herr Leutnant, eine wichtige Sache ist von der Division gekommen, ein dicker Brief mit Dienstzettel. Sie haben auch schon zweimal von der Kanzlei angerufen, daß Herr Leutnant den Empfang gleich bestätigen soll.«

Ferdinand überlegte in seiner Betäubung: Die Division? Unmittelbar an mich?! Das ist etwas sehr Ernstes! Sie haben telephoniert, Bestätigung verlangt? Das ist vielleicht etwas Schreckliches. Ein versiegeltes Kuvert, Herr Gott! Ach was? Warum soll ich mir die Nacht verderben? Ich bin ja so müde. Muß ich denn immer zu Hause sein? Jetzt hab ich dienstfreie Zeit. Das Schreckliche läuft mir nicht fort. Jetzt darf ich schlafen, wer weiß, vielleicht zum letzten Male schlafen! Und ohne sein Gesicht von dem Briefe auf dem Tisch abzuwenden, der in der Dämmerung leuchtete, ergab er sich dem Nichts.

Elftes Kapitel

Dienstreglement erster Teil, Abschnitt XIV, Paragraph 97, Punkt 708

Obgleich Ferdinand um sechs Uhr früh schon wach war, konnte er sich nicht entschließen, die Augen zu öffnen, und wie ein Kind, das sich, um der Schule zu entgehen, schlafend stellte, stellte er sich vor sich selbst schlafend. Es gelang ihm, diesen Betrug eine halbe Stunde lang durchzuführen. Dann stand er auf, wusch sich ausdauernd und kleidete sich langsamer als sonst an. Als Josef ihm den Kaffee brachte, trank er ihn in ganz kleinen Schlucken und starrte dabei mit abwesendem, ja fast blödsinnigem Ausdruck auf den großen Briefumschlag. Dann erst öffnete er ihn. Der Inhalt bestand aus drei Stücken, wovon das Hauptstück eine Drucksorte war. Ferdinand entfaltete den ersten Bogen, las ihn endlos lange durch und legte ihn wieder zusammen. Der gleiche Vorgang wiederholte sich viermal. Das Blatt enthielt nicht mehr als ein paar Zeilen Maschinenschrift. Nach den üblichen Registraturtiteln folgte der Text. Er begann mit den Worten:

»Auf Grund von A. O. K. Nr.... Datum... befehle ich:«

Dann kamen jene Zeilen, über deren Sinn sich Ferdinand durchaus nicht klar werden konnte:

»Die Infanteristen Karl Schwec, Jaroslav Teinfalt, Franz Pacak, alle von der fünfzehnten Kompagnie des dritten Baons des Inf. Rgt. Nr...., welche während der feindlichen Unternehmung am 15. Juli 1917 von der Stellung Jósefowka von Feldgendarmerie erwiesenermaßen bei der Absicht, zum Feinde überzulaufen, abgefaßt wurden, werden laut den oben zitierten Bestimmungen morgen, den 18. Juli 1917, um fünf Uhr dreißig Minuten vormittags durch Erschießen vom Leben zum Tode befördert werden.

Die Vollziehung der Todesstrafe übernimmt die beim Divisionskommando dislozierte dreizehnte Kompagnie des Inf. Rgt. Nr.... Als Vollziehungsort bestimme ich die große Halde nördlich der Ortslisiere von Kolkow im Raume IV / 7 der Spezialkarte. Exekutionsleiter der Kompagniekommandant Leutnant Ferdinand R. Derselbe hat im Laufe des 17. Juli den genannten Infanteristen die Legitimationskapseln abzunehmen und anher zu senden. Alles Nähere in den Anlagen.«

Die Unterfertigung bestand aus den vorgedruckten Worten »Der Kommandant der Inf. Truppen Division« und einem Rundstempel, in dem ein wenig leserlicher Schriftzug verschwand. Mit großer Behutsamkeit legte Ferdinand dieses Dokument beiseite. Ehe er sich der ganzen Tragweite des Befehls noch voll bewußt wurde, sträubte sich sein logisches Empfinden: Wie kann man »erwiesenermaßen« bei einem »Vorhaben« abgefaßt werden? Das gibt es doch gar nicht. Auch erinnerte er sich nicht, je während einer Kampfhandlung Feldgendarmen in den Gräben gesehen zu haben. Das Ganze machte einen verlogenen und dilettantischen Eindruck. Er nahm die Drucksorte zur Hand. Es waren ein paar Seiten, die dem Dienstreglement für das k. u. k. Heer, erster Teil, angehörten. Ruhig atmend vertiefte sich der Betroffene in den rot angestrichenen Paragraphen:

§ 97.
Vollziehung der gerichtlichen Strafurteile.

708. Vollziehung einer Todesstrafe.

Bei der Vollstreckung eines Todesurteils hat stets ein Major oder in dessen Ermanglung ein rangälterer Hauptmann das Kommando zu führen.

Als Bedeckung rücken zwei Kompagnien zu je mindestens vierzig Rotten aus.

Zum Schranken, nämlich zur unmittelbaren Bewachung des Verur-

teilten, sind 1 Feldwebel, 1 Korporal, 6 Gefreite und 18 Infanteristen zu bestimmen, welche sich schon früher zu dem Ausgange des Gefangenenhauses zu begeben und daselbst ein Viereck zu bilden haben, von welchem jede Seite 6 Mann enthält.

Der Profos bringt den Verurteilten unter Begleitung der Wache bis in den Schranken, in welchen auch der Priester tritt, wogegen die Wache zurückbleibt.

Der Profos, neben ihm der Korporal, führt, und der Feldwebel schließt den Schranken, welcher in die Mitte der Kolonne rückt.

Der Marsch auf den Richtplatz erfolgt langsam, und es wird niemandem eine Ehrenbezeigung geleistet.

Der Auditor reitet (geht) links des Exekutionskommandanten, welcher bei der Annäherung an den Richtplatz: »Habt Acht! In das Exekutionskarree – Marsch« kommandiert und dessen Formation in der den örtlichen Verhältnissen angemessensten Weise derart verfügt, daß jede Flanke des Karrees durch eine halbe Kompagnie gebildet wird.

Nach Formierung des Karrees treten die Offiziere in dasselbe; der Schranken wird geöffnet, das Urteil durch den Auditor noch einmal vorgelesen und hierauf zum Vollzuge geschritten.

Nach der Hinrichtung erteilt der Priester eine bündige Ermahnung und verrichtet ein kurzes Gebet für den Hingerichteten, wozu der Exekutionskommandant »zum Gebet« stellen läßt.

Die Offiziere verfügen sich dann wieder in ihre Einteilung, worauf der Abmarsch angeordnet wird.

Wird das Urteil durch Erschießen vollzogen, so müssen hiezu 8 Mann bestimmt werden, welche ihre Gewehre schon vorher in Gegenwart eines Offiziers scharf zu laden haben.

Nachdem das Urteil noch einmal vorgelesen worden, muß der Verurteilte niederknien, und es werden ihm die Augen durch einen Kameraden, den er sich unter den Anwesenden selbst wählen kann, verbunden; gleichzeitig gibt der Exekutionskommandant mit dem Säbel ein Zeichen gegen die hintere Seite des Karrees, worauf diese sich in der Stille soviel als nötig zu öffnen hat.

Die bestimmten 8 Mann treten hervor, 4 derselben, welche zuerst zu schießen haben, nehmen geräuschlos »Fertig« und rücken leise so nahe an, als es, ohne den Verurteilten zu berühren, möglich ist.

Der Exekutionskommandant stellt sich seitwärts so auf, daß er von diesen Männern gesehen werden kann und hebt den Säbel in die Höhe, worauf die in der Mitte befindlichen zwei Männer auf den Kopf, die anderen auf die Brust des Verurteilten anschlagen, und auf das Kommando: »Feuer« des Exekutionskommandanten – welches ohne langes Zögern zu erteilen ist – gleichzeitig Feuer geben.

Während dieser Zeit halten sich die anderen 4 Mann unmittelbar hinter den ersten bereit, um, wenn der Gerichtete noch Lebenszeichen geben sollte, einen oder soviele Schüsse, als nötig wären, abzugeben.

Bei jedem Hingerichteten ist eine Wache von einem Gefreiten und 3 Mann so lange zu belassen, bis dessen Überführung in die Totenkammer oder in ein sonst hierzu geeignetes Lokal erfolgt.

Der Körper des Gerichteten ist bei Nacht in der Stille ohne Kondukt, an einem hierzu bestimmten Platze zu begraben.

Im dritten Anhang waren die näheren Verfügungen getroffen, die sich auf diesen Fall bezogen: Wieviel Züge der Kompagnie auszurücken hätten, die genaue Zeit des Abmarsches, die Zahl der Patronenmagazine, die an jene Mannschaften auszugeben seien, welche das Los zur Vollstreckung des Urteils treffen sollte. Dreimal acht Gewehre waren vorgesehen. Da man sich im Kriege befand, wurde die vom Dienstreglement bestimmte Zahl von zwei Bedeckungskompagnien auf eine herabgesetzt, ebenso wie der vorgeschriebene Major oder Hauptmann auf einen einfachen Leutnant. Die letzten Punkte beschäftigten sich mit dem Abtransport der Leichen und ihrer Übergabe an die Divisionssanitätsanstalt. Das Dienststück schloß mit dem Befehl an den Exekutionskommandanten, morgen pünktlich um neun Uhr vormittags in der Kanzlei des Divisionskommandos zu erscheinen und dem stellvertretenden Generalstabsoffizier Meldung zu machen, daß zur anbefohlenen Stunde das Urteil vollstreckt worden sei.

Ferdinand brachte mit dem erfolglosen Studium dieser so leicht faßlichen Befehlsreihe eine volle halbe Stunde zu. Dann erhob er sich mit dem unheimlichen Zwangsgefühl, dies werde niemals in seinem Bewußtsein haften bleiben. Josef fragte, ob man den Kutschierwagen heute wieder nach Złoczów um den Herrn Kanonier Engländer schicken solle. Sein Herr sah ihn lange an, drehte sich um, ohne zu antworten, und verließ das Zimmer.

In der Kompagniekanzlei wartete der Feldwebel Hafenrichter schon ganz verzweifelt auf den Leutnant. Als Ferdinand eintrat, stürzte er ihm entgegen:

»Was sagen Herr Leutnant? Eine schauderhafte Sache!«

Ferdinand setzte sich stumm nieder und murmelte nach einer Pause:

»Was sollen wir tun, Hafenrichter?«

Der Feldwebel knickte zusammen:

»Ich glaub, da läßt sich nichts machen. Es ist auch keine Zeit mehr.«

Ferdinand grübelte:

»Warum trifft das gerade uns, Hafenrichter?«

»Das kann ich dem Herrn Leutnant ganz genau sagen. Wir sind hier die Fremden und folglich die Wurzen. Die zwei Landwehrkompagnien von der Divisionsbedeckung, die haben halt Protektion. Solche schmutzige Befehle bekommen die nicht. Da sucht man sich die Mannschaften dazu aus, die sich erholen sollen, Fixlaudon noch einmal!«

»Aber etwas muß doch geschehen?«

Hafenrichter begann stürmisch unter seinen Papieren und Listen zu kramen:

»Wie wäre es, wenn sich Herr Leutnant marod melden?«

»Ich soll mich krank melden?«

»Es ist allerdings schon sehr spät dazu, und niemand wird es anerkennen.«

»Nein! Das ist falsch! Das geht nicht...«

Hafenrichter, dem Ferdinand wirklich leid tat, suchte andere Auswege:

»Kennen Herr Leutnant niemanden bei der Division?«

Ohne recht einen Gedanken fassen zu können, tat Ferdinand so, als denke er über diese Frage nach, vergaß aber zu antworten. Der Feldwebel spann seinen Faden weiter:

»Leider ist der Herr Generalstabsoberleutnant Colombo auf Krankenurlaub. Das war ein sehr netter Herr, mit dem man reden konnte. Als sein Vertreter ist ein junger Generalstäbler da, noch keine siebenundzwanzig alt, ein großer Feschak, wie die Leute sagen, der beim Alten alles durchsetzt. Er hat schon kolossale Auszeichnungen und ist überhaupt eine prima Nummer. Herr Leutnant werden ihn vielleicht kennen.«

»Wie heißt er?«

»Hauptmann Steidler!«

»Hauptmann Steidler? Nein, ich glaub, den kenn ich nicht.«

»Er ist jetzt der alleinige Macher oben. Der Alte nämlich soll vom Alkohol schon ganz sanftmütig sein. Er bleibt gern im Hintergrund, denn man hat ihn bereits einmal absägen wollen. Vielleicht, wenn Herr Leutnant...«

Ferdinand unterbrach den Feldwebel. Er hatte wieder das verhängnisvolle Schriftstück hervorgeholt und versenkte seine angestrengten Blicke in eine Zeile:

»Sagen Sie, Hafenrichter, hier steht: ›erwiesenermaßen‹! Wieso erwiesenermaßen? Wie kann man das erweisen?«

»Daß ich nicht lach, Herr Leutnant! Die armen Teufel sind nämlich die einzigen, die nicht zu den Russen hinübergekommen sind. Am fünfzehnten ist ihre Kompagnie schön gemütlich auf die andere Seite spaziert. Sie müssen nun das Ganze ausbaden.«

»Aber dann sind sie ja gar nicht schuldig...«

»Schuldig? Das ist schwer zu sagen, Herr Leutnant! Einer für alle! Bei den Achtundzwanzigern, die mit diesen Geschichten angefangen haben, hat man es genauso gemacht. Wer zurückbleibt, der bekommt die Mischung. Da kann man halt nichts machen.«

Ferdinand schluckte wie ein Kranker:

»Vielleicht sind sie... aus Anständigkeit... zurückgeblieben?«

Hafenrichter ergab sich einem genußreichen Hohngelächter:

»Wir sind beim Militär, Herr Leutnant! Anständigkeit schützt vor Belohnung nicht.«

Ferdinand war aufgestanden und lehnte, der Berührung nicht achtend, an der nassen Mauer des schmutzigen Lochs. Aus entsetzensleeren Augen stierte er seinen Untergebenen an:

»Mein Gott! Mein Gott!«

Hafenrichter zog einen gezierten Mund:

»Ich hab zwar nur das Untergymnasium besucht, Herr Leutnant, aber ich kenne dafür das Leben und die Menschen. Im Frieden war ich Personalchef einer sehr großen Textilfabrik bei Reichenberg. Ich kann nur sagen, was jetzt hier bei uns geschieht, ist ein hirnverbranntes Verbrechen. Da ist immer die Rede vom neuen Kurs, von der kommenden Amnestie, vom baldigen Frieden und von anderen schönen Dingen, die in der Zeitung stehn. Die großen Herren beim Militär aber machen, was sie wollen. Diese Bluturteile ohne Kriegsgericht, die ein Herr Hauptmann Steidler einfach in die Schreibmaschine diktiert, sind eine Schmach, die wir alle büßen werden. Ich bin ein guter Patriot, hab meinen Posten verloren und steh seit vierzehn im Feld. Herr Leutnant werden mich sicher nicht verraten...«

Es kam wie ein leiser Schrei:

»Etwas muß ich doch tun, Hafenrichter!«

Der Feldwebel erwog bei sich: Er schaut wirklich so aus, als könnte er sich marod melden. Aber dann hab ich die Scherereien. Guten Appetit! Und laut mahnte er:

»Herr Leutnant dürfen nicht die Legitimationskapseln vergessen.«

»Die Legitimationskapseln«, wiederholte Ferdinand aufatmend, als gäbe ihm dieses Wort seine Haltung zurück. Er zog den Riemen des Überschwungs fester und nahm die Handschuhe vom Tisch. Dann befahl er:

»Geben Sie mir eine Charge mit, Hafenrichter!«

Der Feldwebel schrie einen Zugsführer heran und schickte ihn dem Leutnant nach, der sich zum Divisionsarrest verfügte.

Es war keineswegs ein finsterer Kerker oder Kotter, den der Profos aufschloß, sondern ein weißgetünchtes Amtszimmer des ehemaligen Kreisgerichts, durch dessen große Fenster staubige Sonnenstrahlen schwirrten. Ein orgelartiger Klang schwoll dem

Eintretenden entgegen. Armeekorps von Fliegen in voller Kriegsstärke durchsurrten den Raum und verursachten neben ihrem gehaltenen Baßton auch noch das Geräusch von aufzischendem Wasser, das sich über eine glühende Herdplatte ergießt. (Das erbarmungslose Fliegengeschlecht des Ostens bildet eine der verhaßtesten Kriegserinnerungen Ferdinands.) In die Mitte des Zimmers waren drei Pritschen gerückt. Auf ihnen lagen die Verurteilten. Der Mittlere erhob sich sofort vorschriftsmäßig, riß seine Gestalt zusammen, nahm Habtachtstellung und rief mit heller dienstbeflissener Stimme:

»Herr Leutnant, meld gehorsamst drei Arrestanten!«

Der zweite setzte sich langsam und unwillig auf, während der letzte, ohne den Fremden zu bemerken, sich stöhnend und ächzend auf der Pritsche herumwarf.

Der Mittlere, der solch eine stramme Meldung geleistet hatte, war ein semmelblonder Bauernjunge mit spitzem Näschen, knallroten Backen und einer putzigen Gestalt, die einem Jahrmarktsspielzeug glich.

»Das ist der Teinfalt«, stellte ihn der Profos vor und zwinkerte zu Ferdinand hin: »Er ist der beste von ihnen.«

Teinfalt trat sogleich auf den Leutnant zu, schlug die Hacken übereifrig zusammen und blinzelte vertraulich, als könne wegen eines kleinen störenden Vorfalles zwischen ihm und dem Offizier nicht das geringste Mißverständnis entstehen. Er plapperte unaufhaltsam im gleichen Ton und trennte seine Sätze nicht durch Senken der Stimme, sondern durch ein kurzes besserwissendes Kichern, das an Stelle von Punkt und Komma trat. Er schien mit einem immer sprungbereiten Lachen kaum fertig werden zu können und brachte damit zum Ausdruck, daß er auch einen grausamen Spaß verstehe und gutmütig durchschaue, ohne ihn übelzunehmen:

»Herr Leutnant, bitt gehorsamst, das ist doch nicht möglich, das ist doch einfach nicht wahr, was uns der Herr Auditor wegen morgen vorgelesen hat. Ich sag es den Burschen hier die ganze Zeit. Das ist euch nur so eine Drohung wegen der Disziplin, mein ich. Wie kommen wir Unschuldige denn dazu? Befehl ist

Befehl, und deshalb haben die Herren das veranstaltet. Aber so dumm werden wir doch nicht sein, zu glauben, daß man uns mir nichts, dir nichts morgen... haha, hehe... ›Schaut's‹, sag ich ihnen, ›wenn man bei uns zu Haus einen Dieb fängt, der nur eine saure Gurke beim Greisler gestohlen hat, wird er von den Gendarmen beim Bezirksgericht abgeliefert. Dort machen sie ein genaues Protokoll, dann kommt er vor den Untersuchungsrichter, der ein ganzes Buch mit ihm aufnimmt, damit er in Ordnung vors Strafgericht in der Stadt kommen kann. Das muß alles seinen Weg gehn. Was aber wär denn das für eine Ordnung bei uns?‹ Das hab ich ihnen gesagt. Man kann doch nicht gleich... haha, hehe... Nicht wahr, Herr Leutnant, es muß doch ein Verhör geben, es muß doch etwas geschrieben werden? Das geht doch nicht, daß der Herr Auditor nur so daherkommt, uns anschaut, und wenn man was sagen will, mit der Hand winkt: ›Laßt das, Jungens, und erzählt mir nichts!‹ Nicht einmal einen Bleistift hat er bei sich gehabt. Wenn man aber ein neues Paar Stiefel braucht, werden zwanzig Eingaben gemacht. Hab ich recht? Seht ihr's, der Herr Leutnant glaubt auch nicht dran. Wie kommen wir dazu? Warum nur? Wir haben ja nichts angestellt. Ich, bitt gehorsamst, habe noch nie eine Strafe gehabt: Kein Anbinden, nicht einmal Menageentzug! Und weil die anderen zu den Russen gelaufen sind? Wir sind ja nicht gelaufen. Sagt uns der Herr Auditor, ihr habt von der Verabredung wissen müssen, und eure Pflicht war es, alles anzuzeigen. Weil ihr das nicht getan habt, schon seid ihr Hochverräter und habt Seiner Majestät, dem Kaiser, euren Soldatenschwur gebrochen. Herr Leutnant, bitt gehorsamst, hat das einen Sinn? Wer weiß von einer Verabredung? Ich weiß von keiner Verabredung! Und selbst dann, wenn sich die andern verabredet hätten, kann ein Kamerad das anzeigen? Sie würden ihn ja gleich erschlagen. Herr Leutnant, das Ganze ist doch so dumm und kindisch... hehe, haha... Und da kommt der Herr Auditor und liest uns sowas vor, wo man in diesem Krieg da schon genug ausgestanden hat. Aber es ist ja nur wegen der Angst, sag ich euch. Und der Herr Leutnant weiß es ganz genau und darf es nicht eingestehen. Wie käme denn mein Alter dazu? Er ist Müller in Přestitz und Gemeinderat. Mit den hohen Behörden ist er auch bekannt. Man wird ihm das doch nicht antun... heha... Aber, das ist alles nur wegen der Angst, mein ich. Todesurteile muß alle der Kaiser unterschreiben. Das weiß doch jedes alte Weib bei uns. Und der junge Kaiser ist ein braver Herr...«

Jetzt unterbrach der auf der Pritsche sitzende Mann den absatzlosen Redeschwall:

»Schwätz nicht so viel und schäm dich!«

Franz Pacak, so hieß er, war gewiß kein Bauern- und Besitzerssohn wie der putzige Teinfalt, sondern offenbar ein junger Arbeiter aus der Stadt. Das eingefallene, überanstrengte und jetzt von bitterem Nachdenken verdüsterte Gesicht sprach dafür. Ohne Zweifel, diese Stirn mit dem scharfen Einschnitt über der Nasenwurzel gehörte einem slawischen Fanatiker an, der zu seinem Unglück in einem ganz anderen Verhältnis stand als Teinfalt. Da nun dessen Stimme wieder einen weinerlichen Zipfel vorstreckte, fuhr Pacak wütend auf:

»Kusch! Was kommen wird, wird kommen!«

»Sag das nicht, Franta«, schmeichelte Teinfalt, »du siehst doch, der Herr Leutnant ist ein sehr guter Mensch. Der hat ein goldenes Herz, Franta, mein ich.«

Pacak wandte sich mit Widerwillen ab:

»Du Schwachkopf! Hör endlich auf mit dem Gewimmer! Was ist denn schon ein Leutnant? Grad so ein Dreck wie du! Er ist selber froh, wenn ihn die Herren leben lassen...«

Ferdinand hörte zum erstenmal seine Stimme in diesem Raum:

»Ich muß Ihnen die Legitimationskapseln abfordern!«

Dieses Wort schleuderte den heiteren Teinfalt auf seine Pritsche, als wäre damit erst der buntbemalte Vorhang von dem Grauenbild der Wahrheit weggerissen worden. Er sperrte den Mund auf und ließ ein leises Winseln vernehmen, in dem unfaßliches Erstaunen lag. Pacak aber zog gemächlich die Legitimationskapsel hervor und reichte sie Ferdinand.

»Da drinnen ist die Adresse meiner Mutter. Wenn Sie ein anständiger Mensch sind, verlang ich von Ihnen, daß ihr die Wahrheit geschrieben wird und nicht am End zur Volksberuhigung, daß ich den Heldentod vor dem Feinde gestorben bin, wie den Herren das vielleicht tempieren...«

Ferdinand trat zur dritten Pritsche. Der Mann, der sich keuchend auf ihr herumwälzte, machte einen völlig vertierten Eindruck. Teinfalt trug kaum noch einen hellen Bartflaum auf den Wangen, Pacak schien mit peinlicher Sorgfalt scharf ausrasiert zu sein, Schwec aber war bis über die Backenknochen von dichten drahtigen Borsten überwachsen. Hände und Haut zeigten noch dicke Krusten von Grabenschmutz. Dieser Mensch sah aus, als sei er nicht von Rum, sondern vom Tode betrunken. Speichel rann ihm aus dem Mund. Er rülpste und knurrte ohne Scham.

Ferdinand nahm seine Kraft zusammen:

»Die Legitimationskapsel!«

Der Mann richtete sich halb empor und sah den Leutnant mit seinen Gallert-Augen an, die aus fürchterlichen Träumen langsam zurückkehrten. Als er die Offizierskleidung erkannte, kniff er die Lider zusammen, blies beide Backen auf, die sich krebsrot färbten, und krächzte inbrünstig:

»Leck mich...«

Der Profos hob die Hand, um ihn zu züchtigen. Aber Ferdinand riß diese Hand herab. Endlich übergab ihm der Zugsführer auch die dritte Legitimationskapsel, und er durfte gehen.

Auf der Straße vermeinte er, irgendeine Macht habe ihm den ganzen Körper abgebunden, wie ein Arzt ein Glied abbindet und es damit blut- und gefühllos macht. Ferdinand war sich selber gefühllos geworden, dermaßen, daß seine Sohlen kaum die Erdberührung spürten. Josef fragte, ob der Herr Leutnant zu Mittag in die Offiziersmesse gehen werde ober ob er ihm das Essen nach Hause bringen solle. Er wolle zu Hause speisen, entschied Ferdinand. Und wirklich, er aß die Portion schnell und säuberlich auf, so daß ihn mancher um seinen Appetit beneidet hätte. Dabei aber starrte er mit blinden Augen in die Luft. Während der Mahlzeit kam, von Mitleid getrieben, Feldwebel Hafenrichter:

»Herr Leutnant brauchen sich um gar nichts zu kümmern. Es wird von selbst gehen. Ich hab alle Vorbereitungen getroffen, daß der Herr Leutnant morgen früh nur mitmarschieren müssen.«

Nach Tisch warf sich Ferdinand, was er sonst nie tat, aufs Bett und schlief sogleich ein. In der vielfältigen Welt dieses Schlafes taten sich seinem Bewußtsein grelle Durchblicke auf. Er hatte die Vorstellung, daß Franz Pacak, der fanatisch tapfere Gefangene, gar nicht Franz Pacak sei, sondern Franta, Barbaras Neffe und sein eigener Kindheitsfreund. Doch nicht genug damit! Auch Franta war nicht eigentlich Franta und Barbaras Neffe, sondern Barbaras Sohn, jenes kleine Wesen, das ihr in grauer Vorzeit gestorben war, so daß dieser Franz Pacak zum Kinde Barbaras wurde, das sich hinter dem Rücken der Welt zu der schwermütigen Gestalt des Verurteilten entwickelt hatte. Mit dieser schwierigen und geheimnisvollen Verwandlung konnte Ferdinands Geist nicht fertig werden. Endlich schlug der Schläfer die Augen auf. Es war Nacht. Mit einem kurzen Schreckensschrei sprang er vom Bett. Neun Uhr! O Gott, wie hatte er nur schlafen können! Er fuhr mit dem Kopf in einen Eimer kalten Wassers. Acht Stunden noch, dachte er, und, jetzt nur wach sein! Was er tun werde, wußte er nicht. Er rannte in die Nacht hinaus.

Zwölftes Kapitel

Der ewige Widersacher

Der Profos öffnete die Luke, die in die Tür geschnitten war:

»Sie werden jetzt schlafen. Wollen Herr Leutnant schauen?«

»Nein, nicht nötig«, wehrte Ferdinand ab.

Der Profos berichtete:

»Am Nachmittag war der Herr Auditor noch einmal da und dann der Herr Kurat. Aber der Schwec hat den geistlichen Herrn von oben bis unten angespuckt. Da ist er wieder weggegangen. Abends haben wir drei Menagen aus der Offiziersküche für sie bekommen: Karbonaden mit Erdäpfeln und Spinat, dann Emmentaler Käs' und dazu für jeden zwei Krüge Bier. Der Pacak ist ein ruhiger Mensch und hat gegessen wie ein ruhiger Mensch. Der Teinfalt hat nichts anrühren können, aber der Schwec hat auch noch die Portion vom Teinfalt aufgegessen. Nachher haben der Pacak und der Schwec miteinander Karten gespielt, um Zigaretten. Es ist zwar verboten, aber ich laß die Leute immer spielen, weil sie dann Ruh' geben. Der Teinfalt hat mich immerfort angeweint, man soll seinen Alten, der was Gemeinderat in Přestitz ist, hertelegraphieren, als ob man von der Front telegraphieren könnt! Jetzt schlafen sie. So um Neune schlafen sie alle immer, das kenn ich schon. Aber um halber elf wachen sie alle wieder auf. Ujegerl! Und dann geht's los...«

Dieser Bericht war nicht etwa unmenschlich vorgebracht, sondern mit teilnahmsvoller Wärme, soweit sie das Amt eines Profosen zuließ. Er meinte noch:

»Sie werden für die Nacht keine Zigaretten mehr haben, Herr Leutnant.«

Ferdinand gab ihm Geld und Auftrag, Tabak zu beschaffen. Dann machte er eine schroffe Wendung und entfernte sich mit solch entschiedenem Schritt, daß der Gefangenenwächter ihm erstaunt nachsah. Auch auf der Straße draußen fiel er nicht aus seinem fast feierlichen Tritt, der seine Entschlossenheit ausdrückte, ohne daß er wußte, wozu er eigentlich entschlossen sei. Als der Posten vor dem Tor der Divisionskommandantur des emporgestrafften Offiziers ansichtig wurde, fuhr er mit der Hand den Gewehrriemen herab, machte Kopfwendung und leistete damit eine in diesem Stadium des Krieges ungewöhnlich respektvolle Ehrenbezeigung.

Die Kommandantur war in einem zweistöckigen und geräumigen Haus untergebracht. Im Erdgeschoß befanden sich Speisesaal und Gesellschaftsraum der Offiziersmesse, im ersten Stock die Kanzleien und im zweiten wohnte der Feldmarschalleutnant-Divisionär, während der stellvertretende Generalstabschef in einer nahe gelegenen Villa hauste, die im Frieden dem Direktor der jetzt zerschossenen Ölfabrik gehört hatte. Flur und Treppenhaus, wo Ferdinand stand, waren hell erleuchtet. Ordonnanzen, mit Dessertschüsseln, Weinflaschen, Kaffeetabletts in den weißbehandschuhten Händen, rannten erregt ab und zu. Immer wenn die Tür sich öffnete, wogte pedalverschmierter Klavierdrusch heraus, dazwischen Hagelschauer von Streit und Gelächter. Auch Frauenstimmen wurden hörbar und vermischten sich mit plötzlich aufplärrendem Grammophongekreisch. Fetter und scharfgewürzter Speisengeruch überschwemmte die Vorhalle, aufreizend für jeden, der aus den Gräben kam, um hier eine Meldung zu machen oder ein Kanzleigeschäft zu erledigen. Ferdinand kam sich in diesem Lärm wie versteinert vor, wie ein Bote aus einer düsteren unendlichen Ferne. Einige Offiziere traten aus dem Speisesaal. Er wandte sich mit dienstlich-ernster Stimme an die Gruppe, die schon ein wenig die gerade Achse verloren zu haben schien:

»Ich muß Seine Exzellenz, den Herrn Feldmarschalleutnant, dringend sprechen.«

Auf diese Willensäußerung hin lachten einige. Ein Fähnrich spöttelte: »Da wirst du nicht viel Glück haben. Ab zwanzig Uhr dreißig befindet sich der Alte, durch die Mühen das Tages und durch erbeutetes Feuerwasser erschöpft, in einem besseren Jenseits. Er darf nur bei einem feindlichen Durchbruchsversuch geweckt werden.«

»Seien Sie nicht vorlaut, Herr Fähnrich«, warnte eine ältere Stimme, »sonst wird man Sie dem Schlaraffenleben entreißen und auf die vorgeschobene Feldwache Ferdinandowka III kommandieren.«

Derselbe Herr wandte sich an Ferdinand:

»Den Divisionär kannst du natürlich nicht sprechen, außer du meldest dich unter Angabe triftiger Gründe morgen im Dienstweg zum Divisions-Rapport.«

»Es sind äußerst triftige Gründe, die nicht bis morgen warten können.«

»Du bist sehr naiv, mein Lieber! Es gibt nichts, was nicht bis morgen warten kann. Geh hinauf in den Kanzleistock. Zweite Tür links. Dort warte auf den Hauptmann Steidler!«

Während Ferdinand die Treppe erstieg, hörte er, wie sich der Ruf »Herr Hauptmann Steidler!« durch Klavierspiel, Grammophongeschnarre, Gläserklirren und Gelächter fortarbeitete. Er trat in einen Raum, wo zwei Unteroffiziere an ihren Tischen lümmelten. Mitten im Zimmer stand eine Schreibmaschine, in der ein unvollendeter Brief steckte. Der Leutnant bewahrte seine regungslose Haltung. Manchmal warfen ihm die Schreiber, durch seine Starrheit beunruhigt, scheue Blicke zu. Nach zwanzig Minuten erst erschien ein Generalstäbler, der sich in heiterster Laune zu befinden schien. Er hatte den mit sammetschwarzen Aufschlägen und roten Litzen gezierten Kragen seiner Bluse aufgeknöpft. Liebenswürdig erkundigte er sich:

»Womit kann ich dienen?«

»Herr Hauptmann«, fragte Ferdinand, »ich melde gehorsamst... ich bin der Exekutionskommandant von morgen.«

Der Generalstabshauptmann betrachtete sein Gegenüber mit angestrengter Miene, als koste es ihn Mühe, die Sache ins Gedächtnis zu rufen. Dann schnalzte er mit dem Finger:

»Ach so, ach so! Entschuldige, bitte, ich muß zuerst noch einige Stücke für die Post erledigen. Nachher stehe ich dir gerne zur Verfügung.«

Er steckte den Kopf durch die Tür des Nebenzimmers und schrie:

»Jozsi, hopp, schnell antreten! Und schon!«

Zu Ferdinand hinüberlachend:

»Das ist nämlich meine weibliche Hilfskraft.«

Ein junger, bildhübscher Gefreiter trat ein, der wirklich wie ein verkleidetes Mädchen aussah, und setzte sich an die Schreibmaschine.

»Stellen Sie dem Herrn Leutnant einen Stuhl hin«, befahl der Generalstäbler; dann pfiff er leise durch die Zähne, worauf die Unteroffiziere blitzschnell verschwanden:

»Bitte, nimm Platz!«

Immer noch steif und in allen Gelenken abgeknickt, ließ sich Ferdinand nieder. Der Hauptmann postierte sich unterhalb des Deckenlichtes zur Schreibmaschine:

»Wo sind wir stehngeblieben?...«

Die Gedanken des Erstarrten, das näselnde Diktat und der hüpfende vieldurchklingelte Lärm der Maschine verknüpften sich zu einem absonderlichen Terzett:

– Gar nicht verändert hat er sich, der Steidler... Nicht einmal größer geworden ist er, sondern eher kleiner... Sollte man das für möglich halten?... Nach zehn Jahren (und wir waren damals halbwüchsige Buben) hab ich das Gefühl, als hätt ich ihn gestern zuletzt gesehen... Dritte Bank, Eckplatz in der Mitte... Seine Oberlippe ist gerad' so lang wie damals, so ekelhaft hochmütig... Erkennt er mich wirklich nicht, oder tut er nur so?... –

»Und denke ich noch immer, lieber Elemer, mit großem Vergnügen an die Nachmittage bei Demel, an die schönen Nächte im ›Trocadero‹ und an unsere gemeinsamen Erlebnisse dortselbst...«

Klingelzeichen.

– Warum diktiert er das in der Divisionskanzlei?... Warum schämt er sich nicht vor mir?... Oder glaubt er vielleicht, daß er mir mit seinem ›Trocadero‹ und seinem Elemer imponiert?... Die kleinen Augen, die er hat, und diese geschwollenen Ränder... ›Herr Major, ich danke dem Herrn Major gehorsamst für die gütige Strenge...‹ Wenn ich daran denk, wird mir heut noch zum Brechen übel... Wozu sitz ich eigentlich hier?... Du Pfiffikus, du Pfiffikus... –

»Du kannst dir denken, wie ich dich darum beneide, daß du in Wien bist... Ich werde lange nicht abkommen... Wie die Dinge liegen, muß ich hier den ganzen Krempel allein machen... In meinen Jahren kann ich ja sehr stolz darauf sein, aber es hilft nichts, ich sehne mich nach Wien... Was gibt man jetzt im Wiedner Theater?... Singt die Mizzi Günther noch und der Treumann? Betreffs der gewissen Angelegenheit werd ich mich bei der zuständigen Stelle informieren. Was der Vicki unter Grenzen der Standesehre versteht, ist mir schleierhaft... Bitte hab die Gnad und vergiß nicht, mich der Baronin Etelka zu Füßen zu legen...«

– Daß man so etwas diktieren kann... Er hat abscheuliche Hände, genau wie der Zechpreller im ›Richtkreis‹... Die Gewaltmenschen werden an ihren Händen erkannt... Der Bademeister hat überhaupt keine Nägel gehabt... Karl Schwec, Jaroslav Teinfalt, Franz Pacak heißen sie... Jetzt wachen sie auf... Ich hör den Teinfalt weinen... Franta Pacak... Franta... Was würde die Babi dazu sagen, wenn sie davon wüßte... Verflucht, ich kann mich nicht konzentrieren... Dem Jozsi stehen die Ohren ab... Er ist das Verhältnis vom Steidler... Jetzt weiß ich, was die Lausbuben damals am Sonntag in unserem Schlafsaal getrieben haben... Was für ein Esel war ich... Esel, Esel, Esel... –

Ein langer Klingeltriller.

»In den nächsten Tagen haben wir etwas zu erwarten. Ich war niemals der Ansicht, daß uns die russische Revolution viel nützen wird. Sie entfesselt naturgemäß die subversiven Elemente auf der eigenen Seite, und der Feind macht neue Anstrengungen. Gestern hat uns ein Beobachtungsflieger bei Tisch erzählt, daß vor einigen Tagen in den russischen Gräben ein Zivilist aufgetaucht sei und unter Jubelgeschrei eine lange Rede geschwungen habe. Kerenski heißt er...«

– Macht er das absichtlich, um mich zu zermürben?... Oder hat er mich doch nicht erkannt!?... Warum soll er mich erkennen... Er ist ein großes Tier, und ich bin ein schäbiger Reserveleutnant... Morgen, morgen... Fünf Uhr dreißig... Eigentlich zwinge ich mich, daran zu denken... Seitdem er im Zimmer ist, bin ich wie ausgewunden... –

Mehrere scharfe Klingelzeichen hintereinander.

»Bitte noch einen Augenblick«, entschuldigte sich Steidler, und Jozsi spannte ein neues Blatt ein.

– Ich spüre, daß mir die drei von Minute zu Minute gleichgültiger werden... Das darf nicht sein... Es hilft aber nichts... Für mich ist jetzt nur er da... Ich kaue die Luft... Das tue ich immer, Luftkauen, wenn ich jemanden umbringen möchte... –

»Tummel dich, Jozsi! Phonogramm an alle Abschnittskommanden. Operationsnummer 873. Datum. Zehn Uhr sieben Minuten nachmittags. Dringende Urgenz. Es ist sofort anher zu berichten, warum Meldung über durchgeführten Einschub der deutschen und bosnischen Kompagnien in Stellungen Josefowka und Ferdinandowka noch nicht eingelangt ist...«

Klingelzeichen.

– Ich glaube nicht, daß ich länger sitzenbleiben kann... Gott, Gott, diese Wut ist ganz falsch... ganz schlecht... Sie wird niemanden retten... –

»Unterschrift: Der Generalstabschef in Stellvertretung... Sofort durchzugeben... Der Brief kommt noch heut auf die Feldpost... Abfahren, Jozsi!«

Der Leutnant fuhr kerzengrad auf. Steidler kramte noch eine Weile herum, ehe er sich zum Zuhören bereit machte:

»Es ist zwar sehr spät geworden – aber ich bitte sehr!?«

Ferdinand wühlte krampfhaft in einer plötzlichen Nebelleere nach Worten:

»Ich bin morgen... zum Kommandanten bestimmt...«

Steidler wandte seine Augen nicht ab und zeigte keine Spur von Ungeduld:

»Ich selbst hab dich bestimmt.«

Das Klägliche, das er nicht hatte sagen wollen, stieß Ferdinand jetzt hervor:

»Herr Hauptmann, ich bitte gehorsamst, mich davon zu entheben.«

Ohne weniger liebenswürdig zu werden, wechselte Steidler das Kameradschafts-Du mit dem Dienstes-Sie:

»Warum, Herr Leutnant?«

»Ich fühlte mich dieser Aufgabe nicht gewachsen.«

»Sind Sie vielleicht krank, Herr Leutnant?« erkundigte sich der Generalstäbler ohne eine Spur von Spott.

»Nein! Ich bin körperlich vollkommen gesund.«

Die stets gleichbleibende ernsthafte Liebenswürdigkeit Steidlers steigerte die Infamie:

»Ich hatte schon gefürchtet, Sie wären krank, Herr Leutnant. Seit gestern abend warte ich auf Ihre Krankmeldung. Sie tun aber sehr gut daran, gesund zu bleiben, da Sie unserm Herrn Stabsarzt damit diagnostische Zweifel ersparen. Aus welchen Gründen also fühlen Sie sich dem Befehl nicht gewachsen?«

»Aus moralischen Gründen.«

»Moralisch? Was heißt das?«

»Die Verurteilten sind keiner Schuld überführt...«

Der Generalstäbler lächelte nachsichtig:

»Ich kann nicht annehmen, Herr Leutnant, daß so etwas Ihre ernste Meinung ist. Sie wissen gerade so gut wie ich, daß in diesem Fall eine Schuld oder Nichtschuld gar nicht in Frage steht! Es wird damit nichts als eine verdammt notwendige Kriegsmaßregel getroffen.«

»Kann eine ›Absicht‹ denn überhaupt ›erwiesen‹ werden?«

»Also, Sie scheinen ja ausgesprochen philosophisch gebildet zu sein. Sind S' vielleicht im Zivil ein Dokter?«

Mit krampfhafter Verzweiflung stammelte es aus Ferdinand:

»Müssen diese Leute denn getötet werden, Herr Hauptmann?! Gibt es keinen anderen Weg?«

Steidlers Augen ruhten mit wohlwollendem Interesse auf Ferdinands Brust:

»Sie haben hier die beiden silbernen Tapferkeitsmedaillen. Gratuliere! Wofür bekommt man denn solche Dinger?«

Ferdinand verstand die Anspielung:

»Das ist doch etwas ganz anderes.«

»Im Gegenteil! Das Ziel jedes Krieges ist die Vertilgung des Feindes. Die Vertilgung des inneren Feindes ist zwar mit keinerlei Ehren verbunden, aber um nichts unwichtiger als die Vernichtung des erklärten Gegners. Und was das getötete Menschenmaterial anbelangt? Wenn eine Kompagnie überläuft, verdreifachen sich die eigenen Verluste! Es ist übrigens komisch, daß ich mit Ihnen über solche Sachen diskutier'.«

Ferdinand senkte den Kopf. Die Sprache erstarb ihm. Die alte Kraft Steidlers, des Kadetten, der er schon in der Schule hilflos erlegen war, jetzt und hier machte sie sich wieder geltend. Sein eigener Verstand mußte dieser Logik recht geben. Da er keine Gegengründe fand, begann der bitterschmeckende Zorn sich zu regen.

Der Hauptmann holte aus seiner Mappe ein Blatt hervor:

»Ich hoffe mit folgender Relation Ihre Skrupel zu beruhigen. Es ist der Bericht eines Stationskommandos in einer großen böhmischen Stadt.« Und er las:

»Da bei Abtransport des letzten Marschbaons des hiesigen Infanterieregiments der Widerstand der Mannschaft in mehreren Fällen zu offener Meuterei ausartete, wobei zwei Offiziere schwer verletzt wurden, mußten die Truppen in ihre Ubikationen zurückgeführt und dort entwaffnet werden. Die über diese Kompagnie verhängte Dezimierung wurde am nächsten Tage von dem hier dislozierten Honvedregiment durchgeführt.«

Steidler legte das Blatt mit Vorsicht zurück: »Nehmen wir an, daß ein kriegsstarkes Bataillon einen Stand von tausend Mann hat, so sind hundert von diesen tausend erschossen worden. Glauben Sie wirklich, Herr Leutnant, daß alle hundert schuldig waren? Es hat ganz sicher unter ihnen weiße Lämmer in der Mehrzahl gegeben. Und kennen Sie vielleicht ein anderes Mittel, das ein um sein Leben kämpfender Staat anwenden könnte, um sich vor dem Selbstmord zu retten? Wir treiben hier bei uns die Humanität eh' weiter als es gut ist. An anderen Frontabschnitten werden die Hochverräter vor den eigenen Gräben angenagelt und gekreuzigt! Haben Sie noch einen Wunsch?«

»Ja, Herr Hauptmann!«

»Also, bitte?«

»Alles, was Herr Hauptmann sagen, scheint richtig zu sein. Aber man darf trotzdem wehrlose Menschen nicht außer Recht setzen. Dadurch wird unsere Kampfkraft hundertmal mehr geschädigt als gestärkt.«

»Diese Sorge überlassen Sie gefälligst dem zuständigen Kommando! Haben Sie einen Wunsch für die Verurteilten?«

»Ja, Kriegsgericht und Aufschub!«

»Ganz abgesehen davon, daß ein Erlaß vom A. O. K. jedes prozessuale Verfahren für derartige Fälle ausschaltet, würde das Kriegsgericht den Spruch nur bestätigen.«

»Herr Hauptmann! Um Gottes willen! Sehen sich Herr Hauptmann die Leute doch zuerst an! Da ist einer, ein Wickelkind noch und kein Hochverräter. Teinfalt heißt er.«

»Nehmen Sie ein besonderes Interesse an einem dieser Leute?«

»Diese Frage verstehe ich nicht...«

»Ich meine ein Interesse verwandtschaftlicher Art?«

Ferdinand trat einen Schritt zurück:

»Herr Hauptmann wissen ja ganz genau, daß ich der Sohn eines hohen Offiziers bin.«

Steidler lachte betont gemütlich:

»Ach so... du bist es... das hätt ich mir gleich denken können... eigentlich hab ich mir's auch gedacht... Schulfreundschaften vergißt man nie ganz...«

In diesem Augenblick neigte sich die Waagschale des Kampfes zugunsten Ferdinands. Steidler hatte sich zwei Blößen gegeben. Erstens war er keinen Augenblick darüber im Zweifel gewesen, daß der Leutnant sein ehemaliger Kamerad war, der durch seine Schuld die Militärerziehung verlassen mußte. Die schlechte Schauspielerei des Wiedererkennens hinterließ einen ärgerlichen Nachgeschmack. Zweitens hatte er eine Anspielung auf Verwandtschaftsverhältnisse gemacht, mit der er selbst nichts anzufangen wußte. Die grausame Geschichte mit Ferdinands »illegitimer« Mutter in der Küche war ihm zwar aus dem Gedächtnis geschwunden, aber nicht aus der Seele. Er wußte genau, daß er damals eine große Schweinerei begangen habe. Aus diesen Gründen entstand eine Unsicherheit in seiner Haltung. ›Wenn ich den Kerl nur schon los wär‹, dachte er. Nicht viel fehlte, und er hätte sich zu einem Kompromiß bereit erklärt. Ferdinand aber war nicht so klug, den richtigen, den vertraulich bittstellerischen Ton zu finden. Er sagte nichts. So war denn Steidler gezwungen, selber eine matte Anknüpfung zu suchen:

»Ja, die schönen Zeiten damals! Das ist auch schon eine Ewigkeit her. Erinnerst du dich noch an den Krispin? Ein ekelhafter Hund! Er ist übrigens schon im August vierzehn bei Lisnija in Serbien gefallen.«

Ferdinand, in dem Krispins Name nichts hervorrief, schwieg. Dadurch erreichte Steidlers Ermattung den Tiefpunkt.

»Wenn ich geahnt hätte, daß du ein alter Kamerad bist... Rauchst du?« Und er überlegte wirklich, ob er nicht im letzten Augenblick noch einen anderen Offizier zum Exekutionskommandanten bestimmen könne.

Währenddessen hielt er Ferdinand seine silberne Dose hin:

»Du kannst dich ruhig bedienen... Diese Zigaretten werden aus dem feinsten albanischen Tabak eigens für uns hergestellt.«

Daß Ferdinand regungslos verblieb, die Zigaretten des hohen Generalstabs keines Blickes würdigte, und der Hauptmann demnach gezwungen war, etwas Verschmähtes nach einer Weile zurückzuziehen – dies und nichts anderes entschied die neue Wendung. Es war eine jener unheimlichen Winzigkeiten, die das Schicksal bestimmen. Wie sich der Wasserdunst an einer Glaswand durch Temperaturveränderung in Tropfen niederschlägt, so sammelte sich eine längst aufgelöste Abneigung in Steidlers Nerven wieder. Da aber ließ sich Ferdinands fordernde Stimme vernehmen:

»Herr Hauptmann, jeder weiß, daß Herr Hauptmann hier eine unbeschränkte Macht sind. Kein Mensch wird Rechenschaft verlangen, wenn Herr Hauptmann mir jetzt einen Gegenbefehl erteilen.«

Das Wort »Macht« erweckte Steidlers Selbstbewußtseinsrausch wieder, in welchem der junge Mensch, seitdem er

Stellvertreter des Generalstabschefs einer Division war, immerfort lebte. Er stemmte die rechte Hand in den Einschnitt seiner Taille, die er allabendlich vor dem Spiegel zu bewundern pflegte:

»Macht? Was weißt du von meiner Macht? Ich bin hier nur der Kuli, das Mädchen für alles. Die Befehle erteilt der Divisionär.«

Ferdinand wußte plötzlich, daß die unleserliche Unterschrift auf dem verhängnisvollen Dienststück Steidlers Namenszug war. Aber diese blitzhafte Aufhellung verlor sich sogleich wieder im Dunkel:

»Wenn Herr Hauptmann nur wollen, kann der Befehl widerrufen werden!«

Steidlers Augen wurden ganz klein und verschwollen:

»Aber ich will nicht!«

Er machte einen raschen Gang durchs Zimmer, wobei er den Anfang einer Schlagermelodie unheilvoll leise zwischen den Zähnen pfiff. Dann blieb er hinter Ferdinand stehen:

»So kommen wir nicht weiter, Herr Leutnant. Ich hab keine Lust, dieses sinnlose Gespräch fortzusetzen.«

Ferdinands Gesicht war verzerrt und schweißübergossen:

»Ich kann das nicht...«

Steidler fuhr scharf herum:

»Herr Leutnant, welche Muttersprache ist in Ihren Dokumenten angegeben?«

Ferdinand, der diesen Hieb nicht gleich erfaßte, erwiderte der Wahrheit gemäß, er sei ein Deutscher. Steidler aber, der hinter dem Tisch Stellung nahm, erhob seine schneidende Dienststimme:

»So? Ich werde das morgen ausheben lassen. Ihre Anteilnahme für Hochverräter legt den Verdacht nahe, daß Sie einer anderen Nation angehören. Sie werden Ihre politische Zuverlässigkeit erst beweisen müssen, Herr Leutnant!«

Ohne Überlegung stieg es in Ferdinand auf, eine dunkle Säule der Wut:

»Seit drei Jahren bin ich ohne die geringste Unterbrechung im

Schützengraben. Das ist meine Zuverlässigkeit, die ich mit den Herren nicht teile, die in Kanzleien herumlungern, nie im Feuer gewesen sind, Champagner saufen, Todesurteile unterschreiben und eigens für den Generalstab fabrizierte Extrazigaretten rauchen.«

Als ihm dieser Wortkrampf entfahren war, wußte Ferdinand, daß nicht nur die drei Verurteilten, sondern auch er verloren sei. Steidler saß am Tisch und unterfertigte irgendwelche Papiere, als wäre er längst schon allein und in seine Arbeit vertieft. Nach einigen Minuten Schweigens sah er auf:

»Sie sind noch immer da? Was wollen Sie eigentlich von mir?«

»Eine Antwort...«

Steidler machte ein verlogen-gequältes Gesicht:

»Ich rate Ihnen, auf unsere ehemalige Mitschülerschaft nicht allzusehr zu pochen. Ihre Kühnheit geht schon bis an die Elastizitätsgrenze einer solchen Beziehung. Bedenken Sie, wer Sie sind und wer ich bin!«

Ferdinand nahm Habtachtstellung:

»Herr Hauptmann, ich bitte gehorsamst um eine Antwort auf meine Bitte wegen der morgigen Exekution.«

Steidler hob den Kopf von seinen Unterschriften nicht auf:

»Meine Antwort ist Ihnen vorgestern in Befehlsform zugestellt worden.«

Ferdinand holte tief Atem, als müsse er sich für lange Zeit mit Luftproviant versorgen:

»Und was für Möglichkeiten habe ich?«

»Sie haben zwei Möglichkeiten! Die eine heißt Gehorsam, und die andere... Aber von der rate ich Ihnen ganz energisch ab...«

»Und die andere, Herr Hauptmann?«

»Befehlsverweigerung«, sagte Steidler mit hohem und langsam näselndem Ton.

Ferdinand war durch Abstammung, Erziehung, Leben viel zu sehr Soldat, als daß ihm die Frage, die er jetzt stellte, leichtgefallen wäre. Obgleich sich jedes Atom seines Körpers vor Empörung aufbäumte, ergriff ihn ein Schauder bei seinen Worten:

»Und was, wenn ich den Befehl verweigere, Herr Hauptmann?«

Steidler nahm mit der gleichgültigsten Handbewegung einen Armeerevolver vom Tisch und knackte lässig die Sicherung auf:

»Und was, wenn ich Sie erschieße, Herr Leutnant?«

Diese Drohung verjagte aus Ferdinand mit einem Schlag das soldatische Grauen vor der Insubordination. Fast war es Lustigkeit, die ihn durchblitzte. Er machte zwei Schritte auf die Hand zu, die den Revolver hielt:

»Sie fürchten sich ja viel mehr, mich zu erschießen, als ich mich fürchte, von Ihnen erschossen zu werden.«

Steidler hob spielerisch die Waffe:

»Herr Leutnant, Sie befinden sich in einem gefährlichen Irrtum. Sie sind nicht der erste in diesem Krieg, mit dem ich einen derartigen Auftritt glatt zu Ende geführt habe!... Überlegen Sie sich's also. Ich gebe Ihnen fünf Minuten und nicht mehr Bedenkzeit.«

Er legte seine Uhr auf den Tisch, während Ferdinand, um der Nähe dieses Menschen zu entkommen, sich zum Fenster zurückzog.

Steidler aber bedeckte plötzlich die Uhr mit der Hand, wie um die Zeit abzustoppen.

»Herstellt! Eh' wir beginnen. Was ich vorhin über Ihre politische Unzuverlässigkeit gesagt habe, bleibt aufrecht. Sie sind zwar vielleicht der Sohn eines alten Truppenoffiziers, das aber ist noch lange kein Beweis dafür, daß Sie nicht mütterlicherseits ein Hochverräter sein können.«

Das war ein verdrehter und unsinniger Satz, über den sich Steidler keine Rechenschaft geben konnte. Er hatte ihn ausgesprochen, um Ferdinand zu erniedrigen, ohne daß er selber klar wußte, worin die Erniedrigung lag. Der Kadett in der Küche, Hand in Hand mit einem alten Dienstboten im Kopftuch. Dieses Bild war aus seiner Erinnerung zwar verschwunden, ebenso wie seine Grausamkeit am nächsten Schultag verschollen war – aber nur aus seiner Erinnerung. Dennoch, seine Worte stellten, einem geheimnisvollen Gesetz der menschlichen Beziehungen gemäß, wonach diese unveränderlich bleiben müssen, das Urverhältnis des Hasses zwischen ihm und Ferdinand wieder her. Ferdinand selbst hatte nicht einmal den Wortlaut begriffen, aber der Hauch der Silben schon zersetzte den letzten Rest seiner Fassung wie ein wohlbekanntes Gift. Um einen Halt für die Einheit seines Selbst zu finden, griff er nach dem Fensterkreuz. Steidler lächelte siegesgeschmeichelt:

»So, die Bedenkzeit hat begonnen.«

Ferdinand stieß sich vom Kreuz ab und stolperte vor:

»Ich brauche keine Bedenkzeit...«

Steidler zog den Oberleib zurück, so nahe kam ihm das Gesicht des Sinnberaubten. Ferdinand dachte noch: ›Klein ist er geworden, der Steidler, viel kleiner als ich, und er war doch der größte von uns...‹ Dann schrie er auf:

»Herr Hauptmann, ich melde mich gehorsamst als Exekutionskommandant für morgen!«

Steidler warf einen gelangweilten Blick auf den Tisch und machte Miene, den Revolver hinzulegen. Ferdinand aber schlug ihm die Waffe blitzschnell aus der Hand, faßte den schmalen Menschen, der sich vor lautlosem Schreck nicht wehrte, um den Leib, hob ihn mit ungekannten Riesenkräften hoch und schleuderte ihn auf den Fußboden der Kanzlei. Trotz des fürchterlichen Lärms öffnete sich keine Tür. Starr lauschend blieb Ferdinand einen Augenblick stehen.

Als er das Zimmer verließ, sah er noch, wie Steidler sich langsam zusammenklaubte. Jetzt wird der Gezüchtigte aufschreien, ihm nachstürzen, schießen, das Haus zusammenjagen, dessen war Ferdinand sicher, und er blieb auf dem finsteren Gang stehen, um sein unabwendliches Schicksal zu erwarten. Nichts von alledem geschah. Da ging er auf Zehenspitzen leise die Treppe hinunter.

Dreizehntes Kapitel

Richtgang

Es war noch nicht vier Uhr morgens, als Ferdinand in den Unterkünften seiner Kompagnie erschien und die Leute weckte. Er selbst war nicht aus den Kleidern gekommen und hatte die Nacht auf jener Halde zugebracht, wo die Hinrichtung stattfinden sollte. Die Soldaten sahen den Leutnant mißtrauisch an, denn er zeigte eine strenge Härte, die noch niemand an ihm bemerkt hatte. Unnachsichtlich machte er Stichproben, ob die Ausrüstung der Mannschaft in Ordnung sei, und drohte einem Gefreiten, der eine seiner drei Konserven verzehrt hatte, er werde ihn anbinden lassen. Um halb fünf schon mußte alles antreten. Ferdinand ging dreimal die Reihen durch, und bei jedem Gang zog er ein paar Burschen, die ihm besonders unsympathisch waren, vor die Front. Endlich hatte er drei Gruppen von je acht Mann ausgeschieden. Die Gewehre wurden peinlich untersucht, und wenn ein Verschluß nicht frisch geölt war, regnete es Flüche. Feldwebel Hafenrichter kam ganz bestürzt herbeigelaufen. Seine rechte Backe war von einem großen Brotbissen vorgewölbt, und die Bluse hatte er noch nicht zugeknöpft. Er knautschte:

»Herr Leutnant! Es war ja gestern schon alles eingeteilt.«

»Schweigen Sie«, schrie Ferdinand ihn an, worauf sich der Gekränkte nun selber auf die Mannschaft stürzte und sie beschimpfte. Um fünf Uhr war die eingeschüchterte und verdüsterte Kompagnie vor dem Gefangenenhaus gestellt.

Beim Tore wartete schon der Feldkurat in zappelnder Erregung, ein ziemlich junger Mensch noch, der jene groteske Uniform trug, welche den Zuschnitt kriegerischer Wehrhaftigkeit und seelsorgenden Priestertums in sich vereinigt. Der Kurat hatte die schwarze Kappe abgenommen. Unter dem dünnen Scheitel sammelte sich der Schweiß und rann in fetten Tropfen über die kräftige Stirn.

»Du hast natürlich auch nicht geschlafen, Herr Leutnant«, begrüßte er Ferdinand. »Schlafen, wie denn schlafen?«

Da der Leutnant Exekutionskommandant sich in kein Gespräch einließ, kam der Seelsorger zur Überzeugung, eine ungewöhnlich abgehärtete Seele vor sich zu haben, was seinen Jammer vermehrte:

»Lieber Freund, du hast gewiß draußen furchtbare Sachen miterlebt. Abgerissene Glieder, verspritztes Hirn, stinkende Leichenfelder, bitte sehr, ich weiß schon. Aber ich kann dir sagen, nichts ist schrecklicher als das hier, gar nichts... Es ist schon meine siebente in diesem Jahr, und noch immer hab ich mich nicht daran gewöhnt! Im Gegenteil. Jedesmal wird es schwerer für mich. Und du? Bist du das erstemal kommandiert?«

Als Ferdinand antwortete, »Jawohl, zum erstenmal«, glaubte er, seine Stimme ertöne viele Meilen weit von ihm entfernt. Der Feldpriester zog eine Kognakflasche aus seinem kriegerischen Gottesrock, tat einen Schluck und prustete dann: »Brrr«, womit er sein Entsetzen über die Schärfe des Getränks und die unerbittliche Furchtbarkeit des Lebens kundgab: »Du wirst noch schaun, wie das ist...«

Er zögerte einen Moment, ob er dem Leutnant einen Trunk anbieten solle. Weil er aber den Verdacht hegte, daß Ferdinand ein »streberischer Reservezwockel« sei, bestrafte er ihn und steckte die Flasche wieder ein.

Endlich öffnete sich das Tor. Im selben Augenblick fiel Ferdinand ein brennender Krampf im Zwerchfell an, so daß er mit zusammengebissenen Zähnen den Oberkörper nach vorne beugen mußte. Aber nicht nur er, auch die Soldaten sahen auf einmal hohl und verfallen aus; man hätte meinen können, eine Parade von Totenköpfen halte die Wacht.

Ferdinand schloß feige die Augen, um die Unglücklichen nicht sehen zu müssen. Aber er wußte trotzdem alles, auch ohne daß er es sah. Er wußte, daß Teinfalt kindisches und sinnloses Zeug plapperte und sich immer wieder selber einzureden suchte, das Ganze sei nur ein Strafmanöver um der Angst willen. Er wußte auch, daß der Profos dem kleinen Bauernjungen auf sein jämmerliches Gefrage mit trostreich-ausweichenden Antworten diente: »Ja, ja!... Mag schon sein!... Ich darf nichts sagen, aber vielleicht hast du recht!... Das könnt' am End' so kommen!« Er wußte, daß Schwec noch schwerer vom Tode volltrunken sei als gestern und zwischen zwei Wachtsoldaten, die ihn am Arm hielten, torkelte. Er wußte, daß Franta Pacak ganz in sich versunken dastand und gar keine Augen mehr hatte. Die Stimme des Feldkuraten keifte ihm jetzt ins Ohr:

»So eine Gemeinheit! Der Herr Auditor und der Herr Regimentsarzt drücken sich. Das ist nur bei dieser Saudivision möglich, wo der Kommandant sich um nichts kümmert und ein frecher Lausbub regiert. Paß auf, es wird bei uns noch einen großen Pallawatsch geben. An deiner Stelle würd ich die beiden Herrschaften holen lassen. Wieso komm ich dazu?«

Ferdinand beachtete diese Einflüsterung gar nicht. Wiederum hörte er seine Stimme, die ferne und scharfe Stimme eines ungerührten Befehlshabers: »Abmarsch!«

Der rangälteste Unteroffizier hob die Hand:

»Erster Zug!...«

Gleichtritt klappte in den Morgen hinein. Ferdinand stand mit dem Rücken zur Truppe. Dort läuft der Hafenrichter davon, wie vom Teufel gehetzt, stellte er fest. Erst als der Marschklang ihm sagte, daß die letzte Doppelreihe vorbei sei, schloß er sich dem Zug an. Ohne daß er den Befehl dazu gegeben hätte, hielt die Kompagnie ein mäßiges Tempo ein. Ferdinand erinnerte sich der Vorschrift im Dienstreglement. »Langsamer«, befahl er, und dieser Ruf pflanzte sich schallend bis zur Spitze fort. Hundert Kehlen wiederholten befriedigt: »Langsamer!« Aufschub des Gräßlichen, wenn auch nur um wenige Minuten. Dann ließ sich in der langen Abteilung kein Wort, kein Flüsterlaut mehr vernehmen. Nicht nur die Delinquenten, sondern all diese Menschen schienen bis zu einem gewissen Grade vom Tode trunken oder schläfrig zu sein. Ein einheitlicher, aber schleppender und schwankender Rhythmus bewegte die Kolonne vorwärts.

Doch auch die Umwelt nahm an diesem widerwilligen Weitermüssen teil. Obgleich die Uhren schon eine Viertelstunde nach fünf zeigten, ließ sich in dieser Ortschaft, die einen »überzähligen Truppenbelag« aufwies, kein Feldgrauer auf der Straße blicken, nicht einmal ein Pferdeknecht mit dem Tränkeimer. Niemanden weckte das gespenstige Schnarren dieser vielen, in die Verdammnis marschierenden Füße. Ebenso wie die Zeit verdickt war, schien auch das Morgenlicht verdickt zu sein, eine trübe Molke, aus Dunst und Strahlenrahm gepanscht. Die strohbedeckten Ruthenenhütten zeigten deutlich den Willen, abweisend dazustehn. Kein Hahn, kein Hund, keine Schwalbe meldete sich. Und selbst der Krieg dort draußen bewahrte während dieser Frist verächtliches Schweigen und murrte mit keiner Granate und keifte mit keinem Maschinengewehr, als habe er sich selbst schon satt.

Der Kurat hatte aus einem Futteral ein schwarz-silbernes Kruzifix hervorgeholt, das er mit beiden Händen umfaßte und emporhob, während er neben den Verurteilten in der Mitte einherschritt. Aber es sah aus, als trage er das Gottesbild nicht den Bedürftigen voran, sondern halte sich selber in seiner Verzweiflung daran fest und lasse sich widerwillig von ihm vorwärtsschleifen. Lächerlicher Kerl, ärgerte sich Ferdinand, und so etwas hätte ich selber werden sollen. Dies war einer der seltenen klaren Momente des Marsches, die ihm seine qualvolle Betäubung gewährte. Daß aus ihm nicht einmal ein Feldkurat geworden war, sondern ein elender Reserveleutnant ohne Vergangenheit, ohne Zukunft, das freilich fiel ihm nicht ein. Seine Hauptbeschäftigung, während er hinter dem Todesmarsch einhertrottete, bestand ausschließlich aus mißlungenen Denkversuchen. Was aber draußen auf der Halde geschehen würde, die letzte Entscheidung, die ihm bevorstand, dies entzog sich selbst den mißlingenden Gedanken. Kam er in die Nähe der entsetzlichen Vorstellung, verschwand alles und nur Ohrensausen blieb übrig. Deshalb verlegte er sich auf Einbildungen, die ihm gestattet waren, zum Beispiel auf die Hoffnung, ein weittragendes Geschütz des Feindes sei schon mit zielgerichteten Elementen bereitgestellt, sich auf diese Straße hier einzuschießen, wobei im nächsten Augenblick ein Volltreffer ihn, die drei Delinquenten und die halbe Kompagnie verwunden werde. Oder: Ein Befehl des A. O. K. sei eben eingetroffen, der die irreguläre Erledigung von Hochverrätern wieder verbiete. Der Unteroffizier mit dem Widerruf renne schon atemlos, um die Marschkolonne einzuholen. Oder: Der harmlose Hügel am Horizont sei ein Vulkan und warte nur darauf, im letzten Augenblick mit feuerspeiender Vernichtung auszubrechen. Diese Phantasterei spann er am längsten und sogar mit einem besonderen Traumgenuß aus. Das Wichtigste aber war, den Fortschritt der Kompagnie zu hemmen. Als ein Gefreiter zu ihm mit der Frage gelaufen kam, ob Pacak rauchen dürfe, ließ er haltmachen, suchte lange in seinen Taschen und schickte dann eine hölzerne Zigarettendose vor. Am Ortsende bog aus einer Seitengasse ein Sanitätswagen ein. Auch diese Gelegenheit wurde benutzt, die Zeit zu strecken.

Die Straße senkte sich ein wenig. Ferdinand wußte jetzt, da er in der Nacht den Weg mehrmals abgemessen hatte, daß nur mehr zweihundert Schritte zurückzulegen seien. Mit einem Schlage fiel ihm das Wissen aufs Herz, daß er selber nicht mehr weiterleben könne, wenn das Gräßliche wirklich unter seinem Kommando geschehen sollte. Gestern war von Barbara ein Brief gekommen. Sie war glücklich, ihn außerhalb der Gefahrenzone zu wissen. ›Wenn ich's tue, werde ich ihr nie mehr im Leben schreiben.‹ Dies dachte er einige Male vor sich hin, während eine knirschende Ungeduld ihn überfiel und er sich zurückhalten mußte, nicht »Laufschritt« zu befehlen.

Die Halde! Ein langer Ruf erschallt. Die Truppe steht. Ferdinand geht im Chausseegraben, der den Anger von der Straße trennt, die Reihen entlang. Er hat dabei das peinliche Bewußtsein, sich etwas zu vergeben, weil er als Offizier auf einem niedrigeren Niveau schreitet als die Mannschaft. So groß ist die Macht der soldatischen Zwangsvorstellungen. Der Zug zerfällt in zwei Teile, die durch einen mehrere Schritte breiten Zwischenraum voneinander getrennt sind. In diesem inneren Raum, im Schranken, steht das Opferhäuflein. Die drei Verurteilten, der Kurat, der Profos und sechs Wachtsoldaten, für jeden der Todgeweihten zwei. Quälende Einzelheiten bohren sich in Ferdinands Hirn. Pacak hält eine Zigarette zwischen den Lippen, die nicht brennt. Soll er, der Exekutionskommandant, befehlen: »Zu Ende rauchen!?« Ist überhaupt »Zu Ende rauchen« ein zulässiges und im Reglement vermerktes Kommando? Dann: Der Seelsorger hält jetzt das Kruzifix vor sich hin wie eine Frau den Handspiegel, seine Kappe sitzt schief, und er kratzt mit der freien Hand den Kopf vor Nervosität. Soll er, der Kommandant, diese Jammergestalt herrufen und anordnen, sie möge Würde bewahren? Von den Soldaten sieht keiner ihn an. Er erinnert sich an ein altes Christusbild, das im Dom seiner Vaterstadt hängt. Der Leidensmann folgt dem Betrachter überall hin mit seinen schwermütig-bohrenden Augen. Das Gegenteil tun diese Infanteristen hier. Sie weichen ihm überall hin mit ihren Augen aus.

Höchste Zeit! Jetzt muß etwas geschehen. Es genügt nicht, die Reihen auf und ab zu laufen. Der Militärteufel sitzt Ferdinand brennend im Genick. Denn wirklich und wahrhaftig verschwindet in den nächsten Sekunden jeder andere Beweggrund vor der Furcht, sich angesichts der Untergebenen nicht befehlshaberhaft genug zu betragen. Diese Furcht fördert den scharfen Anruf zutage: »Feldwebel, zu mir!« Als aber der Unteroffizier zuspringt, weiß Ferdinand nicht, was er von ihm will. Er muß eine Weile schmerzhaft nachdenken, ehe er hervorstößt:

»Vorwärts! Direktion Böschung!«

Dieser Befehl ist immerhin eine kleine Erlösung, denn bis er ausgeführt ist, werden zwei Schonungsminuten vergehen. An einer Stelle ist der Chausseegraben mit Balken überbrückt. Die Mannschaft mitsamt den Opfern benutzt diese Brücke, was dem Leutnant fast ein gereiztes Lachen abnötigt, so sinnlos erscheint es ihm, den Todesgang über einen bequemeren Umweg zu beschreiten. Er für seine Person springt über den Graben. Siebzig Schritte mißt hier die steinige Halde, er weiß es genau, dann wirft sich die hohe, mit Scherben und Abfällen besäte Böschung auf. In der Nacht, wenn schwüler Sommerdunst hinabsinkt, strömt hier Unkraut, Brennessel und Himbeergestrüpp einen leimigen

Samengeruch aus. Ein paar große Holunderbüsche stehen in übermäßiger Blüte.

Neuerlich: »Halt!« Und was jetzt? Er denkt krampfhaft an die auswendiggelernten Seiten des Dienstreglements, erster Teil, Vollziehung einer Todesstrafe:

»Feldwebel!«

»Zu Befehl, Herr Leutnant!«

»Offenes Karree mit Front zur Böschung.«

Der Feldwebel, der alle Vorschriften genauso gründlich studiert hat wie Ferdinand, ist sich über die notwendige Formierung längst im klaren. Sein Kollege Hafenrichter hat ihn darauf aufmerksam gemacht, daß der Leutnant ein weichherziger »Nervenbinkel« sei, den man am besten von der ganzen Geschichte ausschalte. Wendungen, kurze Vor- und Rückmärsche, Kehrteuchrucke klappen. Binnen einer Minute ist der Befehl erfüllt. Weiter! Die drei, der Profos und der Kurat stehen jetzt inmitten des zerzogenen Rechtecks. Pacak hat die tote Zigarette noch immer im Mund. Teinfalt, das farbenfrohe Jahrmarktsspielzeug, ist zu einem verrenkten Habtacht erfroren, als läge in krampfhaft soldatischer Strammheit die letzte Rettungsmöglichkeit. Schwec brüllt in langen Pausen immer dasselbe unflätige Wort über den Platz, während ihm der Profos mit ruhiger Freundlichkeit zu verstehen gibt:

»Was hast du davon, Bruder? Das kennt man ja. Was nützt dir das?«

Alle drei sind gefesselt. Der Kurat aber fuchtelt mit dem Kruzifix blasphemisch in der Luft herum, sieht die Unglücklichen nicht an und sticht die dünn-hysterische Stimme eines Weibes ins Leere, das mit seinem Mann keift:

»Burschen! Nur keine Angst! Angst ist nicht nötig! Alles geht in Ordnung. Gott hilft!«

Dann steht er unversehens neben Ferdinand und quäkt ihm ins Ohr:

»Du solltest unbedingt um drei Sessel schicken. Man bindet sie daran an und fertig. Im Sitzen ist es viel menschlicher. Bei der dreiunddreißigsten Division am Isonzo machen sie es immer so.

Es ist viel praktischer und menschlicher als das Niederknien. Mein Wort darauf!«

Auch der Kurat, dessen Gesicht schweißübergossen ist, ringt um Aufschub. Aber Ferdinand versteht ihn nicht. Er sieht lauter schwarze verweste Gesichter, wie er sie zwischen den Gräben so oft in der Sonne platzen sah. Eine kurze und letzte Schwächeanwandlung fährt ihm in die Gurgel: Warum hört dieser Krieg nicht auf. Dann ist er wiederum nichts als Mechanismus:

»Feldwebel!«

»Befehlen, Herr Leutnant?!«

»Die drei Abteilungen vor!«

Zugleich mit diesem Befehl springt der ratternde Zeitmotor in eine rasende Geschwindigkeit über. Ferdinand muß jetzt nicht mehr selber denken und handeln. Das Schicksal scheint eigenmächtig und ohne sein Zutun abzulaufen. Er findet sich am Ende des linken Flügels. Wollte er sich dem bloßen Zuschauen ergeben, würde sich dennoch alles glatt und blitzschnell abwikkeln. In den Feldwebel und in den Profosen ist mit einemmal die Hölle gefahren. Sie, die bisher allem Anscheine nach keine Rohlinge waren, stürzen sich grausam auf die Opfer, reißen sie mit hartem Griff vorwärts und stellen sie, nicht wie Menschen, sondern wie verhaßte Dinge, mit dem Rücken zum Kugelfang der steilen Deckung auf. Aber auch die dreimal acht Gesichter, die sogleich das Gericht zu vollbringen haben werden, sind vom besessenen Abgrund gezeichnet. Die Augen glitzern grün, und zwischen lüsternen Lippen und grinsenden Zähnen tritt bei manchem die Zungenspitze vor. In seiner Erregung vergißt der Profos, die Verurteilten, wie es die Vorschrift befiehlt, auf die Knie zu zwingen. Der Feldwebel keucht vor Ungeduld: Er reißt sich höher als er ist und donnert:

»Gewehr bei Fuß!« Die Kolben stampfen die Erde.

Ferdinand aber, der durch die Erregung der anderen immer traumhaft ruhiger wird, winkt ab:

»Feldwebel! Ich... kommandiere.«

Noch einmal jault das fieberfröstelnde Keifen des Kuraten auf:

»Burschen! Macht euch nichts draus! Gott geht in Ordnung. Denkt ans Jesulein!«

Er weiß nicht mehr, was er redet. Seekrank schwankt der silberne Christus über den Köpfen. Ferdinand zieht das Taschentuch und ruft mit leisem und knappem Ton:

»Gewehr in die Balance!«

Die Griffe klirren. Jetzt überlegt er sehr fachlich: Noch drei Kommandobewegungen. Fertig! Setzt an! Und dann das Letzte. Die Vorschrift fordert, daß diese Befehlsreihe ohne die geringste Verzögerung zu erfolgen habe. Ferdinand weiß noch immer nicht, was geschehen soll, als er schon längst, und jetzt mit gellender Stimme, kommandiert hat:

»Schultert!«

Die enttäuschte Ewigkeit einer leeren Sekunde. Dann klappern neuerdings Gewehrgriffe, und die dreimal acht Mannlicher hängen wieder über den Achseln. Und jetzt geht Ferdinand – er fühlt ein angenehm müdes Schwingen in den Knien – auf die drei Männer zu, die tief zu schlafen scheinen:

»Profos! Die Fesseln abnehmen!«

Der Gefangenenaufseher, der in dem allen eine höhere Absicht vermutet und nach der Spannung der letzten Minuten seiner selbst noch nicht mächtig ist, gehorcht auf der Stelle, läuft aber sofort wieder hinter die Front zurück, als fürchte er seine eigene Justifizierung. Ferdinand betrachtet die gelbverschwommenen Ohnmachtsgesichter Schwecens, Teinfalts und Pacaks eine lange Weile, indessen kein Atemzug geschieht, dann sagt er sehr laut:

»Laufschritt! Abfahren!«

Weder die Opfer bewegen sich noch die drei Exekutionsgruppen, noch auch die Reihen der Kompagnie. Ferdinand weiß, daß er nur einmal noch die Kraft haben wird, seine Worte zu wiederholen, denn schon rüttelt ein Schluchzen an seiner Stimme:

»Abfahren! Laufschritt! Rettet euch!«

Wiederum die lauschende Ewigkeit einer leeren Sekunde. Dann faucht vom entferntesten Flügel der Reihen eine Stimme her:

»Laufschritt!«

Dies ist ein Signal: »Laufschritt, Laufschritt, Laufschritt«, heult es nun von allen Seiten. Die vierundzwanzig zur Vollstrekkung des Urteils Bestimmten, die eben noch die stummen Fratzen von lustmörderischen Wasserspeiern gebleckt hatten, gebärden sich wie wahnsinnig, werfen die Arme, tanzen am Ort und brüllen die Opfer an, die nicht so schnell bereit sind, aus dem Tode zurückzukehren:

»Laufschritt! Laufschritt!«

Da dies alles nichts hilft, reißen die Reihen auseinander, und die starr ausgerichteten Glieder der Kompagnie verwandeln sich in eine Horde von tobenden Menschen. Die höheren Chargen, der Feldwebel und drei Zugsführer, stehen mit offenem Munde abseits, während die anderen vorwärtsstürzen und die Delinquenten mit Geld, Zigaretten und mancherlei aus schmutzigen Taschen hervorgeschabten Lebensmitteln überschütten. Ein Wirbel von Ratschlägen prellt durcheinander:

»Auf die nächste Bahnstation!«... »Aber nicht nach Złoczów!«... »Im Tender nehmen sie täglich Schwarzfahrer mit!«... »Nein! Versteckt euch lieber am Tag! Versucht es in der Nacht!«... »Reißt euch die Regimentsaufschläge herunter!«... »In drei Tagen könnt ihr beim grünen Kader sein, dort findet ihr hundert solche Kameraden, wie ihr seid!«... »Wer kann euch was nachweisen?«... »Ihr habt ja keine Legitimationskapsel bei euch!«... »Prokopec und Mrazek, gebt ihnen eure Urlaubsscheine!«... »Ihr könnt ja melden, daß ihr sie verloren habt.«... »Das ist wahr, Herrgott Sakrament!«... »Gebt ihnen die Urlaubsscheine!«... »In vierzig Minuten seid ihr auf der Station.«... »Um acht geht ein Zug nach Lemberg, mit dem bin ich schon gefahren.«... »Nein! Steigt nicht in Lemberg aus! Die Militärpatroull am Bahnhof könnt euch verhaften. Der Zug fährt langsam. Springt auf der Strecke ab.«... »Mit den Urlaubsscheinen kann euch nichts geschehn.«... »Nur keine beschissenen G'sichter machen, sonst kommt ihr gleich in Verdacht.«... »Ihr habt ja zwei Stunden Zeit, eh' sie euch nachtelephonieren werden.«... »Vorher steht bei der Division keiner der Herren auf.« . . . »Überlegt es euch, Brüder!« . . . »Seid geschickt, Brüder!« . . . »Laufschritt, Laufschritt!«

Der erste, der sich von der Todesumschlingung befreite, war Schwec. Er stieß laut den Atem aus, schüttelte den ihn umringenden Haufen ab wie ein Wild die Meute und rannte, ohne sich umzusehen, die Böschung hinan, hinter der er verschwand. Teinfalt, der ihm nachstrebte, fiel vor Benommenheit dreimal zusammen, ehe er die Höhe erreichte. Franz Pacak zeigte, wie zu erwarten stand, die größte Gelassenheit. Auf der Erhebung oben angelangt, blieb er stehen, schwenkte die Kappe und schrie:

»Brüder! Auf Wiedersehen in der Freiheit! Es lebe der Leutnant!«

Und jetzt ereignete sich etwas Einzigartiges. Pacaks Ruf, »Es lebe der Leutnant!«, hatte Ferdinand plötzlich in den Mittelpunkt des Vorgangs gerückt. Die Soldaten begriffen das Ungeheure seiner Tat. Ein einzelner Mensch hatte sich der millionenfach gesicherten Maschine der militärischen Befehlsgebung entgegengeworfen und sie, ohne sich selber zu »decken«, mit einem einzigen Hieb zerstört. Und dieser bescheidene Leutnant hier, ein junger Mensch, der keinem der eingebildeten Brüllaffen glich, er hatte diese unfaßbare Tat gewagt. Aus der gedrillten Abteilung von stumpfen Soldaten war eine Masse begeisterter Menschen geworden, die den Helden dicht umdrängte. Es muß wahrheitsgemäß festgestellt werden, daß wenigstens die Hälfte dieser abgebrühten und durch das Grabenleben verrohten Männer Tränen in den Augen hatte. Ein alter Landsturmmann umarmte und küßte Ferdinand. Nachdem sich die erste Erregung gelegt hatte, riefen viele Stimmen sogleich:

»Herr Leutnant, wir werden Sie schützen! Wir decken Sie! Wir dulden nicht, daß Ihnen etwas geschieht! Wir nehmen es auf uns!«

Jetzt, in dieser Stunde, war der Haufen apathischer Kriegsteilnehmer zu wirklichem Heldenmut bereit. Ein junger Mensch hatte dem ganzen Staat und dem ganzen Krieg zum Trotz drei Verlorenen das Leben geschenkt. Er hatte das Beispiel einer Kühnheit gegeben, die größer als alle jene Heldentaten war, für die man die Goldene verliehen bekam. Aus seinem Innern war das seltenste Gedicht des Lebens gesprungen, die echte revolutionäre Tat. Die dumpfigste Seele hier auf der Halde von Kolkow spürte das und war ein paar Minuten lang bereit, diesem Manne Gefolgschaft zu leisten.

Immer wieder erneuerte sich der Sturm um Ferdinand. Der Profos und die höheren Chargen waren die ersten, die verlegen wurden. Der Feldkurat hingegen schien außer sich vor Begeisterung zu sein und röchelte immerzu:

»Herr Leutnant, Gott segne dich! Aber du wirst draufzahlen!«

Dann drehte er sich der Mannschaft zu:

»Ihr seid alle Zeugen! Ich bin von der Geschichte krank geworden und muß mich gleich hinlegen. Ich hab damit nichts zu tun. Meldung mache ich keine. Fällt mir nicht ein. Das ist Sache des Herrn Auditors. Gott soll dir helfen, Herr Leutnant! Du bist ein Mensch! Ich geh, ich geh ...«

Mit zitternden Händen verpackte er seinen silbernen Gott in dem Wachstuchfutteral, worin er einer Waffe glich oder bestenfalls einem Musikinstrument.

Jetzt erst verfiel Ferdinand, der bisher träumerisch abwesend dagestanden war, in einen leichten Weinkrampf. Der alte Landsturmmann streichelte ihm die Hände. Die anderen redeten wirr auf ihn ein, indem sie ihm rieten, ebenfalls die Flucht zu ergreifen. Einer, der ihn für so selbstlos hielt, daß er nicht um sein eignes Schicksal bange, suchte ihn über die Zukunft der Geretteten zu beruhigen. Ferdinand aber, für den es den mißbehaglichsten Zustand bedeutet, einen Mittelpunkt des Gefühls zu bilden, riß sich los. Nun wieder ganz und gar Offizier, kommandierte er:

»Feldwebel! Vergatterung! Nach Hause!«

Erst als der Marschtritt der Kompagnie auf der Straße verhallt war, machte sich Ferdinand selber auf den Weg. Den Gedanken an eine eigene Flucht verwarf er sogleich. Sie konnte nicht gelingen. Und dann entsprach sie nicht der Lebenskraft, die ihn von Schritt zu Schritt stolzer durchströmte. Er war, um es richtig auszudrücken, jetzt und hier in seinem ganzen Dasein das erstemal auf der Höhe seines reinsten Selbstbewußtseins. Aus dieser Harmonie quoll die Lebenskraft und auch die klare Denkschärfe, die ihn gelassen die Zukunft überprüfen ließ.

Mit eisiger Folgerichtigkeit legte er sich die Möglichkeiten von Steidlers Rache zurecht, die seiner harrten. Der normale Fall: Er wird bei seiner Heimkunft verhaftet, kommt vors Kriegsgericht und wird entweder zum Tode oder zu einer langen Gefängnisstrafe verurteilt. Das Kriegsgericht dürfte keinesfalls in dem beschränkten Rahmen einer Divisionsauditur vor sich gehen. Man würde hier nur die Vorvernehmung pflegen und ihn höchstwahrscheinlich dann dem Armeegericht in Lemberg überstellen. Dadurch wird sich der Fall ziemlich in die Länge ziehen. Seine Tat gehört nicht in das Kapitel »Hochverrat«; nach dieser Seite kann sie die Militärjustiz beim besten Willen nicht drehen. Er hat das schwere Verbrechen der Befehlsverletzung und Insubordination begangen, jedoch nicht im unmittelbaren Zusammenhang mit der Kriegführung und auch nicht unter ehrlosen Begleitumständen. Da er weder einer meuternden Nation angehört, noch sonst politisch verdächtig ist, drei Jahre urlaublos im Felde steht und einige Auszeichnungen besitzt, so scheint gerechte Hoffnung vorhanden, daß man ihn als Sohn seines Vaters nicht zum Tode verurteilen werde. Das weiß der kluge Steidler ebenso wie er und weiß außerdem, daß eine Amnestie oder das Kriegsende derartige Gefängnisstrafen aufheben können. Nein, er wird seinen Rachedurst phantasievoller kühlen. Steidler ist nicht der Mann, sein Opfer rein aktenmäßig einem zweifelhaften Gerichtsverfahren abzutreten. Aber was sonst? Wird er ihn in seine Kanzlei befehlen und dort niederschießen? Kaum! Steidler ist ein Feigling. Die Warnung, die er gestern ausgesprochen hat, dürfte eine aufgeplusterte Prahlerei sein. Mißhandlung freilich und Soldatenmord könnte man ihm schon zutrauen. Aber, da es sich um einen Offizier handelt, wäre er zur Rechtfertigung gezwungen, die er gewiß fürchtet. Noch eines! Ferdinand fühlt mit großer Sicherheit, daß Steidler eine Begegnung mit ihm, seinem Züchtiger, vermeiden wird, denn seit gestern abend ist er geschlagen und im Sinn der Offiziersanschauung der Ehre verlustig. Vielleicht hat doch jemand, Jozsi oder einer der Schreiber, seine Schmach durchs Schlüsselloch beobachtet, und er fürchtet nichts mehr als eine Begegnung mit Ferdinand vor Untergebenen, die möglicherweise Zeugen waren. Fürchtet er aber nicht auch die kriegsgerichtliche Verhandlung, wobei der Auftritt von gestern abend zur Sprache kommen könnte? Plötzlich steigt eine wichtige Tatsache, an die er noch nicht gedacht hatte, grell vor Ferdinand auf. Unter dem Exekutionsbefehl steht Steidlers Namenszug. Hat er überhaupt das Recht, solche Befehle auszufertigen? Ist das nicht Sache des Divisionärs? Wer ist denn dieser Steidler? Ein kleiner Generalstäbler, der seinen beurlaubten Chef vertritt. Ist er in seinem Machtrausch nicht allzu frech geworden? Ist nicht die Unterfertigung solcher Urteile eine verbrecherische Anmaßung, die ihm den Kragen kosten kann? Unzweifelhaft hat er hundert Feinde, die unter seinem Übermut knirschen und sich nach der Gelegenheit sehnen, die Schweinerei der Kommandoverhältnisse bei der Division aufzudecken!

Als Ferdinand sein Zimmer betrat, ahnte er, daß auch unter Steidlers Füßen der Boden zitterte. Ruhelos ging er auf und ab. Keine Angst, aber eine verzehrende Neugier vor dem Kommenden hielt ihn gepackt. Es kam aber erst nach einigen Stunden um die Mittagszeit. Zwei Offiziere, ein Hauptmann und ein Oberleutnant, erschienen im Zimmer und forderten Ferdinand auf, sich fertigzumachen.

»In die Divisionskanzlei?« fragte er.

»Keine Spur«, hieß es, »du wirst zum Abschnitt Sarcic transferiert...«

Dieser harmlose Satz wogte wie eine warme Befreiung durch Ferdinands gespannte Nerven. Dann blickte er den Offizieren ins Gesicht. Sie sahen genauso aus, wie er sich die Freunde und Gesinnungsgenossen Steidlers vorstellte. Sogleich wurde er mißtrauisch. Die beiden verzogen keine Miene. Was wußten sie? Der Oberleutnant reichte ihm einen Dienstzettel. Ferdinand sah, daß er diesmal vom Feldmarschalleutnant selber unterzeichnet war:

»Leutnant Ferdinand R. hat sich unverzüglich zum Abschnittskommando Ferdinandowka zu begeben und sich dortselbst bei Herrn Oberstleutnant Sarcic zu melden.«

Weiter nichts als diese unauffälligen Worte. Was bedeuteten sie? Ferdinand wandte sich an den Hauptmann:

»Wer übernimmt meine Kompagnie?«

»Sie ist schon vor einer Stunde an ihren Frontabschnitt zurückgegangen.«

Mit entsetzten Grimassen stopfte Josef die Siebensachen seines Herrn in den Rucksack. Mit großer Höflichkeit erklärte der Hauptmann:

»Wir haben dich bis zum Abschnittskommando Ferdinandowka zu bringen. Der Wagen wartet unten. Hast du noch irgendwelche Verfügungen zu treffen?«

Kaum war dies ausgesprochen, als sich die Tür öffnete und der vor dieser Versammlung erbleichende Engländer im Rahmen stand. Er hatte gestern und heute eine unbezwingliche Sorge um Ferdinand empfunden und war trotz des Verbotes zu Fuß hieher durchgebrannt. Ferdinand umarmte den Kanonier, der noch niemals einen unmilitärischeren Anblick geboten hatte als in dieser Minute:

»Schön, daß ich dich noch vor meinem Abmarsch sehe. Du kommst gerade im letzten Augenblick.«

Engländer stolperte ins Zimmer und grüßte die beiden Offiziere, indem er mit unnachahmlichem Ungeschick die Hacken zusammenschlug und sich hochriß. Dann stand er unglücklich im Wege und wagte kein Wort zu sprechen. Der Oberleutnant machte eine Kopfbewegung nach Josef hin:

»Nimmst du deinen Burschen mit?«

»Nein! Josef, melden Sie sich beim Herrn Major Prechtl!«

Er schrieb ein paar Zeilen auf:

»Bringen Sie ihm das hier!«

Nun entstand eine peinliche Pause, die der Hauptmann dadurch abkürzte, daß er seine Armbanduhr studierte. Ferdinand mußte wohl oder übel selber den Anfang machen. Josef trug, sein Leid eifrig emporschnupfend, den Rucksack in den eleganten Wagen des Divisionskommandos.

Ferdinand drückte dem armen Engländer, der immer noch kein Wort herausgebracht hatte, die Hand, als nähme er keinen sonderlich wichtigen Abschied:

»Servus, Engländer! Auf Wiedersehn! Laß dir's gutgehn!«

Bei diesem Abschied blickten sich die beiden Freunde Steidlers an. Dann nahmen sie Ferdinand als ihren Gefangenen in die Mitte. Er rief noch einmal:

»Servus!«

Jetzt öffnete sich Engländers angstversiegelter Mund zum erstenmal:

»Komm bald zurück!«

Er hob den rechten Arm hoch, während seine Hacken wieder unnachahmlich zusammenschlugen, um den Vorgesetzten die Ehrenbezeigung zu leisten. Die beiden Offiziere schüttelten sich vor Lachen.

Vierzehntes Kapitel

Feldwache Ferdinandowka III

Die vorgeschobene Feldwache Ferdinandowka III war ein berüchtigter Überrest der schweren Kämpfe, die hier in dieser Gegend mit wechselndem Erfolg bis zur großen Brussilowschen Offensive stattgefunden hatten. Während des langfristigen Stellungskrieges, der dem letzten Angriffsversuch Rußlands unter Kerenskis Führung voranging, stand sie so gut wie außer Gebrauch. Sie war nichts anderes als ein nicht ausgebauter, verfallener und stinkender Graben mit einer längst zerstörten rohrgeflochtenen Brustwehr und umgeben von dem unabsehbar dichten Kranz der Granatlöcher und Minensprengungen, dieser tanzenden Fußstapfen der Kriegs- und Todesdämonen. Etwa dreihundert Meter von den russischen und ebensoweit von den eigenen Stellungen entfernt, bildete sie das Lieblingsziel und einen hervorragenden Richtpunkt für Artillerie jeglicher Gattung. Wenn sich in dem Graben etwas bewegte, sei es auch nur ein Wiesel oder ein Marder, so konnte man gewiß sein, daß im nächsten Augenblick zumindest die Maschinengewehre drauflos tackten. Dieses von überall eingesehene Loch schien die primitive Schützenleidenschaft aufzureizen, als wäre es eine Schießscheibe auf dem Jahrmarkt. Nachdem die österreichische Gefechtsleitung eingesehn hatte, daß der taktische Punkt nicht den Wert besitze, um ihm alles Leben zu opfern, das man hineinwarf, besetzte sie die Feldwache nicht mehr. Daraufhin nahmen die Russen den verdammenswerten Ort in Besitz, um dort die gleichen Erfahrungen zu machen wie die unsrigen. Das Ende war, daß die vorgeschobene Feldwache Ferdinandowka III stillschweigend zu einer neutralen Stellung emporrückte. Dies änderte sich in der Zeit, als innerhalb der österreichischen Armee der Abfall zu einer ernsthaften Frage erwuchs. Nun benutzten einige Kommandanten den schrecklichen Graben als eine Art Strafkolonie, von der es keine Rückkehr gab. Darüber wurde natürlich nicht viel geredet, und es gab in dem Abschnitt Leute genug, die davon überhaupt nichts wußten. Der Laie nimmt oft an, der Stellungskrieg, und im Osten zumal, sei ein höchst unblutiger und gemütlicher Betrieb gewesen. Er vergißt, daß die Munitionsindustrie ein Recht darauf hatte, daß die von ihr hervorgebrachten Güter konsumiert wurden. Fanden auch keine Vorstößte und Sturmangriffe statt, so wechselten die Gegner doch unermüdlich Geschosse aus, in den Linien knatterte es immerfort, und kein Tag verging ohne Verluste.

Wie es in jedem Saal sogenannte akustische Punkte gibt, in denen sich alle Schallwellen und ihr Echo schneiden, so gab es an der Front Brennpunkte, in denen sich auch an stillen Tagen die tödlichen Flugbahnen konzentrierten. Ein solcher Punkt war Ferdinandowka III. Hier bildeten die Linien der Zbirow-Front einen gefährlichen Zwickel. Wenn sich in dieser kleinen Hölle eine Gestalt bewegte, meinten die Russen, ein Angriff sei geplant, und warfen ihr Feuer auf den Raum. Machte aber, wie es mehrmals geschah, die Todesbesatzung den Versuch, zum Feinde überzulaufen, so wurde sie von den Maschinengewehren der bosnischen Kompagnien niedergemäht, die sie bewachten. Aber auch wenn sie diesen Versuch nicht wagte, hatte die eigene Artillerie keinen kleineren Anteil an ihrem Untergang als die feindliche, denn der Teufel wollte es, daß die österreichischen Feldkanonen und Feldhaubitzen hier fast immer zu kurz schossen. Aus all diesen Gründen führte der angenehme Platz im Volksmund den ebenso ungelenken wie ehrfurchtsvollen Titel: »Gasthaus zur Nachmusterungskommission«, wobei der ungenannte Tod die Rolle des tauglichbefindenden Militärarztes spielte. Als aber mit den neuen Geheimverfügungen des Armeeoberkommandos eine direkte Abfertigung staatsfeindlicher Elemente in Schwung kam, geriet die Feldwache außer Gebrauch und lebte nur mehr als gespensterumwobene Sage im Gedächtnis der Truppen und als witzige Drohung an den Tischen der Offiziersmessen.

Es waren schon viele Monate vergangen, seitdem Ferdinandowka III zum letztenmal einige Menschenleben verschluckt hatte. Inzwischen erklomm die Unabhängigkeit der Militärjustiz ihren Gipfel. In Uniformen verkleidete Richter verhängten im Hinterland Zuchthausstrafen, »konfinierten«, »internierten«, »persequierten«, ohne die geringste Müdigkeit vorzuschützen. Forderte die kriegerische Obrigkeit einen Justizmord, und wann forderte sie ihn nicht, waren ihr diese fluchwürdigen Rechtshuren und schlotternden Gesetzes-Spießer zu Willen, die durch die Angst, an die Front zu müssen, gebändigt wurden. An der Front selbst konfinierte, internierte, persequierte man nicht, sondern machte mit Schuldigen und Unschuldigen kurzen Prozeß. In der Hand der Steidlers wurden gewisse Verfügungen zu schrecklichen Waffen, die sich gegen persönliche Feinde kehrten. Wieviel grauenvolle Tragödien mögen in der Aktenmakulatur des Krieges modern. Ferdinand hatte nicht ganz richtig geraten, als er annahm, Steidler werde, da er selber zu viel Butter auf dem Kopf habe, keine Anzeige wagen. Ein Aufsehen erregender antimilitaristischer Vorfall ließ sich nicht glatt vertuschen. Was aber wollte er mit seiner Versetzung an den Abschnitt Sarcic? Ihn töten! Das konnte nicht bezweifelt werden. Ferdinand wußte nichts von Ferdinandowka III. Er gehörte ja einem anderen Frontteil zu, dem Abschnitt Josefowka, der unter dem Kommando Major Prechtls stand. Zwei Offiziere, Busenfreunde Steidlers, zwischen denen er eingeklemmt saß, eskortierten ihn. Unruhig grübelte er über diese Gefangenschaft. Sein Tod trug eine undurchdringliche Maske. Eines nur war klar. Die Russen bereiteten einen neuen Angriff vor, nachdem ihr erster Stoß vor einigen Tagen fast überall aufgefangen worden war. Seit Wochen wurden auf den feindlichen Zufahrtsstraßen zahlreiche Munitionskolonnen gemeldet. Bei den österreichischen Kommanden herrschte große Aufregung, denn die drohende Offensive des riesigen und erneuerten Reiches wollte, so sagte man, noch gewaltigere Kräfte ins Treffen schicken als am Anfang des Krieges; es ging ja um das Schicksal des befreiten Rußlands. In dem Brief, den Steidler seinem Liebling Jozsi in die Maschine diktiert hatte, war die Rede davon gewesen, daß es heute oder morgen etwas zu erwarten gebe. Ferdinand schloß richtig, daß er selbst auf einen »todsicheren« Punkt gestellt werden solle und daß darin der Zweck seiner neuen Kommandierung liege. Major Prechtl?? Wenig Aussicht, daß von ihm Hilfe käme! Er hatte heute morgen ein schweres Verbrechen begangen. Was auch geschehen würde, er mußte schweigen.

»Leutnant Ferdinand R. hat sich unverzüglich zum Abschnittskommando Ferdinandowka zu begeben und sich dortselbst bei Herrn Oberstleutnant Sarcic zu melden.«

Ferdinand las während der Fahrt noch einige Male Wort für Wort diesen Dienstzettel. Der Richtspruch über ihn war in dürre und gewöhnliche Worte gekleidet, deren tiefere Absicht er selber nicht erfaßte. Wie zwischen Gott und dem von ihm gelenkten Schicksal das Naturgesetz, so steht zwischen den militärischen Göttern und den militärischen Kreaturen der »Dienstweg«. Ferdinand hatte etwas Ungeheuerliches getan, er hatte das militärische Naturgesetz durchbrochen und damit aufgehoben. Die Antwort war etwas durchaus Regelmäßiges und Unauffälliges: eine Zuteilung zum Abschnitt Ferdinandowka, weiter nichts.

Nach einer halbstündigen schweigsamen Wagenfahrt war man an Ort und Stelle. Fürsorglicherweise hatten die Offiziere Ferdinands Verpflegsdokumente mitgebracht, die der Kanzlei übergeben wurden. Oberstleutnant Sarcic nahm die Meldung des Einrückenden geschäftsmäßig entgegen, als läge nichts anderes vor als ein alltäglicher Personalzuwachs. Das verschlossene Dienststück, das ihm einer der Herren von der Division überreichte, steckte er ungelesen in die Tasche. Der Oberstleutnant, ein älterer Herr schon, gehörte zu jener k. u. k. Mischrasse, an deren Gesicht und Sprechart alle Völker der Monarchie teilzuhaben schienen. Angesichts solcher Figuren pflegte man in alter Zeit zu sagen: »An der Militärgrenze geboren.« Mit dieser Bezeichnung war ein südungarischer Landstrich gemeint, der ehedem auf Befehl von Josef II. von kaiserlichen Truppen, Invaliden und Ausgedienten besiedelt und kolonisiert worden war. Sarcic trug einen rotgrauen Schnauzbart, der wie angeklebt unter der Nase schaukelte. Seine starren Augen von angestrengtem

Stahlblau drückten Kümmernis und Grausamkeit gleicherweise aus. Diese Augen paßten ausgezeichnet zu den beiden Lieblingswendungen des Oberstleutnants: »Ich werde Sie dafür verantwortlich machen« und »Ich muß mich doch decken«.

Auf diesen Mann schien Steidler einen unermeßlichen Einfluß auszuüben. Dies zeigte sich sofort. Denn kaum hatte Ferdinand seinen Meldespruch hergesagt, als das Tischtelephon schnarrte:

»Divisionskommando persönlich«, zischte der Adjutant und reichte Sarcic die Muschel. Dieser begann auf der Glatze zu schwitzen und begleitete seine Antworten mit kurzen, aber ehrfürchtigen Verbeugungen:

»Respekt, lieber Freund... Jawohl, ich selber, Sarcic... Eben anwesend... Alles eingeleitet... Geschieht nach Befehl... Wird besetzt... Jawohl, alle, die wir haben... fünfzehn Mann... Werde ihre Vormerkblätter an die Division senden. Besondere Anzeichen?... Habe alles melden lassen... Sehr starke Bewegung auf den russischen Zufahrtsstraßen... Artillerieaufklärer melden zehn neue Batterien... Wir haben wieder Gespräche abgehorcht... Jawohl, Bosniaken und drei deutsche Kompagnien zwischen den Pilsnern im Dreier- und Fünfergraben... Alles durchgeführt... Nein, nein, du kannst dich drauf verlassen... Wir sind gedeckt... Dort zahlen sie drauf... Dank dir, lieber Freund... Meine Verehrung...«

Als er den Hörer hinlegte, überkam den Alten unverhüllte Verlegenheit, daß er, der Oberstleutnant, in Gegenwart fremder Offiziere mit einem Rangsniedrigeren, mit einem jungen Laffen von Hauptmann, dieses fast kriecherische Gespräch geführt habe. Er hatte offenbar einige Dinge auf dem Gewissen, die ihn der Macht Steidlers rettungslos auslieferten. Um den Eindruck des windelweichen Gespräches zu verwischen, stellte er sich unvermittelt an die Karte und begann, den Herren von der Division mit strenger Überlegenheit den taktischen Plan der für morgen angesetzten Unternehmung zu erläutern.

Der erste Angriff Kerenskis hatte die österreichische Front an einer schmalen Stelle um einen Kilometer etwa eingebuchtet. Der zurückgebogene Teil grenzte im Westen an den Abschnitt

Sarcic. Es war klar, daß der Gegenstoß in Form eines kombinierten Frontal- und Flankenüberfalls erfolgen mußte:

»Eine klassische Zange«, rief der Oberstleutnant selbstzufrieden aus, der wie alle ungebildeten Leute gerne wissenschaftliche Bezeichnungen anwandte. Die Unternehmung aber verfolgte nicht nur den Zweck, die ursprüngliche Linie wiederherzustellen, sondern sollte zugleich dem russischen Angriff zuvorkommen, dessen Anzeichen sich von Stunde zu Stunde deutlicher bemerkbar machten. Einer der Herren verwies darauf, daß die drei reichsdeutschen Kompagnien, die seit gestern im Reserveraum lägen, erst auf Befehl der Division einzusetzen seien, worüber sich ein längeres Kompetenzgespräch entspann. Niemand kümmerte sich um Ferdinand, der sich sehr weit von der diskutierenden Gruppe zurückgezogen hatte. Als aber die Rede auf die Zuverlässigkeit der Truppen kam und Sarcic sich rühmte, daß in seinem Abschnitt die tschechische Mannschaft mit ihren bosnischen und deutschböhmischen Kameraden an Patriotismus wetteifere und daß man bei ihm kaum fünfzehn Leute mit P. U.-Vermerk zustande bringen könne, da wandte sich der Oberleutnant nach Ferdinand um, worauf die Unterhaltung sofort verstummte. Ferdinand empfand es wie einen scharfen Hieb. Warum hatte man ihn nicht heute früh gefesselt und abgeführt, wie das Gesetz es vorschrieb? So aber wurde er mißverstanden und konnte sich nicht verteidigen.

Sarcic und die beiden Herren verließen die Kanzlei, ohne ihm die Hand zu reichen. Er wurde nicht aufgefordert, an der Offizierstafel des Abschnittskommandos zu speisen. Der Adjutant setzte ihm in trockenen Worten auseinander, daß er bei Anbruch der Dunkelheit die vorgeschobene Feldwache Ferdinandowka III zu beziehen habe. Telephonverbindung sei während des Gefechtstages unbedingt aufrechtzuerhalten. Zweck: Beobachtung der feindlichen Bewegungen und des eigenen Feuererfolges. Die Sache hatte einen Namen. Mit sarkastischen Mundwinkeln händigte der junge Mann dem Todeskandidaten eine Stellungskarte und ein Beobachterstativ ein. Vielleicht wollte er sagen: Überflüssige Komödie! Er schloß seine Instruktion:

»Die ausgewählte Mannschaft der Feldwache wird um vier Uhr nachmittags stellig gemacht. Sie ist an Hand der Liste namentlich zu kontrollieren. Die Abmarschmeldung nehme ich entgegen.«

Im Augenblick, als Ferdinand die Kanzlei verlassen wollte, trat Wellemin ein. Auch er war Leutnant, hatte es aber verstanden, bei irgendeinem Depotkommando im Divisionsbereich einen angenehmen Ruheposten zu ergattern. Froh, einem bekannten Gesichte zu begegnen, begrüßte ihn Ferdinand herzlich. Wellemins dickliches Sommersprossengesicht wurde rot, er wand sich in Verlegenheit und suchte mit einer raschen Ausrede an dem alten Kameraden vorbeizukommen. Aha, auch Wellemin wußte alles. Steidler also sorgte nicht dafür, daß der Vorfall vertuscht wurde. Das deutete darauf hin, daß er wohl gleichzeitig mit der Frontkommandierung Ferdinands die Strafanzeige gegen ihn erlassen hatte, in der Hoffnung, daß der Tod des Angeklagten den Fall sogleich niederschlagen werde.

Fünfzehn Mann waren es. Die Namen behielt Ferdinand nicht. Und die Gesichter? Während er sie musterte, schienen sie sich aufzulösen. Das milchige Licht dieses Tages verwischte sie, bis auf die beiden Grenzfälle, den Jungen und den Alten. Der Alte hob sich von der wesenlosen Reihe erst ab, als er seinen Helm lüftete. Ferdinand sah einen weißen, seidenweichen Kopf, zärtlich gescheitelt. Darunter ein sehr bedächtiges Antlitz, das mit angespannten Linien höflich, aber verständnislos dem Schicksal lauschte. Irgendein Professor vielleicht, ein straffälliger Idealist und Kriegsgegner sicherlich. Ferdinands frontgeübtes Auge erkannte sofort den Neuling. Vor ein paar Wochen war der Jahrgang der Fünfzigjährigen einberufen und in der Küche der Kader für den Felddienst halb gar gesotten worden. Die Montur entsprach genau der gleichen Fürsorge. Das Tuch war dem Anschein nach aus Brennesselfasern gewoben. Ferdinand ließ sich den Namen zweimal wiederholen: Blinda, Anton Blinda! Zivilverhältnis: Mittelschullehrer, Latein, Griechisch. Der Leutnant nahm sich vor, diesen Mann bei der ersten Gelegenheit mit einer Meldung zurückzusenden. Der Junge hieß Iffinger. Ferdinands Gedächtnis bringt Iffingers Erscheinung mit jener Teinfalts, des Geretteten, oft durcheinander, obgleich Teinfalt in seiner Angst sinnlos plapperte und Iffinger nicht den Mund auftat. Dennoch zeigte auch er die stramme Zusammengerissenheit, jenes Übermaß an Diensteifer, das nichts anderes war als der kindlich-bettelhafte Versuch, den Tod zu bestechen. Welche Freveltat hatte dieser Knabe auf dem Gewissen, daß man ihn zu Ferdinandowka III verdammte? Ach, der Haß, die Auffälligkeit irgendeines dienstführenden Unteroffiziers war Ursache der Verdammung genug.

Im sommerlichen Sonnenuntergang zog Ferdinand mit seiner kleinen Schar die Straße dahin, die sich bald in dem Grabennetz verzweigte. Die Abteilung marschierte nicht, kein Tritt wurde gehalten, jeder einzelne stapfte in sich verloren vorwärts. Keiner sprach mit dem andern. Die Leute kannten einander nicht. Vor einigen Stunden erst hatte man sie aus den Unterständen herausgekratzt und ihnen vorgelesen, sie hätten dann und dann beim Abschnittskommando gestellt zu sein. Befehl der Division! Die Feldwache III sei heute abend noch zu besetzen. Gerechterweise belastete Oberstleutnant Sarcic mit diesem Befehl sämtliche Truppeneinheiten, die ihm unterstellt waren. Mancher Kompagnieführer oder Feldwebel ergriff schnell die Gelegenheit, einer besonderen Antipathie Genüge zu tun. So kam es nun, daß ein alter Mann, sein geistiges Haupt tief gesenkt, mit stolpernden Schritten dahintrottete wie ein unmöglicher Träumer.

Hätte der müde Ferdinand auf diesem Wege zu denken vermocht, es wäre ihm gewiß nicht entgangen, daß er durch seine Befreiungstat drei Menschen vielleicht vom Tode errettet hatte, zugleich aber fünfzehn Menschen zweifellos mit sich in den Tod riß. Ohne den Vorfall von heute morgen hätte die Division keinesfalls die Besetzung von Ferdinandowka III angeordnet. Unbesieglicher Zwang und verzwicktes Geheimnis des Krieges! Ferdinand aber dachte nicht, er dachte zumindest an nichts Fernes. Und wie fern lag der Morgen des heutigen Tages schon.

Seine Aufmerksamkeit war von Art und Ausbau des Grabensystems völlig gefangen, als wäre er ein Schlachtenbummler, der an einem ruhigen Abend sich an der Front herumtreibt. Am Eingang der Reservestellung wurde der Trupp von einem Korporal empfangen, der zum Führer bestellt war. In den Wochen, da Ferdinand auf Retablierung gewesen, schien sich alles verändert und verbessert zu haben. Hier erinnerte nichts mehr an die Gräben, die man im Feuer der Artillerie und Maschinengewehre mit dem Infanteriespaten ausgehoben und später erst vertieft und verzimmert hatte. Dies waren geräumige Gassen und regelrechte Wohnungen. Erde trat kaum mehr hervor. Der Boden war gestampft oder mit Laufbrettern belegt. Dichte Betonwände und Wölbungen schützten die Unterstände. Reihenweise standen die Schlafpritschen darinnen. Die Holzbretter über dem Kopfende trugen im ordnungsmäßigen Bau die Habseligkeiten des Mannes wie in der Kaserne. Ausschnitte aus illustrierten Zeitungen klebten überall. Man konnte es kaum glauben, daß morgen schon diese feste Stadt vielleicht zerstört sein werde. Die tiefliegenden Keller und bombensicheren Kasernen schienen vor einem Weltuntergang Schutz zu bieten. Je näher die Gräben dem Feinde lagen, um so fester und prächtiger sahen sie aus.

Es herrschte, wie es in den amtlichen Berichten hieß, »eine erhöhte Artillerietätigkeit«. Die Batterien beschossen einander gegenseitig. Jedermann erkannte das böse Vorzeichen. Manch eine Granate landete vor oder hinter der Grabenzeile; die Balken und Mauern der unterirdischen Stadt zuckten dann jedesmal nervös auf. Die Bewohner dieser Stadt aber blieben gleichgültig, sie verrichteten ihr wimmelndes Tagewerk; liefen hin und her, lösten sich bei den Schützenständen ab, brachten in den Laufgräben die Menagekessel vor, verteilten Brot, Tee, Marmelade, Zigaretten, spielten Karten, klampften, sangen oder schliefen, und zündeten, da es langsam dunkel wurde, in den Unterstandskammern die grellgemeine und stinkende Flamme des Karbidlichtes an. Des Kriegsdonners zu ihren Häupten achteten sie kaum. Mitten in einer Gruppe stand eine Charge, die etwas aus einer schmierigen Zeitung vorlas. Es hatte den Anschein, als ginge diesen Leuten der Bericht über ihre Erlebnisse näher als diese Erlebnisse selbst. Die Wirklichkeit hatte hier keine volle Wirklichkeit. Niemand dachte daran, daß ein Volltreffer jederzeit diese gar hübsche und geregelte Sicherheit zerstören könne.

Ferdinand war von der Wehmut eines Mannes erfüllt, der wider Willen den festen Boden seines Heimatkontinents verlassen muß, um ein unbekanntes Element zu befahren. Ach, nur hier in diesem Graben bleiben dürfen, eingefriedet von der Herdenwärme der Unzähligen!

Aber schon öffnete der Korporal eine Lattentür:

»Immer nur gradaus, Herr Leutnant...«

Ferdinands Stimme wandte sich dienstlich-sachlich an die Leute mit der Telephonspule:

»Also los! Legen Sie jetzt die Leitung!«

Ausgestoßen! Aus dem Tor des Lebens geschmissen! Dieses Bewußtsein steigerte sich von Schritt zu Schritt. Solange der Gang noch, tief in die Erde eingeschnitten, die Köpfe überragte, war es nicht so grimmig, dieses Gefühl. Aber immer höher stieg der Weg an. Jetzt standen die Schultern schon frei über dem Erdrand. Beim Feinde drüben, schreckhaft nahe, wogte das Feuerwerk der grün-rot-blauen Leuchtkugeln und der langsam niedertanzenden Schirmraketen. Sommerabend, Kindheit, Ferdinands Geburtstag, Kaisers Geburtstag, Festnacht! Plötzlich stockte der Zug. Eine Strecke von hundert Metern lang war der Laufgraben durch Einschläge und Erdaufwürfe verschüttet. In Ferdinand regte sich der Offizier:

»Decken! Vorwärtskriechen!«

Iffinger und der alte Blinda kamen gewiß das erstemal ins Feuer. Ferdinand wartete, bis sich alle herausgearbeitet hatten, und schob dann als letzter, tief geduckt, an dem Drahthindernis entlang, das seitlich des Grabens lief. Das majestätische Herabsinken einer besonders großen Schweberakete zog lange Schatten aus den Gestalten der Schleichenden. Ferdinand fühlte deutlich in allen Knochen, wie das grausame Licht den übermäßigen Schatten aus seinen Gliedern sog. Und schon plätterte rechter Hand ein Strich Maschinengewehrfeuer auf, wie ein Rebhuhnflug aus dem Saatfeld emporknattert. Die Zwickmühle, die

Zange, zwischen deren Kiefern sie krochen! Es war klar, sie bekamen von rechts eigenes Feuer. Bei den Russen antworteten dicht aufkeifende Gewehrschüsse gleich einem wüsten Streit, der sich nachts vor einer Schenke erhebt. Zu hoch! Giftig surrte es über den Köpfen. Dies alles war ein Hauch, ein Kinderspiel, wenn man im Graben stand als ein nichtiger Teil der Bataillone, die sich rechts und links ins Unabsehbare dehnten. Verwundet werden, getötet werden, bei einer Vorrückung, während des Angriffs, aber immer innerhalb der Ordnung, ja, das war wirklich ein Nichts, ein Kinderspiel. Doch hier vor abgeriegelten Toren, zum Feinde nicht gehörig und nicht zum Freunde?! Vielleicht dachte der eine oder der andere in dieser kleinen Schar ans Überlaufen. Aber wie? Sie hatten keine Hindernisscheren mitbekommen, und die Seitengewehre waren stumpf. Endlos wucherte dort vorne der Stachelwuchs von Drahtgestrüpp, der, wie es hieß, stellenweise mit Starkstrom geladen war. Bataillons- und kompagnieweise kann man in der Verwirrung eines Angriffs zum Feinde übergehn. Aber vier oder fünf einsame Soldaten, die nicht einmal über den Stacheldraht hinwegkommen können?

Langsam durchschnitt die Lichtklinge eines Scheinwerfers die huschenden Leiber. Sofort schnatterte das eigene Maschinengewehr und ein feindliches schloß sich seinem Zornesschwall an. Zugleich hieben zwei nahe Granaten Flammen und Erdstrahlen aus dem Gelände. Ein Sprengstück schlug jemandem die Eßschale vom Rucksack. Ferdinand wartete. Niemand gab einen Laut von sich, also war nichts geschehn.

Die Feldwache selbst, ein verdreckter Graben, von geringer ungleichmäßiger Tiefe, von Volltreffern fast unkenntlich gemacht, von den Granattrichtern rings kaum zu unterscheiden! Nun saßen sie alle darin und vermieden es, sich zu bewegen. Am absonderlichsten aber war das Schweigen dieser Menschen, das Ferdinand mitschwieg. Er wollte den Versuch machen, die Starrnis dieses Schweigens zu durchbrechen, aber nur ein gestaltlos heiseres Räuspern entstieg seinem Hals, das er verlegen in einen kurzen Husten verwandelte. Er hatte das Gefühl, den

Mund dick voll Erde zu haben, den Leichen gleich, die man rasch verscharrt hat. In der Nähe mußten gewiß noch Tote vom letzten Angriff liegen, die man nicht einmal verscharrt hatte. Oder war es nur dieser einzigartige und später nie wieder vorstellbare Geruch, der überall auf dem ermordeten Erdstrich zwischen den Schützengräben lag, dieser wolkige Verwesungsgestank, der sich mit dem Geruch verbrannter Haare und verpuffter Sprengstoffe immer so eigen mischte?

Nichts aber war folternder als das Schweigen der Männer. Konnte man ihnen nicht befehlen, Karten zu spielen, wie es sich für Soldaten ziemt? Der Alte saß barhaupt im aufgeweichten Kot des Grabens. Sein weißes Haar leuchtete. Der Ausdruck »zielbildend« drängte sich Ferdinand beim Anblick dieses schimmernden Kopfes auf. Wieder wollte er versuchen, ein Wort zu finden. Aber vergebens! Auch in seiner Kehle stak das tödliche Schweigen, ein festgerammter Pfahl.

Später begannen einige zu essen. Sie kramten ihre Wecken aus dem Rucksack und schlugen das Messer in die Konservenbüchsen. Dabei gingen ein paar lahme Worte hin und her. Auch Ferdinand verspürte einen aufzuckenden Hunger. Gestern und heute hatte er sehr wenig genossen. Er sah sich nach seinem Rucksack um und erschrak. Seine Sachen waren in der Abschnittskanzlei zurückgeblieben. An Josef gewöhnt, hatte er verlernt, für sein Gepäck zu sorgen. Iffinger mußte die verlangende Bewegung des Leutnants bemerkt haben. Die Augen dieses jungen Burschen ließen Ferdinand nicht los. Was erhoffte er von dem Mitverdammten? Schutz? Einen Meldegang in die Stellung zurück? Dieser Meldegang wäre bei hellem Tageslicht sicherer Tod. Denn man mußte ja hundert Meter freien Geländes durchqueren, dort wo der Laufgraben verschüttet war. Iffinger kroch zu Ferdinand hin und bot ihm seine Schale mit Gulaschkonserve an. Der Beschenkte dankte und löffelte gehorsam ein paar Brocken in den Mund. Das kalte Fleisch aber und die gestockte Fettsülze wollten nicht durch die Gurgel gleiten. Er gab den Napf zurück und teilte mit Iffinger seinen Zigarettenvorrat.

Später kam auch Blinda aufrecht auf Ferdinand zu und machte eine höfliche Verbeugung wie ein Herr, der einen andern auf der Straße um eine gefällige Auskunft ersucht:

»Bitte, Herr Leutnant, ich hab das Gefühl, daß der Herr Leutnant gut aus der Sache herauskommen werden. Ich möchte bitten, diesen Brief hier an sich zu nehmen und nötigenfalls zu befördern. Ich danke ergebenst, Herr Leutnant!«

Ferdinand steckte den Brief ein, und Blinda begab sich nach einer zweiten bürgerlichen Verbeugung wieder an seinen Platz zurück, als wäre das ein angestammter Sitz, den er mit niemandem vertauschen wolle.

Das Feuerwerk der Leuchtkugeln war indessen auf beiden Seiten müder geworden. Die Batterien spielten nur mehr anstandshalber in großen Pausen hinüber und herüber. Einzig die Scheinwerfer blätterten kalt und wachsam die öde Landschaft auf und füllten mit ihrem wandernden Licht die Grube von Ferdinandowka III.

Schlafen und nichts mehr wissen. Alle dachten dasselbe. Langsam begann der Ort gleichgültig zu werden. Allerhand scheußliche Dinge flogen aus dem Graben: rostige Konservenbüchsen, erstarrter Kot, der Kadaver eines kleinen Tieres, ein blutsteifer Uniformärmel. An einigen Stellen des Einschnitts stand das Wasser ein paar Zentimeter tief. Trocken war der Boden nirgends. Man mußte sich einrichten, so gut es ging. Ferdinand ließ sich in der äußersten Ecke nieder, legte seinen Mantel unter und lehnte sich an die tropfige Lehmwand. So war es gut. Was konnte man sich Besseres wünschen? Jeder Muskel genoß die Süßigkeit der Erschöpfung auch ohne Matratze und Kissen. Immer ferner glommen die Zigaretten der Rauchenden, immer bleicher schwankte das Haupt des alten Mannes.

In dem Augenblick aber, da Ferdinands Bewußtsein erlöschen wollte, überkam ihn ein einzigartiges Erlebnis. Kein Traum war's, wohlgemerkt, sondern ein Erlebnis, das in Worten kaum aussagbar ist. Sein Gesicht hatte sich aufwärts verschoben, damit fing es an. An der Stelle des Kopfes aber, wo sonst das vorwärts gerichtete Antlitz in die Welt hinausschaut, war nichts.

Auf der äußerst empfindsam gewordenen Schädeldecke saß es nun, dieses Antlitz, und schaute zum Himmel empor. Die Augen steckten rechts und links auf der Höhe des Scheitels, dort, wo sich der Hinterkopf schon zu senken beginnt. Diese Augen schienen nicht ganz den früheren Augen zu gleichen. Das zeigte sich vor allem an den Sternen der Sommernacht über der neuen Gesichtswölbung. Wohl fanden sich noch die alten Konstellationen, die Ferdinand als Kind von Barbara zu suchen gelernt hatte: der Große und der Kleine Bär, der Abendstern und die Milchstraße. Aber doppelt und dreifach so groß wie einst waren diese Gestirne und schraubten sich in flammenden Spiralen immer näher zur Erde. Welch eine Weltzeit mochte vergangen sein? Auch zwinkerten die Sterne nicht mehr so wie damals in der Kindheit. Sie hoben und senkten die Wimpern gemessen wie ruhig atmende Frauenaugen. Aber nicht der Himmel war der wesentliche Teil dieses Erlebnisses. Seiner verwunderte Ferdinand sich wenig. Wessen er sich zutiefst verwunderte, war er selbst. Denn dieser Mann, dieser Ferdinand, der im Graben der vorgeschobenen Feldwache seiner voll bewußt saß und sich gegen die tropfige Lehmwand lehnte, er war ja nicht der ganze Ferdinand, er war ja nur eine kleine gleichgültige Absplitterung des wahren Ferdinands. Ebensowenig und ebensoviel wie ein schmerzhafter Zahn der Mann ist, dem er gehört. In der entrückten Seele tauchten Gymnasiasten-Erinnerungen auf. Hatte er nicht eine Formel lernen müssen: »Ich bin nur eine mathematische Funktion meiner selbst.« War das möglich? Jedenfalls atmete dieser unkontrollierbare Satz aus dem Lehrbuch der Mathematik einen goldenen Trost aus. Auf der schwarzen Schultafel des Himmels drängte sich mit kindhaften Kreidepunkten und -kraxen eine lange Rechnung voll ungelernter Zeichen und Beweise, die aber restlos aufging. Funktion ist gleich Angst. An diesem Resultat war nicht zu rütteln. Wenn man das wußte, kam man durch. Aber ich, der Mensch selbst?...

Immer blasser wurde die Gewißheit.

Etwas Schweres lastete auf Ferdinands Knien. Er riß die Augen auf. Langsam rückte der Strahl eines Scheinwerfers vorbei. Eine riesige Ratte saß auf seinem Schoß, starr und gebannt wie der Erwachsene selbst. Kleine rote Blicke durchforschten ihn. Die Schnurrbarthaare schimmerten. Ferdinand machte keine Bewegung, dieses Grauen von sich abzuwerfen. Nach endloser Spanne ein Flüstern aus der Tiefe des Wahnsinns: »Geh weg, du!« Das Hexengeschöpf stieß sich ab und vergluckste irgendwo in einem Tümpel.

Vom Morgengrauen bis gegen Mittag saßen Ferdinand und die Fünfzehn unter einer brüllenden Kuppel von Tod, die hoch über ihnen die Flugbahnen der Geschosse aufwölbten. Artillerievorbereitung des Angriffs. Da es Tag war, da sie sich an den Graben schon gewöhnt hatten, da der hochfliegende Tod ihnen nicht galt, ließ sich das Leben weit erträglicher an als gestern. Ferdinand fühlte sogar minutenweise ein eigentümliches Behagen. Auch die Hölle war, während man sie durchlebte, nichts Arges. Hierin schien sich ein verborgener Gnadenspruch Gottes zu bewähren, der dem Elend eine begrenzte Faßbarkeit entgegensetzte. Er hatte sich alles weit schlimmer vorgestellt. Nun verstand er auf einmal Weiß und seine aufschneiderischen Untertreibungen. In allem Großartigen und Gräßlichen lag ein Kern von Schwindel. Was ging es ihn an, dieses Getrommel? Er konnte sich ruhig auf den Rücken legen und in den Himmel starren, wenn er wollte. Aber er tat das Gegenteil. Mit angeschnallten Kopfhörern stellte er sich vors Glas, dessen Stativ er in eine hohe Auftrittsstufe eingerammt hatte, und richtete das Fadenkreuz gegen die feindlichen Gräben. Er erprobte die telephonische Verbindung in den ersten Graben und gab dem Artillerieaufklärer seine Beobachtungen kund. Nach einigen Gesprächen war aber keine Verbindung mehr zu bekommen. Entweder hatte ein Granateinschlag die Leitung zerrissen oder war – was ihm sogleich durch den Kopf ging – der Befehl ausgegeben worden, auf den Ruf der Verstoßenen nicht zu antworten. Der Leutnant aber sagte seiner Besatzung nichts davon. Er wollte den Befehl, die Leitung abzusuchen, nicht geben, um kein Leben aufzuopfern. Anderseits aber wirkte jede sinnvolle Beschäftigung merklich aufrichtend auf das Gemüt der Leute. So stellte er denn vor das Fernrohr einen Posten auf, der alle halben Stunden abgelöst wurde. Die Beobachtungen, die ihm gemeldet wurden, gab er in den leeren Fernsprecher weiter. Während des Geschützkampfes lagen die russischen Linien wie ausgestorben da. Das Spiel mit dem Auslug und der Scheinweitergabe von Meldungen nützte sich bald ab. Ach, hätte man wenigstens ziellos hinüberschießen dürfen, nur um irgend etwas zu tun. Aber Ferdinand wußte, daß die einzige Chance, die ihnen verblieb, darin bestand, möglichst unauffällig in dieser Erdritze hier zu verschwinden. Er untersagte der Mannschaft jede unnötige Bewegung. Einige Leute machten den Versuch, zu schlafen. Aber sie lagen mit starren Augen da.

Einer brach das Verbot, schwang sich über den Grabenrand, um in irgendeinem Granattrichter sein Bedürfnis zu verrichten. Dies war der erste Tote. In dem einheitlich endlosen Krachen des Trommelfeuers hörte man die Maschinengewehre gar nicht. Aber der Mann lag ein paar Schritte seitab der Stellung mit durchlöchertem Rücken auf dem Bauch, das blutige Gesäß emporstemmend. Allen wurde es nun klar, daß ihnen das letzte Recht der Kriegssoldaten genommen war: Hilfe für die Verwundeten. Sie lagen auf der schrecklichen Insel, wo es kein Vorwärts gab und kein Zurück. Einer nach dem andern legte sich nun platt hin und drängte das Gesicht gegen einen Erdwinkel. Wie Kinder, die nicht erwachen wollen.

Der Schall der Explosionen zeigte, daß nun das österreichische Feuer auf den vordersten russischen Gräben lag. Aber – waren Stunden, waren Minuten vergangen – die Batterien begannen zu kurz zu schießen. Glühende, ausgeleierte Rohre, wie immer auf dem Höhepunkt des Gewitters. In der Zwickfläche der Zange sprangen die feurigen, stinkenden Erdbrunnen auf, Lage um Lage. Die russischen Geschütze begannen mit ihrer Antwort. Sperrfeuer sollte schon die Absicht eines Infanterieangriffs vereiteln. Vorerst übten die Geschosse seltsame Schonung und ließen den Graben abseits liegen. Man fühlte es fast als wollüstige Tücke. Dann aber saßen zwei Treffer am linken Flügel der Feldwache. Ferdinand wurde niedergeschleudert. Kotfladen schnellten wie Peitschenhiebe gegen sein Gesicht. Die Sprengstücke sangen lange im Raum. Ich lebe, wußte er zwei Sekunden später. Nun ließ er die Gelenke spielen. Ein Verwundeter heulte mit zugequetschtem Schrei, ohne abzusetzen. Der weißhaarige Blinda reckte sich hoch auf und stand auf den Beinen. Sinnlos warnend zerhackte sein Zeigefinger die Luft. Er sprach mit geschlossenen Lidern zu einer großen Versammlung in einem bierdunst- und rauchgeschwängerten Saal:

»Meine Herren, die Lage ist nicht mehr so, daß man es bis zum Äußersten treiben darf... Sehen Sie mich an... Ich war schwarz-gelb bis in die Knochen... Jawohl, schwarz-gelb...«

Jemand riß den Kranken zu Boden: »Gas!« Hohles, schnalzendes Platzen der Giftgranaten ringsum. Mit milchweißen Tatzen kroch der tausendgestaltige Nebel reptilhaft schmiegsam über das Feld, um in Löcher, Riffe, Trichter, Gräben, Gruben tödlich zu schlüpfen. Während alle, die es noch konnten, die Gasmaske vors Gesicht stülpten, wußte Ferdinand: Die Verwundeten sind verloren.

Im Käfig der Gasmaske verwandelt sich Zeit und Raum. Keiner vermag zu sagen, wie lang eine Sekunde oder eine halbe Stunde dauert. Man preßt die Sauerstoffkapsel an den Mund und gibt sich mit allem Eifer der schweren Arbeit des Atmens hin. Vor den Schutzgläsern erblindet die Welt. Mitten im Schwall der Vernichtung verliert sich der preisgegebene Mensch in schwarzes abgeschlossenes Brüten. Ausgekeltert in den Tropfen eines einzigen Augenblicks, erlebte Ferdinand den ganzen Schreck der Erdgefangenschaft. Alles abgeriegelt! Hinauf kann niemand springen, hinab kann niemand dringen. Die Unendlichkeit steht offen, und über den Kopf hat man uns eine finstere Haube geworfen. Einschläge, Luftwirbel, Kotwürfe, Sprengstückgesurre! Immer wieder: Jetzt! Und immer wieder: Nichts! Eine ziehende Begier wächst, die Finsternis wegzuwerfen, aufzuspringen, aus dem Graben, fort, fort! Der Atem findet keinen Stoff mehr. Wie lange noch!?

Ferdinand rieb krampfhaft die Gläser. Hoch stand Blinda. Er hatte die Maske heruntergerissen. Seine Augen traten aus den

Höhlen. Er hielt die Hände als Schalltrichter vor den Mund und schrie:

»Auf den Gesichtspunkt kommt es an...«

Neben Ferdinand kletterte ein kleiner Soldat aus der Deckung und begann gegen die österreichischen Stellungen zurückzurasen. Mit der Rechten deckte er seinen Hinterkopf. Lächerliches Bild eines Schutzversuches! Wie weit kommt er, dachte der Leutnant, mit jener sachlichen Gleichgültigkeit, wie sie uns Menschen oft in solchen Momenten anwandelt. Auch er riß nun die Maske herab. Blinda sprach zum Volk:

»Ich habe den Gesichtspunkt des Doppeladlers... denn ich war Lateinlehrer und nicht Naturgeschichtler...«

Eine lange Verfinsterung, aus der Ferdinand nur mühsam erwachte. Der Alte saß wieder gebeugt lauschend da. Aber er war nicht mehr weißhaarig. Sein Schädel klaffte. Von Ferdinands bespritztem Gesicht rann Blut und siedend heißes Gehirn. Iffinger umklammerte ihn mit beiden Armen. Augen, Augen sahen ihn an und dann nicht mehr.

Was jetzt geschah, war Wahnsinn und Klarsinn in unlöslicher Einheit. Ferdinand warf den Toten von sich, sprang auf und brüllte aus vollem Halse:

»Das möcht ich doch sehn!!«

Was dieser Ruf bedeutete, wußte er nicht. Zauberei aber steckte in dem Satz, denn eine fremde unsichtbare Kraft hob ihn aus dem Graben. Nun stand er oben auf der Erdfläche und überlegte mit schärfsten Sinnen: Laufen?! Ja! Aber wohin? Nicht herüber, nicht hinüber, beides unmöglich!

Da hob er die Füße und tat das Unmöglichste, das ihm einzig möglich schien. Er rannte, stolpernd, stürzend, wieder aufspringend, nicht herüber und nicht hinüber, sondern immer weiter den schmalen nackten Erdstreifen, das tödliche Hindernisfeld entlang, das sich endlos zwischen den Fronten hinzieht, zwischen den flammenden Spießruten der Nationen. Und während er sprang, fiel, aufstand, von neuem rannte, sang er mit heller Stimme viele Worte, die gar keine Beziehung zu seiner Lage hatten. Diese Worte sind alle vergessen. Er weiß nichts von ihnen, er weiß nicht einmal, ob Barbaras Name darunter war. Nur an ein verschlagenes, ein ganz vertracktes Gefühl erinnert er sich. Er lief mit den Sprüngen des Wahnsinns zwischen den Fronten. Zugleich aber flüsterte ihm eine unendliche Wachheit zu: Mein Verhalten ist eine abgefeimte Komödie, die ich der Welt vorgaukle. Ich könnte jetzt ruhig stehenbleiben oder mich hinsetzen. Aber ich laufe und schreie und betrüge die Welt. Wie komisch ist das!

Eine Ewigkeit später sah er einem borstig-roten Gesicht in die Augen. Wundersame Leichtigkeit durchschwebte ihn, als habe er alles Gewicht verloren. Wo er lag, wußte er nicht. Nur das große rote Gesicht über ihm erfüllte die Welt. Ein Russ'? Er suchte die Montur zu enträtseln. Nein! Das große rote Gesicht sagte:

»Menschenskind! Bleib man ruhig! Laß mich nur machen.«

Ferdinand gehorchte so willig, daß er gleich die Augen schloß. Ein Deutscher! Einer von den deutschen Kompagnien! Ich bin nicht mehr in Steidlers Gewalt. Die deutschen Brüder werden mich retten. Während sein Bewußtsein wieder hinschmolz, glaubte er an eine geheimnisvolle und engelhafte Übermacht der Deutschen, in deren gerechter Hut er sich nun befinde. Mit warmen Strahlen, ein unentzifferbares Sinnbild, schwankte das rote borstige Gesicht.

Tiefe Geborgenheit streichelte Ferdinands Herz und liebliches Erlöschen.

Fünfzehntes Kapitel

Schlafhüterin

Wie war es nur?

Im Bette rechter Hand neben ihm, da starb wohl der junge russische Offizier. Lange Zeit brauchte er zum Sterben, und obgleich Ferdinand mit seinem eigenen Tod genug zu tun hatte, versenkte er sich doch mit zähem Interesse in das Sterben des Russen. Dieser Tod war ein tiefgelber augenloser Fleck, der rasch und gewaltig atmete, als solle das Atemmaß eines lang und zukunftsreich gedachten Lebens nun in wenigen Tagen und Nächten ausgegeben werden. Andre kamen nach ihm. Mancher verschwand schnell. Mancher konnte nach Wochen in diesem Offizierszimmer wieder seine ersten Gehversuche machen. Ferdinand aber überdauerte sie alle. Auch in dem dritten Bette wechselten die Verwundeten eifrig, bis der arme Junge kam, dessen eiternd zerfetztes Bein sechs Wochen lang in der Schlinge hängen mußte und der jede Nacht trotz drei- und vierfacher Morphiuminjektionen durchjammerte. Als Ferdinand zur Schmerzempfindlichkeit erwacht war, wehrte er sich gegen Betäubungsmittel. Seine Schädelwunde half ihm über die Qualen der zerschmetterten Schulter und über den Hüftschuß hinweg. Der Kopf selber tat kaum weh. Aber der ganze Mensch lag auf dem Grunde eines tiefen Wassers. Er sah alles ziemlich genau, doch gebrochen durch ein kühles wohltätiges Element, das zwischen ihm und den Dingen flutete. Fremd war die Welt und so süß-unwichtig, aufgehoben die Grenze zwischen Innen und Außen. Das Leben war nichts als ein mächtiger Wandel von Bildern um und um, geschwind oder träge, wie es das Metronom des Blutes befahl. Dort stand ein Stuhl. Wer mit der Hand hingriff, konnte erkennen, daß dieser Stuhl leibhaftig war. Ferdinand aber rührte sich nicht. So war auch dieser Stuhl nur ein Bild wie alles andere. Bilder drangen in den Verwundeten ein, Bilder strömten aus ihm hinaus in den Raum. Der Mensch, die Seele war ein bildempfindlicher Punkt, nichts anderes, eine Zauberlinse, welche die Gespinste jahrtausendalter Erinnerungen an die Wand jenes Reiches warf, das sich Wirklichkeit nennt. Bilderwelt, leidlose Welt, todlose Welt! Ferdinand würde überlegen gelächelt haben, hätte jemand von ihm den Glauben gefordert, all diese Bilder seien nur Einbildungen und in der Welt nicht vorhandene Phantasien. Nicht vorhanden, was so farbenzart, was so in alle Einzelheiten ausgearbeitet an seinen Augen vorüberzog? Wer hatte zum Beispiel den Turm, der alltäglich wiederkehrte, bis in die feinsten Gesimse und Zierate modelliert? Er, Ferdinand, der nicht imstande war, einen einfachen Tisch abzuzeichnen? Diesen Turm gab es in keiner Stadt, die er kannte, nie hatte er die Abbildung einer ähnlichen Baulichkeit gesehen. Dennoch trat das Ding tagtäglich an sein Lager, halb gotisch, halb indisch, mit Wasserspeiern und Pagodenhauben, eine wunderbare Formvollkommenheit, von der ein weites und unerklärliches Wohlgefühl ausging. Er sah diesen Turm deutlich mit den starren Schlagschatten seiner kleinsten Vorsprünge und Kanten. Was er sah, mußte doch mit Augen gesehen sein, das Bild des Turmes mußte auf seiner Netzhaut liegen, und was auf seiner Netzhaut lag, mußte in der Welt wirklich bestehen, ob es das Auge von innen empfing oder von außen. (In seinem zerstörten Körper war das Bewußtsein zwar andersartig gefügt als im gesunden Leben, aber frei und umfassend genug.) Solche Überlegungen beschäftigten Ferdinand schon zu einer Zeit, da er noch keinen Laut von sich geben konnte und gefüttert werden mußte.

Aber nicht nur der Traum kehrte alltäglich bei ihm ein, er führte eine ganze Stadt mit sich, eine Stadt, die nirgendwo auf der Erde erbaut war, obgleich Ferdinand zugeben mußte, daß sie gewisse Winkel, Durchblicke und Ansichten seiner eigenen Heimatstadt entliehen hatte. Verfehlt wäre es, sie kurz und bündig eine Traumstadt zu nennen. Nichts hatten ihre überdeutlichen und scharfbelebten Straßen mit dem schlaffen, charakterlosen Wesen gewöhnlicher Träume zu tun. Da leuchteten klare Firmentafeln über den Kaufläden, und Ferdinand konnte die vielfältigen Namen gelassen entziffern, wenngleich sie weder in lateinischen, deutschen, griechischen noch sonstwie gebräuchlichen Lettern hingemalt waren. Man traf immer wieder und immer neue bekannte Unbekannte auf den Straßen, wurde von ihnen in die Häuser geführt, in Zimmer geladen, hörte seltsam-gastfreundliche Worte und fremd-vertraute Reden. Mit altmodischen Stellwagen fuhr man hinaus in dunkle tiefergreifende Parklandschaften...

Von einem gewissen Zeitpunkt an stellte sich diese Stadt immer seltener in dem kleinen Offizierszimmer des Lemberger Kriegsspitals ein. Eine jüngere Schicht von Bildern, die dem Erwachen näher lag, schob sich vor, Kader und Krieg. Dann aber begannen Menschen der Umgebung bedeutsam emporzutauchen. Ärzte, Kameraden, Schwestern, die Oberschwester Beata. In Ferdinand, der sich noch immer kaum bewegen konnte, entstand jetzt eine heiter-ironische Beobachtungsfreude. Hundert kleine Dinge, die er früher gar nicht bemerkt hätte, nun amüsierten sie ihn. Gesichter, Gesten, Bärte, Worte, alles war so unverständlich komisch. Einer der Ärzte nannte die Oberschwester Beata immer »Erlaucht« und schlug dabei militärisch die Hacken zusammen. Hätte nur das Lachen nicht so weh getan! Übrigens war es immer ein aufwühlender Augenblick, wenn Beata ins Zimmer trat. Sie hatte eine schöne, aber laute Stimme und erkannte keinen Grund an, sie zu senken, als sei sie allein auf der Welt. Mit dieser Stimme modellierte sie gerne die Fremdwörter auf ungewöhnliche Weise. Sie sagte etwa: »Heute ist wieder eine Deschperation im ganzen Haus!« Wenn sie diesen Ausdruck »Deschperation« oder »deschperat« gebrauchte, empfand Ferdinand ein merkwürdiges Vergnügen.

Trat Beata in sein Zimmer – was mit zwei großen energischen Schritten geschah –, riß sie ein riesiges Loch in die abgestandene Atmosphäre und verbreitete einen angenehmen Wirbel von frischer Gebirgsluft, darein sich der leise Wohlgeruch blonden Haares und ein kaum vernehmliches Parfüm mischte. Ihr großer schwingender Schritt war das Schönste und Persönlichste an Beata. Er bestand losgelöst von ihr selbst; wie etwa die Statue einer Siegesgöttin in ihren winderfüllten, knatternden Gewändern nichts ist als Flug, so war Beata nichts als Schritt. Ferdinands schattenschweres Bewußtsein umhegte dieses Schreiten als eine Kostbarkeit. Mit Beata erging es ihm so. Als er ihre Gestalt zu der Zeit, da er sich wieder dem Leben näherte, das erstemal unterschied, glaubte er, sie sei jene wunderschöne Dame, in die er sich bei seinem Auszug ins Feld so unwirklich verliebt hatte. Von nun an verschmolzen Beata und jene Schöne in ein Wesen. Es gab für Ferdinand zwei Beaten: die Oberschwester, die mit lauter Stimme, weiträumigem Schritt und köstlichem Duft das Zimmer betrat, und ein wundersames inneres Bild, das sich aus der wirklichen Beata und aus jener geliebten Morgenerscheinung zusammensetzte. Zwischen diesen beiden Wesen entstand ein Strom, je nachdem sie einander sich annäherten oder entfernten. Dies war eine absonderliche Art von Liebe. Das Gehaben der wirklichen Beata erweckte in Ferdinand oft eine Scheu, manchmal auch Unzufriedenheit. Dann flüchtete der Schwerverwundete zu seiner Bild-Beata, die ihn nie enttäuschte.

In größter Sonnennähe stand Beata zu ihrem Idealbild, wenn sie manchmal am Abend erschien, sich an das Bett des Leutnants setzte, von irgendwelchen gleichgültigen Ereignissen berichtete, oder auch nur schweigend rastete. Ferdinands Augen ergingen sich in ihrem Gesicht wie Wanderer, welche die schöne Stunde einer Landschaft auskosten. Am weitesten aber entfernte sie sich, wenn sie in den sachlichen Ton des Pflegeberufs verfiel. Dann nannte sie die Krankheiten mit lateinischen Namen, urteilte mit ärztlicher Schärfe über Tod und Leben der Patienten und zeigte die frische Kälte eines Wintermorgens. Ferdinand mußte einige Operationen erdulden. Immer wieder wurden ihm Knochensplitter aus der Schulter entfernt. Er sah es ungern, daß Beata bei diesen Eingriffen assistierte. Das hilflose Daliegen, die Unreinlichkeit des Verbandes, das Eingeschläfertwerden, all das erfüllte ihn mit peinigender Scham. Er machte sich keine Gedanken darüber, warum ihn in Gegenwart anderer Operationsschwestern diese Scham nicht befalle.

Eine Zeitlang erschien Beata nicht nur am Abend in Ferdinands Zimmer, sondern saß auch tagsüber oft und lange an seinem Bett. Er genoß die spannungsvolle Nähe ihrer Schönheit. Leidenschaftlich versenkte er sich in das herrliche Leben dieses Antlitzes, dessen Sonnenaufgänge und Wolkenschatten er mit gespannten Fibern genoß. Nachher bekam der Kranke immer Schmerzen, als hätte er eine wilde Wagenfahrt hinter sich. An diesen Besuchen aber fiel ihm nichts auf. Konnte der arme Alumnatszögling und Hungerstudent sich denn das Wohlgefallen einer so wunderschönen Herrin zubilligen? In seinem eigenen Gefühl lag kein Begehren, sondern nur ein willen- und selbstloser Rausch, der nichts erhoffte und an sich selber genug hatte.

Eines Tages nach dem Verbandwechsel vermißte er etwas. Ihm fiel zuerst nicht ein, was es sei. Endlich erkundigte er sich, ob die Erkennungskapsel bei seinen Sachen liege. Man fand sie nicht. Vielleicht war sie ihm bei seiner Auffindung abgenommen worden. Mit unwidersprechlicher Bestimmtheit wußte er auf einmal: Barbara ist unterwegs. Barbara kommt noch heute. Auf dem Zettel stand ihr Name.

Gegen Mittag bekam er einen Rückfall und Fieber. Still lag er da, der Nähe Barbaras völlig gewiß. Eines der drei Betten stand an diesem Tage leer, da der Patient auf die interne Abteilung gebracht worden war. Auch der andere Nachbar, der schon ausgehen konnte, entfernte sich nach Tisch.

Um drei Uhr etwa öffnete sich die Tür:

»Besuch, Herr Leutnant«, rief Beata und machte das Fenster auf. Ihr Gesicht hatte einen gespannten Ausdruck. Ferdinand zuckte unter einem Schrecken zusammen, der ebensosehr der Freude entstammte wie der Angst vor ihr. Beata verließ das Zimmer mit einem lauten: »Bitte, nur einzutreten.«

Barbara suchte vor allem einen Platz, um das schwere, vielverschnürte Paket, mit dem sie sich schleppte, hinzustellen. Dann trat sie zum Bette. Sie sahen einander an. Sie gaben sich die Hand. Die Frau beugte ihr Gesicht zögernd herab. Ferdinand versuchte, sich aufzuheben. Sie kam ihm entgegen. Sie küßte mit trocken unbeweglichen Lippen seine Wangen. Dann sahen sie einander wieder mit ernsten Augen an. Eine zweite Schwester kam ziemlich polternd ins Zimmer und rückte einen Stuhl ans Bett. Barbara setzte sich umständlich. Beide hatten noch kein Wort gesprochen. Ferdinand schaute und schaute. Zu stark war das Leben für einen kranken Menschen. Man mußte vorsichtig sein und sich vor der eigenen Seele totstellen wie vor einem Feinde. Damit in der Stille etwas anderes verlaute als Fliegensurren, fing er zu sprechen an:

»Wann bist du gekommen, Babi?«

Barbara bewegte die Hände nicht, die ihr entfremdet im Schoß lagen. Sie saß steif und aufrecht da, wie arme Leute in einem offiziellen Raum sitzen, den sie nicht kennen. Dann öffnete auch sie den Mund, und Ferdinand hörte die Stimme seiner Kindheit:

»Ich bin heute mittag hier angekommen, junger Herr.«

»Und wie lange bist du unterwegs gewesen?«

»Drei Tage. Ja, drei Tage werden es gewesen sein...«

»Drei Tage«, wiederholte Ferdinand und seufzte.

Barbara beeilte sich, sein vermeintliches Mitgefühl zu zerstreuen:

»Ach, diese Tage waren gar nicht schlimm. Zum Essen und Trinken war genug da und einen guten Platz im Coupé konnt ich auch bekommen. In der Nacht hab ich immer schlafen können. Und jetzt bin ich Gott sei Lob hier.«

Ferdinand schaute und schaute. Draußen ging das Nachmittagslicht auf wie eine Tulpe. Rotbrauner Schein ergoß sich über Barbaras Gesicht. War das möglich? Wie war das nur? Unverwandelt, ungealtert! Barbaras Gesicht wie zuletzt, wie immer, wie damals! Nicht anders als in der Zeit, da sie noch beieinander saßen. Als er sie vor sechs Jahren während der Seminarferien zum letztenmal besucht hatte, war sie ihm älter erschienen. Und heute hatte er sich so gefürchtet, eine veränderte Barbara wiederzusehn. Wie gut! Die Spannung im Zwerchfell ließ nach.

Barbaras Kopf kam näher:

»Wie hat man Ihn zugerichtet, junger Herr!«

Ihre Augen waren weit aufgerissen und tränenlos, als sähen sie jetzt erst die ganze Wahrheit. Ferdinand lachte mißbilligend:

»Das schaut viel ärger aus als es ist. Die Schulter eitert zwar noch. Aber in der Hüfte war's ein glatter, sehr angenehmer Durchschuß. Der Kopf freilich... Du darfst dich nicht wundern, aber ich bin immer noch ein bissel dumm davon und müd...«

»Dieser Krieg«, sagte sie, und der so lang bekämpfte Tränenausbruch zerriß ihre Züge. Sie wandte sich ab, damit sie den Kranken durch ihren Schmerz und ihre Empörung nicht störe. Als sie das Taschentuch versorgt hatte und wieder reden konnte, berichtete sie, daß Franta vermißt sei. Ferdinand tröstete sie. Franta werde in einem russischen Gefangenenlager stecken. Barbara machte eine kleine Handbwegung, um anzudeuten, wie wenig sie das Schicksal ihres Neffen in dieser Stunde bekümmere. Dann fuhr sie leise über Ferdinands Verbände hin. Dieses Streicheln fühlte er als eigentümlich wohlwollenden Schmerz bis ins Rückenmark dringen. Barbaras alte Macht über das Kind! Er atmete tief auf:

»Du brauchst dich nicht zu sorgen, Babi! Es hätte ganz anders kommen können. Wenn es mir wieder bessergeht, werde ich dir die ganze Geschichte erzählen. Steidler hat es sich anders gedacht. Du erinnerst dich doch an Steidler? Wie? Aber natürlich erinnerst du dich! Der lange Kadett! Komisch, jetzt ist er ein kurzer Hauptmann. Ich bin herrlich durchgerutscht. Er kann mir nichts mehr antun, weil er zu einer anderen Division nach Italien transferiert ist. Und mir geht es schon ganz gut. Ich werde nicht draufgehn. Das ist die Hauptsache.«

Seine schlaffen Finger fühlten die hornigen Hände der Frau:

»Wie geht's bei euch zu Hause?« fragte er.

»Man muß sich schon plagen, aber es geht. Besser als in der Stadt ist es am Land bei uns. Brotkarten, Fleischkarten, Fettkarten gibt es auch. Aber wir hungern nicht.«

Eilig sprang sie auf und begann ihr Paket zu öffnen. Nun lagen Würste, ein Selchkarree, ein großes Hausbrot und zwei Striezeln auf dem Tisch. Ferdinand sah diese fremden Dinge. So weit war er noch nicht, daß er nach ihnen Begier fühlen konnte. Sie hatten etwas Totes, Nachgemachtes für ihn. Er zwang sich aber einen befriedigten Laut ab. Barbara war erregt:

»Hoffentlich ist noch alles frisch. Ich hab schon einmal gebakken, vor drei Wochen, gleich als die Karte vom Militär ankam. Aber es ist nichts draus geworden, damals. So schnell geht das nicht. Ich hab in die Stadt fahren müssen. Eine große Lauferei war das, erst zu dem, dann zu jenem Kommando. Zwei Wochen lang haben sie mich auf den Erlaubnisschein warten lassen...«

Unzufrieden schob sie die Gaben durcheinander und baute sie von neuem auf, wie einen Weihnachtstisch. Keine rechte Freude kam in ihr auf. Er hätte tot und begraben sein können. Der eiskalte Gedanke zerstörte ihr die Stunde. Mit großer Gewalt mußte sie immer neue Tränenwellen zurückdrängen. Wenn sie die Augen schloß, sah sie nicht den Verwundeten, sondern mit ungeheurer Lebensschärfe den kleinen Buben von einst, der sie hilfeflehend anblickte. Ferdinands Stimme war nun schon matt:

»Und wo bist du hier untergebracht?«

Erschrocken wehrte sie die Frage ab:

»Er muß sich darum nicht kümmern, junger Herr. Ich werde schon etwas finden. Eine hiesige Klosterfrau hat mich angesprochen...«

Er ließ sich von ihr seine Brieftasche reichen, die unterm Kopfkissen lag. Das Geld aber, das er ihr anbot, nahm sie nicht. Sie tat einen Schwur, daß ihr nichts fehle, daß sie genug bei sich habe. Diese halbe Stunde hatte ihn so müde gemacht, daß er nicht Kraft genug besaß, den Kampf fortzuführen.

»Eine Klosterfrau?« fragte er. »Da bekommst du sicher gute Unterkunft...«

Die letzten Worte vollendete er mit leisem Singen. Dann drangen wieder unabwendbare Bilder durchs Fenster. Er sah haargenau einen großen prachtvollen Park, den er nicht kannte. So müssen in Südamerika wohl die Gärten aussehen, fiel ihm ein. Warum gerade in Südamerika, konnte er nicht verstehen. Aber es war so. Er ging an Barbaras Hand unter fremdartigstolzen Bäumen. Seine Wickelgemaschen lösten sich, kamen durcheinander und banden ihm die Füße wie Fesseln. Jetzt mußte er fallen. An Palmen rankte sich rotblühender Stacheldraht hoch. Um den Bilderdrang loszuwerden, rief er:

»Komm näher, Babi...«

Sie saß nun ganz dicht am Bett. Seine Augen suchten:

»Das ist gescheit, daß du noch deine alte Brosche hast...«

Wie ein sanftes Glück erfreute ihn das dunkle arme Ding, das eine winzige Schnitzerei umrandete. Schon waren seine Lider geschlossen. Er flüsterte noch: »Bleib!« Und dann schlief er ein, schlief seit Wochen das erstemal traum- und bildlos. Still saß Barbara bei ihm. Stundenlang hütete sie seinen Schlaf, bis man ihr sagte, sie müsse nun gehn.

In den nächsten Tagen kam sie immer schon am frühen Morgen. Niemand verwehrte es ihr. Selbst während der ärztlichen Visite durfte sie im Zimmer bleiben. Ärzte, Schwestern, Kameraden brachten der Beziehung Ferdinands zu der alten Frau, die ein Kopftuch statt eines Hutes trug, verlegene Hochachtung entgegen. Die Gespräche, die beide führten, waren nicht wortereicher und wichtiger als jenes in der Stunde des Wiedersehens. Eine eigenartige tiefe Schlafsucht hielt Ferdinand in Bann, die sich in Barbaras Gegenwart immer noch steigerte. Wenn die anderen Verwundeten Besuch von Frauen, Eltern, Freunden, Geliebten bekamen, so schwatzten sie zügellos und geizig den letzten Gesprächstropfen aus dem Gefäß der vergönnten Stunde aus. Ferdinand aber schlief, als müsse seine mißhandelte Natur Barbaras Anwesenheit ausnützen, um tiefen heilsamen Schlaf zu finden. Und auch sie, immer ein wenig über ihn gebeugt, saß starr. Unbeschreiblich müde war ihr Gesicht, aber voll endgültiger Zufriedenheit. Die Menschen ringsum verstanden das stumme Gehaben nicht. Aber Barbaras und Ferdinands Wesenheiten konnten sich unter dem Meeresspiegel des Wachseins leichter umschlingen und inniger ergehn.

Je lösbarer die Grundbeziehung von Menschen, um so gesprächiger ist sie. Am meisten hat Freund und Freund sich zu sagen; weniger schon Mann und Frau. Wie verschwiegen aber ist die Harmonie von Eltern und Kind. Weit verschwiegener noch war sie zwischen Barbara und Ferdinand, denn beide verstanden ihre Liebe nicht, die in der Welt kein Muster und keine Gültigkeit hatte.

Am letzten Tag vor ihrer Abreise, es war der siebente ihres Aufenthaltes in Lemberg, erwirkte Barbara die Erlaubnis, die Nacht an Ferdinands Bett verbringen zu dürfen. Sie sagte ihm nicht, daß ihre Gemeinschaft morgen zu Ende sei. Am Abend wartete er auf ihr Weggehen. Sie blieb. Da sagte auch er nichts, kämpfte aber gegen den Schlaf an. Bald jedoch erlag er. Barbara verharrte von elf Uhr nachts bis fünf Uhr früh unbeweglich, ohne seine Hand loszulassen. Dann schied sie, ehe er noch wach war.

So unglaubwürdig es auch klingen mag, niemand belästigte Ferdinand in der Zeit, die der Trennung folgte, mit Fragen nach dem alten mütterlichen Frauenbild, das sieben Tage lang so schweigsam seinen Schlaf gehütet hatte.

Nach drei Monaten etwa war Ferdinand soweit hergestellt, daß er am Stock in der Stadt spazierengehen konnte. Seine Verwunderung über das »unglaubliche Schwein«, das er gehabt hatte, wurde immer größer. Nichts rührte sich. Er war noch nicht verhaftet worden. Hatte Steidler die Sache wirklich vertuscht? Erst der Besuch Major Prechtls brachte einiges Licht. Ferdinands Regiment wurde nach dem Südwesten verschoben. Prechtl benutzte den Tag, den er in Lemberg zubrachte, um sich nach seinem Schützling umzusehn. Wohl lag eine Strafanzeige gegen Ferdinand vor. Die Angelegenheit stand aber nichtsdestoweniger günstig:

»Man hat bei mir Auskunft gefordert, und ich habe eine fulminante Beschreibung von dir geliefert. Drei volle Seiten Maschinschrift! Du hast dich zwar toll benommen, aber ich garantiere, daß dir nichts Besonderes geschehn wird. Vielleicht wird es zu einer Verhandlung kommen. Dann mußt du dich halt auf Sinnesverwirrung und Nervenzusammenbruch festlegen. Übrigens hast du Glück. Der offizielle Stimmungsumschwung durch die kaiserliche Amnestie kommt dir zu Hilfe. Die großen

Tiere rasen zwar, aber sie können nichts tun. Erzähl mir nicht, daß es dir gutgeht, und mach keine Dummheiten! Ich hoffe, daß du für deine Person abgerüstet hast. Vor einem halben Jahr mindestens ist mit dir nichts los. Und dann? Wer weiß? No, ich hüte mich schon lang vor Prophezeiungen. Aber satt hab ich's auch bis daher...«

Die Zeit kam heran, da Ferdinand das Spital verlassen sollte. Schwester Beata hatte ihm einen Platz in einem berühmten Sanatorium im Alpengebiet erwirkt. Es war nicht leicht gewesen, und sie mußte ihre Beziehungen in Anspruch nehmen, da ein kleiner Reserveleutnant ohne Namen, Geld, Protektion in glanzvollen Erholungsheimen selten Unterschlupf fand. Sie freute sich, daß der junge Mensch, an dessen Aufkommen sie sich kein geringes Verdienst beimaß, in heilkräftiger Ruhe und Umgebung überwintern werde. Wenn er an die nächste Zukunft dachte, hatte er keinen Grund, mit dem Leben unzufrieden zu sein.

Als Ferdinand einmal in den letzten Tagen seiner Spitalszeit durch eine novemberbraune Herbstallee vor sich hin spazierte, hielt ein Auto. Beata winkte ihn zu sich. Sie war jetzt nicht Krankenschwester, nicht Spitalsleiterin, die Zahlen, Medikamente, Diätzettel und die lateinischen Namen der Verwundungen im Kopf trug, sie war ein wildfremdes göttergleiches Wesen, dessen Chinchillamantel alle Staubgeborenen in die Schranken wies. Nichts hatte dieses Wesen mehr mit der schönen Alltagserscheinung in weißer Schürze, weißer Haube zu tun, an die man Worte, ja Scherze richten durfte und die über Leben und Tod verwundeter Männer kühle Fachurteile abgab. In ihrem Duftakkord überwog nicht mehr die frische Gebirgsluft, sondern der blonde Geruch und das Parfüm. Nach Ferdinands ganzer Lebensgeschichte ist es nicht zu verwundern, daß ihn der langgestreckte Wagen, dessen Coupé mit Astern geschmückt war, daß ihn die Hochgestalt der Herrin darin mit schüchterner Beklemmung erfüllte. Benommen drückte er sich in die Ecke. Der Chauffeur fuhr teilnahmslos in die matte Landschaft hinaus. Die Erscheinung machte Konversation. Ihr Dasein füllte glück-

und furchtverbreitend den Raum aus. Liebenswürdig half sie dem kleinen Offizier über seine Nichtigkeit hinweg. Eine Frage zeigte, daß sich ihre Gedanken mit ihm beschäftigt hatten. Dann glitt die Unterhaltung wieder ins Gleichgültige zurück. Sie sprach von allen möglichen Dingen, nur nicht vom Krieg, vom Spital, von ihrer Schwesterntätigkeit, als wollte sie eine Atmosphäre schaffen, die von diesem trüben Gewölk frei wäre. Ferdinand konnte Beata weder mit jenem platonischen Bilde, das er in sich trug, noch mit ihr selbst mehr identifizieren. Als das Gespräch zu verebben drohte, fragte sie ohne Übergang:

»Sie werden also übermorgen schon abreisen, lieber Freund?«

»Ja, ich hoffe, daß alles Nötige in Ordnung ist.«

Der Wagen geriet in den Nebel. Beata klopfte an die Scheibe und machte dem Chauffeur ein Zeichen, in die Stadt zurückzukehren. Währenddessen meinte sie:

»Ich steck es jetzt auch auf.«

Ferdinand verstand nicht sofort. Sie verdeutlichte sich:

»Ich bin vom ersten Kriegstag an bei der freiwilligen Pflegerei. Jetzt hab ich mich genug geplagt. Keine der Damen, die ich kenne, hat es so lang ausgehalten. Schluß damit! Übermorgen verreisen Sie und am nächsten Tag liquidiere ich...«

Sie ließ den Satz eine Weile offen und schloß dann:

»Daß Sie wieder krabbeln können, wird meine letzte Schwesternfreude gewesen sein.«

Ferdinand wendete sich zweifelnd zu ihr:

»Liegt Ihnen wirklich etwas daran, ob einer von uns am Leben bleibt oder draufgeht?«

Sie lehnte den Kopf zurück und schloß, ohne ihn anzusehn, die Lider halb:

»Warum fragen Sie so allgemein?«

Er gewann Mut:

»Ich glaube, daß Sie alles sehr leichtnehmen.«

»Und ich glaube, daß Sie ein furchtbar dummer Mensch sind und gar nichts merken.«

Das Knie der Unnahbaren berührte ihn. Sie zog ihn an sich. Der wachsende Kuß überflutete sein Bewußtsein.

Was kam, geschah mit schwereloser Selbstverständlichkeit. Es war dafür gesorgt, daß Spiel Spiel blieb, daß kein allzu gefährliches Gefühl erwachse. Eine Verzauberung ohne Gestern und Morgen! Die Herrscherin gab alles und vergab sich nichts. War es Zufall? Hatte sie diese Stunde mit Absicht gewählt, diese Spanne zwischen Tag und Abend, zwischen einem letzten Heut und Morgen, damit der Rausch keine andere Zukunft habe als die Trennung. Bildloser Nebel lagerte vor den Fenstern. Die Welt und der Krieg war fortgewischt. Mit Unrecht nahm man den kantigen Schmerz der Dinge ernst. Alle Räume wurden zu Schiffen, gewiegt auf einem Ozean der Leere. »Leidlos ist der Götter Leben.« Bei einem Klassiker mußte dieser Vers stehn. Es war ein wohlgelenktes, fehlerfreies Glück, dessen Seltenheit Ferdinand gar nicht bewußt werden konnte. Sein Rausch war voll dankbaren schwellenden Stolzes.

Zugleich aber hatte diese Stunde etwas zerstört. Das Liebesphantom einer verschollenen Morgenstunde kehrte nicht wieder.

Er sah sich jetzt in einem hohen Zimmer. Kaum wußte er, wie er hierhergekommen war. Die Doppelflügel eines alten Portals hatten sich geöffnet, das Auto war in der Einfahrt stehngeblieben. Diener rissen den Schlag auf... Wer war Beata? War sie verheiratet, Mädchen, Witwe? Ein vollkommenes Märchen des Nebels, der sich jetzt draußen vor dem Hause tödlich der Nacht entgegenschwärzte. Zwischen Beata und ihm stand ein Teetisch. Auf der Glasplatte waren kalte Speisen aufgestellt, von denen er aß. Die Göttin trug einen phantastischen Schlafrock aus Brokatstoff. Ihre Augen verhehlten ein zärtliches Staunen nicht. Ferdinand sah den ungeheuer verwandelten Blick der Frau. Weggeschmolzen waren aus ihrem Wesen die letzten Härten der Krankenschwester, die kaltblütig viele Männer sterben gesehen hatte. Aber weggeschmolzen war auch die Überlegenheit der Dame, die aus dem Auto den kleinen Leutnant zu sich heranwinkt. Sie hatte geruht, dem Spiel einer leichten Neigung nachzugeben. Doch indem es schwebend vorbeiging, hatte es sie verändert und erneuert. Aus der schon fast vollendeten Dämmerung sah sie der Mann in ihrem Brokat leuchten wie ein goldenes Gebilde. Ihre nackten Arme waren zu einer leeren Umarmung gerundet, als ob sie nun doch zurückhalten wollten, was der Geist ihnen versagte.

»Hör einmal« – eine kleine Pause entstand, als ob sie sich nicht leicht zu dieser tiefgründigen Frage entschließe – »du hast eine sehr gute Mutter. Es war doch deine Frau Mutter?«

»Ja, ich hab eine sehr gute Mutter«, sprach er ihr nach und bemühte sich, ohne des Gesagten vollbewußt zu sein, Barbara in die Verzauberung dieses Raumes und dieser Minute herbeizulocken. Barbara aber schien sich zu genieren und wollte, trotz des Anrufs ihres Pflegesohnes, in das fremde glänzende Zimmer nicht treten.

Beatas langes Schweigen bedeutete: Wie kommt dieser feingliedrige wunderbare Junge mit seinem unglaublichen Takt und seiner exzellenten Haltung dazu, das Kind einer Bäuerin oder Aufwartefrau zu sein?

»Mit meiner Mutter ist das merkwürdig...« begann Ferdinand, sprach aber nicht weiter. Wie hätte er dieser herrlichen Fremden so Schwieriges erklären können? Er konnte ja sich selber nicht erklären, was er Barbara war und Barbara ihm.

Drittes
Lebensfragment

Erstes Kapitel

Spätsommer des Untergangs

Schlaffer, staubiger Augustwind in den Straßen Wiens! Die Luft ist nicht heiß. Es herrscht nur die föhnhafte Wärme einer lethargischen Gleichgültigkeit. Selbst der Boden, den man tritt, streckt sich ausgepumpt und empfindungslos. Menschen schieben unbeeilt dahin. Kein Unglück, keine Empörung, kein Zusammenbruch liegt auf ihren Zügen, nicht einmal der Hunger, nur matte Verständnislosigkeit für das, was war, und das, was sein wird. Die meisten Männer tragen Uniformen. Aber sonderbare Zusammensetzungen sind darunter, die man in keiner »Adjustierungstabelle für das k. u. k. Heer und die k. k. Landwehr« finden kann. Ein kleiner Junge von achtzehn Jahren etwa schlottert in einem mächtigen Soldatenmantel, wozu er eine graue Sportmütze trägt, während ein langes Skelett in Wickelgamaschen aus einem verschollenen Friedenswaffenrock mit Spinnenarmen hervorwächst. Überall bewegen sich in größeren Haufen oder paarweise, selten aber allein die Gespenster der Front unter der Menge. Ihre Farbe kann man kaum mehr »feldgrau« nennen, ein Wort, in dem noch ein Rest von Grün und Trotz steckt, sie sind erdgrau, dreckgrau, grabesgrau. Feldsoldaten, Urlauber, Verwundete, Leute meist schon der oberen und unteren Altersgrenze. Mit den erstaunten Augen aufgerüttelter Schläfer trotten sie des Weges und können nicht begreifen, daß es Asphalt gibt, Kaufläden, Spiegelscheiben, gedeckte Tische und Weiber. Sie schlurfen in einer brenzligen Gestankhülle von getrocknetem Schlamm und Karbol. Man weicht ihnen aus. Keiner ehrt mehr die Vaterlandsverteidiger in ihrer Elendsgestalt, für niemanden sind sie Helden. Mit Widerwillen und dem flüchtigen Bedauern, das man unappetitlichen Pechvögeln entgegenbringt, hütet sich jeder, mit diesen schmutzstarrenden Bazillenträgern der Ruhr und des Flecktyphus in Berührung zu kommen.

Die meisten Reserveoffiziere – ihre Zahl ist Legion – scheinen wenig Wert darauf zu legen, von den jammervollen Kriegsgestalten gegrüßt zu werden. Auch unter ihnen sehen viele ebenso erdig aus und laufen in einem nicht minder erstaunten Halbschlaf durch die Stadt. Ein anderer Teil dieser äußerst verbreiteten Spezies des europäischen Menschen hat das Spiel noch nicht verlorengegeben. Das sind die Leute, die entweder das Glück eines Halbtauglichkeitsbefundes oder einer hochmögenden Protektion genießen. Sie sitzen in den Kanzleien der Militärämter oder in den hundert verborgenen Schlupfwinkeln jener phantastischen Unternehmungen, die der Vater Krieg mit der lotterhaften Dame Wirtschaft fruchtbar gezeugt hat. »Zentralen« nennt man diese Unternehmungen und ihre uniformierten Schutzbefohlenen »Tachenierer«, ein Wort, das soviel wie Drückeberger bedeutet und das aus dem Fundus der Gaunersprache in den zeitgenössischen Wortschatz Österreichs eingedrungen ist. Unter den Reserveoffizieren besagter Gattung sieht man immer noch etwelche, die selbstbewußten Grimm zur Schau tragen, keine schwarzseherischen Zweifel an sich herankommen lassen, Sporen, Lackschuhe, Breeches bevorzugen und auf einen schneidigen Eindruck Gewicht legen. Aktive Offiziere hingegen zeigen sich fast überhaupt nicht. Sie haben die Lust verloren, das entzauberte Straßenbild der Residenz zu beleben wie einst. Auch der buschige Major fehlt ganz und gar, der in Friedenszeiten all jene unglücklichen Militärpersonen »stellte«, die sich eines schlappen Grußes oder sonstigen Vorschriftsfehlers schuldig machten. Nur hie und da streift in einem Auto das betretene Gesicht eines Höheren vorüber, der sich nicht mehr auskennt.

Eine auffällige und allgemeine Erscheinung auch in den Straßen der Inneren Stadt ist der Rucksack. Vor Jahren noch das Requisit von Ausflüglern, Bergsteigern, Landläufern, hat er nun eine ungeahnte und allgültige Bedeutung gewonnen. Männer und Frauen schleppen ihn auf dem Rücken, wobei das Wort »schleppen« den Sachverhalt fälscht. Schlaff hängen die Rucksäcke. Die Leute tragen sie in witternder Unruhe als Symbol dieses Jahres gleichsam geschultert. Auch gutgekleidete Herren schämen sich solcher Sitte nicht. Aufmerksam, mit der lauernden Vorsicht des Pürschgängers durchstreift man die Stadt. Dies und jenes hat ein Bekannter ausgekundschaftet, ein Freund preisgegeben: Irgendwo in einem äußeren Bezirk befinde sich ein Laden, wo man unter der Hand und ohne Fleischkarte Dauerwurst einhandeln könne. Meist entpuppt sich die schöne Einflüsterung als ein Selbstbetrug. Dennoch trägt der Unerschrokkene Beute davon. Wenn auch keine Fleischwaren, so sind es doch ein paar Kerzen, einige Tuben Sidol, eine Tüte klebriger Seidenbonbons oder zweifelhafte Fischkonserven. Nicht nur die berufsmäßigen Schleich- und Kettenhändler, Hamsterer, Haifische, Schieber, nein, auch die harmlosesten Menschen sind von der unermüdlichen, prickelnden Jagdlust besessen. So treibt selbst der Hunger sonderbare Sports- und Spiel-Blüten. Es gibt nicht nur gemeine Raffer, sondern geborene Abenteurer der Verproviantierung, Rutengänger verbotener Genüsse, meisterliche Schatzgräber und, wie auf allen Gebieten des Daseins, ein paar Genies. Ihnen, den Gottbegnadeten, fliegt alles zu. Sie müssen sich um nichts bemühen. Ihr Wesen zieht mit Zauberkraft die seltenen Glücksgüter an. Sie haben im unwiderstehlichen Augenzwinkern schon die Kenntnis der Adressen, die Tiefenschau der Verstecke. Großmütig verkaufen oder verschenken sie ihre Brotkarten, Fettkarten, Fleischkarten, Zuckerkarten, diese schmalen Wechsel auf den Hungeranteil, von dem die Unbegabten leben müssen. Der Bettel geht sie nichts an. Sie sind »eingedeckt«, wie eines der mächtigen Bannworte heißt, von denen die Zeithexe täglich neue erfindet.

An gewissen Orten der Stadt bilden sich, ohne äußerlich besonders auffällig zu werden, Stauungen der Gier. Diese Plätze liegen – so will es ein uralt-ungeschriebener Brauch der Städte – in der Nähe des Flußkanals. Hier kann einen Spaziergänger, der Glück und ein zahlungskräftiges Aussehn hat, ein beredter Blick treffen, ein geheimnisträchtiges Räuspern mahnen. Die Verschwörer ziehn sich in einen Hausflur zurück, und aus der Tasche eines schäbigen Ulsters taucht eine Stange ungarischer Salami, ein Paket Würfelzucker, eine Tafel Schweizer Schokolade, eine

Flasche polnischen Schnapses. Das sind Schätze reiner Gnade, vor denen man erschauert, Schätze, die, wenn man es recht bedenkt, in keiner irdischen Valuta errechenbar sind. Unterwürfig bezahlt der Passant jede Summe, denn er ahnt, daß die Banknote ein gefährdeter Papierfetzen ist und vielleicht morgen schon ein ungültiges Tauschmittel vorstellen wird. Käufer und Verkäufer machen sich schnell aus dem Staub. Das Gewissen kümmert sich nicht um die Herkunft der Ware. Der Kenner weiß, daß sie aus den Magazinen der Heeresverpflegung stammt. Er selbst war ja ein paar Monate lang eingerückt und ist mit den Rechnungsoffizieren und Beamten der Intendantur bekannt.

Über das ganze Land ist ein mächtiges Raubnetz geworfen. Tausend Organe aber sorgen dafür, daß gewisse Maschen dieses Netzes immer wieder zerschnitten werden und der Plünderungssegen einem Teil der Reichen und Klugen zugute komme. Dann und wann erhebt ein knorriger Weltverbesserer seine Stimme, macht sich lächerlich und wird beiseite geschafft. Die schwerfällige Obrigkeit ist dieser gelenken Niedrigkeit hilflos ausgeliefert. Nur manchmal, wenn der politische Augenblick günstig ist, um die öffentliche Empörung in brauchbare Bahnen zu leiten und das allgemeine Bewußtsein von der Wahrheit abzulenken, wird der Staatsanwalt vorgeschickt. Er zettelt mit dienstwilligem Pathos einen Prozeß an, in dessen Zuge die Sittlichkeit wiederhergestellt und ein Haufen kleiner oder mittlerer Juden eingesperrt wird, weil sie den Preis von Wollsocken oder Taschentüchern »hinaufnumeriert« haben. In diesem Jahr des Hungers freilich mußte man auch schon zu schärferen Purgantien greifen, und neben den kleinen Opfern fiel mitunter auch ein größerer Mann. Die Sittenkomödie derartiger Prozesse verteilte man fürsorglich auf mehrere Wochen, damit das Publikum Zeit fand, seine Wut bis auf die Neige zu genießen und infolgedessen die Orakelsprüche des Heeresberichts zu überschlagen.

Der Heeresbericht erregt die wenigsten mehr. Jetzt eben – es ist Mittag – gellt der Ruf »Extraausgabe« von allen Seiten über die Kreuzung des Schottenrings. Niemand horcht auf, niemand bleibt erschrocken stehn. Gleichgültig nimmt man den Kolporteuren das Blatt aus der Hand, wird einen Blick auf den fetten Titel und knüllt gelangweilt den täglichen Graus zusammen: »Neue Erfolge der Deutschen bei Soissons.« Wer glaubt noch an diese Siege? Die Rucksackträger, lüsterne Pfiffikusse oder hoffnungslose Grämlinge, traben weiter. Verwundete und Urlauber, feldgraues Totenvolk, erschrockene Revenants, betteln mit ihrem verständnislosen Lächeln den Bürgersteig um Verzeihung, daß sie sind. Ein draller Reserveoberleutnant macht sich bemerkbar. Die elektrischen Wagen schreien in den ungeölten Kurven wie schimpfende Xanthippen. In Dienstautos oder Privatwagen fahren gewichtige Herren in die Sitzungen. Mitten auf der Straße, unbekümmert um den Verkehr, hat sich eine Gruppe von Männern ineinander verbissen, denen allen der Hut im Nacken sitzt. Der unterrichtete Zeitgenosse ahnt sogleich, daß es sich hier nicht um einzelne Salamistangen und Zuckerhüte handelt. In dieser Gruppe triumphiert der menschliche Geist mit den schwindelerregenden Unwirklichkeiten der höheren Mathematik. Das, was nicht ist, wird als ein Seiendes gewertet und berechnet. Das, was keiner gesehn hat und keiner sehn wird, wandert als Zahl mit Zinsen und Zuschlag von einem zum andern. Irgendwo in einer nordböhmischen Grenzstation soll ein Waggon mit Seife stehn. Wer weiß, ob das wahr ist. Die Gruppe aber scheint sich nicht um die Wirklichkeit zu scheren, sondern nur um die emporschnellenden Gewinnziffern dieser Traum-Seife. In der vollkommenen Verödung wird das Nichts fruchtbar.

Der Rolladen der Tabaktrafik am Anfang der Währingerstraße rasselt empor. Durch die zweihundert Meter lange Menschenschlange davor zuckt hoffnungsfreudige Bewegung. Die Vordersten in der Reihe sind schon seit zehn Uhr angestellt. Die letzten fünfzig etwa werden leer ausgehn. Sie haben nichts als die Hoffnung auf ein Wunder. Aber auch diese hoffnungslose Hoffnung ist wertvoll genug, ihr eine Stunde zu opfern. Nicht anders geht es beim nahen Bäckerladen zu, der schon eine halbe Stunde früher geöffnet hat. Der Unterschied ist nur der, daß sich hier fast durchwegs Frauen in der Schlange drängen. Abgehärtet und ergeben wie die Männer im Schützengraben, stehen sie ihre Zeit aus. Kein junges Gesicht. In Wien scheint es seit einem Jahre nur alte Frauen zu geben. Alle haben schlappe Strümpfe und schiefgetretene Schuhe an den Füßen. Eine der mächtigen Triebfedern des städtischen Lebens, die weibliche Eitelkeit des Beins, ist erloschen.

Mehr und mehr beleben sich die Straßen. Breite Sonne verklärt den Platz. Die Blumen auf den Beeten des Votivparks werden laut. Ein alter Herr blinzelt krampfhaft zu den Hauskronen auf. Er trägt einen hellgrauen Sommeranzug und einen Strohhut, beides die abgeschabten Reliquien einer Welt voll Freud und Lebenslust. Wäre nicht der Trauerflor um seinen linken Arm, würde man sich mißbilligend nach ihm umsehen. Er studiert noch immer das Gesimse der Häuser und den Himmel: Wenn man da hinaufschaut, könnte man denken, es sei nichts gewesen... Kein Krieg, kein Elend, alles beim alten... Warum soll ich mir nicht vorstellen, daß ich 1918 nur träume, und daß wir jetzt in Wirklichkeit 1908 haben oder 1898, das schöne Jahr 1898. Es schaut ja alles ganz gleich aus... Nur das physikalische Institut... dort war eine Gartenwirtschaft... Soll ich auf den Burghof zur Wachablösung gehn?... Komisch, daß mir dieser Einfall kommt, wo ich doch keinen Soldaten mehr ansehn kann... Damals bei Kriegsbeginn bin ich täglich hingegangen und habe den ›Prinz Eugen‹ mitgesungen... Aha, jetzt weiß ich, wieso mir der Einfall kommt... Gestern ist die Burgmusik an der Albrechtsrampe vorbeimarschiert... Kein einziger Strizzi war dabei...

Um das Restaurant am Schottenplatz macht der Herr einen großen Bogen. Dort vor dem Eingang steht ein »Zitterer«. Der Spaziergänger hat vor zwei Monaten bei der verunglückten Tiroler Offensive einen Sohn verloren, und seine Nerven sind dem Zitterer noch nicht gewachsen. Zitterer werden die rückenmarkverletzten Opfer der Schüttellähmung genannt. Das Volk hat merkwürdigerweise gegen diese Elenden ein ausgesprochenes Mißtrauen. Man glaubt ihnen das Zittern nicht, man hält es für eine zähe und verschlagene Form des Simulierens. Das Mißtrauen mag seinen tieferen Grund darin haben, daß sich das Geschütteltsein mit aufdringlicher Schamlosigkeit an das Erbarmen zu wenden scheint. Dennoch gibt ihnen jeder, der es kann, ein Almosen, um den schrecklichen Eindruck loszuwerden. Aber auch derjenige, der in den Unglücklichen keine Simulanten sieht, kann sich einer leisen Abneigung nicht erwehren. Militärpatrouillen suchen die Straßen nach derartigen Kranken ab. Aber die Disziplin der Invaliden ist schon so sehr gelockert, daß kein Verbot und keine Torwache sie hindert, die Baracken des Grinzinger Kriegsspitals täglich zu verlassen und ihren Betelgang anzutreten. Wenn Gefahr naht, verschwinden sie mit unerwarteter Behendigkeit in den Haustoren.

Auch der Zitterer aus dem Schottenplatz verduftete plötzlich in die Wirtshausküche. Ferdinand sah ihn nicht mehr, als er das Restaurant betrat.

Der Speisesaal ist überfüllt. An jedem der Tische sitzen vier und fünf Menschen, die füreinander keine Augen haben und aufgeregt ihre Teller bearbeiten. Das Lokal hat einen guten Namen. Der Ruhm der Wirtschaften wechselt freilich von Tag zu Tag. Mit Windeseile spricht es sich herum, wo ein erfinderischer Wirt einen neuartigen Fleischersatz, einen wohlschmeckenden Saft, eine ungewöhnliche Mehlspeise aus dem Nichts hervorzaubert. Gewiegte Kenner stöbern Wirtschaften auf, wo aus geheimgehaltenen Beständen noch immer ein hochprozentiges Bier geschenkt wird und die siebenmal Eingeweihten auch an fleischlosen Tagen ein Kalbspörkelt aus Flachsen und Knorpeln erhalten. Im Grunde sind alle Tage fleischlos. Weil aber das Wort mächtiger ist als die Wirklichkeit, bleibt an zwei oder drei Tagen der Woche das Fleischverbot aufgehoben. Die Phantasie der Köche vermählt sich mit der Phantasie der Gäste. Mit Wohlbehagen werden schwindelhafte Gerichte verschlungen, die verschieden betitelt sind, zumeist aber aus denselben Dingen bestehn, aus Bruchreis, schwarzer Einbrenne, Gemüseblättern und der platonischen Idee von etwas Hackfleisch; das Ganze ein klumpiges Gemengsel. Diesem Hauptgang geht ein Teller brauner oder weißer Suppe voraus. Gebräunt wird die Brühe durch einen halben Suppenwürfel. Auf dem Tellergrunde wartet eine Schicht Ulmer Gerstel des Hungrigen, schalige Graupen, zwischen denen sandartige Körner tückisch auf die Zähne lauern. Das Menü beschließt eine Mehlspeise. Sie trägt schlichte und ehrliche Namen, »Weinkoch« zum Beispiel. Es ist nichts als die aufgeweichte Schmolle maishaltigen Brotes, die, mit verdächtiger Margarine versetzt, in einer Puddingform ausgebacken und schließlich mit säuerlicher Weinverdünnung übergossen wird. Nach folgenden Mahlzeiten, die sie gierig und in großen Portionen hinabwürgen, erheben sich die Gäste mit schwitzenden Stirnen. Falsche Sättigung lähmt die Glieder. (Am häuslichen Tisch gibt es nicht einmal eine falsche Sättigung.) Die Leute tragen ihre windgeblähten Bäuche ins Freie. Nach einer Stunde aber meldet sich schon der neue Hunger.

Ferdinand zahlte. Er wollte die Zeit, die ihm für Wien blieb, ausnützen, um durch die Straßen zu schlendern. Der Zug nach Bruck, wo er in irgendeiner Kanzlei Dienst tat, ging um fünf Uhr. Sein rechter Arm war noch immer schwer beweglich, was aber weniger von der gut geheilten Schulterverletzung herrührte, als eine Nachwirkung der Kopfwunde war. Dennoch hatte er sich schon vor zwei Monaten wieder zur Truppe gemeldet, weil ihm das Rekonvaleszentenleben lästig zu werden begann. Dem Ansuchen wurde stattgegeben, zugleich aber erfolgte seine Versetzung zu einem anderen Regiment. Er wußte warum. Tatsächlich erhielt er am Tage seines Einrückens eine gerichtliche Vorladung. Der Auditor aber, der ihn über das Ereignis auf der Halde von Kolkow verhörte, entpuppte sich glücklicherweise als ein wohlwollender Ziviljurist, der den Krieg und das ganze Militär verwünschte. Mit kristallener Logik entwarf er ein Protokoll, worin der Vorfall als gelungener Fluchtversuch der Verurteilten, als passive Resistenz der Truppe und als Nervenversager des jungen Leutnants restlos aufgeklärt wurde. Dieser Akt schlug jede weitere Verfolgung nieder. Ferdinand saß nun unbehelligt in seiner Kanzlei in Bruck an der Leitha. Der Dienst war nicht der Rede wert, zumal jeder Vormittag mit der elektrischen Behandlung seines Armes hinging. Hie und da bekam er Kurieraufträge nach Wien und Graz. Auch heute hatte er eine dienstliche Sendung im Kriegsministerium abgeliefert.

Ferdinand war nun gewissermaßen vermögend. Die Gage eines ganzen Jahres mit Verwundetenzulage und andern Gebühren hatte sich im Laufe seiner Krankheit angesammelt. Der arme Junge fühlte mit Erstaunen eine ziemlich füllige Brieftasche an seiner Brust. Während er jetzt in die Herrengasse einbog, hing er einer Lieblingsträumerei nach. Könnte er nicht mit seinem Gelde – es waren etwa zwölfhundert Kronen – irgendwo auf dem Lande verschwinden, in ein verschollenes Bergdorf am besten, dort eine Stube mieten und nichts mehr vom Krieg wissen, von Vorgesetzten, Untergebenen, Spitälern und Transporten, sondern nur leben, leben, solange die Barschaft reicht. Und bei seinen bisherigen Lebensvorstellungen war er überzeugt, die lumpige Summe werde eine gehörige Zeit vorhalten. Diese Träumerei ging bald in wildere Phantasien über. Die Welt, eine uniformierte Drachenbrut, schnaubend von Grausamkeit, Unterdrückung und Schadenlust! Schrie nicht alles nach Erlösung? Eine Stunde der Größe hatte er selbst erlebt. War es nicht zukunftweisende Vorbestimmung, daß er einmal schon über sich emporwachsen durfte? Millionen Zertretene harrten des Menschen, der sie sammeln und gegen das Schandgesetz der Macht führen würde. Warum nicht er? In der letzten Zeit mehrten sich diese knabenhaften Phantasien der Empörung. Im Felde hatte Ferdinand den Krieg wie ein Schicksal hingenommen, dagegen es ebensowenig Berufung gibt wie gegen ein Erdbeben. Seine eigene Tat auf der Halde von Kolkow, der Tag im Graben Ferdinandowka III, die nachfolgende Leidenszeit hatten ihn erweckt. Als er das erstemal die Zusammenhänge der Weltschuld ahnte, verfiel er – die Heilung war damals noch nicht vollendet – in krampfhafte Erregungszustände. Seit jenem Tage versuchte Ferdinand mit aller Energie, die er besaß, zur Klarheit zu kommen. Dies aber war nicht möglich. Er ging jetzt wöchentlich dreimal in ein Café und ackerte die Zeitungen durch, er verschaffte sich Bücher, er führte Gespräche mit den Soldaten aller Nationen, die in der Brucker Garnison standen; die Folge war eine schmerzhafte Verwirrung, die ihm aber selber als Klärung erschien. Statt eines reifen und ausgeführten Bildes trug er ein wüstes Fresko im Kopf, auf dem Gut und Böse, Leid und Schuld in grellen Farben geschieden war. Die Welt zerfiel ihm nur in zwei Menschengruppen: In die kleine der Macht-Bestien, der Steidler-Naturen, und in die große Schuldlos-Leidenden. Die Phantasien des Offizierssohnes handelten immer gebieterischer von revolutionären Taten, Aufständen, Meutereien, Gehorsamsverweigerungen. Oft dachte er daran, dem Kriegsdienst öffentlich abzuschwören. Er sah dann eine feierliche Szene, wo er angesichts eines Stabes hoher Offiziere seinen Soldateneid widerrief und Hunderttausende (unsichtbar hinter seinem Rükken) ihm Gefolgschaft leisteten.

Ferdinand litt manchmal an einem unangenehmen Fluggefühl in den Beinen. Auch dies war noch eine Wirkung des Kopfschusses, die sich meist dann geltend machte, wenn sich der Gedankenablauf der erregtesten Stelle seines Innenlebens näherte. Es war ihm, als habe die Schwerkraft plötzlich vergessen, seine Person sicher und zuverlässig an die Erde festzunieten. In solchen schwankenden Momenten mußte er vorsichtig stehenbleiben. So auch jetzt.

Da erblickte er vor sich einen kleinen Offizier, dessen Rücken er kannte. Der Herr hatte seine Kappe weit zurückgeschoben und die Hände in die Hosentaschen vergraben, wodurch er unmilitärisches Wesen und kecken Mut zugleich zur Schau trug. Er schien vor sich hin zu pfeifen, während seine starken und runden Beine, die in Ledergamaschen steckten, den Boden mit nachlässiger Verachtung traten. Das Auffälligste aber war der Rücken des Offiziers, ein bewußter Rücken, der Blicke auffangen konnte. An der nächsten Ecke schwenkte er ein und warf einen kurzen Blick auf die hohen Fenster eines mächtigen Gebäudes, das der engen Straße ein ungewöhnlich finsteres Renaissance-Gesicht zukehrte. Auch Ferdinand sah zu dem dunkelgrauen Bau empor, von dem eine bedrückende Wirkung ausschattete, denn er glich mit seiner erbarmungslosen Grandezza einer amtlichen Zwingburg oder einem militärischen Kanzleihaus. Nur die hohen Fenster gehörten einem großen Café an, das innerhalb dieser offiziellen und mißvergnügten Stilart hauste. Der Offizier verschwand mit schnellen und gleichsam gierigen Schritten im Portal des Kaffeehauses.

Kein Zweifel! Roland Weiß!

Ferdinand wollte ihm mit einem Sprung nachstürzen. Er stand aber still und sah aufmerksam zu der großen Uhr empor, die über der Drehtür des Lokals angebracht war. Zwei, weniger fünf Minuten. Unverrückbar grub sich diese Zeit in sein Gedächtnis, obgleich er sie damals gar nicht wahrzunehmen glaubte. Unverrückbar auch grub sich in sein Gedächtnis die unbegründete Angst, die ihn lähmte, der flüsternde Wunsch, der ihn von hier fortlocken wollte, die geheime Erregung, die ihn anzog, ehe er dem alten Kameraden folgte und den Raum betrat.

Zweites Kapitel

Schattenreich

Wie lieb hab ich ihn! Er ist mein Freund.

Ferdinand verspürte eine heftige Sympathiewallung, als ihn Ronalds dunkel-rasche Blicke freudig umfingen. Es war ein Ausbruch des Menschenhungers nach einem Fastjahr ohne Gespräch und Freundschaft. Seit einigen Monaten kamen auch keine Briefe von Engländer mehr. Ferdinand hatte Nachforschungen angestellt, aber nichts Näheres herausbekommen können, als daß jenes Artillerieregiment, dem der unselige Kanonier Alfred Engländer angehörte, gegenwärtig im Frontbereich der Sieben Gemeinden stand.

Jetzt hielt er die Hand seines zweiten Freundes fest. Beide verstellten den Durchgang zwischen den Tischen. Weder er noch Weiß wichen aus. Mit der Rückerinnerungs-Leidenschaft an gemeinsame Erlebnisse, wie sie nur Militär- und Kriegskameraden kennen, fragten und erzählten sie durcheinander, ohne sich um den unbequemen Ort zu kümmern. Nach der ersten Wiedersehens-Überraschung freilich konnte Weiß nicht umhin, die vielen Bekannten, die in diesem Lokal saßen oder sich bewegten, in seiner lebhaften Art von ferne zu begrüßen. Der Gruß erfolgte je nach dem Grad der Beziehung in reicher Abstufung vom respektvollen Kompliment bis zum herablassenden Handwink. »In diesem Saal sitzen die Parlamentarier«, erklärte er schnell, als müsse ein unwissendes Landkind in die wichtigsten Anfangsgründe des großstädtischen Lebens eingeführt werden. Weiß hatte sich ziemlich verändert. Sein Gesicht war sehr mager geworden, sein Wesen in nervöser Weise aufgekratzt. Er berichtete sofort – um zwischen sich und Ferdinand kein Mißverständnis aufkommen zu lassen –, daß er zwar im Kriegsministerium noch zum Dienst erscheine, aber die alte Welt für verloren halte und den Tag der Abrechnung mit Riesenschritten herankommen sehe. Er selber sei mit dem und dem in ständiger Verbindung. Er raunte einige aufrührerische Namen in Ferdinands Ohr, die deutlich genug sprachen und jeden weiteren Kommentar überflüssig machten. Der oberste Haken seiner Uniformbluse stand offen. Darunter war ein farbiger Zivilkragen sichtbar. Diese Verachtung der Vorschrift hatte die Bedeutung: 1918! Defaitismus! Wer wagt es, mir wegen meiner Eigenwilligkeit einen Anstand zu machen?

Ferdinand hingegen war so genau und gläubig adjustiert wie am ersten Tag. Niemand hätte ihm seine Gedanken anmerken können.

Weiß schnappte plötzlich auf:

»Aber, Himmelherrgott... jetzt fällt es mir erst ein... Du bist ja ein Mordsmensch...«

Er kannte die Geschichte von der vereitelten Hinrichtung ziemlich genau; kein Wunder schließlich, da er dem gleichen Truppenverbande angehört hatte. Weiß, der berühmte Spürhund entlarvender Zusammenhänge, kannte ganz andere, weit geheimnisvollere Begebnisse noch als die humane Gehorsamsverweigerung eines Leutnants. Von diesem Augenblick an zappelte er unruhig:

»Ich muß dich vorstellen... Wir gehn in den Säulensaal... Ich werde dich einführen...«

Man hätte meinen können, er wolle Ferdinand irgendwelchen entscheidenden und unnahbaren Größen der Menschheit vorführen, so wichtig klangen diese Worte in seinem Mund. Auch der Begriff »Säulensaal« erweckte das Bild einer exklusiven, machterfüllten Örtlichkeit. Ohne eine Einwilligung abzuwarten, zog er ihn aus dem großen, stimmenplappernden, tassenklappernden Raum in einen schmalen Gang, wo sich die unechten Kaffeegerüche der Küche mit den echten Ammoniakdüften des Abtritts kreuzten.

Recht betäubt stand Ferdinand endlich im Eingang einer hohen Halle, die nicht zu Unrecht den Namen Säulensaal führte, obgleich sie nur ein schäbiges Kaffeehauslokal beherbergte.

Unvergessen der erste Eindruck: Warum ist diese Höhle so hoch? Und was für ein Licht ist das? Heute, nach so vielen Jahren, zweifelt Ferdinand, ob das Erinnerungsbild dieser kuppelhaften Höhle nicht einer Gedächtnisfälschung entspringe, die das Äußere des Raumes mit seinem eignen inneren Zustand von damals vermischt. Jedenfalls ist die unbehagliche Empfindung einer nur geahnten, sinnlosen Höhe noch heute vorhanden; etwas sonderbar Kirchenhaftes. Dick riegelte eine Wolkenbank von Zigarettenqualm (der stickige Weihrauchdunst dieses Doms) die Wölbung ab.

Auch das Licht war für einen Neuling verwirrend. Die graugehaltenen Mauern der Halle, deren menschenfeindliche Amts-Renaissance eine geradezu infernalische Stimmung förderte, hatten keine äußere Lichtquelle, nicht einmal eine armselige Luke! Alle Glühbirnen brannten insgesamt zu matt, um sich gegen das turmhafte Dunkel behaupten zu können. Außerdem war ja Kriegszeit, und mit dem Strom mußte gespart werden. Ein Nebenraum, das Schachzimmer, lag gegen die Straße. Von dort her fiel ein Balken unverschämter Sommersonne ein, störend, verletzend. Dieses Zwielicht, eine peinliche Stilmischung zweier Welten, ein Gemengsel von ungesundem Diesseits und schlampigem Jenseits, lastete auf der Seele. Die Luft gehörte genau zu diesem Licht. Der Stollen des Säulensaals schien nicht in ein gewöhnliches Haus, sondern in einen Berg eingesprengt zu sein, damit die Sphäre vor jeder Erneuerung und Durchlüftung geschützt sei.

Zu Ort, Licht und Luft paßten die Gäste nicht übel. Es waren zwar nur sechs oder sieben Tische besetzt, zwischen denen aber ein reger Verkehr herrschte. Immer wieder stand jemand auf, schlurfte müde ein paar Schritte und setzte sich ohne Umstände zu der Gesellschaft eines anderen Tisches, wo er, meist gar nicht an der Unterhaltung teilnehmend, gelangweilt verharrte. Unnachahmlich schlaff bewegten sich einige dieser Gestalten, ebenso wie die Vernachlässigung ihres gutbürgerlichen Anzugs unnachahmlich schlaff war. Zwischen angeekelten Lippen hingen erloschene Zigarren und Zigaretten, an denen zu saugen die Raucher viel zu gleichgültig schienen. Die Gesichter waren fast alle blaß, verfallen oder aufgedunsen. Sie seufzten vor unentrinnbarer Öde. Nur manchmal durchbrach ein erschreckendes Temperament die stieren Masken. Wortschwärme prasselten feindselig auf, die faulen Arme ruderten erregt, Witzigkeit spitzte die Sätze. Schnell aber war solch ein Feuer wieder zusammengesunken.

Kellner lehnten verächtlich an den Säulen des Saales. Sie glichen weniger dienstbaren Geistern als milden Gefangenenaufsehern, die gutmütig den Unfug von Sträflingen dulden, jederzeit aber bereit sind, mit voller Strenge einzuschreiten. Einer der Oberkellner starrte, ein ungerührtes Standbild, ins Leere, während sich ein Gast vor ihm in keifenden Beteuerungen wand. Der andere Ober, der schon ein Greis war, schlich auf weltmüden Kellnerbeinen durch den Raum. Den vielen Anrufen, denen er die schwerhörige Resignation eines Weisen entgegensetzte, entnahm Ferdinand, daß der Alte Fritz hieß.

Hinter der Säulenkolonnade, dicht an der Wand, standen grünbespannte Tische. Von dorther kamen die nachdenklichen, höhnischen oder triumphierenden Laute der Kartenspieler. Kurzsichtige Schreiberaugen, gerunzelte Intellektsstirnen stierten in die Tarockblätter. Draußen im Felde und auch in der Kaserne war das Kartenspiel eine angemessene Beschäftigung, der Ausdruck quälenden ziellosen Wartens. Hier wirkte das verkrochene Zusammenhocken unerfreulich. Ein dunkles Wort Engländers tauchte in Ferdinands Gedächtnis auf: Das Geheimnis des Kartenspiels ist die Todesangst.

Wie das Licht in diesem Saal aus zwei Elementen bestand, so war auch das Stimmengewirr, das ihn erfüllte, aus Lethargie und Aufregung gemischt. Licht aber und Stimmengewirr, die schlechte Luft, das Fremde, Neue, Gefährliche, Ronalds anspornende Worte – all dies wuchs für Ferdinand in ein schweres Unbehagen zusammen. Als er unversehens an einem der Tische saß, steigerte sich dieses Unbehagen beträchtlich, denn Ronald Weiß breitete die Heldentat von Kolkow mit prahlerischer Effektverstärkung vor der Tischrunde aus.

Zur Ehre Ferdinands muß gesagt werden, daß er jenes Ereignis in Augenblicken schärfster Selbsterkenntnis nicht für eine große Tat hielt. Die Rettung seines eigenen Gewissens war ihm damals viel wichtiger gewesen als die Rettung von drei fremden Menschenleben. In Verzweiflung hatte er die letzte Möglichkeit ergriffen, von sich abzuwenden, was nicht zu ertragen war. Wenn er den Vorgang klar untersuchte, konnte von einer Heldentat, von einem wohlüberlegten Willensakt gegen sein eigenes Interesse, keine Rede sein. Viel eher gab er dem Auditor und seinem freundlichen Schriftsatz recht: ein Nervenversager. Dieser Weiß aber schilderte, um seinen Freund herauszustreichen, den Fall ganz verkehrt: Heroische Unbotmäßigkeit! Tatenkühner Pazifismus. Man hätte nach Ronalds Darstellung Ferdinand für einen härenen Sektierer oder für einen aufrechten Tolstojaner halten können. Ein mahnendes Erbteil seines Wesens liebte es aber gar nicht, um einer offenen Auflehnung willen vorbehaltlos gelobt zu werden. Während eines stummen Jahres hatte sich zwar viel Brennstoff in ihm aufgehäuft; dennoch erfüllte ihn jetzt Ronalds Gerede und das Zuhören der andern mit Widerständen. Er machte erfolglose Zeichen gegen Weiß hin, damit er endlich dieses Thema verlasse. ›Wohin bin ich geraten?‹ Diese Frage bohrte, und ›Wozu bin ich bereit?‹ Seine alte Gabe, das Vorwissen, regte sich. Ein Zufall war die Begegnung nicht, das spürte er. Dieses Lokal, dieser Tisch, diese Gesichter, sie hatten ihn erwartet. Ihm war, als sitze er nicht erst fünf Minuten hier. Endlich verließ Weiß den ernsten Ton und glitt in den Witz hinüber. Ferdinand atmete auf. Die Leute lachten. Nur einer lachte nicht. Ein hoher, federnder Mann mit ruckigen Gebärden, der unvermittelt aufsprang, zu Ferdinand trat und ihm leidenschaftlich die Hand schüttelte: »Gebhart!«

Des Mannes zerrütteter Kopf zeigte eine herrliche Hakennase, die nur an der Spitze etwas erschlafft abfiel. Graublondes Haar, das in die Stirne hing. Ein Vierzigjähriger, von der Natur sichtlich nicht dazu bestimmt, an diesem Ort der geschwätzigen Erstarrung seine Zeit zu verschwenden. Ferdinand traf sofort ein Sympathiestrahl. Er wußte nicht warum, Gebhart wirkte ehrfurchtgebietend. Dieser zuckte jetzt ein paarmal verlegen mit der Schulter, setzte zum Sprechen an, sagte nichts und ging an seinen Platz zurück.

Ein Gespräch kam in Schwung, das durch die Geschichte von Kolkow angeregt war. Man erzählte von Deserteuren, von den Refraktären in den neutralen Staaten, von der geheimnisvollen Einrichtung der grünen Kader hinter der Front, zu denen sich so viele Ausreißer schlugen und die als Sammelbecken der zukünftigen Revolution galten. Die Revolution schien in diesem Kreise eine selbstverständliche, längst beschlossene Sache zu sein, in die niemand mehr Zweifel setzte. Weiß berichtete von dem neuesten Heereserlaß, der alle Urlaube einstellte. Es sei ein offenes Geheimnis, daß achtzig Prozent aller Urlauber nicht mehr in ihre Einteilung zurückkehrten und sich zu Hause versteckten. Kein Wunder, daß Ronald Weiß auch mit politischen Informationen vertraulicher Art prunken konnte. Er hatte in Erfahrung gebracht, daß nunmehr auch die Kroaten, dem Beispiel der Tschechen folgend, sich weigerten, mit der Krone in Verhandlung zu treten. Die slawischen Gegenregierungen in Paris machten von Tag zu Tag größere Fortschritte.

Während die Regierung, die Staatsmänner, die leitenden Stellen, ja selbst die unterschiedlichen Nationalverbände noch an das künftige Fortbestehn der Monarchie glaubten, waren die Neurastheniker des Säulensaals von ihrem Untergang längst überzeugt. Kranke Nerven haben immer einen Vorsprung in der Zeiterkenntnis. Die russische Revolution hatte die Welt umgeworfen. Sie sahen nur dies. Alle anderen Tatsachen waren überalterte Restbestände, die sie verachteten. Ehe die Sozialisten selber noch daran dachten, daß ihnen die Herrschaft über Nacht in den Schoß fallen werde, wurden sie im Säulensaal schon als Reaktionäre gelästert, als »Sozialverräter«, vor denen man die Revolution werde schützen müssen. Dabei hatten die wenigsten hier in ihrem ganzen Leben mit einem Arbeiter gesprochen. Zu Verrätern wurden übrigens nicht nur die gemäßigten Abgeordneten der sozialdemokratischen Partei gerechnet, sondern auch die meisten der geistigen Berühmtheiten Europas, Gelehrte, Dichter, Künstler, denen der höhnischeste Haß galt.

Neben Ronald Weiß führte der Maler Stechler das große Wort, der den Journalisten mit abenteuerlichen Ansichten zu überbieten suchte. Andere Gesichter sahen, obgleich sie zustimmten, dennoch etwas geniert drein. Ihr Beifall war auf einem gelblichen Grund von Furcht und Mißbehagen gemalt. Früher hatte man mit Kriegstaten und -greueln geprunkt. Hier war jeder darauf bedacht, sich durch scharfen Spott gegen die herrschende Weltordnung vor der Zukunft zu rechtfertigen. Jedermann wollte jetzt schon bei Kriegsausbruch Kriegsgegner gewesen sein. An die Stelle anderer Prahlerei trat der Ruhm des »Tachenierens« und erntete Bewunderung. Stechler erging sich in einer langen Geschichte, die den Lauschern dramatisch vorführte, wie er drei Wochen lang in der Beobachtungszelle unübertrefflich einen grundgütigen Kretin simuliert habe. Sein wirres und zerknittertes Gesicht strahlte. Weiß stieß Ferdinand an, um ihn vor diesem Schwindler zu warnen. Jede Stunde hat ihre Eitelkeit und ihre Mode.

Der Maler war sehr stolz darauf, daß er als erster in dem konservativen Wien kubistische Bilder ausgestellt hatte. Wie es einem »abstrakten« Künstler zusteht, schien er sich einer hohen wissenschaftlichen Bildung zu erfreuen, die mit seinem Vorstadtdialekt unheimliche Klangverbindungen einging. Er sprach vom »gekrümmten Raum«, von »Gestirnpulsation«, von Kant und Pascal. Diese orakelhaften Worte flocht er in seine Reden, auch wenn sie von anderen Dingen handelten. An Gebharts Tisch war Stechler nur Gast. Seine knatternde Geistigkeit deutete darauf hin, daß er zu Doktor Basils Gesellschaft gehörte. Diese Gesellschaft galt als die ausgemachte Aristokratie des Säulensaals. Ronald Weiß, der das Solistentum eines anderen nur schwer ertrug, versuchte Stechler in Verwirrung zu bringen. Er stellte sich dumm und bat den Maler, er möge ihn, als ungebildeten Menschen, belehren, was der Inhalt all jener großartigen Begriffe und Namen sei. Die Auskunft erfolgte im reinsten Hernalserisch und lautete etwa, Kant sei »tulli« und Bergson verzapfe ein »unpräzises Gschlader«. Stechler entpuppte sich nämlich als Anhänger strengen und exakten Denkens.

Ferdinand saß ganz still mitten unter diesem verlotterten Gerede. Obgleich er das Haltlose, Hinundherspringende des Schwatzes genau spürte, so hörte er doch mit großem Eifer zu. Er war ja verschmachtet nach höheren Gesprächen. Seit den Zusammenkünften mit Engländer hatte er solches Getränk nicht genießen dürfen. Mochte auch das Wenigste davon echt sein, es klang doch nach hohen Dingen. Ferdinand glühte. Anderes kam noch dazu. Ronalds Einführung hatte gewirkt. Die Leute hier brachten ihm unzweifelhaft Achtung und Aufmerksamkeit entgegen. Wie schön war es, endlich, endlich mehr zu sein als ein kleines Atom, von den Kräften einer rohen Welt umhergetrieben! Sollte er sich wehren? Durfte er sich nicht des schmeichelhaften Gefühls freuen, unter Menschen zu sitzen, die in ihm mehr sahen als den Besitzer einer Erkennungskapsel, unter Menschen, die frei und kühn aussprachen, was seit Monaten seine verborgenste Herzkammer zersprengte.

Dennoch, er sah auf die Uhr! Es ging auf halb vier. Ferdinand hätte sich den prickelnden Wortwirrwarr vielleicht noch eine Weile lang angehört und wäre dann langsam zum Ostbahnhof spaziert, wenn – ja, wenn Gebharts blaue, begeisterte Augen ihn losgelassen hätten.

Dieser dankbar-stetige Blick zeigte eine geradlinige Kindereinfalt, wie man sie an Fanatikeraugen manchmal bemerken kann. Fast alle Blicke ringsum waren eitel. Gebharts Auge spiegelte keine Wirkungen. So weich es leuchtete, eine unverrückbare Überzeugung lag auf dem Grunde seines Lichts. Während die andern alle durcheinandersprachen, keiner jemanden ausreden ließ, die Themen sich gegenseitig durchkreuzten, besaß Gebhart eine zart-höfliche, ja ritterliche Art, dem größten Unsinn mit ernster Geneigtheit zuzuhören. Dann erst antwortete seine leise Stimme, fast schüchtern. Das Wenige, was er sagte, entstammte niemals dem Zufall einer Gesprächswendung, sondern stieg empor aus runden und gehärteten Anschauungen. Seine Rede war immer logisch überlegen, und doch umschloß sie den Kern einer hartnäckigen Tollheit, etwas bei aller Klarheit Beängstigendes, das Ferdinand in Unruhe versetzte.

Gebhart saß zwischen zwei Frauen. Es berührte sehr merkwürdig, wenn er sich zeitweillig aus dem allgemeinen Gespräch löste und in eine erregt-tuschelnde Unterhaltung mit seinen Nachbarinnen verfiel. Lisa schien von ihnen die legitimere zu sein. Auf ihren häßlichen Zügen lag der unsichere Hochmut eines Wesens, das sich zu einem Glauben emporgerissen hat, für den es viel zu schwach ist. Sie war das schweigsamste Mitglied der Gesellschaft, aber sie schwieg böse und kehrte eine abschätzige Verschlossenheit hervor. Vielleicht verbarg sich hinter ihrem Hochmut nur die Gekränktheit enttäuschter Besitzansprüche. Ihr lautes Gegenteil war Angelika. Ferdinand erinnerte sich, daß Weiß sie einmal »Angelika, das geniale Dienstmädel« nannte. Sie war bildhübsch, aber ihr Reiz zeigte tatsächlich das flache Blond und die Geziertheit eines Dienstmädchens, das einen ewigen Sonntag feiert. Die Vernachlässigung des Kleides, die zum Stil dieses Ortes gehörte, war von ihr geschickt gemildert. Während Lisa einen geradezu schmutzigen und ungekämmten Eindruck machte, hatte Angelika gepflegte Nägel und trug eine kleine Bernsteinkette um ihren rührend kindlich gebliebenen Hals. Was aber das Eigenschaftswort »genial« anbelangt, so verdankte sie es den Anfällen wütender Aphoristik, von denen sie gepackt wurde, wenn sich die Wirkung des Kokains einstellte. (Gebhart und seine ganze Umgebung schnupften diese Droge zu jeder Tageszeit.) Staunend erlebte Ferdinand jetzt solch einen Anfall, den er sich gar nicht zu erklären wußte. Angelika geriet in Raserei und begann irgendeinen Tischgenossen, der ihr widerwärtig war, zu »analysieren«. Grelle Tiefblicke vermischten sich mit wüsten Schmähungen, zuletzt fegten gemeine Schmutzworte über den Tisch. Sie wurde bis unter die Haare rot von unbegründetem Zorn, und ihre Haltung sank von der Prophetinnenpose bis zum Fuchteln eines Waschweibs hinab.

Angelikas Leiden war nicht unähnlich dem Leiden Stechlers. Sie mußte nämlich unausgesetzt über ihre geistigen Verhältnisse leben.

Man hält die Boheme im allgemeinen für die Lebensform der

völligen Gesetz- und Zuchtlosigkeit. Das ist ein großer Irrtum. Sie hat ihre strengen Regeln wie nur irgendein Orden. Eine dieser Regeln lautet: Stellt sich jemand auf einen krassen Standpunkt, so nimm sogleich einen noch krasseren ein. Man muß also immer auf der Hut sein, um sich nicht einer bürgerlichen Rückständigkeit schuldig zu machen. Die Überwindung solcher Gefahren kostet einen großen Aufwand an geistiger Anstrengung. In dieser Hinsicht war die arme Angelika in keiner beneidenswerten Lage. Sie hatte nur drei Volksschulklassen besucht und später hier im Säulensaal etwa hundert Buch- und Autorentitel aufgeschnappt. Mit diesem kärglichen Rüstzeug – dieses Lob muß man ihr vorbehaltlos erteilen – schlug sie sich verwegen durch. Stechler hatte wenigstens in den philosophischen und mathematischen Werken, mit denen er seine Neider plattschlagen wollte, geblättert. Die unruhige Angelika war nie imstande gewesen, zehn Seiten hintereinander zu lesen. Das Kokain half ihr beflügelnd über diese Schwäche hinweg. Sie warf dann mit den Begriffen der Psychoanalyse herum, die damals noch keineswegs volkstümlich war. Sie sprach über Wedekind und andere Dichter, die sie ebenso gründlich kannte. Mitten in dem Schwulst aber kam ihr manchmal ein weiblicher Naturlaut ins Gehege, den sie zu einer knappen Sentenz umzuprägen verstand. Alle horchten erstaunt auf, und Gebhart, ihr Mentor, lauschte mit andächtig lächelndem Ernst. Ebensooft verfiel sie aber in kleinlaute Stimmungen. Dann übertrieb sie die Dinge in ihr Gegenteil. Sie spiegelte eine tückische Primitivität vor und verleugnete selbst das, was sie wußte. In solchen Momenten pflegte sie mit anzüglichem Tonfall eine Lieblingswendung zu gebrauchen: »Sie müssen nämlich wissen, ich bin niedriger Herkunft.«

Übrigens war auch ein so kenntnisreicher Mann wie Ronald Weiß in dieser Umgebung wie ausgewechselt und von einer stürmischen Erregung erfüllt, der er nicht Herr werden konnte. Er sprach, ohne abzusetzen, als müsse er sich in jeder Sekunde gegen Zweifler beweisen. Wenn ihm jemand das Wort abschnitt, wurde er unglücklich. Seine Augen weideten unruhig alle Tische und Gesichter ab, ob sich wohl irgendwo noch jemand verberge, den er nicht überzeugt habe.

Ferdinand, der Neuling, konnte natürlich nicht wissen, was der Säulensaal für seinen Kameraden bedeutete. Weiß war ein sehr gesuchter Journalist. Aber sich mit dieser Rolle zufriedenzugeben, dazu war er der Mann nicht, wenngleich er auch immer wieder betonte, er wünsche nichts andres zu sein, als was er sei, das scharfe Zeitauge nämlich, das die Bilder der Gegenwart wahr und glänzend spiegle. Hier aber im Café verkehrten nicht nur Tagesschreiber, sondern auch Schriftsteller seltenerer Art, Männer, deren Name in hochnäsigen Revuen zu Hause war und die einen feinen esoterischen Ruhm zu verwalten hatten. Basil zum Beispiel und seine Jünger. Die hohe ausgemergelte Gestalt des Genannten betrat in diesem Augenblick den Säulensaal und ließ sich mit lässiger Grandezza an dem Nebentisch nieder, wo seine Anhänger schon warteten. Von nun an sprach Weiß sehr laut, um auch von Basil gehört zu werden. Es war ja einer seiner besten Charakterzüge, daß er das Höhere fassungslos und knechtisch verehrte. Mit großer Umsicht war er darauf bedacht, diese Schwäche nicht zu offenbaren. Er begrüßte Basil burschikos wie einen älteren, aber lebensfremderen Kollegen. Auch für Gebhart empfand Ronald Verehrung, aber sie war anderer Natur. Basil spielte in der Literatur eine Rolle, hatte es also zu etwas gebracht. Gebhart war ein Außenseiter und Empörer. Zwischen ihm und der bestehenden Rangordnung gab es keinen Weg. So revolutionär auch Weiß heute dachte, in tiefster Seele glaubte er mit kindlichem Erschauern an die gestempelten Geltungen. Wer dieser gehetzten Natur und ihrer Rolle gerecht werden will, muß bedenken, daß Ronald Weiß immerfort an der ungerechten Wertverteilung der Welt litt und nur allzu leicht geneigt war, den eigenen Wert, wie immer er auch beschaffen sein mochte, zu unterschätzen. Ununterbrochen erlebte er Siege und Niederlagen, welche an diesem Ort der Geister, die er für überlegen hielt, doppelt süß oder bitter schmeckten. Ferdinand bedeutete für ihn einen unzweifelhaften Sieg. In dieser wortverluderten Sphäre war der Mensch etwas überraschend Neues. Ein Jüngling, schüchtern, unliterarisch, ohne nutzsüchtige Nebenabsichten. Und doch, er hatte einen Mutbeweis gegeben, der alle hier beschämen mußte. Wer weiß, was in dem Jungen noch alles steckte? Gebhart war offensichtlich begeistert. Angelika hatte die Runde verlassen und war verjüngt und mit wohlgeröteten Wangen zurückgekehrt. Weiß war nicht eifersüchtig. Auch dies galt ihm nur als ein Merkmal seines Sieges. Jedenfalls mußte er Ferdinand auch an den Tisch Basils bringen. Während solche Gedanken in ihm arbeiteten, war er aber nicht gesonnen, sich die Macht der Unterhaltung entwinden zu lassen. Er erzählte lustige Geschichten aus dem Presseamt. Von der Militärkanzlei des Kaisers war ein Befehl herabgelangt, für die Ansprachen seiner Majestät an Zivil und Heer markige Kernworte, holde Güteformeln, gekrönte Prunksätze zum Gebrauch fix und fertig herzustellen. Weiß hatte diesen Auftrag übernommen und sich seiner in geistreich-zweideutiger Art entledigt, wie die Aussprüche bewiesen, die er jetzt zitierte. Er behauptete, daß der General, dem sie zur Zensur vorgelegt wurden, die Fopperei gar nicht bemerkt und ihm sein besonderes Lob ausgesprochen habe. Wieder ein Beweis, mit welch gottverlassener Einfalt die Herren der sterbenden Zeit ihrem Schicksal entgegengingen. Ferdinand fand es komisch, daß Weiß, Stechler und andere von den Gewaltigen dieser Erde wie von alten Trotteln sprachen, die man nicht besonders fürchten müsse. Er kannte nur einen von ihren geringsten Vasallen, Steidler. Aber welch ein furchtbarer Gegner war er! Wohin man blickte, fieberte Hochmut, selbst hier.

Der Säulensaal begann sich um diese Stunde zu füllen. Es wurden auch manche harmlose Gestalten von der Straße hereingespült, die der Welt dieses Ortes nicht angehörten. Plötzlich stürzte ein junges Mädchen mit verzerrtem Gesicht auf Gebhart los. Lisa und Angelika sprangen auf. Wortwechsel der Weiber erhob sich. Ein eigentümlich verklärter Ausdruck kam über Gebhart. Er drängte die drei an einen leeren Tisch. Dort saß er mit ihnen, weit vorgeneigt, nickend, lächelnd. Die weibliche Stimmenschärfe verdüsterte sich zu einem Flüstern, aus dem sich manchmal die wohlklingenden Laute des Mannes leise sonderten. Gebhart sprach das Deutsch der hohen Beamten in Österreich, das die Farbe nachgedunkelter Bilder hat. Eine der Frauen weinte. Angelika hatte wieder einen Anfall ihrer wüsten Beredsamkeit. Der graublonde Kopf eines fremdartigen Raubvogels wiegte sich, dicht über die Marmorplatte gebeugt, zärtlich zwischen den streitenden Mänaden. Wenn die Federn der Hühner flogen, schien er sich besonders wohl zu fühlen. Denkt Ferdinand heute, nach vielen Jahren, an Gebhart, so sieht er immer das gleiche Bild. Ein verwitterter Adlerkopf, ein zerzauster Raubhahn zwischen bösartigen, grauverschlampten Hennen, zärtlich nickend, wortepickend. Was aber der Inhalt dieser auffälligen Gespräche war, zu denen sich Gebhart und seine grauen Hennen oder Krähen mehrmals in jeder Stunde niederließen, das konnte niemand in Erfahrung bringen. Es schien weibliche Geheimnisse zu geben, die kein anderer außer ihm verstand.

Halb fünf Uhr. Höchste Zeit! Verlassen saß Ferdinand unter Fremden, denn Weiß hatte sich zu dem Tisch geschlagen, wo Basil thronte. Stechler schwärmte von einem neuen Mann, einem mit magischen Kräften begabten Maler, der vor einiger Zeit in Wien aufgetaucht sei, sich aber weigere, das Café zu betreten. Sein Dialekt überzog die Fremdworte, die er gebrauchte, mit dem unverschämten Firnis ordinärer Umlaute. Ferdinand stand auf. Am besten war es, sang- und klanglos zu verschwinden. Er winkte den Ober Fritz heran. Mit todmüdem Scharren folgte der Kellner dem Ruf. Ein tausendfach gefälteltes Lächeln gütiger Weltverachtung leuchtete den Gast ab:

»Herr Leutnant gehn schon?«

Ferdinand bezahlte seinen Kaffee. Augen, die alle Genußsucht, Leidenschaft und Dummheit der Welt kannten, betrachteten ihn mit Wohlwollen. Fritz suchte eine Anknüpfung:

»Herr Leutnant waren heut das erstemal hier... bei uns...?«

Ferdinand bejahte. Aus der Brust des Kellners aber rasselte ein unbeschreibliches Lachen, ein Lachen diabolischer Gutmütigkeit, wenn dieser Ausdruck erlaubt ist. Er zwinkerte dem Fremdling zu, als wolle er ihn auf die grenzenlose Lächerlichkeit der Welt im allgemeinen und dieses Lokals im besonderen aufmerksam machen. Ferdinand, der ihn nicht verstand, verabschiedete sich freundlich.

Er hatte schon die Tür erreicht, als ihn eine Hand zurückhielt. Es war eine weiche und schmächtige Hand, eine wundervolle, eine fürchterliche Hand, Gebharts Hand:

»Sie wollen schon gehn?«

»Ja, ich muß zur Bahn.«

Gebhart neigte den Kopf mit einer wehmütig lächelnden Miene zur Seite. Er schien nicht zu begreifen, daß es ein Müssen gebe:

»Warum? Wohin wollen Sie denn fahren?«

»Nach Bruck, zu meinem Regiment.«

Das wehmütige Raubvogelgesicht schrak zusammen, als hätte es eben etwas Schändliches vernommen:

»Zu Ihrem Regiment? ... Aber das ist ja unmöglich...«

Ferdinand wußte genau, was kommen werde. Dennoch fragte er, warum dies unmöglich sei. Gebhart streckte seinen Kopf angelegentlich vor:

»Sie haben etwas Wundervolles getan... Sie sind ein Revolutionär... Jetzt aber dürfen Sie nichts abschwächen... Sie sollen Ihren Weg zu Ende gehn...«

»Welchen Weg?«

»Desertieren!«

Das Wort »desertieren« bereitete Gebhart einen besonderen Genuß. Sein Gesicht spiegelte die gleiche zärtliche Begeisterung wie vorhin, da er unter den streitenden Frauen saß:

»Sie sollen bei uns bleiben... Wir werden Sie verstecken... Ich glaube, wir gehören zueinander.«

Schüchtern stand er mit seinem seltsam unfertigen Knabenkörper da, der sich einer Liebesbeteuerung zu schämen schien. Er schwieg und sein Lächeln flehte. Im Oberkiefer fehlten ihm die beiden Schneidezähne, wodurch er jetzt unbetreut und erbarmungswürdig aussah. Dies vielleicht entschied.

Obgleich Ferdinand in seinen Träumen den Dienst so oft schon aufgesagt hatte, traf ihn der Begriff des Desertierens jetzt wie ein scharfer Schreck. Der Zeiger der Uhr war stark vorgerückt. Desertieren? Man mußte nicht gleich an so etwas denken. Ob er heute, morgen oder übermorgen nach Bruck zurückkehrte, war ganz gleichgültig. Niemand würde sich darum scheren. In der Nacht übrigens ging auch noch ein guter Zug.

Gebharts verführerhaftes Wesen wirkte. Ferdinand sah sich nach dem Tisch um. Weiß fuhr auf ihn los:

»Du wirst mir nicht durchbrennen, du Hund du, während ich deinen Ruhm verbreite.«

Und nicht unfeierlich betonte er:

»Basil will dich kennenlernen.«

Der Vorzug Basils bestand nebst anderen Verdiensten darin, daß er, nunmehr bei Jahren, noch und immer wieder in der vordersten Reihe der Jugend zu finden war. Es ist des Landes hier und anderwärts der Brauch, daß alle zehn Jahre etwa sich ein paar hoffnungsvolle Zwanzigjährige zusammentun und, auf ihre Begabung im schriftlichen Gedankenausdruck pochend, von sich behaupten, sie seien eine neue Bewegung, eine neue Richtung, eine neue Jugend, eine neue Generation der Menschheit. Kein Kluger wird ihnen diese Behauptung übelnehmen, die ja schon im Körperlichen auf einer unbestreitbaren Tatsache fußt. Der Hauptinhalt der neuen Bewegungen liegt in dem Versuch, das Zurzeit-Gültige, die geistige Mode also, die vor einer Weile in Schwang kam, kritisch aufzuheben, verdächtig und lächerlich zu machen. (Das gleiche geschichtliche Gesetz zwingt die Damenschneider, ihre eigenen Hervorbringungen nach einigen Monaten auf den Mist zu werfen, damit ja keine Stockung des Modewechsels eintrete.) Um aber das Gestrige bekämpfen zu können, braucht man eine gedruckte Heimstätte für die Kameraderie des angriffbereiten Auftriebs, eine Zeitschrift. Druckereien wollen bezahlt werden, und Geld hat man keines. In Dingen der neuen Generation tritt also die Frage des Geldgebers gebieterisch in den Vordergrund. Die Kunst Basils hatte es schon seit dreißig Jahren zuwege gebracht, immer wieder harmlose Verschwender aufzuspüren, welche die Zeitschriften der jeweils Jungen finanzierten. Es wird einem künftigen Historiker schwer werden, all jene Blättchen und ihre erfindungsreichen Titel festzustellen, die dem Doktor Basil ihr kurzes Leben dankten. Ein armer Teufel sonst, war er in dieser Hinsicht eine echte Gründernatur. Dafür spricht auch, daß er nicht aus Eitelkeit und zu seiner Selbstverherrlichung die Mühe auf sich nahm, ebensowenig wie er den Part eines Vorkämpfers der Jugend spielen wollte, die ihm aber dennoch die Entdeckung manchen Talentes verdankt. Wie der Seidenwurm spinnt, so gründete Basil hochliterarische Wochen- und Monatsschriften. Seine Feder füllte sie mit glänzend ziselierten Aufsätzen und Betrachtungen an, die er unter den wohllautendsten Pseudonymen, seltener mit eigener Namenszeichnung über die Spalten streute. Es kam ihm nicht darauf an, daß seine Schöpfungen der Zeit widerstanden. Sie gingen auch meist nach ein paar Nummern unter. Wichtiger war es, daß immer neue Periodica zur Gründung und vor allem zu Titeln kamen, die einer unerschöpflichen Einfallsgabe entsprangen. War die Zeit vornehm dekadent gesinnt, wurden Edelsteine zur Namensgebung herangezogen, gehörte erotischer Leichtsinn zum guten Ton, flatterten zierliche Hefte in die Buchhandlungen, die sich zum Beispiel ›Der Kristallflacon‹ nannten, neigte der Tag zu gelehrsamer Verhaltenheit, erschienen, trockenen Angesichts, unhandliche Quartbände, in denen finster-langweilige Aufsätze moderten. Diese Geschmeidigkeit könnte den Anschein einer Persönlichkeitsschwäche erwecken. Dem war aber nicht so. Basil blieb sich in allen Verwandlungen treu. Mit seinen endlos spindeldürren Armen und Beinen, mit seinem hochstirnig bleichen Kopf glich er einem durchsichtigen, feinen und spinnengliedrigen Insekt. Seine Schriften bestätigten dieses Aussehn.

Jetzt eben, zur Stunde, da Ferdinand, von Weiß eingeführt, an Basils Tisch Platz nahm, war eine neue Zeitschrift in Gründung begriffen. Diesmal hatte der Findige einen ganz großen Geldgeber herangezogen. Aschermann, der Präsident einer großen Kriegszentrale, eine vielgescholtene, vielbewunderte Kraftnatur. Schon stand der Titel der neuen Unternehmung fest:

›Der Aufruhr in Gott – Blätter für Kommunismus und katholische Kirche.‹

Ein tollkühnes Vorhaben, gewiß! Aber es fand seine Erklärung in dem Umstand, daß der größte Teil der neuen Generation einerseits dem russischen Kommunismus zustrebte und Basil anderseits in Gefolgschaft französischer Neukatholiken (etwas außergewöhnlich Feines) der Kirchlichkeit und dem Konvertitentum anhing.

Solche atemberaubende Gegensätze auszugleichen, war Basil der luftige Geist. Sogleich zog Ferdinand, der noch gar nicht wußte, worum es ging, in den Kreis seiner Erklärungen: Hier Katholizismus, dort Kommunismus, beide überpersönliche, kollektive Erlösungslehren, beide in Waffen gegen einen einzigen gemeinsamen Feind, den Liberalismus, die Demokratie, das hassenswerte Bürgertum! Beide dem tausendjährigen Reich zugewandt und grundsätzliche Gegner des Krieges und des Geldes! Beide jesuitischen Methoden ergeben, das heißt dem zeitlichen Ideenverrat zur Erreichung überzeitlicher Erfolge. Hier die gewordene, dort die werdende Macht, deren Vereinigung den Sieg des Geistes auf Erden bedeutet.

Wie anders, wie leidenschaftlich dunkel tönte das Bekenntnis zum Aufruhr in Gott aus Engländers Mund! Ferdinand versenkte sich in den Anblick Basils. Der weißhaarige Kopf, das eingefallene Gesicht war so arm, so leidend, der Mund jedoch spottgeschnitten und die knochigen, mit rötlichen Flecken bedeckten Hände gierig, ja schamlos. Er sah ziemlich alt aus, älter vielleicht, als er war. Es mußte diesen ausgelebten Mann schon allerlei seelischen und körperlichen Aufwand kosten, um es immer mit der Jugend zu halten und ihr unbequemes Bummelleben zu führen. Basil lächelte dem Neuling aufmunternd zu:

»Nun, wie wär's? Wollen Sie bei uns mitarbeiten?«

Ferdinand fühlte sich rot werden:

»Ich schreibe nicht. Ich kann gar nicht schreiben.«

Bei diesem Bekenntnis entspannte sich der ablehnende Hochmut auf den Gesichtern von Basils Beisitzern. Gleich bei der Vorstellung hatten Ferdinand die zugekniffenen Lippen dieser Leute erschreckt. Der Tisch hier, an dem die strebsamsten Einwohner des Säulensaals saßen, war der Ursprung dichter Hochmutswirbel. Ferdinand empfand sie leibhaftig. Kein Hochmut ist giftiger als jener, der aus gereizten Unzulänglichkeitsgefühlen stammt. Warum maßen ihn diese Gesichter mit verächtlichem Schweigen? Stechlers knallende Bildungsexplosionen wirkten noch sympathischer als dieses Schweigen. Der Maler war freilich in des Meisters Nähe sehr kleinlaut geworden.

Basil fand es überaus begrüßenswert, daß Ferdinand ein unschuldiger Laie und kein Mann sei, der schon literarische Bemühungen vorzuweisen habe. Er solle aufrichtig seine Erlebnisse und Gedanken während des Krieges und bei seiner Verwundung niederschreiben. Es werde dabei unbedingt etwas Interessanteres herauskommen als die übliche Leier der geeichten Namen und das regellose Wehgeheule kriegsmüder Lyriker. Gerade von einem Menschen, der aus einer ganz anderen Gegend komme, verspreche er sich viel. Was hingegen den Aufsatz betreffe, fuhr er fort, den ihm Stechler angeboten habe, so könne er ihn keinesfalls veröffentlichen, weil er noch nicht gescheut genug sei (er sagte wirklich »gescheut«), ihn zu verstehen.

Der kleine zerknitterte Maler sank zusammen und stotterte:

»Ich habe ja nur als bildender Künster versucht ...«

Er kam in seiner Rechtfertigung nicht weiter. Basil nämlich umfaßte ein junges Mädchen, das vorüberschlüpfen wollte, und zog es an den Tisch: »Die geniale Schauspielerin Erna«, sagte er und leuchtete scheinheilig. Seine großen Hände streichelten die Choristinnen-Erscheinung, die sich geduldig dem älteren Herrn überließ. Sinnend schlug er fernblickende Augen auf. Dann meinte er, zu Ferdinand gewandt, als sei er sicher von ihm und sonst keinem verstanden worden:

»Leben kann man nur mit einfachen Menschen und mit Frauen.« Solches festzustellen, war er sich von Zeit zu Zeit schuldig. Weiß brachte das Gespräch auf den Ausgangspunkt zurück. Er war von Basils Vorschlag begeistert. Ferdinand müsse unbedingt einen Aufsatz für die neue Zeitschrift verfassen. Er, Weiß, besitze Briefe dieses stillen Wassers und verbürge sich für eine originelle Arbeit. Auf solche Art seien übrigens die größten Schriftsteller entdeckt worden. Ferdinand wehrte immer erschrockener ab. Basil orakelte von seinen Plänen. Während er sprach, sah es so aus, als habe er die Schauspielerin neben sich schon gänzlich vergessen. Nur seine Hände waren wie zwei fremde Persönlichkeiten weiter mit ihr beschäftigt. Diesmal habe es eine ganz andere Bewandtnis mit der Zeitschrift, stehe doch eine wirkliche Macht dahinter, ein großer Mann dieser Zeit, ein Feuerkopf der Wirtschaft. Er sprach aber jetzt den Namen nicht aus. Die Schauspielerin entfloh. Basils enttäuschte Hände fielen leer auf den Tisch.

»›Der Aufruhr in Gott‹«, sagte er zuversichtlich, »wird anständige Honorare zahlen.«

Längst war der Schnellzug nach Bruck schon abgegangen. Der Balken Tageslicht, der vom Schachzimmer her das Hades-Grau des Säulensaals durchstieß, färbte sich bernsteingelb. Immer neue Gäste kamen, deren Gestalten sich sogleich in dem Element dieses Raumes auflösten. Sie gehörten unverkennbar hierher. Manche nahmen nicht Platz, sondern schweiften, nach allen Seiten lugend, neugierig-müßig zwischen den Tischen. Sie schienen Bekannte zu suchen. In Wahrheit suchten sie nichts oder wenigstens nichts, wovon sie wußten. Nach getanem Umgang verschwanden sie, kamen aber bald wieder, um von neuem zu kreisen. Das Café schien auf sie eine geheimnisvolle Anziehung und Abstoßung auszuüben.

Auch Ferdinand erlag, ohne es zu ahnen, den verborgenen Einwirkungen des Lokals. Seine Beklemmung war verschwunden. Er hatte das Gefühl, einem spannenden und lebensvollen Schauspiel beizuwohnen. Schon stellte er Fragen nach auffälligen Menschen. Eine Elendsgestalt fesselte ihn besonders, die mit hochgezogenen Schultern und gekrümmtem Buckel Basils Tisch umschlich. »Der Dichter Gottfried Krasny«, belehrte ihn Weiß, eine eigenwillige Begabung, in jenen Umständen lebend, die dem Talente einzig angemessen seien. Ferdinand zweifelte nicht, daß echte Dichter so aussehen müßten. Vor wenigen Minuten hatte ein geistreicher und selbstzufriedener Herr an diesem Tisch den Satz ausgesprochen, daß der Urbegriff des wahren Dichters und des wahren Bettlers zusammenfalle. Ein

Dichter, der das Zeug habe, den »Bettelstab« mit dem »Lorbeerbaum« zu vertauschen, sei eben kein echter Dichter. Zum Beweise zog der kluge Herr den berühmten Bettelpoeten heran, dessen Bild hier eine Säule zierte, obgleich er selber nicht mehr im Café verkehrte. Er nannte diesen großen Mann nicht Altenberg, sondern mit wohlwollender Intimität kurzweg Peter. Zwar besitze Peter ein ansehnliches Bankguthaben, dennoch aber sei er der Lebensweise eines Bettlers niemals untreu geworden, was den bündigen Beweis für sein echtes Dichterwesen bedeute.

Als aber die begehrlichen Kreise Gottfried Krasnys immer enger wurden, bekamen alle starre Rücken und sahen weg.

Eine farbige Frauenerscheinung kam lächelnd auf den Tisch zu. Basils Jünger erhoben sich, er jedoch blieb sitzen und reichte der jungen Dame bloß die Hand. Auf den ersten Blick hätte man meinen können, Hedda habe sich aus einer helleren Welt in das Schattenreich nur verirrt. Die Eingeweihten aber wußten, daß es damit umgekehrt stand. Sie war aus dem Säulensaal in die Welt des Reichtums ausgebrochen. Viele bewunderten sie darum, denn ohne Willenskraft und Zielbewußtsein kamen solche Erfolge nicht zustande. Andere wieder – Angelika und die übrigen Weiber der Gebhartgruppe allen voran – litten ihr gegenüber an Neid und Haß. Es war auch ein widerspruchsvoller Anblick, wenn an diesem Ort herabgekommener Männer und ungepflegter Frauen eine teuer gekleidete Person auftauchte, die das zarte Lila ihres Sommerkostüms in das graubraune Gewühle mischte. Von der doppelten Reihe ausgesucht schöner Perlen darf man gar nicht reden. Erst ein näherer Blick in Heddas brünettes Gesicht enthüllte gewisse Zeichen der Standeszugehörigkeit zum Café.

Ihre durchaus nicht unhübschen Züge zeigten manche Schärfen und manche Verschwommenheiten, wie sie durch den ewigen Umgang mit intellektuellen Fragen, durch den Genuß von dreißig Zigaretten täglich und andere Freiheiten wahlloser Art noch entstehn. Merkwürdig war es, daß der Reichtum, der von Heddas Person und Kleidung ausstrahlte, auf die jungen Männer an diesem Tisch verwirrend wirkte. Sie kannten zwar die Welt, der sie anzugehören schien, nur vom Blickpunkt der Bürgerverachtung her. Dennoch erzeugte schon dieser illegitime Abglanz des Geldes in den Revolutionären ringsum eine schmachtende Ehrfurcht. Sie ließen sich weniger gehen und führten sich vor ihr nicht so zweifelhaft auf wie vor den anderen Frauen dieses Ortes. Weiß, von dem es ja bekannt ist, daß ihm alles vermeintlich Höhere sogleich den Atem raubt, brach in ein knabenhaftes Kompliment aus. Ferdinand wurde wiederum mit dem üblichen Nachdruck vorgestellt. Er konnte sogleich eine kleine Prüfung ablegen. Hedda war keine Angelika. Sie besaß wirklich eine beträchtliche Bildung und Belesenheit, die sie mit männlichem Scharfsinn ins rechte Licht zu rücken wußte. Als echte Schülerin von Basil war sie auch dem Seltenen und Ausgefallenen ergeben. In diesen Tagen beschäftigte sie sich damit, bei Antiquaren herumzustöbern, um durch geschickte Käufe ihre Bibliothek auszubauen. Sie berichtete Basil, daß es ihr endlich gelungen sei, ein langgesuchtes Werk über die deutsche Mystik zu ergattern. Der Zufall wollte es, daß Ferdinand in diesem Gegenstand beschlagen war, da ihm Engländer seinerzeit einige Schriften von und über Böhme, Tauler und Suso geliehen hatte. Die Runde sah ihn hochachtungsvoll erstaunt an. Weiß triumphierte.

Hedda zeigte sich nicht nur als überlegene Intellektuelle, sondern auch als ein gütiges Mädchen aus der Fremde. Sie zog aus ihrem Täschchen echte ägyptische Zigaretten, Marke Gianaclis, hervor und verteilte sie unter die Herren. Da man in jenen Hungertagen froh war, nach zweistündigem Gedränge ein Paket getrockneten Buchenlaubes für die Pfeife zu erhandeln, wirkte diese Gabe als märchenhaftes Wunder. Basil lächelte wohlwollend wie ein Mann, der den Segen des Himmels ein wenig mitzulenken versteht. Hedda nannte ihn Basilius. Stechler prahlte mit der Erklärung des Verfahrens, das die Araber bei der Zigarettenverfertigung anwenden. Jemand spöttelte über seine Kenntnis des edlen Tabaks. Woher er sich denn so gut auskenne.

»Als Bub hab ich meinem Papa immer seine Gianaclis gestohlen«, erklärte stolz der arme Bursche, dem man noch die

Rachitis einer elenden Kindheit ansah. Übrigens sagte er »Tschönagles«. Immer wieder dasselbe. Auch die aufrührerischste Gesinnung wollte eine »gute Herkunft« haben.

Hedda erzählte, warum sie heute ins Café gekommen sei:

»Papa mußte Knall und Fall verreisen. Das Auto steht draußen. Ich wollte dich zum Spazierenfahren abholen, Basilius. Der Prater ist jetzt herrlich.«

Das Wort »Papa« klang in ihrem Mund sehr auffällig. Ferdinand verstand nichts. Basil mit dem weiß durchscheinenden Haupt auf seiner langen Gestalt war nunmehr ganz und gar ein vornehmer Grande, der sich unter unbedeutendes Volk mischt. Große träge Bewegungen brachten zur Kenntnis, daß er es sich leisten dürfe, mehrere Leben zu führen.

Noch einmal kam die Rede auf die neue Zeitschrift. Hedda zückte ein kleines ledergebundenes Notizbuch und las die Ziffern vor, die sie mit der Druckerei, dem Buchbinder und der Vertriebsgesellschaft vereinbart hatte. Es zeigte sich, daß sie auch eine tüchtige Geschäftsfrau war. Was das Papier betrifft, hatte sie sich besondere Verdienste erworben. Alles war rationiert. Der Staat hielt auf jeden Ballen der gefährlichen Ware die Hand, denn die Zensur kam gegen die Fülle mehr oder minder offenen Hochverrats nicht mehr auf, der in allen Kronländern der Monarchie gedruckt wurde. Durch »Papas« mächtige Vermittlung war es gelungen, guten Papiers genug sicherzustellen, um darauf zehn Nummern des ›Aufruhrs in Gott‹ zu veröffentlichen.

Hedda erzählte, daß jüngst bei Papa ein berühmter Universitätsprofessor und katholischer Politiker zum Frühstück erschienen sei. Sie habe dieser Leuchte von den geplanten kommunistisch-religiösen Blättern erzählt. Der Professor sei nicht vom Sessel gefallen, sondern habe mit anerkennendem Wiegen des Kopfes gemeint: »Warum nicht? Sehr interessant! Ich glaub schon, daß in d e r Zeit alles möglich ist.«

Basil war von dieser Äußerung entzückt. Er sah sich schon von der Revolution und Reaktion gefördert. Ihm war es gar nicht darum zu tun, einer von beiden zum Siege zu verhelfen. Er besaß ja selbst keinen Boden, um ihn zu verteidigen. Ihm ging es um geistige Feinheit. Seit dreißig Jahren schon trieb er sich unter Anfängern umher. Die »neuen Generationen« erbten ihn weiter. Er hatte sich einen bekannten Namen erworben. Wenn man aber näher zusah, besaß dieser Name keine größere Macht und Bedeutung, als daß er immer wieder in den Registern der wechselnden Schlachtordnung auftauchte. Basil war am Ende des vorigen Jahrhunderts als junger Mensch Sozialist gewesen, dann, da die Mode wechselte, hatte er sich zu den Vorkämpfern des Kostbar-Verruchten und der freien Erotik geschlagen; jetzt endlich glaubte er den Punkt gefunden zu haben, auf dem er fortan würde stehn können. Auch andere Überlegungen noch mischten sich in dieses beruhigende Gefühl. Sein Leben war trotz aller Freizügigkeit nicht leicht. Eine Frau und drei Töchter, die in Köln lebten, hingen an ihm. Vielleicht konnte er sich nun soweit fixieren, um das ewige Elend und die bitteren Mahnbriefe seiner Gattin loszuwerden. Wer weiß, ob er mit dem ›Aufruhr in Gott‹ nicht einem tiefen Bedürfnis der Zeit entgegenkam und über einen kleinen Kennerkreis hinaus in die Massen wirken konnte. Geld war ja da. Er hatte Aschermann einige Dienste erwiesen. Die Mittel dieses Krösus waren so unerschöpflich, daß die Papier- und Druckkosten einer Zeitschrift gar nicht ins Gewicht fielen.

Er ließ zukunftsfreudig seine Fingergelenke knacken, während Hedda die Reihenfolge der Beiträge für die erste Nummer mit einem goldenen Stift in ihr Notizbuch eintrug. Ferdinands schriftstellerisches Debüt wurde trotz heftigen Widerspruchs für eines der nächsten Hefte festgesetzt.

Dann verschwand Basil mit seiner Dame, um in Aschermanns Auto eine Abendspazierfahrt im Praterumkreis zu genießen. Übrig blieb an diesem Tisch, außer Ferdinand und Weiß, die üble Laune von Ehrgeizigen, die nicht satt zu essen hatten und von der Sucht geplagt wurden, sich gegenseitig ihre Bedeutung, ihr Wissen und strahlendes Talent zu beweisen. Nirgends, nicht in der Kaserne und nicht im Schützengraben, gab es ein ähnlich unverbundenes Beisammenhocken. Welche Kraft zwang diese Einsamen, in einem unlüftbaren Lokal ihre Zeit miteinander zu verlieren? Auch auf Ferdinand griff diese Kraft über, der man, ohne zu übertreiben, das Beiwort dämonisch zuerkennen muß. Heute weiß der Schiffsarzt, daß die Monate, die er im Schattenreich zubrachte, kein Zufall waren und nicht außerhalb seiner Lebenslinie lagen. Er hatte bisher immer unter dem Zwang eines »Internats« gestanden, unter dem Zwang einer erbarmungslosen Gesetzlichkeit. Jetzt verfiel er dem Gegenteil. Aber siehe, auch dies war Zwang, der Zwang einer erbarmungslosen Ungesetzlichkeit.

Er hatte seinen Zug wegfahren lassen. Fern, vor den Scheiben des Schachzimmers, erlosch der Tag, und er dachte noch immer nicht daran, aufzustehn und den Narrentraum von sich abzuschütteln. Wie merkwürdig er schon verstrickt war, bewies die Unruhe Gebharts wegen, die ihn nicht losließ, solange er an Basils Tisch saß. Fast war es Angst, sein langes Fernbleiben und Verweilen könne Gebhart kränken. Die Furcht vor der Eifersucht einer Frau ist ein ähnliches Gefühl. Immer suchte er von ferne das begeistert-gütige Auge des verwitterten Raubvogels, als hätte er ihm eine Untreue abzubitten. Als Weiß sich erhob und zu einer fremden Gesellschaft trat, hätte Ferdinand wieder die Möglichkeit gehabt, unbemerkt sich zu retten. Die Versuchung war stark. Aber er blieb. Hätte er etwas Schönes und Wohltuendes erlebt, wäre er vielleicht gegangen. Er blieb, weil er sich unwohl und verwirrt fühlte. Man muß keine besonders verwickelten Anlagen haben, um das zu begreifen. Eurydice sieht den hellen Tag vor sich. Wenn sie sich aber umkehrt und die Trübnis der Unterwelt gewahrt, bleibt sie gebannt.

Mit einem Male stand alles auf und drängte zur Wand, wo der Kellner Fritz die neuesten Meldungen annagelte. Auch der deutsche Heeresbericht hatte schon die verzwickte und unaufrichtige Wortkargheit angenommen, die man hierzulande nur allzu gut kannte. Ein schadenfrohes Wohlbehagen spiegelte sich auf den Gesichtern. Jeder Tag brachte den Weltuntergang näher. Sie ersehnten die Katastrophe als den ihrer tiefsten Natur angemessenen Zustand. Gebhart lächelte verzückt. Weiß hielt einen Vortrag. Nur die Kartenspieler blieben gleichgültig sitzen.

In diesem Augenblick betrat Chefredakteur Koloman Spannweit den Säulensaal. Von ihm erfuhr man die wahren Neuigkeiten. Er verstand es, Niederlagen, diplomatische Geheimnisse, Friedensanträge, Meutereien und Streiks wie wirksame Schlager vorzubringen, noch ehe jemand dergleichen ahnte. Untrügliche Quellen mußte er besitzen, denn nach Wochen bestätigten sich die Dinge, die er verraten hatte. Im ›Sieben Uhr Boten‹, den er leitete, wurde natürlich nichts davon laut. Es war eine auffallend radikale Zeitung und versuchte durch stramme Auf- und Abdeckerei den ernsthaft-drohenden Ton des sozialistischen Parteiblattes zu übergellen. Nur wenigen fiel es auf, daß die Zensur diese Zeitung recht nachsichtig anfaßte. Manche werden sich noch daran erinnern, daß es der längst vermoderte ›Sieben Uhr Bote‹ war, der in den letzten Kriegszeiten all die mehr oder minder angesehenen Kaufleute ans Messer des Preistreibergesetzes lieferte, weil sie taten, was alle taten, und ihre Waren teurer verkauften als zum behördlich festgesetzten Preis. Alltäglich brachte das Blatt mindestens ein Schlachtopfer zur Strecke. Koloman Spannweits Spürsinn und Spionagesystem war unübertrefflich. Seine blutigen Feldzüge gegen Wucher und Bestechung hatten ihm die Glorie eines großen Revolutionärs eingetragen. Er zog über die »Sozialverräter« her, kannte sich genau in der russischen Revolution aus und behauptete, hier im Säulensaal manches Gespräch mit Trotzki geführt zu haben. Die beherrschende Stellung verdankte er seiner Eingeweihtheit, seinem gewaltigen Auftreten und der Zeitung, in der er hie und da gnädigerweise Gedichte oder Artikel abdruckte, die ihm ein hoffnungsvoller Schlucker des Säulensaals aufdrängte. Ansonsten besaß er die Züge eines düsteren Viehhändlers, verschärft durch eine rasch zusammengelesene Bildung.

Tische wurden aneinandergerückt. Eine große Gesellschaft hatte sich gebildet, um erregende Neuigkeiten zu erfahren. Schwindelnde Abrutsch-Wollust, das war eines der geheimen Grundgefühle dieser Wochen. Zwanzig Leute etwa drängten sich um die Tische. Gebhart, Angelika, Lisa saßen darunter, Weiß, Stechler und auch ein paar von Basils Leuten. Spannweits gewalttätige Stimme herrschte. Ferdinand aber war gar nicht mehr verwundert darüber, sich hier zu finden. (Es ist eine seiner Sonderlichkeiten, in jeder Lebenslage von dem Wahn befallen zu werden, ›dies sei schon ewig so gewesen‹. Er kommt in eine fremde Stadt, und am nächsten Morgen denkt er: ›Hier habe ich ja immer schon gelebt, hier und nirgends anders.‹)

Man hörte von gewaltigen Dingen: Ein deutscher »Friedensfühler« sei von Foch brüsk zurückgewiesen worden. Die radikalen Unabhängigen in Deutschland hätten unwiderruflich den Rechts-Sozialisten die Führung entwunden. Die Arbeiter der Wiener Munitionsfabrik Warchalowski seien seit Tagen schon bereit, in den Streik zu treten. Überreif wartete die Zeit, aber die Männer fehlten. Es gab nur Geschobene.

Während diese Eröffnungen und Aussichten eine wilde Debatte entfesselten, schoß auf Weiß geradeaus ein schwarzes Phantom los und rief:

»Herr Weiß! Sie werden mir einen Pfiff Wein bezahlen!«

Es war Gottfried Krasny, der Dichter, der seiner Gewohnheit nach ferne den Augenblick des Beutesprungs abgelauert hatte. Bei Krasnys Anblick empfand Ferdinand einen schneidenden Schmerz im Magen. Er selber ja hatte jahrelang gehungert. Diese Schreckgestalt aber schien vom Gotte des Hungers höchstpersönlich zur Erde herabgesandt zu sein. Eine niedrige Stirn, in die schwarze Zotteln herabhingen. Gierig kohlende Augen in nackten Schädellöchern. Lippen, die keine Kraft hatten, sich zu schließen und den Speichel zu halten. Das ganze Gesicht von einem sinnlosen, böse-süßen, gleichsam gesponnenen Lächeln überzogen. Krasny hielt die langen Hände abgeknickt vor der Brust in der Art, wie ein Kind im Mutterleibe die Hände vor der Brust hält. Nur machte er keine Faust, sondern spreizte die Finger. Zu alledem litt er noch an einem Sprachfehler, denn gaumig und langsam kollerten die Worte aus seinem Mund.

Weiß, der sich über den befehlshaberischen Überfall ärgerte, holte zu einer Szene aus:

»Was wollen Sie von mir, Krasny? Sie sind doch ein Kriegshetzer.«

Krasny reckte sich hoch, aber seine aufgefächerten Hände blieben regungslos hängen:

»Das ist nicht wahr! Ich bin kein Kriegshetzer. Ich hasse das Maschinengemetzel. Aber den freien männlichen Krieg, den liebe ich.«

Ronalds Blick maß gemächlich das Jammerskelett:

»Sie haben's gut!«

Krasny begann vor Zorn zu schielen.

»Ich habe es nicht gut, Herr Weiß! Wenn ich es so gut hätte wie Sie, wäre ich vielleicht auch ein Revolutionär.«

»Gerade Leute wie Ihnen wird die Revolution auf die Beine helfen«, bemerkte jemand.

Krasny würgte an einem großen Schmerz:

»Wenn Deutschland besiegt wird, gehöre ich einem Bettlervolk an. Und ich will keinem Bettlervolk angehören.«

Dieses Bekenntnis aus Bettlermund erregte langes Gelächter. Spannweit hatte keine Sorgen: »Die deutsche Industrie hat am Krieg verdient, sie wird auch an der Niederlage verdienen.«

Weiß sah Krasny zärtlich an:

»Sie sind wirklich eine Zierde der Nation...«

Krasny erwiderte haßverzerrt den Hohnblick und stieß in abgehackten Lauten hervor:

»Was wissen Sie von solchen Dingen? Die Juden verstehn nichts vom Krieg!«

»Wären unsere Generale Juden«, meinte Weiß, »hätten wir vielleicht den Krieg gewonnen.«

Unverschämt zog Spannweit eine Havannazigarre aus einer goldbeschlagenen Ledertasche:

»Ach was! Die Juden brauchen solche Subalternberufe nicht. Sie siegen, wo sie wollen, denn sie verstehn etwas vom Geld.«

»Die Juden verstehn auch nichts vom Geld«, stellte Krasny mit entschiedenen Kehllauten fest.

Allgemeine Verblüffung. Die schwere Zunge des Dichters kämpfte um einen heiklen Gedanken:

»Die Juden verstehn nichts vom Geld... und lieben es nicht einmal... Sie sammeln es bloß zu ihrem Schutz... Lieben kann nur der Freie...«

Über diesen Ausspruch war Gebhart begeistert. Auch andere stimmten zu. Daraufhin – als hätte er jetzt sein Eintrittsrecht erworben – nahm Krasny Platz und sagte feierlich zum Kellner:

»Fritz, bringen Sie mir einen Pfiff Rotwein! Der Herr Weiß bezahlt.«

Fritz gab die Bestellung an einen seiner Untergebenen weiter. Mit zuwartendem Lächeln blieb er am Tisch stehn, als wisse er zu gut, daß die Sache mit einem Achtel Rotwein ihr Bewenden nicht haben könne. Krasny war neben Ferdinand zu sitzen gekommen, der sich ihm vorgestellt hatte. Die feuchte Fieberhand des Dichters lag eine Sekunde lang in der seinen. Krasny kümmerte sich aber nicht um den Nachbarn. Seine brennenden Augen schätzten ungeduldig die Gesellschaft ab. Dann wandte er sich mit dem schweren Pathos seiner stolpernden Stimme, die zu dem hilfsbedürftigen Lächeln nicht paßte, an einen unsichtbaren Wohltäter:

»Heute gibt es Frankfurter mit Saft.«

Dieser Satz klang wie ein getragener Sang. Niemand nahm ihn auf. Da umwölkte sich Krasnys Tonfall und wurde zaghafter:

»Es gibt auch norwegische Sardinen... Aber Würsteln mit Saft sind besser und nahrhafter.«

»Fritz, drei Portionen!« schrie Spannweit, als nehme er eine Wette an, und lachte krachend. Der alte Ober entfernte sich befriedigt, um den Auftrag selber auszuführen. Sein schlaffer Kellnerschritt schien eiliger zu sein als sonst.

Als dann aber die Schüssel kam, benahm sich Krasny ohne alle Gier und mit stiller Manierlichkeit. Er breitete die Papierserviette über seine Knie und aß langsam, weltverloren die drei Würstelpaare auf, wobei er niemanden eines Wortes oder Blikkes würdigte. Spannweit hußte den Essenden mit Zurufen auf, als gebe sich Krasny nicht einer natürlichen, sondern einer sportlichen Betätigung hin. Dieser aber schmeckte träumerisch jeden Schluck des Weines nach, unbekümmert um Hallo, Witze und

Spottbemerkungen. Während des Mahles schien er von beglükkenden Vorstellungen umgaukelt zu sein. Als er fertig war, taktierte er mit dem Finger auf der Marmorplatte. Mit einem unvermittelten Lächeln wandte er sich an Ferdinand: »Und ein Edelknab' jung und keck...«

In seinen Augen lag eine Aufforderung, diesen Satz so schön zu finden wie er. Gott weiß, warum dies in ihm ertönte, da er nun satt an Leib und Seele war; Gott weiß, warum er seinen Nachbarn an dem Schillerschen Verse teilnehmen ließ. Immer wieder deklamierte er:

»Und ein Edelknab' jung und keck...«

Ferdinand aber hörte kaum mehr etwas. Die Brandung eines wachsenden Schwindelgefühls umpeitschte seine Ohren. Was war das nur? Er hatte ja nichts erlebt als eine Fülle gespenstischer Gesichter und ein Trommelfeuer von Worten. Dies aber verwirrte ihn mehr als das wirkliche Trommelfeuer, während dessen er ein schönes Buch hatte lesen können. Er sah und verstand nichts mehr. Wie ein seltsam körperliches Gestöber deckte ihn das Geschwätz und Geschrei ringsum zu. Was war das nur? Warum konnte er nicht aufspringen und davonlaufen? Als er wieder die Augen öffnete, sah er Gebharts schwankendes Gesicht, das ihn durchdringend betrachtete. Auch Angelika starrte ihn aus eigentümlich gebrochenen Augen an. Wie von einem weitentfernten Ufer kreischte die Stimme des ›genialen Dienstmädchens‹ zu ihm herüber:

»Was sagt man? Psyche kommt ins Café!«

Erschrocken wandte sie sich an ihren Nachbarn:

»... oder heißt es Amor?«

Doktor Gebhart stand auf und begab sich mit seinem schwingenden Schritt zu Ferdinand:

»Sie sehen sehr blaß aus. Kommen Sie! Gehen wir anderswohin, wo man besser miteinander reden kann.«

Es gelang den beiden jedoch nicht, allein zu bleiben. Ehe sie bei der Tür waren, schlossen sich ihnen Weiß und ein paar andere noch an.

Drittes Kapitel

Gebhart und die Zerstörung

Eine lange, nicht minder wirre Nacht. Man saß zuerst in einem traurig-kleinen Lokal. Die Gesellschaft wuchs wiederum schnell. Die frühe Polizeistunde jagte den Haufen auf die Straße. Gebhart wich nicht von Ferdinands Seite. Er schien seinen Zustand zu begreifen und umgab den neuen Bekannten mit Zeichen einer zarten Fürsorge, die in ihrem Ungeschick rührend war. Von der Desertion sprach er nicht wieder. Da keine Wirtschaft mehr offenstand, stellte irgend jemand seine Wohnung zur Verfügung. Es war ein muffig möbliertes Zimmer, in dem es zu wenig Stühle gab. Das Banditenlager wurde zum großen Teil auf dem nackten Fußboden aufgeschlagen. Alles schrie, stritt, witzelte und deklamierte durcheinander. Nachbarn beschwerten sich. Zu trinken gab es nur sehr wenig. Aber die Spannung der Zeit wirkte wie Alkohol. Ferdinand, der Einsame, war plötzlich von vielen Freunden umgeben. Man bot ihm Bruderschaft an. Endlos weit trat alles Gestern zurück. Kaum erinnerte er sich mehr, wann und wie er hierhergekommen war. Der Rausch einer durchbummelten Nacht, der alle jungen Leute einmal erfaßt, er erlebte ihn jetzt. Von Stunde zu Stunde wurde er freier und kühner im Gespräch. Er war unter den letzten, die am frühen Morgen die toten Straßen durchschweiften und darauf warteten, daß ein Kaffeehaus geöffnet werde. Erst um neun Uhr verabschiedete er sich von Gebhart.

In einem kleinen Hotelzimmer legte er sich angekleidet aufs Bett. Drei Stunden eines gehetzten Schlafes, wie man ihn nach großen Reisen (von stoßenden Achsen in den Kurven gerüttelt) hinträumt, erlösten ihn nicht von der Verwirrung. Später ließ er sich die Züge nennen, die für ihn in Betracht kamen. Aber noch vor dem Ostbahnhof kehrte er wieder um. Ein übernächtiges Prickeln schaudernder Freiheit durchlief ihn. Was hatte er zu verlieren? Wem war er Rechenschaft schuldig? Er selbst glich ja all den Verwundeten und Urlaubern, die mit starren Augen jenseitigen Erstaunens die Stadt durchstrichen. Warum sollte er nicht verschwinden? Mit dem seltsam müden Fluggefühl in seinen Gliedern fühlte er sich frei wie ein neugieriger Toter, der Stimmen, Gerüche, Leiber sucht, die er nicht mehr versteht.

Nachmittags stellte sich Ferdinand im Säulensaal ein. Dreimal noch wiederholte er Fluchtversuch und Rückkehr, dann war er endgültig gefangen. Die Kraft, die ihn am unwiderstehlichsten gefesselt hielt, war Gebhart. Zwischen allen anderen Erscheinungen des Cafés und Ferdinand stand ein Zwischenraum der Fremdheit, der sich nicht ganz überbrücken ließ. Weiß war durch alte Freundschaft und gemeinsames Erlebnis davon natürlich ausgenommen. Mit Gebhart aber verband ihn etwas, das nicht nur der Sympathie oder Bewunderung entsprang. Man kann es Verwandtschaft nennen, Verwandtschaft nicht in einem persönlichen, sondern in einem sozialen Sinn, der, ohne daß beide davon wußten, im Blute lag. Der Sohn des altösterreichischen Obersten fühlte sich zu dem Sohne einer altösterreichischen Beamtenfamilie hingezogen, mochte dieser auch in tödlichem Zwist von seiner Welt abgefallen sein. So wirken die Interessen der Gattung auch noch bei Leuten sympathiebildend, die geistig diese Gattung längst verleugnen und bekämpfen. Gebharts Worte, seine Gesten, seine Manieren zeigten trotz der Einwirkung des Kokains eine gründliche Abgewogenheit und einen Edelmut, die ihn hoch über das Gewimmel des Säulensaals erhoben. Das zerlittene Gesicht bewies, daß der Mann, wie jede vornehme Natur, alles bar bezahlt hatte. Stechler, Weiß, ja selbst Basil glichen Spiegelbildern, die der Augenblick warf. Alles, was sie kündeten, brachten sie erregt oder wie eine alte Leier zur Geltung; es schien ein Abklatsch einst erlebter Erkenntnisse zu sein (Basil), oder ihnen plötzlich einzufallen, ohne verbindliche Folgerichtigkeit, ohne Heute und Morgen (Weiß). Man spürte, daß sie im Angesicht des Todes nichts von alledem glauben würden, wofür sie sich zum Ruhm des Augenblicks begeisterten. Sie waren wie Hülsen, in denen die Teufel dieser Tage mit tollen Einflüsterungen rumorten.

Alles hingegen, was Gebhart sprach, klang vorsichtig und überlegt. Und doch verbarg sich hinter dieser ruhigen, fast gelehrten Art die tollste aller Besessenheiten.

Ferdinand lernte freilich Gebharts Lehre anfangs nur in Bruchstücken und Andeutungen kennen, denn er fand selten Gelegenheit, mit ihm allein zu sprechen. Immer umflatterten ihn die grauen Krähen. Bis auf Angelika mißfielen sie Ferdinand gründlich. Er verstand nicht, was all die Frauenzimmer wollten, die ohne Gruß zum Tisch huschten, ein scharfes Geflüster veranstalteten und ohne Gruß wieder verschwanden. Unklar blieben ihm die Dinge, die so leidenschaftlich beflüstert wurden. Zweierlei fiel ihm auf: Die Überheblichkeit, die diese Frauen, eine wie die andere, an den Tag legten, als gehörten sie, durch Gebharts Huld geadelt, der vornehmsten Verschwörung an. Und dann das Wort »Beziehung«, das immer wieder aus dem Getuschel tauchte.

»Beziehung«, so hieß der Grundbegriff von Gebharts Welterneuerungslehre. Die Beziehung der Menschen sei verbogen und verdorben, weil seit Jahrtausenden die Beziehung der Geschlechter verdorben und verbogen sei. Er nannte den Namen des furchtbaren Übels, das die naturgewollte Beziehung der Geschlechter, die Liebe, verpestet hatte: Vergewaltigung! Immer wieder entwickelte er den gleichen Gedanken. Die Menschheit sei schon viel zu krank, um des Übels klar bewußt zu werden. Es gebe kein anderes Geschlechtsleben als mehr oder minder verhüllte Notzucht. »Der Mann vergewaltigt das Weib, das sich rächt, indem es ihn der Freiheit beraubt.« Alle Lebens- und Staatsformen, alle politischen Verhältnisse der Welt seien auf Notzucht gegründet, entstammten dem giftigen Augenblick, da das natürliche Mutterrecht vom machtberauschten Patriarchat, von der Autorität vernichtet ward. So pflanzte sich der Akt einer tödlichen Schuld wachsend fort bis auf den heutigen Tag. Die letzte gewaltige Folge sei der Weltkrieg, dieser blutigste Gottesdienst der Machtreligion.

Gebhart liebte die großen geschichtlichen Bögen. Sein verfallen ritterliches Knabengesicht mit dem grauweißen Schopf schüttelte sich vor Abneigung, wenn er den Namen einiger Menschheitsheroen nannte. Er haßte Moses, die Propheten, Sokrates, Platon, von den Tathelden ganz zu schweigen. Er sah in diesen Männern höllische Dämonen, die dem Vergewaltigungstrieb und dem Machtgedanken die Moral geliefert hatten: Vaterverehrung, Monotheismus, Monogamie. Auch den Friedensversuch Christi erkannte er nicht an, da er vor dem wahren Problem ausweiche und Selbstvergewaltigung predige, wodurch auch die Welt eben das geworden sei, was sie ist.

Warum Gebhart aber die Babylonier allen andern frühgeschichtlichen Völkern vorzog, war nicht leicht zu erkennen. Vielleicht hing es damit zusammen, daß er ein vortrefflicher Kenner der Bibel war und sie immer wieder heranholte, was für einen so entschlossenen und unerbittlichen Anarchisten merkwürdig erschien. (Aber auch diese Bibelkenntnis hatte ihren soziologischen Grund. Die Vorfahren Gebharts waren steirische Protestanten gewesen, die sich sogar über die Gegenreformation hinaus behauptet hatten. Erst sein Vater, der berühmte Rechtslehrer, war zum Katholizismus übergetreten.) Die Geschichte von Achab und Jesabel, wie sie in der Chronik der Könige steht, ging ihm besonders nahe. Er verstieg sich sogar zu der kühnen Behauptung, daß vielleicht die Weltgeschichte einen anderen Verlauf genommen hätte, wenn die babylonische Prinzessin Jesabel, die Hure Babylons, nicht von den unappetitlichen Propheten besiegt und den Hunden vorgeworfen worden wäre. Jesabel, das war das schöne Babylon, der süße Astartedienst, die hehrste Liebesreligion, die es je gegeben hatte, milde, fröhlich, taubenweihend, triebbejahend. Wer weiß, wie das Antlitz der Zeit heute aussähe, wenn Babylon, wenn Jesabel, wenn Astaroth nicht dem Gotte Israels unterlegen wären, der die Machtbesessenheit und die Triebbekämpfung vorstellt. Dies aber sei das tiefste Seelengesetz, daß der Wille zur Macht nur den rachsüchtigen Ausweg bedeute, den die geschädigte Lust suchen müsse.

Aber was tun? Astaroth und ihre Liebesreligion waren besiegt. Man mußte den Dingen ins Auge schauen. Gebhart fühlte, daß die Stunde nun gekommen sei, auf die er seit jener Nacht gewartet hatte, da er mit neunzehn Jahren aus dem Hause seines Vaters ausgebrochen war. All die tausend Wortkämpfe, die Debatten fiebrischer Nächte, die er mit Nihilisten, Anarchisten, Maximilisten, Syndikalisten in den polizeibekannten Kneipen der halben Welt geführt hatte, nun sollten sie Wirklichkeit werden. Geduldig war er den Schulmeinungen entgegengekommen, wie sie allenthalben von den kleinen Geistern verzapft werden. Er hatte nichts gegen die ökonomischen Aufwiegelungslehren, denn auch sie dienten der notwendigen Zerstörung. Ein Arzt muß schließlich nicht nur ursachen-, sondern auch symptombekämpfende Mittel anwenden. Er selber empfahl Ferdinand die Lektüre des ›Kommunistischen Manifestes‹. Dieses Schriftchen schuf, trotz seiner oberflächlich-mechanistischen Grundlage, geistige Voraussetzungen, die er brauchte. Die Wahrheit stand in derartigen Büchern nicht zu lesen. Sie blieben zeitgebunden in der Erörterung spätester Folgen stecken und stiegen nicht zu den kranken Ursachen, zu den vergewaltigten Müttern. Gleichviel, die Revolution mußte mit allen Mitteln herbeigeführt werden, damit die völlige Vernichtung der Gesellschaft gelingen könne. Ohne den gründlichsten Untergang war das Heil nicht möglich, wofür Gebhart ein Schlagwort geprägt hatte: Sexuelle Revolution.

Vor vielen Jahren, als er noch Privatdozent der Psychiatrie an einer der österreichischen Universitäten war, hatte Gebhart eine Arbeit verfaßt über »die Bewegung der Adamiten im Mittelalter«. Er war den Spuren dieser seltsamen Heiligen gefolgt, die in Umsturzzeiten einst sich die Kleider vom Leibe rissen, in hellen Haufen über Land zogen und in frommer Unzucht sich vermischten. Kein Zufall diese Stoffwahl! Er selber war ja eine Adamitenseele.

Stundenlang, tagelang, nächtelang hockte man beisammen. Wie Kohlenstaub hing der Zeit Wahnsinn und Verderb in der Luft. Ferdinand hatte den Fremdheitsschreck des ersten Tages überwunden. Er glaubte, an den richtigen Ort geraten zu sein, wohin ihn sein suchendes Schicksal gewiesen habe. Nun zog er mit schmerzhaften Nerven die brenzelnden Funken in sich, die im Café hin- und herüber sprangen. Statt zu schlafen, las er. Manchmal holte Gebhart ihn aus, fragte dies und jenes über seine Vergangenheit. Ferdinand gab kärglichen Bericht. Nichts fehlte in seiner Erinnerung, aber er wunderte sich, wie mühsam es war, die Dinge aus ihrer unendlichen Entschwundenheit zurückzuholen. Wenn dem Frager ein Wort, ein Ereignis gefiel, überströmte sein graugelbes und doch junges Mönchsgesicht von dem Lächeln kindlicher Begeisterung, das lange Zeit brauchte, um in jener Schlaffheit zu erlöschen, wie sie die Züge der Drogengenießer kennzeichnet. Er streckte dann die zittrige Hand aus, um Ferdinand zu berühren, der ein Zurückzucken kaum beherrschen konnte. Der Schauder vor dieser Hand verlor sich nicht.

Von sich selber und seinem Leben sprach Gebhart niemals. Dies erhöhte sein Geheimnis. Durch Weiß wäre manches zu erfahren gewesen. Aber Ferdinand hatte eine Scheu davor und vermied es, Ronald auszufragen. Einmal aber kam Weiß von selber auf Gebharts Vergangenheit zu sprechen. Er erwähnte einen dunklen Punkt, einen Prozeß, der nur mit Rücksicht auf die Stellung des angesehenen Vaters einen glimpflichen Verlauf genommen habe. Es handelte sich dabei um nichts Geringeres als eine Mordanklage. Der junge Arzt, so wurde behauptet, habe einer selbstmordsüchtigen Hysterikerin zu dem gewünschten Gift verholfen.

Ferdinand brachte das Gespräch rasch in andere Bahnen. Er wehrte sich gegen das Unheimliche, dessen Gebhart genug besaß. Nur den reinen und großen Menschen wollte er in ihm sehen, den Geist, dessen Leben und Lehre der Gewaltlosigkeit allein gewidmet war. Solche dunkle Geschichten standen im Widerspruch dazu.

Er mußte sich eingestehen, daß es noch andere Widersprüche gab. In der ersten Zeit hatte Gebhart ihn gezwungen, seine Wohnung mit ihm zu teilen. Der Verschwörer- und Rebellenromantik jungenhaft ergeben, meinte er damit, den Deserteur vor den Nachstellungen der Behörde am besten zu schützen. Zu dieser Zeit aber besaßen die Behörden samt ihren Fahndungen und Streifen längst nicht mehr Macht genug, all die Zehntausende von Ausreißern zurückzuholen. Ferdinand hatte übrigens sein Vorhaben ausgeführt und an seine vorgesetzte Stelle in Bruck folgendes dienstgemäße Schriftstück gerichtet.

»Ich endesgefertigter Leutnant der Reserve Ferdinand R. erkläre, daß ich mich nicht länger an meinen Soldateneid gebunden erachte. Als Gegner des Krieges und jeglichen Blutvergießens bin ich in keiner Form mehr gewillt, meine Person dem Massenmorde zur Verfügung zu stellen. Ich verzichte auf alle Bezüge, Gebühren und Rechte, die mir aus meiner Charge erfließen.«

Bei Gebhart hatte Ferdinand nur dreimal genächtigt. Länger konnte er es nicht aushalten. Der Priester Astaroths, der Verkünder eines Tausendjährigen Reiches der erlösten Lust, lebte in Zimmer und Küche, soweit man ein luftloses Loch mit zerbrochenen Hoffenstern Küche nennen kann. Aber nicht die Armut war es, die Ferdinand abstieß. Er hatte einst elendere, quälendere Schlafsstätten noch kennengelernt als Gebharts Kammer. Es war der Schmutz, die Verwahrlosung, das Hoffnungslos-Unmenschliche, das sich in dieser Wohnhöhle überall kundtat: Zerstörte Betten, ungescheuerter Fußboden, umherliegende Kleider, Wäschestücke, Stiefel, ein Chaos von Tassen, Gläsern, Flaschen, Büchern und Papieren. Hier hauste Gebhart mit Lisa. Dieses »mit« darf aber nicht zu hoch genommen werden, denn die verdrossene schwerbelastete Person spielte nur den Vorstand der übrigen weiblichen Klientel. Bis auf Angelika und Lisas Schwester, ein sechzehnjähriges, von uralter Traurigkeit gebeugtes Mädchen, wechselte die Gesellschaft häufig. Fast allnächtlich herbergte hier eine neue Erscheinung, die sich auf den Fußboden hinlegte. Die Mitglieder dieses Frauenordens glichen einander alle aufs Haar in ihrer Reizlosigkeit und Vernachlässigung.

Wer aber in dieser Wohnung babylonische Vorgänge gewittert hätte, wäre sehr im Irrtum gewesen. Ein merkwürdiges Sodom und Gomorrha war hier aufgeschlagen. Es erschöpfte sich in einem endlosen Geschwätze. Weit vorgebeugt, verklärt, saß der Raubhahn unter seinen Hennen und warf ihnen Worte wie Körner zu. »Beziehungen« wurden untersucht, verfolgt, ergründet, anerkannt und verworfen. Ernsthafte Sitzungen galten der Frage, ob das neue Verhältnis Angelikas zu diesem oder jenem der inneren Wahrheit gemäß abgelaufen sei, ob ein Liebeswechsel einzusetzen habe oder nicht. Die weibliche Sucht, erotische Dinge pausenlos zu bereden, die sich sonst nur Frauen gegenüber austobt, hier feierte sie unter Gebharts verständnisvollem Vorsitz tägliche Triumphe. Die Jugend von damals war ein psychologisches Geschlecht. Gebharts tiefschürfendes Urteil galt deshalb diesen armen, aus dem Nest gefallenen Wesen als unwiderrufliche Offenbarung. Er regelte den Ablauf der Liebe, damit sich in keine Beziehung Lüge und Gewalt einschleiche. Durch Anordnung und Verbot, die sich aus der Analyse ergaben, regierte er seinen Harem, vollüberzeugt, damit die »sexuelle Revolution« vorzubereiten. Jeden Fall erwog er gewissenhaft. Sein Urteil kam zögernd und vermied jegliche Nötigung. Er schien eine unbeschränkte Macht zu besitzen. Befahl er einer der Hörigen auf die Straße zu gehn, um, wie er sich ausdrückte, einen seelischen Heilungsprozeß zu beschleunigen – sie ging. Es gab Nöte und Verwicklungen, die anderer Arzneien bedurften. Man sollte dem Drange gleichgeschlechtlicher Liebe ruhig nachgeben. Herr der Welt war Eros. All seine Formen galten Gebhart als naturgewollt. Auch was zwischen Mann und Mann, zwischen Frau und Frau schwebte, durfte nicht unterdrückt werden. Hierin lag seine einzige Berührung mit dem verhaßten Plato. Die Homosexualität hatte seiner Anschauung gemäß eine große Aufgabe im seelischen Leben der Menschheit zu verrichten. Sie war es recht eigentlich, die den Trieb über seine tierischen Bedingnisse emporhob. Sie allein lehrte jedes der beiden Geschlechter verstehn, warum es als Geschlecht liebenswert sei. Ohne daß ein Mann zum Beispiel aus innerster (gleichgeschlechtlicher) Einfühlung nachempfand, weshalb er als Mann geliebt werde, blieb er roh und ungefüge.

Die homosexuelle Seite seines Wesens erst verhalf ihm dazu, die Frau als Liebende zu begreifen und zärtlich zu achten.

Die »Beziehungsgespräche« in Gebharts verrauchter Kammer wurden oft durch die Aufregung unterbrochen, welche die Beschaffung des teuren, schwer erhältlichen Rauschgiftes kostete. Er war wohl Arzt und konnte in gewissen Grenzen das Kokain als Medikament verschreiben, die geringen Dosen aber genügten nicht, zumal alle Jüngerinnen dem gleichen Laster ergeben waren. Auch begann in Wien das weiße Gift immer seltener zu werden. Die Weiber verfielen auf die verwegensten Gedanken, um Geld und Kokain zu beschaffen. Sie schreckten gewiß auch vor verbrecherischen Plänen nicht zurück. War die Stimmung schon ganz finster, immer wieder kam eine Retterin und legte die fleckige Tüte mit dem kostbaren Pulver auf den Tisch. Ein paarmal bot Gebhart auch Ferdinand von dem gefährlichen Schnupftabak an. Er wirkte aber nicht als eine Steigerung der Lebens- und Geisteskräfte wie bei den anderen, sondern nur als ein blöder Kopfschmerz. Seine Natur schützte ihn. Gerade aber wegen seiner Widerstandsfähigkeit wurde er von Angelika beschimpft. Diese krampfgeschüttelte Seele war übrigens die einzige in Gebharts Gefolgschaft, die Ferdinand zugleich fesselte und beunruhigte. Stellte Lisa die orthodoxe und mürrische Hüterin der Ordensregel vor, so unternahm Angelika immer wieder Fluchtversuche. Sie vermochte es, tagelang auszubleiben. Wie eine Fliege, die ins Wasserglas gefallen ist, strampelte sie. Manchmal saß sie mit still-übertriebener Aufmerksamkeit da, manchmal wurde sie von ihren Tobsuchtsanfällen überwältigt, redete anfangs in Zungen, geriet dann in lallendes Schimpfen und warf zuletzt mit Tassen und Gläsern herum. Einmal aber kam sie mit Eimer, Scheuertuch und Besen, kniete hin und begann den Boden aufzuwaschen und die Wohnung in Ordnung zu bringen. Sprachloses Erstaunen folgte ihrer Tätigkeit.

Der Grund aber, warum Ferdinand diesen Unterschlupf schon nach drei Tagen verließ und irgendwo ein enges Zimmer mietete, war nicht allein der Schmutz, die Überfülle und der

Lärm – der Grund war das Kind. Ja, der quäkende Organismus, der unbeaufsichtigt in einem Wäschekorb auf dem Tische lag, während daneben die verschlungenen Wege des Eros erörtert wurden, war ein Kind. Ohne Zweifel Lisas Kind, obgleich man an der Art ihrer Fürsorge dies nicht so bald erraten konnte. Sie ließ das Geschöpf viertelstundenlang winseln, ehe sie mit einer Saugflasche kam, deren Inhalt eher trübem Seifenwasser glich als Milch. Ein unseliges Wesen, gelb, verhutzelt, ausschlagübersät, mit eingesunkenem Schädel, lag in schmierigen Windeln da, ohne umgewickelt zu werden. Ferdinand blieb einmal viele Minuten lang über das verquollene Säuglingsgesicht gebeugt, das nichts Menschliches hatte. Ein langhinwirkendes Grauen packte ihn. Warum mußte dieser kleine Leib leben, warum so leben? Warum liebten diejenigen ihn nicht, die sein Leben verschuldet hatten? Es war klar, daß Gebhart, der Mann der Liebeserneuerung, dieses Kind, wenn nicht haßte, so doch überhaupt nicht sah. Winselte es, dann hielt er sich die Ohren zu. Derselbe Mensch aber konnte seine Stube nicht genug voll Leute haben, die tiefe Gedanken über jene Dinge austauschten, deren Folge die Existenz dieses elenden Kinderkörpers war. Gehörte das zu einem anderen Kapitel? Ferdinands Gefühl nach hatte die unselige Kreatur nur mehr einige Wochen zu leben. Er machte eine Bemerkung über Aussehen und Wartung des Kindes. Lisa fuhr ihn an. Keine Spur einer auch nur tierhaften Mutterempfindung regte sich in ihr und auch keine Scham über den Mangel dieses Gefühls. Die ewigen Analysen schienen diese Regungen weggesengt zu haben. Ferdinand warf noch einen Blick auf den kleinen Korb. Was sollte er tun? Er fragte die Eltern, welchen Namen sie ihrem Geschöpf gegeben hatten. Da ereignete sich etwas, was sich ihm für immer einprägte. Gebhart und Lisa wurden verlegen. Vor der Niederkunft war wohl einmal die Rede davon gewesen, welch weiblichen oder männlichen Namen man wählen solle, dann aber hatten sie im Drang der Ereignisse die Wahl vergessen. Das Kind war namenlos. Nicht nur diese Tatsache, auch die Sinnbildlichkeit hinter ihr machte auf Ferdinand einen gewaltigen Eindruck. Er wünschte sich brennend, daß dieser arme Bankert sogleich sterbe. Am Abend verließ er den Verschlag hinter der Küche, den ihm Gebhart eingeräumt hatte. Er verlebte ein paar unglückliche Stunden, denn er konnte sich Gebharts Größe und Reinheit nicht mit diesem namenlosen Kinde zusammenreimen. Mit tiefer Abneigung gedachte er jetzt der Ekelgeste, mit welcher der unbeugsame Vegetarier stets zusah, wenn jemand Fleisch aß. Bis in den Traum verfolgte ihn eine gräßliche Einbildung. Er sah Gebhart, der gleich dem mythologischen Gotte sein eigenes Kind verzehrte.

Niemals noch hatte Gebhart so stark auf seine Freunde gewirkt wie am nächsten Abend. Vielleicht fühlte er, daß ihm eine Seele zu entkommen drohte. Er, der sonst nur dem Getuschel oder Einzelgespräch ergeben war, wandte sich heute an alle. Seine Gedankenprägungen zeigten solchen Glanz und solche Neuheit, daß keiner mehr ihn unterbrach. Auch Basil und sein Kreis, der sich sonst von Gebharts Gruppe fernhielt, hörte zu, ohne sich abzuwenden. Nur Weiß, der die ganze Zeit über den Mund halten mußte, konnte nicht umhin, seinen Nachbarn durch Taschenspielerstücke zu verblüffen. Niemand verstand es so gut wie er, Geldstücke aus der geschlossenen Faust verschwinden zu lassen. Auch die Widerstrebendsten waren mit den andern darin einig, daß in Gebhart einer der bedeutendsten Menschen der Zeit lebe. Ferdinand vergaß nach und nach das verstimmende Erlebnis. Ein Mensch wie Gebhart stand über den natürlichen Pflichten. Er liebte ihn.

Später lud Spannweit die ganze Gesellschaft ein. Er führte sie von einer Bar in die andere. Auf diese Örtlichkeiten hatte der Starrkrampf der Stadt noch nicht übergegriffen. Die Wirte des Nachtbetriebs schenkten ein pflaumiges Gebräu aus, das sie manchmal Whisky und manchmal Gin betitelten. Überall trommelten greise oder kriegsinvalide Klavierspieler die gespenstischen Schlager der Friedenszeit auf die Tasten. Während der blutigen Jahre waren der Musik keine heiteren Nummern zugewachsen. Patriotische Lieder, die den Vergnügungsrummel des ersten Kriegsjahres bestritten hatten, ›Prinz Eugen‹, ›In der Heimat‹, ›Im Schönbrunnerpark sitzt ein alter Herr‹ waren längst zu

Grabe getragen. Koloman Spannweit, von sentimentalen Erinnerungen befallen, bestellte bei der Musik seine Lieblingsstücke. Der große Korruptionstöter, der Revolutionär des ›Sieben Uhr Boten‹ sang mit geschlossenen Augen und gerührtem Grölen:

»'s gibt nur a Kaiserstadt,
's gibt nur a Wien...«

Er bezahlte alles. Auch seine Wohnung, wohin man sich nach Mitternacht begab, machte einen sehr zahlungskräftigen Eindruck. Sie bestand aus mehreren großen Zimmern voll »schwellender Pfühle«. In der Mitte des letzten und größten stand ein niedriges Riesenlager, mit Fellen über und über bedeckt, ein wahres Lotterbett. »Der neueste Geschmack«, bemerkte der Hausherr stolz. Er hatte sich während des Krieges die Wohnung von einem radikalen Architekten einrichten lassen. Die harten, einsilbigen Linien der Formen wurden gemildert durch eine wahre Kissenüberschwemmung, durch tiefe Klubfauteuils und einladende Ottomanen, die sich nur wenig über den Boden erhoben. Wieso sich hinter dem Rücken des unerbittlichen Architekten zwei Fossilien des verfemten älteren Geschmacks hier eingeschlichen hatten, ein phantasievoller Rauchtisch nämlich und eine orientalische Lampe, das war nicht näher festzustellen. Sie glichen den schwulstigen Stilblüten, die sich in Spannweits sonst zeitgemäße und scharfe Schreibweise des öfteren verirrten.

Wie ein Gebirge dehnte sich eine Bibliothek voll starrer Bände, die verächtlich ihre Umgebung maßen. Spannweit führte seine Gäste zu einem verschlossenen Kasten und zeigte ihnen mit Sammlerstolz seine Lieblinge. Es waren seltene Ausgaben berühmter Pornographien.

In diesem Hause gab es zu trinken und zu rauchen, soviel das Herz begehrte, hundertjähriger Sliwowitz, teuer erhandelte Kriegsbeute, kam zum Vorschein sowie echte Havannazigarren, die Spannweit über die Schweiz bezog. Keiner der anwesenden Revolutionäre zerbrach sich den Kopf darüber, wie der

Chefredakteur einer Zeitung, die dem Kriege und dem Gelde kühn an den Leib ging, zu solchen Schätzen komme. Durch Maisbrot, Wruken und Laubtabak zerrüttete Leiber hatten keine Ursache zu kostspieligen Charakterproblemen. Sie schwelgten in den seltenen Genüssen. Spannweit mochte vielleicht ein verdächtiger Kerl sein, aber er war kein Geizhals. Ganz im Gegenteil. Jetzt, da er den letzten Grad einer weltumspannenden Besoffenheit erklomm, zeigte er sich von seiner sympathischen Seite. Er torkelte von einem zum andern, umarmte jeden und behauptete in sieben Sprachen, daß alle Menschen Brüder werden müßten.

Erst in der Morgendämmerung zerstreute sich die Bande. Gebhart, Ronald und Ferdinand gingen im Stadtpark spazieren. Weiß sprach davon, daß man sich von der allgemeinen Kriegsmüdigkeit nicht täuschen lassen dürfe. In ihr liege keine Aktivität. Die Sache könne noch endlos lange dauern, da sie sich wieder festzufahren scheine. Ohne eine entschlossene Tat werde die Revolution nicht ausbrechen. Vor Monaten, zur Zeit der großen Streiks, sei man dem Umsturz näher gewesen als heute.

Plötzlich blieb er stehn. Ein kleiner Rundbau lag am Wege, fast so schmal wie eine umfänglichere Litfaßsäule, wahrscheinlich ein Kontrollhäuschen der Elektrizitätswerke. Die Tür war offen. Ferdinand sah hinein. Eine Leiter schien in bodenlose Tiefe abwärts zu führen. Fackellicht gloste empor. Unten waren Arbeiter mit der Ausbesserung von Leitungskabeln beschäftigt.

»Wissen, Sie, daß ganz Wien unterminiert ist?« wandte sich Weiß an Gebhart.

»Was heißt das?« Gebhart lauschte. Der Journalist belehrte ihn:

»Ja, als man vor Jahrzehnten nach Auflassung der Basteien die Stadt baulich erneuert hat, wurde der Wienfluß samt seinem Geäder überwölbt. Alles ist hohl dort unten. Sehn Sie nur! Ganze Straßenzüge und Plätze stehen auf riesenhaften Kavernen.«

Gebhart trat zur Tür und sah sehr lange in die Tiefe hinab. Ronald aber bekam wahrhaftig das Gesicht eines Indianers, wie es die Wildwesthefte, die in der Vorstadt feilgeboten werden, auf dem Titelbilde zeigen. Nicht vergebens lebte in seinem Herzen der Jugendtaumel der Karl-May-Lektüre unverwischt weiter. Ein Abenteuertraum stieg aus dem flammentanzenden Loch zu ihm. In kindhaften, entspannten Augenblicken, wenn er niemanden zu sich bekehren mußte, bekam er oft sein braves Indianergesicht. Ferdinand kannte es gut. Jetzt meinte Weiß schwärmerisch:

»Wenn wir nur ein paar Kerle hätten! Es wäre gar keine große Kunst, dieses ganze Sau-Wien in die Luft zu sprengen...«

Durch Gebharts gebeugte Figur, die noch immer in die Tiefe lauschte, ging ein Ruck. Er fuhr hoch. Sein Unterkiefer zitterte unbeherrscht:

»Glauben Sie wirklich?... Wäre das möglich?... Man könnte ganz Wien in die Luft sprengen, wenn man einen Nachschlüssel zu dieser Tür hätte?...«

»Ohne weiters«, sagte Weiß, schon ein wenig verdutzt, »hier unten kann man gewiß bis zum Kriegsministerium vordringen.«

Gebharts Lippen spalteten sich und ließen die Zahnlücke frei. Der wohlbekannte Ausdruck verklärter Begeisterung durchströmte, diesmal noch heller als sonst, seine runzligen Knabenzüge:

»Aber, da müssen Sie ja... unbedingt... einen Nachschlüssel herstellen lassen...«

Verlegen und erschrocken ging Weiß ein paar Schritte weiter, als höre er kein Wort. Gebhart rührte sich nicht vom Fleck:

»In die Luft sprengen?... Das wäre ja wunder... wunderbar!«

Ronald Weiß sagte nichts mehr. Gebhart aber stand noch lange festgewurzelt bei dem Eisenturm.

Er meinte es ernst.

Viertes Kapitel

Der Aufruhr in Gott

Noch gab es immerhin die Monarchie. Tief in Feindesland vorgeschoben standen die Armeen, über achtzig Divisionen stark, in Rußland, Polen, Galizien, in der Ukraine, in Rumänien, Serbien, Albanien, im Karst, in Venezien, an der Tiroler Alpengrenze, ja selbst in Frankreich. Die Völker Österreichs hatten sich so mutig geschlagen wie jedes Volk in diesem Kriege, der die Tapferkeit zu einem grauenhaften Duldertum hilfloser Menschenkinder erniedrigte und die Massen zu einer entseelten Materie. Verschwindend klein war gegen dieses Duldertum bisher der Abfall und Hochverrat, von dem so reichlich die Rede ging. Ist es nicht denkwürdig, daß in den letzten Tagen vor Zusammenbruch des Heeres, als schon Ungarn, Kroaten, Slowenen die Schützengräben verließen und nach Hause liefen, daß es in dieser verzweifelten Stunde gerade eine tschechische Division der Heeresgruppe Belluno war, die Angriff um Angriff der Italiener zurückwarf?

Noch stand immerhin die Monarchie. Noch saßen die Führer des sogenannten Jännerstreiks im Gefängnis. Noch fuhr die Zensur alltäglich über die Zeitungen hin und fegte ganze Spalten weiß und blank. Dies alles aber war kein Kraftbeweis mehr, sondern nur eine Erstarrung im Gewohnten, das letzte Verrollen einer Kugel, in der noch ein winziger Rest der anfänglichen Stoßkraft lebt. Der Staat hielt sich nur mehr, wie sich eine verbrannte Pappschachtel aufrecht hält, die ihre Form bewahrt hat, obgleich sie Asche ist. Ein Antippen mit dem Finger genügt, und der Spuk sinkt zusammen. Die beste Politik dieser Wochen erschöpfte sich in der Bemühung, nicht anzutippen.

Vielleicht hatten die ›Blätter für Kommunismus und katholische Kirche‹ es diesem Umstande zu verdanken, daß die Zensur sie nicht verbot. Damals kamen ja ein paar Politiker auf den gewiß nicht unklugen Gedanken, der westlichen Gesittung des

Feindes mit dem Bolschewismus in Mitteleuropa zu drohen. Vielleicht aber erging das Verbot nur deshalb nicht, weil der mächtige Präsident Aschermann die Zeitschrift mit seinem Einfluß deckte, oder – dies ist die wahrscheinlichste Annahme – weil die Köpfe der Zensur dem abseitigen Denkstil Basils und seiner Mitarbeiter nicht gewachsen waren. Das Ganze dürfte ihnen als harmlose Spielerei von stillen Irren nur ein Lächeln abgenötigt haben.

Die Staatsmänner damaliger Zeit und aller Zeiten begehen immer den gleichen Fehler, daß sie sich nur in hochpolitischen Zirkeln bewegen, ihre Kraft einzig den Parteileuten opfern, die Massen bloß in Bausch und Bogen sehen und die geistigen Nervenenden der Zeit nicht für vorhanden erachten. Hätte sich ein Außenminister, anstatt die Salons bigotter Gräfinnen zu beglükken, vor einem Jahr bereits unter die Bewohner des Säulensaals gemischt, ein Botschafter unter die Gäste des Zürcher Terrassencafés, ihm wäre beizeiten noch die Prophezeiung Samuels am Hexenkessel von Endor zuteil geworden. Im Schattenreich, im Hause derer, die niemals zu Hause sind, am Randanger des Geistes und der Krankheit war das Ende der Welt schon längst verkündigt, und dies zu einer Zeit, da Sozialisten noch an Landeroberungen glaubten und die Toten nicht wußten, daß sie tot waren.

Ungehindert erschien – die Mitte des Septembers war erreicht – der ›Aufruhr in Gott‹. Er unterschied sich nicht wesentlich von den übrigen Zeitschriften, die Basil während eines nun schon langen Lebens aus dem Nichts gerufen und wieder ins Nichts gesandt hatte. Es waren die gleichen Betrachtungen und Überblicke wie eh und je. Der Stil war spitzfingrig, feingedrechselt und mit der zimmetigen Würze ungebräuchlicher Fremdworte überstreut. Es fanden sich mitunter schlagende Wendungen und stichhaltige Erkenntnisse. Der Ton jedoch kam immer von oben. Dieser hohe Standpunkt aber befand sich mitten im Leeren, in einem Mastkorb auf hoher See gleichsam, von wo der Blick ringsum Horizonte umspannt, die ebenso weit wie inhaltslos sind. Zwischen die beiden Titelgegensätze waren Liebesweisheiten gebettet, die an das achtzehnte Jahrhundert erinnerten. Wie jeder erlesene Geist zeigte sich Basil auch als Meister des Zitats. Er vermied es dabei, in das Füllhorn abgedroschener Sentenzenspender zu greifen. Neben dem heiligen Thomas und Bernhard wurden Aussprüche des Herzogs von Saint-Simon und des Herrn von Vauvenargues angeführt. Tiefer sanken die Zitate nicht hinab. Basil empfand allem Anschein nach eine unausrottbare Schwärmerei für die große Welt. Als er aber an einer Stelle den Namen des Lord Brummell nannte, bekam er es mit dem Schrecken, da ihm der Untertitel des Heftes einfiel. Sogleich ließ er, von Straßentiraden eingesäumt, Bakunins struppiges Empörerhaupt und Marxens professoralen Löwenkopf drohend aus dem Texte tauchen.

Ferdinand las die Nummer mit Anstrengung zu Ende. Er gab sich selbst die Schuld, daß Basils hohe spanische Schule auf seinen Geist einlullend wirkte.

Hedda brachte gleich nach Erscheinen einige Hefte oder Zeitschriften ins Café mit, um sie zu verteilen. Sie fühlte sich als die wahre Schöpferin und Führerin des Unternehmens. Basil hatte ihr einst geholfen, nun vergalt sie ihm seine Wohltat, indem sie die Grundidee seines Lebens erfüllen half. Es tat sehr wohl, eine Dankesschuld abzutragen und quitt zu sein. Daß sie Aschermanns freigebige Gunst genoß (niemanden anderen als ihn nannte sie »Papa«), dies war, zum Teil wenigstens, Basils großgeplantes Werk. Als ihm vor Jahresfrist etwa der Coup gelungen war, hatte er in sich mit Stolz eine Figur von Balzac oder Stendhal zu sehen geglaubt. Die Dinge entwickelten sich weiter. Jetzt besaß er seinen Aufruhr in Gott.

Hedda ihrerseits wollte nicht stehenbleiben. Sie war nicht mehr dieselbe, die nach allen möglichen Wechselfällen des Schicksals in Basil ihren »Entdecker« gefunden hatte. Ein großer Aufstieg winkte. Sie wollte vergessen. Wie langweilig, immer durch das gleiche Gesicht an eine überwundene Lebenslage gemahnt zu werden! Wie unangenehm, die Erinnerung in Person immer um sich haben zu müssen! Sie kam zwar, so oft es nur ging, in den Säulensaal. Der Überlegenheitsgenuß, den diese

Besuche hervorriefen, war sogar ein großer Anreiz, dem Stolze ähnlich, den ein Sohn, der es zu etwas gebracht hat, empfindet, wenn er in den Schoß seiner Familie heimkehrt. Dennoch, zwischen Basil und sie drängten sich immer dichter Schatten und Empfindlichkeiten.

Nichts schafft schneller Renegaten als das Geld. Hedda, die geistige Frau, wäre über einen Vorwurf, der sie der Verbürgerung zieh, wütend geworden. Was hilft das aber? Palais war Palais, Auto Auto, Dienerschaft Dienerschaft. Eine glänzende Umgebung saugt alles auf, auch das Gedächtnis. Keine Gewohnheit wird dem Menschen schon nach einigen Tagen natürlicher als die des Reichtums. Hedda führte demnach zwischen Café und Palais ein verzwicktes Doppelleben, denn sie wollte auf keines von beiden verzichten. Bis zu einem gewissen Grade litt sie unter der Zwitterstellung, die auch auf ihre Freunde verwirrend wirkte.

In diesem Zusammenhang kommt Gebhart und sein Kreis nicht in Betracht, denn er stand außerhalb der Basilschen Clique. Es war nicht zu leugnen, Gebhart, die trotz aller Herabgekommenheit wertvollste Natur des Säulensaals, wurde zum Abschaum gerechnet. Die Beweggründe der Menschen bleiben sich überall gleich, mag der geistige Stolz soviel mogeln wie er nur will. Auch an diesem Ort herrschte der Hochmut gesellschaftlicher Rangordnungen nicht anders als im Klatschwinkel einer Kleinstadt. Gebhart mit seiner Rotte war ein gemiedener Mann. Die Angst vor dem echten Empörer, vor dem unvermischbaren Wesen zog einen Bannkreis um ihn, der ihn von dem rechten Flügel des Cafés (Basils Tisch) schied. Es gab sehr wenig Verbindungen. Nur Weiß hatte es verstanden, auf beiden Flügeln eine Rolle zu spielen. In letzter Zeit konnte man sogar beobachten, daß seine Intimität mit Basil, Hedda und den Ihren immer wärmer wurde. Die gesellschaftlichen Unterschiede des Säulensaals, so komisch sie auch sein mochten, kamen in gewissen Augenblicken zur Geltung. So auch jetzt, da Hedda einige der Insassen einlud, die Geburtsstunde der neuen Zeitschrift in ihrem Haus, das heißt in Papas Stadtpalais, feierlich zu begehn.

Sie machte um Gebharts Tisch einen Umweg, als sie Ferdinand zu sich bat. Lisa, Angelika oder eine andere der Krähen in Aschermanns chinesischem Salon, das wäre ein allzugroßer Widerspruch gewesen! Sie traf für das Fest nur eine kleine Auswahl von Männern. Eine seltene Gelegenheit hatte sich geboten. Aschermann war vor ein paar Tagen mit einer Ernährungskommission nach Böhmen gereist. Das Haus gehörte nun ihr.

Papa sah es sehr ungern, wenn Hedda rückfällig wurde und sich in der Welt ihres Vorlebens zeigte. Seine Kundschafter berichteten ihm fast jedesmal von solchen Ausgängen. Dann gab es ernsthafte Unstimmigkeiten. Nicht umsonst hatte er, einem wahrhaft erleuchteten Rate Basils folgend, Hedda an Kindes Statt angenommen. Er hoffte demzufolge, die Adoptivtochter bald in der guten Gesellschaft ausführen zu können. Sie selber wünschte es. Jüngst erst hatte er von ihr gefordert, sie möge mit »all diesen kompromittierenden Leuten« brechen. Dies aber hatte sie glatt verweigert. Eine von Heddas besten Seiten war ihre Fähigkeit zur Freundschaft.

Nun, Aschermann war weit fort. Sie aber sehnte sich darnach, ihre Freunde in einer Umgebung zu empfangen, in der sie nicht nur die Intellektuelle war, sondern die Weltdame spielte.

Sehr verwunderlich war es, daß der Dichter Gottfried Krasny, das Elendsphantom, zu den Ausgewählten gehörte, die eingeladen wurden. Basil bestand darauf. Vor einigen Tagen hatte er ein paar Gedichte Krasnys kennengelernt und hegte seither eine hohe Meinung von diesem Menschen, der ihm bis dahin nur als eine der übertriebensten Chargen des Säulensaals interessant gewesen war. Der Dichter nahm mit finsterem Stolz die Einladung Heddas entgegen. Gedankenvoll betrachtete er die ausgefransten Knopflöcher seiner Hemdmanschetten, die unverbunden offenstanden.

»Kann ich in diesem Aufzug erscheinen?« fragte er formell.

»Sie können kommen, wie Sie wollen«, munterte ihn Basil auf.

Doch er schüttelte langsam den Kopf, als wisse er trotz dieser Aufmunterung genau, was er sich selbst schuldig sei:

»Ich werde mir von Herrn Weiß oder Herrn Spannweit Manschettenknöpfe ausleihen ...«

Da er das Gewünschte aber nicht bekam, erbat er sich schließlich von der Garderobefrau zwei blaßblaue Schleifen, mit denen er die Knopflöcher seiner Hemdärmel verband.

Noch einen zweiten Neuling nahm Basil mit. Es war ein tschechischer Musiker, namens Wawra, ein kurzer Mann mit stämmigen Gliedern und einem verschlossen lauschenden Gesicht, das er immerfort einem rauhen Winde darzubieten schien.

Aschermanns Palais leuchtete hell aus der verdrießlichen Straße heraus, in der es stand. Sein Herr war eine eigenmächtige und gestaltungsfrohe Natur; er hatte darum kein bestehendes Haus gekauft und hergerichtet, sondern ein neues nach seinem Sinn erbaut. Es war eine anständige Barockkopie, wie es sich gehörte. Der Reichtum des Präsidenten stammte nicht ganz von heute und nicht ganz von gestern. Ja, Papa bestand auf dem Ehrenanspruch, sich einen »Vorkriegsmillionär« nennen zu dürfen. Vorkriegsmillionär, dieses Wort hatte in kapitalistischen Kreisen den Klang uralten Adels. Kein Fürst kann mit mehr Verachtung auf Plebejer herabsehn als ein Mann, der schon vor dem Kriege reich gewesen ist, auf die neuen Reichen. Dies war der Fall des Präsidenten Aschermann, obgleich man es nicht verschweigen darf, daß auch der Krieg für ihn das seine getan hatte, und mehr noch als für andere. Einmal zwar war sein Glücksschiff in bedenklich prozessuales Schwanken geraten, aber nur Neid und Rachsucht können daran zweifeln, daß etwas anderes vorlag als jener politische Haltet-den-Dieb-Ruf, womit man die Erbitterung der Massen auf geeignete Objekte abzulenken suchte. Der Blitz wählt bekanntlich die höchsten Bäume, die aber den Verlust einiger Äste gut überdauern können. Nachdem der Sturm sich verzogen hatte, stand Aschermann ragender als zuvor. Heute berief ihn die Heeresleitung zu ihren wirtschaftlichen Konferenzen, er verhandelte wieder stundenlang mit den obersten Chefs, und der junge Kaiser selbst hatte sich beeilt, den Neuerstarkten seiner Hochachtung und Huld zu versichern. Da er über französische und englische Bankbeziehungen verfügte, stieg er in den Monaten des Absturzes, wo man alle Verbindungsfäden zur Entente ausnützen mußte, zu einer auch von hoher Seite umschmeichelten Macht empor. Dies war der Mann, der Basils Zeitschrift finanzierte, die den weltbewegenden Gedanken vertrat, die katholische Kirche müsse die Barrikaden der Revolution besteigen.

Hedda führte ihre Gesellschaft durch die Prunkräume und wies als rechte Tochter des Hauses auf alle Besonderheiten und Schätze hin, die es schmückten. Präsident Aschermann – auch hierin enttäuschte er gerechte Erwartungen nicht – war ein großer Sammler. Er sammelte Bilder, Porzellan, Gläser, Fayencen, Uhren, Schnupftabakdosen, Bronzen, antiken Grabschmuck, Münzen und manches andere noch. Es ist überflüssig, von seiner Galerie zu sprechen. Kenner und auch Laien des Kunstmarktes wissen, daß er einen der interessantesten Grecos besaß und vielleicht das allerschönste Bild von Bassano, das es gibt. Ferdinand hatte dergleichen noch nie gesehn. Er durchschritt die weiten Räume wie ein Museum, ohne das Gefühl zu haben, dies alles sei ein persönliches Besitztum. Mit pflichtschuldiger Bewunderung blieb er vor jeder Kostbarkeit stehn, auf die ihn Hedda aufmerksam machte. Weiß hingegen, der die Fähigkeit hat, sich schnell in den Sattel jeder Situation zu schwingen, war sogleich zu Hause. Sein Witz, der den idealen Wert all dieser großartigen Dinge frech in Zweifel zog und als einen der tausend bürgerlichen Schwindel entlarvte, fand den lachenden Beifall der Führerin. Schließlich waren Aschermanns Sammlungen ihre gefährlichen Nebenbuhlerinnen.

Man stieg zu Heddas Räumen im Oberstock empor. Sie zeigte den Freunden auch ihr Schlafzimmer. Es wurde von einem Buddhastandbild beherrscht, das gerade gegenüber dem Prunkbette seinen Fettbauch begrinste. Was diese Nirwanamahnung mitten im Luxus, die Anspielung auf die Wertlosigkeit aller Glücksgüter angesichts des geräumigen Lagers bedeutete, das konnte sich jeder erklären, wie er wollte. Jedenfalls war der Buddha das erste Geschenk gewesen, das Aschermann seiner Adoptivtochter gemacht hatte. In Heddas Bibliothek, wo man sich dann niederließ, wurde ein Cocktail herumgereicht. Die Bibliothek durfte sich auch wirklich sehen lassen. Man merkte Basils bibliophilen und geistigen Geschmack. Eine mächtige Ausgabe von Kirchenvätern stand in Reih und Glied, dann Philo Alexandrinus neben Plotin, Kierkegaard in der Nähe Swedenborgs; in einer andern Abteilung aber eine ganze Heerschau von Memoiren des achtzehnten Jahrhunderts. Manche nahmen später an, daß Basils Verstimmung erst im Verlauf des Abends eingetreten sei. Das entspricht nicht den Tatsachen. Zwischen ihm und Hedda hatten in den letzten Tagen große Auseinandersetzungen stattgefunden. Er war in düsterer Gemütsverfassung, schon als er Aschermanns Haus diesmal betrat. Er ging sofort zur Bibliothek und blätterte einige Bände auf, ohne sich um das allgemeine Gespräch zu kümmern. Plötzlich aber drehte er sich um und begann, ohne jede vorhergehende Warnung, einen schmerzlichen Abschnitt aus dem Nikolaus Cusanus vorzulesen. Nach einer Weile unterbrach ihn Hedda:

»Ich glaub, was du da vorliest, Basil, steht in dem Buch gar nicht drin.«

Er sah sie schweigend durch seine Hornbrille an. Sie lachte:

»Du mußt nicht bös sein, Basilius. Dein Genie ist eben die Lüge, oder sagen wir die Mystifikation.«

Daraufhin steckte er das Buch in die Reihe und kehrte der Gesellschaft weiter den Rücken.

Ronald Weiß hingegen bewährte sich in einer neuen Schwarzkunst. Er erriet bei verdecktem Titel, aus Einband, Druck, Papier eines Buches den Autor und den Verlag. Hedda stellte ihm mehrfach diese Aufgabe, die er (es handelte sich natürlich nur um neuere Werke) glänzend löste. Die Sicherheit war wirklich staunenswert. Weiß begann durch seine leichten Reden und Künste das Feld zu beherrschen. Hedda rückte ihn offensichtlich vor.

Als man im Speisesaal an dem großen makellos gedeckten Tisch saß, überfielen Ferdinand große Schmerzen in seinem rechten Arm. Er hatte einen der beiden Plätze an der Seite der Hausfrau inne. Rechts saß Ronald Weiß. Eigentlich hätte Basil hingehört, dem die Feier galt. Aber wer konnte annehmen, daß eine

Größe des Säulensaals Wert auf irgendwelche bürgerliche Tischordnung lege.

Die Gesellschaft war zahlreicher als es ursprünglich den Anschein hatte. Zwei Freundinnen Heddas hatten sich eingefunden, eine junge Malerin und die Tochter eines Bankdirektors, der von dem Präsidenten abhängig war. Beide gehörten zur andern Welt, zum Reich der Ordnung, das Aschermanns Günstlingin für sich zu gewinnen trachtete, wenn es sie auch immer wieder in den Dunst des Cafés zurücktrieb. Außer Weiß und Ferdinand war noch ein Mann in Uniform da, ein kriegsinvalider Offizier, der schon im ersten serbischen Feldzug ein Bein verloren hatte. So langsam und abgehackt er sich auf seiner Prothese bewegte, sprach er auch. An diesem Abend jedoch trat er sehr wenig hervor. Er hieß Leopold Zöger.

Zwei Diener begannen aufzutragen. Ferdinand hatte ein peinliches Gefühl im Rücken. Er spürte vielleicht das Mißbehagen der Bediensteten, das aus Verachtung für die Gäste und aus Schuldbewußtsein gegen den Präsidenten zusammengesetzt war. Aber nicht nur ihm allein ging es so. Anfangs lag über der Tafelrunde eine verlegene Steifheit. Dieser oder jener wurde sich vielleicht bewußt, daß er wider Wissen und Willen des Herrn hier eingedrungen sei, daß ihm Sitz und Speise nicht zukomme, daß er sich einer unerlaubten Sache mitschuldig mache. Auch der Raum selber hatte an dem Zustandekommen der Steifheit seinen Anteil. Leute, die Tag und Nacht an schmutzigen Marmortischen lungerten, sahen sich auf einmal zu einer unbekannten oder vergessenen Form gezwungen. Wenig wurde gesprochen. Hedda bemühte sich pflichtgemäß mit aller Liebenswürdigkeit, die unbehagliche Stimmung nicht groß werden zu lassen.

Der Einzige, der von der anfänglichen Verlegenheit unberührt schien, war Krasny. Mit tiefem Ernst verfolgte er den Weg der Schüsseln, von der Türe zur Tafel, von Gast zu Gast. Was auf den Tisch kam, stellte in diesem Jahre und in dieser Stadt des Hungertyphus eine Art Herausforderung Gottes dar. Krasny aber ließ sich nicht aus seiner düsteren Ruhe bringen. Die Forelle auf seinem Teller betrachtend, zog er schmerzlich die Augenbrauen zusammen. Weiß wandte sich traurig an seine Nachbarin:

»Herr Krasny ist leider mit diesen Forellen nicht einverstanden, Frau Hedda!«

Krasnys Augen wurden wahrhaft furchtbar im Zorn:

»Sie sind ein Plebejer, Herr Weiß!«

Und mit dem stoßweis-gaumigen Predigerton, der ihm eigen war, strafte er den Quälgeist:

»Mir sind Forellen bekannt, Herr Weiß... Sie müssen sich hier nicht aufspielen... In Zeiten der Sättigung sind Forellen, blau, in Essigwasser gesotten, mit zerlassener Butter, ein sehr edles Vorgericht... Ich halte sie aber für substanzloser als grüngekochtes Gemüse, für ein vornehmes Scheinessen... Sie haben einen sehr geringen Nährwert... Und was ihren Geschmack anbelangt, so muß man eine ausgeruhte Zunge haben, um ihn zu erkennen... Ich habe keine ausgeruhte Zunge... Leider bin ich gezwungen, allzuviel mit Senf bestrichenes Maisbrot zu essen.«

Und des Gelächters nicht achtend, fügte er diesem Bekenntnis nach reiflicher Überlegung hinzu:

»Für mich kommt hauptsächlich ein schönes Stück Fleisch in Betracht, rasch abgebraten, saftig, englisch...«

Jedes dieser Eigenschaftsworte begleitete er mit einer schwärmerisch taktierenden Handbewegung, als gehörten sie zu einer Lieblingsmelodie.

Jetzt begann Stechler sich zu ereifern. Forellen seien fast die einzige eines Künstlers würdige Nahrung, schon wegen der »Phosphate«, die sie enthalten. Es stehe zu hoffen, daß einmal die Revolution (Rußland habe es den Gerüchten nach schon verwirklicht) ein Gesetz schaffen werde, das die Künstler des Lebenskampfes enthebt und in staatliche Obhut nimmt. Er, Stechler, sei entschlossen, gegebenenfalls einen Antrag zu stellen, der für das künftige Prytaneum eine wahrhaft durchsichtige Speisenfolge fordere. Im Gegensatz zu Gottfried Krasny werde ein Peter Altenberg begeistert sein. Also, Forellen vor allen Dingen, dann Kalbshirn, Kalbsbries, Schinkenmus, Haché und leichte Omeletten.

»Kennen Sie Archer?« Er schrie diesen Namen wie ein Programm. Niemand kannte Archer. Darüber war Stechler entsetzt:

»Was, Sie kennen Archer nicht? Er ist das einzige Genie, das gegenwärtig in Wien lebt. Radikal gegenstandslos! Als Maler allerdings eine Null! Als Mensch aber toll, meine Herren! Er lebt ganz nach der Mazdaznanlehre. Das wissen Sie auch nicht, was das ist. Mazdaznan?«

Ronald Weiß meldete sich wie ein Schulknabe mit zwei Fingern:

»Bitte, Herr Lehrer, regen Sie sich nicht zuviel über unsere Unwissenheit auf. In Österreich haben wir das noch nicht gehabt. Aber als ich einmal einen Winter lang in Leipzig war, hab ich bei einem kleinen Schneider in der Nürnbergerstraße gewohnt, der den ganzen Tag lang an Knoblauchknollen gelutscht hat. Der Duft meiner Bude hat davon gesungen und gesagt. Das ist, wenn ich nicht irre, Mazdaznan.«

Stechler wurde böse:

»Machen Sie keine schlechten Witze, Herr Weiß! Es sind vor allem Hülsenfrüchte...«

Ronald schnitt ihm das Wort ab:

»Mazdaznan scheint eine persisch-sächsische Weltanschauung zu sein.«

»Über so etwas sollte man nicht lachen«, grollte der Maler, »Mazdaznan reinigt unsern Atman...«

Ehe ihn aber noch jemand durch eine Frage nach der Bedeutung des Wortes Atman in die Enge treiben konnte, wich er aus:

»Archer hält in seinem Atelier Kurse ab, die man besuchen soll. Ehe er seine Schüler zeichnen läßt, macht er kolossale Entspannungsübungen. Jeder muß zuerst einmal die Goschen aufsperren und die Zunge lockern. Dann führt er ein Rembrandtbild oder einen Tintoretto auf seine rhythmische Urbewegung zurück. Die Schüler müssen die richtige Kurve finden, aus der die Komposition sich aufbaut. Fabelhaft, was? Nächstens findet eine Zusammenkunft zwischen ihm und mir statt. Wir haben einander schriftlich zugesagt, uns eine ganze Woche lang vorher durch Purgieren innerlich stark zu reinigen...«

Basil hatte bisher noch kein Wort gesprochen. Über seinem schönen ausgemergelten Haupt, das die aufgetürmte Stirn mit dem lüsternen Mund nicht in Einklang brachte, lag eine schwere Verdüsterung. Niemand war gewohnt, dieses gelassene Haupt als das Opfer einer inneren Bewegung zu sehn. Niemand darum bemerkte sie auch. Es gehörte ja zu Basils Größe, daß er kein Privatleben führte, daß er es niemals bei Frau und Familie ausgehalten, daß er's »zu nichts gebracht« hatte und sich noch als Fünfzigjähriger in den Vorräumen des Erfolges umhertrieb, anderen gerne helfend, für sich selber bei allem Raffinement ungeschickt. In gewissen Augenblicken aber schien ihn der Leerlauf seines Schicksals zu überwältigen. Das Nichts fuhr ihm an die Gurgel. Von Tag zu Tag zerrann das Leben damit, daß man unter öden oder tollen Jungen saß und einen unnützen Wortebrei von sich gab. Tag für Tag schmierte man sich mit Weibern herum, die für jeden zu haben waren. Man wohnte als alter Mann noch in einer unbequemen Studentenbude und mußte dankbar für die Almosen eines Herrn Aschermann sein, dem man eine kleine ehrgeizige Jüdin zugemittelt hatte. Wenn er wenigstens von den Almosen Aschermanns hätte leben können! Dieses Geld aber sah Basil gar nicht. Es wurde unmittelbar an seine Frau nach Köln geschickt. Er selber war gezwungen, Zeitungsartikel zu schreiben oder Besprechungen über Bücher, die er nicht einmal zu lesen vermochte. Die Ehrgeizige jedoch, die er erhöht hatte, lebte im phantastischen Überfluß und wuchs ihm über den Kopf. Er wurde kalkweiß im Gesicht. Wie haßte er jetzt diese Zeitschrift, deren Geburt man heute feierte! Nun erschauerte er unter dem ganzen zwecklosen Schwindel. Seine Hände erfroren. Eine Sekunde lang sah er sich erbarmungslos selber. Die Sehnsucht, mit der er oft prahlte, längst schon in einem Kloster verschollen zu sein, bekam wehe Echtheit.

Auf Ferdinand, dessen Ohren von einer merkwürdigen Ermattung rauschten, sprang Basils Qual über. Beide sahen einander plötzlich an. Der Ältere räumte seine verzerrte Miene zusammen, zog aus Verlegenheit einen suffisanten Mund und trank dem Jungen zu. Jetzt erst gewahrte Ferdinand, daß man französischen Champagner in Aschermanns Kelche schenkte. Seine Hand zögerte. Zwischen ihm und dem Glas stand der Schatten einer alten Nacht. Überdeutlich dröhnte die Stimme des rohen Fähnrichs in der Weinstube ›Zum Richtkreis‹ durch sein Hirn. Da hob auch Weiß das Glas und trank ihm zu, ohne zu wissen, warum er es tue.

Es entwickelte sich nun ein Gespräch, das Basil anführte. In seiner Stimme klang noch der Unterton des Schmerzes mit, der kaum überwunden war. Er sah aus, als käme er vom Krankenbett. Was er sagte, unterschied sich wesentlich von den Ansichten, die er im Café vertrat. Basil entpuppte sich als ein finsterer Reaktionär.

Alles, was auf der Welt geschehe, sei blutrünstige Schweinerei oder bodenlose Dummheit, zumeist aber beides zusammen. Dem könne keine soziale Neuordnung jemals abhelfen. Nichts anderes bleibe übrig, als daß jeder anständige Mensch in seine selbeigene Privatwüste verschwinde und dort inbrünstig zu Gott bete, daß er ihm den rechten Glauben zuteil werden lasse. Jedermann, der nicht endgültig verkommen wolle, müsse allermindestens dem dritten Orden der Franziskaner beitreten, der das Weltleben nicht verhindere. Er selbst aber habe noch weit strengere Absichten.

Demgegenüber versuchte Weiß nach der gewohnten Regel, alle Verkommenheit und alles Schurkentum als zwangsläufige Folge der kapitalistischen Weltordnung hinzustellen. Dieser Vorbehalt aber glückte nicht sehr in diesem Raum, wo die Millionen auf die Versammelten herabblickten.

Leopold Zöger, der kriegsinvalide Offizier, war mit dem Glauben an sich einverstanden. Nur einen heiklen Punkt gebe es darin. Die Auferstehung des Fleisches. Nach dem, was er im Kriege gesehn und erlebt habe, könne er sich mit dieser Lehre ganz und gar nicht anfreunden.

Hedda ließ mit gezierter Bewegung eine goldene Dose aufspringen, um sich zwischen zwei Gängen eine Zigarette anzuzünden. Dabei sagte sie sehr spitz:

»Ich, für meine Person, stehe der christkatholischen Kirche durchaus sympathisch gegenüber... Aber, Basilius, heb dir deine Weisheit für die nächste Nummer auf!«

Sie neigte ihr Gesicht nahe zu Weiß und flüsterte ihm etwas zu. Basil nahm vor Wut die Hornbrille ab. Seine wäßrigen Augen bekamen den blödsinnigen Ausdruck aller Kurzsichtigen, wenn sie des Glases entbehren. Er wollte antworten. Hedda aber drehte sich rasch um. Hinter ihr stand mit langem Gesicht die Kammerfrau. Ihre Stirn war naß vor Schreck:

»Der Herr Präsident!«

Bewundernswert, wie schnell sich Hedda faßte:

»Bitte, laßt euch nicht stören! Papa ist ein netter Mann.«

Sie sagte das leicht affektiert, aber sonst merkte man ihr nichts an. Auch Basil schüttelte seinen Mißmut ab und erhob seine lange vornehme Gestalt, die ihm Selbstbewußtsein gab. Die anderen saßen still wie im Theater. Es war auch wie im Theater ein Auftritt älteren Stils.

Ferdinand sah an dem alten Herrn mit dem lustig lebensroten Gesicht zuerst die gebauschte Plastronkrawatte von schwarzem Atlas, in der eine große Perle steckte. Sie und der prallsitzende seidenumbortete Sakkorock wirkten ungemein beruhigend und bestimmt.

»Das lebt und genießt«, sprach Aschermann halb zu sich und setzte einen umfänglichen Zwicker mit breiter Hornfassung auf.

Basil federte ihm weltmännisch entgegen:

»Wir feiern hier die erste Nummer unserer Zeitschrift, womit wir auch Sie feiern, Herr Präsident...«

Aschermann lächelte höflich, übersah aber die hingereichte Hand. Er begann offenbar mit dem Geschäft unzufrieden zu werden. Dann überblickte er Tisch und Gäste. Niemand bemerkte die Schärfe dieses Überschlags, der aus gutmütig-wohlumpolsterten Augen brach. Nach dieser winzigen Pause gab er sich einen unmerklichen Ruck und schaltete ein kernig-lachendes Gepolter ein. Seine Stimme war breit und heiser. Hedda stellte vor. Der Präsident erwies sich so überströmend liebenswürdig, als fände er hier nur Freunde aus alter Zeit versammelt. Er schlug Weiß kameradschaftlich auf die Schulter und begrüßte Ferdinand mit einem warmen: »Freut mich, freut mich sehr.« Der Zufall schien es zu wollen, daß er Basil wiederum vergaß. Als er aber Krasnys ansichtig wurde, konnte er sich nicht beherrschen:

»Was sind Sie für ein Vogel?«

Gottfried Krasny hob in seiner feierlichen Art die Hand wie ein Redner, der um das Wort bittet:

»Ein Rabe, Herr Aschermann, der das Stehlen leider nicht erlernt hat.«

»Großartig, großartig«, prustete der Präsident und wandte sich an den Herrn, der jetzt eben ins Zimmer trat:

»Was sagen Sie, Herr Doktor? ... Die Herren von der Literatur! ... «

Der Herr war ein Abgeordneter. Seinen Namen raunte einer dem andern zu: »Dengelberger.« Er schob seine menschenfreundliche Wohlbeleibtheit heiter hinter dem Hausherrn einher. Es gibt zwei Arten dicker Menschen: die einen leiden an ihrem Fett, die andern bejahen und lieben es. Zu diesen erfreulich-geschlossenen Naturen gehörte der Abgeordnete Dengelberger. Sein behagliches Gehaben ließ die ganze, geradezu mütterliche Zärtlichkeit erkennen, die er für seine optimistische Leibesgestalt empfand.

Aschermanns Siegestemperament und seine heisere Freudenstimme beherrschten sehr bald den Tisch. Man rückte ein wenig zusammen, um nachzuservieren. Vielleicht ging alles ohne ein Donnerwetter ab. Hedda sorgte aufmerksam für Papa. Der Präsident entdeckte den Champagner und war begeistert, daß man in seinem Haus nicht schlechter bewirtet werde:

»Was, meine Herren, das ist ein Weinderl? ... Den hab ich vor ein paar Monaten aus Frankreich bekommen ... Also. Herr Doktor Dengelberger, Sie werden nicht betrogen ... Ich bitt um Ihr Urteil ... Franz, siehst du nicht, daß die Flasche leer ist? ... «

Unterdessen hatte auch Dengelberger umständlich Platz genommen. Wie die leibhaftige Lebensfreude und Selbstzufriedenheit breitete er sich aus. Mit einer schönen Baritonstimme, die von den Versammlungen her sich ihrer Tragfähigkeit bewußt ist, seufzte und sang er wie ein Mann, der aus grimmiger Kälte kommt und jetzt eben in dem Frieden eines warmen Zimmers langsam aufzutauen beginnt:

»Ja, die Literatur, die Literatur, die Literatur, jawohl meine Damen, die Literatur und hundertmal die Literatur...«

Diese Textwiederholung sang er andächtig auf allen melodischen Stufen einer fröstelnden Skala. Dann erst schien er ganz warm geworden zu sein, was er durch ein ebenso ausführliches wie abschließendes Sich-Schneuzen bekundete. Er war bereit und rieb seine großen Hände in Erwartung des Kommenden.

»Franz«, rief der Präsident, »das Telephon hieher auf den Tisch! Wir werden dringend angerufen...«

Der Fernsprecher neben dem Gedeck rief einen Eindruck von Allgewalt und Allgewichtigkeit hervor, den auch Aschermanns heisere Herzlichkeit nicht abschwächen konnte.

Der Abgeordnete lächelte seine harrenden Hände an, die er jetzt über dem Bauch gefaltet hielt. Dann erhob er seine gleichgültige und wohltönende Stimme, die in ihrer selbstsicheren Nervenruhe einem Menschen glich, der einen gefährlichen Straßenübergang zu wildbewegter Stunde ruhig wie eine Gartenpromenade überquert. Man konnte es verstehen, daß Dengelbergers parlamentarische Gegner die gelassene Unbeirrbarkeit dieser Stimme fürchteten. Der Abgeordnete war ein guter Redner. Wie bei jedem guten Redner rief nicht der Gedanke das Wort hervor, sondern umgekehrt das Wort den Gedanken, so bescheiden er auch zumeist war. Dengelbergers kleine Augen wurden durch eine nickelgefaßte Brille unsichtbar gemacht, wie sie Handwerker, kleine Kanzlisten und Dorfschullehrer tragen. In dieser gutversteckten Augenpartie saß die scharfe Instanz, die auch die Lebenslust und Behaglichkeit des übrigen Körpers ihren Zwecken unterwarf. Dengelberger knüpfte an seinen Behaglichkeitsgesang von vorhin an:

»Ja, die Literatur! ... Da sitzen Sie nun, meine Herrschaften, Vertreter der Literatur alle miteinander ... Sie lassen es sich wohlergehen und genießen den Anblick schöner Damen an Ihrer Seite, was ich hiermit auch tue... Um mit Schiller zu reden, wir trinken Zyprier und küssen schöne Mädchen... Item! Die Frage muß unbedingt gestellt werden: Hat die Literatur ihre Pflicht dieser Zeit gegenüber erfüllt?... Nein, leider Gottes, nein und dreimal nein!... Unsere Schriftsteller (verzeihen Sie, daß ich als Laie ein Urteil abgebe), nein, nein, unsere Dichter und Schriftsteller waren dem Massenerlebnis des Krieges nicht gewachsen, weder im Aufschwung noch im Leid... Kein Lied ist entstanden, kein Epos, das der Zeit würdig wäre... Eine armselige Heerfahrt mit Speer und Schild, Pfeil und Bogen hat das Nibelungenlied gezeitigt... Und der größte aller Kriege hat, soweit ich es übersehen kann, nichts hervorgebracht.«

Hier unterbrach Krasny mit einem dunklen Bekenntnis Dengelbergers Klage:

»Nicht die Touristen, sondern die Soldaten im Süden sehen die Dolomiten am besten.«

Der Meister im Überhören von Zwischenrufen dachte einen Augenblick nach, verstand den Satz nicht und schob ihn zur Seite:

»Es bleibt dabei... Unsere Dichter kommen von dem alten Plunder nicht los... Ob Hans die Grete kriegt oder nicht... das ist ihr ganzes Zeitgefühl...«

Auf diese etwas ländliche Feststellung hin breitete sich ein betretenes Schweigen aus. Der Volksmann spürte, daß er nicht ganz up to date gesprochen habe, und verbesserte sich:

»Hans und Grete werden jetzt halt mit moderner Perversität aufgeputscht... Aber das große Erlebnis, das Massenerlebnis, meine Herrschaften?...«

Und er wiederholte so ziemlich dasselbe, was im kulturellen Spinnwebwinkel der Parteipresse zu lesen stand. Aschermann, in Sachen des schönen Geistes kein geringerer Barbar als Dengelberger, wollte zeigen, daß er nicht umsonst einen geeichten Wortekünstler in seiner Hofhaltung habe:

»Es sind doch ein paar ganz hübsche Kriegsgedichte gemacht worden«, urteilte er milde, »zum Beispiel:

›Drüben am Donaustrand
Hocken zwei Raben ...‹

Vielleicht geht es auch andes. Jedenfalls sehr hübsch. Die Sache hat ein Fludium. Nicht wahr?«

(Fludium, das war mehr eine Entgleisung der Zunge als des Geistes. Billigerweise muß gesagt werden, daß Präsident Aschermann noch weit schwierigere Fremdworte richtig aussprach. Heute hatte er schon einige Konferenzen und eine mehrstündige Autoreise hinter sich, wodurch dieser kleine Schnitzer eines großen Mannes vollauf gerechtfertigt erscheint.)

Niemand widersprach ihm. Es wäre auch überflüssig gewesen, denn der Volksvertreter erging sich in Lobeserhebungen über den gespickten Rehrücken. Der Präsident lud ihn hierauf für die nächste Woche in sein Jagdhaus ein, das in den steirischen Alpen lag. Mit der Miene eines Priesters, den man zum Besuch verrufener Nachtlokale verleiten will, lehnte Dengelberger ab. Wer konnte wissen, was der nächste Tag bringen werde. Er sei niemals ein Schwarzseher gewesen, habe immer gut deutsch allerwege empfunden und hoffe auch jetzt noch auf einen glimpflichen Ausgang. Die Zukunft aber gleiche einer Wasserhose oder einem Zyklon auf hohem Meere, der vom Horizonte her näherdringe. Die Verantwortlichen müßten Tag und Nacht auf dem Posten sein. Das Elend der Bevölkerung, das Elend der Feldarmee stelle Aufgaben, denen kein Sterblicher mehr gewachsen sei. Ganze Kompagnien ständen in den Kavernen der südwestlichen Front, ohne Stiefel und nur mit Unterwäsche bekleidet. Das Kriegsspital in Grinzing gleiche einem Dampfkessel vor der Explosion. Die Mehlquote der Schwerarbeiter sei auf ein Maß hinabgesunken, das nicht weit vom Hungertod entfernt liege. Er habe vor einigen Tagen das Neustädter Industriegebiet bereist. Sollte er auch hundert Jahre alt werden, so könne er den grauenhaften Anblick menschlichen Elends nie vergessen. Nur einen einzigen Tag müßten alle die fluchwürdigen Kriegsanstifter unter den Arbeitern von Blumau, Wöllersdorf, Ternitz verbringen:

»Wehe dieser Stadt, wehe diesem Hause und wehe uns allen«, rief seine freundlich volle Stimme, während der letzte Gang abgetragen wurde, »wenn etwas Unvorhergesehenes geschieht und es den blutenden und hungernden Massen einfällt, die Rechnung zu präsentieren. Es kommen schwere Stunden, und man muß gerüstet sein.«

Ronald Weiß grinste und unterdrückte eine Bemerkung. Aschermann aber verriet auf diese blutige Mahnung hin keinen Schreck, sondern häufte mit väterlichem Lächeln einen Turm von Havannakisten vor dem Propheten auf, der nach bedeutenden Gewissenskämpfen eine Zigarre wählte, die sowohl hell als auch lang und schlank war.

Der Präsident, der das Gespräch ablenken wollte, erkundigte sich bei Hedda nach der neuen Zeitschrift. Den Titel finde er zwar, milde gesagt, komisch, aber auch er sei einmal jung gewesen und habe seinerzeit die liberale Gesinnung der alten Achtundvierziger hochgehalten. Was allerdings die fortschrittliche Gesinnung oder gar kommunistische Verrücktheiten mit dem Klerikalismus zu tun hätten, das sei ihm ganz und gar unbegreiflich. Aber schließlich würden die Pfaffen in Österreich immer die stärkste Macht bedeuten und er selber samt seinem alten Kopf habe nicht die Verpflichtung, alle neumodischen Narreteien zu verstehen. Man möge ihm den ›Aufruhr in Gott‹ oder wie das Zeug sonst heiße auf den Nachttisch legen.

Dann wandte er sich um und rief seinen Diener Franz scharf an. Was er jetzt tat, war gewiß im gesellschaftlichen Sinn höchst unkultiviert, aber es verfolgte vor diesem Kreise zweifelhafter Gäste eine unverhohlen erzieherische Absicht. Aschermann wollte mit dem Verhör, das über den erbleichenden Diener niederging, der Runde etwa sagen: So, nun ist es genug! Für den Fall, daß alles schiefgehen sollte und in Wien ein Totentanz losbricht, habe ich mich als weitblickender Kaufmann nicht nur mit Rollbalken und Sicherheitsschlössern, sondern auch mit einem blödsinnigen, aber radikalen Blättchen eingedeckt, in dem das Wort Kommunismus vorkommt. Für die mittlere Linie halte ich mir außerdem diesen erzgescheiten und weinbeißerischen Genießer warm. Schluß! Wer aber glauben sollte, daß ich ein zitternder Feigling bin und mich, weil möglicherweise ein Wirbel vor der Tür steht, auch nur im geringsten in meinem Besitze schmälern lasse, der irrt sich gewaltig. Diese Blase verkommener Idioten hier, die ich in ruhigen Zeiten mit der Hundspeitsche aus dem Tempel gejagt hätte, soll wissen, daß ich Herr in meinem Hause bin und bleiben werde, auch wenn Österreich zugrunde geht. Den langen ausgewitzten Lackel mit seiner geilen Leichenbittermiene werde ich morgen hinausschmeißen. Wenn die Lage sich bessert, folgt ihm das gescheite Frauenzimmer nach, das mir grad deshalb immer weniger gefällt. (Man soll sich halt nicht vom Weg drängen lassen. Mein Typ ist immer blond gewesen.) Sie bildet sich ein, daß sie mich ewig hereinlegen wird. Aber da hätte sie früher aufstehn müssen. Übrigens werde ich, solang es noch möglich ist, eine neue Versicherung des Hauses in der Schweiz oder in Holland abschließen...

»Franz!« Aschermann sah dem Diener fest in die Augen: »Haben Sie die kleine griechische Bronze auf meinem Schreibtisch im Gedächtnis?«

»Jawohl, Herr Präsident!«

»Wann bin ich fortgefahren? Vor fünf Tagen, nicht wahr?«

»Jawohl, Herr Präsident!«

»Vor fünf Tagen war das Stück noch da. Sie wissen ja, ich wünsche, daß man die Sachen auf meinem Schreibtisch in Ruhe läßt und sie nicht zum Putzen hinausnimmt. Merken Sie sich das!«

Der Diener sah den Präsidenten entgeistert an. Heddas Ohren wurden blutrot. Bei Papa schien seit seiner Reise ein merkwürdiger Umschwung vorgegangen zu sein. Noch kannte sie sich nicht aus. Sie hatte bisher auf seine (oft belächelte) Alt-Herren-Sentimentalität Häuser gebaut, der man auch seine gelegentlichen Wutanfälle zugute halten mußte. Nun aber schoß auf einmal eine gefährliche Schneidigkeit aus der Maske genießerischer Güte.

Hedda hegte ein lebhaftes Gefühl für die Dienerschaft des Hauses. Sie suchte nicht nur ihre Lebenslage zu bessern, wo es ging, sondern auch ihre Bildung zu heben. So hatte zum Beispiel Franz, der jetzt gerade eine so scharfe Lektion seines Herrn erhielt, von ihr einen Roman Dostojewskis zum Geschenk bekommen. Sie fühlte sich verpflichtet, den Diener in Schutz zu nehmen. Schon wollte sie eine Frage stellen, da schrillte das Telephon auf dem Tisch.

Es war ein langes, gebieterisches Klingelzeichen. Aschermann strahlte feierlich und wegwerfend zugleich:

»Jawohl... Ist dort Baden? ... Armeeoberkommando? ... Seine Exzellenz selber? ... Meine Verehrung, Exzellenz! ... Wie? ... Heute noch? ... aber ich komme eben aus Prag... Es war eine ziemlich anstrengende Fahrt... Was? Ministerrat bei Seiner Majestät? ... Ernährungssicherung für den Monat Oktober? ... Jawohl, ich verstehe... Wenn es unbedingt sein muß... Der Ministerrat hat schon begonnen? ... Jetzt ist es elf Uhr... In dreißig Minuten kann ich an Ort und Stelle sein... Nein, danke, ich benütze meinen eigenen Wagen... Werde in Baden übernachten... Sehr gütig, Exzellenz... Ich stehe immer zur Verfügung, das weiß Seine Majestät von mir... Jawohl, danke... Respekt, Exzellenz!«

Doktor Dengelberger zog vor Neugier seine Brauen hoch. Welch eine Macht war dieser alte energische Jude, den man vor zwei Jahren schon eingesargt hatte. Der Abgeordnete bat mit aufgestörtem Brillenblinzeln:

»Ich bin bis drei Uhr früh unter der bekannten Adresse zu erreichen. Rufen Sie mich bestimmt an, Herr Präsident!«

Aschermanns grunzender Baß streute wiederum nach allen Seiten das Gold behaglicher Güte und bedenkenloser Gastfreundschaft aus:

»Lassen Sie sich nicht stören, meine Herrschaften! ... Hedda, sorge dafür, daß deine Gäste zu trinken und zu rauchen haben... Franz, die Liköre! ... Also, gute Unterhaltung weiter!«

Der alte Herr in seinem prallsitzenden Rock stapfte von einem zum andern. Angesichts Krasnys erstaunte er von neuem, sagte aber nichts als: »Oha!« Den beiden jungen Mädchen tätschelte er die Wangen. Hedda küßte er, seine Rolle als Papa wahrend, auf die Stirn. Dann winkte er Dengelberger:

»Kommen Sie, Herr Doktor, ich bringe Sie in meinem Wagen zu Ihrer Tarockpartie.«

Zärtlich den eignen Leib zur Tür schiebend, verschwand der Abgeordnete mit Aschermann.

Nach dieser Episode setzte sogleich eine große Lustigkeit ein, die sich selber immer höher peitschte. Es war die minderwertige Lustigkeit von Schulkindern, die dem Lehrer nachhöhnen, Lustigkeit, die zu entstehen pflegt, wenn man eine Niederlage des Schamgefühls überwindet. Hedda befahl neuen Sekt herbei. Sie rief dann noch eine Menge Leute im Säulensaal an, die sie hieher ins Palais beschied. Basil saß in seiner Ecke, trank Schnaps und las, ohne sich um jemanden zu kümmern. Einmal trat Hedda rügend zu ihm:

»Ich bitte dich, Basilius, schau nach den Leuten! Es geht doch nicht, daß du die ganze Zeit liest...«

Ronald Weiß zog immer hinter ihr her. Die Neugeladenen kamen an. Nun füllten sich die Räume mit allerhand Charakterköpfen. Es sah fast so aus, als wollte Hedda das Palais Papas der zukünftigen Rache preisgeben. Mit verkniffenen Gesichtern schauten die mißtrauischen Diener dem Treiben zu. Im chinesischen Salon bearbeitete Wawra das Klavier, ohne abzusetzen oder jemanden erfreuen zu wollen. In diesem tänzerisch stampfenden Spiel entlud sich ein hussitischer Haß.

Ferdinand ging heimatlos zwischen den Menschen hin und her. Er ertappte sich auf einem unsinnigen Heimweh nach seinem Zimmer in Złoczów, nach den langen Spaziergängen mit Engländer. Nun grübelte er über seine Verwandlung. Dadurch gerade, daß er geflohen war, hatte er sich wieder in Gefangenschaft begeben. Wenige Wochen kaum, und er fühlte sich in der neuen Welt mehr noch eingekerkert als vorher. Gab es keine Freiheit? Das Café, diese Stätte der Freiheit, übte nicht minder als der Waffendienst einen Zwang auf ihn aus, der dadurch noch peinlicher wirkte, weil er in ihm und nicht außer ihm lag. Endlos dehnten sich die Stunden. Die Luft der Stadt erwürgte ihn. Kein Mensch hätte es den ganzen Tag lang in seinem Zimmerchen aushalten können, das wie ein steckengebliebener Aufzug in einem modrigen Hause hing. Jetzt schon graute ihm davor, nach Hause zu gehn, obgleich er sich hier unglücklich fühlte. Immer wieder geschah dasselbe. Er ging mit einem unbeschreiblichen Heißhunger nach Menschen, nach inniger Berührung, nach Kameradschaft, nach Erkenntnis in das Schattenreich und kehrte allnächtlich mit dem Gefühl der Abgestorbenheit und des nutzlos verschwendeten Lebens, ja mit der Sucht nach unvorstellbaren Veränderungen, nach beispiellosen Naturkatastrophen in sein Zimmer zurück, das er mit seinem hinschwindenden Gelde überzahlen mußte, damit ihn die Mietsfrau nicht bei der Polizei anmelde.

Dennoch war er schon entschlossen, nach Hause zu gehn, als im oberen Stockwerk plötzlich ein scharfer Lärm entstand. Zum Glück deckte das knatternde Klavierspiel Wawras das Gepolter so gut zu, daß außer Ferdinand und der Dienerschaft nur noch zwei Gäste die Treppe emporliefen.

Basil trommelte mit beiden Fäusten an eine verschlossene Tür, gegen die er sich sogleich mit aller Kraft stemmte. Seine Brille lag auf dem Boden. Die weißen Haare flatterten im Winde seiner eigenen Wut. Der Unterkiefer trat wie bei einem Tobsüchtigen vor. Es war ein widerwärtiger Anblick.

Ein stets erregter Mensch wird im Zorne niemanden schrekken. Wenn aber ein gehaltener Mann in Wut ausbricht, versetzt er uns in Verlegenheit. Basil hatte niemals verraten, daß er etwas Ähnliches wie Freude, Qual, Eifersucht, Verzweiflung empfinden könne. Man sprach von ihm mit achtungsvollem Lächeln, aber wie von einer feinentwickelten, geistig überlegenen Lemure. Um so peinlicher wurde Ferdinand durch seine Raserei erschüttert, die der Kognak nicht hervorgerufen, sondern nur ermöglicht hatte:

»Mach auf, du Giftkröte, mach auf! ... Da drinnen ist sie mit diesem eitlen Affen, mit diesem lächerlichen Tintenkuli ... Mach auf! ... «

Er donnerte mit dem Fuß in die Tür hinein. Schweißtropfen und Tränen rannten ihm über die hohlen Wangen. Niemand zog ihn von der Tür fort. Er keuchte:

»Sie hat mich ausgebeutet, die Vettel... Zwei Jahre meines Lebens kostet sie mich... Und jetzt sperrt sie sich mit einem letzten Pojazzer ein, mit einem Tarockskis, mit einem Windbeutel, einem schwindelhaften... Mach auf, Frauenzimmer!«

Nicht die Tür, vor der Basil wütete, tat sich auf, sondern eine zweite gegenüber, die zudem noch die ganze Zeit einen offenen Spalt gezeigt hatte. Heraus traten in harmlosem Gespräch Hedda und Ronald. Eine dramatischere Rechtfertigung konnte man sich gar nicht vorstellen. Hedda lachte erstaunt beim Anblick Basils:

»Du bist verrückt und betrunken, Basilius!«

Weiß beendigte ein unterbrochenes Gespräch, ohne dem Zwischenfall weitere Beachtung zu schenken:

»Die Photographien, die Sie mir gezeigt haben, Frau Hedda, sind wirklich hohe Klasse. Ich danke schön...«

Er begab sich pfeifend in die unteren Räumlichkeiten. Sie aber sah Basil mit böser Strenge an:

»Benimm dich gefälligst anständig!«

Hedda zwinkerte Ferdinand noch zu, um ihn dadurch aufzufordern, sich dieses Verrückten oder Betrunkenen anzunehmen.

Basil war erstarrt. Die kurze, für ihn so blamable Szene hatte seine Kraft gebrochen. Er sah ruhig zu, wie Hedda mit den Gästen die Treppe hinunterlief, wobei sie laut erklärte, daß solche Dinge immer vorkämen, wenn Basil ein Glas Schnaps getrunken habe. Dann begann er röchelnd zu atmen, als wolle die Tobsucht von neuem ausfahren. Aber Ferdinand merkte genau, daß dieses Röcheln Künstelei war. Basil hatte sich verpulvert. Übrig blieb nur ein Bodensatz sauren Elends, unerträglicher als der brennendste Schmerz. Der Schmerz, die herrliche Wut wollten zurückgerufen sein! Der Ernüchterte wankte mit dem sichtbar gespannten Willen eines Komödianten, sein Spiel auch zu empfinden, zum Tisch, auf dem ein paar Exemplare des ›Aufruhrs‹ lagen. Er riß eines nach dem andern im Takte mitten durch.

Dann zwang er sich noch einmal, aufzuheulen und ergriff einen kristallenen Aschenbecher, um damit eine der vielen Sammelvitrinen Aschermanns zu zerschmettern. Erwünschterweise fiel ihm ein Diener in den Arm.

Ferdinand drängte Basil, der gerne den Schauplatz dieses Krachs verließ, in ein kleines Seitenzimmer. Der Unglückliche jammerte:

»Bleiben Sie bei mir... Gehen Sie nicht hinunter... Ich beschwöre Sie, lassen Sie mich nicht allein!«

Er warf sich auf einen Diwan und schloß die Augen. Ferdinand betrachtete den weißen Kopf mit der schönen Stirn. Trotz des widerwärtigen Ausbruchs von vorhin hegte er noch immer für Basil eine große Verehrung. Was steckte doch alles hinter dieser hohen Stirne? Eine alexandrinische Bildung, eine unbeirrbare Treffsicherheit der Sprache, überlegene Weltkenntnis, lauter Eigenschaften eines geistigen Führers. Auch wußte er ja, daß dieser kläglich hingestreckte Mann der Verfasser und Herausgeber unzähliger Bücher und Sammelwerke war. Ferdinand, der selber kein literarisches Talent besaß, war noch immer Gymnasiast genug, um im gedruckten Worte und seinen Urhebern höhere Wesenheiten zu erblicken. Nur eines hatte ihn immer an Basil gestört, das war sein Umgang mit Frauen im Säulensaal und auch in andern Lokalen. In seinen Worten und Gesten, wenn er mit seinen großen Händen die Mädchen umarmte, lag etwas Absichtsvolles und Lügnerisches, eine eitle Berechnung auf den Eindruck, den er mit seiner unwiderstehlichen Erotik weniger auf die betreffenden Damen als auf die Herren seiner Umgebung machen wollte. Wie eine alte Grammophonplatte spielte er immer die gleiche abgenützte Nummer, ohne zu hören, daß sie schon unangenehm kreischte. Und dies hatte er, nach Ferdinands Meinung, doch gar nicht nötig. Es fügte sich nicht ins Lebensbild, einen Prälaten in der Soutane tanzen zu sehn oder einen Basil die Knie eines Mädchens öffentlich abtasten. Gebhart war in diesen Dingen Basils strenger Gegensatz. Seine Größe zeigte sich darin, daß er die Lust, deren Idee er auf den Weltenthron erhob, als persönliche Lüsternheit gar nicht kannte. Er war der große Unmensch. Niemals hätte er ein Schauspiel geboten wie jetzt dieser sonst vornehme Mann, der auf seinem Diwan eine langatmige Anklage regellos durcheinandergeiferte: »In München hab ich sie aufgegabelt... Sie ist im Stefanie gesessen... eine kleine hübsche Jüdin... Ein Garnichts... Nicht einmal Boheme... nein, eine kluge Kassierin, die gut aufpaßt... Jeden Abend hat ihr ein andrer den Schwarzen gezahlt... Und ich Rindvieh hab sie aus dem Dreck gezogen, hab sie groß gemacht...«

Immer bedrückender wurden für Ferdinand diese klatschhaften Geständnisse. Es war empörend, daß ein Mann über eine Frau, die er noch vor wenigen Tagen geliebt und bewundert hatte, so niedrig sprach. Ferdinand nahm gegen das keifende Waschweib, als das sich jetzt der bedeutende Mann entpuppte, ganz und gar für Hedda Partei. Niemals hatte er an ihr etwas Häßliches oder Boshaftes erlebt. Im Gegenteil. Ihre ungewöhnlichen Anlagen setzten ihn oft in Erstaunen. War es nicht Schuld des Mentors, der sie als junges unbeschütztes Geschöpf entdeckt hatte, wenn ihr Schicksal sich nicht klarer gestaltete? Er sollte sich an die Brust schlagen und schweigen! Basil merkte die kritischen Gedanken seines Opfers und haschte nach Ferdinands Hand, die er festhielt:

»Das Abc hat sie von mir gelernt... Und jetzt redet sie, als wäre alles auf ihrem eigenen Mist gewachsen... Jedes Wort ist von mir... Und dieser Weiß, ein solcher Schlurf, ein Jahrmarktgaukler, ein leerer Windhund... Und ich?«

Er richtete sich auf, als falle ihm erst jetzt der wesentliche Gedanke ein:

»Und ich?... Erlauben Sie einmal, das geht doch nicht... Wer bin ich denn, und wer seid ihr alle miteinander?... Sie wissen vielleicht gar nicht, wer ich bin?... Kennen Sie eigentlich mein Buch über die Gegenreformation?... Nichts kennen Sie... Eh Sie noch auf der Welt waren, habe ich eine volkswirtschaftliche Arbeit geschrieben, die noch heute grundlegend ist... Sie müssen mich nicht für einen Bummler halten, Herr, weil ich unter Ihresgleichen sitze... Ich habe in meinem Leben gearbeitet und nur gearbeitet ... Ich sitze zwar im Café, aber ich habe mindestens fünfzig Bände herausgegeben ... Darf ich mich treten lassen? Sagen Sie selbst, darf ich mich so bespucken lassen?«

Ferdinands Scham, einen bedeutenden Menschen offen leiden zu sehen, war längst geschmolzen. Was ging ihn das alles an? Er wurde kalt. Er begann sich zu langweilen. Basil aber ließ seine Hand noch immer nicht los:

»Darf ich mir das von einem Aschermann gefallen lassen? ... Haben Sie sein Benehmen bemerkt? ... Wer ist Aschermann und wer bin ich? ... Er ist ein Schieber, den man leider nicht eingesperrt hat ... Und wer bin ich?«

Plötzlich drehte er den Spieß der Anklage um und warf sich wieder, aufheulend, hin:

»Ein Schwein bin ich!! ... O Gott, ich bin ein ekelhaftes Schwein! ... Nur ich selber hab mir mein Leben versaut ... Fünfundfünfzig Jahre ... Du Schwein, du rettungsloses Schwein!! ... «

Er drosch mit den Fäusten aufs Sofakissen. Dadurch wurde dieser Ausdruck der Selbsterkenntnis nur noch übertriebener und unwahrer. Ferdinand sah Basil, ohne es bewußt zu tun, gelassen höflich an. Das brachte ihn zu sich. Um ins Gleichgewicht zu kommen, rannte er noch einige Minuten lang im Zimmer umher. Dabei fauchte er leise: »Ich danke Ihnen«, und wischte sich die Stirne. Ferdinand nahm an, er werde jetzt das Haus verlassen. Aber schon eine Viertelstunde später sprach er den Wunsch aus, wieder zu der Gesellschaft zurückzukehren.

Auf dem Boden lagen die Fetzen des ›Aufruhrs in Gott‹ umhergestreut. Wieder einmal hatte sich die allmächtige Gesetzmäßigkeit des Schicksals bewährt, wie es in Basils Sternen stand. Auch diese Zeitschrift war schon dem Tode verfallen, ehe sie noch lebte. Sie rückte in das Museum der Fehlgeburten und frühverstorbenen Kinder ein, denen ihr Vater so lebhafte und großartige Namen geschenkt hatte. Er täuschte sich nicht über die Zukunft. Aschermann und Hedda hatten ihm deutlich zu verstehen gegeben, daß er erledigt war. Vielleicht würde noch die nächste Nummer erscheinen, und dann trat Herr Weiß oder ein anderer an seine Stelle. Nun stand er wiederum am Anfang und mußte sich zum hundertsten Mal auf den Weg machen, einen Idealisten zu finden, der die Gründung verwirklichen würde, die vielleicht jetzt schon heimlich in seinem Geiste keimte. Ach nein, in seinem Geiste keimte jetzt nichts andres als Ekel, Verfall und der Wunsch, im Bette zu liegen. Aber diesen Wunsch auszuführen, war er zu müde, zu schwach. Er fürchtete den langen Heimweg, er fürchtete die finstere Haustreppe, er fürchtete sein armseliges Mietzimmer, in dem es nach schlechtem Küchendunst roch. Leichter fiel es ihm noch, sich zu erniedrigen und mit gleichgültiger Miene in Aschermanns feindseligen Salon hinabzusteigen. Alles Leben in diesen Tagen – Ferdinand wußte das sehr genau – war Einsamkeitsangst und Selbstflucht.

Auch die anderen lagen oder saßen todmüde und ausgepumpt im chinesischen Salon umher. Es fehlte ihnen die Kraft, auseinanderzugehn. Wollte jemand sich empfehlen, winkte ihn Hedda zurück, in deren Schoß Weiß und Stechler ihre Köpfe gebettet hatten. Wawra schlief auf dem Klaviersessel. Eines der Bürgermädchen genoß auf dem Diwan, Schlummer vortäuschend, die dichte Näher zweier Männerkörper. Die Likörflaschen standen geleert. Die matten Gespräche kamen nicht weit. Nur Krasny war von der allgemeinen Lähmung nicht berührt und trug mit langen Schritten sein häßliches Gerippe hin und her durch den Raum. Die unter der Brust abgeknickten Hände fächerten auf und nieder wie bei einem Porzellanchinesen. Der verwahrloste Mund kaute an einem Selbstgespräch.

Basil riß die hohe Glastür auf, die in den Garten führte. Mit dieser scharfen Gebärde wollte er nicht nur frische Luft einlassen, sondern Hedda samt dem übrigen Gesindel sinnbildlich zu verstehen geben, daß er sie mißduftend finde und verachte.

Draußen wurde es schon Tag. Auf überirdischem Goldgrund atmend, starrte das noch unverfärbte Laubgewirre des Frühherbstes streng und engelsrein in den verkaterten Salon, der sich des künstlichen Lichtes zu schämen begann. Da sagte Basil, der steif in einer Ecke ragte:

»Krasny! Sprechen Sie ein paar Gedichte!«

Der Aufgerufene zögerte keinen Augenblick und trat mit einem Schritt in das Türbild, dessen goldener Grund immer stärker blendete. Die Augen sahen kein Gesicht, ja, nicht einmal eine Gestalt, sondern nur eine schmale hohe Schattenfläche, die regungslos stand, während dahinter die stumme Tausendstimmigkeit der Laubwand ein unbegreifliches Musikstück zarter Bewegungen aufführte. Dieser dünne Schatten auf der Zwischenschwelle zweier scharfgeschiedener Welten bekam aber eine Stimme, die stärker war als er selbst, eine gaumige, schwerflüssige Stimme, die gegen die Fesseln heimtückischer Sprachfehler ankämpfen mußte und sich Laut um Laut einzeln abrang. Durch diesen Kampf jedoch gewannen die ausgestoßenen Silben eine vielfache Bedeutung, die mehr umfaßte als ihren Klang und ihren Sinn. Das Gefäß jedes Wortes war überfüllt von dem, was es verschwieg.

Langsam arbeitete sich das Wort aus dem goldig grünen Ausschnitt ins Kellerlicht des Zimmers:

»Der Indivi-vi-dualist«, sagte Krasny.

Und ohne Schönklang, ohne Melodie, Satz für Satz emporgepumpt aus dem inneren Schweigen, folgte das Gedicht:

»Ein Weib zu suchen! Wozu? Das Geschäft
Besorgen noch immer hundert und aberhundert.

Sterben! Warum? Die Arbeit
Wird heute von tausend gesunden Männern getan.

Was kann ich Besonderes tun?
Ohne Sorge sein.«

In den letzten drei Worten hatte die Stimme ihre Ketten zerbrochen. »Ohne Sorge sein«, das tänzelte beinahe von der grellen Bühne in den Raum. Ferdinands Kehle verengte sich, so sehr begriff er den Vogelruf dieses Verses. Immer wieder war er ja selbst durchgebrannt, um leicht zu werden, um ohne Sorge zu sein. Nun aber herrschte die Stimme die Versammlung an:

»Wein-Lied!«

Die müden Gesichter waren mit halbgeschlossenen Augen dem Zwielicht zugekehrt. Es sah aus, als ob sie einer gerechten Strafe entgegenwarteten. Mochte auch ein und der andre den Versen nicht zugänglich sein, die rauh zufahrende Stimme hatte Macht über ihn:

»Starker, goldner Wein! Du bist
Wie das Glück im Spiel.

Ewig gleich aus deinem Innern, ob
Wir wild werden, toll werden, bös werden,
Strahlt die Verlockung.

Du und ein fragendes Kind! Ihr weckt
Das arge Wissen in uns, doch ihr
Gebt auch Vergessen.

Du bist die Lust zu gestehn, bist
Die Lust zu verhehlen, dein
Ist Klarheit und Heimlichkeit.

Ewig gleich aus deinem Innern, ob
Wir traurig sind, ob wir froh sind,
Strahlt die Verlockung.

Und du bist wie die großen Geister.
Du machst uns stolz, bis wir
Hintaumeln, machst uns stark, bis du
Uns umwirfst.
Freund, Verführer und Herr!«

»Und Herr!« Das sauste wie ein Hieb. Der Sprecher stand noch immer im Rahmen. Seine Züge wurden jetzt sichtbar. Noch fiel kein Wort. Niemand aber verstand, warum er sich gerade durch dieses sausende »Und Herr« in Krasnys Weinlied unsicher und getroffen fühlte.

Fünftes Kapitel

Engländers Sendung

Seit langer Zeit schon bemühte sich Ferdinand, Alfred Engländers Aufenthalt auszukundschaften, denn ein Jahr bereits hatte er nichts mehr von ihm gehört. Seine Briefe, die er an Feldpostnummer und Ersatzbatterie des Artillerieregimentes richtete, in dessen Dienst der Freund stand, kamen als unbestellbar zurück. Hatte man den unbrauchbaren Soldaten anderswohin versetzt, hatte man ihn gänzlich fortgeschickt oder war er im Kriege umgekommen? Die Ungewißheit über Engländers Schicksal bedrückte Ferdinand, seitdem er im Säulensaal verkehrte, doppelt stark.

Alles Forschen blieb erfolglos. Von Alfreds Brüdern wurde Ferdinand mit gemischten Gefühlen und schlechtverhüllter Abneigung empfangen. Alfred sei vor ein paar Monaten von der Superarbitrierungskommission wegen »Geistesschwäche« als ganz und gar dienstuntauglich entlassen worden. Leider entspreche diese erstaunliche Diagnose so ziemlich der Wahrheit, denn der Bruder weigere sich, seine Adresse anzugeben, und behebe alles, sogar die Geldsendungen, unter einem Postfach. Ständig wechsle er seine Wohnung, damit ja niemand auf seine gutverwischte Fährte kommen könne. All das geschehe nur aus Haß gegen die Familie, die unmöglich zu machen Alfreds Lebensaufgabe sei. Man habe auch vergeblich einen Arzt in seine Nähe zu bringen versucht, die einzige Form der Hilfe wohl, die noch übrig bleibe. Durch die ewige Zickzackflucht sei auch dieser Rettungsversuch mißglückt. Nun aber habe die Familie die peinliche Sache satt. Alfred möge bleiben, wo er wolle. Ein trauriger, ein verlorener Fall, den auch so fürsorgliche Seelen wie die Brüder nun endgültig aufgegeben hätten.

Täglich machte Ferdinand lange Streifzüge durch die Stadt, um den Zufall einer Begegnung herauszufordern. An gewissen Punkten hatte er ein hellsichtiges Gefühl: Hier ist er in der Nähe. Aber der Verfolgte zog sich dennoch immer weiter zurück.

Einmal, nachmittags gegen fünf Uhr, als Ferdinand in einem plötzlichen Anfall von Schwermut aus dem Säulensaal auf die Straße trat, sah er auf dem Gehsteig gegenüber Alfred Engländers Gestalt stehen. Die beiden begrüßten sich nicht wie Freunde nach einer langen Entbehrung, sondern starrten einander stumm an. Dies aber waren die ersten Worte, die Engländer sprach:

»Ich warte hier schon fünf Viertelstunden auf dich, denn ich habe in einer schrecklichen Zeit meines Lebens das Gelübde abgelegt, die Stinkhölle dieses Cafés nie wieder zu betreten.«

Wenn etwas Langerstrebtes eintritt, so ist die erste Empfindung selten reine Freude und weit öfter ein mit Enttäuschung gemischter Trotz. Ferdinand schämte sich und war zugleich mißmutig darüber, daß in den Begrüßungsworten Engländers eine Maßregelung enthalten schien.

»Komm, wir werden in meine Wohnung gehn«, sagte er und blieb auf dem Wege immer ein Stück vor Alfred voraus. Dieses hastige Vorangehn aber hatte noch einen andern Grund, die Angst nämlich, seinen Freund anzusehn, so schrecklich hatte Engländer sich verändert.

Nun standen sich die Freunde nach tragischen Jahren in einem schmalen Zimmerchen dieser Stadt wieder gegenüber. Beide waren Kriegsopfer. Aber wenn auch Ferdinand eine tief eingebuchtete Schädelnarbe trug und sein rechter Arm noch immer schwach und schmerzhaft im verwundeten Schultergelenk hing – so war Engländer, der niemals den Feind gesehen, dennoch ärger zugerichtet. Er hatte die Haare völlig verloren. Sein Gesicht glänzte verschwollen und gelb. Er kniff die Lider sekündlich unter einem nervösen Zwang zusammen, wobei der Mund schief aufwärts zuckte. Der verwahrloste Anzug ließ nicht erkennen, ob sein Zustand der Armut entstammte oder einer gesteigerten Achtlosigkeit. An Rock und Weste fehlten die meisten Knöpfe, und die Riemen der Schuhe waren vielfach zusammengeknotet.

Ferdinand, dem seine Kälte von vorhin weh tat, schloß ihn fest in die Arme. Engländer bekannte:

»Es ist heut nicht das erstemal, daß ich dir aufgelauert hab. Sei nicht bös! Aber ich habe mich immer davongemacht, wenn du in Gesellschaft dieser Gesichter dort herauskamst...«

»Da sind doch auch sehr gute Gesichter drunter«, sagte Ferdinand und spürte, daß sich der Trotz wieder in ihm sammle.

»Gut sind diese Gesichter nicht, Ferdl, sie sind, was du willst, aber nicht gut. Übrigens versteh mich! Ich lege keine Kritik an. Du mußt wissen, ich hab gar keine Zeit mehr zur Kritik. Ich hab auch keine Zeit für die Vergangenheit mehr. Also paß auf, ich sag's dir gleich: Von dem, was ich durchgemacht hab, werd ich kein Wort erzählen und auch du wirst mir nichts erzählen. Das liegt hinter uns. Kein Wort über Krieg, Militär, Verwundung und ähnliche Schweinereien! Und daß du in diese Gesellschaft geraten bist, weißt du, das hat wohl sein müssen, das überrascht mich nicht. Mir kommt's so vor, als hätt ich dir das vor Jahren schon verkündigt.«

»Was hast du denn gegen diese Gesellschaft?«

»Gar nichts habe ich gegen sie. Ich wiederhole, daß mir keine Zeit mehr übrigbleibt, Kritik anzulegen. Ich bin jetzt der Mensch auf der Welt, der am meisten weiß. Das mußt du mir glauben. Es lebt in Wien keiner, und in Paris und in Rom und in Jerusalem und in China und im Tibet keiner, der so tief vorgedrungen ist wie ich. Daran läßt sich nichts ändern! Wozu Kritik? Sie ist ja auch nur ein heuchelmoralischer Ausdruck der Lebenskonkurrenz. Ich brauche keine Kritik. Alles, was ist, steht an seinem Ort und Fleck. Gott hat auch den Dreck geschaffen. Er weiß warum. Ich weiß ebenfalls warum. Er zieht uns durch den Dreck, um zu sehen, ob er an uns hängenbleibt. Dies ist die Geschichte von den vierzig Jahren, die Israel in der Wüste irrt. Jeder wird auf die Probe gestellt. Auch du! Warum nicht du? Ich selber war ja das Werkzeug, das dich hinausgestoßen hat. Sonst könntest du heut ganz gemütlich ein Dorfkaplan oder Feldkurat sein, anstatt im Säulensaal zu sitzen.«

Engländer lachte ausgiebiger, als es dieser Vorstellung entsprach. Ferdinand aber hatte, während er antwortete, das peinliche Bewußtsein, nicht aus sich selber zu sprechen, sondern unter dem Einfluß dessen, was täglich und stündlich seit ein paar Wochen in sein Ohr einging:

»Ich weiß nicht, warum du gerade die Geistigen und Künstler mit dem Worte ›Dreck‹ beehrst. Es sind ein paar großartige Leute darunter. Wenn irgend jemand eine bessere Zukunft und die Erlösung von all dem Gräßlichen erdenken wird, so sind sie es. Ich verstehe dich nicht. Glaubst du wirklich, daß die Bestien von uniformierten Leuteschindern, von Ministern, Schiebern und Fressern weniger Dreck sind?« Ferdinand wußte genau, daß er eine Phrase ausgesprochen habe, an die er selbst nicht sehr glaubte. Engländer aber machte das schmerzensvolle Gesicht eines Sterbenden, der daran gehindert wird, seine letzten Verfügungen zu treffen:

»Du zwingst mich, meine Zeit mit Nebensachen zu verschwenden. Den Unterschied kann ich dir leicht aufzeigen. Irgendein General, ein Minister, ein Holzfäller, ein Metallarbeiter, das ist alles so ziemlich genau das gleiche. Ein Stück belebter, mehr oder minder kluger Materie, weiter nichts! Der eine dreht Schrauben, der andere einen diplomatischen Akt. Sie wissen von der Tiefe des Lebens nichts und haben auch keine Verpflichtung, etwas davon zu wissen. Aber der Geist ist ein furchtbarer Zustand und eine entsetzliche Pflicht. Bei dem leisesten Verrat, bei dem geringsten Abfall geht er in stinkende Verwesung über, die der Schrecken aller Engel ist. In den Gesichtern, von denen wir sprechen, kann ich das Zeichen dieser Verwesung lesen, das luziferische Siegel des Abfalles, die Sucht, Rache zu nehmen für den Zustand unbeschreiblichen Elends, der Gottverlassenheit heißt. Schau dir die moderne Kunst dieser Leute nur an! Ihr Merkmal ist der Haß ohne Grund, der Haß an sich. Du hast das Wort Erlösung mißbraucht. Glaubst du, diese Leute denken an die Zukunft oder lieben das Volk, das Proletariat, dessen Namen sie immer im Munde führen? Die Schwindler der Politik sind noch Heilige gegen sie! Sie suchen die Revolution, wie der Kranke ein Betäubungsmittel, um den eigenen Greuelzustand loszuwerden.«

Engländer schluchzte ohne Ursache plötzlich auf. Es war unheimlich. Dann wandte er sich von Ferdinand weg. Er wollte Persönliches ihm nicht ins Gesicht sagen:

»Jeder Mensch ist halt eine Art Spiegel, der eine zerbrochen, der andere mit Kot beschmiert, die meisten sind angelaufen oder leer. Die genialen Spiegel enthalten vielleicht das Abbild der wahren Wirklichkeit... Und in dir... mein Lieber... in dir war oder ist noch ein ganz kleines Stück blauen Himmels drin, sehr fern freilich schon und wolkig... Aber darum hab ich dich gleich gern gehabt, und darum auch warte ich seit Tagen vor dem Café auf dich, darum bin ich hiehergekommen, nachdem ich mich von allem losgesagt habe, aber auch wirklich von allem...«

Er winkte ab:

»Schweig! Sag jetzt nichts! Ich hab keine Zeit. Du darfst mich nicht unterbrechen. Ich werde versuchen, dir zu erklären, was ich für die Welt tun will...«

Engländer legte sich auf Ferdinands Bett, schloß die Augen und schien nach einer Weile eingeschlafen zu sein. Ferdinand konnte einer wachsenden Beklemmung nicht Herr werden. Endlich kam die fremdgewordene Stimme wieder:

»Du weißt ja, daß ich Jude bin. Was ist schon wieder? Unterbrich mich nicht!«

»Ich hab gar nichts gesagt.«

»Du unterbrichst mich fortwährend.«

»Ich weiß nicht, was du hast.«

»Du willst natürlich sagen, daß ich meinem Geiste nach ein Christ bin. Das stimmt auch. Dem Fleische nach ein Jude, dem Geiste nach ein Christ wie Paulus, der Apostel, den ich verstehe wie mich selbst. Hierin liegt auch das ganze Problem.«

Ferdinand hätte gerne Licht gemacht, denn es herrschte ein regenfinsterer Nachmittag, aber er fürchtete sich, Engländer zu reizen. Dieser bemerkte das leichte Abirren in den Gedanken seines Zuhörers und fuhr auf:

»Was willst du eigentlich?«

»Nichts, gar nichts! Bist du aber komisch!«

»Ich bitte dich inständigst, nun ganz bei der Sache zu bleiben.

Es geht nicht nur um mein Heil. Bist du jetzt gesammelt? – Kann ich reden?«

Ferdinand setzte sich still hin. Engländer aber sprach zur Zimmerdecke empor:

»Du hast recht. Ich bin ein Christ, dem Geiste nach. Und eine meiner großen Sünden ist es, daß ich äußerlich nicht zu Christus getreten bin und die Taufe verschmäht habe. Die Ursache meines Verharrens kann ein Mensch wie du nicht begreifen. Sie ergibt sich aus einer äußerst schwierigen Lage, die zu überwinden ich nicht die Kraft hatte. Ich war ein Sklave der Menschenfurcht, ich war zu eitel, mich durch einen scheinbar vorteilhaften Tausch in den Verdacht des Opportunismus zu setzen...«

Und er fügte nach einer Weile träumerischen Nachdenkens hinzu:

»Eines darf man auch nicht vergessen, die Blutseinwirkung einer frommen und christusscheuen Väterkette in mir...«

Ferdinand konnte einen Zwischenruf nicht unterdrücken:

»Ist es dem Geiste nach nicht gleichgültig, in welche unappetitliche Pfaffen-Matrikel wir eingetragen sind?«

Engländer höhnte:

»Du redest wieder einmal von der Höhe der Intelligenz herab. Die Benennung einer Sache ist wahrhaftig nicht gleichgültig. Im Anfang war das Wort. Ehe man den Apfel einen Apfel nannte, war er ein wesenloses Ding und keine Frucht. Wir sehen die Wirklichkeit nur als armseliges Skurzo. Durch die Benennung, durch die heilige Formel und den Ritus wird das göttliche Wesen der Welt in unsre verkürzte Wirklichkeit gezogen. Das ist das Geheimnis der Taufe. Deine Ohren aber dürften schon allzusehr volkswirtschaftlich vorgebildet sein, als daß du für meine Überzeugungen mehr als Erbarmen übrig hättest. Ich seh dir's an.«

Ferdinand schaltete das Licht ein:

»Warum sprichst du so feindselig mit mir?«

»Verzeih!« – Engländer litt mit geschlossenen Augen. – »Du mißverstehst mich gründlich. Daß ich davon mit dir überhaupt rede, ist der allergrößte Freundschaftsbeweis meines Lebens. Aber es ist einfach schrecklich, daß du mich nicht zu Worte kommen läßt.«

Er stöhnte verzweifelt:

»Da haben wir jetzt die Bescherung. Auf diese Weise kommt mir die ganze Sache durcheinander. Ich wollte ja gar nicht von mir reden, obgleich ich Grund genug dazu habe. Nur du führst mich tückischerweise immer wieder auf die Eselsbrücke des Ichs. Meine Lebenslage ist bloß deshalb von einzigartiger Wichtigkeit, weil sie die Lage von ganz Israel im Kerne enthält. Das tragische Schicksal Israels ist mein Schicksal: Die faktische Verleugnung unseres Messias gegen besseres Wissen!«

Ferdinand bekämpfte den Wunsch nicht mehr, Engländer zu reizen:

»Ich habe mir niemals den Kopf über den Messias oder ähnliches zerbrochen. Aber an den Juden hat mir eines immer gut gefallen, daß sie dem Christentum trotz aller Verfolgungen wie Helden widerstanden haben!«

»Ich bitte, sich solcher sechstklassigen Banalitäten zu enthalten«, schrie Engländer und wurde blutrot. »Israel und Christus sind Eines. Deinem heldenhaften Widerstand haben wir den jüdischen Materialismus zu verdanken, der das erbitterte Ressentiment Israels gegen sein höheres Selbst ist, und dazu noch den septischen Nihilismus jeder Abtrünnigkeit. Verstanden?«

Er wurde wieder ruhig und giftig:

»Daß wir an einer Weltwende leben, wirst vielleicht auch du glauben?«

»Und ob!«

»Und diese Weltwende haben deiner Meinung nach natürlich Kaiser, Könige, Generale, Politiker und Industrielle veranstaltet?«

»Bis zu einem gewissen Grade, ja...«

»So?! Und die Revolution soll das alles wegfegen! Dann aber wird eine bessere Zeit anbrechen! Wie?«

»Ich weiß es nicht. Warum aber soll ich nicht hoffen und glauben?«

»Du armer Mensch! Wird der Mist beseitigt, wenn man ihn aufwirbelt? Ihr alle werdet daran ersticken. Ich allein weiß den Weg...«

»Da bin ich aber neugierig.«

»Leider sinken die Gottesideen im Laufe der Geschichte zu scheinheilig maskierten Machtideen menschlicher Interessenverbände herab. Das stimmt für die katholische Kirche und fürs Judentum. Gottesideen aber können nur bis zu einem gewissen Punkt niedertauchen, dann schnellt sie ihr innerer Auftrieb wieder empor. Der Punkt ist jetzt erreicht, der Äon geschlossen. Das weiß ich. Vielleicht wissen es aber auch andere. Ein ungeheuerer Mensch wie der Dunajower Rabbi weiß es bestimmt. Und der Kardinal-Fürsterzbischhof von Wien dürfte es ahnen...«

Eine großmännische Verschlagenheit flog über Engländers gedunsene Züge: »Ich kann sagen, daß ich seit Złoczów Tag und Nacht studiert habe, um meine Beweise zu finden. Nicht übel die Andeutungen im Talmud, Sohar und Sefer Jezira... Ich habe schließlich auch gelehrte Hilfe gehabt. Nimm nur den Namen Jesus auf Hebräisch: Jehoschua...«

Ihm kam ein erfreulicher Einfall:

»Herrgott, du bist ja erzbischöflicher Seminarist gewesen! Bravo, bravo! Da wirst du dich ja noch ein bissel ans Hebräische erinnern. Jehoschua! Stell dir den Namen gut vor!«

Er malte fünf große Buchstaben in die Luft:

»Das Tetragramm, der Gottesname, und dazwischen eingesprengt ein ›Sch‹, hebräisch Schin, schau her...«

Unablässig zeichnete er große Striche vor Ferdinands Augen.

»Das Schin ist, wie der Sohar sagt, eine der drei Mütter, aus denen die Schöpfung stammt. Goethes Faust hat übrigens nicht nur seine Mütter kostenfrei aus dem Sohar bezogen. Wovon hab ich gesprochen? Ich weiß nicht, du hast soviel Negation in dir, daß ich mich gar nicht konzentrieren kann. Ach, ja! Das Schin. Du wirst wissen, daß unser heiligstes Gebet, das Schemah, mit einem Schin beginnt. Nun aber schau dir so ein Schin gut an! Es besteht aus vier Balken. Ahnst du etwas? Das Schin ist nichts anderes als ein Kreuz, dessen Enden anders gelegt sind. Mitten in den jüdischen Gottesnamen steht ein Kreuz eingesprengt, das als fünfter Buchstabe das Tetragramm zum Messiasnamen ergänzt. Geht dir endlich ein Licht auf?«

Er schlug sich mehrmals mit der flachen Hand gegen die Stirn:

»Eine spielerische Nebenerkenntnis, weiter nichts... O Gott, wenn es mir nur besser ginge! Ich brauche Kraft, Kraft, Kraft, um die Sache durchzuführen...«

Ferdinand wußte nicht, was er von dem tollköpfigen Zeug zu halten habe. Er erinnerte sich, daß Engländer schon im Anfang ihrer Freundschaft ähnliche Szenen aufgeführt hatte, denen man hilf- und verständnislos gegenüberstand. Der Verdacht war nicht abzuweisen, daß auch heute wie damals der Wille zu verblüffen und zu verwirren die Hauptrolle spielte. Nur das Gesicht des Freundes war völlig verwandelt. Er hatte dem Anschein nach eine schwere Gelbsucht noch nicht überstanden. Während er die Augen fest zugekniffen hielt, flehte er:

»Ich bitte dich, schweig jetzt nur fünf Minuten lang! Ich muß mich sammeln, damit ich dir rein chronologisch die Entstehung meiner Idee...«

Er sprach den Satz nicht zu Ende. Ferdinand wartete gehorsam und suchte vergeblich, in diesem fremden Gesicht seinen Freund zu finden. Nach einer Weile begann Engländer, ohne die eingekniffenen Augen zu öffnen, mit einer von Tränen zitternden Stimme:

»Im September 1907 oben auf dem Semmering... Ich war noch ein ganz junger Bursch... Damals ist der alte Engländer, mein Vater, gestorben... Ich werde ihn jetzt immer nur den alten Engländer nennen, nicht aus Respektlosigkeit, sondern weil das Wort ›Vater‹ mir enorme Schwierigkeiten bereitet... Ich hab den alten Engländer nicht leiden können... Alles, was ich an mir selbst verabscheue, hab ich an ihm gehaßt... Wir sind nicht gut miteinander gestanden... Auch er war voll Ärger und Unzufriedenheit über mich und hat immer nur zu seinen älteren wohlgeratenen Söhnen gehalten... Ich aber war gewiß noch viel ungerechter gegen ihn als er gegen mich... Eine schreckliche Jugend voll Krach und Bitterkeit lag hinter mir... Und dann kam diese Nacht... Der achtundzwanzigste September 1907... Am Abend um neun Uhr ist er in einem Bergsanatorium gestorben... Ich bin aus der Familienversammlung geflohn... Regen, Nebel, Sturm, keine Seele mehr draußen... An die Wege hab ich mich nicht gehalten, sondern bin die ganze Nacht in den Bergen herumgeirrt... Es war kein Schmerz, sondern wie eine Hypnose... Darf *ich* je wieder essen, da *er* nicht mehr essen kann?... Das hab ich mich hundertmal gefragt... Und darf *ich* noch oben auf der Erde leben, wenn *er* jetzt eingescharrt werden wird?... Ich hab mich hingeschmissen und mein Gesicht mit Wollust in schmutzige Löcher gegraben, um dasselbe zu erleiden, was ein Toter erleidet... Am Morgen haben sie dann eine Jagd nach mir veranstaltet... Und jetzt kommt es... Paß gut auf... Heute ist wieder der achtundzwanzigste September... Der Jahrestag... Voriges Jahr aber an diesem Tage hatte ich einen gewaltigen Traum... Es war meine schlimmste Zeit in Złoczów, knapp vor unserem Abmarsch an die Südfront... Der Oberleutnant, mein Feind, hat mich tagein, tagaus sekkiert wie einen räudigen Hund... Du warst fort, ich hatte keinen Schutz mehr und hab nur gehofft, daß ich über kurz oder lang doch krepieren werd... Da kam eines Nachts der Traum... Wieder war er gestorben, der alte Engländer... Wieder hab ich mich weinend und schreiend im Regen verirrt... Diesmal aber sind es keine Berge, sondern eine große sumpfige Ebene... Plötzlich weiß ich, hier, wo ich steh, hier unter meinen Füßen liegt er begraben... Ich knie nieder und beginn die Erde aufzuscharren wie eine Schermaus... Es geht fabelhaft... Ich komme in ein enges, aber unendliches Grabensystem oder Grabsystem, das sich unter der Erdoberfläche überallhin verzweigt... In einer kleinen Grabkammer steht der alte Engländer vor einem Pult und betet... Er hat sogar ein Käppchen auf... Ich hab ihn während seiner Lebenszeit niemals beten gesehn... Der alte Engländer war ein überzeugter Liberaler und Freigeist... Wenigstens hat er das immer behauptet, und ich hab Streit genug mit ihm wegen dieser Dinge gehabt... Jetzt aber steht er da in seinem unkomfortablen Grab, neigt sich fromm nach allen Seiten und betet... Und ich weiß in diesem Augenblick, daß Millionen Tote ringsumher in ihren Kämmerchen stehn und beten... Ein ganz komisches Gefühl das... Der alte Engländer aber zieht ein gestörtes Gesicht und sieht mich über seinen schiefen Zwicker an... Mach dich nicht lächerlich, Alfred, sagt er... Aber was soll ich denn tun, Papa, frag ich ihn... Denk über uns Juden, also auch über dich, besser und richtiger nach, mein Kind, erklärt er, blättert in seinem Gebetbuch und beginnt wieder zu summen... Dieser Traum hat mich furchtbar aufgeregt... Dir sagt er natürlich nichts... Ich kann das verstehn... Mich hat er monatelang beschäftigt... Ich hab studiert und studiert, besonders während meiner Spitalszeit, und alle meine Anschauungen noch einmal vom Grund auf geprüft... Die Überzeugung, die ich unter großen Schmerzen – ich war auch sehr krank – gewonnen hab, ist unerschütterlich... Ich muß jetzt die große Gelegenheit ergreifen...«

Er fuhr vom Bett auf:

»Herrgott, wie spät ist es?«

Ferdinand sah auf die Uhr:

»Acht vorüber...«

Engländer zeigte großen Schrecken:

»Da müssen wir aber schnell fortgehn! Ich hab eine Verabredung mit Simon Kurz. Du mußt Kurz kennenlernen. Er ist ein Wissender und billigt meine Idee. Mach dich fertig! Ich beschließe, daß du der Christ dem Fleische nach bist, der Zeuge meiner Tat sein soll.«

Ferdinand versuchte zu lachen, um den Engländer von einst hervorzulocken. Vielleicht war das alles doch bloß eine Art krankhaften Theaters. Alfred aber ging auf sein Gelächter nicht ein, sondern sah ihn nur fassungslos an. Da beschloß Ferdinand aus Neugier und Besorgnis, dem Freunde zu folgen.

Sie kehrten in eine der kleinen Kaffeeschenken ein, die man in Wien »Tschecherln« nennt. Es war eine Gegend, die Ferdinand kaum kannte, weit draußen, in der Brigittenau. Er wartete sehnsüchtig, wann hinter dem gelbsüchtigen Antlitz und unsinnigen Gehaben der echte Alfred auftauchen werde. Ihn verwirrte die Angst eines Kindes, das sich in einem lieben Menschen nicht mehr auskennt, weil er es durch unbehagliche Gesten und unheimliche Worte erschreckt. Engländer zog Ferdinand an einen schmutzigen Tisch. Aufgeregt belauerte er die Tür:

»Er verspätet sich sonst nie. Das muß heute einen ganz besonderen Grund haben.«

Die Gesellschaft, die in dem Tschecherl verkehrte, war von auffälliger Art. Polnische Juden mit schreckbereiten Augen und angstvoll schlurfendem Schritt gingen ein und aus. Sie prüften vorsichtig und tiefgründig die Gesichter der Anwesenden. Manche von ihnen schleppten Bündel, Pakete oder Rucksäcke mit sich. Erwiderte jemand ihren suchenden Blick, so gerieten sie in Erregung, verschwörerhafte Zuckungen spielten über ihre Züge, sie blinzelten, winkten und tanzten, um etwaige Käufer anzulocken. Marktweiber saßen umher und bliesen auf ihre erfrorenen Finger. Kutscher und Chauffeure spielten Karten. Ein paar billige Dirnen ruhten von ihren Anstrengungen aus.

Ferdinand kam auf den Krieg zu sprechen, auf das letzte Jahr, das sie beide getrennt hatte, und versuchte, Engländer behutsam auf den Weg zu bringen, damit er von all den Einbildungen ablasse und auf sein Leben zu sprechen komme. Dieser aber wendete den Blick nicht von der Tür:

»Ich bitte dich, das ist doch jetzt alles ganz gleichgültig. Seitdem ich das wahre Medikament kenne, denk ich gar nicht mehr an solche Sachen ... Wo er nur steckt?«

Fast wäre Ferdinand aufgebraust. Aber er beherrschte sich:

»Verzeih, Engländer! Ich bin mit dir ganz und gar nicht zufrieden. Du siehst ja unmöglich aus. Und seit zwei Stunden quälst du mich mit orphischen Worten. Was ist denn eigentlich los?«

»Du wirst es zur richtigen Zeit erfahren.«

Ferdinand schob wütend die Tasse weg:

»Also, weißt du, jetzt hab ich's satt. Gib mir eine menschliche Antwort!«

»Da ist er!«

Engländer stieß mit der Hand in die Richtung der Tür. Dort stand ein kleiner Mann in einem langen Überrock, der ihm bis an die Knöchel reichte. Auf dem Kopf trug er einen komischen schwarzen Strohhut. Engländer schrie:

»Kurz! Achtung! Kurz!« Aber Kurz regte sich nicht. Dicht vor der Tür führten zwei Marktweiber ein kriegerisches Zwiegespräch. Wer in das Lokal treten wollte, mußte den Zwischenraum ihres Wortkampfes durchschreiten. Kurz stand angewurzelt. Engländer rief ihn neuerdings an:

»Machen Sie einen Umweg, Kurz!«

Dann wandte er sich zu Ferdinand:

»Er ist strenggläubig, echt strenggläubig. Die Tradition verbietet es einem Gelehrten, zwischen zwei Frauen hindurchzugehn.«

Kurz reichte Ferdinand eine schlaffe, weltabgewandte Hand. Man konnte nicht recht unterscheiden, ob das rötliche Gewucher auf seinen Backen ein Bart war oder nur unbarbierter Stoppelwuchs. Der Singsang seiner Stimme klang gleichgültig, doch auch wehleidig und müde. Er zerzog seine Antworten.

Engländer verging vor Ungeduld:

»Nun, was bringen Sie? Haben Sie ihn endlich gesprochen?«

Kurz sang vor sich hin:

»Nein! Mit ihm selbst hab ich nicht gesprochen... Das stellen Sie sich zu leicht vor... Aber es wird gehn...«

»Wann wird es gehn? Morgen?«

»Nein! Morgen noch nicht...«

»Sie sind schrecklich, Kurz! Man muß alles aus Ihnen herauspumpen. Reden Sie doch einmal von selber! Wann also?«

Den kleinen Juden verließ seine langsame und wehleidige Ruhe nicht:

»Erst müssen die großen Feiertage vorüber sein...«

»Mein Gott, das ist noch mehr als eine Woche... Wer weiß, was bis dahin geschieht?... Die Vernichtungsteufel werden stärker von Tag zu Tag... Vielleicht wird uns in vierzehn Tagen niemand mehr hören wollen... Immer nur warten, warten...«

Kurz wiegte den Kopf:

»Was kann man machen? Hat die Welt bis heut gewartet, wird sie auch bis nächste Woche warten...«

Engländer senkte seine Stimme nicht, da er jetzt zu Ferdinand sprach:

»Kurz ist christusgläubig! Es ist ein Wunder bei einem Ostjuden! Wir sind ganz unabhängig zu den gleichen Resultaten gekommen. Er ist ein Tief-Überzeugter! Aber, was auch geschehen sollte, er wird immer orthodox bleiben...«

Er wandte sich wieder erregt zu dem kleinen Mann:

»Nicht wahr, Kurz? Sie werden ihm die Frage stellen und er wird unbedingt antworten?«

Simon Kurz ließ sich in keine allzu bestimmten Versprechungen ein:

»Es kann schon sein...«

»Und mein Freund hier kann mitkommen, was?«

Die Antwort klang nicht übermäßig einladend:

»Wenn der Herr will, kann der Herr mitkommen.«

Simon Kurz hielt die ganze Zeit über den Kopf gesenkt. Seine Augendeckel waren halbgeschlossen. Engländer bemerkte Ferdinands Erstaunen darüber und verkündete mit unverhohlenem Stolz:

»Die Vorschrift fordert, daß ein Gelehrter in unbekannter Gesellschaft oder an einem öffentlichen Ort die Augen niederschlägt.«

Und er fügte nicht minder laut hinzu:

»Kurz ist in der Strenge seines Lebens ein Heiliger!«

Ferdinand gewann an diesem Abend keine Klarheit mehr über Engländers »Idee« noch über seinen wahren Zustand.

Sechstes Kapitel

Der Tanz des Wunderrabbi

Eine Woche lang ließ sich Engländer nicht blicken. Ferdinand, den das Ganze tief beunruhigte, erschien an einigen Abenden in dem kleinen Kaffeeschank. Vergebens! Auch Simon Kurz zeigte sich nicht.

Am neunten Tag endlich stand Engländer wiederum in dem kleinen Zimmer seines Freundes. Es war gegen vier Uhr nachmittags. Ferdinand wollte gerade fortgehen.

»Kurz wartet unten«, sagte Alfred. »Er wollte diese Wohnung nicht betreten. Wir haben zwar darüber verhandelt, aber man kann niemals wissen, meint er. Er will keinen Fehler begehn. Übrigens liegt ein sehr strenges Fasten der Vorbereitung hinter uns. Heut wird's wahr gemacht. Wenn Gott uns hilft, werden wir die Brücke schlagen. Du siehst, ich kann mich vor Schwäche und Aufregung kaum auf den Beinen halten. Der Dunajower Rabbi, an dessen Hof wir jetzt gehn werden, ist eine der größten Figuren der jüdischen Hierarchie. Er spielt in ihr eine gewichtigere Rolle vielleicht als mancher Kardinal in der Kirchenwelt. Unabsehbar, wenn es uns gelingt, ihn davon zu überzeugen, daß Jehoschua aus Nazareth der rechtmäßige Messias Israels war. Kannst du ermessen, was das heißt, nach neunzehnhundert Jahren der Feindschaft Israel mit Christus zu verschmelzen?? Ein neues Zeitalter der Erde bricht an! Ach Gott, es kann natürlich nicht gleich beim ersten Versuch gelingen, ich weiß das selbst sehr genau. Aber leider, leider hab ich so wenig Zeit mehr...«

Ferdinand hängte seine Kappe wieder auf den Nagel:

»Was hab denn eigentlich ich dabei zu suchen?«

Alfred Engländer hatte heute alles Verletzende und Höhnische abgetan. Er bat demütig:

»Laß mich nicht im Stich, Ferdl! Wenn du auch als ein unschuldiger Goi die ganze Tragweite der Idee noch nicht erfassen kannst, laß mich nicht allein! Du bist mein einziger Freund und sollst in der größten Stunde meines Lebens, von der man wohl noch in Jahrhunderten sprechen wird, bei mir sein als mein Zeuge... Bitte, komm jetzt! Kurz ist ein schwacher, kranker Mensch und hat tagelang gefastet. Das lange Warten könnte ihm schaden!«

Simon Kurz, der die beiden Freunde unten auf der Straße empfing, sah wirklich zum Erbarmen aus. Er hielt wie immer die Augen halb geschlossen und schwankte bei jedem Schritt.

Ferdinand stellte die Frage, mit welcher Straßenbahn man ans Ziel gelangen könne. Kurz sagte nichts und versuchte nur schneller zu gehn. Auch Engländer hüllte sich in Schweigen. Es war klar, daß aus irgendwelchen religiösen Gründen der Gang zu Fuß zurückgelegt werden mußte.

Nur einmal verfiel während dieses denkwürdigen Weges Engländer in ein abgerissenes Selbstgespräch. Er träumte von dem nächsten Schritt, der zu tun sei, sollte der Dunajower Rabbi der neuen Wahrheit sein Herz öffnen. Eine Zusammenkunft zwischen dem jüdischen Exilarchen und einem katholischen Kirchenfürsten müsse durchgesetzt werden, damit die Vorbedingungen des großen Friedens zwischen Israel und Christus zur Verhandlung kämen. Die Kirche werde jubeln, sei doch die Bekehrung der Juden ihre allerälteste und allerheiligste Sehnsucht.

Simon Kurz bog in eine entlegene Gasse der Leopoldstadt ein. Das Haus, das sie betraten, war ein dunkles Proletarierhaus voll von scharfen und feucht-fauligen Gerüchen, wie alle Häuser ringsum. Die Menschen aber, die es bewohnten, schienen keine Proletarier zu sein. Die Last einer peinigenden Fremdheit legte sich auf Ferdinands Brust. Ehe er im Zwielicht des Flurs noch etwas unterscheiden konnte, hörte er ein erregt scharrendes Auf und Ab in allen Stockwerken, das Schlagen von hundert Türen und ein dumpfes, gleichmäßiges Geschrei, das einem verdorbenen Gesange glich. In großen Intervallen sprangen die Laute immer wieder die Tonleiter hinauf und blieben oben erschrocken und fragend stehn.

Auch Engländer schien unter einer ähnlichen Beklemmung zu

leiden wie Ferdinand. Er machte plötzlich einen passiven und willenlosen Eindruck. Simon Kurz faßte seine Begleiter an und zog sie vorwärts. Jetzt erst lösten sich Gesichter aus der Fahlheit des Durchgangs. Weiber mit großköpfigen Kindern drängten näher. Überschwengliche Neugier starrte die Fremden an, Neugier, aus deren Tiefe die Abneigung hervorlugte.

Die Bewegung in diesem Hause war so lebhaft, daß man nur mit Mühe die Treppen emporsteigen konnte. Weit mehr Frauen als Männer zeigten sich. Ferdinand fand es merkwürdig, daß diese Frauen nicht die Gewänder mühseliger Armut trugen, sondern abgenützte Damenkostüme der gestrigen Mode und ehmals feine Schuhe mit schiefgetretenen Stöckeln. Die Männer hatten alle spiegelnde Kaftane an und Sammethüte, die sie auch unter Dach nicht abnahmen.

Auf dem Treppenabsatz des zweiten Stockwerkes stand ein Jude, desgleichen Ferdinand noch nie gesehen hatte. Hoch aufgerichtet, ein Athlet mit hellem Bart, roten Wangen und wildentschlossenen Zügen, schien er die Aufgabe zu haben, Unberufene von diesem Orte wegzuscheuchen. Verächtlich musterte er die drei. Der verächtliche Blick – so kam es Ferdinand vor – traf Engländer, der hier ein unsicheres und gedrücktes Wesen zur Schau trug. Nur mit einem gleichgültigen Murmeln beantwortete der Athlet den Gruß des kleinen Kurz, dann öffnete er den Besuchern eine Tür, ohne sich weiter um sie zu kümmern.

Es war eine große Stube, die sich vor ihnen auftat, oder besser eine überaus geräumige Küche mit einem ansehnlichen Herd, auf dem ungewaschenes Geschirr und Biergläser umherstanden. Die Kahlheit des Zimmers aber war keine gewöhnliche Kahlheit, sondern die schmutzige Öde eines Wohnortes, den sein Mieter eben zu verlassen gedenkt. (Dennoch hausten der Dunajower Rabbi und die Seinen hier schon das vierte Jahr.) Zehn Männer etwa erhoben sich von einem langen Tisch und warteten auf das Näherkommen der Fremden. Aus unbekannten Gründen fiel dieses Näherkommen Ferdinand und Engländer ungemein schwer. Sie hatten mit einer verlegenen Scheu zu kämpfen. Ferdinand mußte den zehnfach forschenden Blick der

Männer ertragen. Er glaubte zu erkennen, daß dieser Blick eine lange Wandlung durchmache von ängstlicher Feindseligkeit bis zu gleichmütiger Erleichterung.

Dann erst veränderte sich das ganze Bild für ihn, denn er sah nichts mehr vor sich als den wildungeheuren Kopf dessen, der im Lehnstuhl beim Fenster saß. Vielleicht wäre der Kopf des Rabbi auf den ersten Blick weniger märchenhaft-erschreckend gewesen, hätte ihn nicht die riesige Pelzmütze gekrönt, die seine Gewalt verdoppelte und verdreifachte. Die Pelzmütze aber war nichts anderes als die Potenzierung des Bartes, der Wesen und Leben dieses Gesichtes bildete. Der dunkelgraue Bart begann schon unterhalb der Augen hervorzuströmen, die glänzend gedrehten Schläfenlocken vermischten sich mit ihm, selbst auf dem Rücken der herrischen Nase wuchs ein kleiner Busch grauen Bartes. Eine hypnotische Lebendigkeit ging von dem Barte aus, er konnte lächeln und zürnen, ja diese Gemütsbewegungen in verschiedenen Graden aussenden oder zurückhalten, er bestimmte, wie weit man im Abstand bleiben oder sich der überlebensgroßen Figur annähern durfte, die fettleibig im Lehnstuhl lastete. Das unruhige Leben des Bartes wurde allein von zwei kleinen funkelnden Sternen regiert, die in der tiefsten Tiefe der Augenhöhlen hofhielten und nun die drei Kömmlinge heranbefahlen.

Der Alte ließ sie eine geraume Weile vor sich stehn, ohne ein besonderes Interesse an ihnen zu zeigen, darauf schnipste er mit zwei Fingern seiner gepflegten Hand. Ein junger Mensch erhob sich vom Schemel neben ihm und schlich auf den Zehenspitzen zum Tisch der übrigen Juden. Der Rabbi schnipste wiederum, ohne ein Wort zu sagen. Eine schmale Bank wurde hereingetragen. Ferdinand wollte sich neben Kurz und Engländer niedersetzen. Ein verhüllter Blick des Giganten aber traf ihn, und schon saß er – er wußte nicht, wie das geschah – auf dem Schemel zu Füßen des Rabbi. Dieser nickte mehrmals, als sei er mit dem jungen Christen und mit sich selbst zufrieden. Er ließ einen Augenblick lang seine weiche und weiße Hand auf Ferdinands Schulter ruhen. Dieser hochmütigen, für den Riesenleib viel zu kleinen Hand fühlte man es an, daß sie sich niemals auch nur der kleinsten irdischen Beschäftigung hingegeben hatte.

Rechts neben dem Rabbi befand sich ein kleiner Tisch, auf dem ein Laib Brot und ein Messer lag, sowie ein Teller mit einem geräucherten Hering stand. Der Geruch des Fisches stieg Ferdinand unangenehm in die Nase. Ohne ersichtlichen Grund schob der Alte den Teller einmal an die Stelle des Brotes, legte ein anderesmal das Messer von rechts nach links, und wieder alle Gegenstände an ihren alten Ort zurück. Ferdinand auf seinem niedrigen unbequemen Schemel wagte keine Bewegung, so sehr war er schon in den Bann des mächtigen Menschen an seiner Seite geraten.

Auf einmal neigte sich der Rabbi weit zurück und schloß die schweren Augendeckel. Mit einem Schlage schwieg der Lärm an dem langen Tisch, wo die zehn Männer saßen. Man hätte glauben können, der Riese sei eingeschlafen. Ferdinand sah hilfesuchend zu Engländer hin. Alfreds Gesicht war nicht mehr gelb; es glühte fieberrot und geistesabwesend. So sieht ein zu Tode erregter Kandidat im letzten Augenblick vor der Prüfung aus. Auch er bewegte sich nicht.

Aus der umfänglichen Brust des Rabbi aber stieg, während er ruhig zu schlafen schien, ein seltsam wohltönendes Gurgeln auf, das in samtenes Summen überging, Kraft sammelte und sich zu einem starken klangerfüllten Triller ausweitete, der langsam abschwoll und wieder in dem samtenen Summen erlosch.

Die Wirkung dieses kurzen, aus innerster Seele geholten Traumgesanges auf die Menschen hier war unbeschreiblich. Wie Katzen, denen man das elektrische Fell streichelt, vor Wonne einen Buckel machen und schnurren, so auch schienen sich den Juden in diesem Raum die Haare vor Wonne zu sträuben. Sie schaukelten hin und her, tanzten auf ihrem Sitz, machten entzückte Verbeugungen, lehnten sich, als sähen sie den Himmel offen, weit zurück und wiederholten leise tremolierend die Melodie, die der Alte immer von neuem aufnahm und veränderte. Auch Simon Kurz, der doch nicht ganz hierher gehörte, verfiel dem Zauber. Auch er begann sich zu wiegen und mitzusummen. Nur einer saß regungslos aufrecht und starrte den Rabbi an: Engländer.

Ferdinand suchte sich von der lähmenden Einwirkung, die ihn festhielt, zu befreien und sah umher. Er hatte niemals antisemitische Regungen empfunden. Seine besten Freunde, Engländer und Weiß, waren Juden. Diese Juden jedoch in der unwirtlichen Küche glichen ihnen nicht, sie gehörten einem starken, aber wildfremden Volksstamm an, der mit Europa wenig zu tun hatte. Engländers Starrheit war nicht zu begreifen. Hätte Ferdinand nur aufstehen können und wegstürzen! Das Sitzen auf dem niedrigen Schemel im Schatten des Rabbi wurde zur Qual. Verzweifelt wie ein Gefangener ließ er seine Blicke wandern.

Da gewahrte er noch einen Menschen, der nicht hierher paßte. Ein dreißigjähriger Mann war's, der auf dem Herde saß und seine Beine herabbaumeln ließ. Er trug keinen Kaftan, sondern europäische Kleidung, Wickelgamaschen, Militärhosen und einen schwarzen Sweater. Mit seinem scharfen und abgezehrten Profil glich er etwa einem stellungslosen Schauspieler. Das nachlässige, ja verächtliche Schwingen seiner Beine wirkte wie ein Widerspruch zu allem, was hier vorging. Er rauchte eine Zigarette und erwiderte den Blick des Leutnants mit einer höhnisch-überheblichen Festigkeit. Ferdinand hatte das Gefühl, dieses erbitterte Gesicht müsse er schon gesehen haben. Solche Gesichter waren im Säulensaal zu Hause. Da der Mensch seine frechen Augen nicht abwandte, wich Ferdinand ihnen zuerst aus.

Nun erwachte der Rabbi aus seinem Schlaf oder aus seiner Betrachtung. Mit einer befehlshaberischen Stimme sprach er ein paar Sätze, die er den Männern hinwarf wie einen Knochen unter Hunde. Sie stürzten sich auf diesen Knochen, und eine Reihe neuer Absonderlichkeiten hob an:

Ein Teil geriet sogleich in einen wilden Streit, daß man hätte meinen können, es gehe hier um Tod und Leben, um Besitz und Recht, nicht aber um die Lehrfrage eines Weisen. Zwei alte Juden hockten wie Schachspieler da und setzten behutsam, in langen Pausen, Zug um Zug, den Singsang ihrer Dialektik einander entgegen. Ein Einzelgänger hatte sich abgesondert und wandelte mit zärtlich affektierten Schritten auf und nieder, als überlege er ein Liebesgedicht. Seine Augen hielt er schlau-verzückt auf die Hände gerichtet, die er aufgeschlagen vor sich hertrug wie ein heiliges Buch. Alle sprachen und sangen mit großem Lärm durcheinander.

Der Mensch im schwarzen Sweater beobachtete mit einem Ausdruck von belustigtem Ekel dieses Treiben. Ein Landsmann, aber ein Feind dieser Frommen oder ein Ausgestoßener, daran war nicht zu zweifeln. Keiner kam ihm nahe.

Die Starrheit Engländers hatte sich gelöst. Mit wilden Gebärden sprach er auf Simon Kurz ein, der den Kopf gesenkt hielt. Das Widerstreben des Vermittlers brachte Engländer zur Verzweiflung. Er packte schließlich Kurz bei den Armen und schob ihn – während er selber vor Spannung laut atmete – zum Lehnstuhl des Rabbi. Ein paar der Streitenden hatten sich auch herangemacht und begannen vorsichtig ihre kehlig-melodischen Antworten zu wagen. Der Rabbi aber schien sich sehr wenig dafür zu interessieren. Ferdinand wollte aufstehn. Sanft drückte ihn die weiße Hand auf seinen Sitz zurück.

Die zaghafte leise Stimme Simon Kurzens stotterte. Nun entfernten sich die streitenden Juden, die ihre Auffassung dem Richter vortragen wollten, drei Schritte von dem Lehnstuhl. Andere traten zu ihnen, so daß sich ein Halbkreis um Kurz, Engländer, Ferdinand und den Rabbi bildete. Kurz war nun gezwungen, seine stammelnde Rede fortzusetzen. Aber je stiller es ringsum wurde, um so unbestimmter, schamhafter, erschrokkener stockten seine Worte. Jetzt erst schien er sich der ganzen Kühnheit des Wagnisses bewußt zu werden, zu dem ihn Engländer verleitet hatte. Engländer hatte einen schlechten Dolmetsch und Fürsprech seiner weltbewegenden Idee erwählt. Sie war ja so herrlich, diese Idee. Keinen liberalen Rabbinern und Kultusgemeinden sollte sie ausgeliefert werden. Das Urjudentum selbst in der Gestalt dieses Rabbi mußte getroffen werden, an dem die Jahrhunderte spurlos vorbeigegangen waren, der zu Jesu Christi Zeiten auf dem heiligen Boden Jerusalems noch hätte gewandelt haben können. Engländer trug einen bis in alle

Einzelheiten ausgearbeiteten Plan in der Tasche, das große Konkordat des Judentums mit der katholischen Kirche betreffend. Der Plan war nicht gerade bescheiden. Er forderte ein Welt-Synhedrion auf der einen Seite und die feierliche Wiederaufnahme und Durchführung des Prozesses Jesu. Doch auch die Kirche auf der anderen Seite mußte sich zu den weitherzigsten Zugeständnissen und einem großmütig dogmatischen Entgegenkommen bequemen, sollte Engländer zufriedengestellt werden. Der Mittelsmann dieses ungeheuren Planes aber versagte mit jedem Worte kläglicher. Das Wasser begann über Engländers Stirn zu laufen. Er faltete flehend die Hände, um den alten Riesen, der für die Szene noch immer keine deutliche Teilnahme verriet, zu erweichen und zu bewegen, damit er ihn und sein großes Vorhaben billige, das Jesus, den Messias, zu seinem Volke zurückführen wollte. Die Stimme des Simon Kurz wurde immer schuldbewußter und leiser. Da ihr niemand durch Widerspruch half, verlor sie sich zitternd im Raum der Unmöglichkeiten, die sie aussprach. Ferdinand hörte scharf hin. Hie und da konnte er ein deutschstämmiges Wort des jiddischen Idioms verstehn. Er war gespannt, wie in dieser gutturalen Sprache der Name »Jesus Christus« lauten werde. Er war aber nicht zu erkennen. Vielleicht auch hatte Kurz es vermieden, diesen gefährlichen Namen, an dem so viel Blut und Leid der Zerstreuung hing, unmittelbar auszusprechen. Welch ein Widersinn übrigens, daß Engländer, der Jude, einen Dolmetsch brauchte, um sich mit seinen Volksgenossen zu verständigen. Aber waren diese Bärtigen denn Alfreds Volksgenossen, waren sie für ihn nicht ebensolche Fremde wie für Ferdinand? Sie achteten ihren Volksgenossen gar nicht, was man deutlich erkennen konnte. Eine störrische Gehässigkeit wider Engländer machte sich bemerkbar. Immer schwächer kämpfte Kurz gegen den stummen Widerstand der Juden an. Wie welke Blätter sanken die Worte in dem mißgünstigen Raum zu Boden. Wozu hatte er sich verführen lassen? ... Da gab er es auf, senkte den Kopf und vollendete nicht einmal seinen Satz.

Kein Zorn erwiderte ihm, keine empörte Stimme ließ sich

hören, kaum ein flüchtiges Murren. Niemand wohl hatte Engländers gewaltige Idee verstanden. Das Wenige aber, das begreiflich war, hatte schon genügt, eine peinliche Verstimmung hervorzurufen. Ein dumpfes Ärgernis, das man vergessen wollte! Die Juden begannen in auffälliger Weise von anderen und nebensächlichen Dingen zu sprechen. In dem gewundenen Tonfall ihrer Worte klang das Peinliche nach. Nur der Mann auf dem Herde gab sich aus vollem Herzen einem ausführlichen Gelächter hin.

Engländer, der die Größe der Niederlage noch nicht fassen konnte, stieß mit flehendem Tonfall ein paar schwerfällige Worte hervor. Der Rabbi aber, für den er gar nicht mehr vorhanden war, brachte mit unbewegten Lippen einen eigenartigen Zischlaut zustande: »Schâ!« Ruhe trat ein.

Nun ergriff der Alte das Messer und zerlegte den Hering in zwei Teile. Den kleineren, das Schwanzstück, legte er auf den Teller, den Kopfteil aber behielt er auf dem Tisch. Langsam ließ er seinen Blick im Kreise wandern, was den Eindruck von abschätzender Strenge machte. Dann bot er den Teller mit dem Heringsschwanz Ferdinand in der freundlichsten Manier an, was eine erstaunte Bewegung der Versammelten zur Folge hatte. Der Ausgezeichnete wagte es nicht, den Teller zu nehmen, und hielt die scharf-riechende Fischhälfte ratlos in der Hand. Er spürte, daß etwas Rätselhaftes, Sinnbildliches vorgehe. Mit der angespannten Verlegenheit eines Menschen, der gezwungenermaßen an einer fremdartigen Kulthandlung teilnehmen muß, sah er dem Alten auf die Hand, um nötigenfalls das unbekannte Zeremoniell rasch nachahmen zu können. Widerlich glitschig fühlte sich der Hering zwischen den Fingern an. Ekel stieg in der Kehle auf.

Der Rabbi verzehrte jetzt rasch seine Hälfte. Da würgte auch Ferdinand den Fisch mit Gräten und Schuppen hinunter.

Ehe er aber über den Sinn des Mahles noch einen Gedanken zu fassen vermochte, hatte sich der Rabbi stöhnend aus seinem Lehnstuhl erhoben. Nun erst konnte Ferdinand ermessen, welch ein Koloß an seiner Seite gesessen war. Das Zimmer zitterte bei jedem Schritt, den er tat. Der Alte jedoch legte sich wegen seiner Schwere keine Beschränkung auf, sondern stampfte mehrmals wuchtig den Boden, ehe er seine neue Weise anstimmte. Es war diesmal eine profane Melodie, ein Kampf- und Trutzlied, wie es Ferdinand schien. Und mit wilden Stimmen fielen die polnischen Juden ein, während alle Hände anfeuernd den Takt klatschten. Dieser Takt wurde immer schneller, der Sang immer rasender, und plötzlich begann die Riesenfigur des Rabbi sich im Tanze zu drehn. Nicht plump, nicht keuchend drehte sich der Gewaltige, nein, zierlich fast und weiblich schwebend, als vermindere der tänzerische Gottesrausch jeder Drehung die Körpermasse und eleviere sie. Der Vortanz des Alten löste den begeisterten Jubel seiner Jünger aus, ein Zeichen, daß sich hier ein seltenes und festliches Ereignis begab. Alle drehten sich nun im fanatischen Wirbel. Die Küche schien zu wachsen. Es wurden der Tänzer immer mehr. Zur Tür herein tanzten die Hausbewohner, jüdische Männer und Frauen, die mit dem Rabbi, ihrem Fürsten im Kriegsexil, aus den evakuierten Städten und Dörfern des Ostens nach Wien gekommen waren. Jene, die keinen Platz mehr fanden, tanzten draußen auf dem Gang, ja selbst noch im Treppenhaus.

Auf dem Rückwege versuchte Simon Kurz eine Deutung des gleichnishaften Fischmahles zu geben. Das kleinere, wertlosere Schwanzstück, das der Rabbi Ferdinand zugewiesen, bedeute das Christentum. Da nun einmal die Einheit der jüdischen Lehre seit fast zwei Jahrtausenden zerschnitten und entstellt sei, möge der Christ seinen von der Wahrheit (dem Kopf) entfernteren Anteil behalten. Das Lied und der Tanz aber hätten unzweifelhaft dem kommenden, echten Messias gegolten, der einzig und allein dereinst alle Gegensätze unter seiner Herrschaft vereinigen werde.

Mochte diese Erklärung falsch oder richtig sein, Alfred Engländer war nicht nur durchgefallen, sondern auch mit offener Feindseligkeit und Mißachtung als ein Abtrünniger behandelt worden. Jetzt torkelte er ganz erschöpft, jeden Augenblick seine

Züge zu verzweifelten Grimassen verzerrend, über die Straße. Selbst sein treuer Anhänger, der christusgläubige Simon Kurz, schien ihm die schmähliche Niederlage übelzunehmen und ihn samt seiner phantastischen Idee aufzugeben. Er empfahl sich unvermittelt und ohne seinen komischen Strohhut zu lüften an der nächsten Straßenecke.

Es begann zu dämmern, als sich die beiden Freunde auf einer Bank des Opernrings niederließen. Mit Engländer mußte etwas geschehn, das war klar. Noch immer glühte sein Gesicht puterrot, und die Augen traten wie bei einem Kropfkranken heraus. Vorsichtig begann Ferdinand:

»Schau, Alfred, ich versteh sehr gut, daß man an alten Dingen hängt. Ich selber kann mich nicht befreien davon. Manchmal in der Nacht kommt das alles und will einen umbringen. Es will uns umbringen, Engländer, das ist das Wort! Ich hab in diesen Wochen sehr viel gelernt, Gott sei Dank. Wir müssen endlich aus diesem Dämmerzustand des Alten heraus! Wir müssen uns anspannen bis zum Zerplatzen, um das Gestrige zu überwinden. Denke doch klar über die letzten vier Jahre nach! Sollen die Millionen Toten vergessen sein, sollen die unaussprechlichen Bestialitäten, denen das sogenannte Menschenleben ausgesetzt war, ungerächt und ungebessert bleiben? Spürst du nicht, daß dieser Augenblick der Geschichte, den wir erleben, nicht wiederkommt? Jede Sentimentalität, ob sie sich religiös oder nationalistisch verkleidet, ist ein unsühnbares Verbrechen heute. Liegt nicht eine furchtbare Verpflichtung auf uns, Engländer, gerade auf uns?! Dieser Augenblick kommt nicht wieder. Und ein Mensch von deiner Bedeutung sollte da auslassen!? Was wir vorhin erlebt haben, das war ein abgeschmackter Traum, graues Altertum, primitive Barbarei, stumpfe Vorwelt... Und schließlich, das ganze Christentum ist auch nichts anderes.«

Engländer stöhnte:

»Jetzt trampelst auch noch du auf mir herum... Was soll ich denn tun? Kann ich etwas dafür, daß ich allein die Wahrheit erkenne? Mir wäre ja viel wohler, wenn ich auch so ein strammer Revolutionär de dato 1918 sein könnte wie ihr alle! Man braucht nur die soziale Republik auszurufen, und alles ist in schönster Ordnung, he, was??«

Ferdinand zwang sich zur Ruhe:

»Das sag ich nicht, Engländer! Aber ist es nicht gemein, wenn wir unsere Denkkraft an alten Unsinn verschwenden, statt gegen die teuflische Grausamkeit und die wahnsinnigen Schmerzen der Vergangenheit und Gegenwart anzugehn?«

Engländer zitierte jetzt, ohne abzusetzen, eine Reihe von evangelischen Sprüchen. Der Tonfall seiner Stimme erschreckte Ferdinand:

»Richtet nicht, auf daß ihr nicht gerichtet werdet!... Liebe deine Feinde, vergib denen, die dich hassen... Wer sich frei von Schuld weiß, werfe den ersten Stein auf sie... Wer das Schwert ergreift, wird durch das Schwert umkommen... Lasset die Toten ihre Toten begraben...«

Er schlug sich leidenschaftlich mit den Fäusten aufs Knie:

»Ist das etwa auch stumpfe Vorwelt?«

Ferdinand erwiderte (aber schon mit zweifelndem Gewissen), was man bei solcher Gelegenheit einzuwenden pflegt:

»Das sind außerordentlich edle Aphorismen, die an der Welt so wenig geändert haben, daß die christlichen Bischöfe aller Länder die jeweiligen Waffen segnen...«

»Ja, weil w i r, w i r, w i r in einer stumpfen, in einer grauenhaften Vorwelt leben«, schrie Engländer, »und die wahre Welt, die Christuswelt, so wenig begreifen wie ein Schakalrudel die Harmonielehre. Es gibt auf dieser Erde gar keine andere Frage als Christus. Denn was ist Vorwelt? – Das mörderische Leben f ü r u n s e r e I n t e r e s s e n, das tierhafte. Und was ist Christuswelt? – Das überwindende Leben g e g e n u n s e r e I n t e r e s s e n, das göttliche!!«

Eine Abteilung Infanterie zog über die Ringstraße. Sie war feldmäßig ausgerüstet. Ein paar Menschengruppen blieben stehn und sahen erbittert den Soldaten nach, die schlapp und ohne Ordnung marschierten. »Die gehn nicht an die Front«, sagte jemand, »sondern nach Wöllersdorf oder Blumau als Assistenz gegen Streikunruhen.« Hinter der Kompagnie trottete eine Reihe von Polizisten. Dies wirkte wie Angst und Mißtrauen.

Mißtrauisch auch starrten die großen Paläste der Prachtstraße. Die erlöschende Stunde überschüttete sie mit grauem und trübsinnigem Schmutz. Der Verkehr erstarb. Nach Einbruch der Dunkelheit stellte die Straßenbahn ihren Betrieb ein. Nur jede dritte Bogenlampe flammte müde auf. Ferdinand bat:

»Wir müssen öfters zusammen sein, Engländer, täglich, wenn es dir recht ist.«

Engländer überhörte den Freundschaftston. Er schaute der letzten Elektrischen nach, die in der Richtung der Museen verschwand:

»Nicht meine Achse ist verschoben«, stellte er fest, »sondern eure Achse, die Achse der ganzen Welt!«

Nach einer kleinen Pause wagte Ferdinand die behutsame Frage:

»Willst du mir nicht wenigstens deine Adresse geben?«

Da sprang Engländer zornbebend auf:

»Also das ist es! Hast du dich endlich verraten? Das war deine ganze Freundschaft! Was? Mich ausspionieren?! Bei meinen Brüdern bist du auch gewesen! Natürlich! Jetzt aber hab ich's satt. Genug! Schluß!«

Und er rannte mit großen Sprüngen davon, obgleich Ferdinand keine Miene machte, ihm zu folgen.

Siebentes Kapitel

Das Grauen des Lebens

In den nächsten Tagen ging Ferdinand nicht aus. Er zwang sich mit aller Kraft, über den Büchern sitzenzubleiben, die er von seinen neuen Freunden entlehnt oder sich auf andere Weise verschafft hatte. Zwei Gruppen von Schriften waren es: Psychoanalytische Werke, die er von Gebhart geliehen bekam, der allerdings in dieser Richtung selbst keinen ausgetretenen Weg ging – und sozialistische Literatur. Eine kalte, quälende Lektüre zumeist, die seinem träumerischen Wesen Gewalt antat. Aber dies sein Wesen mußte er ja bekämpfen, um den Ereignissen gewachsen zu sein, die herannahten. Wie ein Schüler bereitete sich Ferdinand auf die Revolution vor. Es gelang ihm, für Stunden wenigstens, alles Schweifende in sich zu unterdrücken, all das, was er in seinem letzten Gespräch mit Engländer »das Alte« genannt hatte. Die Bücher zischten ihm ins Ohr, daß gerade dieses Alte, all seine ziellose Sehnsucht, all sein Dahindämmern, all sein Leben in Erinnerungen, daß es wertloses Zeug sei, lebensfeindlicher Plunder, der aus der Rumpelkammer des Bewußtseins geräumt werden müsse. Geringschätzige Fremdworte bohrten sich in seinen Geist: Infantilismus, Komplex, Verdrängung, Fixation. Als einziges Erlösungsziel winkte: Bewußtwerdung! Wer diesen schmerzhaft klaren Weg nicht gehen wollte, war ein Feigling, ein Schwachmatikus und nicht imstande, die Schäden seiner Kindheit zu überwinden.

Manchmal bäumte sich das »Alte« in Ferdinand auf: Das alles sind doch nur Worte, die man wegblasen kann – spürte er –, Worte, die nicht allein Erkenntnisse prägen wollen, sondern uns auch verletzen und entwerten. Doch auf der nächsten Seite schon sah er sich besiegt. Der Widerstand gegen diese Lehren, hieß es etwa, sei ein Symptom der Krankheit selbst. Die Seele des Kranken wehre sich gegen den bitteren Heilungsprozeß.

Ferdinand verwarf seine Zweifel und verbiß sich dann leidenschaftlich in die marxistischen Werke. Dennoch kamen ihm auch hier immer wieder eigene Gedanken in die Quere. Mußte es denn unbedingt wahr sein, daß der letzte Grund aller menschheitlichen Dinge immerdar die Ökonomie gewesen sei? War der Wechsel der Klassenherrschaft wirklich der einzige Schlüssel der Geschichte? Die Epoche der Sklaverei, die Epoche des Feudalismus, die Epoche des Bürgertums – diese Einteilung klang allzu glatt und schulmäßig sauber. Sie erinnerte ihn an seinen Gymnasialprofessor, der die erste Geschichtsstunde der Septima immer mit den gleichen Worten zu beginnen pflegte: »Wir kommen jetzt zur Neuzeit. Sie fängt am zwölften Oktober 1492 mit der Entdeckung Amerikas an.« Immer hatte es, jenseits der Produktionsweise, Herrscher und Beherrschte gegeben. Macht, Mord und Unrecht waren früher da als Viehzucht, Tauschhandel und Ackerbau. Hier lauerte eine willkürliche Ableitung, eine Verwechslung von Ursache und Folge. Seitdem es eine menschliche Gesellschaft gab, waren ihre Herrscher ungerecht, mordsüchtig, prasserisch und die Beherrschten elend und erbarmungswürdig. Das schien ein Naturgesetz zu sein. Aber für das Proletariat, für die herrschende Klasse der Zukunft – so lehrten einige der Schriften – gelte dieses Gesetz nicht. Nach einem Übergang des Kampfes und der Härte werde die vereinigte Arbeiterschaft der Welt die erlöste, die klassenlose Gesellschaft errichten. Dieses D o g m a stand in den Büchern der kritisch-materialistischen Wissenschaft klar zu lesen, ohne daß die Autoren Zweifel zeigten oder zuließen. Warum aber sollte es so kommen? Warum wurde das Proletariat die Klasse der Erlösung genannt? Was hatte es geleistet, um so hoch über die Bourgeoisie erhoben zu werden? Bestand es denn überhaupt außerhalb seines Elends? Sein Wert, ja seine Existenz war das Leiden. Nur wegen seines Leidens mußte es geliebt und erlöst werden. Ohne die Verklärung dieses Leidens war es eine Masse grober unwissender Menschen, die bis auf einen geringen Bruchteil nur dem Roh-Körperlichen zugewandt war. Ferdinand dachte an Engländer. Nicht nur die Offiziere hatten ihn bis aufs Blut gequält, sondern auch die Chargen und Mannschaften, so daß von ihm nur mehr ein Wrack übriggeblieben war. Bedeutete es wirklich einen Fortschritt, wenn die Herrschaft der Offiziere von der Herrschaft des gemeinen Mannes abgelöst werden sollte? Offiziere und Mannschaft, beide waren wie die übrige Menschheit zum Großteil Pöbel. Der Mensch mußte abgeschafft werden. Der Wert der Unterdrückten lag im Leiden, der Unwert der Herrschenden in der Macht. Ließ sich das ändern? Neunundneunzig Hundertstel Geprügelte und ein Hundertstel Prügler und Prasser! War das ein ewiges Verhältnis?

Wiederum entkräfteten schon die nächsten Seiten Ferdinands Bedenken. Das Proletariat sei nichts Endgültiges, sondern nur die traurige Folge geschichtlicher Vergewaltigungen, ein Zwischenzustand, der überwunden werden müsse, damit der kommende höhere Mensch entstehe.

Ja, der kommende Mensch, das Morgen allein war wesentlich. Was hatten dagegen Übertreibungen und Irrtümer zu bedeuten? Die blutige Schweinerei, die Pestseuche dieser Zeit mußte ausgerottet werden! War ein Weltzustand erträglich, kraft dessen Millionen und Millionen in Fabriken und Schützengräben verkamen, damit eine Teufelsbande von Menschenschindern, Nichtstuern, Tachenierern, Schiebern und Fressern in Jubel und Rausch lebe? Sollten diese höllengesichtigen Zutreiber des Todes straflos entkommen? Ferdinand preßte die Hände gegen die Schläfen. Ach, nicht nur sie, jeder einzelne in diesen Tagen war träge und schuldbeladen, er selbst allen anderen voran. Arbeit und Hingabe blieb die einzige Lebensentschuldigung.

Mühselig vertiefte er sich weiter in das Theoriengewebe des »Mehrwertes«, der »Arbeitskraft« und »Arbeitszeit«, der »Produktionsmittel« und der »Akkumulation«. So schwer ihm die Sammlung fiel, er arbeitete, studierte, machte Auszüge und blieb bis in den Morgen hinein wach, als sei er gezwungen, binnen wenigen Tagen das Wissen von Jahrzehnten nachzuholen.

Die Folge war ein heilloser Unlust-, ja Unglückszustand, der ihn niederdrückte. Das »Alte« in ihm rächte sich, seine Seele (ein Wort, das er jetzt nur in beschränktem Sinn anerkannte), das ahnende Wissen, das unter dem neuen Denkformalismus litt.

Überdies begannen seine Augen zu versagen. Einmal warf er alles hin und lief in seiner qualvollen Gemütsverfassung auf die Straße. Ihr schmutziger Anblick schien den gottlosen Ursprung der Welt höhnisch zu bestätigen, wie ihn der Nihilismus dieser modernen Wissenschaften in jedem Satze fühlen ließ. Da fiel ihn ein absonderliches, ja ein scheußliches Erlebnis an.

Ein trüber Nachmittag. Es regnete leicht. Zeitungsverkäufer rannten mit einer Extraausgabe über den Fahrweg. In den letzten Tagen des alten Reiches hatten die Menschen ihre Gleichgültigkeit gegenüber den Kriegsereignissen wieder verloren. Alle kauften und lasen, denn sie fühlten mit unverkennbarer Selbstvernichtungslust in den Zügen, daß nun das Ende gekommen war. Die Italiener hatten an der Front zwischen Brenta und Piave den Angriff eröffnet. Eine englische Division gewann auf der Insel Papadopoli gegen die österreichische Dammstellung Raum. Der Heeresbericht, der aufrichtiger klang als in früheren Tagen, gab offen schwere Einbußen zu. Jeder Leser fragte sich nach alter Gewohnheit: Was verbirgt diese überraschende Aufrichtigkeit? Was geht wirklich vor? Nach ein paar Minuten war die ganze Straße mit einem weißen Herbst weggeworfener Blätter übersät. Unachtsam stampften die Leute über die letzten Kampfesberichte einer uralten und mächtigen Armee hin. Das viele Papier in Regenpfützen und Straßenschmutz bot einen ekelhaften Anblick. Die Luft war erfüllt von Gerüchen der Armut, von der Ausdünstung muffiger Gewänder. Die Menschen hatten häßliche Bewegungen, sie schlurften und schwankten. Es sah aus, als würden sie bei jedem zweiten Schritt, von ungenügender aber dafür aufblähender Nahrung geplagt, das Gesäß in schamloser Weise vorstülpen.

Ferdinand blieb stehn und blickte den Menschen nach.

Ein Nebel zerriß in ihm. Er stieß plötzlich an unaussprechliche Grenzen der Erkenntnis. Einem schrecklichen Schwindelanfall glich die unverwortbare Ein-Sicht: Das Grauen des Lebens! Er durchschaute das Innere der menschlichen Leiber, die vor ihm dahintrabten. Er sah den giftigen Kot in jedem Menschenbauch. Wozu alle Arbeit, aller Geist? Betrug und Mogelei!

Nichts wird sich ändern, da sich die leibliche Konstitution nicht ändern kann. Welch eine Erniedrigung, Mensch zu sein!

Und viel später noch, als dieses unbeschreibliche Erlebnis sich schon verflüchtigt hatte, wiederholte er krankhaft:

»Drecksäcke sind wir, giftige Drecksäcke!«

Vor der Tür des Cafés machte er kehrt und ging nach Hause. In der Dämmerung seines Zimmers saß jemand. Ferdinand erkannte die Frau nicht gleich, die auf dem erhöhten Kopfende des Diwans hockte und das Gesicht zum Fenster gewandt hielt: Angelika. Sie empfing ihn, ohne sich zu rühren:

»Ich warte schon eine halbe Stunde auf dich.«

Bisher hatten die Säulensaal-Leute Ferdinand nur selten in seiner Wohnung aufgesucht. Er wunderte sich:

»Und ich wollte eben ins Café gehn. Ein Zufall, daß ich zurückgekommen bin.«

»Gebhart hat mich zu dir geschickt«, sagte Angelika. »Was treibst du eigentlich? Wir haben dich schon mehr als eine Woche nicht gesehn.«

Ferdinand zögerte:

»Ich... ich hab zu tun gehabt...«

»Du bist ein komischer Mensch! Was hast du zu tun zu haben? Was hat man überhaupt zu tun zu haben? Du bist ein falscher Kerl mit lauter Repressalien. Heißt das eigentlich Repressalien? Ich glaub, es heißt ganz anders. Aber das ist mir äußerst putten. Du weißt ja eh', was ich mein...«

»Das weiß ich zwar nicht...«

Angelika schnitt ihm die Rede ab:

»Ich hab natürlich hier spioniert, das kannst du dir denken. Also erstens, das Zimmer da paßt sehr gut zu dir, es ist genau so hinterhältig-anständig wie du. Weißt du, was jemand im Café von dir gesagt hat, ein Jud natürlich? Er schaut aus wie ein frommes Waserl, ist aber g'hauter als der Spannweit... Zweitens! Ich hab selbstverständlich in deinen Sachen gekramt. Liebesbriefe sind nicht zu finden. Darüber haben wir auch schon unsre Meinung. Aber du hast uns gemein beschwindelt. Du schreibst natürlich... philosophische Werke...«

Ferdinand wehrte sich energisch:

»Das ist nicht wahr. Ich hab mir nur einige Auszüge aus Büchern gemacht.«

Angelika ging höhnisch zum Schreibtisch und schwenkte ein paar Blätter:

»Für wie blöd hältst du mich eigentlich? Das sind Aphorismen! Ich hab genug Praxis, um Auszüge von Aphorismen zu unterscheiden...«

Sie ließ sich nicht von der Meinung abbringen, daß Ferdinand ein heimlicher Schriftsteller sei und sich nur aus Arroganz als Laie hinstelle. Nach einer Weile setzte sie sich neben ihn:

»Warum läßt du dich eigentlich nie von Gebhart analysieren? Du hättest es sehr nötig. Aber ich glaub, du fürchtest dich. Weißt du übrigens, was Gebhart von dir sagt? Er sagt, du bist der beziehungsloseste Mensch, den er kennt. Nur einer ist noch beziehungsloser, und das bin ich...«

»Das kann vielleicht stimmen«, sagte Ferdinand und stand auf. Angelika sah vom Sofa zu ihm hinauf:

»Bei mir sind wir draufgekommen, warum es so ist. Ich hab halt eine toll geschädigte Kindheit hinter mir. Vielleicht ist es bei dir ähnlich. Ich kann nicht lieben, und du kannst nicht lieben. Wir gehören also zusammen, sagt Gebhart.«

Das schmutziggraue Licht des Zimmers wurde immer trüber. Als hellblonder Fleck hob sich einzig das Gesicht des genialen Dienstmädchens ab. Niemals war es Ferdinand platter und reizloser vorgekommen. Er fühlte einen tiefen Haß gegen dieses Weib und seine zudringliche Überheblichkeit. In seinen Gliedern prickelte eine dumpfe Lust. Er wußte nicht, ob es der Wunsch war, Angelika zu schlagen oder zu umarmen. In den letzten Tagen hatte er von seinem übermüdeten Gehirn zuviel gefordert. Jetzt überwältigte ihn der Drang, all die schweren Dinge wegzuwerfen und irgendwohin abzugleiten, wo alles gleichgültig war. In dieser Minute seines Lebens war Ferdinand von einer kitzelnden Sehnsucht nach Niedrigkeit erfüllt. Angelika war indessen in eine ihrer Schimpftiraden gegen Hedda ausgebrochen. Ferdinand sah starr auf ihren Mund. Er hätte sie am liebsten gebeten: Hör nicht auf! Jedes gemeine Wort, das ihre hübsche Frauenstimme ausstieß, bereitete ihm eine merkwürdige Wollust.

Da es immer dunkler wurde, stellte sich Angelika ans Fenster. Ferdinand trat neben sie:

»Ein Dreck liegt heut draußen«, sagte sie, und Ferdinand wiederholte:

»Ja, ein furchtbarer Dreck liegt heut draußen.«

»Ich hab eigentlich gar nichts gegen den Dreck«, fuhr sie fort. »Als Mädel war das mein Hauptvergnügen, mit nackten Füßen im Dreck herumzupatschen... Du mußt nämlich wissen, ich bin erstens vom Lande und zweitens von niedriger Herkunft... Mein Vater war Holzarbeiter... Als ich zwölf Jahre alt war, hat er mich das erstemal gebraucht... Von der Mutter wurde ich darum halbtot geprügelt... Meine Biographie kann man nur aus diesen Sachen verstehn, sagt Gebhart... Im Dreck herumpatschen ist ein sehr angenehmes Gefühl... Hast du schon einmal ein Moorbad genommen?... Was sagst du? Ich bin im zweiten Kriegsjahr in Franzensbad gewesen... Ich war sehr krank damals... Mein Freund, ein alter Jud, der beste Mensch, den ich je gekannt hab, hat mich nach Franzensbad geschickt... Wenn man so im dicken Moor einsinkt, das kannst du dir gar nicht vorstellen, was das für ein Gefühl ist... Und der Geruch dazu... Also angenehm bis zum Selbstmord ist das...«

Sie hatte sich ganz dicht an Ferdinand angedrängt. Er packte sie. Anfangs vermied er es (der Haß in ihm war noch nicht erstorben), ihren Mund zu berühren. Dann aber erschien ihm Angelika immer schöner und er küßte sie. Schon klang ihr Name wie Glockenton in seinem Ohr. Was als Wollust des Schmutzes begonnen hatte, klärte sich in zärtliche Dankbarkeit.

Als sie ihn verließ, sprach Angelika die dunklen Worte:

»Ich hab gehofft, daß du so ein Schwein bist wie wir alle. Aber du hast mich schwer enttäuscht.«

Die Wirtsfrau legte wie alltäglich um halb sieben Uhr eine Abendzeitung auf Ferdinands Tisch. Nervös griff er nach dem Blatt. Er hatte aber gar nicht die Absicht, darin genau zu lesen. Da fiel sein Blick auf eine längere Notiz in unscheinbarem Schriftgrad, die unter den Nachrichten vom Tage stand. Ehe er noch den Titel in sich aufgenommen hatte, wußte er alles, wußte, daß diese Zeilen Alfred Engländers Schicksal umschlossen. ›Ein Wahnsinniger im erzbischöflichen Palais‹, lautete die Aufschrift, und darunter in Anführungszeichen:

»Der Bischof aller christusgläubigen Juden.«

Ferdinand mußte die ersten Sätze zwei- und dreimal lesen, ehe er sie voll begriff:

»Vorgestern ereignete sich im erzbischöflichen Palais auf dem Stephansplatz ein aufregender Vorfall. Gegen acht Uhr abends erschien ein Mann von etwa dreißig Jahren und verlangte, zu seiner Eminenz, dem Kardinal-Fürsterzbischof geführt zu werden. Der Pförtner suchte ihn mit der Begründung abzuweisen, daß zu dieser Stunde keine Besuche mehr empfangen würden. Der Mann, der, wie es dem Pförtner schien, Priesterkleidung trug, gab nicht nach und behauptete, eine unaufschiebbar wichtige Botschaft dem Erzbischof überbringen zu müssen. Es gelang ihm, bis in die weihbischöfliche Kanzlei vorzudringen, wo noch einige Funktionäre an der Arbeit saßen. Dort wiederholte er in entschiedener Weise seinen Wunsch, sogleich von Seiner Eminenz empfangen zu werden. Auf die Frage, in welcher Angelegenheit er zu so ungewöhnlicher Stunde vorsprechen wolle, verweigerte er zuerst die Antwort, erklärte aber später in großer Erregung, er sei der Bischof aller christusgläubigen Juden. Es gebe derer viele Hunderttausende, und sie hätten ihn entsendet – seinen Namen könne er freilich noch nicht preisgeben –, um mit dem Kardinal über ihre Aufnahme in die christkatholische Kirche zu verhandeln. Ein Ereignis von unermeßlicher Bedeutung sei im Anzug, über das ein großes Kirchenkonzil werde entscheiden müssen, denn die christusgläubigen Juden bestünden auf Erfüllung gewisser Bedingungen und theologischer Vorbehalte. Das Einigungswerk dürfe aber angesichts der allgemeinen Zeitlage keinen Augenblick Aufschub erleiden. Deshalb werde er nicht von der Stelle weichen, ehe er vom Erzbischof angehört worden sei, der den Ruhm einer geschichtlichen Tat solchen Ranges unmöglich zurückweisen könne. Die Funktionäre merkten sofort, daß man es mit einem Wahnsinnigen zu tun habe. Einer von ihnen beging jedoch die Unvorsichtigkeit, den Aufgeregten damit zu beschwichtigen, daß eine so wichtige Sache doch noch bis morgen werde warten können. Der Bedauernswerte verfiel daraufhin in Verzweiflung, die sich bis zu einem Tobsuchtsanfall steigerte. Er stürzte einen Schreibtisch um, zertrümmerte die Scheiben eines Glasschrankes und begann mit Tintenfässern zu werfen, wodurch einer der Herren, Msrg. O. K., eine leichte Verletzung oberhalb des Auges davontrug. Nur mit Mühe konnte man den Tobsüchtigen überwältigen. Die rasch herbeigerufene Sicherheitswache überstellte ihn noch im Laufe der Nacht der psychiatrischen Klinik des Allgemeinen Krankenhauses. Wie wir ermitteln konnten, gehört der Unglückliche einer angesehenen Wiener Familie von Textilindustriellen an. Er wurde vor einigen Monaten wegen seines Geisteszustands aus dem Militärdienst entlassen.«

Die letzten Zeilen las Ferdinand schon auf der Straße. Er fuhr ins Allgemeine Krankenhaus.

Der Patient sei gestern auf den »Steinhof« gebracht worden. Da es spät geworden war und keine Elektrische mehr verkehrte, machte Ferdinand den endlosen Weg zu Fuß. Die Irrenanstalt Steinhof liegt weit außerhalb der Stadt auf einem Hügel.

»Jetzt ist es elf Uhr«, hieß es mürrisch, »und wir haben fünftausend Kranke.«

Hartnäckigkeit erzwang, daß der schläfrige Diensthabende vorwurfsvoll einen Folianten auf den Tisch warf:

»Engländer, Engländer Alfred... hier... heute von seinen Angehörigen abgeholt... zwecks Überführung in eine Privatanstalt...«

»Wohin?«

»Das ist uns unbekannt.«

Ferdinand bat um Erlaubnis, die Familie des Kranken telephonisch anrufen zu dürfen. Eine unsympathische Stimme schnarrte aus der Muschel:

»Wir sind bis auf weiteres nicht in der Lage, Ihnen den Aufenthaltsort Alfreds bekanntzugeben.«

Achtes Kapitel

Phöbus, der Hahn

»Ich glaube, wir werden uns die Distinktionen heruntertrennen müssen, damit wir nicht durchgeprügelt werden«, sagte Ronald Weiß zu Ferdinand.

Sie traten in ein Haustor. Weiß zog eine Nagelschere aus der Tasche, mit der sie sich gegenseitig die goldenen Sterne vom Uniformkragen und die kaiserliche Rosette von der Kappe schnitten.

»So, jetzt hab ich endgültig abgerüstet«, meinte Weiß. »Die letzte Gage schenke ich dem Vaterland. Nur um die Zigarettenfassung tut es mir leid. Beim Militär hat man wenigstens anständig zu rauchen gekriegt.«

Er verwahrte die Distinktionen behutsam in seiner Brieftasche. Die Vorsicht aber erwies sich als unnötig, denn nirgends in der Stadt war Erbitterung oder beginnender Aufruhr zu merken. Auf gewissen Plätzen kam es zwar zu Ansammlungen, vor dem Parlament, vor dem Ständehaus, vor einigen Ministerien, aber all diese Menschenhaufen bestanden aus nicht minder betretenen als neugierigen Bürgern und aus dem Totenvolk der Frontsoldaten, die nicht wußten, was und wie ihnen geschah. Sie starrten die Schwätzer, die sich zum Mittelpunkt aufwarfen, mit den weitaufgerissenen Schreckensaugen an, die sie aus dem Trommelfeuer heimgebracht hatten. Kein Racheblitz schoß aus diesen Augen. Sie waren bis zum Rand gefüllt von hilfeflehender Ratlosigkeit und rührender Bereitschaft.

Nur auf dem Ballhausplatz schwoll die Menge im Laufe des Vormittags an. Aber der Krawall, in den sie hie und da ausbrach, war recht kleinlaut. Nicht aus gepeitschten Leidenschaften spritzte das Geschrei hervor, sondern weit eher aus einem angestrengten Pflichtgefühl, das der furchtbaren Stunde irgendeinen Beweis von Tätigkeitsdrang entgegensetzen wollte. Verlegen nahm das herrliche Kaunitzpalais, wo das »Ministerium des

k. u. k. Hauses und des Äußeren« die Geschicke Österreichs leitete, den Lautschwall eines unklaren Volkswillens entgegen.

Nachdem der Chor einige »Hoch« und »Nieder« absolviert hatte, trat auf den Prunkbalkon des Palastes ein überaus feiner Herr, der in einer Ansprache mit ungarischem Akzent behauptete, der letztgefaßten Initiative des Ministeriums winke Erfolg, der Friedensschluß und somit auch die glückliche Lösung aller Konflikte innerhalb der Monarchie sei nur mehr eine Sache von Tagen. Bis dahin bitte er die vielbewährte Bevölkerung der Reichshaupt- und Residenzstadt, standhaft zu bleiben und Ruhe und Ordnung aufrechtzuerhalten. Er breitete vornehm beschwörend die Arme aus, wodurch er das Aussehen eines père noble älterer Komödienschule gewann, der sich demütig und hoheitsvoll zugleich vom Publikum verabschiedet. Seine Gebärde lockte neuerliche »Hoch«- und »Nieder«-Rufe hervor, die zu einem unkenntlichen Lärm- und Gesinnungs-Brei verschwammen.

Weiß machte den Vorschlag, gewisse Spitäler und Kasernen aufzusuchen, wo es seines Wissens revolutionärer zugehe als hier. Ferdinand hängte sich in den Kameraden ein. Ronald war doch ein Prachtkerl. Seine Lebenslüsternheit steckte an. Man konnte wunderbar mit ihm bummeln. Er prägte den Satz:

»Wenn die Welt untergeht, ist es eine Lust zu leben.«

Auch Ferdinand empfand jetzt nichts anderes als diese eigentümlich-gefahrgierige Lust. Die geistige Anstrengung der letzten Tage, der Versuch, sich auf das Kommende vorzubereiten, versank, nun es unmittelbare Wirklichkeit ward. Ferdinand und Weiß waren frei, arm und jung. Abenteuer lagen vor ihnen wie Geschenke. Geduckt schlichen die schäbig gewordenen Bürger ihres Weges. Sie wagten kaum zu atmen. Ihr Leben schien vernichtet. In Ferdinands Ohr aber klang Krasnys Vers nach:

»Was kann ich B e s o n d e r e s tun?
Ohne Sorge sein!«

In den Grinzinger Baracken, wohin sie sich begaben, ging es ganz anders zu als auf der Straße. Soldatenversammlungen wurden dort abgehalten. Es herrschte ein unentwirrbares Toben und Brüllen, aus dem sich weder die Worte der Redner noch die gefaßten Beschlüsse abhoben. Dennoch sah auch hier der größere Teil der Mannschaft dem Treiben nur mit blinzelndem Erstaunen zu. Während des unerschöpflichen Tumultes holten die Leute ihre Menage. Sie löffelten stehend ihre Schalen aus und brockten andächtig das widerliche Maisbrot ins Essen. Ungerührt gleichgültig stand ein Feldwebel in der Brandung und trug in ein Kanzleibuch irgendwelche »ausgegebene Sorten« ein. Unberührt ruhig waltete er seines Amtes, als wäre er überzeugt, daß derartige lärmende »Vorfallenheiten« dem eisernen Bau des allerhöchsten k. u. k. Dienstes nichts anhaben könnten. Wie er, dachte zur Stunde noch die Hälfte der Soldaten. Hätte eine martialische Erscheinung jetzt die Versammelten mit dem energiegeladenen Worte »Vergatterung« angebrüllt, sie wären auseinandergefahren und vorschriftsgemäß angetreten.

Einige Zivilisten mischten ihr wichtigtuerisches Schwarz in das feldgraue Gewoge. Auf ihren Gesichtern lag schon das finstere Unbehagen der überraschend hereingebrochenen Verantwortung.

»Die initiativen Führer des Jännerstreiks«, erklärte Weiß, »die gestern aus der Haft entlassen worden sind.«

Nichts »Initiatives« gewahrte Ferdinand an diesen Menschen, sondern eher eine hilflose Müdigkeit, wie sie vielleicht eine Folge jeder Kerkerhaft ist. Einer von diesen Männern wurde durch einen zerknitterten Cutaway und längliches Haar zum »weltfremden Idealisten« gestempelt. Er sah aus wie ein kleiner Buchhalter, der die Hälfte seines Gehalts für Konzertbesuch ausgibt. Seine weichmütigen Augen schienen hinter der menschenfreundlichen Brille immer in Tränen zu schwimmen. Weiß machte ihn mit Ferdinand bekannt, dessen Hand er lange, geistesabwesend und ergriffen in der seinigen hielt.

»Sie werden heute nachmittag bestimmt bei Wawra erwartet...« ermahnte ihn Weiß.

»Ich komme selbstverständlich ... Die Adresse hab ich ja ... «

Und er suchte mit höflicher Verzweiflung, aber vergeblicher Mühe in seiner Tasche nach einem Zettel. Weiß schrieb auf einen neuen die betreffende Straße und Hausnummer. Der Verzweifelte nahm ihn entgegen und schaute erschüttert drein.

»Sie müssen mich entschuldigen, meine Herren, ich weiß wirklich nicht, wo mir der Kopf steht.« Er trat zu einer Gruppe und hörte geistesabwesend-ergriffen ihrer wirren Debatte zu.

»Eine Größe der neuen kommunistischen Partei«, belehrte Ronald seinen Freund.

Am oberen Ende des Raumes waren mehrere Tische zusammengeschoben worden. Auf diese Rednerbühne sprangen in pausenloser Folge tollfuchtelnde Soldaten und peitschten mit ihren Ansprachen die Menge. Diese Ansprachen waren zumeist sehr kurz, denn der Wortschatz der Redner ging schnell zu Ende. Dennoch konnte man, auch nahe herantretend, kaum ein Wort verstehen. Gerät der waschechte Wiener Dialekt in Siedehitze, so versinkt der Sinn des Gesagten allzu leicht in den veränderten Selbstlauten und langgezogenen Endsilben.

Das rasch wechselnde Hinauf- und Hinabspringen der Sprecher übte eine betäubende Wirkung aus. Ferdinand glaubte zuletzt, es sei immer derselbe Soldat, der, irrsinnig geworden, unablässig emporhüpfe, brülle, niedertauche und wieder erscheine.

Nicht die schwärzlichen Herren, sondern dieser Soldat allein war der Ausdruck des allgemeinen Willensdranges. Aber dieser Willensdrang schien keiner gemeinsamen Sache zu gelten und erschöpfte sich in einer sinnlos-gleichbleibenden Bewegung, die dem Tollheitstanz eines beachtungswütigen Ich ähnlich sah.

Nachdem sie eine Stunde lang Staub und Krawall geschluckt hatten, ohne auch nur einen vernünftigen Satz zu hören, verließen Ferdinand und Ronald die Baracken.

Weiß zeigte sich nobel und lud den Freund in ein besonders gutes Restaurant zum Mittagessen. Hier bekam man auch noch in diesen Katastrophentagen seltene oder verbotene Gerichte. Die prickelnde Bummelstimmung stieg wieder auf:

»Also, ich sag dir«, prahlte Weiß, »alle großen Momente der Weltgeschichte schauen so aus wie diese Versammlung. Auch zu Beginn der Französischen Revolution haben die Leute durcheinandergebrüllt und nicht gewußt, was eigentlich los ist. In ›Schlossers Weltgeschichte‹ aber kann man lesen: ›Am vierundzwanzigsten desselben Monats beschloß Mirabeau...‹ Einen Dreck beschloß Mirabeau! Er ging spazieren, so wie ich heute. Und in hundert Jahren wird man in der neuesten Auflage vom Schlosser lesen: ›Zu Ende desselben Monats beschloß Ronald von Weiß, der ähnlich wie Mirabeau einem altadeligen Geschlechte entstammte, die Zügel der großen Revolution zu ergreifen...‹ Ganz genau so wird man es lesen. Glaubst du nicht? Wie? Was?«

Auf Ronalds lustigem Indianergesicht leuchtete die sympathische Lausbüberei, mit welcher er ernsthaft jene Entdeckung zu verfechten pflegte, Napoleon sei nicht aus Korsika gebürtig, sondern ein junger Mann namens Neplatil gewesen, den das Schicksal an die Kriegsschule von Brienne verschlagen habe, um aus ihm den großen Korsen zu machen.

Ferdinand lachte:

»Wirst du daran zweifeln, ob du gelebt hast, wenn du eine geschichtliche Figur geworden bist, Weiß?«

»Die Frage, mein Lieber, zeigt, daß du nicht umsonst die Ausbildung des Säulensaals genossen hast«, meinte Weiß voll Anerkennung.

Indessen war es drei Uhr geworden. Auffällig leer lagen die Straßen.

»Wir haben gerade noch Zeit, einen schwarzen Kaffee zu trinken«, stellte Weiß fest. »Um halb vier aber müssen wir zu der illegalen Sitzung gehn...«

»Davon weiß ich ja gar nichts. Kann ich denn dorthin überhaupt mitkommen?«

»Du bist vielleicht eine wichtigere Nummer, als du selber weißt«, orakelte Ronald.

Ferdinand war sehr damit einverstanden, einer »illegalen« Sitzung beizuwohnen. Ohne davon zu sprechen, spürte er in allen

Gliedern die Größe dieser Tage. Die Sucht nach unerhörten Ereignissen berauschte ihn. Wie verschwörer-kühn klang schon dieses Wort: Illegal! Auf einmal platzte solch ein Begriff in die Zeit, den gestern noch die wenigsten gekannt hatten. In eine stolze Sinn-Wolke war das Wort eingehüllt. Nur Auserkorene durften es gebrauchen.

Die illegale Sitzung fand in einem Atelier statt, ziemlich weit draußen im siebenten Bezirk. Als Weiß und Ferdinand eintraten, waren in dem Raum schon etwa fünfzehn Herren versammelt. Gebhart begrüßte Ferdinand mit großer Wärme. Er machte einen ungewöhnlich feierlichen Eindruck. Auch Stechler war da.

Wawra, der kleine tschechische Musiker, der in dem Atelier wohnte und es bewachte, vertrat den abwesenden Hausherrn. Wie die meisten Tschechen hatte er den ganzen Krieg über eine korrekt-undurchdringliche Miene zur Schau getragen. Heute aber gelang es ihm kaum mehr, seinen Gleichmut zu wahren. Der blonde Schopf hing ihm erregt in die Stirn. Unwillkürliche Verzerrungen überschauerten sein Gesicht. Es war ja nicht zu ertragen. Zur gleichen Stunde riefen sie in Prag vielleicht schon die Republik aus. Seit drei Jahrhunderten Sklaverei der erste Tag der Unabhängigkeit. Sein Volk frei! Und er mußte hier in dieser rückenmarkslahmen Stadt sitzen, unter kastrierten Schwätzern, die nirgends hingehörten und sich deshalb so wichtig machten. Haargenau vor dreihundert Jahren hatte das Elend und die Entehrung der böhmischen Nation eingesetzt, als man damals die kaiserlichen Statthalter aus einem Fenster des Hradschins in den Hirschgraben warf. Würde man heute die Epoche der Sklaverei mit einem zweiten Fenstersturz beschließen? Ein Statthalter stand ja wiederum zur Verfügung. Oh, Wawra wäre am liebsten durch die Straßen Wiens gerannt und hätte geschrien. »Herunter vom Gehweg! Jetzt seid ihr die Sklaven und wir sind die Sieger!«

Da dies nicht möglich war, beugte er sich, um seinen leidenschaftlichen Gemütszustand zu verbergen, über eine merkwürdige Umfriedung, die einen Teil des großen Atelierraumes einnahm. Es war eine Art offenen Käfigs, in dem ein paar Hühner, von einem großen und unnahbaren Hahn beaufsichtigt, Körner pickten. (Selbstversorger nannte man damals die Besitzer von solch städtischer Landwirtschaft und Viehzucht, die in Wohnräumen oder Stiegenhäusern untergebracht war.) Wawras harte Sprechweise konnte den zitternden Triumph nicht verhehlen:

»Schön ist der Hahn! Was? Er heißt auch Phöbus.«

Und er setzte hinzu:

»Man könnt ihn vielleicht auch Chantecler nennen. Ist er nicht das Wappentier der französischen Nation?«

Er hatte das Gefühl, durch die Erwähnung des Siegers einen scharfen Hieb geführt zu haben. Niemand verstand seinen Angriff. Wawra galt als guter verläßlicher Sozialist. Jetzt aber konnte er kaum die Tränen zurückhalten vor nationaler Siegestrunkenheit und vor Schmerz, der Heimat in diesen glorreichen Stunden fernbleiben zu müssen.

Das allgemeine Interesse wandte sich von den Hühnern ab.

Stechler entwickelte einen großzügigen kunstrevolutionären Plan. Er tat dies mit Begeisterung, mit vorstädtisch gefärbten Wissenschaftlichkeiten und mit fühlbarer Angst, nicht vollgenommen zu werden.

Das bisherige Ausdrucksmaterial der Kunst, behauptete er, sei bürgerlich; bürgerlich die Formenwelt der Malerei, bürgerlich die Syntax der Sprache, bürgerlich das Tonartensystem der Musik. Eine der brennendsten Aufgaben der proletarischen Diktatur müsse es demnach sein, das Eindringen des vergiftenden bürgerlichen Formenschatzes in die neue Zeit und in die neue Kunst zu verhindern. Mit aller Kraft sei dahin zu wirken, daß nicht das künftige Kommissariat für Volksbildung in die Hand irgendeines alten sozialistischen Parteitrottels falle, sondern an einen wirklich modernen Mann (er für seine Person schlage Archer vor), der, zum Radikalismus ehrlich entschlossen, von Staats wegen den Gebrauch schon vorhandener Worte, Sätze, Tonarten, sowie jegliche Abbilderei der Natur verbiete.

Gebhart erhob sich. Sein verwittertes Knabengesicht lächelte höflich. Er forderte je früher je besser ein »Ministerium zur Liquidierung der bürgerlichen Familie und Sexualität«. Er sagte nicht »Volkskommissariat«, sondern wirklich und wahrhaftig »Ministerium«, welches Wort er mit dem altösterreichischen Beamtentonfall aussprach, der ihm eigen war. Hingegeben leuchtete er und schien das Groteske dieser Wortverbindung gar nicht zu spüren. Weiß konnte sich eines Witzes nicht erwehren, den ein anderer ausschmückte. Man lachte. Ein unernster Ton kam in die illegale Sitzung, noch ehe sie recht begonnen hatte.

Der weichmütige Herr im zerknitterten Cutaway, den Ferdinand heute in den Baracken kennengelernt hatte, fühlte als Politiker nun die Verpflichtung, die verfahrene Debatte auf den rechten Weg zu bringen:

»Genossen, was Sie hier vorbringen, ist gewiß alles sehr wichtig. Aber Kulturfragen kommen vorderhand noch nicht in Betracht. Es handelt sich um die Machtergreifung. Bleiben Sie, bitte, bei der Wirklichkeit!«

»Das können die Genossen ja gar nicht...«

Dieser Satz kam aus der Ecke des Ateliers her, wo der Hühnerstall aufgeschlagen war. Ein Mann hatte ihn ausgesprochen, der einen schwarzen Sweater, Militärhosen und Wickelgamaschen trug. Nicht sofort erinnerte sich Ferdinand, daß er diesen Menschen in der Küche des Dunajower Wunderrabbi schon gesehen hatte. Fragend neigte er sich zu Weiß.

»Elkan heißt er und soll bei der Oktoberrevolution in Petersburg eine Rolle gespielt haben«, flüsterte Ronald.

Elkan sprach kein übles Deutsch, trotz des starken russischen Beiklangs. Es war aber eine bewußte, eine gepflegte Gebrochenheit in seiner Ausdrucksweise, denn er schien ein fabelhafter Wortbeherrscher auch im Deutschen zu sein. Noch stand er mit der unverkennbaren Scheu eines Fremden in jener Ecke. Die Magerkeit seiner Gestalt, sein merkwürdiger Anzug, das lauernde Abseitsstehn gaben seiner Haltung etwas unangenehm Feiges. Er glich einem verhaßten Tier, das das Rudel von ferne feindselig und gierig betrachtet. Aber die Lage veränderte sich unaufhaltsam. Elkans scharfgeschnittenes Gesicht, die wachsende Entschiedenheit seines Wesens und ein rasender Hochmut gewannen Schritt für Schritt Raum. Selbst Gebhart – ein Schwärmer, der freilich bis ans Ende ging, aber ein Schwärmer – wurde eingeschüchtert. Die andern, nur allzusehr jeder Entwertung zugänglich, waren schnell zur Unterwerfung bereit.

»Die Genossen wissen von der Wirklichkeit wenig«, fuhr Elkan mit frecher Angriffsbereitschaft fort, »die Revolution aber ist eine furchtbare wirkliche Sache. Was Sie da zusammengeredet haben, Genossen, ist alter literarischer Kohl, sind Ästheten-Sorgen von 1910 und der typische Zeitvertreib von kleinbürgerlichen Intellektuellen...«

Es war sehr still geworden.

»Das Proletariat braucht vorläufig die kleinbürgerlichen Intellektuellen, aber sie werden ihre Träumereien der Disziplin unterwerfen müssen.«

Gehört er denn zum Proletariat, fragte sich Ferdinand. Er sieht nicht so aus, als hätte er im Leben auch nur eine Stunde mit der Hand gearbeitet.

Elkan reihte seine schneidenden Sätze weiter aneinander:

»Im Jahre 1905 haben wir Russen« (das »wir« hatte einen übertriebenen Klang) »den Fehler gemacht, eine gefühlsmäßige und idealistische Revolution anzufangen. Wir haben es blutig bezahlen müssen.«

Elkan hatte sich bisher vom Hühnerstall nicht fortgerührt. Daß er diese Entfernung zwischen sich und den anderen wahrte, wirkte trotz seiner scharfen Worte wie ein Rest von Angst und Schüchternheit. Jetzt aber trat er vor und rief laut:

»Die Revolution ist kein Gedicht und kein Aufsatz in einer futuristischen Kunstzeitung... Sie ist eine Integralrechnung!«

Aha, ein falscher Ton! Es ging wie eine Erleichterung durch die Gesellschaft. Der zugespitzte Satz und der pathetische Schritt beeinträchtigten sogleich Elkans Wirkung, denn das Spiel des menschlichen Überlegenheitskampfes schwankt bei der feinsten Unechtheit.

Ein älterer Mann kam zu Worte. Es war ein Bankbeamter mit einer mächtigen Glatze, demütigen Hängebäckchen und plattgedrückter Nase. Dieses Gesicht wirkte wie eine allegorische

Darstellung der Menschenfurcht. Die schleppende, gleichsam schlaftrunkene Stimme des Bankbeamten warnte. Er stehe länger in der Bewegung als all die Leute, die seit ein paar Tagen das Maul aufreißen. Was man jetzt zu hören bekomme, sei verantwortungsloses Gewäsch, das sich auf Kosten des Proletariats und seiner ruhigen Entwicklung wichtigmachen wolle. Gerade wer wissenschaftlich materialistisch denke, müsse sich klar darüber werden, daß der historische Augenblick der Machtergreifung noch nicht gekommen sei. Die Niederlage des preußischen Militarismus müsse zugleich als ein Sieg des westlichen Hochkapitalismus gewertet werden. Darin liege die tiefere Wahrheit der Ereignisse. Die Weltrevolution sei eine aufgeregte Wahnvorstellung.

»Wir stehen«, schloß der Besonnene, »vor gar keiner Revolution, sondern nur vor einer schweren Elementarkatastrophe.«

In diesen Stunden konnte die ruhige Auffassung des Bankbeamten nur verstimmend wirken. Elkan hatte es leicht, den alten Sozialdemokraten verächtlich zu machen.

»Die Geschichte mit der Naturkatastrophe«, sagte er gelangweilt, »ist eine der abgetragenen Phrasen des vorkommunistischen Rußlands. Sämtliche Zeretelis und Kerenskis bei uns haben mit der ›Naturkatastrophe‹ nur so herumgeworfen. Naturkatastrophen, Genossen, sind immer reaktionär. Die Revolution ist kein Elementarereignis, sondern ein Willensakt. Wir Bolschewiki wollen die Katastrophe benützen wie Dampf und Elektrizität...«

»Bitte, Rußland ist ein ganz anderer Fall. Wir sind hier Gott sei Dank nicht in Asien«, warf der Bankbeamte ein.

Der Herr im zerknitterten Cutaway erwog:

»Unsere Bedingungen dürften für die Revolution nicht ungünstiger sein als die russischen.«

»Sie sind viel günstiger«, entschied Elkan. »Ihr besitzt in Mitteleuropa eine ausgebildete Maschinerie, die uns fehlt.«

Auch der Begriff »Maschinerie«, was so viel wie Industrieanlagen bedeutet, war eines jener Kunstworte, durch die sich der Eingeweihte vom Laien abheben wollte. Ferdinand staunte, bis in welche Ritzen eines anscheinend so sachlichen Gesprächs die Eitelkeit eindrang.

Ehe noch über diesen Gegenstand ein Streit entstehen konnte, hob der Russe die Hand:

»Genossen, ich hasse jede ideologische und hochpolitische Zeitverschwendung. Ich bitte Sie, mir ein paar Minuten Redezeit zu gewähren, damit ich sagen kann, wie meine Freunde und ich die Lage beurteilen.«

Der Herr im Cutaway verneigte sich.

»Aber, ich bitte sehr, wir sitzen hier doch ganz formlos beieinander...«

Und zur Gesellschaft gewandt:

»Unterbrechen Sie, bitte, den Genossen Elkan nicht!«

Elkan nahm behaglich Platz. Er reckte genießerisch seine Glieder in dem allgemeinen Schweigen und in der unbeschränkten Redezeit, die er sich erobert hatte. Wie ein Raucher das Aroma der Zigarette langsam in die Lunge zieht, damit es den ganzen Körper durchdringe, so ließ sich Elkan vom Aroma seiner gewonnenen Überlegenheit durchdringen.

»Eines müssen Sie sich klarmachen, Genossen«, begann er in seiner verletzend-belehrenden Weise, »daß es in diesem Moment auf die organisierte Arbeiterschaft nur in zweiter Linie ankommt. Darin liegt unsere große Chance, den alten Führern die Macht zu entwinden. Die Revolution ist gegenwärtig ein rein militärisches Problem. Ich bin in der Lage, Ihnen Dinge verraten zu können, von denen Sie natürlich keine Ahnung haben. Es handelt sich im Süden nicht um eine gewöhnliche Niederlage. Meine Freunde und ich haben Meldungen, daß sich seit Tagen die österreichisch-ungarischen Frontabschnitte in voller Auflösung befinden. Die Truppen verlassen ihre Stellungen, plündern die Depots und stürmen die Zugsgarnituren. Die Offiziere fliehen, halten sich versteckt oder versuchen es, sich dem Chaos anzubiedern. Irgendeine Befehlsgewalt besteht nicht mehr, ebensowenig wie eine allgemeine Idee, die dem Treiben eine Richtung gibt. Die Parole heißt, wir wollen nach Hause. Die riesigen Massen fluten zurück und wissen nicht, was geschieht.

So liegen die Dinge, Genossen! Die nächste und einzige Aufgabe der Revolution aber ist es, diese zurückströmenden Truppen in die Hand zu bekommen und ihre Wut in klassenkämpferische Energie zu verwandeln. Wenn das gelingt, ist alles entschieden, die Arbeiter werden mitgerissen, die sozialpatriotischen Führer fortgejagt und die Bourgeoisie überwältigt. Dieses Ziel muß klar festgehalten werden. Es drohen natürlich unendliche Gefahren. Der Nationalismus vor allem. Er ist die kleinbürgerliche Hintertür, durch welche man die soziale Erbitterung ins Haus der Reaktion lockt. Alle Nationalverbände der österreichischen Völker haben ihre Leute an die Front geschickt, um auf dem Feuer der Meuterei ihre spießerhafte Bettelsuppe zu kochen. Eine andere Gefahr ist die ›Gemütlichkeit‹ dieser Stadt. Ich habe vor dem Krieg schon viele Jahre lang in Wien gelebt. Ich kenne es. Achten Sie auf eines, Genossen! Wir dürfen uns nicht durch kleine Teilerfolge betrunken machen lassen. Es genügt nicht, daß uns hier in Wien eine verkommene Rotte von Urlaubern, Invaliden, Tachenierern und Radaumachern zufällt, von denen alle Spitäler und Kasernen voll sind. Wir brauchen wirkliche Soldaten, Frontsoldaten! Und wir brauchen nicht nur ein paar Kompagnien, sondern ein paar rote Divisionen, die sofort errichtet werden müssen.«

»Aber die Entente?« fragte jemand.

Dieser Zwischenruf machte Elkan nicht irre:

»Die Entente kennt nur e i n e Militärpolitik: Das Eindringen bolschewikischer Ideen in die eigenen Heeresmassen zu verhindern. Ich kann Ihnen, Genossen, aus bester Quelle mitteilen, daß ihr das auf die Dauer nicht gelingen wird. Italien ist so nahe schon an der Revolution, daß ihm nur ein aufgebauschter Sieg über die nächsten Monate hinweghelfen kann. Es wird niemals wagen, Truppen in ein Land zu schicken, wo die Revolution siegreich ist. Wir werden selbstverständlich auch eine gute Preßzentrale brauchen, die im Ausland Schreckensnachrichten über unsern Fanatismus, unsre Grausamkeit und Stärke wirksam placiert.«

»Und wie stellt sich der Genosse Elkan die Errichtung einer Roten Armee vor?« fragte Weiß.

Elkan sah belästigt zur Seite:

»Das sollte der Genosse Weiß besser wissen als ich, denn er ist Offizier. Man wird im allgemeinen die Genossen Offiziere scharf heranziehen müssen.«

Damit bin ich gemeint, spürte Ferdinand.

Im Laufe einer halben Stunde hatte sich Elkan aus einem unsicher-überheblichen Menschen in einen aufgeblasenen Napoleon verwandelt. Er saß mit übergeschlagenen Beinen auf einem Stuhl, während andere um ihn herumstanden. Es war wie ein dekoratives Bild: ›Im Zelte des Feldherrn‹. Elkan schien sogar weit weniger mager zu sein als vorher. Seine Dürftigkeit hatte einer stolzen Sättigung Platz gemacht. Solche Verwandlungen kann eine verdurstete Seele leibhaftig erzeugen, wenn sie sich mit Überlegenheitsgefühlen anschlemmt. Mit der Miene eines Mannes, dessen richtunggebender Geist sich leider auch um Kleinigkeiten kümmern muß, ging er auf Ronalds Frage ein:

»Das Detailprogramm wird Sache eines militärischen Ausschusses sein müssen. Ich für meine Person glaube, daß es wichtig ist, schon in den nächsten Tagen die Bahnhöfe von Wien, Innsbruck, Salzburg in die Hand zu bekommen. Es muß auch so schnell wie möglich das Einvernehmen mit den Eisenbahnern gepflogen werden, die schon zum größten Teil von den Sozialdemokraten abgefallen sind. Ehe die Truppentransporte noch wissen, was los ist, werden sie uns gehören.«

Ein Mann betrat mit zwei großen Paketen das Atelier. Elkan erhob sich:

»Ah, der Genosse bringt uns die Flugblätter... Das Atelier ist doch vollkommen zuverlässig? Wie?«

Alle begannen nun Wawra, den Musikanten, als einen alten und bewährten Kämpfer zu loben. Man suchte ein Versteck für die Flugblätter. Endlich wurden sie im Hühnerstall verstaut. Gebhart, dessen Anarchistenherz die Verschwörungsgesten liebte, häufte eigenhändig Stroh über die beiden Pakete.

Jemand hatte eine Flasche Schnaps in die illegale Beratung mitgebracht. Dies war ein sehr einheimischer Zug. Der Ernst der Lage schloß das bißchen Vergnügen nicht aus, ja forderte es sogar.

Die meisten der Anwesenden waren der gleichen Meinung. Elkan aber mit seiner hochfahrenden Sachlichkeit wirkte bedrückend. Der Schnapsspender schämte sich, seine Flasche kreisen zu lassen, und stellte sie für eine günstigere Gelegenheit neben die Flugblätter in dem Hühnerstall bereit.

Die Wechselrede, die sich nun entspann, zeigte, daß der scharfe Kriegsplan der Russen der Mehrzahl einleuchtete oder wenigstens ihr keinen Widerspruch entlockte. Man war hier aus unbestimmter Leidenschaft und aus Neugierde zusammengekommen, ohne sich über die Marschrichtung den Kopf zerbrochen zu haben. Elkan wies einen logisch überzeugenden Weg. Heute waren unter dem Schlagwort »Rache für den Krieg« die bewaffneten Massen fraglos zu gewinnen. Weiß schauderte unter der abenteuerlichen Phantastik dieser Vorstellung. Noch nie, seit die Welt bestand, hatte es ein stärkeres Werbewort gegeben. In allen Ländern, bei allen Nationen mußte es einschlagen und das Bild der Erde verändern. Auch Gebhart war hingerissen von solchen Gedanken. Daß ein so tiefer Verfechter der Gewaltlosigkeit in militärischen Bildern schwelgte, war in jenen Tagen der Tollheit nichts Auffälliges. Nach vier Jahren beispielloser Erniedrigung schrie jede Seele, die von ihr getroffen war, nach Rache. Nur die ältere Generation und die geschütztesten Stände konnten das nicht verstehn. Der alte Bankbeamte hielt sich die Ohren zu und verließ mit einem Kassandraruf das Atelier.

»Sind wir uns klar über die Parole?« fragte Elkan. »Zunächst Gründung einer roten Wehr als Kerntruppe!«

Hände erhoben sich.

»Ich bitte also die militärischen Genossen, sich bereitzuhalten.«

Wie komisch ist doch die Welt, dachte Ferdinand. Vor ein paar Wochen bin ich dem Militär entlaufen. Und heute gehe ich, nichts ahnend, in den fünften Stock eines ganz gewöhnlichen, harmlosen Hauses und scheine wieder »einrückend gemacht« zu sein. Wer mag unter diesem Atelier wohnen? Kleine Geschäftsleute. Stille Familien. Ein Zahnarzt. Ein Schreibmaschinenbureau. Wir heroben würfeln über ihr Schicksal, und sie wissen nichts davon. Das hat etwas Großartiges. Und er lächelte leichtsinnig zu diesem Gedanken, denn das sonderbare lustvolle Erwartungsgefühl (man könnte es fast »Bewußtsein der Geschichte« nennen) prickelte immer stärker in ihm.

Inzwischen gab Elkan, dessen Kopf nun ganz welterobererhaft aus dem schwarzen Sweater hervorwuchs, neue Verhaltungsmaßregeln:

»Wir werden heut abend alle die große Soldatenversammlung in den Drehersälen besuchen. Melden Sie sich so oft wie nur möglich zu Wort. Es wird keine besondere Kunst sein, in dem richtungslosen Geschwafel schnell einige Führerpositionen zu erstürmen. Heute abend aber ist es noch nicht ratsam, das Schlagwort von der Roten Wehr oder Roten Garde in die Menge zu werfen. Diese Parole könnte im gegenwärtigen Augenblick ein paar Generalen und der alten Macht den Mut der Verzweiflung geben. Das ist ganz überflüssig. Wir dürfen ruhig auf ihren vollkommenen Nervenzusammenbruch warten. Auch die wahren Verhältnisse an der Front werden erst morgen oder übermorgen klar sein. Halten Sie sich deshalb lieber an Allgemeinheiten, fordern Sie eine neue Weltordnung, die Abschaffung des Krieges und ähnlichen pazifistischen Blödsinn. So im Gespräch darf man natürlich die Aufstellung einer Roten Armee propagieren. Es ist wichtig, daß in den nächsten Tagen diese Idee dem Anschein nach aus der Masse selber taucht. Man könnte auch schon beginnen, Abzeichen zu tragen. Das wirkt ansteckend.«

Weiß war Feuer und Flamme:

»Ja, das ist sehr wichtig. Wir müssen schon als Vertreter der sozialen Republik zu Dreher kommen. Zivilisten mit roter Armbinde! Militärpersonen mit rotem Band auf der Kappe! Morgen laufen dann Tausende so herum. Wer verschafft uns roten Stoff?«

»Ich«, schrie Wawra, der bisher ziemlich teilnahmslos in die Betrachtung des königlichen Hahnes Phöbus versunken war:

»In der Bodenkammer nebenan liegt eine ungarische Fahne,

die sie immer mit hinausgesteckt haben, wenn die großen Siege unserer glorreichen k. u. k. Armee amtlich verlautbart wurden. Hahaha! Eingedenk der Lorbeerreiser, Gut und Blut für unsern Kaiser! Hahaha! Lemberg noch in unserm Besitz ...«

Mit diesem Triumphruf, den er mehrmals wiederholte, stürzte er ab und kam nach einer Weile samt einer riesigen Fahne wieder, die er hinter sich herschleifte. Rot, Weiß, Grün! Oh, welche Freude, den verdammten Magyaren ein Stück blutiges Rot aus dem Leibe zu reißen! Niemand bemerkte die Gefühlswallungen, die Wawra schüttelten. Vier Jahre Verstellung hatten ihn gelehrt, eine Maske zu tragen. In seinem Siegesübermaß lief er zu dem Schneider im zweiten Stock und lieh sich eine große Schere und Sicherheitsnadeln aus. Auch verzichtete er nicht auf die Schicksalsgunst, das Rachewerk selber zu üben, und schnitt leidenschaftlich Stück für Stück aus Ungarns Fahne. Da habt ihr es nun, ihr Awaren, die ihr euch zu unseren Herren aufgeworfen habt! Mit welchem Recht, halbasiatisches Pack, hast du und deine Gentry die erste Geige gespielt? Da hast du es nun! So, so, so! Wo ist deine Kultur? Wo sind deine großen Komponisten, dein Smetana, dein Dvořak? Nichts als Csardas und Zigeuner, Zigeuner und Csardas! So, so, so! Das rote Tuch lag auf den Knien des Rächers, das weiße und das grüne fiel zur Seite hinab.

Während dieser Arbeit erschien ein dunkler Kopf in der Tür: Koloman Spannweit.

»Was wissen Sie Neues, Herr Chefredakteur?« scholl es ihm entgegen.

Er sah sich witternd um und sagte mit der müden Nachlässigkeit, die ein Zeitungsmensch großen Ereignissen entgegenbringt:

»Revolution und Unabhängigkeitserklärung in Prag.«

Einige riefen:

»Hoch Wawra!«

Der aber schnitt flink und gleichmäßig rote Bänder aus dem Fahnenstoff, wobei er den Kopf tief über seine Arbeit gesenkt hielt.

»Wie ist die Stimmung oben, Spannweit, bei Hof, Regierung und so weiter?« fragte Weiß.

»Benebbicht ist gar kein Wort mehr«, erwiderte ruhig der Mann der Information.

»Werden sie auf die Revolutionäre schießen lassen?« erkundigte sich ein Ängstlicher.

»Wer soll schießen?« Spannweit zuckte die Achseln. »Wen haben sie zum Schießen? In der Rossauerkaserne sind nicht einmal die Ordonnanzen für die Aborttour übriggeblieben. Heut hat mich die hohe Staatspolizei in der Redaktion angerufen. Wie ich die Lage beurteile? Ausgerechnet mich rufen sie an. Weit gebracht!«

»Und was haben Sie geantwortet?« forschten einige Stimmen.

»Ich hab ihnen natürlich geantwortet, daß ich die Lage sehr gut und sehr ruhig beurteile... Aber was ist hier bei Ihnen los, meine Herrschaften?«

Elkan hatte sich längst von seinem Feldherrnsitz erhoben. Er zog den Sweater über die Hüften hinunter. Man spürte, daß er sich selber gefiel, was auch die Koketterie bewies, mit welcher er die Kehllaute der russischen Aussprache übertrieb:

»Was los ist? Wir haben alle durcheinandergeredet. Das ist los... Übrigens, wenn Sie Neues erfahren wollen, kommen Sie heut abend zu Dreher. Dort ist eine große öffentliche Versammlung.« Spannweit zwinkerte:

»Brüderln, wann das so weitergeht, wer weiß, was wir alles erreichen können!«

Er wandte sich liebenswürdig an Ferdinand:

»Nun, Herr Leutnant, beschreiten Sie auch die revolutionäre Laufbahn?«

Ein ekelhafter Mensch! Ferdinand, der sonst immer Höfliche, konnte sich nicht überwinden und trat schweigend einen Schritt zur Seite. Dieser ablehnende Schritt zwang Spannweit zuerst eine Schmeichelei ab:

»Sie gehören zu den ganz Wenigen, die auch in gefährlicheren Zeiten etwas gewagt haben...«

Ferdinand konnte, obgleich es ihm selbst peinlich war, noch immer nichts sagen. Spannweit, trotz seiner Erfolge maßlos empfindlich wie jeder vom Ursprung an Erniedrigte, fragte scharf:

»Wie meinen?«

Ferdinand wurde rot, lächelte wirr und brachte verlegen hervor:

»Pardon... ich hab Sie nicht genau verstanden...«

Höchste Zeit! Einige standen schon aufbruchsbereit an der Tür. Es wurde die Weisung ausgegeben, sich nach der Abendversammlung wiederum hier im Atelier einzufinden, um die Richtlinien des nächsten Tages zu beschließen. Wawra erhielt den Auftrag, die Wohnung ja nicht zu verlassen und die Konterbande treu zu beschützen. Er versprach alles und drängte die Letzten ungeduldig zur Tür hinaus.

Die große Abendversammlung bot anfangs ein ähnliches Bild, wie es Ferdinand schon einmal in den Baracken erlebt hatte. Einzig in der Form ging es ein wenig parlamentarischer zu. An einem langen Tisch saßen ein paar Chargen und Soldaten, in denen man unschwer Kanzleipersonal erkennen konnte. Unter ihnen schwang unablässig ein Korporal mit einem hübschen verwegenen Gesicht die Präsidentenglocke. Vergeblich versuchte er eine Reihenfolge in den Auftritt der Redner und den Gang der Debatte zu bringen, denn ohne Ordnung sprangen die Leute aufs Podium, schrien einige Sätze in den Saal und machten sich daraufhin eiligst davon. Was sie sagten, war immer das gleiche und bewies, daß sie von dem Zustand des Staates und den Möglichkeiten der nächsten Tage keine blasse Vorstellung hatten. Sie forderten die sofortige Beendigung des Krieges, die Abstrafung mißliebiger Vorgesetzter, den Entzug aller Vergünstigungen für die Offiziere und ähnliche Dinge mehr, die eher einer kleinlichen Meuterei als einer zielbewußten Aufstandsbewegung entsprachen.

Merkwürdig war es, daß die Leute, während sie vor der Menge standen, von Lampenfieber und Rednereitelkeit ergriffen zu sein schienen. Ihre Wangen glühten weniger von revolutionärer Erregung als von kindischer Verlegenheit. Sie gebrauchten mit Vorliebe die hochtrabenden Wendungen, die sie aus ihrer Zeitung kannten. Die Stunde schritt vor. Kein sinnvoller Antrag, kein klares Ziel entrang sich dem Lärm. Nichts anderes geschah, als daß dieses Soldatenvolk einander sein Leid klagte und sich gegenseitig in Wut zu bringen suchte.

Elkan hielt sich im Hintergrund und verhandelte ruhig mit ein paar Zivilisten, die Ferdinand nicht kannte. Seine Behauptung »Meine Freunde und ich« beruhte also auf Wahrheit. Die Ereignisse waren demnach mehr als ein Ausbruch des allgemeinen Kriegshasses und unerträglichen Hungerelends. Drahtzieher standen hinter ihnen. Gewiß nicht nur Elkan und seine Gruppe. Vielleicht wurde auf vielen Seiten zielbewußt gearbeitet, ohne daß es sich noch fühlbar machte. Von den Teilnehmern an der illegalen Sitzung hatte außer dem Herrn im zerknitterten Cutaway noch niemand gesprochen. Elkan wandte sich an Weiß und bat ihn, sich zum Worte zu melden. Die Ansprache eines Offiziers werde starke Wirkung üben.

Weiß bahnte sich einen Weg aufs Podium. Zunächst herrschte eine kühle und mißtrauische Stimmung. Die Sterne waren zwar fort, aber der Herr blieb kenntlich. Ronald begann zaghaft. Seine Phrasen schlugen nicht ein. Tonfall und Färbung kamen dem Ohr der Menge fremd vor. Plötzlich aber hatte Weiß den glänzenden Einfall, sich die goldene Tapferkeitsmedaille von der Brust zu reißen und mit großartigem Schwung in den Saal zu werfen. Dies war der erste starke Augenblick des ganzen Abends. Die Leute tobten. Durch die mächtige Wirkung beflügelt, glückte dem Redner ein Scherz, der populär genug war, in jedem Winkel der Versammlung verstanden zu werden. Das entfesselte Gelächter wirkte kräftigend wie eine Entscheidung. Was keiner blutrünstigen Tirade gelungen war, das Opfer der Medaille und ein grober Witz banden das kopflose Nebeneinander zu einer Einheit. Der Name »Genosse Weiß« pflanzte sich laut durch den ganzen Saal fort. Drei Minuten hatten genügt, und ein Führer war erstanden.

Ganz betäubt von seiner Wirkung und von neuen Anhängern umringt, trat der Siegreiche zu den andern. »Gut«, sagte Elkan sachlich, als wäre hiermit etwas lang schon Geplantes pünktlich eingetroffen, »Sie müssen dann später noch einmal sprechen.«

Weiß versuchte jetzt seinerseits, Ferdinand zu einer Rede anzueifern:

»Willst du nicht hinaufgehn? Es ist wirklich eine Sensation...«

Wie einer, der ein erfrischendes Bad genommen hat, lud er den andern ein, nun auch ins Wasser zu steigen.

Ferdinand gab keine Antwort und löste sich unauffällig von der Gruppe. Er hatte Angst, daß er unter einen unerwünschten Zwang geraten könne. Neugierig durchstreifte er die großen Versammlungsräume. Die Menge war mittlerweile beängstigend gewachsen. Zu den Soldaten stießen jetzt Hunderte von Arbeitern. Sie sahen aufmerksam und prüfend drein. Man spürte sofort: Diese da lassen sich nicht überrumpeln. Scharfe Frauenstimmen begannen den unentwirrbaren Lärmakkord zu krönen. Die Sache mit den Abzeichen hatte Erfolg gehabt. Immer häufiger wurden die rotumschlungenen Kappen. Die blutigen Tropfen gaben dem Bild auf einmal Energie und Furchtbarkeit. Ferdinand verwunderte sich über die geheimnisvolle Macht der Nebensachen. Das Symbol zog die Wirklichkeit herbei.

In Gedanken verloren, geriet er wieder in die Nähe des Podiums. Weiß stand zum zweitenmal oben. Nun aber war nichts Anfängerhaftes mehr an ihm zu bemerken. Wie ein alter ausgepichter Demagog beherrschte er die Wirkung. Welch ein Talent! Er ging sogar – dies erfüllte Ferdinand mit besonderer Hochachtung – ganz frei und keck auf der Bühne umher, während er sprach. Die Menge lachte ihm mit jener unerschöpflichen Kreditfreudigkeit zu, die sie ihren Lieblingen gewährt. Wo nahm Weiß auf einmal den herzhaft urständigen Ton her, mit dem er seinen Willen auf die Menge übertrug? Es sollten morgen – so forderte er – in allen Spitälern und Kasernen Wiens Soldatenratswahlen vorgenommen werden. Pflicht der gewählten Vertrauensmänner sei es dann, dafür zu sorgen, daß keine Eigenmächtigkeit und nichts Unvorsichtiges geschehe. Alle aber müßten Gewehr bei Fuß des Augenblickes harren, da an sie der Ruf ergehen werde. Bis dahin solle jeder revolutionäre Soldat durch unermüdliche Aufklärung schwankende und widerwillige Kameraden in sein Lager hinüberziehen. Der Redner schloß mit dem Ruf:

»Nieder mit dem Krieg! Es lebe die Revolution!«

Nach dieser Ansprache war »Genosse Weiß« der populärste Name in dem weiten Saal. Schon hatte sich ein Stab jüngerer Soldaten gebildet, der ihm dicht auf den Fersen blieb. Er war eine Macht geworden.

Als er eine Viertelstunde später gemeinsam mit Ferdinand zum Tor hinaustrat, näherte sich ihm ehrfurchtsvoll ein junger Gefreiter, dem die reinlichste Begeisterung aus den Augen sah:

»Genosse Weiß, wann soll ich morgen bei Ihnen gestellt sein?«

Mit der gelassenen Ruhe eines Divisionsgenerals zündete sich Ronald eine Zigarette an:

»Um neun Uhr!«

Dann aber, als sie weitergingen, meinte er:

»Rührend! Was? Wie?«

Ferdinand kam von einem Gedanken nicht los:

»Heute mittag haben wir noch Witze gemacht. Und jetzt bist du wirklich zum Mirabeau geworden. Ist das nicht verrückt?«

Weiß versuchte die Erregung, die noch immer sein ganzes Wesen spannte, durch die übliche Ironisierung loszuwerden:

»Ich sag's dir ja immer ... Nur so entsteht Geschichte ... Man hat keine Ahnung ... Man geht im Walde so für sich hin ... Und plötzlich reiß ich mir die Goldene vom Heldenbusen ... Wie? Was?«

»Wann ist dir dieser Einfall gekommen?«

Weiß zögerte einen unfühlbaren Moment mit der Antwort:

»Nachher, mein Lieber! Vorher ist mir der Einfall bestimmt nicht gekommen. Das weißt du doch selbst genau, daß uns die besten Einfälle erst dann kommen, wenn wir sie schon ausgeführt haben. Auf einmal hab ich's halt getan. Ich schwör dir, keine Sekunde lang hab ich drüber nachgedacht. So entsteht Geschichte! Gott weiß, was daraus werden wird. Es hat übrigens sehr stark gewirkt?! Nicht wahr?«

Ferdinand bestätigte es. Ronald aber begann sich seiner Frage zu schämen. Er blieb stehn und wurde ganz weich:

»Die Sache ist natürlich ganz anders... Leider hab ich bei dir das Gefühl, daß du mich noch immer nicht verstehst... Du fällst halt auf alle meine Witze herein... Ich nehm natürlich auch meine Witze ernst... Aber es ist nur ein Ernst ersten Grades... Ein anderer hätte die Goldene nicht weggeworfen... Und warum hab ich sie weggeworfen?... Weil ich eben trotz aller Witze ein Revolutionär bin... Seitdem ich denken kann, bin ich ein Revolutionär... Schon in der Schule war ich's... Ich hätt mich zum Beispiel zu Tode geschämt, ein Vorzugsschüler zu sein, obgleich mir's leichtgefallen wär... Meine Lausbüberei war kein Übermut, sondern Gesinnung... Das haben die Soldaten genau gespürt, und das ist der Grund ihres Vertrauens... Man hat es in sich... Und jetzt lach mich aus, weil ich das sag:... Vieles ist ein Schwindel, aber nichts ein Zufall!«

Er schob die Kappe in den Nacken und schlenderte weiter. Nach einer Weile aber hängte er sich innig in Ferdinand ein:

»Weißt du, seit wann ich ein bewußter Revolutionär bin?... Seit meinem vierzehnten Jahr... Und weißt du, was mich zum Revolutionär gemacht hat?... Ein Pferd!... Und noch dazu ein Pferd in einem Buch... Kennst du Zolas ›Germinal‹?... Erinnerst du dich an das Pferd, das sein ganzes Leben im Schacht zubringen muß?... Ein herrliches Symbol...«

Ferdinand fühlte, daß Ronald ehrlich bewegt war, weniger wohl wegen des Pferdes in ›Germinal‹ als wegen des Geschehenen, das sein ganzes Lebens- und Zukunftsgefühl verwandelt hatte.

Sie bogen in die Straße ein, in deren Eckhaus sich das Atelier befand. Trotz der nächtigen Stunde war die Gasse mit Lärm erfüllt. Etwas Ungewöhnliches schien sich ereignet zu haben. Eine Menschengruppe umgab einen flammenden alten Herrn, dessen Stock tobsüchtig das Pflaster bearbeitete. Vor den Toren standen die Hausbesorger. Alle gafften in die Höhe zu dem letzten erleuchteten Fenster des Eckhauses hinauf, in dem hie und da ein schreiender Mensch sichtbar wurde. Ferdinand konnte die heiseren Triumphrufe nicht verstehn, die jener Mensch herabschleuderte.

Der alte Herr aber schien nicht zu den Bürgern zu gehören, die sich unter der Wucht des Zusammenbruches niederduckten. Er hatte den Schlapphut vom Kopf gerissen. Sein Bart wehte, seine Glatze schimmerte, sein Stock schlug Funken aus dem Pflaster. Er schrie ganz gehörig:

»Wache! Wache! Das muß man sich ja doch nicht gefallen lassen! Wir sind in einer deutschen Stadt! Die Sache hat eine Grenze! Das ist offener Hochverrat! Die Gesetze bestehen noch! Man muß es dem Gesindel zeigen! Verräterbrut, gemeine! Jetzt draht die Bagage noch auf! Hochverrat! Wache! Wache!«

Kein Zweifel, hier handelte es sich um Wawra, der dort oben am Atelierfenster einen schattenhaften Wahnsinnstanz vollführte. Die Hausbesorger schüttelten erschrocken die Köpfe. Keiner von ihnen rührte sich.

Schwerfällig tauchte ein unfroher Schutzmann auf. Auch die Polizei wußte nicht, wohin sie gehörte, und hatte einen berechtigten Respekt vor unvorhergesehenen Amtshandlungen. Der lodernde Greis stürzte sich auf den Wachmann und überschüttete ihn mit zusammenhanglosen Forderungen, in denen die Worte »Hochverrat« und »Standrecht« die Hauptrolle spielten. Dabei stocherte er mit dem Stock zu dem fernen, lichterfüllten Fenster empor, aus dem neuerdings ein Schwall von Geheul brach, dessen Sinn nicht zu enträtseln war.

Ferdinand durchzuckte der Gedanke an die Flugblätter.

Weiß beruhigte den Polizisten:

»Der Herr dort oben im Atelier ist unser Freund ...«

»Also, dann folgen Sie mir bitte, meine Herren«, murmelte melancholisch der Ordnungsmann und ließ die beiden durchs Haustor treten, das er dem alten Patrioten vor der Nase zuschlug. Weiß und Ferdinand stürmten die Treppen empor, während der Schutzmann langsam nachstapfte.

Das Atelier stand weit offen. Folgender überraschende Anblick bot sich dar. Der ganze Fußboden war ringsum mit den aufrührerischen Manifesten bedeckt. Auf dem Tisch lagen die Scherben der Schnapsflasche. Wawra aber tanzte schweißbedeckt im Raume umher. Wenn er zum Fenster kam, so heulte er mit unkenntlich rauhgebrüllter Stimme fanatisch in die Nacht:

»Es lebe Masaryk! Es lebe die unabhängige tschechische Republik! Es lebe unser Volk!«

Das Denkwürdigste dieses Anblicks war weder Wawras Tanz noch sein Geheul, sondern der Hahn Phöbus. Er thronte unbeweglich wie ein heraldisches Tier auf dem blonden Schopf des Musikers, ohne durch die mächtigen Schwankungen seines Thrones aus der Fassung zu geraten. Nur hie und da stellte er durch eine matte Regung der unbeholfenen Flügel das Gleichgewicht her. Seine schwarzen stumpfen Augenknöpfe glühten weise und boshaft. Es fehlte nur noch, daß er mit einem morgendlichen Hahnengruß die lastende Nacht zerrissen hätte. Dies aber ließ er sein.

Schon klomm der schwere Polizeischritt die letzten Stufen empor.

Entsetzt sahen die Freunde all die vielen Flugblätter, deren Anblick ›Arbeiter und Soldaten‹ gewaltig in die Augen stach. Es war zu spät, das verstreute Papier zu verstecken. Ferdinand wollte sich auf Wawra werfen, um ihn zur Ruhe zu zwingen. Als Phöbus diese feindliche Absicht merkte, schoß er rote Wutblicke und bewegte kampfbereit die Flügel. Wawra aber verdoppelte nur seine Rufe und Sprünge. Da er sich gereizt fühlte, ließ er nun auch Wilson und Clemenceau hochleben.

Der Polizist trat in die Tür. Weiß stellte sich lachend vor ihn hin und bot ihm Zigaretten an:

»Sie sehn, es ist nichts als ein ganz gewöhnlicher Rausch. Wir werden ihn schon garantiert ins Bett bringen, Herr Inspektor.«

Dieser blinzelte die tanzende Manneserscheinung mit dem Hahn auf dem Haupte ungläubig an, warf einen langen Blick auf die Flugblätter, nahm mit vorsichtigen Fingern eine Zigarette aus Ronalds Dose und salutierte:

»Danke, Herr... Herr...« (die Sterne waren fort, die Charge nicht zu erkennen) »... Herr Hauptmann...«

Weiß lachte:

»In zehn Minuten schläft er. Sie können ohne Sorge nach Hause gehn, Herr Inspektor... Ich übernehm die Verantwortung.«

Der Inspektor zögerte. Immer wieder betrachtete er mit verlegener Höflichkeit die Flugblattüberschwemmung, auf der Wawra mit Phöbus in unerschöpflichen Tanzfiguren dahintorkelte. Er keuchte schrecklich, und seine Stimme war schon ganz erloschen. Weiß befleißigte sich des volkstümlichsten Wienerisch, dessen er fähig war:

»Sehn S', Herr Inspektor, da laßt sich halt nix machen. Kaner waß, was morgen gschicht... Die Leutln san alle aus'm Häusl... Die näxten Täg wer m'r noch an ganz andern Bahöll erlebn.«

»Das kann schon sein, Herr Hauptmann«, sagte der Polizist und salutierte wieder. Dann umfaßte er mit einem letzten Blick Tänzer, Hahn, Flugblätter und näherte sein Gesicht vertraulich-bittstellerisch dem vermeintlichen Hauptmann:

»Es ist schon möglich, daß was kommt... Aber meine Herren... Wann ich jetzt geh... nämlich... Die Nachtruhe darf nicht gestört werden.«

Neuntes Kapitel

Babylonisches Zwischenspiel

Man wird mit Recht fragen, wie sich in dieser historischen Woche – da die mächtigsten Reiche der Welt zusammenstürzten und jeder fühlende Zeitgenosse von tragischem Grauen erfüllt war – wie sich unter geistig hochstehenden Menschen eine so primitive, eine so schamlose Szene abspielen konnte. Unter Menschen, wohlgemerkt, die mit allen Fibern an der Umwälzung teilnahmen, die atemlos von Versammlung zu Versammlung stürzten, sich als unermüdliche Ansager der Zukunft betätigten und in ihren Reden die höchsten Moralbegriffe der Menschheit unausgesetzt bemühten.

Die nächstliegende Begründung und Entschuldigung:

An jenem Abend waren die meisten von ihnen betrunken, Weiß sogar in doppelter und dreifacher Hinsicht. Ihm hatte das Schicksal mit grausamer Bereitwilligkeit über Nacht eine furchtbare Gewalt in die Hände gespielt. Er war der Gefangene seines Rednererfolges in den Dreherschen Sälen. Was es in Wien an entfesselter Soldateska gab, nannte seinen Namen. »Genosse Weiß«, das war, unbekannt warum, zum Schlagwort geworden. Wäre er der Mann gewesen, letzte Folgerungen aus dieser Machtstellung zu ziehen, so hätten die Geschehnisse wohl einen anderen Verlauf genommen. Aber Ronald Weiß war niemand anderer als Ronald Weiß, ein leicht beweglicher Mann des Talents, gutmütig, ja weich im Grunde seiner Seele, jedoch von dem ungezügelten Trieb besessen, eine glänzende Rolle zu spielen, wenn auch nur eine Rolle. Er selbst erschrak am meisten darüber, wie sich von Tag zu Tag diese Rolle in hartkantige Wirklichkeit verwandelte.

Weiß tat, was Naturen feiner Art, die weder wirklich zugreifen noch wirklich verzichten können, immer tun. Er suchte den gegenwärtigen Zustand hinauszuziehen, so gut es ging, und sich selber am Erwachen zu hindern. Die Gefahr des Erwachens freilich war durch den mannigfachen Rausch, in dem er lebte, gemindert. Neben dem Machtrausch war es der Rausch der Angst, der ihn betäubte. Noch wußte man nicht, wie weit sich die Dinge entwickeln würden, noch gab es einen Kaiser und eine Regierung, deren Entschlüsse man nicht kannte. Dazu kam die neue Nationalversammlung, deren im Augenblick mächtigste Partei, die Sozialdemokraten, jeder Gewaltsamkeit abhold war. Sie konnte, wenn es ihr in den Kram paßte, dem revolutionären Treiben ein Ziel setzen, indem sie es selbst in die Hand nahm. Vielleicht erwog sie schon jetzt die Verhaftung von Weiß, wenn sie nicht gar ein schärferes Mittel in Betracht zog, ihn aus dem Wege zu räumen. Das letztere konnte auch einem der tausend Offiziere unaufgefordert einfallen, die zukunftslos und haßknirschend durch die Stadt schlichen und sich von jedem Gassenjungen degradieren lassen mußten.

Weiß schlief kaum mehr zu Hause, sondern meist in den Kasernen und bei Freunden, wo er sich viel sicherer fühlte. Er ging niemals ohne seinen Stab auf die Straße, der aus einer Gruppe von Soldatenräten bestand und aus jenem jungen Gefreiten, der ihm mit Leib und Seele als Adjutant diente. Mit heimlich erschauernder Seele sah Weiß, wie er, ohne etwas Besonderes zu tun, immer tiefer in den Strudel der Vorgänge gerissen wurde, deren Art und Ziel er so wenig wie ein anderer erkannte. Die Theorie bestätigte sich nun an seinem eignen Leib: Der Führer war ein Popanz der Masse, gleichgültig, ob General oder Rebell. Sein Eigenwillen war eine Einbildung. Wie eine Kompaßnadel zuckte er über das Maßblatt der Zeit, von geheimen Kräften und wirren Stürmen gehetzt.

Der Rausch, der ihn für sein wachsendes Ohnmachts- und Angstgefühl entschädigte, war die Trunkenheit der endlich errungenen Geltung. So gerne hatte Weiß immer zu höheren Menschen aufgeblickt. Ihm hingegen war trotz seiner glänzenden Gaben stets nur die Bewunderung kleiner Leute zuteil geworden. Diejenigen, auf welche es ihm zuvörderst ankam, behandelten ihn herablassend, wenn nicht gar mit einem feinen Spott, der seiner Anstrengung galt, ihr Lob zu erwecken. Den

Dichtern und Literaten war er der Journalist, wohingegen ihn die Journalisten für ein schmissiges, aber loses Talent hielten, das den würdevolleren Aufgaben der Presse, dem Hochgefilde des Leitartikels und der Kulturrubrik etwa, unbedingt ferngehalten werden mußte.

Jetzt aber erhob er sich mit einem Mal zum Manne der Tat, wenn er auch selber nicht wußte, wie. Er zog mit einem uniformierten Gefolge einher. Wimpel, so hieß der junge Gefreite, stand kerzengerade hinter seinem Stuhl, wenn er sich irgendwo niederließ. Erschien er, also kriegerisch umschart, im Säulensaal, so kam Zugluft in den graustockenden Raum, die Tischgesellschaften erhoben sich, alles war bemüht, eine alte Intimität hervorzukehren. Weiß hin, Weiß her, mit »Grüß dich Gott« und »Servus«. Die Unnahbarsten und Hochmütigsten, die ihn früher kaum beachtet hatten, holten sich jetzt mit respektvoller Freundschaftsmiene bei dem starken Mann Auskunft darüber, welche Zukunft er ihnen zu bescheren gedenke. Da er nichts Bedeutsameres noch angeordnet hatte, als ein militärisches Meeting unter freiem Himmel – (und dies geschah auf Elkans Weisung) –, das für Mittwoch anberaumt war, hüllte er sich in Geheimnis. Konnte er es sonst keinen halben Tag aushalten, allein zu sein, ertrug Weiß jetzt keine Minute der Einsamkeit mehr. So erging es übrigens auch manchem andern. In Katastrophenzeiten scheint der Aggregatzustand der Gesellschaft vollkommen geändert zu sein. Der Lebenswert des einzelnen ist in Frage gestellt, und so drängen sich die entselbsteten Teile gierig aneinander.

Weder Ferdinand noch seine Bekannten hielten es in ihren einsamen Zimmern und Kammern aus. Sie saßen immerfort in großen Gruppen zusammen und wechselten die Lokale so oft wie nur möglich. Selbst der Entschluß, für ein paar Stunden schlafen zu gehn, fiel schwer. Man legte sich in der Wohnung, wo man gerade hockte, auf einen Diwan, über zwei Stühle oder auf die nackte Erde. Auch dieser gesteigerte Herdentrieb war eine der Ursachen jener Szene, deren sich Ferdinand nur mit Widerstreben erinnert.

Fest steht jedenfalls, daß Ronald nicht nur im übertragenen Sinne berauscht war, sondern auch eine große Menge tatsächlichen Weines und Schnapses im Leibe hatte, was auch auf die andern, mit Ausnahme Gebharts, zutraf.

Gewiß war Basil ebenfalls nicht vollständig nüchtern. Im Gegensatz aber zu den Vorkommnissen bei dem Stiftungsfest in Aschermanns Palais (so etwas hatte sich in seinem Leben nicht oft ereignet) blieb er würdiger denn je. Basils eigenartige Stimmung kann jedoch nur aus dem Zusammenhang seines Geschicks verstanden werden.

Aschermann hatte die Hand von ihm gezogen.

Die tödliche Ahnung, von der Basil bei jener denkwürdigen Geburtsfeier seiner Zeitschrift befallen worden war, sie ging nun in Erfüllung. Er stand vor dem Nichts. Der Präsident stellte jegliche Hilfeleistung ein. Der Katastrophe war eine kurze Unterredung vorangegangen, bei welcher Aschermann den ›Aufruhr in Gott‹ als einen sinnlosen und unverdaulichen Zeitvertreib verdammt und zugleich erklärt hatte, er sei ein gutmütiger Mensch und lasse sich gerne auswurzen, aber auch seine diesbezügliche Bereitschaft habe Grenzen. Vor allem jedoch sehe er nicht ein, warum er sich, um verbohrte Leute zu unterstützen, vor der ganzen Welt lächerlich machen solle.

Am nächsten Tag traf bei Basil ein vom Bureauvorstand des Präsidenten unterfertigter Geschäftsbrief ein, worin dem Unglücklichen mitgeteilt wurde, daß noch im Laufe desselbigen Monats seiner Familie die bisherige Rate zum letztenmal ausbezahlt werde und er selber keine weitere Zuwendung zu erwarten habe. Aber nicht die jäh hereinbrechende Lebenssorge war es, die ihm den schwersten Stoß versetzte, nicht der neuerliche Untergang einer seiner Schöpfungen, nein, was ihn um alle Besinnung brachte, war Heddas Erfolg. Wäre sie gleichzeitig mit ihm von Aschermann verstoßen worden, er hätte sein Schicksal mit Fassung getragen. Daß aber das Geschöpf seiner Großmut nach seinem Fall sich nur noch höher zu erheben schien, das war zum Tollwerden.

Kühl hatte Basil bisher sein weißes Haupt der scharfwehenden Zeit entgegengehalten. Armut, Erfolglosigkeit, gähnendes Einerlei, sie hatten die galante Priestermaske spöttischer Überlegenheit nicht zerreißen können. Jetzt aber begann sie brüchig zu werden, und hinter der abgeschabten Souveränität lugten Weinerlichkeit und schwelgerische Rachsucht hervor, Gefühle, die zueinander gehören. Hundert Einzelheiten bestätigten den bohrenden Verdacht, Hedda hatte ihn, Basil, geopfert, um sich selbst zu retten. Sprach sie jetzt von »Papa«, so klang ein Unterton neueroberter Sicherheit mit. Zwischen ihr und Aschermann hatten langatmige Aussprachen stattgefunden. Es war ihr auf manche Art gelungen, ihn wieder von ihrem Wert zu überzeugen. Die Folge der neuen Erwärmung zeigte sich darin, daß der Präsident sie auf einen Jagdausflug in die Steiermark mitnahm, eine Gunst, die sie bisher nur einmal genossen hatte. Doch das Allerschönste: Es gingen im Säulensaal Gerüchte um, daß Hedda nunmehr eine andere Zeitschrift herauszugeben gedenke, wofür sie schon den leitenden Mann gewonnen habe, dessen Name vorläufig aber noch im Dunkel bleiben müsse. Wer war der Erwählte? Viele Zeichen deuteten auf Ronald Weiß. Aber mochte es Weiß oder ein anderer sein, gegen ihn, Basil, den Enzyklopädisten gehalten, war es ein ungehobelter, minderwertiger Kopf. Welch eine Zeit kam herauf? Irgendeine geschickte Reporterfeder, die sich radikal zu gebärden wußte, wurde berufen und ein Basil verworfen. Galten die erlesensten Zitate aus Saint-Simon, Montaigne, Vauvenargues nichts mehr? Die Entdeckung unbekannter Genies, die in Paris am Ende des vorigen Jahrhunderts verkommen sind, war sie verwirkt? Lockten vertrackte Gedankengänge von Kierkegaardscher Tiefe kein Verständnis mehr hervor? Und der feinste Gedankengang, der die Idee der Kirche mit der Revolution verband, das Ewig-Starre mit dem Ewig-Fließenden, dieser wahrhaft gallische Einfall, sollte er nicht begriffen werden? Die Zeit für geistige Gipfelluft schien vorbei zu sein. Handfeste oder verblasene Pathetiker, eindeutige Flachköpfe, die gerade noch Nietzsche gelesen hatten, traten Basils Erbe an.

Dieser Wandel aber allein hätte sein Selbstgefühl nicht gebrochen. Er war schmiegsam genug, die gegenwärtige Jugend, ja die nächste und übernächste noch zu überdauern. Weit schwerer wog die Tatsache, daß der Herausgeber der zukünftigen Zeitschrift, Weiß oder wer immer, auch Heddas weibliche Gunst genoß. Mit diesem doppelten Verrat hatte sie ihm eine vergiftete Wunde geschlagen. Basil litt an einer verzwickten, aber keineswegs kleinlichen Eifersucht. Er selber war ja immer bedacht gewesen, nicht nur für Heddas Aufstieg, sondern auch für ihr Herz zu sorgen. Aber er mußte der Gott bleiben, der Glücks- und Liebesspender, der das Vorrecht besaß, über ihre Wahl zu wachen. Nun hatte sie ihm dieses Vorrecht frech entwunden und selber gewählt. Indem sie Basil, den Mann, ohne seine Zustimmung betrog, verriet sie Basil, den Geist.

Sehr merkwürdig verhielt er sich zu diesen Schicksalsschlägen. Seine Existenz war wieder einmal vernichtet. Gattin und Töchter überschütteten ihn aus Köln mit Jammer-, Droh- und Hohnbriefen. Der alternde Mann aber, in seinem eitelsten Nerv verletzt, entwickelte eine Volldampftätigkeit als Erotiker.

In diesen Tagen, da die Straßen von Angst und ratloser Erregung widerhallten, bemühte sich der hagere weißhaarige Basil, den Eindruck eines beträchtlichen Frauenverbrauches hervorzurufen. Täglich brachte er neue Elevinnen seiner Gunst in den Säulensaal. Er begnügte sich nicht wie Gebhart, der Theoretiker der Liebeslust, mit düsteren Schlampen, sondern konnte der staunenden Runde sogar einige Mädchen von leidlichem Reiz aufführen. Gott weiß, woher er seine Truppe bezog. Er warf nicht nur mit Liebkosungen, sondern auch mit Prahlereien umher. Einer kleinen Tänzerin versprach er mehrere große Zeitungsartikel und einen steinreichen Geliebten, einer Schauspielanfängerin ein Engagement an der ersten Bühne. Seinen Freunden erzählte er mit der Inbrunst eines Siebzehnjährigen von dem berauschenden Abenteuer, das ihn mit einer gefeierten Schönheit und großen Dame der Stadt verbinde. All diese Prahlereien waren die Fieberphantasien seiner Niederlage. Sie bestimmten in den Wochen vor und während des Umsturzes Basils Reden und Handlungen.

Die unglückliche Liebe zur »großen Welt« trat wie ein Hungerstein aus dem niedrigen Wasserstand seines Selbstbewußtseins hervor. Jetzt erinnerte er sich gewisser Beziehungen, die ihn mit diesem Gesandten und jenem Aristokraten verbanden. Er machte Besuche. Seine außerordentlich wirksame Erscheinung kam ihm zu Hilfe. Einige Salons öffneten sich ihm, die in der gesellschaftlichen Topographie dort lagen, wo die große Welt an die Gebiete der Wohltätigkeitsstreberei sowie der verlogenen Musik- und Kunstbegeisterung grenzt. Hier herrschen zumeist ein paar Gräfinnen, die einen Geburtsmangel durch erhöhte Aktivität wettzumachen suchen. Sie leben stets in der Angst, irgendeine wichtige Figur zu versäumen, die ihnen von den Nebenbuhlerinnen weggeschnappt werden könnte. Diesem Umstande hatte es Basil zu verdanken, daß er in den denkwürdigsten Wochen des Jahrhunderts seine lange Gestalt durch die Salons einer untergehenden Welt schleppte. Um seinen bleichen Kopfgipfel waren graue Wolkenfetzen des Schattenreichs gelagert, wenn er fremdartig und eindrucksvoll über dem Geschnatter des Klatsches und der Banalität auftauchte. Er benahm sich salopp, verächtlich und manchmal sogar unmöglich. In anderen Zeitläuften wäre er sehr schnell fallengelassen worden. Jetzt aber war die ahnungslose Herde, die keine rechte Vorstellung von den Ereignissen besaß, welche auf sie niederschmetterten, jetzt war sie angstvoll aufgescheucht und bereit, mit dem Geist der Zweideutigkeit einen kurzfristigen Pakt zu schließen. Basil gebärdete sich hier durchaus nicht als kleinlauter Snob. Sein Wort herrschte. Er nahm sich kein Blatt vor den Mund und sprach sehr scharfe Dinge aus. Diese Stunden dienten dazu, sein Selbstgefühl wiederherzustellen. Es genügte, daß sich ihm Türen öffneten, die Aschermann und Hedda vor der Nase zugeworfen wurden.

Im Säulensaal zeigte er mehr denn je sprühende Lebendigkeit, er durchlumpte mit den jungen Leuten Nacht für Nacht, aber seine Hände zitterten, wenn er sich eine Zigarette anzündete. Oft erreichten seine Prahlereien, und nicht nur die erotischen, eine schwindelnde Höhe. Er begann düster mokante Andeutungen darüber zu machen, daß niemand eine Ahnung von seiner eigentlichen Weltstellung besitze. Er habe die Gegenspionage der Mittelmächte von allem Anfang an hinters Licht geführt, da er nichts Geringeres sei als ein geheimes Mitglied der päpstlichen Diplomatie. Der Kardinalstaatssekretär habe ihm für seine monatlichen Berichte, die mittels Brieftauben abgefertigt wurden, den besonderen Dank ausgesprochen. Er brauchte weder Aschermann noch einen andern Schieber, da man ihn in Rom jederzeit erwarte, um sich seiner auf das glänzendste zu bedienen. Was bedeute Österreich, was Europa für ihn, da er einer allumfassenden Körperschaft angehöre? Vielleicht werde ihn der Heilige Stuhl übers Jahr in entscheidenden Geschäften nach Damaskus senden, weshalb er sich jetzt gar nicht mehr mit der Revolution, sondern nur mit der weit wichtigeren arabischen Frage beschäftige. Über solches Geflunker schüttelten die Wohlwollenden unter Basils Bekannten den Kopf, die anderen lachten. Ein Scharfäugiger aber urteilte:

»Der Arme kommt in die Wechseljahre.«

Unzweifelhaft übte er auf Frauen einen gewissen Zauber aus, so dachte wenigstens Ferdinand, der freilich selbst allzu schüchtern war. Er hatte eine Szene erlebt, die für Basils Unbedenklichkeit und jene Wirkung sprach. Einmal, als sie beide eine Straße überkreuzten, sahen sie am Rand der Fahrbahn eine sehr schöne Frau, die zögernd stehengeblieben war. Ein Staubkorn mußte ihr ins Auge geraten sein, denn sie rieb ihr Lid und versuchte es umzustülpen. Kurz entschlossen trat Basil auf sie zu, stellte sich vor, »Doktor Basil, Augenarzt«, zog ein seidenes Sacktuch aus der Brusttasche und befreite die Schöne geschickt von ihrem Leiden. Das Ganze ging so schnell vor sich, daß die Verwirrte nicht wußte, was sie von dieser hilfreichen Attacke zu halten habe. Sie dankte lächelnd und wollte gehn. Nun aber ließ Basil einen seiner gefeilten Sätze los, die ihm sogleich ein besonderes Ansehen gaben. Ehe die Dame noch verstand, was der gütige Augenarzt von ihr wolle, bot er ihr seine Begleitung an. Ferdinand sah ihnen erstaunt nach, wie sie Seite an Seite dahinschritten. Selbst in seinen verwegensten Träumen hätte er nicht gewagt, sich dieser reizenden und eleganten Frau, diesem schön-abgeschlossenen Leben so keck zu nähern.

Basil war es auch, der Pauline aufgegabelt hatte.

Es muß vorausgeschickt werden, daß Pauline keineswegs eine Dirne war, sondern eine junge Kriegerwitwe, die sich als Besitzerin eines Modesalons tagsüber sehr tüchtig durchs Leben schlug. Sie hatte ihren Mann im vorigen Jahre in einer der Isonzoschlachten verloren. Basil behauptete, sie sei dem Toten bis zu dem Augenblicke treu geblieben, da sie ihn kennenlernte.

Ferdinand erinnert sich nicht, wie das große üppige Weib mit der lautkreischenden Stimme in jene Wohnung kam. Er erinnert sich kaum, wie er selbst dahingeraten war. Vorher hatte es wieder eine illegale Sitzung gegeben, in der Elkan, der heimliche Feldherr, das Feuer schürte und Weiß einen langen Vortrag über Zustand und Brauchbarkeit der Truppen hielt. Morgen sollte beim Soldaten-Meeting der große Schlag geführt werden. – Diesmal aber war der Alkohol nicht im Stroh eines Hühnerstalls verborgen.

An jene Wohnung erinnert sich Ferdinand genau.

(Wieviel fremde Wohnungen hatte er in wenigen Wochen betreten, wieviel Menschenräume, die alle ihre Abgeschlossenheit verloren zu haben schienen, um sich der unheimlichen Zeit zu öffnen und ihren Straßenläufern.)

Ein großes Alt-Wiener Zimmer, die stille Tugendhaftigkeit selbst, mit zart geschwungenen Möbeln und einer grau-grünen Sitzgarnitur um den altväterischen Tisch. Die weißen Emailknöpfe des Sofas hat Ferdinand nicht vergessen. Auf diesem Sofa saßen die Ältesten der Versammlung, Basil und Gebhart. Gebhart hatte diesmal seine Vasallinnen nicht mitgebracht. Der ganz verwilderte Weiß stand vor einer Tür, die in ein Schlafzimmer führte. Er schrie, lachte und putzte seine Prätorianer herunter, Wimpel und noch zwei andere, die heute den Stab bildeten.

Spannweit, der sich in einem schweren Zustand befand, suchte jammernd einen weichen Sitz, ohne ihn zu entdecken, wobei er mit fettiger Stimme die Revolution aufforderte, gewisse Paragraphen des Strafgesetzbuches abzuschaffen.

Auch Leopold Zöger, der kriegsinvalide Offizier, der an Heddas ereignisvollem Festabend teilgenommen hatte, war mitgekommen. Er bewegte sich ebenso langsam und stapfend wie er sprach. Es hatte den Anschein, als müsse er ungeahnte seelische Schwierigkeiten überwinden, um einen Satz hervorzubringen. Ansonsten war er ein ruhiger Mann, sehr belesen, ein langjähriger Verehrer von Basils Schriften, der ihn auch mit den anderen bekannt gemacht hatte. Niemand billigte ihm viel Temperament zu. Er gehörte zum Typus der Zuschauer und Mitgeher, die sich um Originalgenies sammeln. Besonnenheit und Zurückhaltung zeichneten ihn aus, die in einer berufsmäßig sprühenden Umgebung besonders angenehm wirkten. Sein Kriegsgebrechen trug er ohne das geringste Zeichen von Leid oder Trauer als etwas Selbstverständliches. Zöger war einer der seltenen Menschen hier, von denen man keine Überraschungen erwartete. Zu Beginn des Abends saß er steif auf einem Klaviersessel.

Unversehens entwickelten sich die Vorgänge.

Basil, der in lässig-unbeteiligter Haltung auf dem großvaterhaften Sofa saß, gab mit der Miene eines fürstlichen Vergnügungsspenders das Signal.

»Pauline, mach mir keine Schande!«

Das Weib torkelte zwischen den Männern hin und her. Ihr großer Mund stand offen wie in einem Krampf. Ein fassungsloses Lachen schüttelte sie. In diesem berauschten Lachen verschwendete Pauline das ganze Maß von Zurückhaltung, das sich in ihrem geräumigen Leibe angesammelt hatte. Vielleicht war sie gar nicht so besinnungslos, wie sie sich stellte. Ein rachsüchtiger Wille, sich selbst fallenzulassen, lag in diesem kreischenden Krampf. Der Ausbruch wirkte auf die betrunkenen Männer in fast schmerzhafter Art ansteckend. Auch sie strengten sich an, durch Brüllen und Wiehern die letzten Reste von Scham zu überwinden.

Einige Minuten später lag auf dem Boden das Häuflein eines Seidenkleides und ein ausgebauchtes fleischfarbenes Korsett.

Weiß, der Held des Tages, war der erste, der im Nebenzimmer verschwand.

Wimpel bezog Posten vor der Tür. Der jubelnde Spannweit umhalste ihn und forderte mit hervorquellenden Augen Einlaß:

»Ich verlange einen Sperrsitz«, schrie er, »ich habe als Kritiker Anrecht auf einen Sperrsitz...«

Merkwürdig war die Haltung, die Basil und Gebhart einnahmen.

Basil sah stillvergnügt vor sich hin. Er sonnte sich. Wie ein idyllisch abgeklärter Mensch saß er da, der nicht einer abgeschmackten Verwirrung beiwohnt, sondern in eine freundliche Abendlandschaft hinausblickt. Ganz anders Gebhart! Sein edles Raubvogelgesicht war von Zufriedenheit überbreitet, die sich immer dann einstellte, wenn sein Geist mit irgendeiner Sache oder Ansicht gesinnungsmäßig einverstanden war. Dabei schenkte er den betrunkenen Vorgängen nicht die geringste Beachtung. Nur die Begeisterung lichtvoll drängender Gedanken, die das Kokain aller Reibung entband, sprach aus seinen seemannshaft blauen Augen. Leopold Zöger, der mit seinem Klaviersessel zum Tisch gekommen war, hatte ihm ein glückliches Stichwort gebracht, den oft gehörten Satz nämlich, daß nur das Christentum Schuld an der Lustverachtung und sexuellen Scham trage.

(Es gehörte zu den Wunderlichkeiten der Zeit, daß diese Menschen trotz aller atemberaubenden Geschehnisse jede ruhige Minute zu tiefgründigen Gesprächen und heiklen Zergliederungen benutzten.)

Gebhart wies Zögers Gemeinplatz zurück. Jetzt war er in seinem Element. Dieser Mann der Zerstörung lächelte mit der kindlichen Fröhlichkeit eines Gelehrten, dem jemand den Gefallen getan hat, sein ureigenstes Forschungsthema in den Vordergrund zu rücken. Die Fülle seiner frühgeschichtlichen Ideen stieg in ihm auf, ohne durch das baalsdiensthafte Geschrei und Getuschel in der Gegend der Tür gestört zu werden. Er entwikkelte mit halbgeschlossenen Augen in klaren Sätzen jene Gedanken, die für ihn das Entwicklungsrätsel der Menschheit umfaßten.

Nein, nein, das Christentum war nichts Ursprüngliches, sondern nur die späte zivilisatorische Folge jenes Ereignisses, das die Welt einst zu ihrem Unheil um und um gekrempelt hatte. Wer aber dieses Ereignis in seiner ganzen Tiefe verstehn wollte, mußte vor allen Dingen aufmerksam das erste Buch der Bibel studieren, die Geschichte vom Paradies, vom Sündenfall und vom frühesten Menschenpaar. Der ausgezeichnete Autor dieses Buches – verkündete Gebhart – habe zu einer Zeit gelebt, in der das Andenken an jenes umwälzende Ereignis den Völkern noch nicht ganz abhanden gekommen war. Man könne mit Fug annehmen, daß der Verfasser der Genesis ein Mitglied der urtümlichen Prophetenschulen oder mindestens ein Erbe ihrer Tradition gewesen sei. Wesen und Aufgabe der Prophetenschulen aber habe bekanntlich in dem Kampf gegen die babylonische Kultur bestanden, das heißt in dem Kampf gegen die Reste einer erhabenen geschlechtsverherrlichenden Religion. Durch die gesamte babylonische Welt und mithin auch durch das Buch der Schöpfung gehe wie ein Riß die Erinnerung an jenes entscheidende Ereignis...

»Und was für ein Ereignis meinen Sie, Herr Doktor?« fragte Zöger in seiner trockenen und schwerfällig stockenden Art.

Erstaunt, daß jemand da noch fragen könne, erwiderte Gebhart mit unverhohlenem Abscheu: »Die Abschaffung des Mutterrechtes und die Einsetzung der Vaterehe.«

Bei diesen Worten kam es unter den Betrunkenen, die sich am andern Zimmerende drängten, zu einem Tumult. Spannweit begann nämlich wütend an die Tür zu trommeln. Wimpel warf sich ihm entgegen. Die anderen überschütteten die Balgerei mit einem Gelächter-Sud.

Ferdinand, der zwar auch nicht gerade nüchtern war, empfand angesichts des übrigen Treibens ein gesetztes Gespräch als Wohltat. Obgleich er Gebharts Lieblingstheorie genau kannte, entschloß er sich doch, ihm »ein Hölzel zu werfen«:

»Das mußt du näher erklären!«

»Es ist doch sehr auffällig«, fuhr Gebhart fort, »daß kein Wesen auf der Welt eine genialere Auffassung hat als ein Kind zwischen dem ersten und dritten Lebensjahr, und daß nicht die sogenannten Kulturvölker die Buchstabenschrift oder die Zeichenkunst erfunden haben, sondern frühe, schollenfremde Jägerstämme, die ohne Besitz und ohne Gesetz durch die Länder zogen und in Höhlen hausten. Die Freiheitsberaubung, die Domestizierung bedeutet einen Verlust der Genialität, also einen Verlust der Reinheit. Hier liegt der geschichtliche Akt des Sündenfalls verborgen ...«

Basil erwachte aus seiner freundlichen Betrachtung. Als päpstlichen Geheimdiplomaten ging dieser Begriff ihn an. Er fragte mit wissensgesättigtem Tonfall:

»Sündenfall? Wieso?«

Gebhart schob, wie er es im Denk-Eifer immer tat, die Arme vor. Sein Kinn näherte sich der Tischplatte.

»An einem gewissen Punkt hat sich die natürliche Wegrichtung verschoben. Ich erkläre mir das als Folge großer Erdumwälzungen, welche die damalige Menschheit zwangen, sich straffer zu organisieren, um die Herrschaft über das Abwehrmaterial im Naturkampf zu erlangen ... Eine Art Zwangsherrschaft und Belagerungszustand ...«

Zöger unterbrach ihn mit einer unzufriedenen und mühsamen Frage:

»Ich bitte, Herr Doktor, was hat denn das mit der sexuellen Scham zu tun?«

»Sehr viel, alles«, tröstete ihn Gebhart. »Die Paradieseserzählung bringt den Liebesakt, die Erbsünde und mit ihnen die Scham in unlöslichen Zusammenhang. Wie ist das zu verstehn? Wir müssen uns, um es zu verstehn, auf einen Punkt außerhalb unserer historischen Entwicklung stellen. Erstens: Adam und Eva sind selbstverständlich kein individuelles Menschenpaar, sondern der Zustand beider Geschlechter in jenem Weltzeitalter, das die Bibel symbolisch darstellt. Zweitens: Schalten Sie Ihren klarsten, natürlichsten Sinn ein und fragen Sie sich: Was könnte am Liebesakt schmachvoll sein!? Welch ein Übermaß an Perversion und Verderbtheit mußte in die Welt gekommen sein, damit die Scham entstand!? Und die Verderbtheit konnte nicht grundlos hereingebrochen sein. Schämen kann man sich doch nur einer abscheulichen Handlung. Aber sich des höchsten Heiligtums der Natur zu schämen, der Beziehung und ihrer lustvollen Geheimnisse? Was mußte vorhergegangen sein, überlegen Sie nur? Ein Greuel!«

Die Tür des Nebenzimmers öffnete sich. Sanft triumphierend erschien Weiß auf der Bildfläche. Er wandte sich schauspielerisch rückwärts:

»Schöne und geniale Pauline, ich danke dir.«

Einer der Soldaten schleppte neue Flaschen ins Zimmer. Spannweit verschwand. Die Ansammlung vor der Tür grölte immer tierhafter.

Gebhart, vom Schmerz der Jahrtausende gepackt, als wäre es sein allerpersönlichstes Erlebnis, senkte den Kopf immer tiefer:

»Überlegen Sie doch nur! Schämt sich irgendein Naturwesen der Sexualität?? Ich bitte Sie inständig, mit mir das Ungeheuerliche auszudenken, daß wir Menschen uns schämen!! Ich weiß nicht, ob Sie das so klar empfinden wie ich. Ist es nicht die allerabsurdeste Tatsache der Welt, daß wir ihres schönsten und heiligsten Geschenkes uns schämen? Das kann in keinem natürlichen Weltplan enthalten sein. Diese Scham ist das ganz und gar Abscheuliche. Sie zeigt, daß unser Gefühlsleben verdreht, krank und gemein ist. Eben deshalb schämen wir uns ja.«

Zöger erhob sich. Gebharts Ausführungen überzeugten ihn nicht. Auch er hatte von Minute zu Minute abgelenkter nach dem geistloseren, aber tolleren Teil der Gesellschaft geäugelt. Nun stampfte er mit seinem klappernden Kunstbein zu der Gruppe, in der die Stimme Ronalds vorherrschte. Ferdinand blieb allein am Tisch mit Basil und Gebhart, dessen Augen immer mehr erloschen, je fanatischer er sprach:

»Zwischen Liebe und Scham steht die Erbsünde. Die biblische Schöpfungsgeschichte stellt in unermeßlicher Logik damit die schärfste Erkenntnis aller Gesellschaftskritik hin. Wie fein ist es, daß zuerst die Frau vom bösen Prinzip verführt wird. Sie wird zwar um ihre Würde kommen, aber nachher alles leichter und bequemer haben... Das ist der Grund.« Ferdinand, der diesen Schluß nicht verstand, stellte eine Frage.

Der Lärm bei der Tür bewies, daß sich im Fortgang der Orgie ein neuer Wechsel vollzogen habe. Gebhart sah gramvoll drein und gab keinen klaren Bescheid:

»Vielleicht war sogar der Wille zur Entwürdigung da...«

Basil, der für seine Bedeutung allzu lange geschwiegen hatte, entfaltete nun mit überlegener Stimme sein Panier:

»Ich weiß nicht, ob ich Ihre Anregungen vollkommen verstanden habe, Herr Doktor Gebhart. Aber ich glaube, die katholische Kirche hat im Laufe ihrer Geschichte Augenblicke gehabt, wo sie nahe daran war, den Begriff der Lustscham, wenn nicht ex cathedra, so doch de facto zu überwinden. Ich denke an eine so herrliche Erscheinung wie den Papst Alexander den Sechsten, an dieses Genie, das die protestantische Kritik zum Scheusal gemacht hat. Gott weiß, wo wir heute stünden, wären Luther und Genossen nicht über uns hereingebrochen. Noch die Gegenreformation samt der ganzen Barockkunst zeigt trotz der vorgebundenen Keuschheitsmaske das wahre Streben der Kirche, den Zustand der ursprünglichen naiven Sinnlichkeit, die Welt ohne Scham wiederherzustellen...«

Gebhart hatte Basil höflich ausgehört. Dann aber bekam er sein wehleidiges Gesicht wie immer, wenn er sich nicht verstanden fühlte. Er murmelte:

»Nein, nein, ich meine es anders. Die Kirche, das ist ja das Vaterrecht, die Autorität in der krassesten Form...«

Jemand hieb mit einer leeren Flasche gegen die Tür. Ein anderer drosch mit Fäusten auf die Tasten eines aufklagenden Pianos. Die schöne und schuldlose Vormärz-Einrichtung des Zimmers geriet in ernste Gefahr. Ferdinand zerbrach sich den Kopf darüber, wem von diesen tobenden Berserkern dort die rührende Wohnung gehöre. Alles schaukelte. Gebhart zog sich jetzt langsam am Tisch empor. Sein schöner Kopf mit den in die Stirn gekämmten Strähnen schwankte auf dem dünnen Hals. Aus den verglasten Augen starrte der Rausch eines ewigen Entsetzens und unstillbaren Rachedurstes:

»Ich bin Kommunist«, preßte er hervor, »weil ich das Übel klar sehe... Einmal war die Welt anders. Nicht nur die Bibel, auch andere Urgedichte sprechen von dem goldenen Zeitalter ohne Rechtsvertrag und Richter, vindice nullo. Das ist doch kein Gefasel, sondern eine heilige Menschheitserinnerung. Dann kam der hundsgemeine Eingriff in das Schöpfungswerk. Man kann es ja gar nicht fassen und in Worte kleiden, das Gräßliche, was geschehen sein mag, als auf das Zeitalter der weiblichen Freiheit und Selbstbestimmung, auf die Erhöhung der Mutter zur Herrin die Macht der rechtskräftigen Vaterschaft, des individuellen Kinderbesitzes und des stinkenden Familienzwingers folgte. Was war der Abgrund zwischen Liebe und Scham?«

»Antreten, Ferdinand!«

Dieser bezechte Ruf kam wahrscheinlich von Weiß her. Ferdinand überhörte ihn. Der Anblick Gebharts nahm ihn völlig gefangen. Über sein verwittertes Knabengesicht war solch ein verzweifeltes Außersichsein gegossen, als ringe Gebhart in diesem Augenblick mit Gott, damit er die schuldlose Zeit der herrschenden Mutter wieder erstehen lasse. Der Schwärmer hob seine magern rudernden Arme hoch über den Kopf:

»In dieser Welt des Todes ist ja das einzige jenseitige Wunder die Lust! Es gibt nichts andres Himmlisches und Metaphysisches als sie. Aus ihr strömt alles Gute, dessen wir fähig sind, Liebe, Zärtlichkeit, dankbares Entzücken, Selbstvergessenheit, Opfermut... Und dieses einzige Licht unserer Armut ist uns genommen worden, meine Herren!... Können Sie es fassen?... Oh, ich sehe den Augenblick vor mir... Eine Horde ehrgeiziger Halbaffen stürzt aus dem Busch hervor auf die nackten ahnungslosen Frauen... Ja, ich sehe es genau... Kriegswilde sind darunter mit allen Auszeichnungen auf der Brust und ekelhafte Professoren-Vollbärte... Sie können nicht lieben, sie können sich nicht freuen, so wollen sie sich rächen... Macht, Macht, Macht, das ist das einzige Gefühl, das sie beherrscht... Sie werfen sich über die Lebensquelle und vergiften sie mit ihrem bösen Willen... Macht, Macht, Macht!... Unrein, wie sie, soll fortan alles sein, alles nur hungrig nach einem, nach Selbstüberhebung... In dem Tempel der frommen Liebeslust hängen die Halbaffen Gesetzestafeln und Waffen auf... Den rohesten Rohling von einem vollbärtigen Halbaffen machen sie zu ihrem Gott... Der Garten ist verwüstet... Die Freudlosen haben die Freude in der Welt vernichtet und setzen an ihre Stelle die Notzucht...«

»Antreten, Ferdinand!«

Noch einmal kreischte dieser besoffene Ruf auf. Gebhart – so hatte ihn noch niemand gesehn – stand wie ein Heiliger in Ekstase da und streckte seine schmalen Hände zur Decke.

Da aber trat eine jähe Totenstille ein, denn aus dem Zimmer nebenan gellten Schreckensschreie des Weibes. Mit allen andern stürzte Ferdinand in den Raum. Von tiefem Grauen geschüttelt, wurde er Zeuge einer unbeschreiblichen Szene.

Das Gesicht der nackten Frau, die auf dem Bette lag, war gedunsen, zerkratzt, die Lippen blutig aufgeworfen. Ihre Beine hielt sie weit auseinandergespreizt. Sie versuchte sich in der Rückenlage aufzustemmen, aber ihre Kräfte waren allzu erschöpft. Mit stumpfen Augen des Entsetzens starrte sie auf Zöger. Der Kriegsinvalide, dieser so ernsthafte und gesittete Mensch, war ebenfalls nackt. Doch ein wüster Dämon schien in ihn gefahren zu sein. Er hatte seine Prothese abgeschnallt und schwang sie über dem Kopf in der Luft, als wolle er das Weib damit zermalmen. Über sein zerkrampftes Gesicht strömten Tränen. Zwischen den gefletschten Zähnen zischte er unablässig: »Da, da und da, du Luder!« In diesem Ausbruch lag aber keineswegs nur Wut, sondern ein maßlos erbitterter Schmerz. War ihm während der Umarmung sein Elend, sein für immer zerstörter Körper schreckhaft bewußt geworden? Er hüpfte und tanzte auf seinem einzigen Bein irr umher. Immer wieder wollte er zuschlagen. Wimpel hielt ihn fest. Aber auch Gebhart mußte festgehalten werden, der im Zorne gegen den Krüppel drängte und keuchend hervorstieß: »Keine Gewalt!«

Ferdinand schloß die Augen. Nicht allein, weil das Bild so grauenhaft abstoßend war, blendete er es ab, sondern weil sich dahinter ein unermeßlich trauriger Sinn verbarg, den er nicht verstehen konnte.

Zehntes Kapitel

Führerwahl

Der zweite November brachte in mancher Hinsicht eine Enttäuschung. Elkan und die andern Strategen hatten gehofft, daß sich auf dem Platz vor dem Kriegerdenkmal, wohin das entscheidende Meeting einberufen war, die halbe Garnison der Reichshauptstadt einfinden werde. Man rechnete mit zehn- und zwanzigtausend Mann. Es kamen keine fünfzehnhundert.

Das Gerücht von der bedingungslosen Waffenstreckung und vom Chaos an der Front war überallhin durchgesickert. Der Krieg hatte sein Ende erreicht. Damit aber verschwand auch die Aufruhrstimmung der Mehrzahl aller Mannschaften. Revolution, das war ja für die meisten der verzweifelte Wille, nicht mehr an die Front zu gehn. Beruhten die Gerüchte auf Wahrheit, so konnte man aufatmen. Zugleich aber mit dem Bewußtsein der beseitigten Lebensgefahr machte sich eine andere Wirkung geltend. Auch diejenigen, welche in den letzten Tagen brandstifterische Reden geführt hatten, fühlten sich mit einemmal ungemütlich und betreten. Vier unsinnige Jahre des Todes, des Schreckens und der Verstümmelung! Die Zwecklosigkeit des Opfers, dies war das erste, was von der Niederlage den Menschen zu Gefühl kam.

Diesen Rückschlag, diesen Dämpfer auf der schwungvollen Stimmung hatten die Revolutionäre nicht erwartet. Die Woche war unter heiserem Geschrei, phantastischem Pläneschmieden, richtungslosem Debattieren und trunkenen Ausschweifungen hingegangen. Nichts stand heute fest außer der entriegelten Abenteuerlust, der Erbitterung und Eitelkeit einzelner Individuen.

Hatten die Zweifler recht? Glich die Zeitgeschichte in Wahrheit einem photographischen Negativ, auf dem nur das Nichts deutlich hervortritt, das Versäumnis, der Zufall, das Unbeabsichtigte? So war der Krieg ausgebrochen, ohne daß der Fernblick derer, die ihn erklärten, auch nur den Umkreis der nächsten fünf Tage umspannt hätte. So auch spielte sich der Umsturz ab, mit dem einzigen Unterschied, daß die Planlosigkeit und Verwirrung deutlicher zutage trat. Die Menschen hatten nicht den geringsten Einfluß auf ihr Los. Die Unterschrift eines Esels, eines Schwächlings, einer Memme oder eines Narren setzte die Riesenlunte in Brand. Nachher kam die Wissenschaft mit ihrem Treppenwitz, fingerte am unauflöslichen Weichselzopf der Geschehnisse und zog willkürlich (je nach dem politischen Standort des Entwirrers) Ursache und Folgen heraus. Ferdinand lernte den antiken Schicksalsgedanken verstehn. Kein Mensch konnte auch nur innerhalb der winzigsten Sekunde den eigenmächtigen Ablauf seiner Vorstellungen sich klarmachen, geschweige denn lenken. (Wie sehr traf das gerade auf einen Mann wie Ferdinand zu!) Und dieser unbelauschte Ablauf war der Ackerboden, aus dem alle Taten und Ereignise sproßten. Ohne Widerstand also regierten Dämonen mittels der regellosen Vorstellungsreihen menschlicher Gehirne die Welt, und die sogenannten Herrscher hatten diesen wahren Herrschern nichts anderes entgegenzusetzen als die freche Einbildung ihrer Logik und Zielbewußtheit. Ach, nicht im Willen und nicht im Denken lag das Geheimnis der Geschichte, sondern im abgefeimten Zusammenspiel des Lebens selbst, das ähnlich wie das menschliche Bewußtsein nichts als eine geheizte, fiebrische Bilderflucht war, deren Gesetzmäßigkeit Gott allein enträtseln konnte.

Wer hatte zum Beispiel die Anregung gegeben, daß sich die Kriegsinvaliden gerade auf die Stufen des Denkmals stellen sollten? Weiß wußte nichts davon, Elkan nicht und auch sonst niemand. Sie waren einfach die ersten am Ort gewesen und hatten deshalb den besten Platz, den erhöhten, weithin sichtbaren Sokkel besetzt. Keine umstürzlerische Regie aber hätte ein aufpeitschenderes Bühnenbild erdenken können, als dieser Zufall, der eine Gruppe von Halb- und Dreiviertel-Menschen heraushob, deren mechanische Glieder, Krücken, metallene Schienen, Stützkorsetts, deren zerschmetterte Antlitze und hohle Totenköpfe ein Gewoge von apokalyptischem Grauen ergaben. Ferdinand mußte sich durch die Scharen einen Weg bahnen, um zu seinen Freunden zu gelangen. Er bemerkte, daß die Frontgesichter noch immer weit weniger Wut und Empörung zeigten als das erstarrte, ratlose Schmachten der Für-Ewig-Entfremdeten. Einen Augenblick dünkte es ihn, als seien diese da mit ihrer kindhaften Erwartung in den Augen leichter zu etwas Friedvoll-Sanftem zu führen als zum Rachewerk.

Hinter dem Denkmal war ein Platz für den Tisch freigehalten, an den sich die Leiter der Versammlung zurückziehen konnten. Wimpel saß da und sortierte Papier. Elkan gab den Rednern die letzten Richtlinien. Das Meeting dürfe sich heute nicht auflösen, ehe nicht mindestens drei oder vier Kompagnien der künftigen »Roten Wehr« aufgestellt seien. Weiß, als militärischer Oberbefehlshaber, bezeichnete den Raum im Hintergrund des Platzes, wo Anwerbung und Einreihung der Truppen stattfinden sollte. Er war braunrot vor Aufregung. Die Leute salutierten ihm stramm; er dankte kurz mit dem Zeigefinger, den er lässig zum Kappenschild erhob.

Diesmal war auch Basil erschienen, der einen erstaunlichen Anblick bot. Sein langgestrecktes Skelett stak in einer zerrissen-unzureichenden Uniform. Die nackten Unterarme langten traurig aus den Ärmeln hervor. Auf seinem erlauchten Schädel saß eine rotgebänderte Kappe, die um zwei Nummern mindestens zu klein war.

»Sie müssen unbedingt reden«, forderte Elkan, der sich von dem weisen Priesterhaupte, der hageren Gestalt und jämmerlichen Montur einen malerischen Effekt versprach.

Die Tagung eröffnete ein älterer Invalide von der Höhe des Monuments herab. Dann wurde Basil, der sich im letzten Augenblick zu wehren begann, erbarmungslos hinaufgehoben. Da stand er nun oben, der Verfasser der ›Gegenreformation‹ und fünfzig anderer Bücher, der Herausgeber zahlloser geistvoller Zeitschriften, der Kenner hochnäsig-ausgefallener Literaturen, der Patent-Erotiker, der Meister verwickelter Galanterie, der Preisfechter nächtlicher Gespräche, da stand er nun oben, Basil, der große Schriftsteller und arme Hund. Vor ihm breitete sich die graue niedergedrückte Masse aus, die mit saugenden Augen an seinem Gesichte hing, dessen feine Fremdheit sie mit großer Erwartung erfüllte. In Basil aber ging etwas Qualvolles vor. Er sah zuerst eine dämmernde Flut von Gestalten und dann einen schwarzen Abgrund, an dessen anderem Ufer sich das gewöhnliche Leben der Stadt abspielte, wohin er gerne entkommen wäre. Sekunden vergingen, und er, dem die Sprache sonst sklavisch diente, fand keine Worte, mit denen er den schwarzen horchenden Abgrund hätte ausfüllen können. So krank und elend war Basil in diesem Augenblick. Totenblässe fiel auf seine Züge. Endlich begann er, an ein paar Sätzen zu arbeiten. Seine sonst so überlegene Stimme war jetzt glanzlos und leise, daß nicht einmal Ferdinand, der in der Nähe stand, ihn verstehen konnte. Man vernahm nur ein paar überaus begriffliche Worte vom »fluchwürdigen Liberalismus, der die wahre Kriegsschuld trage« und von der »Überwindung des bürgerlichen Zeitalters«, hochtrabende Redensarten, die nicht in diese Stunde und vor dieses Volk gehörten. Ferdinand empfand ein großes Mitleid mit dieser gravitätisch-müden Gestalt, die sich hier wieder eine Niederlage holte. Denn die Folge der unbestimmten und kaum verständlichen Worte war jene eigentümliche Wegwendung und Gekränktheit, von der eine Menschenmasse immer ergriffen wird, wenn ein Redner, Schauspieler, Sänger »abfällt«. Basil unterbrach sich, machte eine Pause und begann von neuem. Aber das Glück verließ ihn nun ganz und gar, er verhedderte sich und fand überhaupt kein Wort mehr. Ein paar spöttische Zwischenrufe. Da lüftete der Unglückliche mit einem sonderbaren Ruck in höchst zivilistischer Weise die Kappe und rief mit stumpfem Ton:

»Es lebe der Kommunismus und die katholische Kirche!«

Da die wenigsten etwas gehört hatten und die Menge nicht wußte, woran sie war, kam es zu keinem Anstand, nicht einmal zu Gelächter. Die Scharte aber mußte sogleich ausgewetzt werden. Weiß wurde vorgeschickt und bei seinem Erscheinen mit leidenschaftlichen Zurufen empfangen:

»Hoch, der Genosse Weiß!« Es zeigte sich, daß die ursprüngliche Befürchtung, seine Popularität könne durch Tatenlosigkeit verbraucht worden sein, nicht gerechtfertigt war. Ronald hatte lange über eine Wirkung nachgedacht, in der auch das heutige Meeting gipfeln könne. Er wollte seine goldenen Sterne wieder an den Uniformkragen nähen, um sie neuerdings der Revolution mit kühner Gebärde zu opfern. Etwas Besseres war ihm leider nicht eingefallen. Elkan widerriet heftig die Wiederholung von dramatischen Schlagern, die nur einmal gelingen.

Immerhin entstand bei Ronalds Auftritt einiges Leben. Als er die Aufforderung in die Menge warf, sich nach dieser Stunde nicht zwecklos zu verlaufen, sondern zu einer festen Macht zusammenzuschließen, um der ganzen Welt den Willen des Proletariats zu diktieren, da kam Bewegung unter die Leute, und in vielen traurig wartenden Augen erwachte ein Feuer. Diese Bewegung ihrerseits steigerte den Schwung des Redners, der mit durchdringendem Schall seine Stimme hell färbte:

»Ihr sollt nun aus Soldaten der Vergangenheit, aus Militärsklaven des alten Zwangsstaates zu Soldaten einer besseren Zukunft werden, zu Kämpfern der siegreichen Massen. Keinen Offizieren, keinen Vorgesetzten, keinen entwürdigenden Strafen mehr werdet ihr ausgeliefert sein ...«

Bei diesen Worten geschah etwas Unerwartetes. Ein dicker und gewichtiger Mann hatte sich auf die Rednerplatte hinaufgearbeitet und schob jetzt mit einer ruhigen Armbewegung Weiß beiseite. Es war niemand anderer als Doktor Dengelberger, der Abgeordnete und Freund des Präsidenten Aschermann. Es hatte zuerst den Anschein, als werde dieser alte erfahrene Politiker Weiß und Genossen binnen wenigen Minuten an die Wand drücken. Die schwarze behagliche Gestalt, das graue Professorenbärtchen, die weltdurchschauende Brille, all dies wirkte ungemein vertrauenerweckend und nervenberuhigend. »Auf den kann man sich verlassen.« Dieser Altmeister der Volksversammlung besaß die Kunst, mittels seiner lebensfreudigen Erscheinung und überzeugenden Persönlichkeit dermaßen schöne Gefühlserleichterungen hervorzurufen. Im Gegensatz zu der koboldartigen Aufregung der politischen Neulinge gingen von ihm Ströme dämonischer Väterlichkeit aus. Er sprach ohne jede Mühe, er suchte keine zugespitzten Formeln, verschmähte den leisesten Tonfall von Demagogie, er hielt keine Rede, sondern bahnte eine ernste Unterhaltung in schwerer Stunde an. Warme, menschenliebende Besonnenheit war das Element, dem seine Worte entfluteten:

»Aber, Genossen Soldaten, was macht ihr mir da für Dummheiten? Wißt ihr eigentlich, was ihr wollt? Ich bin fest davon überzeugt, daß weder ihr noch diese Herren da es wissen. Alsdann, ich will euch sagen, was ihr vorhabt. Ihr wollt dem österreichischen Proletariat in den Rücken fallen. Die Arbeiterschaft steht geschlossen hinter ihrer Partei in eiserner proletarischer Disziplin. Ihr aber versucht es jetzt in diesen schweren Tagen, durch unüberlegte und zwecklose Eigenmächtigkeiten an dieser Disziplin zu rütteln, wo gerade ihr die Verpflichtung hättet, sie unerbittlich aufrechtzuerhalten. Soldaten, die alte Welt ist zusammengebrochen. Wir müssen sie nicht mehr stoßen. Schritt für Schritt marschiert die Revolution. Radau aber, merkt euch das, ist keine Revolution...«

Weiß sprang vor und überspannte seine Stimme:

»Genossen! Laßt euch nicht von den Sozialdemokraten umwerfen. Es ist alles gemeine Lüge! Sie wollen euch entwaffnen, unschädlich machen und dann an die Bourgeoisie verkaufen...«

Er kam nicht weiter. Der gemütvolle Bariton Dengelbergers, der sich des aufgeregten Stichwortbringers herzhaft zu freuen schien, erfüllte wohllautend die Luft:

»Ich kann zwar nicht so schreien wie dieser Herr«, sagte er und räusperte sich, »aber ich will euch dafür aufrichtig und rückhaltlos über unsre Lage berichten. Das arme, besiegte Deutschösterreich ist von blutgierigen Feinden umgeben. Zu den alten Todfeinden treten nunmehr noch die Tschechen, die Ungarn und die Südslawen, unsre ehemaligen Landsleute. All diese Herrschaften warten mit großer Genußsucht auf die grauenhafte Katastrophe, die uns bedroht, auf den Augenblick, in dem wir verhungern, uns zerfleischen und gegenseitig auffressen. Wir haben – und jetzt sag ich euch, Genossen, die lauterste Wahrheit

– kaum mehr für eine Woche Lebensmittel in Wien. Unabsehbar wird das Ende sein, wenn es uns Sozialdemokraten nicht in zwölfter Stunde gelingt, diese belagerte Stadt zu verproviantieren. Jeder vernünftige Mensch kann sich ausrechnen, wer bei sinnlosen Unruhen draufzahlen wird. Die Ärmsten der Armen. Eure Mütter, Frauen und Kinder! Die Partei, Soldaten, baut fest auf euch, auf euren Mut, eure Treue und eure Vernunft. Sie wird euch rufen, wenn die Revolution in Gefahr schwebt und eurer Arme bedarf. Wer aber die proletarische Solidarität und Disziplin durchbricht, um sich auf eigene Faust wichtigzumachen oder seine persönliche Rachsucht zu befriedigen, der ist ein Feind der Revolution und ein Helfershelfer der finstersten Reaktion. Und dann, Soldaten, seid gescheit und denket an euer eignes Schicksal! Werden diese Herren, die vom Himmel geschneit kommen, für eure Menage, für eure Unterkunft und Löhnung sorgen können, wenn alles drunter und drüber geht? Und was wird aus euren Angehörigen, Genossen, wenn kein Laib Brot mehr zu finden ist, wenn die Leute auf den Straßen sterben und die ansteckenden Krankheiten sich mit Sturmeseile ausbreiten?«

Der Redner sprach immer breiter und ruhiger. Er bekam unwiderstehlich die Leute in die Hand und steuerte ohne Kraftvergeudung auf den Wellen seiner Wirkung. Da machte Elkan einen langen, überraschenden Schritt und stellte sich dicht vor Dengelberger auf, indem er die behäbige Gestalt dadurch den Blicken entziehen wollte. Der nicht allzu laute aber schneidende Ton des Russen fuhr mit harten, fremden Silben in die Menge. Sein dunkles abgezehrtes Gesicht wurde, während er sprach, immer schmäler vor Haß:

»Dieser Abgeordnete hier, der vor langer Zeit, noch im Frieden, als Volksvertreter in das Schwindelparlament der Monarchie gewählt wurde, wagt es, ihr Opfer des Krieges, euch Genossen zu nennen! Ich bewundere euch, daß ihr ihn habt zu Ende reden lassen. Er hat ein einziges Mal die Wahrheit gesagt. Jawohl, Feinde warten auf euren Untergang. Aber nicht die Italiener, die Franzosen, die Tschechen und Südslawen sind euch Feinde. Der Todfeind des Proletariers ist die sozialdemokratische Partei. Dieser Abgeordnete hier war es, der den Krieg nicht nur duldete, sondern sogar begrüßte. Dieser Abgeordnete hier war es, der vor Kaisern, Ministern, Kapitalisten, Generalen und medizinischen Massenmördern auf dem Bauche kroch. Dieser Abgeordnete hier war es, der überall, wo während des Krieges die Soldaten aufmuckten und die Arbeiter in den Streik traten, unsere Freiheitsbewegung verriet und niederschlagen half. Dieser Abgeordnete hier war so patriotisch, daß er sich niemals eurer annahm, wenn Offiziersbestien euch anbanden, krummschlossen, ohrfeigten, prügelten und bestahlen. Dieser Abgeordnete hier deckte die Militärjustiz. Als vor zwei Jahren ein Held des Proletariats die gerechte Todesstrafe an einem kaiserlichen Ministerpräsidenten vollzog, war es dieser Abgeordnete hier, der in seiner Zeitung schrieb, jener Held sei nur ein armer Verrückter. Soldaten, Invaliden! Dieser Abgeordnete hier hat kein Mandat von euch. Ihr hättet ihn nie zu eurem Vertreter gewählt, denn er ist ein ganz gewöhnlicher Opportunist, einer, der den Mantel nach dem Winde dreht. Dieser Abgeordnete hier würde euch, wenn die Niederlage zufälligerweise ein Sieg wäre, jetzt, in dieser Stunde, da er euren Freund spielt, mit Maschinengewehren an die Front jagen lassen. Gebt diesem Herrn Abgeordneten eines monarschistischen Reichsrats, der längst schon krepiert ist, die einzig richtige Antwort, Genossen!«

Die Masse brach in ein sirenenartig aufheulendes »Huh« aus, das sich sogleich in schepperndes Stimmengewirr zerschlug. Da und dort plärrte der Ruf auf:

»Abzug, Dengelberger!«

Der alte Politiker, der mit einer solchen Kraft und einem derartig scharfen Angriff nicht gerechnet hatte, geriet ins Wanken. Seine Brille funkelte forschend umher. Die Taktik aufbauender Ruhe und ernsthaft-bodenständiger Gemütlichkeit hatte gegen die schäumenden Heißsporne der eigenen Partei stets noch den Sieg behalten. Aufregung war immer ein schwacher Punkt des Gegners, den Dengelberger mit überlegener Weisheit zu treffen verstand. Dieser russische Jude aber war ein Fall für sich. Seine maßlosen Angriffe verwundeten schwer. Einige Widerhaken blieben auch in Dengelbergers kraftstrotzendem Fell stecken. Mehrere Sekunden lang war das ausgeglichene Selbstbewußtsein dieses so starken Mannes, der ein Leben ehrlicher Arbeit und verdienten Aufstiegs hinter sich hatte, peinlich getrübt. Er unternahm einen erprobten Abwehrstoß, der unter anderen Umständen den Gegner unzweifelhaft erledigt hätte. Aber angesichts der gefährlichen Zusammenrottung und wütenden Anklage war diese an sich geschickte Parade ein schwerer Fehler:

»In solchen Zeiten«, sagte er freundlich und mit jovialem Lächeln, »tauchen immer allerlei Zug'reiste auf, die uns nicht gern haben und nicht nach Wien gehören. Sie möchten gern einen Pallawatsch anrichten, der ihnen ja sehr billig zu stehn kommt. Wir Wiener aber sind ein menschliches Volk und bedanken uns für asiatische Sitten und Gebräuche...«

Grell fuhr Elkans Stimme dazwischen:

»Proletarier aller Länder, vereinigt euch!«

Dieser Schrei zerriß aufreizend die Luft. Dengelberger öffnete den Mund. Seine schöne Stimme aber kam gegen Elkans schartigen Klang nicht mehr auf:

»Ihr seht nun selber, auf welcher Seite der Herr Abgeordnete steht. Kein christlichsozialer und kein deutschnationaler Gemeinderat hätte das schöner sagen können... Seht her, Genossen, was für eine prachtvolle Goldkette der Proletarier Dengelberger hier auf seinem Bauch trägt...«

Und er tippte mit dem Finger auf den bürgerlichen Uhrschmuck des gewichtigen Mannes. Geheul von allen Seiten:

»Abzug, Dengelberger! Nieder die Sozialdemokraten! Nieder! Verräter!«

Der Abgeordnete hob die Arme, um sich noch einmal für sein Wort Ruhe zu erobern. Diese Bewegung aber verstärkte nur den Tumult, der sich selbst genoß. Da setzte Dengelberger den Hut auf und stieg gelassen von seinem Posten herab wie ein Mann, der den Krawall von ein paar Desperados nicht überschätzt.

Die Abfuhr des allbekannten Sozialisten löste aufgischtenden

Jubel aus. Es war klar. Die Partei konnte der Anklage nicht standhalten, sie hatte sich als Verräterin entpuppt, sie vertrat nicht mehr den Willen der revolutionären Soldaten und Arbeiter. Mit Dengelbergers Niederlage hatte der Tag einen kaum erhofften Gipfel erklommen. Sogleich aber wurde die starke Wirkung in kleine Münze eingewechselt, denn jetzt schossen wiederum die gewissen spritzigen Redner auf, die mit ihren heiseren dialektgefärbten Unklarheiten den Elan der Masse verbrauchten.

Ein Wink Elkans. Ferdinand wurde von ein paar Armen gepackt und hinaufgehoben. Er glaubte zu vergehn. Schreck rieselte ihm über den Rücken. Was sollte er tun, was sagen? Wie er aber so frei dort oben stand und, frischeren Winden gleichsam ausgesetzt, den Platz und die Menge überschaute, da kam ein großer Friede über ihn. In hoffender Bereitschaft lauschten tausend Augen. Er sah die Kriegsinvaliden, er sah die fahlen Gesichter der Grabensoldaten, er sah schließlich nur mehr ein Gesicht. Es war der ergraute, ausgemergelte Kopf eines sehr alten Infanteristen, der ihm unsagbar traurig entgegenschwebte. Wie tief vertraut erschien ihm dieses zermürbte, abgelebte Antlitz, das er im Felde hundertmal gesehen hatte. Es war der alte Landsturmmann auf der Halde von Kolkow, es war der arme Blinda im Dreckgraben von Ferdinandowka III, es war die gichtkranke Ordonnanz in der Kanzlei von Bruck und viele, viele andre noch. In Ferdinands Kehle bildete sich ein kleiner Knoten von Erschütterung. Als aber diese Verengung aufging, fiel es ihm plötzlich leicht, zu reden. Es brauchte kein Nachdenken. Er wußte kaum, daß und was er sprach:

»Brüder!« (›Genossen‹ zu sagen, wäre ihm als eine Zudringlichkeit und unerlaubte Anbiederung allzu schwer geworden.) »Wir alle haben in diesen Jahren Fürchterliches erlitten. Nie kann dieses Leiden an uns wieder gutgemacht werden, ebensowenig wie die Getöteten zum Leben erwachen können! Ein Tag, Brüder, wie heute, kommt für uns kein zweites Mal. Ihr habt schrecklich draufgezahlt, nun aber werdet ihr es verhindern, daß in Zukunft wieder ein ähnliches Leid, daß wieder die niedrige

Blutschmach eines Krieges über die Welt komme! Ergreifet die Macht, die euch diese Stunde bietet, um die Welt für ewig von der Blutschmach zu erlösen!«

Wenn auch der hier festgehaltene Wortlaut der kurzen Rede nicht zuverlässig sein mag – Ferdinands Worte kamen weit weniger glatt zu Gehör –, so war ihr Sinn doch genau derselbe. Aber nicht die bescheidene Rede, sondern das Wesen des Redners erzeugte die eigentümlich angenehme Schwingung, die sich über die Nächststehenden verbreitete. Es war ein Klang, der zu den aufreizenden Wortpeitschen der anderen in Widerspruch stand, aber dennoch sein Teil zum großen Erfolg des Meetings beitrug.

Ferdinand stieg in das zustimmende Gewoge hinab. Er erschrak nicht wenig, als sich jener alte Soldat, dessen trauriges Gesicht ihm während seiner Rede die Welt bedeutet hatte, dicht zu ihm drängte, seinen Arm zärtlich berührte und mit großem Ernst und gerührter Stimme ausrief:

»Führen Sie uns!«

Es klang so unbegreiflich, dieses: »Führen Sie uns!« Zugleich aber war es wie ein dumpfer Keulenschlag der Verantwortung, der auf Ferdinands Kopf niederging.

Weiß trat zum Schlußwort an. Die gute Stimmung durfte nicht länger rednerisch mißbraucht werden:

»Genossen! In den größten Städten Mitteleuropas bilden sich zu dieser Stunde Rote Armeen, die alle Proletarier aller Länder vereinigen und den imperialistischen Krieg für immer verhindern werden. Wählet hier sogleich durch Zuruf ein revolutionäres Militärkomitee! Meldet euch alle zum Eintritt in die Kompagnien der Revolution! für Löhnung, Verpflegung und Kasernen ist gesorgt. Es lebe die Rote Volkswehr!«

Die Wahl ging blitzschnell vor sich.

»Genosse Weiß«, donnerte es von allen Seiten. Dann akklamierten die Leute ein paar andere Reserveoffiziere, die sich hier eingefunden hatten. Zuletzt wiesen viele Hände lebhaft auf Ferdinand hin. »Der dort! Dieser Leutnant dort, oder was er ist! Wie heißt er eigentlich?«

Weiß rief den Namen aus, den die ganze Versammlung schallend wiederholte. Ehe Ferdinand noch ein Wort sagen konnte, war er zum Mitglied des revolutionären Militärkomitees gewählt.

In wirrer Unordnung flutete nun alles gegen den Hintergrund des Platzes, wo eine Kreidelinie für die antretenden Mannschaften über das Pflaster gezogen war. Etwa siebenhundert Mann meldeten sich auf der Stelle, lauter junge Leute zumeist. Eine lange, zwei Glieder tiefe Front besetzte den Gehsteig. Vor dieser Front tanzten Weiß, seine Adjutanten und noch ein paar andere Aufgeregte. Wimpel legte in wohlbekannter Art ›Präsenzstandeslisten‹ an. Man zählte die Reihen, teilte sie in Züge ein, gab ihnen Chargen und Kommandanten, und ehe noch eine halbe Stunde vergangen war, besaß die Rote Wehr vier Kompagnien in sogenannter Friedensstärke.

Indessen war Elkan mit einer Deputation ausgezogen, um beim neuerrichteten »Staatssekretariat für Heerwesen«, das im alten Kriegsministerium amtierte, Verpflegung und Unterkunft für tausend Mann anzufordern. Diese kleine Abrundung nach oben war politisch gerechtfertigt. Morgen konnte die bewaffnete Macht, auf die er sich stützte, schon die doppelte und dreifache Höhe erreicht haben. Die vier Kompagnien waren nur ein Anfang, ein Ersatzkader. Elkan wollte in den nächsten Tagen dafür sorgen, daß nicht nur das Herz der alten verdonnerten Offiziere, sondern auch die neuen Machthaber und die gesamte Bürgerwelt durch phantastische Zahlen eingeschüchtert würden.

Auch Ferdinand betätigte sich eifrig, indem er nach den ewigen Grundsätzen des Reglements Ordnung in die sich bildenden Kompagnien brachte. Er fügte die Kameradschaften, Rotten, Züge zusammen, auf welche von Urbeginn der soldatische Aufbau gegründet ist. Während dieser Beschäftigung aber erfüllte ihn durchaus kein revolutionärer Schwung, sondern nur ein sonderbarer Unmut. Er kam sich lächerlich vor und, anstatt befreit, wieder einmal gefangen.

Ronald Weiß hingegen erlebte große Minuten. Ihn umgaben im dichten Kranz sämtliche Zeitungsreporter Wiens. Von einem

Berichterstatter war er nun selbst zu einem Gegenstand der Berichterstattung aufgerückt. Die Notizbücher zitterten vor Gier und Ungeduld. Weiß aber, der Kenner und Meister, lenkte mit Umsicht die öffentliche Meinung:

»Wer schreibt für Berlin?«

»Rosen... Rosen...« meldete die ganze Runde.

»Wo ist Rosen?«

»Hier!«

»Paß auf, Rosen! Du gibst es natürlich telegraphisch fürs erste Morgenblatt. Aber keine Drecksnotiz, sondern mindestens hundert Zeilen, verstehst du?«

Er begann zu diktieren, unterbrach sich aber bald.

»Rosen! Warum grinst du so blöd? Du glaubst, daß ich mich wichtig mach, was, wie?! Da überschätzt du mich. Je mehr von der Revolution in den Blättern steht, um so realer ist sie. Als alter Journalist könntest du schon wissen, daß ein Ereignis gar nicht existiert, ehe es berichtet wird. Die Welt ist erst vorhanden, wenn sie in die Zeitung kommt. Mir scheint, das hast du noch nicht gelernt... Also weiter!«

Kaum aber hatte er wieder begonnen, hielt er von neuem inne:

»Wo ist Hrdina?«

»Nicht gekommen...«

»Was heißt das, nicht gekommen? Wer wird nach Prag berichten? Was ist das für eine Wirtschaft in einer Zeit, wo man nichts telephonisch geben kann? Sollen die Prager glauben, daß bei uns noch immer die Burgmusik aufzieht?«

Und er sorgte energisch dafür, daß den Dienst des pflichtvergessenen Hrdina ein anderer genau in seinem Sinne übernahm. Dann entließ er die Kollegen:

»Meine Herren, ich schließe hiermit die Pressekonferenz. Morgen nachmittag erwarte ich Sie alle wieder. Das Tageskommuniqué wird in der Kaserne ausgegeben werden, welche die Rote Wehr beziehen wird. Sie können dort auch Stimmungsbilder sammeln. Die Zeitungen müssen in den nächsten Tagen von nichts anderem voll sein als von uns!«

Nach einer Stunde kehrte Elkan mit der Deputation zurück. Eine große Kaserne auf der Mariahilferstraße, also mitten in der Stadt, keine zehn Minuten von der Burg, dem Parlament und den Regierungsgebäuden entfernt, war den revolutionären Truppen zur Verfügung gestellt worden. Ein Sieg ohnegleichen, den niemand erhofft hatte:

»Hoch die Rote Wehr!«

Jubel brauste zu den Dächern empor.

Abmarsch! Gott weiß, wer plötzlich die Musikkapelle zusammengetrommelt hatte, die sich an die Spitze des Zuges stellte.

Das erstemal im Leben dieser Stadt blitzte und donnerte die Marseillaise durch die erschrockenen Straßen.

Weiß schlenderte neben Ferdinand hinter der letzten Abteilung einher. Die Kapelle saß ihm tief im Genick. Er vergrub die Hände in den Hosentaschen und pfiff die Hymne scharf mit. Nichts in seinem Wesen verriet den neuen Machthaber und Feldherrn der Revolution. Ferdinand mußte über ihn lachen, denn er hatte sein abenteuerlichstes Wildwestgesicht hervorgeholt. Als der Zug am Parlament vorbeimarschierte, sagte er knabenhaft-glückselig:

»Das kann gut werden!«

Elftes Kapitel

Das bucklichte Männchen

In den nächsten Tagen kam Ferdinand kaum aus den Kleidern. Er stürzte sich in die neue Arbeit, um das nagende Unbehagen loszuwerden, das ihm zuflüsterte: All dies ist ziellos, phrasenhaft, zufällig, unwahr. Vielleicht aber war das in der Welt stets so gewesen, und keine Zeit hatte, wenn man sie bewußt miterlebte, mehr Plan und Sinn bewiesen. Von unten und von außen gesehen, machten politische Vorgänge wohl den Eindruck von reiflicher Erwägung, verantwortungsbewußten Entscheidungen und langhin gerüsteten Taten. Man las in der Zeitung würdegeschwollene Berichte über Thronreden, Ministerkrisen, Kriegserklärungen, und jetzt tauchten Worte auf wie »Führertaktik« und »revolutionärer Wille«. Eins aber wie das andre schien fauler Humbug zu sein und aus einer abgefeimten Mischung von überflüssigem Geschwätz und stumpfsinnigem Amtsschimmel zu bestehen. Geräumige Zimmer, in denen arbeitsscheue Herren blauen Zigarrenrauch und unverbindliche Ansichten von sich gaben – enge Schalter, dahinter heimtückische Tuberkulotiker sich an der demütig wartenden Volksschlange durch grausame Sekkaturen für den Hungerlohn rächten – das war die Regierung dieser Welt, die sich nicht verändern wollte, wer immer auch herrschte.

Sonderbarerweise nahm Ferdinand Rolands skeptische Erkenntnisse in einem Augenblick an, da jener im Schatten seiner neuen Würde und Gewalt sich zu einem Gläubigen entwickelte und nun auch in der gewöhnlichsten Unterhaltung seine Grundsätze mit Feuer vertrat.

Vielleicht – überlegte Ferdinand – hatte es Gott so eingerichtet, daß alles Sinnlose erst dann einen Sinn bekam, wenn es verflossen war. Es mußte wohl so sein, daß aufgeblasene Nichtstuer jeder Gesinnung in rauchgeschwärzten Räumen sich zu endlosem Schwatz zusammenrotteten, damit Geschichte entstehe. Er zwang sich zu einem engumzirkten Fleiß, in der Hoffnung, es werde sich im Verlauf der Dinge ihr guter Sinn noch erweisen. Nun lief er von Amt zu Amt, von den Intendanturen zu den Provianturen, von Magazin zu Magazin, um für die neuaufgestellten Kompagnien alles Nötige zu ergattern.

Die Ämter befanden sich alle in Auflösung. In mancher großen Schreibstube saß bloß noch ein einziger Offizier, der vor dem Worte »Rote Wehr« zusammenfuhr. In den meisten Depots lungerten nur mehr ein paar gesättigte Rechnungsfeldwebel, die beim besten Willen den ganzen Krempel nicht bewältigen konnten. So gelang es Ferdinand, in aller Eile Monturen, Stiefel, Wäsche, Konserven, Strohsäcke und Decken zu fassen, um damit Mannschaft und Kaserne auszustatten.

Aber es war wie verhext. Kaum hatten die Leute diese Sorten in Empfang genommen, scharten sie sich auf den Gängen zusammen und erhoben ein Geschrei, man lasse sie verhungern und verkommen. Auch jetzt drängten sich wie während des Krieges gewissenlose Elemente zwischen die Mannschaft und ihre Bedürfnisse, um vom Raub zu leben.

Alle gingen aus und ein, wie es ihnen paßte. Niemand hielt sich an die Dienstordnung, die das revolutionäre Militärkomitee an alle Türen der Mannschaftszimmer hatte nageln lassen. Der Vorsitzende des Komitees und Oberbefehlshaber der Roten Wehrmacht, Ronald Weiß, errang nicht die Gewalt, dieses Chaos in eine Form zu bringen. Wie die Dinge lagen, fühlte er sich gezwungen, den Leuten zu schmeicheln. Kommandant und Untergebener gaben sich gegenseitig den Titel »Genosse«, und wenn der Vorgesetzte einen Befehl aussprach, so kleidete er ihn in eine bescheidene Bitte. Der Dienst selber bestand im ununterbrochenen Abhalten von Versammlungen, die von einem Zimmer ins andere übersiedelten und nur während des Menagegangs aussetzten.

Trotz dieser Mißstände fügten sich die Kompagnien in der Mehrzahl aus prachtvollen Burschen zusammen. Ferdinand erinnerte sich nicht, im Felde jemals besseren Gesichtern begegnet zu sein. Die Überzeugung und der Opfermut für ihre Überzeugung adelte sie. Diese selbst freilich war zerfahren, unbestimmt und eher ein Gefühlswert als ein politischer Begriff. Die Soldaten erhofften von der Revolution die Abschaffung des Krieges für alle Zeiten, den Untergang der schuldigen Herrrenschicht und mit religiöser Inbrunst »eine neue Welt«. So war es wenigstens in den ersten Tagen. Die Führer, die selber zu keiner Klarheit gelangten, fütterten diese Sehnsucht mit verbrauchten Phrasen des damaligen politischen Wortbestandes. Nichts war vorhanden als ein leerer Schwung, dem niemand eine entscheidende Richtung geben konnte. Bald zeigten sich die Folgen. Die Revolution in Mitteleuropa verschmachtete an ihrer geistigen Armut.

Die Pressekonferenzen, die Weiß abhielt, hatten den gewünschten Erfolg. Wäre das Ereignis nichts anderes gewesen als ein Spiegelbild seiner Veröffentlichung – und dies war die Ansicht jedes echten Journalisten –, so hätte sich der volle Triumph ohne Zweifel einstellen müssen. Die Zeitungen brachten tagelang erschrockene Meldungen, masochistische Berichte, ja sogar spielerische Feuilletons über die wachsende Rote Armee in Wien. Das Bürgertum öffnete zitternd die Morgenblätter, und die niedergeschmetterte Herrenklasse von gestern saß hinter geschlossenen Läden im künstlichen Dunkel der Wohnungen.

Da Ferdinand nicht bei den Versammlungen erschien, keine Reden hielt und seine ganze Zeit auf die Organisation des Verwaltungsdienstes und der Ernährungssicherung der Kaserne verwandte, so rückte er sehr bald in die zweite und dritte Linie der Führer. Er war sehr froh darüber, denn er besaß nicht Ronalds Leichtigkeit.

Eines Tages verlangte das Komitee von ihm einen genauen Bericht über die Zustände auf den Wiener Bahnhöfen. Ferdinand konnte sich diesem Auftrag nicht entziehen, der ihn übrigens auch interessierte. Er wählte als erstes Studienziel den Südbahnhof, wohin er sich am Nachmittag aufmachte. Man sah zu dieser Stunde kaum einen Zivilisten auf den Bahnsteigen. Personenzüge wurden nicht mehr abgelassen, denn ununterbrochen trafen von der Front die Garnituren des zerschlagenen Heeres ein. Eine tobende Soldateska erfüllte die Halle mit ihrem Sprachengewirr und den erdig-faulen Gerüchen des Grabenlebens. Kein Offizier war zu finden. An wen die Kommandogewalt des Bahnhofs übergegangen war, konnte nicht festgestellt werden. Ein Dutzend von Stationsbeamten vermehrten den Wirrwarr dadurch, daß sie Ordnung stiften wollten. Ein anderer Teil sah schlaff und teilnahmslos dem unauflösbaren Treiben zu. Am schlimmsten war ein großer Verwundetentransport daran. Der ärztliche Leiter, ein alter verzweifelter Mann, mußte mit zwanzig Spitälern telephonisch verhandeln, ehe sich eines bereit fand, den unerwünschten Zuwachs aufzunehmen, der heute wahrscheinlich gar nicht mehr nach Österreich zuständig war. Auf nackten Tragen oder in verfaultes Stroh gebettet, lagen die Opfer des letzten Waffenganges in den schmutzigen Waggons. Die Wunden eiterten und brannten nicht anders als in den ersten Tagen des Krieges, da jeder Verletzte als wildumjubelter Held empfangen und gepflegt wurde. Jetzt stand der Zug schon seit sieben Uhr morgens in der Bahnhofshalle, und die Kranken hatten außer einer schalen Wassersuppe noch keine Mahlzeit erhalten. Ferdinand ging von Wagen zu Wagen und steckte seinen Kopf voll wehen Schuldgefühls in den stinkenden Dunst von Karbol und Fäulnis.

Da hörte er vom andern Geleise her seinen Namen: »Leutnant R.!«

Ferdinand gewahrte einen wildbärtigen Mann in zerfetzter Uniform mitten in einem Haufen noch zerlumpterer Soldaten. Der Mann schritt mit unnatürlich glänzenden Augen auf ihn zu. Eine volle Minute brauchte es, bis ihn Ferdinand erkannte:

»Um Gottes willen! Herr Major Prechtl!«

»Oberstleutnant Prechtl, wenn ich bitten darf«, sagte der Mann, der unter dem graudurchzogenen Bart einen Totenkopf trug.

Ferdinand stammelte:

»Herr Oberstleutnant... ja... was ist denn mit Ihnen geschehn?«

Die starrleuchtenden Pupillen des Mannes bewegten sich nicht, wenn er sprach. Auch seine Worte hatten eine steif-phrasenhafte Art:

»Es ist uns gelungen, mir und meinen braven Truppen, der schmachvollen Gefangenschaft zu entgehn...«

Und er deutete auf die Gruppe von etwa dreißig phantastischen Lumpengestalten, die sich hinter ihm drängte. Nur fünf von ihnen trugen Stiefel an den Füßen, die übrigen waren barfuß oder hatten unbeschreibliche Fetzen anstatt des Schuhwerks umgewickelt. Keiner besaß mehr einen Rucksack, geschweige denn sein Gewehr. Prechtls Stimme schnarrte im scharfen abgehackten Kommandoklang, den Ferdinand an ihr nicht kannte:

»Habe mich vom Feinde glänzend abgelöst... Meine vorsichtigen Herren sind mir vor Udine durchgegangen... Vor drei Tagen haben wir die Kärntner Grenze überschritten... Plünderungen wurden vermieden... Mein Tagesbefehl hat Verpflegung durch offene Feldfrucht angeordnet... Gestern früh einwaggoniert... Werde heute Seiner Majestät, dem Kaiser das Regiment übergeben...«

Ferdinand hatte an Prechtl immer geliebt, daß er dem militärischen Ton abhold war und niemals große Worte machte. Mehr noch! Er war, seiner Meinung nach, vom ersten Tag an ein entschiedener Kriegsgegner und scharfer Kritiker der höheren Führung gewesen, worauf Hunderte seiner furchtlosen Bemerkungen stets hingedeutet hatten. Um so unbegreiflicher die starre Verwandlung jetzt. Wie sonderbar, der Offizier schien keine Vorstellung von der Lage zu haben. Sanftmütig versuchte Ferdinand, ihn aufzuklären:

»Herr Oberstleutnant! Höchstwahrscheinlich wird es schon morgen oder übermorgen keinen Kaiser mehr geben...«

Prechtl richtete sich auf:

»Habe das auch schon gehört... Aber, wenn ich bitten darf... was wird dann aus dem kaiserlich und königlichen Offizierskorps?« »Es haben sich neue Staaten gebildet...«

»Und wohin gehöre ich... wenn ich gehorsamst bitten darf... Wer wird mich übernehmen?... Ich war dreimal verwundet... Habe den Krieg an allen Fronten und in jeder Verwendung mitgemacht... Auch Seine Majestät hat den Soldateneid geleistet... Wohin gehör ich also?«

»Das hängt von der Zuständigkeit ab, Herr Oberstleutnant...«

»Von der Zuständigkeit?« Prechtl erhob schallend seine Stimme: »Da möcht ich mich aber gehorsamst bedankt haben... Ich bin Regimentskommandant und zuständig in der österreichisch-ungarischen Monarchie. Merken Sie sich das, Herr Leutnant!«

Sein tiefbraunes Gesicht verfärbte sich vor Kränkung. Er wandte Ferdinand scharf den Rücken und stapfte in der Geleisespur auf und ab. Unglücklicherweise ereignete sich jetzt eine Flegelei, die traurige Folgen nach sich ziehen sollte. Ein paar Soldaten, welche den Bahnhof nach Offizieren absuchten, die ihre Abzeichen noch trugen, kamen auf Prechtl zu:

»Weg mit der Rosetten!« brüllte ihn einer der Kerle an.

Prechtl blieb fassungslos stehn.

Die Soldaten umringten ihn gefährlich:

»Verstehst net? Die Rosetten von der Kappen!!«

Das Ganze spielte sich so schnell ab, daß Ferdinand zu spät kam. Ehe Prechtl noch einen Laut von sich geben konnte, hatte er einen derben Schlag über den Kopf erhalten. Die Kappe flog zur Erde. Ferdinand fing den wankenden Mann auf. Er lag zwei Minuten still in seinen Armen. In der Brust des Geschlagenen arbeitete ein heiseres Pfeifen, das sich aber nicht zum Aufschluchzen verdichtete. Ferdinand versuchte, den Halbohnmächtigen zu beruhigen:

»Herr Oberstleutnant, so was muß jeder jetzt hinunterschlukken! Es geht keinem anders. Gestern ist ein General auf der Straße nackt ausgezogen und verprügelt worden. Kommen Sie! Gehn wir! Sie müssen sich ausschlafen und erholen. Ich bringe Sie in ein Hotel! Morgen schaut alles anders aus...«

Prechtl sagte kein Wort und blieb noch eine Weile an Ferdinand gelehnt. Dann erst machte er zwei Schritte:

»Nein, nein! Weißt was? Gib mir ein Zigarettl! Das ist viel besser.«

In gierigen Zügen begann er zu rauchen. Dann ging er wieder auf und ab. Als er zu seiner Kappe kam, gab er ihr angeekelt einen Fußtritt. Inzwischen war der Soldatenhaufen Prechtls auf einige Mann (sichtlich die unintelligentesten) zusammengeschmolzen. Der Oberstleutnant schien jetzt zu einem Entschluß gekommen zu sein, denn er gab sich einen Ruck und rief:

»Vergatterung! Antreten!«

Die Soldaten machten keine Miene, dem Befehl zu gehorchen. Einer sah Ferdinand zwinkernd an und deutete auf die Stirn. Prechtl war unter die Rotte getreten und nahm Habtachtstellung. Er schrie, als müsse er von vier vollen Bataillons gehört werden:

»Soldaten des k. u. k. Infanterieregiments Nr....!! Ich habe euch nach vierjährigem Ringen in die Reichshauptstadt zurückgeführt... Der Krieg ist zu Ende... Ihr rüstet heute ab... Was mit euch weiter geschieht, entscheidet eure Zuständigkeit... Das Regimentskommando ist nicht mehr kompetent... Ich danke euch für eure heldenhafte Ausdauer und Tapferkeit... Viel Glück auf den weiteren Lebensweg!... Es lebe...«

Er brachte den Hochruf nicht aus, sondern verabschiedete ihn mit einer wegwerfenden Handbewegung. Ferdinand mahnte:

»Gehn wir, Herr Oberstleutnant!«

Prechtl sah ihm fernsinnend ins Gesicht:

»Ich mein, es ist sehr praktisch, daß ich ganz allein bin und zu Hause kein Weibsbild samt ein paar Bankerten sitzen hab... So was! Neugierig wär ich, was dein Herr Papa zu dem Pallawatsch g'sagt hätt...«

»Ganz in der Nähe ist ein Hotel, Herr Oberstleutnant...«

Prechtl ließ ihn nicht zu Ende reden:

»Nein, ausgeschlossen! Brauch ich nicht! Du, weißt, gib mir noch ein Zigarettl!«

Andächtig zündete er die Zigarette an und erfüllte sichtbar inbrünstig seine Brust mit starken Rauchschwaden, während er neuerdings in dem Geleise auf- und abstapfte. Ferdinand, der ihn nicht quälen wollte, sagte sich zwar: Man muß aufpassen. Leider aber besaß Prechtl einen jener winzigen Browningrevolver, die im Handteller verschwinden. Der Knall war so schwach, daß er die schreiende Soldatenmenge in der großen Bahnhofshalle nicht aufstörte. Es gab einen kleinen Wirbel, der auch Ferdinand wie im Traum mit sich spülte. Als man den alten Offizier auf das Sofa des Stationschefs bettete, war er schon tot. Ferdinand empfing weder ein Wort noch einen Blick mehr.

Ein Tag wütender Arbeit folgte. Die Rote Wehr besaß nun schon einen Stand von nahezu tausend Mann. Ferdinand hatte wieder nach unendlichen Schwierigkeiten Monturen, Stiefel, Bettzeug, Konserven herbeigeschafft. Gegen acht Uhr abend aber wurden seine Kopfschmerzen so unerträglich, daß er flüchtete und verzweifelt durch die Straßen lief. Die verängstigte Leere der Stadt donnerte ihm mit Verlassenheitsfluten ins Ohr. Er rannte in den Säulensaal, wie ein schreckscheues Pferd in den Stall rennt. Auch das Café war fast gänzlich ausgestorben. Von Bekannten traf er nur Stechler an. Der Maler empfing ihn mit großen Nachrichten. Heute sei kein Geringerer als Präsident Aschermann in Person hier im Säulensaal mit Hedda erschienen. Das erstemal habe sich dieser große Geldmensch, ein famoser Kerl übrigens, der Gesellschaft genähert. Ein Triumph Heddas. Unglaubliche Dinge seien im Anzug. Aschermann werde, wenn sich in Wien die Kommune durchsetzen sollte, alle seine Kunstsammlungen freiwillig sozialisieren und öffentlich zugänglich machen. Das habe er ihm, Stechler, in die Hand versprochen. Der Präsident erntete noch weiteres Lob:

»Er hat zu uns volles Vertrauen. Hätten Sie es für möglich gehalten, daß er fast ein Gesinnungsgenosse ist? Bißl ruhiger vielleicht, aber sonst... Also in vierzehn Tagen schon wird die neue Zeitschrift erscheinen. Sie heißt ›Der Rote Gedanke‹. Hedda übernimmt selbst die Redaktion. Weiß wird ihr nur dabei helfen. Mir tut es sehr leid für Basil. Ich weiß auch nicht, ob ich als Freund Basils mittun kann. Aber – wenn wir aufrichtig sind – Basil ist doch ein reaktionärer Ästhet. Heute kann man als moderner Mensch philosophisch nur Positivist sein. Vielleicht auch noch Pragmatist! Sie wissen ja eh! Aber thomistischer Metaphysiker wie Basil? Wär net schlecht! Vom Standpunkt des historischen Materialismus aus hat Hedda ganz recht, Basil abzustoßen. Ich bitte Sie, dieses eschatologische Gemurks ist ein Verkehrshindernis. Er sollte jetzt endlich nicht mehr standpunktlos akritisch faseln, sondern wirklich in ein Kloster gehn...«

Vor Stechler lagen ein paar Kanzleibogen, die mit den großen absichtsvollen Buchstaben der Handschrift übersät waren, wie sie die meisten Maler bevorzugen. Er packte die Blätter langsam zusammen: »Entschuldigen schon, aber ich werd mich jetzt allein dorthin setzen. Eine wichtige Arbeit! Sie sehn ja...«

Ferdinands Schweigen mißverstehend, gab er bereitwillig Auskunft:

»Ein radikaler Unterrichtsentwurf für alle Schulen. Ich mache das gemeinsam mit Archer. Herrgott, Sie wissen ja noch gar nicht, daß meine Begegnung mit Archer stattgefunden hat. Also, es war einfach kolossal. Beide waren wir direkt durchsichtig... Er ist ein neuer Pestalozzi, was sag ich Pestalozzi, ein neuer... ein neuer... aber dafür gibt's gar keinen Namen... Daß Archer zum Volkskommissär für Unterricht bestimmt ist, das werden Sie wissen, was?«

Ferdinand ließ ein teilnahmsloses »So?« verlauten. Gegen dieses »So?« sträubte sich Stechler heftig:

»Erlauben Sie? Gehören Sie auch zu diesen Leuten? Jeder kommt mir jetzt mit dem alten Dreck. Archer war niemals Monarchist. Gut! Er hat den Aufsatz ›Reichsgedanke und Kaiseridee‹ geschrieben. Aber erstens im Jahre 1916 und zweitens in der ›Steilen Kurve‹. Das kann man doch nicht ernst nehmen. Viel wichtiger ist's, daß er Mazdaznan für alle Wiener Schulkinder obligat machen will...«

Stechler bemitleidete Ferdinands erstaunten Blick:

»Unterschätzen Sie das nicht, lieber Herr! Es kommt dabei nicht allein auf die Triebreinigung an. Die zukünftige Regierung wird mit Mazdaznan die ganze Ernährungsfrage lösen. In Rußland werden ähnliche Versuche gemacht. Bedenken Sie nur, Hülsenfrüchte kann man überall anpflanzen, in jedem Schrebergarten und auf der Ringstraße. Warum nicht? Eine enorme Konsumersparnis mit aktiver Handelsbilanz und dabei nahrhaft... Und alles auf einen Bumsdich!«

Der Zufall wollte es, daß gerade, als das Wort »Hülsenfrüchte« fiel, Gottfried Krasny auftauchte. Stechler packte sich und verschwand. Der Dichter aber umkreiste auf seine Art mit hochgehoben-abgeknickten Händen den Tisch, indem er, ohne zu grüßen, seine gierig aufbegehrenden Blicke in Ferdinands Augen bohrte. Dann, als er sicher war, sein Opfer genugsam beleidigt zu haben, stieß er heran und befahl:

»Herr Leutnant! Sie werden mir einen Pfiff Weißwein bezahlen!«

»Gerne«, sagte Ferdinand, der plötzlich Freude darüber empfand, daß dieser Mensch und kein anderer ihm Gesellschaft leisten werde.

Krasny deklamierte finster:

»Seit ein paar Tagen ist die Küche wie tot. Sie haben nichts draußen als die schwer verdaulichen Tiroler Landjäger...«

Da Ferdinand grausam genug war, diesen ernsthaften Wink nicht unverzüglich zu beachten, entschied Krasny mit Härte:

»Sie können mir eine Portion Tiroler Landjäger kommen lassen!«

Ehe die Speise aufgetragen war und während des Essens sprach der Dichter mit betonter Ablehnung seines Tischnachbarn kein Wort. Ferdinand hatte Zeit, ihn zu betrachten. Seit zwei Wochen sah er Krasny zum erstenmal wieder. Konnte das der Grund sein, daß er ihn so unbegreiflich verändert fand? Die freche Angriffsbereitschaft seines Bettlertums hatte heute etwas Gezwungenes. Durch die düstere Medusenmaske lugte mehr als einmal ein schwachsinnig flehendes Lächeln...

Jetzt aber wurde Krasny gelb vor Wut und grinste empört auf seinen Teller:

»Warum zwingen Sie mich, so etwas zu essen? Die Würste sind ja verdorben. Ein Mensch in meiner Verfassung sollte nur eine Melange mit Kondensmilch nehmen...«

Ferdinand winkte dem Ober Fritz, der mit matter Kennerfreude das wohlbekannte Spiel verfolgte. In der letzten Zeit hatte seine spöttische Zärtlichkeit für Krasny eine auffällige Form angenommen. Er servierte höchstpersönlich den Kaffee, während seine von Müdigkeit geschüttelte Gestalt kaum vorwärts kam. Als Gottfried Krasny die Schale geleert hatte, ließ er sich herab, mißbilligend zu krächzen:

»Von Ihnen hätt ich das nicht erwartet...«

Ferdinand rückte seinen Stuhl zurück:

»Was denn?«

»Daß Sie sich mit einem Herrn Weiß, einem Herrn Spannweit, einem Herrn Stechler verbrüdern!«

Er zog jeden dieser Namen haßknirschend in die Länge. Ferdinand verstand ihn wohl, aber er sagte:

»Ich versteh Sie nicht.«

Krasny ließ sich nicht zurückschrecken:

»Es ist erstens dumm und zweitens eine Gemeinheit! Außerdem paßt es nicht zu Ihnen!«

»Sie müssen sich schon klarer ausdrücken, Herr Krasny.«

Krasnys Stimme sang schwerfällig:

»Für mich als deutschen Dichter ist der Untergang Deutschlands ein Schlag! Das ist es... mein Herr... worunter i c h leide.«

Auf Ferdinands Zunge lag eine wegwerfende Bemerkung. Was hatte das deutsche Volk mit diesem Dichter zu tun, der seine Verse, wie es hieß, oftmals gar nicht aufschrieb, sondern nur im Gedächtnis bewahrte. Doch er sagte nichts, denn in Gottfried Krasnys Haltung lag eine Wahrhaftigkeit, die ihn selbst nun zwang, sich zu verantworten:

»Sie reden von den Vorgängen, an denen ich teilnehme«, fragte er mit unglaubwürdiger Leichtigkeit, »nicht wahr?... Ich habe zuviel erlebt, um nur gleichgültig zuzuschauen.«

Eine laue Beweisführung. Ferdinand schämte sich. Die Kopfschmerzen beraubten ihn aller Schlagfertigkeit, die ja auch sonst seine starke Seite nicht war. Krasny aber stieß gaumig-feindlich hervor:

»Glauben Sie an Gleichheit?«

Weiß Gott, was das für eine Lähmung war:

»Ich glaube, daß, wenn jemals, so jetzt die Möglichkeit da ist, die Lebensbedingungen der Welt zu bessern...«

Trockene, schlappe Worte! Warum nur? Prechtl war schuld. Das gleichgültig kalte Gesicht des Sterbenden schwankte immerfort vor seinen Augen.

Krasny hob die Krallenfinger wie zum Schwur:

»Gleichheit ist die allertückischeste Lüge der Welt! Bin ich etwa gleich mit einem Herrn Weiß, mit einem Herrn Stechler, mit einem Herrn Spannweit?... Und Freiheit?«

Ein sprungbereiter Wolfsblick lauerte auf Ferdinands Antwort. Sie kam nicht. Da bellte Krasny:

»Freiheit für wen? Das Proletariat? Das Proletariat hat gefälligst unten zu bleiben!! Roheit, Unbildung, Häßlichkeit müssen unten bleiben. Wer das umdrehen will, ist ein verbrecherischer Narr oder ein ehrgeiziger Jud. Sie sind doch kein Jud! Gestern hat ein Herr Stechler gesagt: Wer nicht arbeiten will, der soll auch nicht leben. Ich arbeite nicht, und er arbeitet auch nicht. Herr Stechler ist ein verlogenes Schwein. Ich aber tue, was ich sage. Arbeit schändet. Ich hasse die Arbeit. Die andern hassen sie auch, wollen aber trotzdem verdienen. Die Wahrheit ist die: Nur wer nicht arbeitet, soll leben, denn wer lebt, kann nicht arbeiten. Ein Erzherzog, ein Fürst hat das volle Recht, nicht zu arbeiten. Die Welt ist für die Drohnen geschaffen und nicht für die Bienen!«

Es wäre nicht besonders schwer gewesen, den Aberwitz von Gottfried Krasnys Adelsphilosophie zu widerlegen. Ferdinand holte auch dazu aus. Er hatte freilich kein Glück. Der Dichter hörte ihn gar nicht an. Die wütende Rede schien ihn überanstrengt zu haben. Sein Oberkörper begann haltlos zu pendeln. Die Zungenspitze trat zwischen die Lippen. Unvermittelt fragte er:

»Waren Sie jemals beim Blumenkorso im Prater?«

»Nie.«

»Haben Sie noch den Fronleichnamsumgang mit dem alten Kaiser gesehn?... Alle ungarischen Magnaten in ihren Goldverschnürungen, die hohe Geistlichkeit, die Arcierengarde?«

Ferdinand verneinte auch diese Frage.

»Aber in der Hofoper waren Sie doch?«

Ja! Ferdinand hatte einige Opernvorstellungen erlebt. Ein fremdes, unerreichbares Glück, das nachher wehe tat. Krasny lugte aus einer schlauen Träumerei herüber:

»Ich bin nur ein einziges Mal als Kind in die Hofoper mitgenommen worden. Seither aber, ich meine in den letzten Jahren, stelle ich es folgendermaßen an...«

Er machte eine Pause. Das gesponnene Lächeln überzog sein Gesicht:

»Natürlich so, wie ich aussehe, kann ich mich nicht ins Vestibül wagen. Wenn es aber sieben Uhr wird und ich hab Lust, in die Oper zu gehn, so leihe ich mir vom Oberkellner Fritz den eleganten Raglan und seinen Velourhut aus. Es fällt dann gar nicht auf, wenn ich mich unten an der Logentreppe aufstelle. Die Damen gehn an mir vorbei. Ich kann ihnen nachsehn, wie sie hinaufsteigen... mit Abendmänteln und Goldschuhen... Es ist ein sehr schönes Vergnügen...«

Er blickte mit offenem Mund dieser Wonne nach. Dann schluckte er die Erinnerung hinunter und stellte wie ein Habitué, der zahlreiche Abhaltungen bedauert, mit ernstem Ton fest:

»Ich habe leider seit anderthalb Jahren nicht mehr die Hofoper besucht.«

Ferdinand sah ihn erwartungsvoll an, als könne die Erzählung noch nicht fertig sein. Da fuhr Krasny wütend auf:

»Und Sie möchten, daß die schönen Damen statt Diademen Kopftücher tragen. Ja, wissen Sie denn nicht, daß der Reichtum das einzig Göttliche auf der Welt ist? Gott ist gewiß nicht der Bettler, sondern der reiche Mann aus dem Märchen!«

»Ich war immer nur arm«, sagte Ferdinand. »Wie kann ich das wissen?«

Die Übertragungskraft von Krasnys hohl hervorgebrachten Worten war aber so stark, daß eine sehnsüchtige Vision von Parfüm und schwebenden Schultern vorüberzog.

Hier, zum erstenmal während dieser Unterhaltung, wandte Krasny seine fiebernden Räuber-Augen dem Partner forschend zu:

»Können Sie neidisch sein, Herr Leutnant?«

Ferdinand staunte:
»Ich glaub, ich hab nicht viel Talent dazu.«
Krampfhaft erscholl nun Wort um Wort:
»Aber ich dafür! Wissen Sie, daß ich die Hofoper nicht nur besucht habe, um zu schauen, sondern mehr noch, um zu beneiden... Sogar Sie beneide ich!«
»Da bin ich aber sehr neugierig, weshalb man mich beneiden kann.«
Immer gieriger liefen Krasnys Blicke an Ferdinand entlang.
»Ich beneide Sie um Ihren Körper. Ich beneide Sie um Ihre Gesundheit. Glauben Sie, ich würde immer im Kaffeehaus herumsitzen, wenn ich einen besseren Körper hätte?«
Er schüttelte sein Gerippe, das zu dieser späten Jahreszeit in einer hellgrauen Lüsterjacke steckte:
»Es würde mir mit einem anderen Körper auch viel besser gehn. Ich brauchte ebensowenig zu arbeiten wie jetzt und es würde mir besser gehn...«
»Seitdem ich Sie kenne«, meinte Ferdinand vorsichtig, »bin ich überzeugt davon, daß etwas mit Ihnen nicht in Ordnung ist. Sie sind krank und könnten bei einer anderen Lebensweise gewiß ausgeheilt werden...«
Krasny runzelte beleidigt die Stirn:
»Ich bin nicht krank, ich bin nur nicht gesund. Ich halte mehr aus als alle anderen. Das aber ist es nicht. Mit einem anderen Körper würde ich besser zu essen haben, und ein Herr Spannweit würde es nicht wagen, mir für die Gegenleistung von zwei Kronen ins Gesicht zu spucken.«
Mit einer Handbewegung verbat er sich jede Äußerung des Trostes. Ferdinand hatte wirklich derartig grausame Szenen mit Abscheu ansehen müssen, wenn Spannweit und andere Genießer um schäbige Almosen dem Bettler homerisch belachte Selbsterniedrigungen abkauften. Krasny allerdings zeigte stets die hochmütigste Bereitwilligkeit, sich für zwei Kronen anspucken zu lassen. Jetzt aber ging in seinen Zügen eine schwarze Sonne des Hasses auf. Sie erleuchtete mit höllischem Strahl neue Gedankenketten:

»Wissen Sie, warum die Juden die Psychologie erfunden haben? Um den Blick der Welt von ihren degenerierten Körpern abzulenken. Ich versteh das aus mir genau. Der Leib ist die einzige Wahrheit, die an einem Menschen vorhanden ist...«

Es war Gottfried Krasnys Art, stundenlang zu schweigen, dann aber wieder in betäubender Rücksichtslosigkeit das Gespräch an sich zu reißen, wenn er ein einsames Opfer fand. Ferdinands Schädel drohte zu platzen wie ein überheizter Kessel:

»Wenn Sie wüßten«, klagte er, »welche Kopfschmerzen mich seit Stunden malträtieren, würden Sie mich um meine Gesundheit nicht beneiden.... Ich habe gestern eine ganz schreckliche Geschichte erlebt...«

Er stand auf und machte den Vorschlag, das öde, beklemmende Lokal zu verlassen und in der Nacht ein wenig spazierenzugehn. In seinem Lufthunger vergaß er den kalten November und Krasnys Kleidung. Dieser nahm den Vorschlag erstaunt entgegen. Spazierengehn, das hatte noch niemand von ihm gefordert. Er gehorchte aber stumm und trug seine Schattengestalt hinter Ferdinand einher. An der Stolleneinfahrt des Säulensaals sah ihnen der alte Fritz mit seinen wäßrig-unerforschlichen Augen nach:

»Wenn einem schon solche Gäst' weitergehn... schwere Zeiten, schwere Zeiten!«

Als sie an einem bekannten Stadtrestaurant vorüberkamen, blieb Krasny stehn. Die Läden waren zwar vor der aufgewühlten Außenwelt verschlossen, aber durch die Ritzen stach Licht hindurch und bewies, daß die reichen Leute auch heute noch vorzüglich speisen konnten:

»Spannweit sagt«, schwärmte Krasny, »daß man hier mittags einen sehr guten Tafelspitz bekommt...«

Ferdinands Brieftasche war in den letzten Wochen sehr zusammengeschrumpft. Wenn er auch für sich selbst so gut wie nichts brauchte, so hatte er doch allzu viele Teilnehmer an seinen Ersparnissen gefunden. Was mit ihm demnächst geschehen werde, wußte er nicht. Aber in dem allgemeinen Vabanque dieser Tage verschwendete er keinen Gedanken an die Zukunft.

Dennoch aber konnte er sich nicht entschließen, der ersten Regung nachzugeben und Krasny in dieses teure Restaurant zu führen. Nicht nur wegen der schmerzhaften Kosten, sondern auch aus seiner alten Scheu, die er noch immer angesichts vornehmer Wirtsstätten empfand.

Gottfried Krasny trennte sich nicht so leicht von dem üppigen Lichtschimmer in den Ritzen, der gleichsam von erahntem Fett- und Speisenduft vergoldet war:

»Die Wiener verstehen das Pikante nicht«, sagte er mit ruhigem Tadel, hinter dem sich Wonnen der Phantasie verbargen. »Sie gebrauchen immer die gleichen Gewürze und Zutaten: Senf! Das ist für sie schon pikant. Als Bub hat mich mein Vater einmal in ein erstklassiges Hotel im Ausland mitgenommen...«

»Sie haben einen Vater«, unterbrach ihn Ferdinand, der sich gar nicht vorstellen konnte, daß dieses Phantom auf regelrecht menschliche Weise entstanden sein könnte. Krasny schien nur ungern über persönliche Angelegenheiten Auskunft zu geben:

»Ja, ich glaube, mein Vater lebt noch. Seitdem ich aber bei der Matura durchgefallen bin, hab ich nichts mehr von ihm gehört.«

»Und was ist er denn, Ihr Vater?«

»Vielleicht noch immer Gymnasialprofessor in Villach, vielleicht auch schon Direktor...«

Er machte einige schnelle Schritte, um von dem unerwünschten Gegenstand loszukommen:

»...Aber ich wollte Ihnen ja von etwas ganz anderem erzählen, von der Speise, die ich damals gegessen hab und an die ich mich peinlich genau erinnere. Sogar an den Namen erinnere ich mich, der auf der Karte stand, obwohl ich damals erst dreizehn Jahre alt war. Die Speise hieß: ›Pot flamand au feu‹ mit ›sauce vinaigre‹. Also, das Ganze kam in einem blanken Kupfergeschirr auf den Tisch und bestand aus vielerlei Fleisch, alles gekocht. Hauptsächlich ein wunderschönes, gut unterspicktes Stück Beinfleisch, es kann aber auch ein Schwarzscherzel oder Hieferschwanzel gewesen sein. Lachen Sie nicht! Diese Unterscheidungen sind Kulturfragen. Denken Sie doch an die Römer. Dann war ein schmelzend weich gesottener Kalbskopf dabei, die weiße Brust vom Kapaun und ein paar Scheiben einer heißen, grobkörnigen Wurst, sehr fett, etwas so Köstliches, wie ich's im späteren Leben nie wieder verzehren durfte. Die Fleischbestandteile waren mit Kohlblättern, Karotten und anderen Gemüsen in ihrer eigenen Suppe abgebrüht. Auch etwas Zwiebel und viele Kapern waren darin und auf der Sauce vinaigre schwamm – aber das kann ich nicht beschwören – Majoran...«

Er wiederholte mehrmals dieses schöne, melodische Wort: »Majoran!« Dann schloß er mit finsterer Zeitkritik:

»Bei uns verwendet man nur selten Majoran und Kapern überhaupt niemals, außer etwa beim garnierten Liptauer...«

Er hob die geballte Faust:

»Warum keine Kapern? Kapern werden doch wohl während des Krieges nicht ausgegangen sein!«

Längst sprach Krasny nicht mehr zu Ferdinand. Vornübergebeugt stolperte er dahin und erzählte der Erde von verschollenen Genüssen. Erst im Volksgarten erwachte er aus diesem Traumfieber pikanter Hungerbilder.

Wenn man nicht gerade an einer brennenden Laterne vorbeiging, sah man nur nackte Baumwipfel und fahle Narben im ziehenden Himmel, der die Turmspitze des Rathauses angstvoll erhellte. Der Fuß trat mit Ekel auf faulige Laubhaufen, die sich wie aufgeweichte Tierkadaver anfühlten. Feuchte Kälte durchwehte den Park.

Ferdinand, der nicht verwöhnt war und dem die warme Bluse genügte, hängte dem zähneklappernden Krasny seinen Uniformmantel über.

Der nahm die fürsorgliche Gabe wie immer ohne ein Zeichen des Dankes oder der Freude entgegen und sagte kein Wort. Die Kälte, Prechtls bärtiges Gesicht und der Gedanke an die Rote Wehr jagten Ferdinand in rascher Hatz dreimal um den Theseustempel. Krasny blieb schnaufend hinter ihm:

»Rennen Sie doch nicht so«, keuchte er endlich.

Trotz des scharfen Windes setzte sich Ferdinand nun auf eine feuchte November-Parkbank. Der Dichter blieb vor ihm stehn. Er biß nach ihm wie ein gereizter Köter:

»Das hab ich mir von Ihnen gleich gedacht, daß Sie keine Kraft zum Neid haben...«

Ferdinand wußte schon, daß jetzt Beleidigung auf Beleidigung folgen werde. Er hielt gelassen still, was Gottfried Krasny nur noch mehr erbitterte:

»Wissen Sie, was an Ihnen das Unerträglichste ist«, fauchte er mit seinem zornkomischen Sprachfehler, »Sie scheinen ja ein guter Mensch zu sein, unerträglich!!«

Ferdinand murrte kurz:

»Gute Menschen? Das gibt es gar nicht!«

»Natürlich gibt es das nicht! Und darum ist es auch das Allerallerekelhafteste, was es gibt. Sie sind gutmütig, weil Sie gleichgültig sind. Was geht Ihnen denn nahe? Tun Sie nicht so großartig! Sie sind doch auch nur ein Bettler, der sich mehr anstrengt als ich...«

»Mag schon sein...«

»Warum sind Sie dann nicht gieriger? Ekelhaft! Die tierischesten Gemeinheiten eines Herrn Spannweit sind mir lieber als das... als das...«

»Bitte sehr, ich halte Sie nicht zurück. Sie werden Herrn Spannweit gewiß in irgendeinem Kaffeehaus antreffen...«

Krasny schlug den Kragen von Ferdinands Mantel auf. Seine schwarzen Haarzotteln hingen widerspruchsvoll über die militärische Form:

»Ich bin doch nur mit Ihnen gegangen, weil niemand anderer da war!«

Ferdinand zwang sich ein Lachen ab:

»Was wollen Sie eigentlich?«

»Nichts!... Sie müssen keine Angst haben... Oder... Ich werde... Kennen Sie das bucklichte Männlein?... Es ist übrigens nicht von mir.«

»Was für ein buckliges Männlein?«

»Es ist ein Gedicht... Gebildete Menschen kennen es...«

»Ich kenne es nicht.«

Ferdinand suchte in seinem Gedächtnis nach einem Gedicht dieses Titels. Sonderbar war's, daß er sich zwar an kein Gedicht erinnerte, aber deutlich einen buckligen Zwerg vor einem großen Kachelofen sah, der ganz und gar nicht dem ziemlich langen Krasny glich.

»Des Knaben Wunderhorn... Hendelsche Ausgabe... Seite 805«, stellte der fröstelnde Schatten im hechtgrauen Mantel mit gelehrsamer Pedanterie fest. »Ich weiß jetzt gar nicht mehr, wieso ich daraufgekommen bin... Aber ich werde Ihnen das Gedicht vorsprechen... Es sind für mich die schönsten Strophen deutscher Sprache, die es gibt... Nein, hier geht es nicht... Sie können sitzen bleiben... Ich stelle mich dort zur Laterne, denn ich mag in der Dunkelheit keine Verse sprechen.«

Die meisten Bekannten Krasnys fanden seine Art, Gedichte vorzutragen, lächerlich und pathetisch. Etwas Lächerliches konnte man bei einigem bösen Willen an diesem Stil wohl finden, wohingegen der Vorwurf hohler Pathetik gänzlich ungerecht war. Sprachfehler und schwere Lautbildung zwangen ihn zur Langsamkeit, die jedoch niemals feierlich und leer wurde. Wie mit einer Saugpumpe zog er die Worte herauf, verwandelte und schleuderte sie dann, jedes einzelne isolierend, wieder aus. Man hatte den Eindruck, er müsse sich von den Worten befreien wie von einer schweren Last, die ihm weder Kraft noch Ruhe für Sinn und Zusammenhang ließ. Auch dieses Volkslied, das einen schwebend leichten Ton forderte, sprach er stoßweise wie seine eignen gewaltsamen Hymnen. Widerwärtig häßlich aber war, während er rezitierte, die abgeknickte Handhaltung, an die er sich gewöhnt hatte. Gleich bei den ersten Versen fingen seine Hände in den schlaffen Gelenken zu taktieren an:

»Will ich in mein Gärtlein gehn,
Will mein Zwiebeln gießen,
Steht ein bucklicht Männlein da,
Fängt als an zu nießen.«

Krasny hielt inne, legte den Kopf zurück und wiederholte:

»Fängt als an zu nießen... als an zu nießen...«

Alles Boshafte war von ihm abgefallen. Er schien Seligkeiten zu verspüren. Das idiotisch-bittflehende Lächeln, das Ferdinand heute schon öfters erahnt hatte, schleierte mit dem ärmlichen Licht der Parklaterne über sein Gesicht.

Nun aber versuchte er, so schnell es die Zunge erlaubte, weiterzukommen, als dürfe er sich's bei seiner Körperschwäche nicht gestatten, die erschütternde Tiefe dieses Liedes auszukosten:

»Will ich in mein Küchel gehn,
Will mein Süpplein kochen,
Steht ein bucklicht Männlein da,
Hat mein Töpflein brochen.

Will ich in mein Stüblein gehn,
Will mein Müslein essen,
Steht ein bucklicht Männlein da,
Hat's schon halber gessen.

Will ich auf mein Boden gehn,
Will mein Hölzlein holen,
Steht ein bucklicht Männlein da,
Hat's schon halber stohlen.

Will ich in den Keller gehn,
Will mein Weinlein zapfen,
Steht ein bucklicht Männlein da,
Tut mir'n Krug wegschnappen.«

»Ich lasse eine Strophe aus«, verkündete Krasny, ohne seinen Singeton aufzugeben und den zurückgelegten Kopf, der gegen die rechte Schulter schwankte, wieder zu heben. Vielleicht kassierte er den Vierzeiler, weil er ihn nicht so schön fand wie das Übrige, vielleicht aber nur, weil er sich zu schwach fühlte und zu Ende kommen wollte:

»Geh ich in mein Kämmerlein,
Will mein Bettlein machen,
Steht ein bucklicht Männlein da,
Fängt als an zu lachen.

Wenn ich an mein Bänklein knie,
Will ein bißlein beten,
Steht ein bucklicht Männlein da,
Fängt als an zu reden:

Liebes Kindlein, ach, ich bitt',
Bet' fürs bucklicht Männlein mit!«

»Es ist schön«, sagte Ferdinand kurz und hart. Hier war etwas berührt, was sie beide anging, ihn und Krasny. Er fühlte das. Freilich, welche Bedeutung es hatte, war nicht so leicht herauszubekommen. Er wollte es auch gar nicht wissen, und deshalb verhärtete er sich.

Krasny stand in derselben Haltung noch immer unter dem Licht. Im Offiziersmantel sah er aus wie eine unerlaubte Traumphantasie. Er sprach zur Laterne hinauf:

»Nur schön?... Was wissen Sie davon?... Es ist das tiefste deutsche Lied.«

Ferdinand widersprach nicht. Ein unangenehmer Nachgeschmack. Wozu mußte er sich in der Nacht dumme Kinderreime anhören? ›Liebes Kindlein, ach, ich bitt...‹ Naivitäten in Krasnys greulichem Maul. Dieser Mensch machte ihn unglücklich. Er sehnte sich danach, ihn so schnell wie möglich loszuwerden... ›Bet' fürs bucklicht Männlein mit!‹ Aufreizend naiv! Von der Erde unten stieg scheußliche Nässe in die Beine. Ungeduldig scharrte Ferdinand im Fall-Laub:

»Saukalt ist es schon«, sagte er, um etwas zu sagen.

Krasny war weich geworden. Er lief, schwer atmend, ein Stück Weges neben Ferdinand, der rücksichtslose Schritte machte. Fast demütig kam ein Vorschlag:

»Gehn wir doch in den Säulensaal zurück. Man könnte noch einen Tee mit Rum trinken.«

Ferdinand lachte gegen seinen eigenen Willen schadenfroh:

»Zu spät! Schon elf Uhr. Polizeistunde!«

Die frühe Sperrstunde war Krasnys ärgste Feindin. Sie verlängerte die Armut seiner Nacht. Es war eigentümlich, daß all die Gesellen, die mit ihm im Schattenreich zusammenhockten, keine Vorstellung davon hatten, wie und wo Krasny außerhalb des Cafés lebte. Da er zumeist als Letzter den Säulensaal verließ, wußte der Vorletzte nicht, wohin er sich in der Nacht verlor. Jetzt gluckste er verzweifelt:

»Polizeistunde?! Dann muß man wohl nach Hause gehn.«

›Nach Hause!‹ Diesen Begriff fand Ferdinand in Krasnys Mund noch widerspruchsvoller als das Wort ›Vater‹.

»Wo wohnen Sie denn?«

Gottfried Krasny nannte eine Vorstadt jenseits des Gürtels. Auf die Frage, bei wem er wohne, gab er eine ablehnende Antwort:

»Es ist eine gute Familie. Ich bin zufrieden.«

»Da haben Sie es aber sehr weit nach Haus«, stellte Ferdinand fest.

»Eine Stunde und noch mehr ...«

Und nach einer Weile fügte er sehr hochmütig hinzu:

»Sie können mich übrigens begleiten.«

Das war wieder echt Krasny. Der überhebliche Ton dieser Aufforderung ärgerte Ferdinand ungemein. Der Bosnigel mußte in die Schranken gewiesen werden. Nun setzte er selber eine verächtliche Miene auf:

»Nein! Sie können viel eher mich begleiten. Ich gehe noch in die Kaserne. Und die liegt auf Ihrem Weg.«

Sie standen auf der Ringstraße. Krasny bellte:

»Was fällt Ihnen eigentlich ein? Warum soll ich Sie begleiten? Warum *ich* Sie?«

Ferdinand sah ihn gar nicht mehr an:

»Dann lassen Sie es halt bleiben!«

Und er schlug, ohne sich weiter um Krasny zu kümmern, die Richtung zur Babenbergerstraße ein. Einen Augenblick lang tobte ehrliche Wut in ihm, über die er sich keine Rechenschaft geben konnte. Aber schon nach einer Minute drehte er sich um und trat auf die Fahrbahn, um einen besseren Ausblick zu haben.

Im stolpernden Zickzack bewegte sich Krasny fort, der einzige Mensch auf der weiten Ringstraße.

Ferdinand sah ihm lange nach. Irgend etwas begann ihm schrecklich leid zu tun.

Zwölftes Kapitel

Der Ruf nach Blut

Ferdinand, der wie gewöhnlich erst gegen Morgen ins Bett gekommen war, schlief. Donnerndes Klopfen an seiner Zimmertür. Er taumelte aus letzten lastenden Träumen auf. Eben war er noch auf einem der grundlosen Karrenwege in Ostgalizien marschiert. Wenn man die Füße mühsam aus dem Dreck zog, so gluckste es. Wer war das nackte Weib vor ihm in der Einsamkeit, das sich mit wiegenden Hüften vorwärts arbeitete? Marinka? Nein! Es war Angelika. Er rief ihr zu, sie möge stehenbleiben und ihn erwarten. Warum nicht? Angelika schien seine Stimme ebensowenig zu hören wie er selbst. Gleichmäßig stapfte sie weiter. Ihre Hüften waren breit gewölbt, ihre Schultern und der Nacken aber schmal wie bei einem Schulmädchen. Leider trug sie, was durchaus nicht zu ihr paßte, ein Kind im Arm. Ferdinand sah mit Schaudergefühlen dieses gelbbraune Ding, diesen bucklig rachitischen Gnom im Arm des schönen Weibes. Um den wackelnden Kopf der Kreatur surrten dicke müde Fliegenschwärme. Es war doch nicht Angelikas Kind, sondern das Geschöpf Gebharts und Lisas, das Kind Namenlos. Am Weg, wo der Bach lief, lag eine Sägemühle. Dort war zurzeit das Bataillonskommando untergebracht. Prechtl stand wartend davor. Es war ja selbstverständlich, daß Ferdinand nicht weiterging, obgleich ihm dadurch Angelika entwischte. Sie bog bei der Mühle ein...

Neuerlicher Donner. Gefreiter Wimpel stand im Zimmer:

»Genosse, ziehen Sie sich schnell an! Der Genosse Weiß schickt mich zu Ihnen. Wir werden das Militärkommando besetzen. Man muß endlich dieses reaktionäre Wespennest ausnehmen.«

Als sie zwanzig Minuten später in die Liebiggasse traten, schien eher eine festliche Parade im Anzuge zu sein als ein revolutionäres Ereignis. Eine dichte Menge von Gaffern wogte auf und ab, lachend, witzelnd, ja fast strahlend, als müsse jeden Augenblick der erhoffte Beckendonner einer Militärmusik losbrechen.

In breit entwickelter Front starrten zwei Kompagnien der Roten Wehr auf das Gebäude des militärischen Stadtkommandos von Wien. Es war ein verhaßtes Haus, das vier Jahre hindurch eine wahre Schreckensherrschaft gegen alle Fahnenflüchtigen, Drückeberger, Urlaubsverlängerer, Spitalsratten, Simulanten und anderweitige Kriegsverhinderer ins Werk gesetzt hatte. Hinter diesen (heute so harmlos-feige blickenden) Fenstern waren die für solche Zwecke eigens »verwendbaren« Offiziere zu Hause, von denen all jene »Streifungen«, »Razzias«, »Nachmusterungen«, »fallweise Kommissionen« allezeit ausgeheckt wurden, die der ständigen Menschenjagd oblagen und in Kaschemmen, Kellern, Bodenräumen, ja selbst auf Abtritten das schlaue Wild aufzustöbern wußten, das dem Heldentod ein Schnippchen zu schlagen gedachte.

Angesichts der verlockenden Heimzahlung glühte die Rote Wehr vor Tatenlust. Scharf ausgerichtet, als befinde man sich auf einem Kasernhof des Jahres 1914, verharrten die Reihen.

Weiß, höchstselbst Leiter dieser Expedition, hatte ein Gefolge um sich versammelt wie ein Feldherr bei Friedensmanövern. Seine Ordonnanzen waren in requirierten Automobilen den ganzen Morgen durch die Stadt gefahren, um keinen Bekannten zu übergehen, auf dessen Zeugenschaft er Wert legte. Auch Hedda war gekommen, und Weiß schilderte ihr – doch so, daß die andern davon Kenntnis nehmen konnten – seinen Schlachtplan. Kaum aber wurde er Wimpels und Ferdinands ansichtig, rief er:

»Wimpel! Habtacht und Signal!«

Der Gefreite stürzte zu den Kompagnieoffizieren. Gleich darauf erscholl ein scharfes Kommando, und der Hornruf »Sturm« schmetterte durch die Lüfte.

Die kriegerische Unternehmung vollzog sich stramm und befriedigte den Stolz des Befehlshabers. Ein Maschinengewehr wurde auf die Fenster der Kommandantur gerichtet, ein anderes auf dem Hof des Hauses in Stellung gebracht. Posten besetzten mit gefälltem Bajonett im Laufschritt das Haupttor sowie alle Eingänge, Treppen, Telephonzellen, Archiv- und Kassenräume.

Wimpel, der Adjutant, trat mit alt-vorschriftsmäßigem Ruck vor den Oberkommandierenden hin:

»Genosse Weiß, ich melde ge... ich melde, daß der Befehl des revolutionären Militärkomitees durchgeführt ist.«

Weiß fiel nicht aus dem Stil, griff an die Kappe und erhob eine helle Stimme:

»Danke!«

Dann setzte er sich mit seiner Suite in Bewegung, die zum größten Teil aus den Insassen des Säulensaals bestand und durch eine erkleckliche Anzahl von Passanten und Müßiggängern vermehrt wurde. Im ersten Stockwerk auf einem langen Gang warteten die Offiziere des Hauses in einem verdatterten Haufen. Allen voran ein General mit seinem Stabschef. Der alte Herr stand höflich, mit knickigen Beinen da. Die roten Lampassen auf den Hosen warfen eingeschüchterte Falten. So freundlich also sahen die zürnenden Gottheiten in der Nähe aus, vor denen sich eine Welt mit Heulen und Zähneklappern erniedrigt hatte, so liebenswürdig schüchtern sahen sie in der Stunde aus, da von ihnen die Macht wich. Waren nicht unter dieser Gruppe Helden der Angriffsbefehle, Lieferanten der Massengräber, Schwelger in Menschenmaterial, denen kein Todesurteil jemals die Verdauung gestört hatte? Nein, unmöglich! Hier standen ein paar kleine, entzauberte Spießbürger, schwere Zukunftsangst und -sorge in den Blicken. Sie glichen auffällig jenen Häuflein Verzweifelter, die allüberall todesfürchtig vor den Militärarzt traten, um schreckensblaß das Urteil »tauglich« entgegenzunehmen. Nur die Macht hatte sich umgedreht, nicht der Mensch. Die fahlen Angstgesichter dieser Weltherren von gestern waren ein großes Sinnbild für die Gleichheit der Menschenseelen in der gleichen Situation. Arme Spießer, dachte Ferdinand, ohne sich einer ironischen Empfindung erwehren zu können.

Weiß schlenderte auf die Gruppe zu:

»Herr General! Das ehemalige Militärkommando von Wien ist in Händen der Roten Wehrmacht. Ich lege den Herren nichts in den Weg, sich nach Übergabe des Dienstes zu entfernen.«

Der General, der totenbleich geworden war, schluckte mehrmals. Vor ihm stand Weiß, ein Reserveoffizier, irgendein verächtliches Subjekt, irgendein unsichtbares Nichts, durch das er noch vor wenigen Wochen mit kalten Augen hindurchgeblickt hätte wie durch Luft, er, der Gott. Dieses Nichts zündete sich jetzt in seiner Gegenwart die Zigarette an, ein waghalsiger Frevel, für den er noch vor einem halben Jahr unverzüglich an die Front befördert worden wäre. Was aber tat der entgötterte Gott nun?

Er versuchte, wie angesichts eines Vorgesetzten, Stellung zu nehmen, was er allerdings nicht ganz ausführte. Dann stammelte er erschüttert, doch mit zuvorkommendem Tonfall:

»Bitte sehr! Ich stelle mich auf den Boden der Tatsachen...«

Es hätte ihn nicht mehr gekostet, wenn er gesagt hätte: Ich muß der Gewalt weichen. Aber er ließ das bleiben. Vielleicht fiel ihm der würdevollere Satz nicht ein, vielleicht auch hatte er den Mut nicht, ein gegenrevolutionäres Geständnis abzulegen. Die klirrenden Herren waren auf einmal zu armen Mitmenschen geworden, denen das Schicksal ihrer Familien die Seele beschwerte. Rasch und schweigsam suchten sie die Treppe. In keinem Blick zeigte sich der geringste Widerstand, ja auch nur ein Funke der Wut. Auf manchen Mienen lag bestenfalls eine tückische Verlegenheit und saure Neugier. Einzig ein alter Stabsoffizier machte das bekümmerte Gesicht eines Menschen, der in seiner Arbeit, die er für wichtig hält, gestört worden ist. Er ging in sein Zimmer und nahm, ohne daß ihn jemand daran hinderte, einen großen Stoß Akten unter den Arm. Dann schritt er ruhig durch die Zuschauergruppe und schaute nicht nach links noch nach rechts.

Beim Anblick dieses alten Mannes empfand Ferdinand ein mit Mitleid gemischtes Unbehagen. Es war wohl eine avitische Regung. Vielleicht dachte etwas in ihm an seinen Vater, der heute, lebte er noch, in eine gleich schmähliche Lage hätte kommen können.

Nachdem alles vorbei war, ging Ferdinand mit Weiß unten im

Hof auf und ab. Ronald wollte die Wirkung seines Handstreichs erforschen:

»Es hat alles glänzend geklappt? Wie? Was!?«

»Arme Spießer«, sagte Ferdinand, »es ist gut, daß sie endlich begraben werden...«

Seine Gedanken waren noch immer bei den Offizieren. Weiß gestand:

»Dabei ist diese ganze Besetzungsmaßnahme hier nur ein Truc, ein Ablenkungsmanöver. Sand in die Augen. Weißt du, was Elkan beantragt hat? Der Mensch wird immer schrecklicher. Er wollte, daß wir nach Schönbrunn marschieren und den Kaiser gefangennehmen. Möglicherweise hat er politisch recht. Es wäre eine große Sache. Dadurch würden wir in jeder Weise die Lage beherrschen. Aber ich... ich hab's einfach nicht können. Was? Nein! Keine Spur von Angst. Es wär kein Schuß gefallen. Schönbrunn wird von ein paar halbwüchsigen Rotzbuben aus der Militärakademie bewacht. Aber ich hab's einfach nicht können. Sentimental, wie? Meinetwegen! Der junge Mann tut mir leid. Er hat ein gutes Herz und war immer ein Kriegsgegner und Operettenfreund... Ronald Weiß nimmt den letzten Habsburger gefangen. Ein geschmackloser Titelkopf. Man ist leider schwer belastet. Mitten in der Revolution stoßt einem Lampls Lesebuch für die Unterklassen auf... Kaiser Max auf der Martinswand und so weiter...«

Als Ferdinand mittags in sein Zimmer heimkehrte, empfing ihn eine unerwartete Erscheinung. Gebhart saß auf seinem Bett. Er war, was nur unter gewissen Umständen geschah, säuberlich angezogen, frisch rasiert, und hatte sein graublondes Wirrhaar seitlich gescheitelt. In dem überalterten Gehrock, der den strengen Philisterschnitt enger Provinzstädte aufwies, machte er die Figur eines dürftigen Kandidaten, der auf einer vorschriftssteifen Besuchsrunde bei den Familien seiner Professoren begriffen ist.

Ferdinand kannte schon den Grund, weswegen Gebhart von Zeit zu Zeit solche bürgerliche Säuberungen und Kleiderwechsel vornahm. Der Grund war seine Mutter, die alle vierzehn

Tage etwa aus der kleinen Universitätsstadt, wo der alte hochberühmte Gebhart jahrzehntelang gewirkt hatte, nach Wien kam. Wenn die Hofrätin am Arm ihres Sohnes den Säulensaal betrat, so gehörte dies zu den unglaubwürdigen Erfindungen des Lebens, die selbst dieser unbedenkliche Autor nur in durchgerüttelten Zeiten zu bieten wagt. Mit verständnislosen Augen hörte die alte Frau den Gesprächen zu, vor deren Gift sie sich verschloß. Mein Gott, dachte sie vielleicht, als Professorenfrau habe ich ja auch wissenschaftliche Unterredungen anhören müssen, in die ein einfacher Mensch nicht eindringen kann. Um ihren prüden Mund zuckte freilich manchmal die Mühe des Nicht-verstehen-Wollens, besonders wenn ihr Blick über die trist gewandete und zerzauste Krähenschar hinglitt, oder wenn Gottfried Krasny dem Tische nahte.

Gebhard selbst bewerkstelligte in der Gegenwart seiner Mutter den Kokaingenuß nur heimlich und übte ihr gegenüber mit komischem Vorbedacht eine Galanterie aus, die ebenso sinnlos wie rührend war.

Wie jeder echte Dogmatiker hatte er sein Leben auf dem rücksichtslosen Gehorsam aufgebaut, den er seiner Gesinnung schuldig war. Vater, so hieß der Erzfeind, das hassenswerte Glied in der Kette, das von Geschlecht zu Geschlecht die qualmige Fackel der erbsündigenden Vergewaltigung weiterreichte. Sein Vater zumal, ein verschärfter Fall, der die unerbittliche Autorität des patriarchalischen Rechtes nicht nur im Leben vertrat, sondern auch in seinem Lehramt staatlich dazu bestellt war, sie als Wissenschaft zu unterbauen und zu panzern. Gebhart, der Sohn, hatte allerdings die qualmende Fackel gelöscht, aber die Macht des Rechtslehrers über ihn war bis zu dessen Tode so unbesiegbar stark gewesen, daß er feige vor jeder Unterredung auskniff, die der Alte forderte. Die Mutter hingegen, sie war wie alle Mütter, wie alle Frauen ein Opfer der widernatürlichen Vater-Diktatur. Eben darum, weil sie ein Opfer war, durfte Gebhart die »Beziehung« zu ihr nicht lösen, wenn es sich auch immer wieder herausstellte, daß sie miteinander kaum etwas zu sprechen hatten. Nach solchen leeren und verlegenen Zusammenkünften bat er sie doch stets um baldiges Wiederkommen, schrieb Briefe und erwies ihr alle möglichen Aufmerksamkeiten. Eine dieser Aufmerksamkeiten war die Säuberung, der er sich vor einem angekündigten Besuch jedesmal unterwarf; er ging ins Zentralbad, ein Übriges, das er für die anderen Opfer der männlichen Vergewaltigung nicht leistete. Darin lag aber auch jenseits aller verstiegenen Gesinnung der Ehrgeiz eines in der Fremde lebenden Jungen, gepflegt und wohlbehalten unter die prüfenden Augen von Mama zu treten.

Gar oft kamen die reizenden Züge seines Urwesens an Gebhart, dem Anarchisten, zum Vorschein. So tritt unter einem abgebröckelten Farbplättchen das edle Werk eines alten Meisters plötzlich zutage, das sich lange hinter grellen Übermalungen verborgen hielt.

»Ist deine Mutter wieder in Wien?« erkundigte sich Ferdinand.

Gebhart ging auf die Frage gar nicht ein, sondern starrte auf den schwindsüchtigen Novembertag, der im Fensterbild welkte. Er hatte den sentimental verendenden Blick in den Augen wie alle Drogen-Genießer, die mehrere Stunden lang ihr Mittel entbehren müssen. Endlich bekannte er:

»Ich komme zu dir, weil ich ein Asyl vor der Polizei brauche. Sie werden mich bei dir nicht suchen.«

Ferdinand zuckte die Achseln:

»Polizei? Die gibt es ja gar nicht mehr. Ich glaub, sie verhaftet heut eher einen reaktionären Minister als einen Revolutionär...«

Gebhart wandte den toten Blick noch immer vom Fenster nicht fort:

»Nein! Das ist etwas anderes. Hat mit Revolution nicht das geringste zu tun. Ich... nämlich... das heißt Angelika hat sich vergiftet. Heute früh...«

Während Gebhart in ruhigen Worten von der Tragödie berichtete – (Ferdinand glaubte manchmal in ein fiebrisches Lügennetz verwickelt zu werden) –, änderte er seine gleichmütig erloschene Miene nicht und gab auch kein Zeichen seiner inneren Teilnahme zu erkennen. Gestern habe er, so lautete sein Bericht, die ganze Nacht mit Angelika allein zugebracht, und zwar zu dem besonderen Zwecke, um mittels Analyse festzustellen, ob dieses arme Wesen gerettet werden könne. Leider sei das Resultat der gemeinsamen Arbeit höchst traurig ausgefallen. Gegen Morgen hätten er und seine Patientin erkennen müssen, daß es kein Mittel auf der Welt gebe, ihr zu helfen, denn sie sei in ihrem Triebleben völlig gebrochen, völlig beziehungslos, mehr noch, zu keiner Beziehung fähig, von jeglichem wahren Lebensglück ausgeschlossen und zu einer ewig-kalten Einsamkeit samt ihren hysterischen Folgen verurteilt.

Verschärfend komme noch ein körperliches Leiden hinzu, das, wie ein Kollege festgestellt habe, ebenfalls unheilbar sei. Die Ursachen jener Triebvernichtung, jener schmerzhaften Liebesunfähigkeit lägen auf der Hand. Ihr eigener Vater, ein Waldarbeiter, habe Angelika mit zwölf Jahren vergewaltigt, und ihre erste Schwangerschaft sei in ihr vierzehntes Jahr gefallen.

Nach Erkenntnis des unabänderlichen Schicksals habe Angelika – es mochte schon sieben Uhr gewesen sein – ein Rezept für schnellwirkendes Gift von ihm verlangt. Er sei daraufhin gewissenhaft mit sich selber zu Rate gegangen. An dieser Stelle seines Berichtes begann Gebhart sich auffallend zu beleben:

»Du weißt, daß nicht nur ich, sondern auch bürgerliche Ärzte auf dem ungesetzlichen, aber berechtigten Standpunkt stehen, daß man das Leiden von Unheilbar-Kranken abkürzen soll. In hundert Fällen handelt man auch demgemäß, in den letzten Stadien des Karzinoms zum Beispiel. Aber warum nur dann? Ich gehe weiter und sage, man darf keinem Menschen auf der Welt das Recht auf seinen Freitod rauben oder beschränken. Und im Fall der armen Angelika, wo der Freitod der einzige und wohlbegründete Ausweg ist? Ich hab also eine sehr große Menge von Veronal verschrieben. Meine Unterschrift steht leserlich auf drei Rezepten... Um zwölf Uhr wurde sie auf die Klinik gebracht. Jetzt dürfte mich die Polizei suchen. Deshalb bin ich zu dir gekommen...«

Ferdinand, der mit dem Rücken gegen das Fenster stand, trat

weg, um dem kalten Luftzug auszuweichen, der durch die Fugen drang:

»Lebt sie noch?« forschte er.

Mit der schuldunbewußtesten Naivität entgegnete Gebhart:

»Ich weiß es nicht genau. Es ist aber höchstwahrscheinlich, daß sie lebt. Sie werden ihr den Magen ausgepumpt haben...«

Ferdinand vertiefte sich eine Weile lang leidenschaftlich in dieses edle Gesicht, das keinen Wahnsinn, keine Ungereimtheit, keine Reue, keine Angst spiegelte, sondern nur die unbewegte Überzeugung von der rechtmäßigen Menschlichkeit solcher Tat. Dem Einfluß dieser glaubensstarken Züge erliegend, wandelte auch ihn einen Augenblick lang der Gedanke an, es sei hier nichts Unerhörtes geschehen, sondern eine Selbstverständlichkeit. Der sonderbare Morgentraum – Angelika mit dem verkrüppelten Kind – war gänzlich zerronnen. Er tauchte jetzt nicht auf.

Ferdinand rief die Wirtin und bat sie, für die Nacht auch den Diwan aufzubetten. Der Herr werde hier schlafen. Dann aber schaute er, so schnell wie möglich aus dem Zimmer fortzukommen. Doch schon auf der Treppe bestürzte ihn Engländers, des Wahnsinnigen, Erkenntnis, einer der letzten Sätze, die sein bester, sein einziger Freund zu ihm gesprochen hatte, ehe er in die Nacht fortgestürmt war:

»Nicht meine Achse, sondern eure Achse ist verschoben, die Achse der ganzen Welt!«

Vielleicht war in der Erinnerung an Engländer und an diese Worte der Schlüssel für Ferdinands Verhalten während der bewegten Sitzung des Revolutionären Militärkomitees zu suchen, das seit gestern schon ohne wesentliche Unterbrechung in der Roten Kaserne tagte.

Bei seinem Eintritt in die ehemalige Regimentskanzlei durchschnitt gerade Elkans Stimme die frühdämmrig dickgerauchte Luft:

»Was ich Ihnen vorausgesagt habe, geht pünktlich in Erfüllung. Wir lassen uns jede Karte glatt aus der Hand schlagen. Hier habe ich eine Meldung: Gestern ist die fünfundzwanzigste Infanteriedivision geschlossen in Wien eingetroffen. Der revolutionäre Bahnhofsdienst hat ruhig zugesehn, wie die Truppen unter Führung ihres Feldmarschalleutnants ohne Muck in die Kasernen eingerückt sind. So begünstigt man das Entstehen weißer Garden. Ferner: Das Ersatzbataillon des Regiments Nr. 49 steht vollkommen zuverlässig hinter den Sozialdemokraten, die fieberhaft an der Aufstellung einer eigenen Wehrmacht arbeiten. Wenn wir die Gelegenheit des zwölften Novembers nicht ergreifen, gebe ich die Sache in Wien verloren. Eine Schmach, wenn man an Bayern und Ungarn denkt!«

Zustimmende Rufe erhoben sich. Elkan saß, wie er es liebte, mit übergeschlagenen Beinen mitten in der Kanzlei. Er nahm gleichsam ein theatralisches Führerzentrum ein, von dem aus er ätzende Kritik übte und Befehle erließ. Seine selbstgefällig harte Sprechweise liebte eitel die Verwendung von mathematisch-strategischen Gleichnissen. Es muß, wenn die Erfahrung nicht trügt, ein heimliches Gesetz geben, demzufolge jeder kleine Mann, welchem eine Machtrolle zufällt, von einer Wahnvorstellung ergriffen wird, die man am besten mit dem Namen »Napoleon« treffen kann. Napoleon, das ist das Nichts, aus dem eine Allmacht wird. Die ebenso unerschöpfliche wie abgedroschene Bonaparteverehrung hat ihre Ursache nicht in der Größe des Helden, sondern in seinem Aufstieg. Darum vereinigt sie die widersprechendsten Menschensorten, sofern sie nur den Erfolg anbeten. Es gibt eine imitatio Napoleonis auf allen machtverheißenden Lebensgebieten, und manch ein Industrieritter, Börseaner, Theaterdirektor oder Orchesterdirigent folgt getreulich diesem Gotte nach, für dessen Wiedergeburt er gehalten werden möchte.

Auch Elkan spielte sich jetzt nicht wenig auf:

»Halten wir eines fest«, belehrte er die Anwesenden, »der Aufstand, der Straßenkampf unterliegt ganz anderen Prinzipien als der reguläre Krieg. Im Kriege geht das Streben der Führung dahin, das X, die Unbekannte, so gut wie möglich zu errechnen und auszuschalten. Die Taktik des Aufstandes aber verlangt geradezu, daß man diese Unbekannte, dieses X, herausfordere.

Die Rechnung der Revolution hängt von dem einzigartigen, unberechenbaren, überraschenden Moment ab, der immer eintritt. Das ist keine Mystik, Genossen, wie Sie mir jetzt vorwerfen werden, sondern eine feinere mathematische Überlegung. Als wir in Petrograd die Duma auseinanderjagten, geschah das so. Es kamen viele, viele Leute, Arbeiter und Soldaten. Die Galerie war gesteckt voll wie noch nie. Die Abgeordneten sahen sich ganz stolz an und sagten: Na, die Sitzung ist heut aber voll! Das ist ein Interesse! Dann, als sie im besten Geschwätz waren, rief einer oben: Schluß! Das hat genügt. Wer wird aber in Wien Schluß rufen?...«

Der Herr im zerknitterten Cutaway versuchte dem Russen das Wesen der Wiener Volksseele zu erklären, die jedem Pathos abgeneigt sei. Nun aber verurteilte auch Weiß das gleichgültige Verhalten der Stadt, was Ferdinand nach den Eröffnungen, die ihm Ronald bei seinem vormittäglichen Handstreich gemacht hatte, verwunderlich fand. Der Oberbefehlshaber der Roten Wehr sah übrigens sehr verstört und blaß aus. Gegen sein inneres Gefühl geriet er plötzlich in die schärfere Tonart. Der Grund war nichts anderes als Angst und Zorn, hinter einem Hergelaufenen wie Elkan an Feuer- und Stürmermut zurückstehen zu sollen.

Elkans Hochmut war freilich nicht zu kappen. Sein ganzes Wesen schien mit der verbissensten Willensenergie geladen zu sein, durch jedes Wort einen neuen Überlegenheitsrang zu erklimmen. Er hatte überdies eine verletzende Art, die Argumente der anderen gar nicht anzuhören, sondern während sie sprachen, sich Notizen zu machen oder Aufträge zu erteilen, die nicht zur Sache gehörten. Ferdinand spürte angesichts dieses Menschen eine langsame Wut in sich aufsteigen, die giftig schmeckte. Elkan unterbrach die Debatte und kehrte, ohne Zustimmung oder Einwürfe zu beachten, zu seinem belehrenden Vortrag zurück:

»Nur wenn sich die Masse im Zustand einer ungeheuren Erregung befindet, kann die Revolution konzipiert werden. Diese Erregung kaltblütig hervorzurufen, das ist unsere Aufgabe. In dieser Hinsicht muß ein Beschluß gefaßt werden. Es ist bisher viel zu unblutig zugegangen.«

»Sehr richtig«, bestätigte eine nicht unmelodiöse Stimme, der sich Ferdinand blitzschnell zuwandte.

Die Dämmerung war weit vorgeschritten, und niemand schaltete das Licht ein. Vielleicht wäre die Mühe überflüssig gewesen, weil zu dieser Stunde wohl die Elektrizitätswerke streikten. Das dicke Zwielicht des Novembers hatte alle Gesichter mit einem grauschwarzen Dunst eingeschäumt, so daß man sie nur schwer auseinanderhalten konnte. Das Bild dieser Sitzung unterschied sich bedeutsam von jenen, die Ferdinand bisher kennengelernt hatte. Es waren viele neue Menschen anwesend, ernste und sorgengefurchte Gesichter darunter, keine Wortplänkler mehr, sondern Leute, denen die Dinge, wie es schien, sehr zu Herzen gingen. Eines dieser Gesichter leuchtete heraus, weil sein schneeweißer Haarkranz und sein apostolischer Schimmer den schmutzigen Vorhang der Stunde durchdrang. Es war dasselbe Gesicht, das jenes »Sehr richtig« gesagt hatte. Da der alte Mann sah, daß er mit seinem Zwischenruf die allgemeine Aufmerksamkeit hervorgerufen hatte, erhob er sich zögernd von seinem Sitz und machte eine ängstliche Schüler-Verbeugung.

»Meine Herren«, begann er, verbesserte sich aber sogleich: »Genossen! Kameraden! Erlauben Sie, daß ich ein Wort mitspreche... doch... zuerst...«

Er wurde sichtlich verlegen:

»Sie werden mich nicht kennen... aber ich bin weitaus der Älteste unter Ihnen und wohl auch der älteste Revolutionär am Platz... Ich feiere heut meinen siebzigsten Geburtstag, ob Sie mir's glauben oder nicht... Kameraden, Genossen, jawohl, ich bin in dem großen Jahre 1848 geboren. Seitdem habe ich gestrebt und gestrebt, bis zu diesem Tage der Erfüllung...«

Er schneuzte sich laut und ergriffen:

»Wissen Sie, wie das ist, meine He... Kameraden? Ich blicke auf große Erinnerungen zurück. Schon während der Kommune im Jahre 71 war ich in Paris. Wie habe ich mich immer danach gesehnt, daß auch mein Vaterland« (er sagte: Vaterland) »der

Befreiung teilhaftig werde, die Europas Lichtstadt damals genoß. Seit jener Zeit, das kann ich mit Stolz sagen, habe ich keine aufständische Bewegung, keine Straßendemonstration, keinen Kampf gegen die Polizei versäumt, der in Wien und Umgebung stattfand. Ich bin in meinem Leben siebenundzwanzigmal wegen Widersetzlichkeit verhaftet und dreiundzwanzigmal festgestellt worden. Viermal habe ich schwere Hiebe mit dem flachen Säbel davongetragen, wenn die Polizei vom Leder zog, und einmal bin ich sogar unter die Hufe der Kavallerie geraten, als sie die Straßen säuberte... Sie sind alle jung und können sich an die Ereignisse während der Regierung Badenis gewiß nicht mehr erinnern. Aber die Wahlrechtsdemonstrationen des Jahres 1905 werden vielleicht auch noch Ihnen gegenwärtig sein. Immer war der alte Nowak voran im ersten Glied... Ich bin nämlich der Nowak.«

Er verbeugte sich, bescheiden lächelnd wie ein Mann, der einen nicht gänzlich glanzlosen Namen sein nennt. Bis auf Elkan, der lebhaft auf einen deutschen Matrosen einsprach, folgten alle gebannt den Worten Nowaks, obgleich sie jetzt in ein abseitiges und eitel privates Gebiet abbogen:

»Von meiner kleinen Sammlung geschichtlicher Stiche, revolutionäre Ereignisse darstellend, werden einige der Herren vielleicht schon gehört haben. Sie ist in ihrer Art wirklich einzig dastehend. Ich bitte höflichst um Ihren werten Besuch, wenn ich auch als armer Junggeselle mit nichts sonst aufwarten kann. Vor vierzig Jahren schon – das müssen Sie wissen – hat mir mein Vater eine gutgehende Spiegelglaserzeugung vererbt. Ich aber hab dieses Erbe nicht angetreten, weil ich kein Unternehmer sein wollte. So bin ich denn Sollizitator geworden. Meine kleinen Ersparnisse wende ich für die Ergänzung meiner Bücher und Stiche auf. Jawohl, es wird mir eine Ehre sein, meine Herren... Wie Sie mich hier sehn, mach ich auch heute noch Dienst. In der Kanzlei von Doktor Ludwig Jellinek. Sie werden den Namen kennen. Eine hochrenommierte Kanzlei, Hof- und Gerichtsadvokat...«

Der alte Mann hatte den Faden verloren und begann Unverständliches zu stammeln. Dennoch unterbrach ihn niemand. Das weißleuchtende Haupt übte eine bannende Wirkung.

Unter den unzähligen Spielarten der geistigen Natur durfte auch diese Absonderlichkeit nicht fehlen: Der Ästhet der Revolution. Nowak versenkte sich nicht in die großen Inhalte der Befreiung, sondern berauschte sich einzig und allein an ihrer Geste. Wahrlich, er hatte nicht gelogen. Sein Name als notorischer Ruhestörer war polizeibekannt. Doch nicht die Forderungen des allgemeinen Wahlrechtes oder des Achtstundentages hatten ihn jeweils auf die Beine gebracht. Nein, wenn sich die Massen auf der Straße zusammenrotteten und ihr todbringendes Sturmgeheul zum Himmel schäumte, wenn harte Fäuste das Pflaster aufrissen und die Fensterscheiben einer ganzen Häuserzeile zur Erde klirrten, wenn der tobende Keil eine dreifache Kette von Polizisten durchstieß, dann durchglühte eine besinnungslose Wonne Nowaks Brust. Es war die absolute Wonne des Aufruhrs, wie es einst, ehe die Mordmaschinen sich allzu sehr vervollkommnet hatten, eine absolute Wonne des Krieges gab. Was die Bildersammlung des Alten betrifft, von der er immer wieder erzählte, so war sie künstlerisch vollkommen wertlos. Für ihn umschloß sie aber die Erinnerungstrümmer seines höchsten Lebensrausches. Weiß, der für derartige Sonderlinge stets ein großes Interesse zeigte, kannte Nowaks Schatz. Er schilderte später einmal lachend die armseligen und phantastisch gepflasterten Wände, wo neben zeitgenössischen Stichen der Französischen Revolution vergilbte Ausschnitte aus illustrierten Zeitungen hingen, wenn auf ihnen nur ein Zug von Streikenden oder ein Straßenkampf abgebildet war.

Jetzt aber, im Angesicht grenzenlos verlockender Sturmtage, faltete der siebzigjährige Sollizitator der Rechtsanwaltskanzlei Doktor Jellineks seine Hände wie ein kleines Kind und bettelte:

»Meine Herren! Wir müssen auf die Straße! Tun Sie mir den Gefallen!«

Hier zerschnitt Elkan das Zwischenspiel. Er drängte den Matrosen in den Vordergrund:

»Genossen! Ich stelle euch hier den Genossen Gruppe von der

deutschen Kriegsmarine in Kiel vor. Er hat euch ein Wort zu sagen.«

Gruppe war ein schwerer Mann mit einem hellen und braven Gesicht. Er glich eher einem jüngeren Hausvater oder Kaufmann, der in einer ziegelroten norddeutschen Kleinstadt Zigarren verkauft, als einem aufrührerischen Seesoldaten. Wenn seine Rede auch von sichtlich eingelernter und abgeleierter Art war, so staunte Ferdinand doch, wie lebensecht und wahrhaftig die kurzangebundene Stimme des Mannes klang. Nicht einmal die reichlich gebrauchte Mitvergangenheit, die für das Ohr des Österreichers immer eine geschraubte Komik hat, konnte ihr die Echtheit rauben:

»Ich bringe dem Wiener Proletariat«, begann er, »den Gruß der Kieler Matrosenrevolution. Der Soldatenrat der deutschen Kriegsflotte entsandte mich hierher. Auch über Wien muß die rote Flagge wehen, denn Wien wird zum großen Vaterland des befreiten deutschen Proletariats gehören...«

Ganz anders als Elkan sprach Gruppe das Wort »Proletariat« aus. Er gehörte dazu. Von dieser Rechtmäßigkeit strömte kraftvolle Ruhe aus, die zu der ewigen Erregtheit von Elkan oder Weiß im scharfen Gegensatz stand. Ferdinand selbst hatte es immer vermieden, vom Proletariat zu reden. Es wäre ihm wie eine ungehörige Anmaßung und Zudringlichkeit vorgekommen. Gruppe durfte es. Er schilderte jetzt im einzelnen kurz, im ganzen weitschweifig das Leiden der Seesoldaten während des Krieges und die Entstehung der Revolte. »Bergwerk« nannte er den Bauch der Linienschiffe, wo er und die anderen Galeerensklaven vier Jahre lang in luftloser eisengrauer Hitze geschmachtet hatten. Er flocht in seine Erzählung allerlei Namen, die hierzulande ganz unbekannt waren und deren Charakter er nicht näher bezeichnete:

»Hipper gab den Befehl zur Ausfahrt nach Schillingreede... Das war unser Zeichen... Die Heizer von der Kurfürstklasse rissen das Feuer aus den Kesseln... Podolskie und Torpedoheizer Artelt griffen durch... Auch das dritte Geschwader hißte rot... Brandts Urlaubsverweigerung machte die Sache glatt...

Die Wik schloß sich an... Da schickte uns die S. P. D. Gustav Noske... Das ist jetzt die Gefahr...«

Als Elkan sah, daß Gruppes kurze Sätze von Ereignissen, die hier niemand kannte, die Versammlung ermüdeten, riß er das Wort an sich. Ferdinand hätte dem Deutschen gerne noch zugehört, aber Elkan rief:

»Genossen! Ich stelle folgenden Antrag: Am zwölften November, in der Stunde des Massenaufmarsches, wenn die Parteien die Errichtung der demokratischen Republik beschließen, dringt die Rote Wehr ins Parlament ein, jagt die Nationalversammlung auseinander, nimmt die Regierung gefangen und verkündet die Diktatur des Proletariats! Ich bitte diesen Antrag ohne Debatte anzunehmen.«

Weiß erschrak und suchte einen Hafen zu erreichen:

»Selbstverständlich stimme ich für jede initiative Tat. Ich bin ja kein Politiker, sondern ein Soldat der Revolution, Genossen! Aber gerade als Soldat trag ich die Verantwortung dafür, daß die Kräfteverteilung richtig bemessen wird und daß keine zwecklosen Opfer fallen. Es sind noch drei Tage bis zum zwölften November. Die Frage, welche Macht auf der Gegenseite steht, muß zuerst gewissenhaft untersucht werden. Ich denke dabei nicht nur an Truppen wie die Neunundvierziger, die den Sozialdemokraten zweifellos ergeben sind, sondern auch an die Offiziersdetachements, an die Militärschulen, an die Leibgarden, an alle jene Kräfte, die der Reaktion sofort zur Verfügung stehn werden, wenn unser Putsch mißlingt. Ich darf weder die Rote Wehr noch die Revolution für ein ungesichertes Unternehmen aufs Spiel setzen.«

Elkan gehörte zu jenen Menschen, die jeder Widerspruch um die Besinnung bringt, selbst wenn er ihnen einleuchtet.

»Ich weise«, schrie er, »die Vorbehalte des Genossen zurück. Sie sind nur ein Rückzugsmanöver. Er versteckt sich hinter dem ›Soldaten der Revolution‹. Alte Sache! Kennen wir! Die Frage muß gar nicht erst untersucht werden. Wir haben einen riesigen Vorsprung, den uns niemand abkaufen kann, auch die Sozialdemokraten mit ihren Neunundvierzigern nicht. Am zwölften

November wird uns kein Mensch entgegentreten, außer vielleicht die Parlamentswache, also Garderobenweiber und Logenschließer...«

Eine Karbidlampe wurde auf den Kanzleitisch gestellt. Die dumpfen und starren Gesichter in ihrer Nähe schienen gewonnen zu sein. Andre Gestalten redeten in einer Saalecke auf Weiß ein, der wild mit den Händen fuchtelte. Auch das Licht brachte keine Ordnung in das schattenhafte Bild. Elkan fragte suggestiv:

»Wieviel Maschinengewehre haben wir?«

Wimpel meldete:

»Sechs mit voller Bedienung und Munition.«

Ein Zuversichtlicher schwärmte:

»Wir können auch zehn und zwölf haben. Im Arsenal bekommen wir alles, selbst Geschütze, wenn es nötig ist.«

»Was sagen Sie dazu, Genosse?« wandte sich Elkan an Weiß.

Der Journalist erwiderte den Hieb:

»Das sind für Sie Neuigkeiten, nicht für mich! Es geht aber weniger um Maschinengewehre und Geschütze als um die Macht, die sich auf sie stützt. Am Nachmittag kann vielleicht der Feuerüberfall aufs Parlament gelingen. Was geschieht aber am Abend, wenn eine Division uns belagert? Unsere Armee besteht aus fünf, höchstens sechs Kompagnien, dies zu bedenken ist meine Pflicht. Trotzdem aber erkläre ich, daß ich den Antrag Elkan für meine Person noch nicht ablehne. Ich muß nur alle Möglichkeiten genau prüfen und werde morgen Stellung dazu nehmen. Überschätzen Sie aber bitte unsere militärische Lage nicht!«

»Ich stoße hier immer auf den gleichen Irrtum«, sagte Elkan mit der Miene eines überanstrengten Lehrers. »Die Genossen glauben, daß ihnen die Diktatur kampflos und unblutig in die Hände fallen werde. Ausgeschlossen! Auch den Smolny und das Winterpalais haben wir erst nach verlustreichen Kämpfen erobert...«

»Und wir haben«, prahlte Weiß, »das Militärkommando heute ohne Blutvergießen besetzt.«

Elkan kniff die Augen ein:

»Das war eine Ihrer besten Komödien, Genosse Weiß.«

Während dieses Wortgefechts hatte sich der alte Nowak zu dem Karbidlicht gesetzt, das eine grelle Gipsmaske über sein Gesicht stülpte. Dennoch war das verklärte Blau seiner Apostelaugen gut zu erkennen. Es gibt einfältige Menschen, denen oft ein Zug verbohrt-begeisterten Gelehrtentums anhaftet. Einer von diesen Leuten schien Nowak zu sein. Er erhob bescheiden seine angenehme Stimme, leise, als schäme er sich, einen Herzenswunsch preiszugeben:

»Meine Herren Genossen, halten Sie Frieden! Wenn man so lange gewartet hat wie ich, sieht sich das Ganze anders an. Maschinengewehre und Geschütze sind natürlich das Allerwichtigste. Man kann im Volksgarten sehr gut Stellungen ausheben, ich bitte... Rücken Sie nur aus! Am zwölften oder schon früher. Ich werde im heißesten Kampfgewühle stehn, darauf können Sie sich verlassen. Die rote Fahne hoch! Jawohl... also... meine Herren... ich bitte...«

Und er säuselte mit einem fast schmerzhaft seligen Lächeln:

»Blut will ich sehn...«

Am neunten November 1918, einige Tage nach Abschluß des Weltkrieges, sprach der siebzigjährige Johann Nowak, ein lediger Kanzlist, über den sich in ruhigen Zeiten sein Brotgeber niemals beklagen konnte, leise und mit dem deutlichen Ausdruck träumerischer Wollust die Worte:

»Blut will ich sehn...«

Elkan sah den Alten starr an:

»Der Mann hat recht«, sagte er, »so traurig es ist, ohne Blut läßt sich nichts erreichen.«

»Warum?«

Das war Ferdinands Stimme. Er wunderte sich selbst darüber, daß seine Wut überfloß und zu einem Worte wurde.

Um den Ausbruch eines so zurückhaltenden und schweigsamen Wesens zu verstehn, muß man tiefer in die Innerlichkeit dieses Augenblicks eindringen. Vor allem: Der Ruf nach Blut gab nur ein Stichwort ab. Weit entfernt war Ferdinand von irgendwelchen humanen Gedanken. Er selbst hätte jetzt einen Menschen in diesem Raum töten können. Der Mensch war Elkan. Ein Fremder hatte sich zum Führer aufgeworfen. Was ging Elkan Wien an, was das Proletariat? Weiß und er, beide Österreicher, beide Kriegsoffiziere, fühlten sich unbehaglich in der Rolle, die ihnen das Schicksal zugeteilt hatte. Elkan nicht! Aber hinter dieser schwer faßbaren Unverfrorenheit lag im Wesen des Russen noch eine verborgenere Schicht, die Ferdinands Haß grenzenlos aufwühlte: Elkans Hochmut und seine Ichbesessenheit. Sicher glaubte auch er an die Revolution. Aber sein Glaube konnte mit dem Glauben Ferdinands nichts gemein haben, um den er in schlaflosen Nächten schmerzhaft kämpfte. Elkan war der schwarze Brennpunkt einer ziellosen Wiedervergeltung, die weder mit dem Kriege noch mit dem Proletariat zusammenhing. Aus dieser Unabhängigkeit gerade strömte seine Hoffart, die sich unerträglich in jedem Worte überhob. Nur ein besinnungsloser Rächer konnte seiner todbringenden Sache so gewiß sein. Ferdinand spürte den Erzfeind in allen Nervenenden:

»Warum?« wiederholte er noch einmal.

Elkans Augen schienen ihn noch gar nicht bemerkt zu haben. Er entgegnete ruhig, ohne sich nach dem Frager hinzuwenden:

»Damit die nötige Erregung in die Masse getragen wird...«

»Und wozu soll das geschehn?«

Elkan, der das Pulver roch, fuhr herum:

»Wozu? Damit am zwölften November die Arbeiter zu uns übergehn!«

Ferdinand überlegte gar nicht, was er sagte. Er war nur von dem kochenden Wunsch besessen, Elkan zu reizen.

»Warum sollen denn eigentlich die Arbeiter zu Ihnen übergehn?«

Elkan wiegte sich gelassen in den Hüften:

»Der Genosse will mit mir ein Examen anstellen, wie?«

»Ich will wissen, warum Blut fließen soll«, brüllte Ferdinand auf und machte Miene, sich auf Elkan zu stürzen, »ich will wissen, warum...«

Gruppe hielt den Rasenden fest.

»Der wildgewordene Kleinbürger«, höhnte Elkan, als stelle er eine ärztliche Diagnose.

Ferdinand beruhigte sich langsam und schüttelte die Arme ab, die ihn hielten. Seine Stimme hatte unwiderstehliche Kraft und erzeugte rings die lautloseste Stille:

»Die Revolution soll die bestialische Schlächterei beenden ... So hab ich sie aufgefaßt ... Ich denk nicht gern an den Krieg und an all das, was man dort erlebt hat ... Aber ich dulde es nicht, daß alte Idioten und feige ahnungslose Hunde von Blut reden ... Ahnungslose Schufte, die keine Granate von einem Schrapnell unterscheiden können, haben nicht von Blut zu reden!! Ich dulde es nicht!!«

Und ehe noch ein Atemzug die Stille unterbrochen hatte, stürzte er aus der Kanzlei und schmiß die Tür hinter sich zu.

In Ronalds Dienstzimmer lag er dann auf dem Strohsack. Wie dicker Nebel wölbte sich der Kasernengeruch über ihn, jener durchdringende Geruch von warmer Brotschmolle, von kaltem Pfeifenrauch, Schweiß, Lederzeug, Schmieröl und Wasserdunst, den er schon seit der Kindheit kannte. Das gewaltige Klopfen seines Herzens kam ihm von allen Seiten entgegen. Ihm war es, als sei er der Mittelpunkt eines ausgedehnten Bauplatzes, wo viele Zimmerleute und Steinmetzen im unerbittlichen Takte hämmern.

Nach einer Viertelstunde erschien Weiß grimmig und niedergeschlagen:

»Dein Benehmen war trottelhaft unpolitisch. Hast du denn meine dilatorischen Absichten nicht bemerkt? Jetzt ist alles verpatzt. Elkan hat dich zum Gegenrevolutionär verdonnert und geschworen, daß man mit dir in Rußland kurzen Prozeß machen würde. Du kannst dir selber ausrechnen, daß sie dich aus dem Militärkomitee gestrichen haben ...«

»Das ist mir äußerst angenehm.«

»Mir aber ist dafür äußerst unangenehm, daß Elkans Antrag angenommen wurde ...«

»Dann mußt du deine Demission als Kommandant der Roten Wehr geben!«

»Danke sehr! Aber meine Verantwortung vor der Geschichte?«

Auf einmal war aus der »Geschichte«, an die er so viel Spott verschwendet hatte, eine höchst wirkliche und feierliche Dame geworden:

»Es bietet sich vielleicht die letzte Gelegenheit, ein großes Ziel zu erreichen. Ist es da nicht meine Pflicht, alle bürgerlichen Hemmungen in mir zu überwinden? Hast du eine Ahnung? Du bist halt doch nur ein glücklicher Outsider. In deiner Haut möcht ich stecken. Aber ich, ich, auf dem alles liegt? Wie zwischen zwei Mühlsteinen werd ich zerrieben.«

Er legte seine Hand auf eine Fensterscheibe. Aber da in dieser Kaserne alles verwüstet und zerbrochen war, klirrte ein Stück des gesprungenen Glases nieder. Weiß sah erschrocken drein. Eine öde Erschlaffung löste Ferdinands Glieder:

»Tu, was du willst! Alles ist gleich schrecklich.«

Weiß knipste eine kleine Taschenlaterne an und raschelte mit einem Stück Papier:

»Zu allen andern Schikanen hab ich heut noch einen Brief bekommen...«

Und er vollendete unwillig:

»Einen Brief von meiner Alten!«

Hier muß rasch eingeschaltet werden, daß Ronald Weiß im vorigen Jahr seinen Vater verloren hatte, der an der Angst und dem Gram zugrunde gegangen war, seinen zweitältesten Sohn in Todesgefahr zu wissen, nachdem der älteste sein Leben in Serbien gelassen hatte. Ronald sprach niemals von seiner Familie. Aber Ferdinand wußte noch von der Freiwilligenschule her, daß er mit wehleidig tiefer Liebe an ihr hing. Das sei bei Juden immer so, behaupteten die Leute. Im Fall Engländer allerdings schlug die Liebe in ihr Gegenteil um. Weiß hatte einmal, was ihn offenbar Selbstverleugnung kosten mußte, im Säulensaal die Ansicht ausgesprochen, daß ein Buch, in dem das Wort »Mutter« in sentimentaler Betonung vorkomme, schon deswegen Kitsch sei. Dieses Wort habe keine Berechtigung mehr, seitdem es die Kriegsschmierer allen sterbenden Soldaten in den Mund legten.

Ferdinand lernte damals an Weiß die besondere Eigenschaft kennen, durch welche sich die Literaten von den übrigen Menschen unterscheiden. Sie schöpfen ihre Anschauungen nicht etwa aus ihrem Sein und ihren Erlebnissen, sondern aus einem überfeinerten Gefühl für die Abgenütztheit der Worte. Die Entstehung neuer Begriffe scheint keine tiefere Ursache zu haben als die Angst, sich durch Verwendung von abgebrauchten Begriffen zu kompromittieren. Ihrem eigenen Gefühlswesen zu widersprechen hielten Leute wie Weiß für eine geringere Schande als das Steckenbleiben in einem gestrigen Tonfall.

Ronalds Taschenlaterne erhellte noch immer einen kreisrunden Fleck des Briefes.

Ferdinand las:

»Du sollst, mein liebes Kind, ein Führer sein, aber kein Anführer.«

Weiß konnte trotz seiner inneren Zerrissenheit den Sohnesstolz nicht ganz unterdrücken:

»Hat die Alte das nicht gut formuliert? Wie? Was?«

Es ging schon auf elf Uhr nachts. Dennoch war Ferdinands Wirtin – eine gute Seele sonst – nicht schlafen gegangen. Sie paßte frierend und furchtgeschüttelt ihren Mieter vor der Haustür ab. Kaum vermochte er dem aufgeregten Bericht folgendes zu entnehmen.

Am Nachmittag war Gebhart fortgegangen, nachdem er der Hausfrau erklärt hatte, er sei unruhig und könne länger nicht allein bleiben.

»Ich hab aufgeatmet«, stöhnte sie, »denn mir ist vor dem Herrn Doktor schon angst und bang gewesen.«

Zu ihrem Entsetzen aber kehrte Gebhart nach zwei Stunden wieder, und zwar nicht allein, sondern mit einem andern Herrn:

»Herr, das kann man ja gar nicht sagen! Oh, Herr Leutnant, es ist sicher ein Mörder, dieser Herr...« Doktor Gebhart habe von ihr verlangt, erzählte sie zähneklappernd weiter, daß sie den neuen Herrn anstatt seiner im Zimmer des Herrn Leutnant beherberge. Er selber müsse noch heute abend fortfahren. Sie weinte:

»Ich hab nicht gewagt, nein zu sagen, ich hab nicht gewagt, um Hilfe zu rufen. Und jetzt liegt der schreckliche Mensch drinnen auf dem Sofa, und ich steh heraußen und weiß nicht, was ich tun soll. Nur Ihretwegen, Herr Leutnant, hab ich nicht die Polizei geholt.«

Der Mann, der auf Ferdinands Diwan lag, entsprach keineswegs dieser furchterfüllten Schilderung. Es war ein sommersprossiger Bursche mit einem eckigen Gesicht, dem man viele Entbehrungen ansah. Da er sich nach Art der Soldaten völlig in die Decke eingewickelt hatte, konnte Ferdinand nicht erkennen, was für einen Anzug er trug. Keines seiner Kleidungsstücke, außer den kotig-riesigen Militärstiefeln, die auf dem Boden standen, war zu sehn.

In geläufigem Deutsch, jedoch mit ganz fremdartiger Aussprache, sagte er:

»Ich bin Riardet.«

Das klang so, als halte er es für mehr als selbstverständlich, daß Ferdinand wisse, wer Riardet sei. Und mit der gleichen Selbstverständlichkeit, wie sie unter Verschwörern eben herrscht, stellte er fest:

»Kamerad, ich werde in den nächsten Tagen höchstwahrscheinlich bei Ihnen wohnen...«

Ferdinand fand nicht die geringste Handhabe, sich gegen den Entschluß Riardets zur Wehr zu setzen. Dieser seinerseits erwartete gar nicht eine förmliche Aufforderung, das Quartier, in das er sich selber eingeladen hatte, auch wirklich zu beziehen. Die »Illegalen« bildeten untereinander eine Brüderschaft. Es war einfach undenkbar, daß ein Revolutionär dem andern die Zuflucht verweigere. Während sich Ferdinand nun auch halbangekleidet zu Bett legte, gab Riardet Auskunft:

»Ich komme von Böhmen herunter... Aus dem Gefangenenlager von Erfurt bin ich schon zwei Monate fort... Am Chemin des Dames war ich zu den Deutschen übergegangen... Das ist aber schon lange her... Zu Hause haben sie mich und andere Kameraden noch während des ersten Winters aus dem Gefängnis geholt und in die Gräben gesteckt... Es ist ganz gut abgelaufen ... Jetzt werde ich vielleicht nach Rußland gehn ... Gebhart kenne ich sehr gut ... Wir waren vor dem Krieg in der Schweiz beisammen ...«

Ferdinand, der von diesem Tage bis an die Grenzen seiner Fassungskraft übersättigt war, hatte keine Lust, den Abenteuern Riardets zu lauschen. Er schwieg so anhaltend, bis auch dem anderen die Erzählungslust versickerte.

»Darf ich auslöschen?« fragte er schließlich, ohne eine Antwort abzuwarten. Kaum aber war es dunkel, erfaßte ihn Verzweiflung, daß er sich der Finsternis ausgeliefert hatte, innerhalb derer die körperliche Gemeinschaft mit seinem Schlafgenossen dick anschwoll. Ja, der starke Atem Riardets, sein Sich-Strekken, Recken, Umherwerfen nahm egoistisch von der ganzen Nacht Besitz und ließ für Ferdinand nur ein kleines beklemmendes Loch übrig, in dem sich ein erwachsener Mensch kaum einrichten konnte. Der raumfressende Schlaf dieses aus einem deutschen Gefangenenlager entflohenen Franzosen hatte ins Zimmer das erdrückende Bewußtsein von Dauermarsch und Verfolgung eingeschleppt. Ferdinand lag steif auf dem Rücken und rührte sich nicht, da er auf dem Fleck, den sein Körper bedeckte, nur mehr geduldet war. Irgendwo standen Riardets gewaltig schwere Kriegerstiefel, an denen ganze Straßen und Äcker klebten. Verfilztes altes Uniformtuch voll Stacheldrahtrissen, Blutflecken, Schweiß und Läusen arbeitete sich stetig durch die Dunkelheit vor. In der Ecke lauerte vielleicht eine Handgranate. Die ganze Nacht roch schon erdig, sumpfig und gefährlich.

Ferdinand versuchte jede Schlafanwandlung abzuwehren. Er mußte wach bleiben, um alle Gefahren rechtzeitig zu erkennen. Dann aber konnte er nichts mehr dagegen tun, daß er auf einem grundlosen Karrenwege in steppenhafter Gegend vorwärtsstapfte. Es war genau dieselbe galizische Straße seines Morgentraums, aus dem ihn heute früh Wimpels Stimme gerissen hatte. Die beiden Brückenpfeiler dieses Tages ruhten also im gleichen Erdreich. Ist das hier Pluhow, Konjuchi, Hodow, fragte sich Ferdinand, oder ist es Kolkow? Er blickte unruhig nach allen Seiten, um ein Dorf mit ruthenischen Bauernhütten zu entdekken. In der Ferne zeigte sich plötzlich ein Hügel mit einer Kirche. Das ist nicht Kolkow, stellte er befriedigt fest. Prechtl werde ich nicht sehn müssen. Um sein Ziel, die Kirche, zu erreichen, mußte er vorerst durch einen kleinen Wald. Er überlegte: Das Betreten des Waldes ist verboten, denn dort hat mein Feind sein Maschinengewehr aufgestellt. Dieser Feind war Steidler oder Elkan oder auch Riardet, vielleicht aber alle drei in einer Person. Den Beweis für die dreifach personelle Personaleinheit lernt man zwar im Seminar, ich aber hab ihn vergessen, erkannte Ferdinand schuldbewußt. Den Feind selber konnte er nicht erblicken. Doch er sah deutlich den Patronengürtel des Maschinengewehrs am Waldrand, und jetzt, während er gegen seinen Willen weitergehen mußte, jetzt blitzte es dort auf...

»Halt! Nicht rühren!« schrie Ferdinand und fuhr mit beiden Beinen aus dem Bett.

Zugleich war auch Riardet aufgesprungen, hielt seine Hände hoch und keuchte:

»Nicht schießen... Nicht schießen...«

Durch die Tür jedoch drang mit einem mageren Lichtschein das Aufheulen einer Frauenstimme:

»Marandjosef... Ich hab soviel Angst ausgestanden...«

Also wimmerte die Wirtin, die von Schreckvorstellungen besessen ins Zimmer ihres Mieters getreten war und die Schläfer mit ihrer Kerze aus bösen Träumen gerissen hatte.

Fassungslos, schweißübergossen, starrten sich die drei Menschenkinder und Zeitgenossen an, ein irrsinniges Trifolium der Angst, welche weit eher die Mutter aller Dinge ist als der Kampf ihr Vater. Nach einigen Verlegenheitsworten kroch jeder, leidlich entspannt, in sein erwärmtes Gehäuse.

Ehe Ferdinand am Morgen aufstand, hatte sich Riardet, der kühne Anarchist, schon entfernt. Die goldene Uhr fehlte. Sie war das einzige Erbstück, das der Sohn des Obersten von seinem Vater besaß. Er vermutete, daß Gebharts Jugendfreund aus der Schweiz sich keineswegs eines Diebstahls bewußt war, sondern in der Not das Prinzip der »gegenseitigen Hilfe« eigenmächtig in Anspruch genommen hatte. Trotz dieser aufklärenden Annahme litt aber Ferdinand unter dem Verluste der Uhr schwer. Eines der wenigen Dinge, an denen er wirklich hing. Das Monogramm des Vaters war in den Deckel eingraviert. In seiner Kindheit hatte ein zartes verborgenes Spielwerk dieser Uhr ihm oft ins Ohr geläutet.

»Da läßt sich halt nichts machen«, sagte Ferdinand nach mehrmals vergeblichem Suchen. Dann steckte er die Brieftasche ein.

Der Rest seines Geldes war unberührt geblieben.

Dreizehntes Kapitel

Der Verfolger wird verfolgt

Ferdinand wurde von schweren Zweifeln gequält, wie er sich nach dem Vorgefallenen zu verhalten habe. Dem Militärkomitee fühlte er sich nicht mehr zugehörig, nicht etwa, weil gestern von irgendwelchen unbefugten Leuten der Ausschluß über ihn verhängt worden war, sondern weil diese so großartig lautende Einrichtung in Wahrheit gar nicht bestand und sich täglich aus anderen dunklen, verantwortungslosen oder albernen Subjekten zusammensetzte. Weiß war ein schwacher Mann, der nach und nach all seinen Einfluß an Elkan verloren hatte. Ferdinand haßte Elkan. Jedes Wort, das aus diesem Munde kam, war ihm in seiner bewußten Kälte und schartigen Arroganz bis zum Brechreiz widerwärtig.

Für einen jungen Menschen, den das Schicksal in die Begebenheiten hineingezogen hatte, war es nicht leicht, den Mut zu innersten Erkenntnissen aufzubringen. Sonst hätte Ferdinand sich eingestehen müssen, daß alle Hoffnungen der Welterneuerung auf einem taschenspielerischen Betrug der Seele beruhten, der das ordnungsfeindliche Befreiungsgefühl (wie es jeder Untergang stets erzeugt) zum begeisterten Zukunftsglauben umfälschte. Er wäre ferner seiner tiefen Enttäuschung bewußt geworden, daß weit und breit kein Mann zu finden war, dessen Kraft, Eindeutigkeit und wahres Führertum ihm voranleuchtete. Dennoch glaubte sich Ferdinand seiner Pflichten gegen die werdende Zeit nicht ledig. Revolution, sie war ja für ihn etwas ganz andres als die scharfe Phrase von der Machtergreifung, die er tagtäglich aus dem Munde hochmutbesessener Menschen zu hören bekam. Sollte er dafür kämpfen, daß Steidlers Herrschaft von der Herrschaft eines rohen Korporals abgelöst werde? Das war der Sinn nicht, den er vor sich gesehn hatte. Wieder einmal erlebte Ferdinand die Grundsituation seines Lebens, nirgend hinzugehören.

Niemand wird es ihm verdenken, daß er den heutigen Tag dazu benützte, um sich diesen Konflikten zu entziehen.

Es war ihm bisher nicht gelungen, den Aufenthalt Alfred Engländers auszuforschen. Da kam die Karte mit dem Poststempel Amstetten, der die Unterschrift fehlte. Ferdinand aber erkannte auf den ersten Blick Alfreds Schrift. Sie war freilich verstellt oder hatte sich durch die Krankheit beängstigend verändert. Die Sätze liefen in großen Abständen schief abwärts:

»Suche mich nicht, denn du wirst mich nicht finden!
(Dies ist der Sinn der Zerstreuung, daß wir uns nicht
finden dürfen.)
Verfolge mich nicht, denn du selber bist verfolgt!
(Die Mörder sind dir auf den Fersen. Du aber bist
kein Läufer, sondern ein Kind an
der Hand einer alten Frau.)
Mir geht es von Tag zu Tag besser –
Je mehr ich Sein Sohn bin, um so mehr ist Er mein Vater,
Ich bin in Ihm und Er in mir.
Wir beide grüßen dich.«

Poststempel Amstetten! Ferdinand wußte von einer Anstalt, die an der Westbahnstrecke lag. Zwar verbot ihm der Kranke in den dunklen Worten dieser Korrespondenzkarte den Besuch. Dennoch machte er sich sogleich auf.

Der Bahnhof war diesmal nur von wenigen roten Soldaten und Frontheimkehrern besetzt, dafür aber machte sich ein düstergrindiges Lumpenpack in Montur breit, das auf Raubgelegenheit lauerte. Ein Fahrplan bestand nicht mehr. Wenn es dem Himmel oder einem Lokomotivführer gefiel, wurde eine Zugsgarnitur abgelassen. Kleinlaute, verschreckte Menschen warteten in langen Reihen auf dem Bahnsteig. Männern und Frauen hing der Rucksack übers gebogene Kreuz. Es hatte den Anschein, als dienten all diese Rückenlasten keinem Ernährungszweck, sondern wären das Symbol einer Strafe, das ein ganzes Volk (als Joch der Sklaverei) am Buckel tragen mußte. Tauchte irgendwo ein strafferer Sack oder gar ein Gepäckstück auf, so traten die borstigen Gesellen in Tätigkeit, fuchtelten mit den Gewehren, beschlagnahmten die Eßwaren oder hoben auf eigene Faust und nach sonderbaren Tarifen Strafsummen, Steuern und Zölle ein.

Auf jeder kleinen Station wiederholte sich das gleiche. Im Zuge selbst waren die Menschen zusammengepreßt und zusammengestampft wie getrocknete Fische. Alle reckten unablässig die Köpfe, um wenigstens im oberen Luftraum einen Atemzug von Freiheit zu erschnappen. Kein Haß, keine Ungeduld, ja nicht die leiseste Spur einer seelischen Regung zeigte sich auf den Gesichtern, sondern nur das stickige Brüten physischer Qual. Jeder löschte sein Bewußtsein aus, so gut es ging, um nichts zu sein als eine leblose Sache, ein Stück umhergeworfener Schwere.

In diesen Tagen traf irgendeine regierende Allgerechtigkeit schleunig ihre letzten kosmischen Verordnungen, um die Rückstände zu erledigen. Zwölf Millionen Männer waren an den Fronten umgekommen, das Hinterland aber immerhin am Leben geblieben. Ein Ausgleich mußte geschaffen werden. So wurde denn in dieser Stunde, da der Waffenstillstand allenthalben schon unterfertigt war, die Lungenpest oder Spanische Grippe in die Großstädte detachiert, um das Gleichgewicht einigermaßen herzustellen. Ein neuer Ausverkauf des Todes trat ein. Das Fatum warf ihn den Leuten zum herabgesetzten Preise einer mittleren Offensive nach.

Aber auch die Erde mit ihren Landschaften schien von dem Untergang ergriffen, der über die Menschen verhängt war. Nicht teilnahmslos rollte der Planet dahin, wiewohl es ihm nicht viel bedeuten konnte, wenn das juckende Ungeziefer in seinem Pelz hungerte und krepierte.

Ferdinand spürte, daß die Hügel, die Berge, die Waldungen, die Heiden, die Stoppeläcker, daß alles in diesem geheimnisvollen November anders aussah, als es je ausgesehen hatte. Jeder Stein, jede Scholle starrte wie ein vorwurfsvoller Kadaver zum Himmel. Schlaffe, gähnende, wäßrige Melancholie schleppte über die herbstsumpfigen Flächen. Die einzige Kraft, die sich eifrig und zur vollen Zufriedenheit der Todesgötter bewährte, war die Fäulnis. Selbst die Straßen wollten sich auflösen, damit endlich Ruhe sei. Schleimige Wolken hingen herab wie ein überirdischer Schnupfen. Niemals noch hatte man auf allen Wegen soviel eklig-schwarze Schnecken kriechen gesehen.

Auch auf der Chaussee, die zu Ferdinands Ziel führte, konnte man kaum im Schlamm weiterkommen. Als er dann endlich vor der Umfassungsmauer der Anstalt stand, war es ihm unwiderleglich klar, daß er Engländer hier nicht finden werde. Nur um sich diese Klarheit bestätigen zu lassen, läutete er und zog die Erkundigung ein. Sein Gefühl hatte ihn nicht getäuscht. Besser so! Erleichtert atmete er auf. Sein Herz war voll Furcht vor dem Anblick des Kranken gewesen.

Der Rückmarsch zum Bahnhof der kleinen Stadt ging weit schneller vonstatten als der Weg zur Anstalt. Ferdinand hatte Glück. Gerade, als er den Perron betrat, fuhr ein Zug ein. »Richtung Wien«, plärrten die Schaffner. Wie Fliegentrauben hingen die Menschen draußen auf Trittbrett und Plattform. Ein brutaler Bauernbauch preßte Ferdinand ins Innere eines Wagens. Nun stand er, nach Atem schnappend, auf dem Gang. Zwei gelbhäutige Wickelkinder, von verzweifelten Müttern geschützt, winselten zwirnsfadendünn. Ein schlechter Einfall war's, im Jahre 1918 zur Welt zu kommen. Auf runzligen Schädeln saßen verschobene Häubchen. Niemand machte den armen Frauen Platz. Wer saß, saß.

Sooft der lange Zug sich in Bewegung setzte, glich es einem Eisenbahnunglück. Die Wagen krachten gegeneinander, die Puffer stöhnten, die Bremsen kreischten und die zerbrochenen oder mit Papier verklebten Fensterscheiben klirrten hell. Jeder Lokomotivführer dazumal schien sich in einen grausamen Menschenfeind verwandelt zu haben, dessen Hauptvergnügen es einesteils war, die Zeit tückisch zu vertrödeln, und andernteils, seinen Zug über alle schmerzhaften Weichen hurtig hopsen zu lassen wie einen besoffenen Bock. Dann wurde die Insassenschaft des Waggons durcheinandergeschleudert gleich den

Schachfiguren eines beendeten Spiels. Bei dieser Gelegenheit fiel Ferdinand höchst unsanft einem Herrn in die Arme, der im Winkel vor der Wagentür festen Stand gewonnen hatte. Ein Offizier, nicht feldgrau, sondern im flaschengrünen Rock. Kappe in der Hand. Etwas abstehende Ohren. Verschwollene Augenlider. Der Schreck rollte in Ferdinand nach wie ein Donner im Gebirge. Steidler aber schien hocherfreut: »Da schau her... So was... No, da legst di' nieder... Der R.!... Servus, grüß dich Gott...«

Ferdinand sagte kein Wort, entzog aber seine Hand nicht dem Feinde. Der besann sich: »Ach so... Ach so... Zwischen uns ist eine Affär... Ich bitt dich... Tempi passati... Hast eine Ahnung, wieviel Affären ich hab... Wir sind doch Mitschüler... Ich hab mich zu dir hochgradig kameradschaftlich benommen... Aber wirklich... Kann mir nichts vorwerfen... Wär der Colombo dagewesen, der hätt dich anders uminstradiert... Bei dem hat's keine Spaßettln gegeben... Was willst du?... Schaust aus wie's Leben...«

Letzteres war eine Übertreibung. Dennoch sah Ferdinand im Vergleich zu Steidler fast wirklich »wie's Leben« aus. Das Gesicht des Hauptmanns war beinahe so flaschengrün wie sein Waffenrock. Die Augen steckten in blauschwarzen Mulden, die entweder von schweren oder von lotterhaften Erlebnissen sprachen. Keine Spur mehr von der Festigkeit des allmächtigen »stellvertretenden Generalstabchefs« von Kolkow. Steidler ähnelte jetzt unglaublich dem Kadetten in Ferdinands Erinnerung. Wie ein feinmaschiges Netz warf er seinen endlosen Schwatz über den Kopf des ehemaligen Opfers:

»Wo kommst denn her?... Ich komm aus Innsbruck... Nicht direkt... Drei Tag war ich bei Salzburg... Hab ein paar Freunderln dort... Aproposito Innsbruck... War nicht mehr auszuhalten... Unsere herrlichen Bundesbrüder sind dort eingerückt... Aber nicht Schulter an Schulter... Sondern als erklärte Feinde... Waren nie was andres... Mit denen hab ich so G'schichterln erlebt in der Praxis... Eine bayrische Division unter Generalleutnant Krafft von Delmensingen!«

Und er trompetete noch einmal:

»Krafft von Delmensingen... Das kracht nur so, was?... Jeder Name ein Volltreffer... Also, da kommen wir dagegen nicht auf... Kannst dir vorstellen, daß einer bei uns Krafft heißt?... Und noch dazu als Vorname?... Der wär bei jedem Kommando unmöglich, der Kraftprotz... G'freuen tut mich nur, daß sie mitsamt ihren Kraffts den Krieg verloren haben gradso wie wir... Und dabei haben sie keine Böhm' g'habt... Von mir aus... Mich kann die ganze Ramasuri...«

Ferdinand sah Steidler aufmerksam an. Vorhin hatte ihn ein eigenartig elektrischer Schreck durchzuckt. Jetzt aber verstand er's nicht mehr, daß ihm dieser zerfahrene Schwätzer hier Angst einjagen konnte. Sein ewiger Widersacher enttäuschte ihn. Unmöglich, dieser junge Mann war nicht der Generalstabshauptmann von Kolkow. Damals hatte Steidler scharf, teufelsklug und sachlich gesprochen, ohne den widerlichen Offiziersjargon zu übertreiben. Heute konnte er sich an Näseln, Silbenziehen und Artikelvertauschen nicht genug tun. Der Mensch war nicht mehr gefährlich, sondern nur lästig. Das tat Ferdinand fast leid. Da indessen das Gedränge in dem Wagengang noch unentrinnbarer geworden war, blieb ihm nichts andres übrig, als Steidler weiter anzuhören:

»Mir scheint, wir kommen immer nur durch Zusammenstöß miteinander in Berührung... Ich glaub, du bist ein nachtragerischer Mensch... Also schau, ich könnt auch nachtragerisch sein... zu dir... du weißt eh'... Aber fallt mir gar nicht ein... Ehrenstandpunkt?... Oh Jegerl!... Wer so in die Latrin g'schaut hat wie ich... Ich war, weiß Gott, im Krieg nicht der Letzte... Meine Beschreibung ist die beste vom ganzen Jahrgang... Der Waldstätten kennt mich genau... Oben steh ich fabelhaft da... Der Arzt hätt mich sicher g'halten, wenn der Ehrenrat in Funktion getreten wär... No, besser so... Ich hab meinerseits gar nix gegen den Mordspallawatsch einzuwenden... Die Gottheiten sollen nur schön die Kochkiste Muster vierzehn auslöffeln... Was geht's uns an... Kennst du den Obersten Bubenik von der vierundzwanzigsten Schützendivision ... Aber ja ... Kennt jedes Kind ... Der war der präsumtive Vorsitzende des Ehrenrats ... Vorher hat er sich noch schnell erschossen ... Weißt warum? ... Wegen Widersetzlichkeit eigener Truppen ... Alle diese Ehren-Pimpfe hätten sich längst schon erschießen müssen ... Da siehst du, wie ich's auffass' ... Also sei nicht nachtragerisch!«

»Bin ich gar nicht«, sagte Ferdinand. Die Vergangenheit, der Krieg war unendlich gleichgültig geworden. Warum sollte er diese wieder zur Null zusammengeschrumpfte Null hassen? Höchstwahrscheinlich hätte der einst aufgeblasene und jetzt geplatzte kleine Gauner damals gar nicht anders handeln können. Auch er war nur Maschinenteil gewesen. Ferdinand spürte nicht die leiseste Rachsucht, sondern immer wieder Enttäuschung, sonderbare Enttäuschung. Steidler legte ihm die Hand auf die Schulter:

»Wirklich, du g'fallst mir ... Man sollt sich öfters sehn ... Was, du fahrst nach Wien? ... Ich fahr auch nach Wien ... Bißl sondieren ... Du als Zivilist hast es ja leichter ... Unsereins aber muß sich umgruppieren ... Wird schon gehn, als Generalstäbler mein ich, als Elite ... Haben tu ich nix, von zu Haus nämlich ... Und du? ... Ach so, weiß schon, dein Alter ist längst tot ... Aber die Mama vielleicht? ... No, wie's is, is es. – Froh bin ich eigentlich, aus dem Kommiß herauszukommen ... Wenn man sein Lebtag nix andres g'sehn hat ... Zum Speiben, sag ich dir ... Du weißt ja selbst ... In Wien werd ich in den Jockeyklub gehn ... Hab dort massenhaft Attachements ... Die Leut dürften übrigens ganz parterre sein ... Der böhmische Großgrundbesitz ist total futsch, wie man sich ausrechnen kann ... Ich spitz viel mehr auf die Industrie ... Kennst du die bekannte Textilfamilie Glückauf in Göding? ... Nein? Aber geh ... Ein Sohn von denen war bei mir im Stab eingeteilt ... Freiwilliges Auto ... Ich hab ihn g'halten ... Der Alte hat buchstäblich vor mir gekniet, daß ich den Judenbuben nicht transferieren laß ... Eine Tochter war auch mit, ein Mädel, sag ich dir ... Also, wenn ich reflektiert hätt ... Man muß nur die Juden kennen, wie sie zueinand sind ... Imponierend ... Wer als Jud auf die Welt kommt, der hat ausg'sorgt... Dabei ist das nur ein Fall von hundert... Zum Beispiel den jungen Iserstein vom Spirituskartell hab ich auch bei mir g'habt... Mit der Industrie steh ich überhaupt sehr gut... Da hab ich keine Angst... Hast eine Ahnung, was für Versprechungen ich in der Tasch'n hab... Nein, nein, ich muß nur zugreifen... Verstehst?... Ich, als Generalstäbler... mit dera Vorbildung... Was? Wir sind schon in Hütteldorf?«

»Ja«, sagte Ferdinand, »und Sie haben eine sehr auffällige Uniform.« Um alle Welt hätte er kein »du« hervorgebracht. Steidler verstand die Warnung nicht gleich:

»Ich hab halt das Bedürfnis g'habt, bißl anständiger equipiert in Wien einzurücken... Aus is ja... Da kann man sich wieder friedensmäßiger adjustieren... Es is ein uralter Waffenrock...«

»Wo haben Sie denn die letzten Tage verlebt? Außerhalb der Welt wohl?«

»Stimmt! Auf einem Prachtschloß...«

»Ich rate Ihnen, nehmen Sie die Rosette von der Kappe, schneiden Sie die Sterne ab, oder schlagen Sie wenigstens den Mantelkragen auf! Ein Wunder, daß Sie so durchgekommen sind.«

Für einen kurzen Augenblick kehrte der alte Steidler in das zerlaufene Gesicht zurück:

»Ich hab ja eine freie Auffassung... Aber heruntergeschnitten wird nix... Da bin ich doch zu sehr Offizier... Hörst?...«

Nach einer Weile jedoch schlug er den Kragen hoch.

Der Zug hopste ein letztes Mal über widerspenstige Weichen und fuhr in die Halle. Ferdinand hatte geschickt die Möglichkeit abgelauert, um als erster durch die Wagentür zu entkommen. Er sprang mit einem mächtigen Satz ab. Nur fort! Hinter ihm näselte die Stimme:

»Geh! Wart auf mich! Brenn mir nicht durch!«

Ferdinand drängte sich rücksichtslos durch die Flut trauriger Rucksäcke. Er hoffte Vorsprung zu gewinnen. Glücklicherweise würde Steidler durch sein Gepäck aufgehalten werden. Die Masse aber erwies sich, je näher man dem Ausgang kam, so zähe, daß Ferdinand auf seine Eile verzichten und sich willenlos weitertreiben lassen mußte.

In der Vorhalle des Bahnhofs schon hatte ihn Steidler eingeholt:

»Was desertierst mir denn?... Schau, das ist nicht schön von dir... Man könnt sich amal aussprechen... Hast was dagegen?... Alte Schulkameraden...«

Steidler trug nur eine Aktentasche in der Hand. Ferdinand fragte ihn nicht ohne Interesse:

»Wo haben Sie denn Ihr Gepäck?«

»Das ist dir ein Breigel mit dem Glumpert... Ich hab beim elften Armeekommando unterg'stellt... Muß halt warten, bis alles ans K. M. instradiert ist... Zahnbürschtl samt feldmäßiger Nachtausrüstung hab ich in der Tasch'n... Hauptsach sind die Moneten... Und da kann ich vorderhand nicht klagen... Geh, komm mit mir auf Lepschi... Also logischerweise bist eing'laden... Den Vintschi Traisdorf gabel ich noch auf... Mit dem wird's immer a Hetz... Lothringer Dragoner... Jetzt sitzt er sicher schon im Bilderlsalon von der Sacher... Sag ja!«

Ein klebriger Kerl! Eine unappetitliche Klette! Bis zur Mariahilferstraße geh ich noch mit. Dann spring ich auf die nächste Elektrische. Steidler wurde immer heiterer. Er schob seine Hand unter Ferdinands Arm:

»Da schau her... Kolossal, dieses Wien... Was nur die Leut wollen?... Vor einem halben Jahr war ich auf Urlaub... Damals war's ruhiger... Das Leben heut!... Und man spürt doch die Kultur... Was sagst du?... Die deutschen Brüder mit alle ihre Kraffte haben so was nicht... Meinst nicht auch?«

In dieser Stunde konnte man mit den wohlwollendsten Augen kein Zeichen der gepriesenen Kultur entdecken. Der Platz war zwar von Menschen überfüllt. Aber diese finstere und hungernde Menge schien auf Beute zu lauern. Es mochte noch nicht sechs Uhr sein, dennoch stand kein Laden mehr offen. Viele Geschäftsleute öffneten überhaupt nicht mehr, und wenn, so nur auf eine Stunde. Die Dunkelheit, die von den sparsamen Bogenlampen nicht gemildert, sondern verschärft wurde, hatte etwas

Mörderisches, Atemberaubendes! Steidler schien von dieser Stimmung ganz unberührt zu sein:

»Wenn ich zur Industrie geh, bleib ich nur in Wien... Das schwör ich dir... Fallt mir ein, mich nach Göding, Nikolsburg oder Pardubitz zu setzen!... Ich komm nur für die Zentralen in Betracht, als Generalstäbler, mit meiner Beschreibung... Als Elite der Armee...«

Die Mariahilferstraße war erreicht. Auf der Schutzinsel lärmte eine dichte Horde von Soldaten. Steidler hatte das Monokel eingeklemmt und drehte sich nach einer jungen Mannserscheinung um, die in einem sehr eng gegürtelten Taillenrock vorüberging:

»Hast g'sehn den Burscherl... So was...«

Da löste sich ein Soldat von der Horde und kam langsam auf die beiden Offiziere zu, indem er ihnen den Weg abschnitt. Durch dieses gefahrdrohende Näherkommen gebändigt, blieben sie regungslos stehn. Der Soldat wandte träge den Kopf zu den übrigen zurück:

»Geh, hörst Turl, kumm her! Is dös net der Medinger?«

Und er nagelte mit seinen kleinen Strolchs-Augen Steidler fest. Indessen schlenkerten ein paar andere ebenso langsam herüber wie der erste. Einer zündete sich umständlich die Zigarette an, wobei er knurrte:

»Wos? Der Hauptmann Medinger von die Neinavierzger? Dar Hund, dar verdächtige? Der Medinger? Auf den wart ich scho lang.«

Je mehr Kerle herantrotteten, um so enger zog sich der Ring zwinkernder Begutachtung um Steidler und somit auch um Ferdinand:

»Is dös der Medinger?... Schauts her, es is der Medinger... Dös war a Hauptanbinder... Der Tachenierer, dar verkummene...«

Steidler flehte mit einer gicksenden Stimme:

»Ich bin der Hauptmann Karl Steidler vom Generalstab. Bitte lassen Sie mich weitergehn!«

Genußvolles Gelächter. Dann viele Stimmlagen:

»Halts Mäul, blader Hund... Dös kunnt a jeder sagen... Du bist der Medinger... Ein Hund wie dar andere... Dös san zwa Reakzanähre... Der Medinger hat no seine Sterndln, dar Hund... Hörst, Franzl, schmier ihm eine... A wos?! A Fotzen is net gnua für den Hund, den Medinger...«

Das Folgende geschah sehr schnell. Steidler erhielt mehrere Faustschläge ins Gesicht. Blut stürzte ihm aus der Nase. Er brüllte auf: »Wache! Zu Hilfe!« Dann aber warf er sich mit wütender Kraft gegen den Ring. Ein Soldat, von einem berechneten Fußtritt in den Unterleib getroffen, taumelte jammernd zu Boden. Einige Bajonette blitzten in der schwarzen Luft. Steidler aber war frei und rannte schon, um Hilfe brüllend, die Fahrbahn der Mariahilferstraße entlang. In diesem Moment traf Ferdinand ein furchtbarer Stoß im Rücken, der ihn langhin vorwärtsschleuderte. Fast wäre er gefallen. Im Stolpern aber riß er sich auf. Und nun rannte auch er. Die denkwürdige Jagd, die er nie vergessen wird, begann.

Schon mit den ersten Sprüngen hatte er Steidler überholt. (In der Militärschule war Ferdinand einer der besten Läufer gewesen.) Nun warf er einen Blick zurück. Nur fünf oder sechs Mann hatten die Verfolgung aufgenommen. Der Vorsprung schien groß genug und die Flucht nicht aussichtslos. Man mußte zur rechten Zeit einen Haken schlagen und in einer finstern Seitengasse verschwinden. Hoffentlich ist Steidler so gescheit und wählt eine andere Gasse für sich. Diesen Plan klar zu ersinnen, gelang Ferdinand noch, dann aber ging sein Verstand in dem aufgewühlten Instinktleben unter.

Viele Welten durchschnitten einander wie farbige Scheiben. Da war vor allem der Körper. Oho, sein Körper war gut, gut die Lunge, gut das Herz; es klopfte wild, aber gleichmäßig. Mit Entzücken wurde während dieses Todeslaufes Ferdinand seines Körpers bewußt. Kein Schweißtropfen stand ihm noch auf der Stirn. Seine Jugend durchdrang ihn wie ein frisches eisiges Getränk. Er zog die Knie hoch und schleuderte die Beine weit vor. So hatte er's als Knabe getan, so konnte er auch heute noch, die Ellbogen in die Seiten stemmend, dauerlaufen, dauerlaufen wie im Traum. Für blitzwinzige Sekunden vergaß er sogar den Soldatenlärm in seinem Rücken, obgleich es jetzt nicht mehr fünf und sechs, sondern hundert und tausend zu sein schienen.

Es störte, daß die Fahrbahn, die Rennbahn nicht ganz leer war. Man mußte den Lastwagen und den Elektrischen ausweichen. Aber diese Hindernisse warfen sich ja auch den Verfolgern entgegen. Und dann die Menschen, die komischen Menschen! Er konnte ja von den Passanten der Mariahilferstraße nicht gut verlangen, daß sie ihm halfen oder zumindest wegsahen. Dennoch, ihr kaltes Spalier bildete fast eine erbarmungslosere Macht als die Soldaten da hinten mit ihren Bajonetten und Faschinmessern. Es war offenbar keine wohlwollende Neutralität, die nun die Mariahilferstraße den Flüchtenden erwies. Ferdinand glaubte, daß hinter seinem Lauf die Menge mit den Soldaten gemeinsames Spiel mache und sich anschließe. Aber nicht nur die Menge, auch die Häuser rotteten sich in seinem Rücken zusammen und rannten und hetzten ihn mit. Dabei hätt ich's so leicht gehabt! In meiner Tasche trag ich doch immer das Band von der Roten Wehr. Ich Esel! Jetzt fällt mir das ein. Vielleicht wär's aber ein Unsinn gewesen... Wie lang lauf ich schon? Ich dreh mich gar nicht um. Man hört sie genau. Bis zur Kaserne könnt ich nicht kommen. Wenn nur der Steidler nicht so blöd ist und dasselbe macht wie ich... Dort steht ein Schutzmann und rührt sich nicht. Die nächste Gasse!

Ferdinand machte eine wilde Wendung und fuhr in eine Menschengruppe auf dem Trottoir, die auseinanderstob. Dann lief er durch eine völlig finstere und leere Gasse. Sind sie hinter mir? Er horchte. Farbige Fetzen peitschten seinen Kopf. Ja, sie kommen. Das Pflaster klapperte. Immer dichter schnob es heran. Schluß!

Eine schmale Haustür stand offen. Ferdinand fiel in sie wie in schmutziges Wasser. Er stolperte über ein paar Stufen und blieb, sich gegen eine naßkalte Wand stützend, liegen, um sein Schicksal zu erwarten.

Der Lärm draußen schien gewaltig zu wachsen. Die Verfolger hatten alles gesehn. Einer von ihnen stürzte ihm nach in das alte Haus. Jetzt aber stolperte auch er über die unsichtbaren Stufen und fiel über dem Körper, der im Winkel keuchte, zusammen. Sein Kopf sank auf Ferdinands Brust. Einige Minuten lang sprach nichts als der Atem der Gehetzten, der in schnappernden Stößen eine grausige Geschichte erzählte. Kein Laut unterbrach die Nacht vor der Tür.

Ferdinand machte eine Bewegung, um aufzustehn. Mit einem verbissenen Aufschrei umklammerte Steidler krampfhaft seine Hände:

»Um Gottes willen, bleib liegen... Sie sind draußen... Sie passen auf...«

»Sie sind nicht draußen... man müßte es hören...«

»Pst... Grad die Stille ist ein Zeichen, daß sie uns abpassen... Schweig... rühr dich nicht... Jesus Maria...«

»Sie sind nicht mehr draußen«, sagte Ferdinand noch einmal und machte einen neuen Versuch, sich zu erheben. Steidler zerkratzte ihm die Hand:

»Ich fleh dich an, ich beschwör dich beim Leben... beim Leben von was weiß ich... beim Leben von deiner Mama, rühr dich nicht, bleib liegen, um Gottes willen!!«

Das Gesicht des Jugendfeindes näherte sich in Todesverzweiflung den Wangen Ferdinands. Es war überströmt von Tränen, Blut und Schweiß. Ferdinand bog den Kopf weg. Und doch, in der Annäherung der unsichtbaren pulsierenden Wärme lag etwas Kindhaftes, Verschollenes, an Rasenspiele Erinnerndes.

In der Höhle ihres Versteckes stieg langsam jetzt ein Licht auf. Die Stimme des Hausbesorgers empörte sich:

»Was ist das hier, meine Herren, für ein G'hörtsich?«

Aus Steidlers Worten war der Offiziersjargon fortgeblasen. Er bettelte:

»Lieber Freund! Haben Sie ein Einsehn. Wir sind Offiziere. Draußen steht Mannschaft und will uns umbringen...«

Der Hausmeister trat gemächlich auf die Straße, blickte sich um und berichtete, daß nichts zu sehn sei:

»Alsdann, meine Herren, machens keine Gspaß... Ich fordere Sie auf... denn ich muß jetzt zuspirrn... bei die unruhigen Zeiten...«

Steidler schwankte hoch. Er schien langsam zu sich zu kommen:

»Ich muß hierbleiben... Sie können mich nicht auf die Straße werfen... Die Mannschaften bringen mich sicher um... Mein Name ist Steidler, Generalstabshauptmann... Ich mache Sie verantwortlich... Sie sind mein Mörder...«

»Da kann man halt nix machen... Also bitte, meine Herren... Ich bin für das Haus verantwortlich... Krawalle gibt's den ganzen Tag... Jetzt muß ich zuspirrn...«

Steidler preßte den Rücken an die Wand:

»In Uniform kann ich das Haus nicht verlassen...«

Ferdinand mengte sich ein:

»Können S' vielleicht dem Herrn einen Zivilrock verschaffen?«

Der Hausbesorger holte voll Befriedigung zu einem Glaubensbekenntnis aus:

»An Zivil verschaffen, ich?... Mein lieber Herr... Ich war drei Jahr mit meiner halberten Lunge beim Militär... Und da bin ich alle Tag bei die großen Herren bittlich geworden, daß sie mir an Zivil verschaffen... Was glauben S' hat mir das g'holfen, mein lieber Herr?... An Dreck!«

Ferdinand zückte einen Geldzettel:

»No, vielleicht wissen S' jemand andern hier im Haus.«

Der Mann steckte das Geld ein und bewahrte ein nachdenkliches Schweigen, um den Übergang zu schaffen. Dann zweifelte er: »Ob's gehn wird?... Vielleicht der Herr Offizial...«

Letzteres fragte er sich selbst. Ferdinand forschte dringlicher. Er bekam Auskunft:

»Der Herr Offizial Deierl im dritten Stock.«

Durch eine zweite Gabe ermuntert, erbot sich der Hausbesorger, die Herren zu dem Offizial im dritten Stock zu führen.

Deierl, ein grauer Junggeselle, besaß ein altösterreichisch-monarchistisches Beamtenherz, aber keine dementsprechend glanzvolle Garderobe. Immerhin fand er sich sofort bereit, dem gefährdeten Generalstabshauptmann auszuhelfen. Wenige Minuten später trug Steidler einen unglaubwürdigen Kaiserrock aus dem Jahre 1885 auf seinem eleganten Leib und dazu eine braune Reisekappe. Kragen und Krawatte bekam er nicht. Langsam löste er die Salonsporen von seinen Lackstiefeletten. Der Generalstabsoffizier, der mit der Hoffnung auf eine glänzend durchjuxte Nacht in Wien eingetroffen war, sah nun aus wie eine verkommene Vorstadtgestalt.

Hinter den beiden raschelte der Schlüssel im Torschloß.

»Es ist besser, wenn wir uns hier trennen. Gehn Sie auf die andere Seite«, sagte Ferdinand.

Steidler zog die schreckliche Reisekappe. Sein Gesicht war noch immer verschwollen und schmutzig. Seine Ohren schienen mehr wegzustehn als früher. Er schluckte mehrmals, als wolle er etwas sagen, wage es aber nicht. Sein Mund verzog sich weinerlich. Dann reichte er dem alten Mitschüler sehr zaghaft seine Hand.

Ferdinand schlug sie nicht aus.

In der Straße, in der Ferdinand wohnte, gab es ein kleines Kaffeehaus mit roten Plüschmöbeln, wo die Spießbürger der Gegend am Nachmittag ihren Schwarzen tranken und auf die Abendblätter warteten. Er selber war hier noch nie eingekehrt. Jetzt aber, eine Viertelstunde nach dem wüsten Erlebnis mit Steidler, trat er in die kleine Wirtschaft. Er hatte geglaubt, sein Haus, das noch einige Minuten fernab lag, nicht mehr erreichen zu können, denn Kopf und Beine versagten. Ihn quälte ein rasender Durst. Ganz zerbrochen fiel er auf einen Stuhl beim erstbesten Tisch. Kaum aber hatte er ein Glas Bier hinuntergestürzt, als sich große dicke Wurstfinger vor seine Augen schoben:

»Guck, guck … Wer ist das?«

Ferdinand stieß die Hände fort. Koloman Spannweit warf sich auf das Plüschsofa. Sein krachendes Lachen schlug dem Erschöpften ins Gesicht:

»Da staunen Sie, was? … Hab mir gleich gedacht, daß hier Ihr Stammlokal sein muß … Warum? … Sie wohnen ja um die Ecke … No? … Natürlich weiß ich das … Alles weiß ich … Vielleicht hab ich Ihnen sogar hier aufgelauert …«

Er lachte neuerdings gewaltig, als wäre das ein unerträglich guter Witz. Ferdinand verkrampfte die Fäuste. Daß er in seiner Verfassung mit diesem ordinären Wanst sprechen mußte, das war eine der ausgepichtesten Teufeleien des Schicksals. Der Schweiß, der seinen ganzen Körper bedeckte, begann sich eisig bemerkbar zu machen. Seine Glieder schnapperten. Spannweit bemerkte nichts:

»Mir scheint, Sie glauben mir nicht, daß ich hier auf Sie gelauert hab ... Ja, warum soll man nicht den Wunsch haben, mit einem reizenden Menschen zu reden? ... Das sind nämlich Sie ... Nun, Sie müssen keine Angst haben ... Ich hab nicht auf Sie gelauert, sondern nebenan in der Redaktion vom ›Gerichtssaal‹ zu tun gehabt ... Eine Zigarre?«

Er hielt Ferdinand seine goldbeschlagene Tabatiere hin:

»Herr, das sind Partagas ... Überlegen Sie sich's ... So was kriegen Sie in ganz Mitteleuropa nur von mir ... Ach so, Sie sind Zigarettenraucher ... Was Sie für einen Durst haben ... Das dritte Bier ... Skaal ... So sagen wir nordischen Wikinger ... Die Sachsen sagen: Pröstchen ... Die Alemannen: G'sundheit ... Und westliche Kulturvölker sagen überhaupt nichts ... Hören Sie, ist Ihnen in letzter Zeit gar nichts aufgefallen ... im Säulensaal zum Beispiel?«

Ferdinand preßte die Lippen zusammen, um sein Zähneklappern nicht zu verraten. Er sandte einen angestrengten Frageblick aus, Spannweit verwunderte sich weiter:

»Also, Sie haben gar nicht bemerkt, daß ich schon eine Ewigkeit nicht mehr dort verkehr?«

»Ich komme auch nur sehr selten hin«, sagte Ferdinand wahrheitsgemäß.

»Recht haben Sie ... Ein hübscher junger Mann hat Beßres zu tun ... Schaun Sie, ich bin gewiß nicht hochmütig, aber ich hab doch schließlich eine Position zu wahren ... Früher hätten Sie den Säulensaal kennen sollen ... Wie ich noch mit den großen Politikern dort gesessen bin ... Täglich hab ich im dreizehner Jahr mit Trotzki Schach gespielt ... Aber heute? ... Herr Weiß, ich bitte Sie, alle Achtung, aber ... Ich bin ein guter Revolutionär ... Beweis, meine Tätigkeit ... Wenn Sie nächstens zu mir kommen, werd ich Ihnen Briefe zeigen, die Jaurès an mich geschrieben hat, denn ich bin nicht von heut ... Aber ihr kennt die Verhältnisse ja gar nicht ... Man muß nach Wien gekommen sein wie ich, ohne Brot auf Hosen, um die Stadt zu verstehn ... Narren werden hier nichts ausrichten ... Unter den Sozialdemokraten sind doch ein paar große Männer ... Der alte Viktor Adler, da muß man eine Verbeugung machen bis zur Erd hinunter ... Recht haben Sie, wenn Sie nicht mehr im Säulensaal verkehren ... Um Sie wär's schad ... Was ist Ihnen denn?«

»Nichts! Es wird schon vorübergehn.«

Spannweit schenkte dem Zustand Ferdinands keine eingehendere Beachtung:

»Mir kommt vor, Sie haben sich nur verirrt ... Hab ich recht? ... Ich mach mir nämlich sehr oft Gedanken über Sie, jawohl, grad über Sie ... Bitte sehr, das ist nicht mein Verdienst, sondern Ihres ... In die Gesellschaft passen Sie nicht ... Ein feiner junger Mann ... Sie könnten in ganz andren Kreisen verkehren ... Gut, Sie haben kein Geld ... Aber schon deswegen muß man auf eine Idee kommen ... Schauen Sie, halten Sie sich nur an mich ... Ich werd Sie in die Hand nehmen ... Darauf geb ich Ihnen mein Wort ... Sie müssen nur ein bißl Vertrauen haben ... Wissen Sie was? Gehn wir nachtmahlen! ... Sie kriegen ein Papperl, wie Sie's seit dem Frieden noch nicht gegessen haben ...«

»Nein, ich kann nicht ... danke ...«

Koloman Spannweit stutzte und kniff die Augen zusammen:

»Also, ich buhle da um Sie ... Das ist von Ihnen nicht liebenswürdig ... Warum können Sie nicht?«

»Es geht heut nicht ...«

»Ach so? ... Das ist etwas andres ... Genügt mir ... Gratuliere ... Wenn Sie wieder frei sind, rufen Sie mich in meiner Wohnung an ... Ich möcht mich nämlich wirklich um Sie kümmern ... Was ich nur noch sagen wollte ... Jetzt hab ich's vergessen ... Es wird schon nicht so wichtig sein ...«

Er starrte geistesabwesend seine Zigarre an:

»Ja! ... Was habt ihr denn gestern im roten Militärkomitee

ausgekocht?... Ich höre von einer zwölfstündigen Sitzung... Sind Beschlüsse gefaßt worden, wegen morgen?«

Ferdinand, der es länger nicht mehr ertrug, fuhr mit einem Ruck hoch:

»Herr Spannweit, ich muß jetzt gehn!«

»Mitten im Schönsten... Grad, wenn ich Sie etwas frage?«

Erst jetzt fühlte Ferdinand, daß er aufs Eis geführt werden solle:

»Ich habe Fieber... ich muß nach Haus!«

»Was Sie nicht sagen?... Ausschaun tun Sie wie ein rosiger Knabe... Hoffentlich sind Sie bis morgen gesund... Was hat man Ihnen denn über mich erzählt?«

Ferdinand legte das Geld auf die Tischplatte:

»Gar nichts hat man mir erzählt.«

Spannweit richtete seinen mächtigen Leib mühsam auf. Sein Kopf mit den blauausrasierten Backen und der großen Nase glich einem spöttisch-erbitterten Caligula:

»Passen Sie auf! Alles, was man Ihnen von mir erzählt hat, ist eine kleine Falschmeldung. Sie aber, junger Mann, sind als ein Ganzer eine große Falschmeldung!«

Vierzehntes Kapitel

Die Masse und der Einzige

Um die Mittagsstunde schon begann der große Aufmarsch und Zug der Arbeiter vor das Parlament.

Das hatte Wien, die Kaiserstadt, noch nicht erlebt. Die greisenhaft bröckelnden Fassaden der Ringstraßenpalais starrten entsetzt über diese Schicksalsflut hinweg auf die nackten Gärten gegenüber. Wohl hatte es auch schon in Friedenszeiten Aufzüge, Demonstrationen, Maifeiern, Krawalle gegeben, aber diese seltenen Szenen erregter Menschenmengen spielten sich hinter einem goldgewobenen Schleier ab, der sie entrückte und ihnen alle Bedeutung nahm. In den Vorstädten, Arbeiterbezirken, Verbrecherwinkeln der Residenz gab es eben unzufriedene und umstürzlerische Elemente, die sich in den trüben Tagen des Reiches hervorwagten, wenn die »echtösterreichische Politik« wieder einmal ihre Unglückshand bewiesen hatte. Wuchsen sich in erbitterten Fällen die Demonstrationen zu »Tumulten und Exzessen« aus, so konnte der friedliche Bürger dann in seinem Abendblatt etwa folgendes lesen:

»Als aus der Menge gegen die Wachmannschaft Steine geschleudert wurden, zog diese vom Leder und nahm eine Säuberung der Straße vor, während die berittene Polizei durch eine schneidige Attacke die Tumultuanten zersprengte. Hierbei erfolgten so und so viel Verwundungen, Verhaftungen, Feststellungen.«

An diese im nebensatzreichen Kurialstil verfaßte Amtsmeldung schloß sich ein warnendes Wort, das der politische Redakteur nicht etwa dem Wiener Volke, sondern der hohen Politik und ihrer nervösen Unentschlossenheit zurief.

Derartige Vorfälle aber glichen nur einem Platzregen, der einen endlos langen und schönen Sommertag für wenige Minuten verstört. Was hatten diese kleinen Trübungen mit Wien, der Stadt der Lieder, zu tun? In jeder Metropole gab es Hunger,

Arbeitslosigkeit, Wohnungselend und einen Bodensatz von Ruhestörern und Hooligans. Dies war für den zugleich lebensseligen wie sarkastischen Bürger nicht Wien. Der Ring, die Oper, der Graben, die Kärntnerstraße, der Prater, der Kahlenberg, der Wienerwald, die Donauauen, Hofwagen, Burgmusik, Militärkapellen, die kastanienüberdachten Wirtsgärten, verborgene Weinschenken, Gummiradler und hundert andere hellumklimperte Dinge mehr, sie bildeten das Wien des Wieners.

Franz Josef mit dem grünen Generalsfederbusch, der Graf Paar ihm zur Linken, saust auf goldenen Rädern die Mariahilferstraße hinab. Das Volk jubelt, und er salutiert müde und huldvoll. Ein Galaabend in der Oper! Die Equipagenreihe reicht bis zu den Museen. Die armen Leute stehen in ehrfürchtigster Weise Spalier und flüstern einander in erschauerndem Kennerton die Namen der großen Damen zu, deren Diademe die Nacht durchblitzen: Liechtenstein! Colalto! Lobkowitz! Esterhazy! Die Preise einer solchen Théâtre-paré-Vorstellung sind unerschwinglich. Aber wer von den Braven denkt daran, daß auch für ihn das Opernhaus erbaut sein könnte. Jedem das Seine. Der phäakische Greisler, der sich hie und da einen Platz in der Oper gönnt, schwört darauf, daß jene behaglichen drei Worte der Wahlspruch des goldenen Wiener Herzens seien.

Ein goldgewobener Schleier, hinter dem alles so angenehm unbestimmt wogt! Von Kriegsjahr zu Kriegsjahr ward er schäbiger. Am zwölften November zerriß er ganz.

Auch Ferdinand hatte noch niemals die Masse erlebt. Finstere, bepackte Marschkompagnien, die in Viehwagen verstaut werden, das weitgezogene Netz der Grabenmannschaft, die lange zähneklappernde Simulantenreihe bei der Konstatierung – solche Massen kannte er genau. Menschen, von der Vorstellung eines unzerbrechlichen Zwanges zu Boden gebeugt, abgestorbene Wesenheiten, Augen voll stumpfer Sträflingsblicke.

Die Flut der Hunderttausende, die langsam wie ein Lavaarm weiterrückte, war nicht eigentlich schön zu nennen. Aber wie schwerfällig sie auch strömte, wie unerbittlich sie auch Körper und Selbstbestimmung des einzelnen auslöschte, sie schien als Eigenwesen eine ungeheure Freiwilligkeit und Souveränität zu besitzen. Jedermann unter diesen Arbeitern hatte in den vier furchtbaren Jahren die Quälereien der Musterungen, des Einrückens, der Ausbildung erlebt, die meisten waren draußen im Felde gewesen, alle ächzten noch immer unter dem Hunger. Wie sonderbar also war es, daß die Masse als Ganzheit an diesem Tage keine Erbitterung, keine Rache-Regung zeigte, da doch jeder einzelne nach Vergeltung und Abrechnung gierig sein mußte. In diesen Stunden des Aufmarsches bewies die Masse ein geheimnisvolles, höheres Selbstbewußtsein, das sich schon viel zu ruhig im Besitz der Zukunft fühlte, um nach dem Phantom des Gewesenen zurückzublicken, das in den Krämpfen der Niederlage verzuckte. Das Reich war zerstört, das Volk besiegt, aber mit einem Male schien es nur einige tausend Wirklich-Besiegte zu geben, und aus dem Nebel traten fünfhunderttausend Sieger. Alle hatten ihre Sonntagskleider angelegt, in jedem Knopfloch flammte die Nelke, und der Tag äußerster Macht-Vernichtung verwandelte sich in einen Tag äußerster Macht-Entfaltung. So schnell entledigt sich die Zeit ihrer prächtigsten Staats-Leichen, denen das überrumpelte Gemüt lange nachträumt. Vor einigen Tagen noch war die Stadt voll von feldgrauen Männern gewesen. Heute sah man kaum eine Uniform mehr. Das kriegerische Grau lag mit andrer, weit edlerer Asche auf dem Abfallshaufen.

Nur eine lange Reihe von Soldaten machte sich bemerkbar. Es war die Rote Wehr. Die Kompagnien standen in ziemlich gelöster Linie vor dem weithinlaufenden Gitter des Volksgartens, so daß sie das Tor des griechischen Parlamentstempels gut im Auge behalten konnten. Man hielt sie im allgemeinen für die militärische Sicherung des Volkshauses. Niemand achtete dieser Soldaten mit den roten Kappenbändern, obgleich sie die Bajonette auf die Gewehre gepflanzt hatten. Noch kannte sich ja kein Mensch in den Machtverhältnissen des werdenden Staates aus. Auch herrschte heute selbst unter den bürgerlichen Zuschauern, die allenthalben den gewaltigen Zug umsäumten, eine unklare und halbunterdrückte Freude, die weniger der Zustimmung für das Gegenwärtige entsprang als der tiefen Befriedigung darüber, daß der mörderische Zwang der alten Staatsautorität endlich abgewirtschaftet habe. Keine Interessenrücksicht wird den Menschen jemals das vergnügliche Urbehagen versalzen, die unantastbare Herrlichkeit von gestern in Furcht und Schwäche heute zittern zu sehn. So geschah es denn auch, daß Herren mit gesitteten Goldbrillen und taktvoll verheimlichter Eleganz die Republik leben ließen und Männer mit ehemals kriegsbegeisterten und neuerungsfeindlichen Bärten ihre knorrige Gesinnungsstimme in die unzählbaren Aufschreie der Menge mischten. Wie siedende Wassersäulen eines plötzlich ausbrechenden Sprudels stiegen diese Schreie, unten breit und oben spitz, in die Höhe, um über den Dächern der Straße zu zerstäuben und in zehntausend unverständlichen Silbensplittern auf die Häupter der Menschen niederzuregnen.

Solches Sirenengeheul aufplärrender Begeisterung zu entfesseln, kostete heut wenig Mühe. Debütanten der Redekunst übten sich auf allen Prellsteinen in dieser Wirkung. Der Volkswitz des Tages erzählte, daß manch ein ehrsamer Mann in den Häusern der anrainenden Straßen zu seiner Frau sagte: »Heb mir die Jausen auf! Ich spring nur ein bissel hinunter und halt eine Red'.«

Zur annoch unerforschten Erscheinung der Massenpersönlichkeit gehörte es ferner, daß der Inhalt all dieser Reden an sich völlig gleichgültig war. Das Ohr der Menge vernahm hinter den abgegriffenen Phrasen eine Sprache, die nur sie allein verstand und sonst niemand, weder der Redner noch auch der einzelne Zuhörer. Es war eine einfache Sprache, die nicht aus Begriffen bestand, sondern aus an- und abschwellenden Spannungen, aus Vorhalten, Höhepunkten, Fermaten und knallenden Kadenzen. Zum Übergroßen kann man nicht durch den Verstand sprechen, sondern nur durch Musik.

Der Rausch des kollektiven Selbstbewußtseins, der ringsum wogte, ließ nichts Widerständiges und Feindseliges aufkommen. Wer konnte es wagen, gegen die Hunderttausend und ihren einhelligen Willen aufzutreten? Reaktion? Die Masse wußte, daß es dergleichen nicht gab. Irgendwo mochten ein paar alte Politiker, Würdenträger und Generale sich im Finstern verborgen halten. Bis auf diese Toten aber war die ganze Stadt mitgerissen in die unwiderstehliche Flutung des Neuen.

Das Bewußtsein der Kraft und des trotz allen Unglücks Erreichten, das keine Gefahr anerkannte, erzeugte Humor. Auf dem breiten Gefälle des feierlichen Stromes kräuselten sich überall Gelächter-Wirbel. Auch die Rote Wehr zeigte gemütliche Fröhlichkeit. Die Mannschaften waren aus der Front getreten und standen in lachenden Gruppen. Die Gewehre hingen ihnen schlampig über die Schulter. Ferdinand erinnerte sich eines üblichen militärischen Anschnauzers: »Wie eine Wach- und Schließgesellschaft schauts ihr aus.«

Als er zu der Truppe trat, wurde er mit großer Sympathie begrüßt. Einer erzählte ihm, es sei zwar verboten, Munition mitzunehmen, was ihn aber nicht daran gehindert habe, einige Patronenmagazine einzustecken. Weiß sah ganz und gar verwandelt aus. Die bleiche Miene der Verantwortung war wieder seinem pfiffigen Kolportagegesicht gewichen. Er trat auf Ferdinand mit dem scharfen Melderuck der k. u. k. Armee zu:

»Herr Leutnant, ich melde gehorsamst einen Feldherrn und dreihundert Fallotten.«

Dann schwatzte er befriedigt:

»Weißt du schon, daß du gestern einen großen Triumph erlebt hast? Wo warst du übrigens? Eigentlich sollt ich dich wegen unerlaubten Verlassens der Kaserne einsperren. Also! Man hat uns von maßgebender Seite abgewinkt. Es findet keine Aktion statt. Wegen schlechten Wetters abgesagt. Du kannst dir denken, wie unser Lenin schäumt. Er hat sich noch gar nicht gezeigt.«

Es waren seit Beginn des Umzuges zwei Stunden schon vergangen, und immer noch strömte es unerschöpflich von den Vorstädten her über die Ringstraße. Man konnte die dickflüssige Bewegung nur an dem trägen Weitertreiben der Fahnen und Bezirkstafeln erkennen, die über dem Strudel der Köpfe schwankten. Plötzlich aber trat auf dem weiten Platz, der durch die Menschenzahl nicht nur räumlich, sondern auch akustisch unendlich verbreitert war, eine aufhorchende Stille ein. Ferdinand und Weiß bestiegen eine Bank, um besser sehn zu können.

»Da schau her«, verkündete Weiß, »die Bonzen kommen, die öden Oberpriester einer schöneren Zukunft.«

Dem Priamus gleich, der auf Trojas Zinnen seiner Schwiegertochter die Namen der reisigen Helden aufzählt, begann auch er jetzt die Namen der verschiedenen Parteihelden aufzuzählen. Langsam, wie aus einer Tube gepreßt, quoll ein Haufen schwarzer Herren aus dem antiken Palasttor des Parlamentes. Man konnte noch in großer Entfernung spüren, daß sie, die nun das Volk mit einem kernigen Schwung ihrer demokratischen Schlapphüte grüßten, von der Einmaligkeit dieser Stunde erfüllt waren und von dem unermeßlichen Anblick, der sich zu ihren Füßen breitete.

»Dengelberger leuchtet bis hierher«, sagte Weiß zufrieden. Und wirklich, die bodenständig lebensfrohe Gestalt des Optimisten überwand den dunklen Chor und hob sich als echte Persönlichkeit ab.

Einer der Herren trat jetzt weit vor, öffnete die Arme und begann seine Ansprache. Wenn man auch keinen Laut vernahm, so überwuchs sein Gesicht doch nach und nach die Gesichterunendlichkeit ringsum. Wie ein bleiches und eitles Blinkfeuer signalisierte es rhythmisch und tonlos im Menschennebel.

Zugleich auch gingen die Photographen und Filmoperateure an die Arbeit. Sie saßen auf den Litfaßsäulen, in den Baumkronen und hielten sich im Klettersitz auf halber Höhe der Lichtmasten fest. Selbst auf dem First des Parlaments tauchten sie auf.

Weiß war in den Anblick dieses Lebens so tief versunken, daß er den ehrfurchtsvollen Gruß gar nicht bemerkte, den ihm ein malerischer Zivilist, der sich unter eine Gruppe der Roten Wehr gemischt hatte, mehrfach entbot. Ferdinand erkannte den alten Nowak. Der Sollizitator hatte sich sonntäglich herausstaffiert. Er trug einen Pelzrock mit gänzlich ausgerupftem Kragen, eine steife Dohle und, was zu dieser bürgerlichen Maske gar nicht passen wollte, einen mächtigen Knotenstock. Auf vorsichtigen, weit auseinandergespreizten Plattfüßen watschelte er abenteuergierig einher. Das ausrasierte Gesicht beschämte durch sein schlaghaftes Rot die Papiernelke im Knopfloch.

Ronald verfiel wieder einmal seinen wohlbekannten Zweifeln an der Wirklichkeit der Geschichte:

»Soll man es für möglich halten?... Beinah genauso, wie es im Büchel steht... Das Volk versammelt sich auf dem Marktplatz, und Perikles oder Solon verkündigt ihm die neue Verfassung... Pardon, ich hab natürlich keine Ahnung von Solon und Perikles... In der Realschule haben wir das nicht gehabt... Übrigens kann nur ein Realschüler ein echter Revolutionär werden und niemals ein Gymnasiast... Ihr Gymnasiasten seid alle verstockte Aristokraten... Kenn ich dich?... Also so etwas wie das dort kommt doch nur in Theaterstücken mit starker Komparserie vor... Ich hab einmal in Reinhardts ›Ödipus‹ im Zirkus Schumann statiert... Lach nicht!... Ich nehm meinen Beruf ernst... Was ist denn?«

»Nichts«, sagte Ferdinand und verbarg eine unbehagliche Empfindung. Elkan war aufgetaucht. »Was ist das für eine Geschichte mit Ödipus?«

»No... wir sind wie irrsinnig durch die Manege gelaufen, haben vorsätzlich Staub entwickelt und gebrüllt: Die Pest, die Pest!... Siehst du, das fehlt mir hier... Für ein großes Theaterstück ist das alles zu undramatisch... Da gehört ein Reinhardt her... Ödipus auf den Stufen hat nicht den Hut geschwenkt, sondern die Hände gerungen... Kunststück, es war der alte Bonn... Weißt du was, ich hab damals mehr an die Pest geglaubt, als ich jetzt an diese Komödie hier glaube... In der ersten Reihe ist ein dicker Kapitalist gesessen mit Brillantknöpfen im Frackhemd... Ich war immer schon ein Rebell... Irrtümlicherweise hat mich meine Großmutter mit einem Lausbuben verwechselt... Der Kerl mit der polierten Millionenglatze ist mir so auf die Nerven gegangen, daß ich unter seinem Platz stehngeblieben bin und ihm minutenlang ins Gesicht gebrüllt hab: Die Pest ist über uns, die Pest, o ihr Götter, die Pest, die Pest!... Hast du eine Ahnung, wie der Mann sich geniert hat?«

Während Ronald noch erzählte, sah Ferdinand, daß in die Abteilungen der Roten Wehr unversehens eine krampfhafte Bewegung gefahren war. Die Soldaten drängten vor und zeigten mit aufgeregten Gesten auf das Dach des Parlamentes. Ihr Befehlshaber merkte noch immer nichts. Gott schlug ihn in dieser gefährlichen Spanne mit üppigster Anekdoten-Schwelgerei.

Was sich jetzt entwickelte, geschah so überwältigend schnell, daß auch eine sekundenmäßige Zergliederung den folgerichtigen Ablauf nicht wahrheitsgemäß entwirren und wiederherstellen kann. Keuchend sprang Wimpel heran, als hätte er nicht zehn Schritte, sondern einen Dauerlauf zurücklegen müssen. Im Nu waren Ferdinand und Weiß von einem Haufen fuchtelnder Gardisten umringt. Eine Stimme überschrie die andre:

»Genosse Weiß!... Maschinengewehre gegen uns... Dort oben... Ein Offiziersputsch...«

Dieselben Leute, die noch vor zwei Minuten in freundwilliger Lässigkeit den Dingen zugeschaut hatten, waren verhext und steigerten sich durch wortloses Gebrüll in den Rausch hinan, den sie suchten. Die Verwandlung brauchte keine fünf Pulsschläge, um vollkommen zu sein. Die stärkste Verwandlung jedoch ging mit Weiß vor sich. Er, der noch die Worte im Mund trug, mit denen er die schattenhafte Theatralik solcher Vorgänge kennzeichnete, fiel sofort der Gewalt des Schauspiels zum Opfer, ja drängte sich in seine Mitte. Ferdinand hatte ihn so noch niemals gesehn. Seine Augen waren ganz klein vor Trunkenheit, die Haut über den Backenknochen brannte tiefrot. Jetzt wußte Weiß nicht mehr, daß er nur der Schauspieler dieses Augenblicks war. Von ungeheurer Sucht nach großen Erlebnissen geschüttelt, brüllte er mit überschnappender Stimme:

»Achtung! Maschinengewehre! Vergatterung!«

Auch Ferdinand wurde von unverständlichen Mächten gepackt. Er hatte ja genau gesehn, daß auf dem Dach des Parlamentes ein Filmoperateur seine Kamera in Stellung brachte. Vielleicht war alles ein Irrtum. Von heulenden Soldaten umtanzt, glaubte er zu schreien: »Kein Maschinengewehr! Eine Filmkamera!« War es aber der allgemeine Lärm, der seine

Stimme verschluckte, war es eine dämonische Gewalt, die sie lautlos machte, je mehr er schrie, je mehr seine Kehle ihn schmerzte, um so weniger hörte er sich selbst. Es war wie im Traum. Endlich rang sich doch ein Schrei los: »Maschinengewehr!« Das Wort »Filmkamera« brachte er nicht zustande. Er versuchte Ronald Weiß mit beiden Händen zu packen. Der aber bemerkte das gar nicht. Sein sonst bis in die Augenwinkel waches Gesicht war von einem tragischen Wahnsinn verschleiert. Da spürte auch Ferdinand die Umhüllung durch diesen Wahnsinn, eine wild-süße Luft, einen zerstörerischen Drang, zu rennen, zu schweben, zu brüllen, um sich zu schlagen. Jetzt *wollte* er nicht mehr dem Sturm sich entgegenwerfen, denn er selber war zu einem Teil des Sturmes geworden.

In diesem Augenblick löste sich vom rechten Flügel der Abteilung ein Zug und stürzte hinter einem der Führer her, der seinen Säbel durch die Luft blitzen ließ. Dies ertrug Weiß nicht. Da er keinen Säbel besaß, wirbelte er mit dem rechten Arm das Galoppzeichen über seinem Kopf und kreischte:

»Mir nach!«

Ferdinand wurde mitgerissen, aber nicht von dem Ansturm der anderen, sondern von der vernichtungsseligen Luft, die auch ihm alle Sinne raubte. Es war eine unbeschreibliche Sekunde orgiastischer Selbstvergessenheit. Neben ihm pfiff ein Atem, der kaum vorwärts konnte. Der alte Nowak schwang den Knotenstock. Seinen würdig-steifen Hut hatte er längst verloren. Der weiße Haarkranz sträubte sich wie ein Schein um den närrischen Schädel. Mit der meckernden Stimme lustiger Greise, die eins über den Durst getrunken haben, quakte er immer dieselben zwei Worte, die nicht in diese Zeit gehörten:

»Allons, enfants...«

Die Erscheinung Nowaks brachte Ferdinand zu sich. Nun rannte er gegen seinen inneren Widerstand an wie gegen eine Wand. In der Mitte der Ringstraße blieb er stehn, unter seinem eigenen Willensbefehl wankend. Dies war einer der Lebensmomente, da dieser zarte Ferdinand sich mit unerwarteter Kraft den heimlich-unheimlichen Göttern gewachsen zeigte.

Der schwerfällige Riesenleib der Masse hatte der sturmlaufenden Soldateska sogleich einen scheu-erstaunten Fleck geöffnet, an dessen Rändern sich die Menschenmauer dichter türmte. Auf den Parlamentsstufen entstand jetzt ein keifender Knäuel, in dem, das erstemal heute, peitschende Einzelstimmen vernehmbar wurden. Auch dies war nur eine Sache von Sekunden, während welcher die schweigend harrende Mauer immer ernster und schwärzer zu werden schien. Der Streit auf der Rampe zerplatzte in seiner Steigerung, und plötzlich krachten rasende Kolbenschläge, die gegen das aufschallende Holz des Parlamentstores geführt wurden.

Alle, die es hörten, aber auch alle, wußten, daß im nächsten Nu der erste Schuß fallen werde. Jeder trug den luftzerreißenden Knall schon im Ohr, dennoch dachte noch keiner daran, zu fliehen und sich zu decken.

Ohne die geringste Verspätung ging dieser Schuß auch wirklich los. Die Ewigkeit einer kurzen nachlauschenden Stille, und dann etwas Unvorstellbares: Ein hoher weibischer Massenschrei gleich dem prasselnden Wurf von Millionen Kieselsteinen gegen eine Metallwand. Und wie durch keine andre Ursache als diesen Schrei aufgereizt, setzte das tolle regellose Gewehrknattern ein.

Was war geschehen? Wer schoß? Die Hunderttausende verstanden nichts. Aber selbst die Soldaten der Roten Wehr, die gegen den First des griechischen Tempels pfefferten, hielten das Echo ihrer Schüsse für einen feindlichen Angriff und begannen jetzt nach allen Richtungen zu feuern. Das schwere Tor des Parlaments wich dem wütenden Hämmern nicht.

Ferdinand, der mit angespannten Muskeln unbewegt dastand, fand sich mitten auf der jetzt so seltsam verkleinerten Fahrbahn allein. Einige Atemzüge hatten genügt, und das Monstrum der Masse war zerschlagen, zerstoben, verschollen. Nur in den Mündungen entfernter Nebenstraßen wogten kleine schwarze Inseln.

Sinnlos pfiff und miaute es in den Lüften. ›Alles zu hoch‹, urteilte ein unbeteiligter Fachmann in Ferdinand. Geller, die vom Pflaster abgeprallt waren, trillerten an seinem Ohr vorbei. Er folgte der alten Gewohnheit und suchte Deckung hinter einem Baum der Ringstraßenallee. Schon lagen einige Menschenkörper auf dem Pflaster. Das erstaunte Wimmern von Verwundeten drang zu ihm. Da sagte er zum Baum, hinter dem er stand, als erzähle er ihm eine alte abgedroschene Geschichte, einigemal das bedeutungslose Wort: »Aha...«

Er hatte keinen Rausch mehr in sich, doch auch keine Trauer und keine Empörung, sondern nichts als eine unendliche Interesselosigkeit. Zehn Schritte von seinem Baum entfernt sah er seine Kappe zwischen den Geleisen der Straßenbahn liegen. Noch immer jaulten die Projektile durch die Luft. In drei feldgerechten Sprüngen war Ferdinand bei der Kappe und holte sie. Das rote Band aber, das abgefallen war, vergaß er aufzuheben.

Die letzten Schüsse vergellten. In der Leere des Raumes aber breitete sich nicht die scharfgeschliffene Ruhe aus, die einer gelungenen Überrumpelung folgt, sondern das gicksende Stimmengewirre der Blamage. Schon verlor sich das Kolbengehämmer und der peitschende Schimpf im geschwätzigen Hin und Her des Verhandelns. Das Volkshaus war nicht erobert worden. Einige Trupps von Soldaten liefen lachend gegen den Volksgarten zu, als wäre zu ihrer vollkommenen Zufriedenheit der lustige Rummel hiemit vorüber. Ein Sanitätsauto der Rettungsgesellschaft fuhr vor.

Elkan hatte die unbekannte Größe, das X seiner revolutionären Mathematik, kaltblütig in die Menge geworfen. Aber dieses X war eine Lüge, und auf einer Lüge läßt sich nichts aufbauen, nicht einmal ein erfolgreicher Putsch. Die dreihundert und mehr Politiker des Abgeordnetenhauses, alles abgebrühte Leute, die an keine unbekannte Größe glaubten, konnten ohne die Hilfe auch nur eines einzigen Bewaffneten ihre Macht behaupten. Dieser Sieg entsprang keineswegs ihrer Tapferkeit – (einige der Herren hatten an allerlei verschließbaren Orten zugewartet, wie sich das Schicksal Österreichs entwickeln werde) –, sondern der geheimnisvollen Logik alles Geschehens, der zweiten Unbekannten in der Menschheitsgleichung, die Elkan niemals in Betracht ziehen wollte. Übrig blieben von dem schneidigen Sturm zwei Tote und einige Verwundete, ein mageres Resultat, das die versonnene Blutromantik des alten Nowak gewiß enttäuscht hat.

War das die Revolution? Ungläubig stellte Ferdinand sich diese Frage. Die Hupe des Rettungsautos klagte platzheischend. Der Motor sprang an. Ringsum lagen Hüte, Fetzen, Schirme und anderes Strandgut der Flucht verstreut. Ein paar Blutlachen starrten bräunlich.

Was nun? Auf der Rampe des Parlamentes keiften noch immer einige kleine Gruppen. Ferdinand überlegte wieder einmal, wohin er gehöre. Ein trüber Ekel sammelte sich in seinem Zwerchfell. Jetzt erst setzte er die Kappe auf. Nur fort von hier! Was war geschehn? Wie gleichgültig und blöd erschien es ihm. Ein wütender Abscheu vor sich selber begann ihn zu drosseln.

Langsam ging er den Volksgarten entlang und bog beim Burgtheater ein. Überall drängten sich kleine, versprengte Menschenhaufen.

In ihrem erregten Geschwätz gab sich weniger Entrüstung kund als ein halbverstörtes und halbverärgertes Erstaunen über ein Geschehnis, das niemand verstand. Die Gerüchte wucherten tropisch. Die Tschechen seien in Wien einmarschiert. In Schönbrunn kämpfe ein Offiziersdetachement gegen die Rote Wehr und werde in wenigen Stunden die Innere Stadt besetzen. Ein kaiserlicher General rücke von Baden aus mit einer treugebliebenen Division vor, um dem Herrscher diese Truppenmacht zuzuführen. Die revolutionären Soldaten hätten ein Blutbad unter den Volksvertretern angerichtet. Kommunisten zögen plündernd die Mariahilferstraße hinab.

Ferdinand hörte nach all dem Unsinn kaum hin. Je weiter er sich vom Schauplatz des Sturmes entfernte, desto stärker wuchs in ihm der Wunsch, mit einem Menschen zu sprechen, der von den Wirrungen der letzten Zeit verschont geblieben war. Es gab nur einen, der die Festigkeit besaß, das häßliche Haupt hoch über dem Wirbel zu halten: Gottfried Krasny. Als Ferdinand zur Minoritenkirche kam, entschloß er sich, ins Café zu gehen.

Die Uhr zeigte vier. Vor der Drehtür standen Gäste und Kellner des äußeren Lokals, die noch weit grausamere Gerüchte untereinander versteigerten als die zersprengten Haufen der Masse. Der Säulensaal war bis auf die Kartenspieler gänzlich leer. Einer der Spieler erhob sich und trat zu Ferdinand:

»Was ist los?«

Der Gefragte gab den knappen Bescheid, daß vor dem Parlamente geschossen worden sei. Ein altes schwammiges Gesicht, das niemals eine andere Luft geatmet zu haben schien als die des unterweltlichen Schattenreiches, rief den Neugierigen zurück:

»Was kann schon los sein in Wien? Der Weiß ist los...«

Die quatschige Stimme dieses Gesichtes sang:

»Der Weiß ist los, der Weiß ist frei, die ehernen Bande riß er entzwei...«

Und mahnend:

»Kommen Sie! Wer bezahlt mir den Zeitverlust? Man wird morgen lesen. Sie teilen...«

Ferdinand blickte sich um. Er wartete, bis Krasny aus einem Schatten tauchen und mit fressendem Verachtungsblick, die Hände über der Brust abgeknickt, auf ihn zustoßen werde: Herr Leutnant! Zahlen Sie mir eine Schale Braun mit Gebäck! – Erstaunlicherweise aber zeigte sich heute kein Krasny. Seine Schreckensgestalt, wie empfindlich fehlte sie hier!

Auf weltalten Kellnerfüßen schob sich der Ober Fritz ungerufen an Ferdinands Tisch und gab mit sorgenvoller Miene Auskunft:

»Denken nur, Herr Leutnant, der Herr Krasny ist schon seit zehn Tagen nicht bei uns gewesen. Er muß krank sein. Denn solang ich im Säulensaal bedien, hat der Herr Krasny noch keinen Tag gefehlt. Morgen bin ich dienstfrei, da werd ich zu ihm hinausschaun...« Fritz neigte jetzt dem Gaste bitter sein etwas schwerhöriges Ohr, um mit der Bestellung eines Getränkes oder einer Zeitung die ganze Torheit des Lebens entgegenzunehmen. Ferdinand aber fragte nur:

»Hat sich denn keiner bisher um ihn gekümmert?«

Der Kellner lachte menschenkennerisch, wobei seine Haltung

die Resignation eines Diogenes ausdrückte, der nicht mehr enttäuscht werden kann:

»Gekümmert, ha!? Ich bitt Sie, Herr Leutnant, bei die unregelmäßigen Zuständ, was wir jetzt bei uns haben. Da war ja im Krieg noch viel mehr Verlaß auf die Gäst. Sie selber sind jetzt länger als eine Woche ausgeblieben. Der Herr Doktor Gebhart mit seinen Damen ist seit ein paar Tagen überhaupt verschwunden. No ja, der Herr Weiß kommt noch. Aber wenn er kommt, steckt er nur den Kopf herein und fragt: Fritz, wer war da? Und geht schon wieder. Nein! Entschuldigen! Vorher muß ich ihm noch alle Zeitungen bringen, die inländischen und ausländischen: von den ›Hamburger Nachrichten‹ bis zum ›Bayerischen Kurier‹, die ›Zürcher Zeitung‹ und den ›Brünner Tagesboten‹. Es ist ein Kreuz! Wie schnell der Herr Weiß Zeitungen liest! Aufschlagen und schon fertig! Das ist halt die Praxis, mein ich. Da könnten sich die andern Gäst ein Beispiel nehmen. Bei dem ist nie etwas lang in der Hand ... Ja, ja, auch der Herr Professor Basil ist nicht mehr der alte. Die vielen Madeln, mit denen er herumziehn muß, machen ihn halt traurig. Das kommt schon vor ... Wie meinen? Der Herr Stechler? Ich bitt, der hat jetzt gar so viel Wichtiges zu tun ... Und der Herr Chefredakteur Spannweit, mit dem lassen S' mich überhaupt aus ... Wer soll sich also um den Herrn Krasny kümmern?«

Nachdem der Ober all diese schlechten Aussichten für Krasny vorgebracht hatte, verfiel sein gefälteltes Gesicht einer todmüden Hoffnungslosigkeit. Nur ein letzter schwacher Rest von Sarkasmus nickte lächelnd dem Gaste zu. Ferdinands Augen klammerten sich an das Antlitz des Philosophen.

Wenn man am Sonntag Fritz auf der Straße begegnete, machte er den Eindruck eines distinguierten alten Schauspielers, der es vom Komiker einer Wiener Volksbühne bis zu ersten Rollen an einem vornehmen Theater gebracht hat. Vielleicht steckte, nach diesem Sonntagsbild zu schließen, in seinem Gemüt eine Kunst-Verwandtschaft, die ihn den wenig üppigen Dienst im Säulensaal jeder anderen Anstellung vorziehen ließ. Jetzt seufzte er:

»Wenn ich so meine Gäst überdenk, ujeh…«

Höflicherweise brachte er den Seufzer nicht zu Ende. Er machte einen Strich unter das zweifelhafte Konto und schloß:

»Aber nach dem Herrn Krasny werd ich mich morgen umschaun.«

Ferdinand ließ sich von Fritz die Adresse des Dichters geben.

Der Weg zog sich endlos. Da zur Feier der ausgerufenen Republik heute Arbeitsruhe herrschte, so verkehrte keine Straßenbahn, und Ferdinand mußte zu Fuß gehn. Wenn er sich der gewaltigen Masse erinnerte, die vor einer Stunde noch die langen Straßenzüge durchwogt hatte, war die fast nächtliche Totenleere nun ganz unverständlich. Die Stadt zeigte sich bitter gekränkt und verschloß ihr Gesicht wie ein beleidigter Mensch.

In der Hausbesorgerwohnung, die Ferdinand jetzt betrat, saß der Vater auf dem Tisch und nähte. Die Mutter hatte ein Bügelbrett vom Fensterbord zum Bettpfosten gelegt. Zwei Kinder machten sich bemerkbar. Es herrschte der unangenehme Geruch aller kleinen Schneiderwerkstätten: Petroleum und muffelnde Stoffe.

»Wohnt hier Herr Gottfried Krasny?«

Ferdinand suchte mit den Blicken die Tür zu einem Nebenzimmer, aber er fand sie nicht. Der Schneider unterbrach seinen Nadelschwung:

»Herr Krasny? Jawohl…«

Er wies mit dem Fingerhut auf einen Strohsack, der einen Winkel des nicht gerade engen Zimmers ausfüllte:

»Jawohl, Herr Krasny wohnt hier… Aber sie haben ihn schon vor fünf Tagen ins Allgemeine Krankenhaus geführt.«

Die Kinder trampelten auf dem Strohsack herum:

»Marsch, fort!« rief die Mutter.

Obgleich er keine klare Auskunft erhoffte, fragte Ferdinand, was für eine Krankheit denn Krasny befallen habe. Als hätte er ihr einen bitteren Vorwurf gemacht, kam die Frau in Harnisch:

»Wir haben ihm, bitte, in diesen Tagen immer etwas gegeben. Ich hab, bitte, in der Früh und am Abend immer für ihn gekocht. Tee und Einbrennsuppe. Man hat ja selbst nichts anderes. Es war schon nicht mehr auszuhalten. Unsere Schuld ist es, bitte, nicht. Aber der Herr Krasny wollte gar nichts mehr bei sich behalten...«

Der Schneider schnitt diese Klage unwillig ab:

»Er ist ein guter Zimmerherr, der Herr Krasny... Schon das fünfte Jahr wohnt er bei uns... Er ist nie zu Haus... Deshalb hätten wir ihn noch weiter behalten, wenn er auch die Miete schon drei Monate nicht bezahlt hat... Es sind halt schwere Zeiten... Er kann nichts dafür... Gott geb's, daß er bald gesund wird.«

Ferdinand starrte in den Zimmerwinkel, wo sich am Kopfende des Strohsacks ein Haufen von schmutzigen Reclambänden türmte. Vielleicht sollte man dem Kranken Lektüre bringen. Aber er empfand Ekel vor dem staubigen und abgegriffenen Papier. Währenddessen beobachtete der Schneider den Besuch scharf unter seiner Brille hervor:

»Ist der Herr vielleicht der Herr Leutnant R.?«

Als dies bejaht wurde, glitt der Mann vom Tisch herab:

»Die Sache ist nämlich so. Der Herr Krasny hat immer verlangt, daß wir den Herrn Leutnant oder den Herrn Ober Fritz im Kaffeehaus verständigen. Ich bin auch zweimal bis auf den Margaretner Gürtel hinuntergelaufen. Zum nächsten Telephonautomaten. Aber der Herr weiß ja, wie das jetzt ist. Ich hab und hab keine Verbindung bekommen können. Das kann ich eidlich vor Gericht beschwören. Später hat er wollen, daß ich zum Herrn Leutnant in die Wohnung geh. Ich wär auch sicher gegangen, Herr Leutnant, wenn ich nicht grad an diesem Tag Arbeit bekommen hätt. Kann denn unsereins heut ein Geschäft auslassen? Ich hab doch schon genug Lauferei mit dem Krankenhaus gehabt...«

Er setzte die Nadel wieder in Schwung. Ferdinand aber kleidete seinen Vorwurf, da ja nichts mehr zu machen war, in eine höfliche Form:

»Schade, daß Sie nicht gekommen sind!«

Auf der Straße dachte er: Eine Hundsgemeinheit! Er hätte den Weg zu mir machen müssen.

Sogleich aber zweifelte eine Gegenstimme leise:

Dieser Schneider ist ein armer, geplagter Mensch. Höchstwahrscheinlich ein Tuberkulotiker. Er wohnt am Ende der Welt. Der Weg hätte ihn einen halben Arbeitstag gekostet und überdies eine beträchtliche Überanstrengung seiner kranken Lunge. Und wer ist ihm Krasny? Ein Zimmerherr, ein Zimmerstörer, der die Miete schuldig bleibt und nur den einen Vorzug hat, bis auf ein paar Schlafstunden niemals zu Hause zu sein. Wenn man's genau berechnet, wäre dem Schneider die Menschlichkeit eines Weges in die Stadt weit höher zu stehn gekommen als einem Millionär die wohltätige Stiftung eines ganzen Hospitals. Was verlang ich von einem armen Schneider? Verdammt noch einmal!

Ferdinand vergrübelte sich in die grausame Unauflösbarkeit, die allem Menschlich-Moralischen anhaftet:

Werden verbesserte Zustände den Menschen bessern? Läuft nicht alles auf idiotische Schießereien vor den Gebäuden der Macht hinaus? Und selbst wenn die Zustände sich besserten, wird der Mensch nicht genau das gleiche faule und genußsüchtige Vieh bleiben, das sich von der andern Tierheit nur durch technische Mordtalente und eine überfütterte Eitelkeit unterscheidet? Ekelhafte Sackgassen überall! Mein Gott, warum ist Engländer nicht da, daß ich mit ihm reden könnte? Jetzt würde ich ihn besser verstehn. Was für ein kaltes Tier bin ich selbst! An dem Abend im Volksgarten war Krasny schon todkrank. Ich hab's gewußt und mich nichtswissend gemacht. Seine befehlshaberische Frechheit hat mich zu sehr geärgert. Da hab ich die Stimme des bucklichten Männleins überhört. Ekelhaft von mir! Zum Schluß hab ich mich auch noch gemein benommen...

Im Allgemeinen Krankenhaus erfuhr Ferdinand, daß eine Grippe, verbunden mit schwerer Unterernährung, vorgestern nachts dem Leben Gottfried Krasnys ohne viel Mühe ein Ende gesetzt hatte.

Der Kanzleibeamte kramte das Blatt mit dem Befund hervor: »Hier, bitte! Sind Sie ein Verwandter?«

»Nein«, und zögernd, »ich bin nur ein Freund.«

Der Kanzlist zeigte eine strafende Miene:

»Es ist wirklich höchste Zeit, daß sich jemand meldet. Wünschen Sie die Leiche zu sehn?«

Ohne auf Antwort zu warten, ergriff er seinen Hut.

Sie durchmaßen ein betäubendes Labyrinth von Treppen, Gängen und Höfen. Der Beamte schloß eine schwere Eisentür auf. Ferdinand sah in einen großen eisigkalten Keller hinein. Sein Fuß stockte unentschieden.

»Bitte nur weiterzugehn.«

Der Führer entschuldigte sich fast:

»Es ist jetzt ganz leer hier. Vor einer Stunde sind die verschiedenen Transporte abgegangen, ins anatomische Institut, auf den Zentralfriedhof und so weiter...«

Auf einer Drahtpritsche lag ein nackter Menschenkörper, den das Laken nur sehr unvollkommen verhüllte. Es war dabei gar kein rechter Menschenkörper, sondern etwas Unaussprechbares, ein aufgeschossenes Kindergerippe, das von blaugesprenkeltem Leder überspannt war. Krasnys Gesicht hatte mit dem Leben keinen Frieden gemacht. Der zahnlose Mund stand schwarz und gierig offen. Der Bart sproßte aus den eingesunkenen Wangenhöhlen weiter, als kümmere ihn der Tod nicht. Die geschlossenen Augen bildeten nur zwei dunkle Flecke. Aber auch jetzt ließen sie noch nicht ab, zu fordern und zu befehlen. In der schrecklichen Hülse schien noch ein Rest der aufgereckten Energie zu flackern, die sich so schwer das keineswegs tägliche Brot durch Erniedrigungen und feindselige Bettelangriffe erworben hatte. Auffällig war es, daß von dem erfrorenen Fuß des Toten eine Marke mit einer Nummer herabhing und daß Ferdinands Uniformmantel neben ihm auf der Pritsche lag.

Der Beamte leierte formelhaft:

»Eine Hinterlassenschaft ist nicht vorhanden. Er besitzt nicht einmal ein Hemd, in dem man ihn bestatten kann. Eine diesbezügliche Inventaraufnahme erübrigt sich also.«

Ferdinand blieb stumm. Der andere wurde schon ungeduldig:

»Wir haben gewartet, bis sich jemand meldet... Wünschen Sie ein Begräbnis? Ein Begräbnis dritter Klasse? Es ist das billigste, wenn Sie auf ein eigenes Grab Anspruch erheben.«

Ferdinand nickte bejahend, ohne zu wissen, daß er dies tue. Der Kanzlist bemerkte den Überrock auf der Pritsche:

»Halt! Hier ist noch ein Offiziersmantel, den der Verstorbene mitgebracht hat. Was soll damit geschehn?«

Ferdinand machte ein Zeichen mit der Hand und deutete dadurch an, man möge den Toten in den Offiziersmantel kleiden. Die Vorstellung, daß der Mantel, den er so lange getragen, der also fast ein Teil seiner selbst war, mit Krasny unter der Erde vermodern werde, umklammerte ihm die Schläfen. Der Beamte trug in sein Notizbuch ein paar Zeilen ein und wiederholte:

»Ein Begräbnis dritter Klasse von der Aufbahrungshalle des Zentralfriedhofs aus, morgen den dreizehnten November um vier Uhr dreißig nachmittags.«

Er nannte eine Summe mit höflicher Entschiedenheit, als verkaufe er einem Kunden zu reellem Preise eine Ware, von der er keinen Gewinn habe.

»Bitte sehr«, hauchte Ferdinand, der nichts davon gehört hatte. Es war ja zu gräßlich. Wohl kannte er das Leben und den Tod. Dies aber überstieg all seine Erlebnisse in den Schützengräben und Spitälern. Der Leichnam begann schon in Verwesung überzugehn und strömte im stärksten Maße jenen Geruch aus, der nicht nur im einfachen Sinne abscheulich und grauenhaft ist, sondern in einem höheren Sinne, als der Geruch des Bösen, als der Geruch des großen Weltfluches unsern Geist martert.

Hier in dem riesigen Leichenkeller lag nur ein einziger, aber ein starker Toter.

Ohne zu rechnen, erklärte sich Ferdinand mit der Summe einverstanden. Nicht aus Güte willigte er ein, das Begräbnis zu zahlen, sondern aus der angstvoll würgenden Vorstellung, er werde von hier nicht loskommen, ehe er diesen Tribut entrichtet habe.

Krasny befahl: Herr Leutnant! Sie werden mir mein Grab bezahlen!

Oben in der Kanzlei gab Ferdinand nahezu seine ganze Barschaft hin. Siebenunddreißig Kronen blieben ihm übrig.

Fünfzehntes Kapitel

Dem Bettler wird sein Name genommen

Der Regen troff gleichmäßig und willenlos vom Himmel, wie es sich für diesen Tag gehörte.

Die zwanzig Menschen, die den Beiwagen der Einundsiebziger-Elektrischen ausfüllten, deren Ziel der große Simmeringer Friedhof ist, gehörten alle der gleichen Gesellschaft an. Sie machten den Eindruck eines fremdartigen Stammes, der sich zwar nicht durch die Hautfarbe, aber durch Stimmentwicklung und Gebärdenspiel von der übrigen Bevölkerung der Stadt (den Insassen des Hauptwagens zum Beispiel) merklich abhob. Auch einige Damen bewiesen ihre Zugehörigkeit zu diesem Stamm, indem sie ebenfalls die erregte Sprache der männlichen Mitglieder brauchten, welche auf die eingeschüchterten Kleinbürger, die mit ihnen das Gefährt teilten, eine geheimnisvolle und aufreizende Wirkung machte.

Nur ein alter Herr unterschied sich sowohl durch seine soignierte Kleidung wie auch durch sein ruhiges verhaltenes Wesen vornehm von dem ausgerückten Stamm, den er, wenn man's so ausdrücken darf, mit einer abgekämpften und verachtungsvollen Sympathie betrachtete. Es war Fritz, der Oberkellner des Säulensaals.

Die Menschen, die im allgemeinen diese Linie der Straßenbahn benutzten, waren von Schicksals oder Berufs wegen schwarz gekleidet, traurig und verschnupft. Nicht so der Stamm des Säulensaals, obgleich auch er sich anschickte, einen alten Gefährten zu begraben. Er schien zu diesem Zwecke besonders aufgeräumt und geistig hochgestimmt zu sein. Die schwer durchdringliche Wesensart dieser Menschen wollte es, daß ihnen das Nahe nicht naheging, daß sie, die mehr als alle anderen im Augenblick zu leben vermeinten, stets im Nichts einer Zukunft und Vergangenheit lebten, die sie sich beliebig zurechtbogen.

Auffällig wenig wurde von Gottfried Krasny gesprochen, womit aber nicht gesagt werden soll, daß sie nicht alle den Verlust einer unvergeßlichen Erscheinung empfanden, die ihrem Leben fortan fehlen würde. Dennoch hätte es sich bei schärferer Selbstprüfung herausgestellt, daß unter dem Trauergeleit kaum jemand saß, der dem Toten in Wahrheit Sympathie zollte. Vielleicht bis auf den alten Fritz kein einziger. Das kann aus der heimlichen Kraft erklärt werden, die der Widerwärtig-Häßliche, der unerbittliche Schnorrer sein nannte, eine Kraft, welche auf das Selbstbewußtsein der Seelen wie Scheidewasser wirkte. In Krasnys Gegenwart war der Macher ein Macher, der Schaumschläger ein Schaumschläger und der Schuft ein Schuft. So unglaubwürdig es klingt, Krasny, der Kinderschreck, Krasny, die Vogelscheuche, Krasny, der Wegelagerer und Buschklepper des Cafés, der seine Mahlzeiten wie einen Räuberzoll einhob – (Ach, dieses ritterliche Handwerk hatte seinen Mann trotz alledem nicht ernährt) – Krasny war die unbestechliche Tugend, der Cato des Cafés gewesen. Nicht sein Bettlertum hatte ihm, wie viele irrtümlicherweise meinten, die hundert plumpen Erniedrigungen eingetragen, mit denen ihn so manche Leuchte des Säulensaals bedachte; nein, es war jene sonderbare Wesenskraft, die in gewissen Seelen unwiderstehlich ein Ekelgefühl ihrer eigenen Niedrigkeit hervorrief, wofür er gedemütigt werden mußte. Wer weiß, ob nicht einige von denen, die jetzt zum Friedhof fuhren, in ihrem verschwiegensten Wesen eine Erleichterung fühlten, daß diese strenge Kraft nun verstummt war.

Weiß lästerte ein wenig:

»In dem Krasny hat ein Rest von Kitsch gesteckt. Ich hab's immer gespürt... Auch in seinen Gedichten. Ein verhungerter Dichter! Das ist doch, genaugesehn, alter Kitsch? Wie? Was?!«

Ferdinand ärgerte sich über Ronald und seine literarische Bewertung dieses Schicksals:

»Ich finde«, sagte er, »daß Krasny einen furchtbar ehrlichen Tod gestorben ist.«

Die Sparsamkeit, mit der hier des Gegenstandes gedacht wurde, dem die heutige Wallfahrt galt, mochte auch damit zusammenhängen, daß man in den Gesprächen der letzten Nacht den Fall schon erledigt hatte. Die meisten neigten der Ansicht Ronalds zu. In den Tagen, da eine neue Welt anhob, war ein Dichter verhungert. Ein pointierter Tatbestand, gut und schlecht genug, um die herztönenden Füllselspalten der Zeitungen zu beleben.

Im übrigen war während der letzten achtundvierzig Stunden so viel vorgefallen, daß auch diese lange Trauerfahrt nicht ausreichte, den ganzen Stoff aufzuarbeiten.

Die Geschichte mit Gebhart zuvörderst. Angelika ging es besser. Hedda (die Feindin) hatte sie im Spital aufgesucht. Die Genesende brannte darauf, ihrem Meister nachzufolgen. Gebhart war nämlich in Begleitung seines engeren beziehungsdeutenden Harems aus Wien verschwunden. Man erzählte abenteuerliche Dinge. Er habe, da er keinen Paß besitze, des Nachts auf Schmugglerwegen die bayrische Grenze bei Salzburg überschritten. Ferdinand, dessen Bewunderung für Gebharts große Wesenheit trotz all seines Narrentums nicht geschwunden war, behauptete, wenn jemand solchen Mut aufbringe, so nur er. Ein Skeptiker aber fragte:

»Wie verschafft man sich auf Sennhütten Kokain?«

Ferdinand wandte verletzt sein Gesicht von dem Frager ab. Ach, wie war ihm dieser witzige Ton schon widerwärtig. Da er von Krasnys Tod noch tief erfüllt war, wies er den Zweifler mit einer Bemerkung zurück, die den meisten nicht verständlich klang:

»Auch Gebhart wird wie ein Heiliger sterben. Darauf könnt ich schwören.«

Hedda – sie und zwei kleine Schauspielerinnen waren die Frauen des Geleites – zeigte sich heute in sieghafter Stimmung. Ihr war auch wirklich ein glänzender Streich gelungen. Vorgestern, als die Kommunisten-Angst der Wiener Finanzwelt auf den Siedepunkt stieg, hatte sie Papa dazu veranlaßt, jenes Kapital, das er dem ›Roten Gedanken‹ zu widmen beschloß, bei einem Notar sicherzustellen. Wer die zweite Novemberwoche in Wien miterlebt hat, wird dem Präsidenten Aschermann die schwache Stunde nicht übel anrechnen. Leute, die noch weit fester im Sattel saßen als er, Gouverneure der Banken, unbeschränkte Herrscher der Industrie, hielten schon alles zur Flucht bereit. Papas Idee, sich eine rote Hintertür offenzulassen, war damals so töricht nicht, wenn auch die Höhe der sichergestellten Summe sich nur durch die Nervosität des Augenblicks erklären läßt. Jedenfalls hatte Heddas klarer Geist einen großen Triumph errungen. Nun war die werdende Zeitschrift geborgen, und der Herausgeberin winkte nicht nur eine bedeutende Machtfülle, sondern, was noch weit kostbarer war, Unabhängigkeit.

»Wo ist Basil eigentlich?« forschte Stechler.

Man wußte wohl, daß der Schiffbrüchige des ›Aufruhrs in Gott‹ jede Begegnung mit Hedda vermeiden wollte. Dennoch fanden es einige unhübsch und kleinlich, wenn er aus solchen Gründen dem Toten die Ehre zu geben versäumte.

Im Anschluß an Heddas Meisterstück kam noch eine andere publizistische Veränderung zur Sprache. Koloman Spannweit hatte von einem Tag zum andern die Chefredaktion des scharfmacherischen ›Sieben-Uhr-Boten‹ niedergelegt und war zu einer bürgerlichen Zeitung übergegangen. Man konnte sich den jähen Verrat eines Radikaltemperaments nicht erklären. Seit zehn Tagen etwa war Spannweit auch nicht mehr im Säulensaal erschienen.

Ronald Weiß grinste allwissend:

»Also mir scheint, da gibt's noch Fachleute, die staunen... Mir war das alles schon seit je bekannt und nicht nur mir. Spannweit ist ein erstklassiger Polizeispitzel. Natürlich heut nicht mehr so, wie ihr euch das vorstellt. Die Polizei ruft halt unterwürfig bei ihm an: Herr Chefredakteur hin und Herr Chefredakteur her! Er ist im Präsidium eine Macht. Als er aber vor zwanzig Jahren frisch aus Szeged nach Wien kam und vom Gebrauch des Akkusativs noch nichts Gewisses wußte, hat er sein Geschäft als Konfident begonnen. Sein Aufstieg vom kleinen Gerichtssaal-Schlieferl zum Chefredakteur ist ein Roman. Der Kerl hat ein Mordstalent. Während des Krieges lieferte er auf Befehl seiner hohen Kundschaft die Volksempörung gegen die kleinen Preistreiber. Und jetzt geht er ganz offen auf die zahlende Seite über. Ich kann euch sagen, das ist eines der bedenklichsten Vorzeichen in den letzten Tagen. Daß dieser Spürhund umsattelt, bedeutet etwas. Der Bourgeoisie erscheint er als reuiger Sünder, der in einem Moment zu ihr tritt, wo die meisten nach links umfallen. Also zehn Gerechte bezahlt sie nicht halb so gern wie einen reuigen Sünder. Er macht das Geschäft auf allen Seiten. Wahrscheinlich hat er über uns einen ausführlichen Bericht bei der Staatspolizei hinterlegt…«

Blitzhaft erhellte sich in Ferdinand der Sinn des vorgestrigen Gesprächs. Er fühlte einige leichte Stiche im Zwerchfell:

»Ja, warum habt ihr ihn geduldet, wenn euch alles bekannt war?«

Weiß sah Ferdinand verwundert an:

»Ich glaub, du verstehst den Säulensaal noch immer nicht und wirst ihn nie verstehn… Wir dulden alles. Wir leben sub specie aeternitatis wie die Schweine.«

Welch ein Rätsel war Weiß. Ferdinand erinnerte sich nicht, ihn jemals so strahlend gesehen zu haben wie an diesem Begräbnistag. Und gestern hatte er doch als Befehlshaber der Roten Wehr eine schwere Blamage erlebt. Sämtliche Morgenblätter waren mit Schimpf und Spott über ihn hergefallen. Er aber trug die Ausschnitte bei sich und verlas laut die Zeilen, in denen er ein verantwortungsloser Hanswurst, ein opportunistischer Haderlump und ein eitler Schmock genannt wurde. Er behauptete nun, daß diese Anwürfe ihn als Revolutionär ehrten und als alten Journalisten erfreuten. Für weit wichtiger als dasjenige, was über jemanden in der Zeitung stehe, halte er es, daß ein Name immerwährend genannt werde. Der Ruhm sei eine durchaus amoralische Sache. Eine Lautverbindung, die dem Publikum unablässig eingehämmert wird, weiter nichts. Vor Gott mögen alle Menschen gleich sein, vor dem Zeitungsleser sind sie es sicher. Ein Heiliger, ein Tenor und ein Raubmörder stellen den gleichen publizistischen Wert dar, sofern nur ihr Name gleich oft in die Welt posaunt wird.

(Derselbe Weiß, der jetzt solche Meinungen vertrat und über

die Kotwürfe der gesamten Presse sich lachend hinwegsetzte, hatte einst im Felde tagelang darunter gelitten, daß eine Zeitungskritik eines seiner literarischen Erzeugnisse, welches er hochhielt, in sanfter Art ablehnte.)

Am widerspruchsvollsten aber erschien es Ferdinand, als Ronald, der überzeugte Revolutionär, plötzlich mit unverhohlener Zufriedenheit darüber sprach, daß *sein* Angriff auf das Parlament der Regierung eine gewaltige Angst eingejagt habe und nunmehr Sozialdemokraten und Polizei ein Herz und eine Seele seien:

»Was das für eine Wirkung gehabt hat, Herrschaften, kann man sich gar nicht vorstellen! Über Nacht ist alles anders geworden. Die Leute derfangen sich. Spürt ihr das nicht? Der Elkan versteckt sich irgendwo in der Leopoldstadt. Den bin ich vorläufig los. Er ist übrigens eine echte Robespierrenatur. Oft imponiert er mir. Aber mir ist so ein Danton wie ich lieber. Raten Sie, Frau Hedda, wie Danton eigentlich geheißen hat!«

»Anton.«

»Großartig! Chevalier d'Anton. Aber das war schon eine spätere Metamorphose. Er ist schlecht und recht ein geborener Aaron. Zu beweisen aus dem Semi-Gotha. Dort steht immer nur die lautere Wahrheit. Ein fescher Bursch dieser Danton! Gegen ihn ist der Kleiderstein-Robespierre ein Hund. In den nächsten Tagen werden beide, Danton und Robespierre, aufpassen müssen. Mein Ehrenwort, die Sache steht so!«

Er lachte kindlich. Hedda nahm sein Lachen auf:

»Den Weiß freut die ganze Revolution nicht, wenn keine Obrigkeit da ist.«

Darauf entgegnete er ohne allen Zynismus:

»Sie sagen da etwas sehr Gescheites, Frau Hedda. Zur Revolution gehört unbedingt die andere Partei, gegen die sie sich richtet. Und die muß stark sein, sonst ist das ganze ein Pofel. Eine siegreiche Revolution ist eigentlich ein Blödsinn. Ein Radikaler, der oben sitzt, kann sich gleich erschießen...«

Das war durchaus kein Paradox, sondern Ronalds aufrichtige Anschauung von den Dingen. Der Storchenschritt wissenschaftlich ökonomischer Feierlichkeiten lag ihm ebensowenig wie ein pupillenstarrer Zukunftsglaube. Der alte Kellner aber nahm nun das Wort, um diese Frage weisheitsvoll und endgültig zu erledigen:

»Wie die Buben in der Schul. Zu einer richtigen Hetz g'hört auch der Herr Lehrer. Wen tät man sonst sekkieren?«

Der Wagen rumpelte schon durch jene Bezirke, wo Großstadt und Totenstadt sich zu vermischen beginnen. Nur zwei Arten von Kaufläden umsäumten die immer lückenreichere Straße. Dies waren die Lagerstätten der Steinmetzen und die Stände der Blumengreisler. Ein Schaufenster mit Lebensmitteln fiel hier auf wie etwas Fremdes, ja Ungehöriges. Die Blumenfrauen liebten es, ihre haltbaren Kränze und Gewinde mit viel Grünzeug auszustopfen und mit festgeflochtenem Draht einzuschnüren. Die unglücklichen Blüten erstickten in solchem Panzer. Hierin, wie in vielen anderen Dingen dieser Zeit, zeigte es sich, daß der ästhetische Geschmack der Menschen von der Armut gemodelt war, von dem ewigen Zwang, aus wenig viel zu machen.

Die Steinmetzen stellten ihre hochgeschichtete Denkmalsware nicht anders aus als die Möbeltischler der kleinen Leute ihre schreckhaften Kasten, Betten und Kommoden. Auch der Tod war nur eine Wohnungsfrage. Man mußte beizeiten dafür sorgen, daß man in den riesigen Zinshäusern der Verwesung nicht allzu schlecht unterkam und daß zu guter Letzt ein Stein, ein Kreuz, ein Engel, eine gebrochene Säule, ein Eisengitter, eine Zierlampe noch den Beweis erbrachte, die Familie sei nicht hergelaufen und unterscheide sich von der grabsteinlosen Plebs. Mehr noch als die Bezirke des Lebens wiesen die Begräbnisstätten der Großstadt das Kulturgrauen der Massenhaftigkeit, den Gestaltgreuel des proletarischen Zustands auf. Mit trüben Mienen sahen jetzt die Verkünder des Proletariats und der Gemeinschaft aus dem Fenster des Straßenbahnwagens auf die beklemmende Stadtschaft hinaus. Und vielleicht empfand ein oder der andere den unflickbaren Riß, der mitten durch das Leben und den Geist geht. Denn der tiefste, der leidenschaftlichste Trieb nicht nur des Menschen, sondern der Materie überhaupt ist der

Wille, sich abzusondern, aus einem Kollektivum ein Individuum zu werden. Der Geist erträumt immer wieder ein Leben der Selbstaufhebung, mag er es nun in religiöser Aufrichtigkeit das »Reich Gottes« nennen oder mit wissenschaftlichen Gewissensbissen die »klassenlose Gesellschaft«. Die Lebenskraft des Atoms will aber gar nicht in einem Größeren aufgehn, sie will nicht einmal mit der Gemeinschaft auskommen, sie will ihr entkommen. Ja, der ganze Daseinszweck des Atoms scheint nichts anderes zu sein als ein verzweifeltes Streben nach Ichwerdung. Dieses Streben aber ist zugleich eine zügellose Sehnsucht nach Schönheit oder, was in einem geringeren Begriff das gleiche sagt, nach Luxus. Schönheit jedoch kann nicht als eine feststehende Größe gelten, da sie nur eine Form der Spannung zwischen Reichtum und Armut bedeutet, zwischen dem freiesten und dem unfreiesten Ich. Bei den höhlenbewohnenden Urmenschen war der Besitzer eines feiner geschnitzten und gezierten Messergriffs ein überheblicher Prasser und Ästhet. Und wenn in hundert Jahren jedermann sein Badezimmer mit fließendem Wasser besitzen sollte (was unbedingt anzustreben ist), wird die soziale Frage dennoch nicht gelöst sein, solange ein gierigeres Ich-Atom sich einen überlegenen Luxus geschaffen hat. Die Leute werden in ihren Badezimmern ebenso unglücklich sein, sich ebenso mühselig und beladen vorkommen wie heute in ihren Massenquartieren. Das soziale Lebensgefühl, die produktive Erbitterung hängt ja gar nicht von den Umständen ab, in denen der Arme vegetiert, sondern von dem Vorsprung, den der Reiche gewonnen hat. Der leidenschaftliche Lebensanspruch der Masse wird weniger durch die Not bestimmt, in der die Millionen schmachten, als durch den Überfluß, über den die Wenigen verfügen. Die siegreichen Kommunen schaffen zwar kein Glück, aber dafür einen Jammer, der in Ermangelung des Neides mit sich selber zufrieden ist. Dieser Zustand bleibt natürlich nur so lange aufrecht, als der Terror die Hetzjagd der Atome zu lähmen vermag. Dann aber beginnt wieder ein Aufsturm der Ichwerdung oder, was etwas Ähnliches ist, des Kapitalismus. Da kann man nichts machen; die Atome sind nun einmal Wettläufer, sagte sich Ferdinand, dessen Geist solche wolkige Gedanken durchzogen. Ihm war, als habe die ganze Zeit über Krasny mit ihm gesprochen, dessen starre und starke Gesinnung weder der Hunger noch die Katastrophe je hatten beugen können.

Da man dem Ziele immer näher kam, wurde nun die Frage aufgeworfen, wer den Abschiedsgruß am Grabe des Toten sprechen solle. Die Unterhaltung darüber war nichts als eine überflüssige Formsache, denn wem sonst als Ronald Weiß kam es zu, diesen Akt zu vollziehen, ihm, der in den letzten Wochen seinen Ruhm als Redner begründet und hundertmal bewährt hatte. Bescheiden willigte er ein, weil, wie er sagte, kein geübterer Sprecher anwesend sei. Ein vertrackter Gedanke freilich war's, was wohl Gottfried Krasny dazu sagen würde, wenn ihm »ein Herr Weiß« den Lebensabschied in die Erde nachrief.

Vor dem Eingang des riesigen Friedensortes kaufte Hedda noch einen Arm voll Blumen, und dann betrat die Gesellschaft eilig die Zeremonienhalle mit der bei solchen Anlässen üblichen Angst, zu spät zu kommen. Aber es stellte sich sehr bald heraus, daß in diesen Tagen auch der Fahrplan des Todes nicht eingehalten wurde. Das ist kein bloßer Scherz, sondern eine gleichnishafte Empfindung, die sich jedem aufdrängte, der den Raum der Aufbahrungen betrat. Es war eine schwarzausgeschlagene, mit religiösen Emblemen nicht allzu reich gezierte Bahnhofshalle. Dieser Eindruck wurde noch dadurch verstärkt, daß in einzelnen Nischen sieben oder acht dichte Menschenhäuflein mit finsteren oder tränenverwaschenen Mienen standen und warteten. Ähnlich warten vom Abschied heftig angerührte Verwandte und Freunde auf den Abgang eines Zuges, der einen geliebten Menschen sehr weit entführt.

Ein Blick auf die abgetragene Trauerkleidung der Begleiter, auf die spärlichen Kerzen und das armselige Blumengepäck bewies, daß die Passagiere hier alle durchwegs nur dritter Klasse reisten. Aber die dritte Klasse war ja schon die erste Stufe des bürgerlichen Behagens, wenn man in Betracht zog, daß den meisten Fahrgästen des Totenackers noch ein schlechteres und massenmäßigeres Transportmittel zuteil wurde. Hier blieb doch wenigstens der Schein gewahrt. Die Funktionäre trugen feierliche Escarpins, Dreispitz und silberne Knöpfe am Rock. Sie vollzogen ihren Dienst, ohne hart aufzutreten oder laut zu sprechen.

Dem weltlichen war ein geistlicher Verkehrsleiter beigesellt. Während der eine von der Mitte der Halle aus mit großen Handsignalen Ankunft und Abgang der Trauerzüge regelte, entwikkelte der andre eine nicht minder staunenswerte Geschicklichkeit. Er verstand es, das Taylorsystem auch auf gottgeweihte Handlungen anzuwenden. Ein kunstvoll auf einen einzigen Atemzug gefädelter Kranz lateinischer Worte, drei leichte Taktschläge mit dem Weihwedel, wieder ein Atemzug voll heiligen Gesangs, ein schön über den Sarg gezeichnetes Kreuz, zuletzt die scheu-sanftmütige Priesterverbeugung... und schon kam der nächste dran.

Krasnys Kondukt war der späteste in der Reihe. Müde und fröstelnd stellte jeder bei sich fest, daß man trotz der anerkennenswerten Behendigkeit des Geistlichen lange werde warten müssen. Auch der Stamm des Säulensaals umgab in einem engen Ring die Bahre des Gefährten und unterschied sich, wie er so traurig und schweigsam auf den schwarzumquasteten Sarg niederblickte, durch gar nichts mehr von den anderen Stämmen und Sippen an diesem Ort.

In den großen szenischen Augenblicken des Lebens benehmen sich alle Menschen, ohne es erst gelernt zu haben, wie die Statisten einer abgespielten Theatervorstellung, die ihre schlappen Gesten, Gänge und Zusammenrottungen schon bewußtlos ausführen. Das Leben gleicht darin den Spielleitern alter Schule, die sich nicht durch ehrgeizige Auffassungen auszeichnen wollten, sondern treulich dem bewährten Grundsatz anhingen: So haben wir das immer gemacht.

Auch Krasnys Trauergeleit trug der jahrtausendealten Einstudierung Rechnung, und als der Priester den Sarg endlich mit Weihwasser besprengt und eingesegnet hatte, flennten die beiden jungen Schauspielerinnen los, während selbst die Abgebrühten zitronige Gesichter zogen, wie es sich gehörte. Dann patschte man über aufgeweichte Parkwege mitten in den Regen hinein, der sich mittlerweile zu einem nieselnd grauen Nebel umgestaltet hatte. Manchmal machten die Träger halt und spuckten tiefsinnig in die Hände, ehe sie die leichte Last des Toten wieder aufnahmen. Niemand sollte glauben, daß ihr Beruf ein Vergnügen sei. Vor dem braunen Grabauswurf zog sich die einzelweis hatschende Schar der Trauergäste wieder zusammen.

Alles wäre nach der üblichen Art glatt vor sich gegangen, wenn nicht ein kleiner Zwischenfall eine erwünschte Abänderung gebracht hätte. Basil nämlich trat plötzlich aus einer effektvollen Verborgenheit vor und schritt mit seinen langen Beinen, den durchsichtigen Denkerkopf hoch erhoben, langsam auf die totenfeiernde Gruppe zu, ohne zu grüßen. Fast erweckte es den Anschein, als steige seine hohe Gestalt von weither gravitätisch über hundert Grabhügel. Klug ersonnen war dieser unerwartete Auftritt jedenfalls. Denn während die andern, durch die lange Fahrt ermüdet, seit einer Stunde schon sich die Beine in den Leib stehn mußten, hatte Basil, ruhig auf und ab wandelnd, seine Kräfte weise geschont. Die Müden sahen nun in dem weißhäuptig schönen Mann, der sie an Würde und Haltung alle weit überragte, ein Wesen höheren Wertes als sie selbst. Die Folge war ein jäher Respekt, der neuerdings von ihnen Besitz ergriff. Wer weiß, ob Basil nicht mehr war als ein gekränkter Phantast und am Ende doch geheime Beziehungen zum Vatikan unterhielt? Der Purpur eines Kardinals hätte ihn wahrlich nicht übel gekleidet. Stechler gab angesichts des Herannahenden erregt flüsternd die Meinung kund, nicht Weiß, sondern Basil sei der einzig würdige Grabredner. Alle waren einverstanden, auch Hedda. Weiß erkärte mit entthrontem Tonfall:

»Bitte sehr! Ich bin nicht ehrgeizig; für meine Bedürfnisse hab ich in den letzen Wochen genug geredet.«

Man setzte Basil durch aneifernde Zeichen vom Willen der Gesamtheit in Kenntnis. Er kehrte sich gar nicht daran, sondern bestieg versonnen und aus eigener Machtvollkommenheit den Hügel. Sein in der Seele verschollener Blick ließ mit unendlicher Gleichgültigkeit die Gesellschaft der Trauergäste links liegen und senkte sich auf das Seil- und Stangengewirre der Vorrichtung, die den Sarg in die Erde befördert.

»Gotthold Krasny«, erklang es mit innigem Laut.

Unruhe enstand und scharfes Geflüster, das den Redner eines Besseren belehren wollte:

»Gottfried!... Gottfried!«

Basil hob den Blick aus seiner Verinnerlichung, sah die Leute wie bewußtlos an, senkte wiederum die Augen auf das verregnete ungeduldige Grab und begann von neuem:

»Gotthold Krasny!«

Nur mehr zwei Flüsterstimmen versuchten noch einmal ihr Glück, erhört zu werden: »Gottfried!« Es nützte nichts. Die andern ließen die Mahnung bleiben. Hedda aber konnte sich nicht beherrschen und raunte Weiß zu:

»Echt Basilius! Er hat sich schon so ans Lügen gewöhnt, daß er nicht einmal mehr einen wahren Vornamen aussprechen kann. Es ist wirklich großartig...«

Alle waren durch Basils Fehler verletzt. Wäre Krasny kein Unbekannter und Verkommener gewesen, der sein Begräbnis als Almosen hinnehmen mußte, der Lapsus hätte ein schweres Ärgernis gegeben. Ferdinand war ganz unglücklich. Ihm schien die Totenfeier entwürdigt und lächerlich gemacht. Der Namensirrtum war jedoch nicht nur »echt Basilius«, sondern mindestens ebenso echt »Krasny«. Nur seinem Schicksal entsprach es genau, daß ihm drei Minuten, bevor er für immer in der Erde verschwand, selbst noch das Eigentum des Namens beschnitten wurde.

Die Peinlichkeit des Vorfalls ließ den Anfang der Grabrede verlorengehn. Basil hatte nichts gemerkt. Seine hochgetürmte Stirn durchdrang lauter und geistig das schmutzige Spätlicht. Unter ihr saß wie ein Traueremblem die schwarze Hornbrille auf dem feinen Gesimse des Profils. Die Backenknochen sprangen weit vor, die Wangenhöhlen waren tiefer denn je, und der Mund hatte den spöttischen Schnitt verloren. Ein andrer Basil stand da. Er mußte in den letzten Wochen Schweres durchlitten haben. Man sah es ihm an. Auch die Elastizität dieses Überlegenen hatte eine Grenze. Was er vor Jahren noch spielend überwunden hätte, die schnöde Lebensenttäuschung und den Zusammenbruch einer Zeitschriftengründung, diesmal konnte er's nicht mehr so schnell überwinden. Auch er war von Hunger und Entbehrung geschwächt. Seine Stimme zitterte von Bewegtheit. Ferdinand hörte erst nach und nach die Worte des Abschieds:

»– – – Du warst ein Dichter, ein echter Dichter, wie ihn diese Zeit des technischen Fortschritts, diese Zeit der Konjunkturschmierer gar nicht verstehn kann. Bald wird es in allen siegreichen und besiegten Ländern nur mehr gutgehende Romanerzeugungen und dramatische Wirkwarenfabriken geben, was ein grauenhaftes Zeichen der allgemeinen Weltniederlage bedeutet. Du aber, Krasny, hast jegliche Betriebsamkeit als das Unreine an sich wildwütend gehaßt. Und du konntest hassen, du armer, du herrlicher Atavismus, der du jetzt zu deinen großen Vätern, zu den heiligen Dichtern der Vorzeit versammelt bist. Du armer, echter Dichter! Deine Verse werden nicht leben, dein Name, den so wenige nur kannten, er wird nun für immer verschollen sein. Was tut es? Dir kam es auf Ruhm und Erfolg nicht an. Du wahrhaft Freier, nie hast du einen Vers geschmiedet, um einen Kompromiß auch nur mit dem Ehrgeiz zu schließen. Wo gibt es und gab es je einen Dichter, der seine schönsten Strophen gar nicht aufschrieb und sie nicht auf dem Papier, geschweige denn in einem eitlen Buch, sondern nur in seinem Gedächtnis bewahrte? Daß man von der Kunst nicht leben sollte, wissen viele Künstler. Ich glaube aber, daß keiner dieses hohe Prinzip restloser wahr gemacht hat als du. Ein Wortmeister gleich dir hätte bei einiger Mühe einen Verleger oder einen Mäzen leicht gewinnen können. Du aber zogst es vor, deinen Lebensunterhalt, der zum langsamen Hungertode führte, dadurch zu erwerben, daß du dich um ein Glas Wein und um ein Wurstbrot von den grausamen Aastieren deiner Umgebung bespeien ließest...«

Bei diesem Satz erhob Basil ein wenig seine Stimme, die bisher den Ton gleichmütiger Ruhe nicht überschritten hatte. Die Mitglieder des Säulensaalstammes sahen ungerührt vor sich hin.

Hinter dieser Maske aber verlebten auch die Unschuldigsten zehn ausnehmend peinliche Sekunden. Länger dauerte die Unterbrechung der Rede nicht:

»Und jetzt bin ich dort angelangt«, hob Basil von neuem an, »wo du ganz groß, ja einzigartig warst, armer Krasny. In dieser Zeit reden die Phrasendrescher überall von den Märtyrern der Arbeit. Ich weiß wohl, daß diese Märtyrer leben und leiden. Ihnen zu helfen, muß eine unserer höchsten Sorgen sein. Aber wenn es Millionen Märtyrer der Arbeit gibt, so hat es nur einen Märtyrer des Müßiggangs gegeben, und der warst du. Dein Müßiggang stammte aus keiner Arbeitsscheu, sondern aus tiefem Arbeitshaß. Dies ist sein Wert, denn du hast dir nichts leicht gemacht. Dein Arbeitshaß, er war ja nichts andres als der Stolz des seltenen Dichters, der noch ehrfürchtig unterscheiden kann zwischen dem, was fleißlos charismatisch entsteht, und dem, was mit Talentschweiß, Hirndampf, Erfolgssucht, Selbstbestätigungsmühe, jawohl g e m a c h t wird! In der Seele des echten Dichters glimmt noch ein winziger Funken des Paradieses, ein Abglanz des uranfänglichen Gnadenlächelns, der Traum des Menschen vor dem Sündenfall und vor der Austreibung, ehe es da hieß, im Schweiße deines Angesichts sollst du dein Brot essen. Um dieses Funkens, um dieses Gnadenlächelns, um dieses Urtraums willen ehren wir den Dichter...«

Jetzt erst löste Basil seinen Blick von der Seil- und Stangenvorrichtung und schaute auf ins nebelwogende Oben:

»Glücklicher Krasny! Nun bist du in einer Welt, wo der Klassenkampf von Anbeginn entschieden ist, in einer Welt, wo der Sozialismus der Heiligen herrscht, den wir unter der mütterlichen Führung der allchristlichen Kirche hier auf Erden anstreben müssen und dereinst, wenn die Zeit reif ist, auch verwirklichen werden. Wir alle, die wir hier an deinem frischen Grabe stehn, haben uns dir gegenüber mancherlei vorzuwerfen: Spott, Grausamkeit, Hochmut und Quälsucht. Es ist aber in diesem Augenblick nicht einer unter uns, dessen Herz kalt bleibe und nicht leiden würde unter dem, was er dir in gottlos verschwendeten Stunden angetan hat. Verherrlichte Seele, wende dich nicht ab! Die du in unserer Mitte mit vollem Recht unversöhnlich warst, verzeih du uns nun im Reiche Gottes, denn wir alle hier sind sehr elend... Und somit, lebwohl, Gotthold Krasny!«

»Schade, er hat schön gesprochen...«

Das war die Meinung aller, denn der Namenstausch im letzten Abschiedsruf hatte wiederum wie ein Klecks gewirkt.

Einige ergriffen Basils Hand, der vom Erdaufwurf herabtrat.

»Gottfried, Gottfried«, zischten vorwurfsvolle Stimmen. Basil nahm die Brille von seinem durchsichtigen Gesicht und putzte sie. Man sah, daß er geweint hatte.

»Gotthold, Gottfried, das ist doch äußerst Wurscht«, brummte der Mann wohlklingender Pseudonyme, »Gotthold gefällt mir viel besser.«

Und des weiteren Begängnisses nicht achtend, schritt er ebenso langsam und weitbeinig von dannen, wie er gekommen war.

Alle starrten dem Entschwindenden nach, ohne zu grüßen. Nur der alte Fritz zog den steifen Hut und komplimentierte Basils Rücken, wie er's von seinem Dienst her gewohnt war:

»Hab die Ehre, Herr Professor!«

Nun benutzte man, der Sitte gemäß, die kleinen Schaufeln, um Erdschollen auf den Sarg poltern zu lassen. Als letzter warf Fritz drei feuchte Klümpchen ins Grab, wobei seine Züge angelegentlich lächelten, als amüsiere ihn, während seine Hand die traurige Tätigkeit vollführte, ein kostbarer Gedanke.

Diese unbegründete und auffällige Heiterkeit erregte Verwunderung, die sich, da man nun Krasnys Totenort für alle Zeit und Ewigkeit verließ, zu einem zergliedernden Gespräche steigerte, wie es unter aufgeklärten Menschen zu damaliger Zeit Brauch war. Fritz wußte weder, daß er gelacht, noch, daß er komisch dreingeschaut habe. Er suchte sein strafwürdiges Verhalten zu entschuldigen:

»Meine Herren! In meine Jahr hat man vor dem Dreckslöcherl kan Schrocken mehr...«

»Wie alt sind S' denn eigentlich, Herr Leimgruber?« fragte Weiß und bewies damit, daß er, im Gegensatz zu anderen, den

Familiennamen des Obers kannte. Für ihn war er nicht ein Figurant des völlig unpersönlichen Kellnerberufs, kein Fritz also, der außerhalb seines Lokals nicht lebte, sondern ein alter Herr namens Leimgruber, der in einer bürgerlichen Wohnung wohnte, eine Familie besaß, am häuslichen Tische speiste (wobei er, der Kellner, bedient wurde), nachts sich ins Bett legte und morgens aufstand. Beim Namen Leimgruber horchten alle erstaunt auf, als treffe sie mit diesen drei Silben ein Hauch wärmender Intimität. Fritz aber stand Rede und Antwort.

»So uma dreiundsiebzig wird's scho sein.«

Auch Hedda war in das Wesen des Kellners tiefer eingedrungen, als man gemeiniglich annahm:

»Ich wundere mich über nichts. Fritz ist eine neurasthenische Künstlerseele, vielleicht die einzige im Säulensaal.«

Stechler hatte eine Erklärung für das sonderbare Lächeln am frischen Grabe:

»Das ist doch klar. Fritz war an den Krasny kolossal fixiert.«

»Aber gehts mir mit euren Fixationen«, zwinkerte Weiß. »Habt ihr noch nicht bemerkt, daß Fritz sich immer amüsiert, wenn ihm jemand die Zeche schuldig bleibt? Mein Ehrenwort, das ist so! Nicht wahr, Herr Leimgruber? Er ist der einzige Oberkellner auf der Welt, der mitleidig lächelt, wenn ihm einer sagt: Fritz, ich hab heut zufällig kein Geld bei mir. Schreiben Sie's auf!... Und vorhin hat er nur deshalb so komisch gelacht, weil ihm ein Gast mit der ganzen Schuld ins Jenseits durchgegangen ist. Wie hoch steht das Konto Krasny, Herr Leimgruber?«

»Hundertfünfundzwanzig Kronen rund, Herr von Weiß, ich hab's gestern nämlich abgeschlossen«, erwiderte prompt der alte Kellner.

Während dieses Gespräches waren sie vom Hauptweg abgekommen und irrten nun zwischen gleichmäßigen, nur mit kleinen Tafeln bezeichneten Gräberreihen, die sich ins Unendliche erstreckten. Die schiefergraue Dämmerung des Novembertages war der sepiagrauen Dämmerung des Novemberabends gewichen. Trotz des verlorenen Weges aber, trotz der gliederdurchkriechenden Nässe, trotz der traurigen Stunde, trotz des ungemütlichen Ortes, war die Gesellschaft immer übermütiger geworden.

»Was heißt das«, ereiferte sich Weiß, »ein ganzer Tag ist vorbei, und ich hab keine Rede gehalten? Das geht doch nicht.«

Man kann diesem Scherze entnehmen, wie wenig er es überwunden hatte, daß Basil und nicht er zu Worte gekommen war.

»Halt eine Rede an alle Toten hier, Weiß«, forderte jetzt ein Romantiker.

Weiß besann sich keinen Augenblick, sondern suchte einen erhöhten Standort. Auf dem Wege türmte sich ein großer Haufen welken Laubes, den die Gärtner hier zusammengerecht hatten. Ronald bestieg diese multschige Bühne und breitete allumfassend seine Arme aus. Ein paar junge nackte Bäume hielten ihre Äste, auf denen ein weißlicher Herbstgrind lag, den Menschen bettelnd entgegen, wie Tiere ihre verwundeten Pfoten uns schmerzlich hinhalten. Die holztafelbesteckten Grabhügel armer Leute schienen zusammenzurücken. Die Rednerstimme aber durchbohrte die nun schon völlig erloschene Weite:

»Genossen! Wie lange noch?! Ich frage, wie lange noch wollt ihr die Unterdrückung ertragen, die ihr von den Lebendigen, dieser vollgefressenen Ausbeuterklasse, erdulden müßt? Seid ihr nicht die wahren Träger der menschlichen Gesellschaft, ruht nicht alles auf euch? Was würde geschehn, wenn ihr jenen, die da auf Kosten eures Todfeinds prasserisch leben, zuriefet: Bis hierher und nicht weiter!? Nehmet endlich eure Macht und eure Rechte wahr! Denket daran, daß ihr mit euren Brüdern draußen in den Massengräbern der Schlachtfelder unüberwindlich seid. Zerbrechet die Fesseln und jagt die kapitalistischen Verräter unter euch, die in geräumigen Mausoleen schlafen, zum Teufel. Mit eisernem Proletentrotz erzwinget endlich die gerechten Forderungen eurer im Elend schmachtenden Klasse. Stimmt ein in meinen Ruf: Bessere Wohnungen auch für die Toten! Todesproletarier aller Länder vereinigt euch...«

Es sah fast so aus, als würden die Toten auf ihre ruhige, gelassene Art Antwort geben. Der glitschige Laubhaufen geriet ins

Rutschen, und Weiß, der den Halt verlor, schlug lang in die dreckige Weike. Zugleich schwankte aus der Ferne ein immer wieder erdrosseltes Licht heran. Niemand sagte etwas. Die Schwärze, die dick und dicker vom Himmel fiel, war von weißlichen Schuppen wie von Mehltau durchschneit. Eine Laterne, die gelblich ein Amtskappengesicht beschien, brach mißtrauisch aus der Nachtwand. Weiß hatte sich längst aufgerappelt. Nach Art der Gassenbuben machte er sich nichts wissend und klagte:

»Wir haben uns verirrt, Herr Inspektor.«

Wesentlich stiller trat man unter Führung der Laterne den Rückweg an. Hedda ging neben Ferdinand:

»Sie haben die ganzen Begräbniskosten bezahlt«, forschte sie.

»Ja! Ich bin als einziger ins Spital gekommen. Es war schon der letzte Moment. Man hätte ihn sonst in einem Massengrab verscharrt oder als anatomisches Material verwendet...«

»Das geht natürlich nicht. Ich werde Ihnen die Sache abnehmen. Was haben Sie ausgelegt?«

Ferdinand, der nicht wußte, wovon er die nächsten Tage leben werde, brauchte dieses Geld wie seinen Atem. Dennoch konnte er sich nicht überwinden, die Summe zu nennen. Der Augenblick paßte nicht:

»Es ist sehr lieb von Ihnen, Frau Hedda«, sagte er, »daß Sie daran gedacht haben. Wir können ja ein andres Mal darüber sprechen...«

»Nein, es wär schon besser, die Geschichte gleich zu erledigen. Ich hab jetzt viel im Kopf. Ich könnte vergessen...«

»Wenn's nötig ist, werde ich Sie schon erinnern«, log Ferdinand und ärgerte sich über seine feige Scheu. Hedda nahm sich stets vor, dieses Geld nicht aus dem Gedächtnis zu verlieren. Ihr Glück machte sie weich. Und dann tat ihr Basil, den sie gestürzt hatte, heute so leid. Aus all diesen Gründen empfand sie das warme Bedürfnis, anderen hilfreich beizustehn. Auch dem Ober Fritz bot sie Krasnys Schuldsumme an. Der jedoch lehnte erschrocken ab:

»Aber gnä Frau, der Selige tät sich schön giften, wenn er um sein Geld käm.«

In diesem tiefen und vertrackten Satz bewies der alte Fritz eine unheimliche Vertrautheit mit der Denkart des Säulensaales.

Wirklich, die hundertfünfundzwanzig Kronen seiner Schuld an den Alten bildeten, da er sie niemals hätte zurückzahlen können, einen sonderbaren, aber festen Besitz Krasnys. Brachte nun jemand diese Summe in Fluß und erstattete sie dem Gläubiger zurück, so beraubte er den Dichter eines Außenstandes, der sein Guthaben war, weil er nie eingefordert ward. Nach dieser finanztechnischen Auffassung wäre die rückerstattete Schuld, die der Gläubiger nicht verlangte, ein Anspruch des leider verstorbenen Schuldners gewesen.

Mögen einfache Geister diese schwierige, aber zwingende Logik auch nicht verstehn, der uralte Ober des Säulensaales verstand sie, bekannte sich zu ihr und zog seine Hände vom Gute des Toten zurück.

Zehn Minuten später saß der Stamm des Säulensaals wieder in der Elektrischen. Alle waren sie todmüde, durchnäßt und erfroren. Nie noch hatte man sich so sehr ins Café gesehnt wie heute. Dort gab es immerhin auch bei der jetzigen Kohlennot einen erträglichen Raum, in dem die kalten Füße wieder zu sich kommen konnten, dort gab es erwärmende Getränke, wenn sie auch nur aus Kaffeekonserven, aus schlechtem Fusel und andern abscheulichen Ersatzmitteln hergestellt waren.

Alle stellten einhellig fest, wie unbeschreiblich widersinnig es sei, daß bei dieser fröstelnden Flucht in den Säulensaal gerade Krasny als einziger zurückbleiben müsse.

Die andern waren schon in der Tür des Cafés verschwunden.

Ferdinand stand mit Weiß noch auf dem Gehsteig draußen und betrachtete aufmerksam das finstere Renaissancegebäude, die mächtigen Glasfenster, die erleuchtete Uhr (sie zeigte sechseinhalb), die ganze Örtlichkeit, wo er vor Monaten dem Kameraden begegnet war, um in solch ein fremdartiges und bewegtes Leben gezogen zu werden.

Weiß betrat schon die Stufen:

»Gehn wir hinein!«

Ferdinand rührte sich nicht. In fast bittendem Ton:

»Ich geh nicht mit, Weiß.«

»Kommst du später?«

»Vielleicht... übrigens... nein... ich glaub, heut komm ich nicht...«

»Dann sei gegen elf Uhr in der Kaserne... Wir haben eine sehr wichtige Sitzung.«

Ferdinand schwieg. Ronald aber trat von der Stufe wieder auf die Straße hinab:

»Ich werd jetzt immer in der Kaserne übernachten. Das gleiche würd ich auch dir raten. Seit gestern ist die Polizei frech geworden. Es bläst ein total neuer Wind in Wien. Sie hat von den Regierungs-Genossen die Erlaubnis bekommen, uns aufs Dach zu steigen. Allerdings so frech ist sie noch nicht, mich in der Kaserne zu besuchen. Wir werden allerlei Vorkehrungen treffen müssen, um den Herrschaften ihren Mut abzukaufen. Jedenfalls ist es besser, nicht nach Haus zu laufen...«

Ferdinand ging nur unbestimmt auf diese Warnung ein:

»No, ich werd mir die Sache noch überlegen...«

Beide gaben sich die Hand und murmelten ein nachlässiges Servus.

Weiß aber drehte sich noch einmal um:

»Hallo! Herstellt! Noch etwas!«

Ferdinand machte zwei Schritte zu Ronald hin, der ihn mit folgenden Worten erwartete:

»Glaubst du, ich spür das nicht? Du hast wiederum deinen berühmten Widerstand wie damals beim Kader. Ich seh die Elbe vor mir. Hab ich recht?«

»Was für einen Widerstand?« staunte Ferdinand, ein wenig gezwungen.

»Mach kein so harmloses Gesicht. Verschlagen bist du, das kann dir der Neid lassen... Also, was hältst du eigentlich von mir?«

»Komische Frage das!«

»Gar keine komische Frage! Ich will dir sagen, was du von mir hältst. Der Weiß ist ein eitler Komödiant, der nichts ernst nimmt, auch die Revolution nicht, und sich mit großer Chuzpe vordrängt... Das hältst du von mir...«

»Keine Spur!«

»Ruhe! Einen Angeklagten muß man ausreden lassen. Also paß auf! Ich war eine journalistische Größe, das weißt du. Alle Zeitungen hätten sich um mich gerissen. Haufenweise hätt ich Geld verdienen können, gar nicht abzusehn. Für mich wär mir's gleichgültig. Aber du weißt auch, wie ich zu meiner Mutter steh. Und sie lebt von meinen Einkünften. Das alles hab ich schon vor der Revolution gewußt. Was die andern von mir denken, ist mir zwar nicht Wurscht... aber ich will, daß du eine richtige Vorstellung hast. Gut, ich mach immer blöde Witze. Aber glaubst du, daß ein bürgerliches Blatt je wieder eine Zeile von mir drucken wird? Ich glaub's nicht und ich will's auch nicht. Ich bin nämlich, damit du es weißt, kein Kiebitz, sondern ein Spieler. Der Sozialismus ist mir heilig. So! Das hindert aber nicht, daß ich sonst vollkommen das Schwein bin, wofür du mich hältst. Was? Wie? Bitte keine Abschwächung, du weißer Probierstein! Nur sei nicht strenger zu mir als nötig! Servus!«

Weiß war mit drei Sprüngen im Café verschwunden. Er ließ Ferdinand keine Zeit, ihm zu versichern, daß er weit freundschaftlichere Gedanken hege und kein hinterhältiger Entlarver sei. Sollte er Ronald nachlaufen? Nein! Der Verdacht mit dem Widerstand stimmte schon. Aber er galt nicht nur Weiß, sondern dem ganzen Säulensaal, vor dem er sich fürchtete. Vielleicht war Krasnys Tod schuld daran.

Ferdinand blieb noch einige Sekunden unentschlossen stehn. Dann schlenderte er langsam weiter in die schlecht beleuchtete eingeregnete Stadt. Das mächtige Eisentor der Burg war geschlossen. Weiß hatte richtig geraten. Im ersten Hof, vor der Wachstube der ehemaligen k. u. k. Burgwache wurde im Fakkelschein eine große Abteilung Polizei sichtbar. Ferdinand machte eine Wendung und schlug den altbekannten Weg durch den Volksgarten ein. Als er die Lerchenfelderstraße hinaufging, fiel ihm ein ganz kleiner Laden auf, dessen Inhaberin eben die Rollbalken herablassen wollte. Es war ein armseliges Blumengeschäft, in dessen Auslage ein paar rötliche Astern ausgestellt waren. Ferdinand trat eilig ein (als müsse er vor Ladenschluß noch schnell eine sehr wichtige Besorgung machen) und kaufte drei von den Herbstblumen. Ihm fiel's nicht ein zu überlegen, warum ihn dieser jähe und ungewöhnliche Wunsch angewandelt habe.

Er konnte seine Wohnung gar nicht mehr betreten. Schon im Hausflur empfing ihn ein Zivilist mit lang ausgezogenem Feldwebelschnurrbart und zeigte seine Polizeimarke:

»Sie müssen mitkommen.«

Jedermann, auch der Unschuldigste, der jemals in eine ähnliche Lage gerät, erfährt im Augenblick der Verhaftung einen Stoß mitten ins Lebensmark. Ferdinand aber empfand gar nichts. Nicht nur, weil er dieses Ereignis vorgewußt hatte, sondern weil er mit allem ganz und gar fertig war. In der Tasche trug er siebenundzwanzig Kronen. Vor ihm lag das Nichts. Die Gefährten des Säulensaals, sie waren seit einer Stunde märchenhafter geworden und in entlegenere Weiten verschwunden als die fernsten Schatten seines Lebens. Sein einziger Freund war geisteskrank.

»Worum handelt es sich denn?« fragte Ferdinand den Kriminalbeamten ruhig im Weitergehn.

»Das werden Sie selbst schon am besten wissen«, erfolgte mit amtsüblicher Barschheit die Auskunft.

»Keine Ahnung...«

»Man wird Ihnen ja gleich Gelegenheit geben, alles zu hören.«

»So, so«, machte Ferdinand völlig gleichgültig.

Ohne Absicht hatte er die geschickteste Art gewählt, mit der Polizei umzugehen. Seine unnahbare Gelassenheit reizte subalterne Grausamkeitsinstinkte nicht auf, was jede weinerliche Angst unweigerlich getan hätte. Der Beamte sah den frisch vorwärtsmarschierenden Menschen von der Seite an. In einer Anwandlung von Sympathie verriet er sein Geheimnis:

»Sie waren doch der Herr, der gestern das Zeichen zum Sturm aufs Parlament gegeben hat...«

»Ich? Wieso ich?«

Diese Frage kam gar nicht besonders erstaunt.

»Jawohl, Sie! Beim Verhör können Sie alles vorbringen.«

Der Verhaftete schien ein sehr zerstreuter Mensch zu sein. Vielleicht fühlte er sich so sicher, weil der Staat, recht besehn, sich in einem verfassungslosen Zustand befand und deshalb politische Vorgehen gesetzlich gar nicht ahnden konnte. Der Inspektor hatte an diesem Tag schon eine ganze Reihe derartiger Fälle abzuführen gehabt. Er kannte sich aus.

Auf dem Wege zum Polizeigebäude durchquerten sie mehrere Straßen, die ziemlich stark belebt waren. Merkwürdig, dachte Ferdinand aus einem kleinen Winkel seines Bewußtseins, seit gestern hat sich die Stadt ganz verändert.

Der Regen hatte aufgehört. Trotz Nässe, November und lichterloser Nacht schritten die Menschen entschlossener aus und drückten sich nicht mehr an den Häusermauern entlang. Sie wagten wieder ihre Welt in Besitz zu nehmen, wie sehr sie auch die lauernden Gefahren bedrohten. Es war eine überaus feine und heimliche Verwandlung, die man gleichsam nur mit geschlossenen Augen wahrnehmen konnte. Aus einem Lokal drang, das Zeitalter zu neuen Genüssen aufmunternd, ein vorerst noch zimperliches Klavier. Vor einer hellen Auslage drängte sich eine beglückte Menschenmenge. Etwas Unerträumtes wurde Wahrheit. In zweifelnder Trunkenheit hingen hundert Augen an dem Inhalt großer und solider Konservenbüchsen. Aus Amerika war die erste Sendung von Corned beef eingetroffen: Echtes, fettes, rotes, geräuchertes Fleisch!

Dies alles berührte Ferdinand nicht, der seine drei Astern krampfhaft vor sich her trug wie einen gefährdeten Besitz. Er war ja gar nicht mehr in Wien. Mit seinem ganzen Wesen suchte er einen vergessenen Punkt in der Welt, dem jetzt mächtige Ströme des Schutzes und der Ruhe entfluteten. Sie senkten sich wie eine selige Glockenform der Betäubung auf ihn.

Viertes
Lebensfragment

Erstes Kapitel

Plötzlicher Aufbruch

»...non sordidi lucri causa nec ad vanam captandam gloriam, sed quo magis veritas propagetur et lux eius, qua salus humani generis continetur...«

Gleichgültig näselnd leierte ein unbewegter, von grauen Fransen umhangener Mund diese Promotionsformel, die träge in dem Hörsaal nachhallte, wo die Feier stattfand. Die abgestandene Sphäre des städtischen Junitages gerann in diesem brütenden Raum zu einer Art von Fettluft, die man nur schwer atmen konnte. Matt funkelte die Goldkette des Rektors. Die uralten Worte klangen wie leere Zaubersprüche, deren Gebrauchs man sich schämt. Bei allen großen Anlässen des Menschenlebens klingen sie so, bei Begräbnissen, Trauungen, Taufen. Sie bewirken fast immer eine unmerkliche Verlegenheit. Man schlägt die Augen nieder, weil ihr Sinn unverständlich bleibt, weil sie aus einer längst versunkenen Welt herlauten, und weil jedermann den Funktionär für einen gleichgültig-ungläubigen Pfaffen hält, der sich bei seinem Hokuspokus nicht einmal Mühe gibt, die Scheinheiligkeit zu wahren.

»Haec vos ex animi vestri sententia spondebitis ac pollicebimini.«

Auf dem Podium standen heute in einer lockeren Reihe vier Mediziner, um ihr Doktordiplom zu empfangen. Einst hätte man sie für recht verbummelte Studenten und bemooste Häupter gehalten, denn jeder von ihnen hatte schon das dreißigste Jahr hinter sich. Der zugleich feste, wie auch freudlose Ausdruck ihrer Gesichter bewies, daß für diese Männer die ehemals so goldene Romantik des Alkohol-, Kommers- und Mensurstudententums einer etwas lächerlichen Vorzeit angehörte, die man kaum mehr dem Hörensagen nach kannte. Alle vier hatten ihre Jugend im Kriege verloren. Drei Jahre mußten ihnen genügen, um den großen Stoff zu bewältigen, für den sich eine frühere Jugend vier, ja fünf Jahre Zeit lassen durfte. Sie waren alle arm.

Es gab in Wien, bis auf die prächtigen Sumpfgewächse am Rande des Elends, kaum eine Familie, die im Kriege oder im Zusammenbruch der Währung nicht das meiste eingebüßt hatte. So bildete selbst der büffelnde Fleiß noch einen Luxus, den man sich durch andre Arbeiten, Erniedrigungen, zweifelhafte Geschäfte und Durchstechereien erkaufen mußte. Dies war der Grund, warum die Gesichter der Doktoranden so nüchtern und unlustig aussahen, bis auf eins, das einen völlig geistesabwesenden Eindruck machte.

Pyrrhussiege erwecken keine Freude, sondern nur Müdigkeit und eine angeekelte Verwunderung darüber, daß etwas Unmögliches, ja Unerlaubtes gelungen ist. Und was war schließlich schon gelungen? Ausgepumpt stand man am Start eines ziemlich hoffnungslosen Wettrennens.

Die vier Gestalten, die hier an diesem Berufs-Start standen, drückten durch Haltung und Anzug deutlich die trüben Illusionen aus, die sie sich vom Glanze der Zukunft machten. Einer war schon recht dick und glatzköpfig. Er trug am lichten Tage einen Smoking, in dem er wie ein Kellner aussah, was er auch fallweise gewesen war. Ein andrer unterstrich den »Werkstudenten«. In seinem blauen Anzug bot Ferdinand weitaus den besten Anblick, obgleich die letzten Jahre für ihn noch verwikkelter gewesen waren als für seine Kollegen. Er dachte aber jetzt nicht an diese Jahre, an die unermüdlichen, oft phantastischen Versuche, Geld zu verdienen, an die überraschenden Berufe, die sich ihm eines Tages öffneten, um drei Wochen später wieder so sagenhaft zu sein wie vorher.

Und dennoch, das Elendsjahr von 1913 hatte Ferdinand weit mehr mitgenommen als das aberwitzige Getriebe des Nachkriegs, das auch manchen armen Mann leidlich ans Ufer brachte. Die Leute klagten zwar tief erbittert. Alles wäre tausendmal schlechter als einst. Nach Ferdinands Erfahrung aber war der einzelne viel weniger verstoßen und verloren als in den gepriesenen Zeitläuften des Friedens. Die Revolution hatte ihre erstaunlichen Folgen gehabt.

Der Aderlaß des Kapitals, der ängstliche Unglaube des Reichtums an sich selbst, die ewige Furcht vor dem sozialen Umsturz, dies alles schuf in diesen Tagen nicht nur (wie die Unzufriedenen schmähten) die große Arbeitslosigkeit, sondern auch eine Fülle unregelmäßiger Einnahmsquellen für viele. Das Ewig-Starre war in Fluß gekommen, die eingeborene Herzenshärte des Besitzes hatte sich in schaumige Gier aufgelöst, die allerlei Volk zugute kam. Aber mehr noch, das kalte hornige Gewissen der alten Welt war, wenn auch nicht bekehrt, so doch mürbe geschlagen. Die ehernen Gegensätze von einst, sie konnten nicht weiter bestehen. Nur mit Grauen sah ein offenes Auge jetzt jene Zinskasernen von dazumal, deren Baufläche zu vier Fünfteln in Massenquartiere verwandelt war, damit die heilige Tasche des Hausherrn ja nicht abmagere. Unerträglich erschien fortan das licht- und lustlose Schreckenssymbol der proletarischen Wohnstätte, das den Namen »Lichthof« trug. Mächtige Volksbauten schossen aus der Erde mit weiten rasenbestandenen Höfen, die Gärten glichen. Heime und Pflegestätten für Kinder wurden in allen Bezirken aufgetan, damit kein unschuldiges Geschöpf mehr unter die Räder einer Weltordnung gerate, die es sich nicht ausgesucht hatte. So unvollkommen dies alles noch sein mochte, es bildete doch den ungeheuren Wert der Revolution. Jenseits alles erregten Geredes und Gefuchtels durchbrach ein neues Gesicht der Welt die platzende Maske. Tief litten jene, die beim Umbau der Bühne mit der alten Dekoration in die Versenkungen gegangen waren. Aber es litten auch Glücklichere, die sich einbildeten, Gott habe ihnen vertraglich garantiert, das irdische Gleichgewicht ihrer Jugendzeit für immer zu bewahren. Nie noch hatte Ungerechtigkeit verstockter die guten Dinge der Erneuerung geleugnet. Aufgewühlt war in allen Menschen nicht nur die wache Interessenkampfbereitschaft, sondern mehr noch die dunkle, vätererebte. Und aus ihr strömte das dumpfeste, irrationalste Wesen oder Unwesen, das sich für die Vernunft schlechthin hält, die Politik. Die einen lobpriesen, die andern verdammten, und keiner von beiden ahnte das Leben.

Es gibt keinen Fortschritt, und es gibt keinen Stillstand. Die

Zeit ist keine Touristin und Gottes verschlungene Kurve kein markierter Weg.

Eines steht fest, Ferdinand schlug sich in diesen Jahren besser durch als einst. Die Nachhilfestunden, die er gab, wurden menschlicher bezahlt als vor dem Krieg. Die neue Kaste sparte nicht.

Sie bezog nun die Schlösser, Paläste, Patrizierwohnungen und zögerte nicht, einen Informator, dem man die bessere Herkunft anmerkte, zum Zeugen ihres Wohllebens zu machen. Der Gebildete bekam die Aufgabe, Bibliotheken einzurichten, Bücher, die man gelesen haben mußte, anzuempfehlen und die neuen Reichen in die Handlung berühmter Opern und Schauspiele einzuweihen, damit sie sich vor den geldälteren Bekannten im Theater nicht blamierten. Aus seiner Erfahrung her war Ferdinand der Ansicht, daß die neuen Reichen den alten unbedingt vorzuziehen seien. Sie hatten das Würde-Pathos des Geldes noch nicht entdeckt, sie sahen mit Erstaunen seine eigenwilligen Sprünge, sie glaubten nicht an seine Dauer und waren deshalb im gewissen Sinne demütig und freigebig. Der Spuk solcher Anstellungen ging aber jedesmal schnell zu Ende. Ferdinand hatte gemäß seinem Wesen und Schicksal nur zweimal das Glück gehabt, an derartige Leute zu geraten. Weit öfters waren es recht dunkle Berufe, die er ergreifen mußte. Als es ganz schlecht um ihn stand, hatte er sogar als Zeitungskolporteur gedient. Ein andermal war er Gehilfe eines vorstädtischen Heilkünstlers gewesen, der kein Doktorat besaß und daher die Öffentlichkeit scheute. Zu seinem eigenen Erstaunen fand er sogar mehrere Monate lang seinen Verdienst als Aushilfsmitglied des Burgtheaterchors.

Doch nicht an all dies Schattenhafte dachte er jetzt, während er das Diplom empfing. Seine Geistestätigkeit konnte man überhaupt nicht Denken nennen, sondern nur den Versuch, mit dem eigenartigen Zustand, der ihn beherrschte, fertigzuwerden.

Ihm war, als seien nicht Jahre, sondern nur Stunden, ach, vielleicht nur Augenblicke vergangen, seit... ja, seit wann? Seit den vier Tagen, die er im Polizeigewahrsam hatte zubringen müssen? Nein! Seitdem er zum letzten Male im Säulensaal gesessen? Nein! Seit der Morgenfrühe auf der Halde von Kolkow? Nein! Seit der Nacht, da er zum erstenmal im Leben in einer Etappenstadt Champagner getrunken? Nein! Seit den dämmrigen Stunden im Alumnat des Churhauses zu Sankt Stephan, als Engländer vor ihm die Christuswelt auferbaute und zugleich den kleinen Seminaristen entschlüpfen ließ? Nein! Seit der Militärschule? Nein! Seit seiner Kindheit? Auch nicht! Ihm schien, als seien nur einige gespenstische Minuten vergangen seit dem Nichts, seit der toten Ewigkeit, seit dem Noch-nicht-Sein. Dennoch aber kam er sich so abgelebt und alt vor. War dieser Zustand noch immer eine der Folgen seiner Verwundung? Oder bedeutete er eine übersinnliche Anwandlung, die er, Ferdinand, allein unter allen Menschen bestehen mußte? Nicht ungefährlich war sie, denn ohne äußeren Grund begann das Herz wahnsinnig zu klopfen, als müsse es einen Feind abwehren, der immer näher dringe.

Ferdinand versuchte, sich von solchen unerkannten Erkenntnissen loszureißen, und ließ seinen Blick auf der kleinen Versammlung unten im Auditorium ruhen. Es saßen etwa zehn Leute in den Bänken, Angehörige und Freunde der Doktoranden. Ferdinand begann jetzt ein wenig pflichtschuldig zu lächeln. Er hatte Mary erkannt.

Als er nachher mit ihr die Rampe der Universität hinunterging und auf die junivergoldete Ringstraße trat, war die Verwirrung noch immer von ihm nicht gewichen. Er brachte kein Wort heraus. Doch mit aller Kraft scheltend, redete seine Seele sich selber zu:

Ich muß sie lieben, ich muß ihr dankbar sein, ich muß sie lieben. Was alles hat sie in den letzten zwei Jahren für mich getan! Und ich bin ihr jetzt so fern, ich gehe neben der Reizenden wie ein gleichgültiger Fremder. Ich sollte sie viel, viel mehr lieben! Wäre nicht jeder andere glücklich und würde Opfer bringen, um an meiner Stelle zu sein? Und ich mache nicht den Mund auf, denn etwas Unbeherrschbares zieht mich fort. Zwei Jahre schon hält sie es mit mir aus. Warum nur? Sie ist jung und bildhübsch.

Jeder sagt das. Und ich bin ein elender Schlucker, ein Bettler. Gut, das wäre nicht das Schlimmste. Aber ich hab weder Talente noch einen Geist, der brillieren kann. Mit mir steckt sie keine Ehre auf. Dabei bin ich ja im Grunde meines Wesens ein kalter, tauber Egoist, der durch nichts zu binden ist. Sie weiß es. Und doch ist sie unendlich gütig und bringt einem solchen Menschen Glück über Glück, der ihr kein Glück bringt und ihrem Schicksal nur im Weg steht. Warum liebt sie mich? Und warum bin ich jetzt so weltenfern von ihr? (Wo sind wir nur?) Wenn sie zu mir kommt, bringt sie immer eine Gabe, eine Hilfe mit. Und ich? Ekelhaft! Sie ist doch so schön! Dankbar müßte ich sein und sie anders lieben...

Diese Denkanstrengung zur Liebe aber war ebenso vergeblich, als der Versuch gewesen wäre, sich zu freuen, daß er nun sein Studium unter den schwersten Umständen vollendet hatte, Doktor war und bürgerlich eingeordnet.

Mary hingegen schien sich innig zu freuen und so tief zufrieden zu sein, daß sie gar nicht nach einem Gespräch verlangte.

Ferdinand sah sie von der Seite an. Ihr Kopf war leicht gegen die rechte Schulter geneigt. Sie hielt die Augen vor der starken Sonne geschlossen. Die Nasenflügel zuckten manchmal leise. Er hatte das so gern an ihr. Mary war sehr gut gekleidet. Ihr weiter und schöner Schritt, ihre schwingende Gestalt verrieten den Freimut eines selbständigen Wesens. Sie leitete gemeinsam mit einer berühmten Tänzerin eine tanzgymnastische Schule, die auf den neuen Grundsätzen der körperlichen Erziehung beruhte. Ihr eigentliches Fach aber war die Musik. Sie hatte die Staatsprüfung als Pianistin abgelegt. So wandelte Mary mit ihren dreiundzwanzig Jahren auf einem festen, gesicherten Weg, während Ferdinand mit dreißig noch immer ein blutiger Anfänger war. Wer weiß, vielleicht liebte sie ihn gerade deshalb. Solch lebensfrische Frauen wie sie fühlen sich ja oft zu Männern hingezogen, die nur mit halber Aufmerksamkeit kämpfen. Es ist nicht allein die mütterliche Hilfsbereitschaft, die sich mit Lustgefühlen des Hilflosen erbarmt, sondern die verehrende Ahnung eines Adels, der jede witternde Strebsamkeit verschmäht. Mary und Ferdinand sahen sich nicht allzu oft, meist nur am Sonntag, da ihr Beruf sie während der Woche nicht freiließ. Auch dann geschah es, daß Ferdinand oft halbe Stunden lang nichts sprach. Mary kannte das. Deshalb bekümmerte sie jetzt seine Schweigsamkeit nicht weiter. Sie machte den Eindruck einer heiteren Frau, die sich einer lieben Stunde entgegenfreut, deren glückliche Veranstaltung sie mit Umsicht selber getroffen hat.

Es ist doch zu dumm, daß ich so auf den Mund gefallen bin, knirschte Ferdinands Gewissen! Und mit einer gegen seine Absicht unfrohen Stimme fragte er:

»Was hast du vor? Wohin gehn wir?«

Mary nannte ein Restaurant in der Nähe der Oper. Dort hatte sie ein kleines Sonderzimmer reservieren lassen und ein festliches Mahl bestellt, um Ferdinands Ehrentag gebührend zu feiern.

»Das ist eine glänzende Idee«, sagte er und litt darunter, daß er den richtigen Gefühlston noch immer nicht finden konnte. Von seiner Wortlosigkeit erdrückt, ging er weiter neben ihr her, ohne ihr sein Gesicht zuzuwenden. Er sah immer vor sich hin zur Erde, wo Marys schmale Beine sich bewegten wie eine helle schnelle Musik. Wie lieb war sie. Seine Schwere, sein Schweigen verstimmten sie, wie es schien, noch immer nicht. Sonst nahm er auf Spaziergängen stets ihren Arm unter den seinen. Heute aber hinderte ihn der widrige, unbekannte Gefühlszustand an dieser kleinen Zärtlichkeit. Fast war es wie eine heimliche Tücke, die jedoch nur zum geringsten Teil in ihm selber lag. Von außen her drang dieser hemmende Einfluß auf ihn ein. Mary gab durch nichts zu erkennen, daß ihr Ferdinands Kälte weh tue und ihre Freude herabmindere. Da verführte ihn sein Schuldgefühl zu einem kleinen Fehler. Er tat einen der schmerzhaften falschen Griffe in den empfindlichen Saitenbezug, der über den Resonanzboden einer Liebe gespannt ist. Es war ein Nichts, aber brachte einen Wechsel der Tonart. Ferdinand legte plötzlich ohne jeden Übergang und mit einer unwahren, allzu großen Bewegung seine Hand um Marys Taille. Sie blieb abweisend stehn und schob die Hand fort. Ihr Gesicht war streng und böse. Was eine Geste der Einigung hätte werden sollen, war zu einer Geste der Entfernung geworden. Im selben Augenblick – sie standen auf einer Straßenkreuzung – sauste dicht an Mary, die sich zu weit vorgewagt hatte, ein Auto vorbei. Ferdinand riß sie zurück. Der Lenker drehte sich um und schimpfte. Eilig überquerten sie die Fahrbahn. Die Verstörte duldete Ferdinands Arm nicht, der sie führen wollte. Am andern Ufer aber überwand sie sich und sagte nichts.

Alle Säle des Restaurants waren überfüllt. Die Menschen saßen nun wieder vor bunt und prasserisch hergerichteten Schüsseln. Jeder schien fest entschlossen zu sein, mehr zu essen und zu trinken, als er vertragen konnte. Das dritte und vierte Jahr nach dem Kriege stand im Zeichen einer angestrengten Schwelgerei. Das Geld war nichts wert, und darum mußte sein Scheinwert, der den Tag kaum überlebte, zwischen Morgen und Abend ausgemünzt werden. Zwar erhoben die Zeitungen ein tägliches Jammergeschrei und verkündeten das Ende Europas, das tausendjährige Reich der wirtschaftlichen Vernichtung, aber die abgehärtete Zeitgenossenschaft, die an mancherlei Untergang schon gewöhnt war, ließ sich den Genuß nicht versalzen. Wohl sangen die Leute das Katastrophenlied willig mit, sie behaupteten, die Welt sei tot und verödet, aber noch nie, seitdem sie existierten, waren Europas Städte unter einem ähnlichen Hochwasser von Taumel und Rummel gestanden. Die heiligsten Güter bekam man um starke Valuta und Jedenmann und Jedefrau auch um schwächere. Die allgemeine Gier aber hatte ihr Ursache nicht nur in dem gesteigerten Appetit der Welt, sondern noch in einem andern Beweggrund. Der Mensch mußte sich immer wieder versichern, daß der Krieg und seine gräßlichen Entbehrungen zu Ende seien, daß man nunmehr alles haben könne, daß keine Macht der Erde den Genuß einzuschränken wage, daß man tun und lassen dürfe, was immer einem beliebe. Wie der Erwachende an der Grenze des Morgenschlafes sich ungläubig der neugeborenen Wirklichkeit versichert, so versicherte sich die Menschheit dieser Jahre allstündlich ihrer Genußfreiheit. Wohl schien der Alptraum der Schützengräben, Fliegerangriffe und Brotkarten längst vergessen zu sein, aber wenn auch die Köpfe seiner nicht mehr dachten, die dumpfen Glieder waren noch immer schwer von ihm.

Überall nisteten sich Bars, Tanzdielen, Räumlichkeiten eines stickigen Vergnügens, ein. Trotz Gold und Modearchitektur hatten sie vorerst noch ein ungesundes, ein provisorisches Aussehn; sie verrieten einen buntangestrichenen Baracken-Charakter und somit ihre Herkunft aus der Kriegswelt. Aber das änderte sich von Tag zu Tag. Immer solider wurde die entfesselte Lebensgier untermauert. Was war aus den Straßen geworden? Die Propheten, die eine grasbewachsene Verödung gekündet hatten, sie konnten sich heimgeigen lassen. Selbst in einer »sterbenden Stadt« besaß jeder Börsenjunge sein Auto. Zur rechten Zeit stellte sich die rechte Musikbegleitung ein. Noch waren die Friedensverträge nicht unterzeichnet, und schon durchstampften Amerikas Tanzrhythmen alle geselligen Räume und erfüllten ihre naturgewollte Aufgabe, die Todesangst der Welt und ihren apokalyptischen Kater mit der smarten Wurstigkeit verkehrt betonter Taktteile zu betäuben.

Selbst das altberühmte Stadtrestaurant, dessen Hauptsaal Ferdinand und Mary jetzt um drei Uhr mittags durchschritten, wurde vom unwiderruflichen Pochen eines Foxtrotts geprügelt.

Ein winziges Zimmer! Blumen auf dem Tisch:

»Das hast du wirklich entzückend gemacht, Mary! Ja, das bist du! ...«

Während des Essens zeigte sich Ferdinand gänzlich verwandelt. Er redete unablässig und entwickelte sogar Zukunftspläne, was er sonst niemals tat. Nun aber wurde Mary immer stiller, immer einsamer, immer abweisender. Sie hatte alles so schön hergerichtet und für gute Dinge gesorgt. Das kleine Festmahl aber, das sie ihrem Freunde zugedacht, es schien ihr mit einemmal keine Freude mehr zu machen. Sie aß – es lag ein gewisser Nachdruck in ihrer Mäßigkeit – fast gar nichts und gab nun ihrerseits auf alle Fragen nur knappe und entfremdete Antworten.

Von jeder Speise war Ferdinand stürmisch begeistert. Er beschwor Mary, nicht gar so fein zu sein und ihm doch beizustehn. Da diese Versuche, ihre Stimmung zu heben, nichts fruchteten, verlegte er sich aufs Erzählen. Er hatte in dieser Woche zwei Erlebnisse gehabt, von denen das andere merkwürdig genug war. Also zuerst: Ronald Weiß habe ihn besucht. Ein Wiedersehn nach fast drei Jahren. Er sei völlig unverändert. Immerhin ein starker Beweis für einen Menschen. Jetzt gehe Weiß nach Rußland, um die Sowjet-Verhältnisse zu studieren. Auch darin liege eine große Treue. Wiewohl ihm, Ferdinand, dies alles sehr gefalle, so habe bei der Begegnung mit dem alten Kameraden doch gar nichts innerlich angeklungen:

»Bin ich selber so sehr verändert, Mary? Ja, ich glaub, du hast mich verändert.«

»Ist das ein leiser Vorwurf?«

»Um Gottes willen, nein...«

Keine Frau findet sich so leicht mit der Vergangenheit ihres Geliebten ab, und nicht nur mit der weiblichen. Ferdinands ehemalige Freunde, die sie aus seinen Erzählungen kannte, waren Mary fast durchwegs unsympathisch. Jetzt fragte sie, beinahe lauernd:

»Und das andere?«

»Du weißt doch, wer Gebhart ist. Ich hab öfters von ihm gesprochen. Der bedeutendste Mensch, dem ich im Leben begegnet bin. Trotz allem. Ich glaub, ich hab dir einmal etwas von Gebhart zu lesen gegeben...«

»Stimmt! Ich hab kein Wort davon verstanden. Ihr seid damals mit solchen Worten wie ›genial‹ und ›bedeutend‹ sehr freigebig gewesen.«

Ferdinand dachte lange nach, wie er das Verzwickte erklären solle:

»Auf das, was er geschrieben hat, kommt's gar nicht an. Auch was er gesprochen hat, hält nicht stand... Es läßt sich schwer definieren... Ein Kokainist, ein zerstörter Mensch, ein Narr... Nicht was aus ihm kam, war groß, er selber war groß... Das ist ebenfalls nicht richtig gesagt... Man hat ihn sehn müssen...«

»Und auch er hat dich besucht?«

»In gewissem Sinne, ja... Also denk dir, vorgestern komm ich nach Haus und finde ein großes Paket... Was kann das sein?... Es war schon acht Uhr und ziemlich dunkel... Stell dir das vor... Man öffnet nichtsahnend eine dunkelbraune Pappendeckel-Schachtel und findet eine Totenmaske... Zuerst hab ich wegen der wunderbaren Nase geglaubt, es sei die bekannte Maske Napoleons... Aber wie ich zum Fenster geh, erkenn ich Gebhart... Auf diese Art hab ich erfahren, daß er gestorben ist... Eine recht ungewöhnliche Parte... Und dann... Wer hat mir die Maske gebracht?... Meine Wirtin kommt nach Haus und findet sie vor der Tür... Eine höchst dunkle Geschichte... Nicht mehr festzustellen... Vielleicht ist es wirklich ein Vermächtnis des Toten an mich... Übrigens, das schönste Menschengesicht, das ich mir denken kann... Ich schau mir die Maske immer und immer an... Du mußt sie sehen...«

Mary lehnte schaudernd ab:

»Totenmasken sind für mich überhaupt das Ärgste... Ich lauf aus dem Zimmer... Als Kind schon hab ich's nicht ausgehalten... Papa mußte das Leichengesicht Beethovens meinetwegen wegräumen... Wenn ich je wieder zu dir kommen soll, versprich mir, daß du das Ding versteckst, aber ja nicht in der Nähe... Am besten, du verschenkst es...«

Die Totenmaske Gebharts war durchaus nicht angetan, Marys ermattete Freude wieder flügge zu machen.

Als die Walderdbeeren kamen, verlangte Ferdinand vom Kellner ein Kursbuch. Er stellte dieses Verlangen mit der aufgeschreckten Betonung eines Menschen, dem ein wichtiges Versäumnis plötzlich einfällt. Nun er sich aber mit Eifer in den Fahrplan zu vertiefen begann, sagte Mary:

»Wozu machst du dir die Mühe? Du weißt doch den Zug genau, mit dem du fahren wirst.«

Ferdinand blinzelte sie mit ungenügender Verwunderung an. Er war trotz seiner Statistentätigkeit am Burgtheater ein sehr schlechter Schauspieler. Mary aber hielt seine Aktentasche im Schoß. Statt Büchern und Schriften brachte sie umständlich ein paar Wäschestücke zum Vorschein und ein Säckchen mit Kamm und Bürste. Ferdinand stotterte:

»Ich hab das für alle Fälle eingepackt... In der Früh war ich noch ganz unentschieden...«

Er gab keine nähere Auskunft über seine Reiseabsichten. Mary fragte auch nicht. Obgleich er nur sehr selten, ja fast niemals mit ihr über diese Seite seines Lebens gesprochen hatte, so wußte sie doch alles. Langsam räumte sie die Sachen wieder in die Tasche zurück:

»Auf dem Weg von der Universität hierher ist es mir immer klarer geworden, daß du heute wegfahren wirst...«

»Aber gerade auf diesem Weg«, sagte er ganz erstaunt, »hab ich gar nicht daran gedacht. Ich geb dir mein Wort... Eigentlich hab ich da nur an dich gedacht...«

Sie suchte seinen Blick:

»Du weißt, was ich von dir halte... Aber warum bist du so ein versteckter Mensch?«

»Das bin ich nicht, Mary.« – Er war ehrlich erschrocken. – »Es wird mir nur so schwer zu sprechen... wirklich...«

Sie hatte jetzt die leicht gekränkte Unbefangenheit einer Frau, welche die Partei einer andern nimmt:

»Ich wundre mich nur, daß du's nicht schon längst getan hast in all diesen Jahren...«

Sein Gesicht verkrampfte sich:

»Ich kann mir's ja selber nicht erklären, Mary... Eine verrückte Angst... Wie sollst du das verstehn?... Du bist ein unbeschwerter tagklarer Mensch... Das ist herrlich... Aber ich... Ich kann dir's und keinem Menschen erklären, daß man soviel Angst haben kann vor seiner eigenen Seele und vor...«

Er sprach den Satz nicht zu Ende, als er bemerkte, daß in ihm das Wort »Liebe« vorkommen werde. Dann setzte er noch einmal an:

»Vielleicht verstehst du das... Ich kenne eine ganz bestimmte Stadt, die es gar nicht gibt, von der ich aber sehr oft träume... Das ist ja nichts Besonderes... Auch du hast sicher so eine Traumstadt... Aber mir passiert dort immer die gleiche unangenehme Geschichte... Mein Zug hält auf einem kleinen offenen Bahnhof... Man sieht sehr gut in die Stadt hinein... Ich erkenn ein gar nicht weiter charakteristisches Haus... Aber ich weiß genau, daß ich in diesem Haus jahrelang gelebt hab und daß mich dort jemand fahrplanmäßig erwartet... Der Kondukteur öffnet die Türen und ruft eine Station aus, deren Namen ich mir nie merken kann... Einige Leute steigen aus, einige bleiben sitzen... Ich will aufstehn und mir die Handtasche aus dem Netz nehmen... Unmöglich, denn ich bin an allen Gliedern gelähmt, und was die Sache noch komplizierter macht, die andern Passagiere sollen meine Schmach doch nicht sehn... Ich bemüh mich also, ganz gleichgültig auszuschaun und niemandem die trostlose Situation zu verraten, in der ich bin... Das Schrecklichste aber ist, daß der Zug einen ziemlich langen Aufenthalt hat und daß ich deutlich die Fenster des alten Hauses sehn muß, in dem ich so lang gelebt hab... Noch immer könnt ich aussteigen, denk ich mir, aber ich kann's nicht... Dann werden die Türen zugeschlagen... Zuerst hör ich das Pfeiferl vom Kondukteur, darauf das Horn des Zugführers, und schließlich tutet die Lokomotive... Langsam geht's los... Und ich seh immer noch das Haus... Stell dir nur das Gefühl vor!«

Er stand auf und setzte sich neben Mary:

»Ich sollte dir solchen Blödsinn gar nicht erzählen.«

Sie hatte lange nachgedacht:

»Jetzt bin ich aber wirklich froh, daß du fährst.«

Ferdinand beugte tief den Kopf über ihren Schoß:

»Es ist so schön, daß du das sagst...«

Nun konnte sie wieder lachen:

»Du hast noch rund zwei Stunden Zeit, ehe du auf den Franz-Josef-Bahnhof mußt. Siehst du, ich kenne die böhmischen Züge auch ohne Fahrplan...«

Die sonderbare Starrnis zwischen den beiden löste sich.

Sie umarmten einander. Dennoch waren ihre Liebkosungen bis zum Rand gefüllt mit der nervösen Unaufmerksamkeit des Abschieds.

Zweites Kapitel

Heimkehr in die Fremde

Ferdinand trat am nächsten Morgen aus dem schmutzigen Provinzhotel in den sommerlichen Sonntag der ländlichen Kleinstadt.

Seitdem er gestern die Grenze seines Geburtslandes überschritten hatte, lebte er in einer beengenden Verlegenheit. Er kam sich wie ein Mann vor, der in eine fremd-abgeschlossene Welt geraten ist, in der er zwar geduldet, aber nicht aufgenommen wird. Er gehörte der besiegten gestürzten Herrenschicht an (ach, wie wenig gehörte er ihr in Wirklichkeit an), er sprach deutsch und auch sein Aussehn verwies ihn zu jenen, die als überwundene Feinde galten. Jeder Blick der Grenzbeamten, die seinen Paß verlangten, das Benehmen der Eisenbahner, Kellner, Träger schuf, obgleich ihm niemand unfreundlich begegnete, diese Distanz.

Nichts und alles hatte sich hier verwandelt. Es waren dieselben Menschen, dieselben Straßen, Häuser, Läden, doch sie trugen alle einen andern Ausdruck, der sich selber stark betonte. Bei genauerer Beobachtung konnte man feststellen, daß der ganze äußere Unterschied gegen die Friedenszeit in den Briefkasten bestand, die nicht mehr schwarzgelb, sondern blauweiß gestrichen waren, in den neuen Uniformen, in der veränderten Staatsheraldik über allen Amtsgebäuden und schließlich in den Postwertzeichen der Republik, die in Trafiken verkauft wurden, auf deren Schild der Tschibuktürke Altösterreichs noch immer seine Pfeife schmauchte.

Kleinigkeiten, wie überall! Doch welch gewaltige Erneuerung umschlossen sie! Ein wenig Ölfarbe und Lackanstrich genügte und ein neues Weltalter war hergestellt. Wäre Ferdinand anstatt hierher nach Amerika gekommen, er hätte sich nicht entrückter und unbeteiligter fühlen können als in diesem Lande, das seine Heimat war, und unter diesem Volke, dem er nicht zugehörte.

Gestern, gerade bei seiner Ankunft, war Ferdinand Zeuge eines Aufmarsches gewesen, der auf ihn einen verstimmenden Eindruck gemacht hatte. Ein nationaler Jugendhort, Turn- oder Sportverein, hundert Mann etwa, zog in Schritt und Tritt, einheitlich uniformiert, über die Bahnhofsstraße. Ein Anblick, dem man zur Stunde allenthalben in Europa begegnen konnte.

Ferdinand war stehengeblieben:

Bravo! Vor dreieinhalb Jahren wäre das eine stramme Marschkompagnie gewesen. Und darum Räuber, Mörder und Revolution!? Früher marschierten nur die Soldaten, die es mußten, jetzt aber marschieren schon zwölfjährige Lausbuben freiwillig. Und wie gern tragen sie ihre Uniformen! Meine Herrschaften, ihr wart doch alle so überzeugte Antimilitaristen? Schon vergessen?! Rottet sich die Welt wieder zusammen? Was soll sie anderes tun? Der Mensch ist ein Rudeltier, kein Herdentier, ein Hungerwolf in der Wintersteppe dieser Zeit. Rudeltiere sind feige Raubtiere. Ihr Leben ist auf den Kampf gestellt, aber sie kämpfen nie einzeln. Eins, zwei – Rechts, links! Es liegt in eurer Natur. Und wir haben geglaubt, Revolution sei Durchbruch des Geistes. Wohin sind die Menschen, die Gespräche des Säulensaals zerstoben? Über solche Dinge spricht niemand mehr. Nur den Körper gibt es, Beine, Arme, Muskeln, Leichtathletik, Stafettenlaufen, Boxen. Aktivität und Training der Wolfsrudel! Rechts schwenkt! Zum Platzen ist alles voll von eitlen Körpern. Ihr Gott ist die Hebelübersetzung des Körpers in die Außenwelt: Technik! Heiliger Alfred Engländer, armer Geist in deiner Zelle! Wie gut, daß du keine Ahnung mehr von dieser Umkehrung hast.

Langsam schlenderte Ferdinand, nachdem die Abteilung verschwunden war, vom Bahnhof in die Stadt, um sich ein Quartier zu suchen. Da es schon finster war, sah ihn kein Haus und keine Gasse mit den Augen der Vergangenheit an.

Heute aber – die tiefen Glocken der alten Wallfahrtskirche donnerten – heute brachte ihm seine starke Erinnerungskraft hundert Dinge nahe. In seiner Kindheit und Jugend war er hier vier- oder fünfmal über den Marktplatz gegangen, nicht öfter. Er glaubte aber mit fast schmerzhafter Deutlichkeit alle Einzelheiten des Ortes zu erkennen. Ein häßlicher Erker stieß (wie aus Ferdinands eigenem Traumleben geholt) in einer Seitengasse des Ringplatzes vor. Die glasierten Backsteine jenes gesimsereichen Hauses und die goldenen Ziffern der Jahreszahl 1890 waren ihm wohlvertraut. Das Eisengeschäft an der Ecke kannte er so genau, als führe ihn dort tagtäglich sein Weg vorüber. Er wußte schon vorher, daß in der Auslage neben landwirtschaftlichen Geräten und kleinen Kanonenöfen auch ein rostiger Engel stehen müsse.

Unsere Nerven antworten auf solche Wiedersehenserlebnisse nicht mit Rührung und weichen Gefühlen, wie man es in Büchern oft lesen kann. Der Mensch ist das Gespenst, ist der wiederkehrende Tote seiner eigenen Vergangenheit. Wir müssen nicht erst sterben, um die Gemütsverfassung eines Revenants zu verstehn. Es ist ein dumpfer, unerquicklicher Zustand, der sich danach sehnt und zugleich dagegen wehrt, in den dick-moosgrünen Spiegel des abgelebten Lebens getaucht zu werden. Wer in irgendeiner ihm längst entfremdeten Stadt das Haus aufsucht, wo er seine Kindheit verbracht hat, oder Treppengang und Hof seiner einstigen Schule betritt, kennt diese zwittrigen Gefühle. Sie sind so scheu und zwielichthaft, daß man es kaum wagen kann, sie wahrheitsgemäß aufzuzeichnen. Es lebt in ihnen die Unbefriedigung, wie sie mißlungenen Anstrengungen folgt, die Angst, noch einmal vor eine unlösliche Aufgabe gestellt zu werden, und ein mißbilligendes Staunen darüber, daß unser Leben zwar vertan ist, die alte Hülse aber jenseits des eignen Daseins gleichgültig weiterbesteht, obwohl wir sie mit ihm auf Gedeih und Verderb verbunden glaubten. Dies aber sind nur die verstandesnächsten Elemente des Heimkehrergefühls. Darunter brüten noch Dunkelheiten, die mit der Fragwürdigkeit unsrer lächerlich kurzen Lebensdauer zusammenhängen und mit dem ungerecht verteilten Zeitgesetz, das anders über die Menschen herrscht und anders über die Dinge.

Dieser rostige Eisenengel zum Beispiel grinste seit einem Vierteljahrhundert, vielleicht weit länger noch sein unabänderliches Grabeslächeln. Ferdinand grüßte ihn. Hier stehst du regungslos, sonderbare, unverkäufliche Ware, seitdem ich dich als Kind zum erstenmal an deinem Platz sah und über dich nachdachte. Grauer Engel, welcher Erdenzweck ist dir auferlegt? Gehörst du auf einen Friedhof oder über ein Himmelbett? Ich glaube aber, du hast gar keinen anderen ersichtlichen Zweck als den, die Zeit zu überdauern. Gewiß haben deine Brotherren schon oft gewechselt, und dich besitzt jetzt der Enkel des Mannes, der deine Gestalt verfertigte, oder gar ein ganz Fremder. Engel, die Welt ist untergegangen, und du hast es nicht bemerkt. Wer nicht aus Fleisch und Blut besteht, der ist wie Gott. Vielleicht sehn wir uns noch einmal wieder. Wie kommt es nur, daß du mir so viel bedeutest!?

Ferdinand betrachtete den Engel sehr lange, bis sich sein ganzes Wesen mit der Schwärze eines unbegreiflichen Schauders angefüllt hatte. Dann kehrte er, ohne Hunger zu haben, in das nahe Wirtshaus ein. Hier war er zuletzt als achtzehnjähriger Alumne mit Barbara gesessen, ehe er von seinem Urlaub nach Wien heimkehrte. Der Raum war sich völlig gleichgeblieben. Im Hintergrund stand immer noch der Billardtisch. Nur die Bilder des alten Kaiserpaares über dem Schanktisch hatten dem Porträt des Staatspräsidenten Platz gemacht. Daß alles so war wie es gewesen, flößte ihm Unbehagen ein. Wie unsinnig! Wäre aber das Gasthaus nicht mehr gestanden, so hätte er eine unabweisliche Trauer verspürt.

Nach einer halben Stunde beklommenen Dahinbrütens ahnte er, daß er sich um den Zweck seiner Reise herumdrücke, daß er einen Grund suchte, den Sonntag noch in diesem Ort verbringen zu können. Die altberühmte Wallfahrtskirche fiel ihm ein, die er vor undenklichen Zeiten ein einziges Mal nach dem Tode seines Vaters mit Barbara besucht hatte. An diese Kirche erinnerte er sich nur mehr ganz unbestimmt. Es war selbstverständlich, daß er sie sehn mußte. Froh über diesen Aufschub, den er einschalten durfte, machte er sich auf den Weg.

Er kam in jene Budenzeile, wo noch immer wie damals die fromme Bijouterie der Bauern feilgeboten wurde: Bemalte Kerzen, Gebetbücher, eingerahmte Segenssprüche, Heiligenbilder, Amulette, Kruzifixe aller Größen, Ansichtskarten, Briefbeschwerer, Medaillons, Anhänger, Tabakspfeifen, Schmuckstücke, mit der Abbildung des Wallfahrtstempels geziert. Vorsichtig, wie arme Leute immer, untersuchte Ferdinand seine Brieftasche. Den Betrag für die Rückreise schied er von dem übrigen. Dann begann er darauf loszukaufen. Es war durchwegs wertloses Kleinzeug, das er mit großer Hast erstand, ohne sich Rechenschaft darüber zu geben, ob er mit solchen Geschenken Freude erwecken werde. Ein überströmender Drang, Versäumtes wiedergutzumachen, trieb ihn, diese Spielereien der Gläubigkeit auszuwählen: Ein Medaillon mit dem Bilde der hiesigen Madonna, ein kleines Ebenholzkästchen mit eingelegter Perlmutter und manches andere noch, darunter auch einen Rosenkranz. Ach, warum hatte er nicht in Wien daran gedacht, Geschenke mitzubringen? Mary wollte es nicht glauben, aber der Entschluß, gegen den seine Angst so lange kämpfte, war in Wahrheit ganz plötzlich Sieger geblieben. Dieser fromme Einkauf jetzt entsprang auch dem abergläubischen Versuch, Gott zu bestechen, damit nicht geschehen sei, was vielleicht schon lange geschehen war.

Behutsam steckte er die gebrechlichen Paketchen in seine Aktentasche. Dann entschloß er sich, nicht die bequemen Serpentinen des Kalvarienweges zum Aufstieg zu wählen, sondern die dreihundertsechsundneunzig steilen Stufen der Bußtreppe. Es ist kürzer, sagte er sich, als wolle er vor seiner eigenen Seele in keine zweideutige Lage kommen. Er war zur Stunde trotz des Sonntags der einzige Büßer, der sein Herz strapazierte und jedesmal auf den zwölf Absätzen der Sühnestiege schnaufend stehenblieb. Selbst oben auf der Terrasse vor der Kirche hatten sich heute nur wenige Gläubige eingefunden. Dem wundertätigen Muttergottesbilde schien die Zeit nicht wohlgesinnt zu sein. Es bekam in diesem Jahre – da der siegesbewußte Volksstolz und die neue Staatsfreude noch nicht ganz verrauscht waren – nur wenig zu tun. Im übrigen war das Hochamt schon seit mehr als einer Stunde vorüber.

Als sich das kühle Dunkel der Kirche um ihn schloß, dieser körperlich fühlbare Raum, der von allen andern Räumen verschieden ist, da gab er sich einen Augenblick lang dem so angenehmen Bade in Gott hin. Nur einen Augenblick aber. Denn schon prüften seine Blicke Wände, Wölbung, Altar, Fenster und Laterne. Mittelmäßiges Barock, dachte er, Jesuitenkultur der Provinz... Sonderbar, er dachte das, oder besser, ein gebildeter Herr in ihm dachte das, während der wirkliche Ferdinand selbst sich über diesen Gebildeten ärgerte, dem die aus Hörsälen, Büchern und Zeitungsspalten entnommenen Fertigbegriffe so eitel-reichlich zuflossen. Er fand solche Naseweisheiten taktlos, konnte sich aber nicht dagegen wehren, daß der unterrichtete Herr sie ihm zum Trotz immer flüssiger hervorbrachte, je mehr er sich ärgerte. Vor der silbernen Weltkugel mit der Schlange zum Beispiel mußte er an Gebharts Paradiesestheorie denken. Angesichts der beiden Märtyrerskelette fielen ihm sogar anatomische Begriffe ein. Es war, als wirke alles, was Ferdinand in dem letzten Jahrzehnt erlebt, erlernt, erlesen hatte, zusammen, um eine mürrische Überheblichkeit in ihm zu erzeugen.

Im Widerstand gegen das naive Heiligtum »gingen ihm die Impfpusteln des Intellekts auf«. Dieses Wort stammt natürlich von Engländer. So widersinnig verwickeln sich die inneren Vorgänge, daß Ferdinand, der kurz vorher – ohne sich einzugestehn, warum – die dreihundertsechsundneunzig Stufen der Bußtreppe erstiegen hatte, jetzt seinen Widerwillen kaum unterdrücken konnte. Das dauerte freilich nur wenige Minuten. Dann ließ er sich müde in einer Bank nieder.

Er schloß die Augen. Jetzt müßte ich eigentlich beten. Woher dieser Gedanke? Wann hatte er zuletzt gebetet? Nein, nicht einmal im Graben von Ferdinandowka III! Halt, nur nicht sich selbst belügen! Hie und da, wenn er nicht mehr weiterwußte, kam ihm schon ein Wort an Gott auf die Lippen. Und dann, was waren denn jene jähen unbegreiflichen Begeisterungen, die ihn zu mancher Zeit auf offener Straße, in seinem Zimmer, in einem Lokal, auf Parkwegen, ja selbst unter Menschen anpackten, seinen Körper schüttelten und herrliche Tränenstürze hervortrieben. Wie weit war er jetzt von diesen geheimnisvollen Begeisterungen entfernt! Und doch wiederholte sein Sinn immerfort: Ich müßte eigentlich beten.

Ferdinand wußte kaum mehr, daß er hier in diesem Dunkel als sechsjähriger Knabe, neben Barbara knieend, schon einmal den vergeblichen Versuch eines Gebetes gemacht hatte: Papa und Mama, kommt her, ich will euer Gesicht sehn. Damit ich für euch beten kann. Ebensowenig aber kann man Fische mit der bloßen Hand fangen wie die scheuen Schatten der Toten... Auch jetzt wollte er ein Gesicht herbannen. Es entschlüpfte seiner machtlosen Beschwörung. Hinter der rötlichen Schwärze seiner geschlossenen Augenlider jagten sich lästige Albernheiten: Schiffe, Autos, Professorengestalten, Frauenbeine, Buchseiten, Präparate in Spiritus und ganz sinnlose Formen und Flekken. Noch nie war sein Hirn unfähiger zur Sammlung gewesen als jetzt. Eine feindliche Macht schien diese blöde Bilderjagd zu veranstalten, um seine Kraft zu lähmen. Ich müßte eigentlich beten! Ein komischer Gedanke! Er gab's auf.

Rasch wäre er ins Freie getreten, wenn ihn nicht ein seitlicher Eingang gelockt hätte, in das Kirchenmuseum emporzusteigen. Was war das für eine lange Danksagungsgalerie, deren Wände bis zur Wölbung hinan voll Bilder und Trophäen hingen? Eine ähnliche Folterkammer muß ich schon irgendwo gesehen haben. Wo nur? Irgendeine Burg. Ich weiß nicht, was mit meinem Kopf los ist. Gar nichts fällt mir heut ein. Er ging an dem geopferten Zopf vorbei, dessen Haar nach siebzig Jahren noch immer blond war.

Zweifelnd gewahrte er die Krücken, Prothesen, orthopädischen Schuhe. Das ist etwas für meine Herren Kollegen. Der Mediziner regte sich in ihm, der in übernatürlichen Heilerfolgen eine schwindelhafte Scharlatanerie des Himmels sieht.

In einige Bilder vertiefte er sich lange: Eine Lokomotive entwickelt drohenden Riesenqualm, gewillt, das ahnungslos spielende Kind auf den Schienen zu zermalmen... Mit rotgeöffnetem Höllenrachen springt der tollwutkranke Hund den Wandersmann an... Ein vom Neubau abstürzender Stein hält sich in furchtbarer Schwebe über dem Haupte des hinzumordenden Arbeiters. Und immer wieder bannt die Strahlenhand der Gottesmutter um Haaresbreite die teuflisch bluttrunkene Bestie der Gefahr. Sie hemmt das Dampfroß, den wütenden Hund, den boshaften Stein.

Ferdinand konnte sich von diesen grotesk gepinselten Gemälden nicht trennen. Eine dramatische Macht ging von ihnen aus, die mit Kunst nichts zu tun hatte und gerade deshalb vielleicht so packend war. Der gebildete Herr von vorhin meinte, daß hier mit schlechten Farben und in lächerlichen Formen die einfach-unmittelbare Wirkung der primitiven Meister erreicht werde, nur durch die ähnliche Tiefe des Glaubens. Aber der wahre Ferdinand, der jetzt wieder Kraft gewonnen hatte, hörte dem gebildeten Herrn nicht mehr zu. In dieser ersten Bildersammlung, die er in seinem Leben gesehn hatte, ging er nun erregt von einem Stück zum andern. Daß er Bekanntes grüße, wußte er nicht. Aber er sog sich fest an den vielfältigen Szenen, nicht anders als ein staunendes Kind.

Zu guter Letzt erstieg er, weil er nun schon so hoch oben war, auch noch den Glockenturm. Er streifte mit der Hand an den dunklen Mantel der hochberühmten Glocke. Sie gab nicht den leisesten Ton von sich. Wie spät war es? Seine Uhr fehlte ihm. Halb zwei, wenn nicht mehr. Er war allein. Kein andrer Schausüchtiger tauchte in der Falltür auf.

Ferdinand trat an eine der Turmluken und sah in das sommergelbe Land hinaus, dessen Horizont sehr weit verblaute. Man erkennt sogar die Pappelallee am Fluß, ganz fern. Eine großartige Aussicht heute. Rechts muß ein größerer Ort liegen. Da, natürlich! Und jetzt etwas westlich der Wald. Über die Richtung war er nicht im Zweifel. Er streckte die Hand aus: Dort!

Als er sie aber zurückzog, standen einige Schweißtropfen auf seiner Stirn. Es war auch heiß genug hier. Da erscholl, ohne daß es ihm auffiel, seine einsame Stimme in der lauschenden Glockenstube:

»Lebt sie noch?«

Drittes Kapitel

Barbara lebt

Ferdinand strich schon Gott weiß wie lange um das kleine Gehöft, das am östlichen Ausgange des Dorfes lag. Daß er nicht eintrat, war nicht nur die Angst vor einer Nachricht, die nichts wieder gutmachen konnte, sondern auch ein geheimes Zeremoniell, wie wir's im Kampfe mit dem Schicksal uns immer wieder auferlegen. Er dürfe nicht die Schwelle betreten, sagte er sich, ehe nicht einer der Hausgenossen aus der Tür getreten sei. Dies würde ihm zum Glück gereichen.

Als Ferdinand vor ein paar Wochen beim letzten Rigorosum saß und, während sein Vorgänger geprüft wurde, auf den furchtbaren Augenblick wartete, in dem der Professor sich ihm zuwenden würde, da war seine Erregung so groß, daß er kaum die Glieder fühlte. Aber in dieser Erregung loderten auch tätige Wallungen der Kampfeswut. Wie anders heute! Es war ein Warten auf das Unabänderliche, so oder so. Sein Herz klopfte kaum erträglich. Die Ungewißheit erfüllte ihn wie eine schwarze Materie, in die nur ein paar haardünne Metalladern der Hoffnung und der Vorfreude eingesprengt waren.

Am schwersten ließ sich die Zeit erdulden, die von Sekunde zu Sekunde ihren Schritt verlangsamte. Sie glich gewissen belehrenden Filmen, auf denen sich vor den Augen der Zuschauer eine Pflanze tänzerinnenhaft aus dem Trieb zur Knospe, aus der Knospe zur Blüte entwickelt. Ferdinand, der sich in der Nähe des Hauses auf einem Feldrain zwischen hohem Getreide verbarg, starrte eine Mohnblume an, die er gepflückt hatte. In ihrem haarigen Stengel schien unendlich langsam die Zeit aufzusteigen, die ihn so quälte. Endlich sammelte sie sich in dem runden Fruchtkropf, aber ehe sie noch in die roten Fähnchen gelangte, ließ er die Mohnblume fallen. Nicht anders als in ihr wirkte die Zeit in Ferdinands eigenem Wesen, das durch die angstvolle Erwartung in einen Zustand quälender Überbewußtheit geriet. Die Zeit war für ihn wie eine Folge tauber Gebärakte. Jede Sekunde war die Mutter der nächsten, die sie mit Schmerzen zur Welt brachte. Kein leichtfüßiges Nach-Einander tanzte dahin, nein, die leidende Mutterschaft eines ewigen Aus-Einander-Entstehens erfüllte das Universum. Selbst die Kontraktion seines Herzmuskels, die Ferdinand jetzt so deutlich spürte, war der gleiche Vorgang wie die Mutterwehen...

Nun wagte er sich, geschehe, was wolle, in den kleinen Vorgarten. Die Rosenstöcke waren nicht eingegangen, die hohen Sonnenblumen strahlten. Teilnahmslos spielte die bunte Glaskugel mit seinem Bild. Da trat jemand aus dem Haus.

Es war ein Mann, den Ferdinand bei flüchtiger Betrachtung einen alten Bauern genannt hätte. Dies aber wäre sehr falsch gewesen, denn trotz eingefallener Wangen, farblos bräunlicher Haut, spitzer Backenknochen und Wiegeganges war dieser Mann nur um drei Jahre älter als Ferdinand, der sich selbst immer noch als unerwachsener Knabe fühlte.

Franta stutzte und blieb stehn. Mit einem gemachten Lächeln trat Ferdinand auf ihn zu und gab ihm die Hand. Nicht seine Augen, nur sein Instinkt erkannte in diesem gealterten Manne den Jugendgespielen wieder:

»Wie geht es Ihnen?« fragte er verlegen.

Der Mann zeigte weder Erstaunen noch besondere Freundlichkeit:

»No ja, es muß halt gehn...«

Das weitere Gespräch gestaltete sich für Ferdinand immer schwieriger:

»Lang haben wir uns nicht gesehn, was«, knüpfte er von neuem an.

Franta deutete durch eine stumme Handbewegung an, daß sich eine solche Zeitspanne gar nicht errechnen lasse.

»Und der ganze Krieg liegt dazwischen«, sagte Ferdinand, der dieses ausgiebige Thema wie festen Boden betrat. »Sie haben da alles mögliche erlebt, hab ich gehört.«

Aber auch der Krieg machte Franta nicht gesprächiger:

»No ja... Das wird schon so sein...«

»Sie waren in Rußland gefangen, nicht?«

Franta strich sich mit seiner schwarzgearbeiteten Proletenhand nachdenklich über den Schnurrbart und stellte den Sachverhalt richtig:

»In Sibirien waren wir...«

»Da haben Sie den Legionärszug mitgemacht!... Eine große Sache?«

Franta aber sprach die ruhigen Worte:

»Große Sache?... Beim Militär ist es immer dasselbe... Am Schluß wird der Mensch ein alter Subak, ein längerdienender...«

Nach dieser für seine Verhältnisse übermäßigen Dauerrede zog er sich wieder in seine Einsilbigkeit zurück. Ferdinand wagte die große Frage noch immer nicht. Krampfhaft suchte er sie hinauszuschieben oder dem Zufall die Antwort zu überlassen. Er sah in Frantas ledernes Runzelgesicht. Dreiunddreißig Jahre, dachte er. Es ist, als ob man mit einem Baum sprechen würde, nein, mit einem Stück Erde. Der tut nur so, als sei es nichts gewesen, aber er hat ganz Sibirien im Gesicht:

»Und wann sind Sie zurückgekommen?«

Franta rechnete gelassen nach:

»Im Zwanzigerjahr... ja gradaus... im April.«

»Aber da bin ich ja ein kleines Kind gegen Sie«, rief Ferdinand. Hiermit war der Stoff erschöpft. Eine schleichende Pause trat ein, die Franta nicht nervös machte, Ferdinand aber überanstrengte. Endlich bekannte er leichthin:

»Ich bin wieder einmal hierher zu euch gekommen... Hab mir selber nach den letzten Prüfungen Urlaub genommen.«

Dies war keine ausnehmend sinnvolle Bemerkung, wenn man bedenkt, daß er zuletzt im Jahre 1910, im tiefen Frieden noch, im grauen Altertum also, Barbara besucht hatte. Franta tadelte ihn deshalb keineswegs. Er steckte die Pfeife in den Mund und schulterte seinen Rucksack, den er bisher überm Arm getragen hatte:

»Ich muß jetzt zur Schicht«, sagte er erklärend, »und komm erst morgen zurück... Aber die Frau ist drin und die Tante.«

Bedächtig ging er ins Haus zurück und rief mit träger Stimme in den Flur, als habe er eine sehr alltägliche Mitteilung zu machen:

»Tantchen! Der junge Herr ist gekommen!«

Darauf empfahl er sich kurz mit Handschlag von Ferdinand, der nachsah. Während der Bergmann gemächlich dahintrottete, bekam sein Rücken einen zögernden und mißtrauischen Ausdruck. Es hatte den Anschein, als wolle er jeden Augenblick stehenbleiben und aus ganz bestimmten Gründen zurückkehren. Ferdinand starrte zwar hinter ihm her, aber sah nichts. Das Bewußtsein »Barbara lebt« verteilte sich in seinen Gliedern wie eine wohlig strömende Müdigkeit, doch auch die Liebesangst vor der Begegnung wuchs und wuchs.

Es war noch keine halbe Minute vergangen, als die Greisin auf der Torstufe stand. Sie hob nicht die Arme. Sie stieß keinen Schrei aus. Ruhig stand sie da und lächelte. Es war freilich kein rechtes Lächeln, sondern eher ein Blinzeln, eine zwinkernde Abwehr des Lichtes, das wehe tut. Auch Ferdinand rührte sich nicht.

War es Barbara? Die aufrechte Gestalt seiner Kinderfrau, die ihm einst groß erschienen, hatte sich gebeugt wie ein Baum, dessen Leben zu Ende geht und der nun mit dem Wipfel wieder die Erde sucht, aus der er kommt. Die linke Schulter der Alten war hochgezogen und vorgewölbt, der Rücken zum Buckel gekrümmt, der linke Arm fiel unsymmetrisch herab. Sie konnte den Kopf nicht mehr gerade tragen und hielt ihn mit einer kindlich bittenden Geste zur Seite geneigt. In ihrem ehmals so ernsten Gesicht hatten Schwäche und Alter einen Ausdruck zurechtmodelliert, der wie listige Schalkhaftigkeit wirkte. Und dann: Sie war so klein geworden. Zwischen ihren krummen Schultern und der emporgerutschten Hüfte saß der Leib eines Kindes.

»Ich bin's, Babi«, sagte Ferdinand, worauf sie noch immer keinen Laut von sich gab und nur ihre Augen mit der Hand schirmte, obgleich eben eine geballte Wolkenfaust sich vor die Sonne schob. Plötzlich aber trat sie behende von der Stufe hinab und lief auf ihn zu. Es war ein seltsam lautloses Huschen. Wie von Nachttieren. Und auch verschämt.

Ferdinand hielt das kleingewordene, leichte Wesen in Armen. Langsam röteten sich ihre Augen. Und jetzt erkannte er auf diesen grauen Wangen das Schutzbild seiner Kindheit wieder, Barbara. In Gedanken hatte er sich immer ausgemalt, er würde seinen Kopf an ihre Brust legen. Nun kam es umgekehrt. Weil sie so viel kleiner war als er, lehnte sie sich an ihn. Anders ging es nicht. Dadurch aber verwandelte sich die ganze Lebensbeziehung Ferdinands und Barbaras. Nun war sie das Kind und er der Beschützer. Tief mußte er sich zu ihr herabbeugen. Der Scheitel der alten Frau duftete noch immer leise nach edlem Weichselholz. An ihrer schwarzen Bluse steckte die dunkle Brosche mit der kleinen Elfenbeinschnitzerei, die Papa, der Oberst, ihr einmal zu Weihnachten geschenkt.

Das erste, was Barbara sprach, war ein Satz der Besorgnis:

»Aber, ich hab mich ja gar nicht vorbereitet...«

Ferdinand wartete, daß jene Erschütterung, vor der er sich so sehr gefürchtet hatte, nun über ihn kommen werde. Doch es kam gar nichts. Die tiefe Erregtheit von vorhin war einer hohlen Entspannung gewichen. (O ewiger Verdacht! Es gibt keine Gegenwart. Jegliches Erleben ist nur eine Form der Erinnerung.)

Dann saß er in jenem Raum, den seine Traumsprache »die Stube des Bergmanns« nannte. Wahrhaftig, vom hohen Eichenkasten sahen noch immer die Kristalle herab, zwei große Drusen von Eisenblüte und Bleierz. Ruhelos huschte Barbara umher:

»Ich bin ganz gesund«, entschuldigte sie sich. »Seit zwei Jahren hab ich nur ein bißl Rheumatismus, aber das schadet nichts, wenn's mich auch nicht schöner gemacht hat. Was liegt daran bei einer alten Frau? Gottlob, ich kann arbeiten... noch grad so wie früher...«

In hastiger Verwirrung probierte sie ein paar Schlüssel, ehe sie den richtigen fand, um den Paradekasten aufzusperren. Dann zog sie weiße Tischwäsche hervor, wobei ihre jetzt unsicheren Hände mancherlei Verwirrung anrichteten. Sie hatte Arbeit genug, alles wieder ins Gleiche zu bringen. Dabei zählte sie laut auf, was sie brauchte und was nicht.

Ferdinand entschloß sich, seine ganze Schuld durch eine halbe Lüge zu rechtfertigen:

»Ich bin erst heut zu dir gekommen, weil... Weißt du, vorgestern hab ich mein Doktorat gemacht... Ja, jetzt bin ich Medizindoktor... Spät genug... Dabei hab ich mich ja beeilt, so gut ich konnte... Du kannst dir denken, wieviel ich in diesen Jahren hab studieren müssen... Lange Jahre, und kein Tag sorglos... Schlecht ist es mir auch gegangen... Neben dem Studieren hab ich mir ja noch das Leben verdienen müssen... Und vorher, mein Gott, vorher...«

Der wahre Grund des Liebesversäumnisses war so unaussprechlich verworren. Wenn er sich auch manchmal einen herzenskalten Schurken des Vergessens schimpfte, so wußte er genau, daß nicht Vergessen die Schuld trage, sondern Nichtvergessen. Wie hätte er das erklären können. Barbara aber verlangte gar keine Erklärung und keine Entschuldigung. Sie legte leise ihre kleine harte Hand auf seine Wange:

»Ich hab's immer gewußt, daß Er kommen wird, wenn Er kann...« In ihrer Bewegung und in diesen Worten lag eine Tiefe verborgen, die ihn vermuten ließ, daß sie weit mehr von ihm wußte und verstand, als er geglaubt hatte. Und jetzt erst klang die unmerkliche Ahnung eines schwachen Vorwurfs auf:

»Ja, wenn man halt schon fünfundsiebzig ist...«

»Fünfundsiebzig«, wiederholte Ferdinand, als sei er überrascht.

»Er kann sich's ja ausrechnen«, sagte sie, ging aber nicht so weit, aus dieser Zahl den schweren Schluß zu ziehen, vor dem Ferdinand noch vor einer halben Stunde gezittert hatte. Die Angst, sie sei nicht mehr, war ja der Grund gewesen, daß er ihr seit Jahren nicht mehr schrieb. Durch die Nennung ihrer Jahre wies sie nur ganz undeutlich und nebensächlich auf ihren Tod hin, ohne den Pflegesohn dadurch zu irgendeinem belastenden Gefühl zu verpflichten. Solche Feinheit war Barbaras Art.

Jetzt klimperte sie mit Besteck und übersah dabei, daß die Frau ihres Neffen ins Zimmer getreten war. Ferdinand stand vor der fremden Bäuerin höflich auf, die, ihrerseits verlegen, nicht weiterging. Barbara blickte auf. Obgleich sie als Witwe eines fürstlichen Kammerdieners genau wußte, was sich gehöre, so nannte sie doch den Namen des Gastes nicht. Heimliche Eifersucht, daß ihr Ferdinand, ihr Pflegekind auch noch mit anderen Menschen hier im Hause sprechen müsse, machte sie ganz böse. Die Nichte bekam hochmütige und harte Augen zu sehn, und sie bekam auch die sonst leise Stimme der alten Frau im strengen Herrscherton zu hören:

»Lauf hinunter ins Dorf und hol beim Kaufmann Macak ein Kilo Kirschen! Du mußt dich aber nicht beeilen. Eh ich den Teig fertig hab, dauert's noch...«

Die verlegene Bäuerin war froh, einen Vorwand zu haben, um zu verschwinden. Ferdinand zeigte sich bedrückt, daß sein Besuch Unruhe in die Familie bringe. Barbara machte eine wegwerfende Bewegung:

»Sie soll nur springen. Bildet sich eh auf ihren Reichtum viel zuviel ein.«

Er erfuhr nun, daß Franta nach dem Tode seiner Eltern eine »Reiche« geheiratet habe, die einzige Tochter eines Großbauern. Sie werde einmal viel erben, obgleich der Alte derzeit weder sie noch Franta dran riechen lasse und lieber teure Landarbeiter bezahle. Die Tatsache des künftigen Reichtums schien Barbara aber nicht mit besonderem Wohlwollen gegen die hoffnungsvolle Erbin zu erfüllen. Es war deutlich fühlbar, daß die alte Magd im Hause ihres Neffen eine hohe Achtung genoß und, so gebrechlich sie schon war, gegenüber der jungen Frau ihre Machtstellung zu wahren wußte.

Vor einer Stunde noch hatte Ferdinand geglaubt, daß er dem Gefühlsanspruch dieses Wiedersehens kaum gewachsen sein werde. Und jetzt schon hielt das Gespräch bei gleichgültigen Dingen, und ihm war so zu Mute, als sei diese Stube ein Ort, wo er jahraus, jahrein tagtäglich sitze. Die veränderte Greisin kam ihm nun schon altvertraut vor. Konnte man es fassen, daß auch das Heilige, das Unerfüllbare, einmal ins Leben gerufen, selbstverständlich und gewöhnlich ward?

Barbara hantierte immer unruhiger. Es sei schon spät. Sie zog ihn in die Küche. Vielsagend lächelte sie, als käme ihr nicht der schlechteste Einfall. Nun streute sie auf ein Nudelbrett Mehl, häufte es zu einem Berg, in dessen Gipfel sie einen Krater höhlte, und schlug die Dotter von drei Eiern in die Mulde. Dann legte sie ein großes Stück Butter dazu und vermengte diese drei Urelemente der Küche, Mehl, Butter, Eier, zu einem gelbstrotzenden Teig, den sie immer dünner und feiner walkte.

Diesen Vorgang hatte Ferdinand noch genau in Erinnerung. Jetzt wußte er auch, daß die Nichte ausgesandt worden war, um die Kirschen für seine alte Lieblingsspeise zu besorgen. Er saß neben Barbara auf einem Küchenschemel wie einst als Militärschüler, wenn er sie auf ihren Dienstplätzen besuchte. Bewundernswert ging ihr die Arbeit trotz ihrer Schwäche und Gebrechlichkeit von der Hand. Wenn sie auch den Kopf schief halten mußte, so waren doch all ihre Bewegungen so flink und fest wie in der besten Zeit. Es ist immer ein trostreicher Anblick, wenn ein Mensch beweist, daß seine Kunst auch im hohen Alter nicht nachläßt. Ferdinand sah ihre schnellen Hände mit den vortretenden Adern hin- und herflitzen:

»Und wie hast du gelebt, Babi?«

Sie unterbrach die Arbeit nicht:

»Mein Gott... der Tag könnt mehr Stunden haben... So viel ist zu tun, so viel war immer zu tun... Er ist nie zu Haus... Und sie?... Das ist Ihm ein verwöhnter Fratz... Nichts anrühren, aber immer ein Bonbon im Mund... Eine feine Dame halt... Wenn ihr Alter in die Stadt fährt, spannt er einen Landauer ein, wie ein Herr... Also, da muß ich auch noch manchmal den Stall besorgen... In Gottes Namen, solang ich kriechen kann... Die werden sich einmal schon wundern... Vorige Woche, am Dreifaltigkeitssonntag kommt sie zu mir... Schau, Tantchen, du plagst dich ab... Wir könnten für die grobe Arbeit ganz gut ein Mädel nehmen... Die hab ich aber angefahren... Was, sag ich, einen Schlampen ins Haus, so ein Frauenzimmer, das faul herumsteht und nur stört... Dreht man sich um, so hat sie den Finger entweder in der Nase oder im Schmalztopf... Am Abend reißt sie aus und zieht die halbe Nacht mit Burschen herum... Und dann stiehlt sie noch... Nein, nein, die Sorte kenn ich... Da hab ich eine lange Erfahrung... Lieber mach ich alles allein...« Sie war ganz ärgerlich geworden, mußte aber nach einer Weile lachen.

»Was erzähl ich Ihm für Dummheiten, Ihm, einem Herrn Doktor?«

Und sie schloß ihre Antwort:

»Also, Arbeit gibt es, Gott sei Dank, genug... Da kann ich nicht klagen... Und sonst?... Ich komm kaum mehr aus dem Haus... Bin ja alt, und für den Tratsch der andern alten Weiber interessier ich mich nicht... No ja, Sonntag geh ich in die Meß... Das ist aber auch alles...«

Auf dem Brett lagen zwei schöne gelbe Teigblätter. Barbara nahm eine kleine Handvoll Mehl und streute es über ihr Werk. Eine alte, überflüssige Gewohnheit. So geht ein Maler zum letzenmal mit dem Pinsel über das vollendete Bild, nicht um etwas zu verändern oder auszubessern, sondern nur, weil er sich von seiner Arbeit schwer trennen kann. Während sie nun den Teig, scharfäugend, in gleichmäßige Scheiben zerschnitt, hielt Ferdinand ein stummes abwegiges Zwiegespräch mit einem Toten, mit dem Dichter Gottfried Krasny. Herr Krasny, sagte er, ich glaube, Ihr Arbeits- oder besser Anti-Arbeits-Bekenntnis ist ganz falsch. Die Arbeit dürfte halt doch eine Art der göttlichen Gnade sein. Haben Sie schon gehört, daß in einem Gefängnis den Sträflingen als Belohnung für gutes Verhalten die Arbeit entzogen wird? Der Arbeitsentzug gilt doch dort für eine der schwersten Maßregelungen. Nicht wahr?

Barbara war fertig und setzte sich müde nieder.

Nun zog Ferdinand mit mäßig gutem Gewissen die geweihten Kleinigkeiten aus der Tasche, die er gestern gekauft hatte:

»Es ist weiter nichts... Nur damit ich dir was mitbringe... In Wien war keine Zeit mehr, denn gestern früh hab ich noch nicht gewußt, daß ich herfahre...«

Er hatte keinen schlechten Griff getan. Ein kostbares Geschenk wäre für Barbara eine geringere Freude gewesen als der Rosenkranz, den er brachte. Ihre Frömmigkeit hatte durch Krieg und Umsturz nicht gelitten. Sie konnte ja gar nicht leiden, weil sie von Erkenntnissen und den Strömen der Welt gar nicht abhing. Die Luft atmet man, aber denkt über sie nicht nach. Eine kleine Bemerkung, zeigte immerhin, daß auch diese ruhige Seele durch den Ansturm ihr unverständlicher Ereignisse gewisse Zweifel und Kränkungen hatte erfahren müssen. Ohne daß Barbara Bitterkeit gegen die neue Zeit erkennen ließ, schien sie dem Vergangenen doch nachzutrauern:

»Ja... früher war's anders...«

»Wie meinst du das, Babi?«

»No, ich mein halt, alles...«

»Mir scheint, du bist eine Politikerin geworden und denkst an die neue Regierung...«

»Nein, nein, wie soll ich davon reden... Das versteh ich ja gar nicht... Unser Präsident ist ein braver Herr und sehr gescheit... Man muß sich nur vorstellen, ein alter Mann, verlassen in der Welt, und hat doch alles ganz allein geschaffen... So sagt man...«

Jetzt senkte sie vorsichtig ihre Stimme:

»Aber ich weiß nicht, was die Leute immer wollen, der Kaiser Franz Josef« (im Böhmischen heißt es Kaiser-Herr) »hat es doch gut mit uns gemeint...«

»Der Krieg«, sagte Ferdinand weiträumig und gab damit eine unklare Antwort auf alle Fragen. Barbara aber seufzte sehr entschieden:

»Ja, der Krieg ist schuld.«

Zwischen Barbara und Ferdinand war das Wort kein Lebenselement. So kam es, daß er jetzt schon mühsam darüber nachdachte, was er ihr erzählen könne. Was aber hätte er ihr von der Vergangenheit erzählen können? Es gab keine Brücke von seinem Leben zu dem ihren. Daß es sie aber nicht gab, empfand er in dieser Stunde wahrhaftig als kein »Höherstehn«, sondern als eine Mangelhaftigkeit und Unreinheit dieses Lebens.

Barbara war auf einmal sehr nervös geworden. Sie sah mit scheuem Umblick immer wieder aus dem Fenster. Es wurde deutlich, daß sie von einem wichtigen Entschluß bewegt war. Endlich legte sie den Finger an ihren Mund, als fühle sie sich von feindseligen Horchern umstellt, und flüsterte:

»Gott weiß, wann wir wieder allein im Haus sind...«

Und wortlos, damit sie, wenn schon keine Menschen zugegen waren, auch unsichtbare Wesen nicht ins Vertrauen ziehen müsse, machte sie Ferdinand ein Zeichen. Er wunderte sich, wie schnell ihre verkrümmte Gestalt die alte steile Holztreppe emporschlüpfte, die in die Mansarde führte. Polternd folgte er.

Unverändert fand er die Kammer, wo er als Kadett und Alumne geschlafen hatte. Nur das alte Wachstuchsofa war fortgeräumt. An seiner Stelle stand Barbaras Eisenbett, kein aufgetürmtes Bauernlager, sondern das schmale Bett der Dienstmägde. Auf dem Tisch sah er in einem tiefen Teller ein dichtgeflochtenes Kränzchen von Wiesenblumen. Hier war der Geruch von Weichselholz, so leise er auch blieb, zu einem Duft gesteigert, dem mystische Schwebung eignete. Die nackte Leere des Zimmerchens und das reine Weiß der Wände ringsum stimmten wunderbar zu diesem Duft und ließen die geheime Macht erkennen, die sich in der Person Barbaras verbarg. Hier in ihrem eigensten Bereich war sie eine andere. Die kümmerliche verwachsene Hülle der Greisin umschloß sie nur wie die Zauberverwandlung eine Fee. Dahinter strahlte ein starkes und einzigartiges Wesen.

Verschüchtert stand Ferdinand da, als entwachse er in dieser Minute der Kindheit und lerne seine Pflegemutter nun erst begreifen. (Den Menschen geht es im allgemeinen mit ihren Eltern nicht anders, die bis zu einem gewissen Zeitpunkt nur Figuranten der Gewöhnung bleiben, ehe sie im Auge ihrer Kinder ein selbeigenes Leben gewinnen dürfen.) Hier aber kam noch eine besondere Erkenntnis hinzu. Ferdinand ahnte, daß die alte Magd, der er vorhin nichts von seinem Leben erzählen konnte, tausendmal mehr von ihm und seinem Schicksal verstand als er selber und seine psychologischesten Freunde.

Barbara kniete vor ihrem schwarzen Holzkoffer. Es war dasselbe rührend uralte Gepäckstück, das er noch gut kannte. Rekruten und Mägde, die ihren Dienst bezogen, hatten immer diese großen schwarzen Kisten in die Stadt geschleppt. Der Deckel klappte auf, und nun wurde das eigentümliche Aroma stärker und vermischte sich mit dem rufenden Leinwandgeruch altmodisch steifer Wäsche.

Unversehens hielt Ferdinand ein ziemlich großes und sehr schweres Säckchen. Es war ein Ding, das man gerade noch auf dem Handteller wägen konnte. In seiner Überraschung begriff er zuerst gar nicht, was der weiße Beutel bedeute.

Jetzt sagte, das erstemal heute, Barbara »du« zu Ferdinand:

»Es ist für dich... Ich hab's gespart genau von dem Tag an, an dem der Herr Oberst gestorben ist... Niemand weiß es... Hab mich auch nicht betrügen lassen...«

Ferdinand starrte sie entsetzt an. Da empfand sie die Verpflichtung, sich zu rechtfertigen:

»Ich hab's nur für dich gespart... Und immer Stück für Stück da hineingesteckt... Denn an Sparkassabücheln hab ich nie geglaubt... Nicht einmal an Papiergeld... Wer ist nun der Gescheite, he?... Die andern haben alles verloren, und ich hab's behalten... Mach dir keine Gedanken... Was ich brauch, hab ich... Bis zum letzten Tag und das Begräbnis dazu... Und Franta?... Sie ist ja eine Reiche... Ihr Alter, der dumme Bauer, muß in der Equipage fahren... Nein, nein, für Franta ist das nichts... Es ärgert mich schon, wie sie immer um den Koffer herumschleichen... Die werden was zum Staunen haben... Ich bin ihnen nichts schuldig... Arbeiten tu ich und beisteuern, mehr als mein Teil... Für ihn hab ich's nicht gespart, sondern nur für dich... Ich hab stets gewußt, daß du kommen wirst, und so hab ich mich nicht gesorgt... Es ist dein, denn du bist mir der Nächste auf der Welt... Was geht mich der Neffe an... Neffe, das ist eine schwache Verwandtschaft... Er braucht es nicht... Aber selbst, wenn er's brauchen tät, du bist mir der Nächste... Mach dir keine Gedanken... Bist du nicht jetzt ein Herr Doktor?... Du brauchst es... Ein Arzt muß sich doch ein

Wartezimmer einrichten und Instrumente kaufen... Da gibt es Auslagen, sag ich dir... Und warum sollst du erst warten... Zum Schluß gibt's dann nur Unannehmlichkeiten... Du hast nun deine guten Jahre... Ich bin froh, wenn's aus dem Haus ist... Und Gott weiß, ob du wiederkommst...«

Ferdinand stand noch immer ratlos da. Nichts brachte er heraus, als ein:

»Aber das geht doch nicht.«

Barbara stellte sich verzweifelt an:

»Mach mich nicht närrisch... Hast du was gehört?... Ich glaub, sie ist schon zurück... Schnell, schnell... Es war ja immer nur für dich bestimmt und für keinen andern... Wär es mir sonst eingefallen zu sparen?... Ich, eine alleinstehende Frau?... Am Todestag deines Vaters hab ich angefangen... Dein ist es rechtmäßig... Ich hör schon die faule Nocken unten in der Küche... Gleich kommt sie, uns ausspionieren... Wohin wirst du's nur geben, damit man's nicht sieht... Mein Gott... In die Hosentasche?... Da geht's vielleicht gar nicht hinein... In die Mappe?... Ja, ja, du mußt es in die Mappe geben... Laß sie aber nirgends liegen... Was schaust du so?... Kommt sie schon herauf?«

Ferdinand sah sich nach einem Platz um, wo er den münzenschweren Beutel hinstellen könne. In diesem Augenblick machte die Nichte unten im Flur ihren Eintritt lärmend bemerkbar. Barbara zuckte zusammen und zischte:

»In die Tasche damit, schnell, schnell!!«

Ferdinand, der selber zusammenschrak, ließ gehorsam den Beutel in seiner Hosentasche verschwinden, was unauffälliger war, als Barbara angenommen hatte. Sie erlaubte ihm nicht, zu Worte zu kommen. Ganz atemlos vor Verwirrung flüsterte sie:

»Du wirst jetzt sicher spazierengehn wollen... Ich hab ja auch noch viel zu tun... Der Braten brennt mir an... Und sie horcht herum, anstatt die Kartoffeln aufzustellen... Die Kirschen... Alles liegt auf mir... Wenn du genug weit vom Haus weg bist, steck es in die Mappe... Du mußt die Mappe mitnehmen... Geh nur spazieren... Es ist ein schöner Tag heut und nicht zu sonnig... Schwül freilich... Nach Tisch wird es etwas geben... Das spür ich mit meinem Rheuma... Komm zum Essen zurück... Eine Stunde wird's noch wenigstens dauern... Vergiß ja die Mappe nicht... Und bleib nicht gar zu lange fort...«

Sie hatte ihn in ihrer Angst vor der Nichte schon aus der Tür gedrängt. Aber ihre letzten Worte rissen sie aus ihrem Wahn. Nun hielt sie ihn wieder fest. Das verschrumpfte Gesicht glühte vor Siegerstolz. Mit beiden Armen zog sie ihn zu sich herab und an ihre Wangen. Er spürte, wie sie feucht wurden. Da ließ sie ihn los und flüsterte nochmals scharf:

»Geh jetzt spazieren!«

Viertes Kapitel

Gold, tiefe Ohnmacht, Flucht

Nun ging Ferdinand spazieren, wie es Barbara von ihm gefordert hatte. Aber er schlenderte nicht ziellos dahin, sondern schritt auf dem Wege, der zum Flusse führen mußte, gleichmäßig und weit aus wie ein Mensch, der irgendwohin zurechtkommen will. Er hätte sich anstrengen müssen, in eine andre Gangart zu verfallen, denn der Marschschritt enthob ihn angenehm seines Ichs und verlieh ihm die Ruhe eines Automaten.

Nachdem er sich schon sehr weit von dem kleinen Hause entfernt glaubte, zog er, auch hierin Barbara gehorsam, den weißen Beutel aus der Tasche, um ihn in die Aktenmappe zu stopfen. Er öffnete den doppelt geschlungenen Knoten und griff, seinen Schritt nur wenig hemmend, in das Säckchen. Eine Handvoll Metall. Lauter Goldmünzen: Zwanzigkronenstücke, alte Dukaten und auch ein paar große Goldtaler zu hundert Kronen.

Wenn man bedenkt, daß in diesen Jahren der Geldvernichtung die Banknoten auch noch unter ihren Papierwert sanken, wird man verstehen, daß ein Haufen Goldes phantastischer wirkte als ein Märchenschatz, sagenhafter, unwirklicher als die Auferstehung von Toten. (Auch heute noch staunen wir in den Auslagen der Wechselstuben die spärlich hingelegten Goldmünzen der Vergangenheit an.) Gold, das war eine Seltenheit, das gab es überhaupt nicht. Der Krieg hatte es noch gieriger hinuntergewürgt als Blut. Gold war keine hochgetriebene Devise, für die man Berge von heimischen Banknoten einhandeln konnte, Gold notierte nicht, Gold war die geheimnisvoll lautere Reliquie einer längst verschollenen, einer beinahe überirdischen Wertbeständigkeit.

Ferdinand hielt nun die Relique überirdischer Wertbeständigkeit in der Hand, und er war überzeugt davon, daß kein Sterblicher in diesen Landen zur Zeit etwas Ähnliches sein nenne. Nicht einen Augenblick dachte er daran, daß dies Geld sei, ein gewöhnliches Tauschmittel im Umlauf der Bedürfnisse und ihrer Befriedigung. Es war nicht Geld, es war Gold.

Während das Fatum allen Menschen den Lohn ihrer Arbeit geraubt und ihn verpulvert hatte, war Barbara auserwählt worden, ihre Erdenmühe in ewige, zeitenüberdauernde Valuta verwandeln zu dürfen. Ihre Arbeit war gerettet. In dem Beutel hier steckten die vielen tausend Stunden, da sie am Herde gestanden, Geschirr gewaschen, den Boden gerieben und mit Wachs gebohnert – hier steckten die langen Nächte, die sie am Krankenbette fremder, fiebernder Kinder pflegreich verbracht, ohne einzunicken – in dem Beutel hier steckten die unzähligen Morgenfrühen, da sie als erste im schlafdumpfen Hause sich erhob, um die Milch einzuholen und das frische Gebäck – die leeren Sonntage steckten hier, an denen sie sich auch das allerkleinste Vergnügen versagt hatte, um nur ihr ganzes Tun und Leben in diese Erbschaft für Ferdinand umzumünzen. Sie traute keinen Sparkassen und keinen Banken. Verzinsung war für sie ein unnatürlich zweideutiger Begriff. Mit dem klaren Instinkt eines urtümlichen Wesens aus einfacheren Jahrhunderten ahnte sie noch in scheinbar unüberwindlichen Zeiten, daß Papier eben nur Papier sei. So war es ihr und ihrem Lebenslohn gelungen, unberührt zu bleiben von der großen höhnischen Entwertung der Gegenwart.

Ferdinand zählte die Summe nicht, die für ihn ja keine Summe war, sondern ein Unteilbar-Ganzes, Barbara selbst. Die einzelnen Goldstücke glänzten blank wie frischgeschlagen. Wie oft mußten sie geputzt worden sein in heimlicher Nacht, wenn die neugierige Nichte schlief! Rein trat die Prägung hervor, das cäsarisch-lorbeergekränzte Haupt des alten Herrschers.

Der Sohn des Obersten hatte den Herrscher und seinen Staat niemals geliebt, denn der Staat war ihm ein harter, liebloser Vorgesetzter gewesen: Militärschule, Major Krispin, der Klassenfeldwebel, das Alumnat, schlechte Ernährung, ärarische Kleider, Gefängnisleben, neuerdings Kaserne, Krieg, Unterstände, Todesurteile, Steidler, Ferdinandowka III, Spitalsgestank – dies alles war der Staat. Er verdiente kein liebendes Angedenken. Dennoch war es Ferdinand jetzt, als trage er in dem Leinwandbeutel den reinsten Extrakt, den edlen Feingehalt des versunkenen Reiches bei sich.

Dort war er zwar nicht gut behandelt worden, aber doch zu Hause gewesen. Heute besaß er nur einen Paß, aber keine Heimat.

Die Völker und die Klassen, stumpfe Elementarmächte, die Giganten der griechischen Sage, ballten sich zusammen, um von neuem ihr bestialisches Kampfgebrüll erschallen zu lassen. Er aber, der Sohn des altösterreichischen Offiziers, gehörte keiner dieser Elementarmächte an. Ihre Empfindlichkeiten, ihre Wutbrünste, ihre Racheanwandlungen, ihre Haßwirrnisse kümmerten ihn nicht. Sein spezifisches Gewicht war leichter als das aller andern Menschen. Er zählte zu keinem Volk und zu keiner Klasse. Politische Worte – spiegelfechtende Worte. Dahinter die zornige Urgier erbitterter Interessenverbände mit dem Vorzeichen eines erlogenen Ideals. Die Scheibe seines Lebens war mit solchen Dämpfen nicht beschlagen, denn kein Interesse zog ihn herab. Er stand gänzlich außerhalb, er war unvorstellbar frei. Und gerade deshalb lebte er so gewaltig.

War es das Bewußtsein seiner Freiheit, das jetzt dieses stürmische Körpergefühl erzeugte? Er rannte vorwärts wie ein Rad, das zu wenig Reibung hat.

Der strahlenklare Junitag hatte sich mit einem Schlage verdunkelt. Die Welt nahm die Farbe der stickigen Schwüle an, die sie nun gebieterisch ausfüllte. Das kraftvolle Ja aller Dinge verwandelte sich in schlaffen Zweifel. Die Getreidefluten, die lauten Flecke der Kornblume und des Klatschmohns auf ihnen, die Heckenrosen, die Hagebutten am Wegrand, das schallende Gelb der Dotter- und Sumpfblumen in den wasserreichen Wiesen, das flötentönige Violett der Kleeäcker, der Waldrand, darüber noch vor wenigen Sekunden die Luft wie über unsichtbaren Kerzenflammen gezittert hatte, die weithin verstreuten Baumkronen der Ferne, geisterhaften Fesselballons gleich, die an ihrem Anker reißen – dies alles war nun abgestumpft und niedergepreßt.

Nur mit Mühe konnte Ferdinand seinen Lauf hemmen. Er besaß keine Uhr. Es ist sicher schon sehr spät geworden. Um Gottes willen, ich muß ja zurück.

Kaum war diese Mahnung gedacht, als eine furchtbare Gegenstimme lockte:

Muß ich zurück? Soll ich zurück?

Nein, nein!! Sein ganzes Wesen erbebte unter dieser grausamen Antwort. Wozu Babi noch einmal sehn? Wozu noch einmal mit ihr sprechen? Wenn ich bei ihr bin, entferne ich mich. Wenn ich mich entferne, bin ich bei ihr...

Grauenhafter Gedanke! Hatte diese Liebe keine Organe, keine Sprache, sich auszudrücken? Ferdinand rannte immer weiter. Jetzt sah er Barbara vor sich. Der Tisch in der Stube des Bergmanns war schon längst gedeckt. Unruhig beaufsichtigte sie die Pfanne, zog diese, ihre Hand mit der Schürze schützend, aus der Röhre und schob sie wieder hinein. Die zerlassene Butter drohte zu zerbrodeln. Sie nahm sie mit Unmut vom Herd. Schon machte die Nichte ein höhnisches Gesicht. Barbara würdigte sie keines Wortes und stellte sich vor die Haustür, um nach Ferdinand auszulugen. Ihre Gestalt verschwankte. Sie war das aufrechte Bild, das er bisher in sich getragen, und sie war das gebeugte Bild, das er heute erst kennengelernt hatte.

Was tu ich denn? Ich muß doch zurecht zum Essen kommen!

Barbaras Warten drückte ihm das Herz ab. Er sah sich um. War dort die Richtung, woher er sich im Zickzack über alle möglichen Pfade allzuweit vom Dorfe verloren hatte?

Ein fahler Glockenton lud irgendwo das Halb einer unbestimmten Stunde ab. Barbara wartet. Den Weg abkürzen! Und Ferdinand stürzte sich in eine ungemähte Wiese, die in der Richtung gelegen schien. Er glaubte an keine Hindernisse. Die Luftlinie mußte ihn zu Barbara führen. Seine Füße konnten sich kaum durch das Gras vorwärtsarbeiten. Dann aber geriet er auf einen Weg, den er mit großen Knabensprüngen entlanglief, um bei der nächsten Wendung wieder in eine Wiese oder in Weideland einzubiegen. Unaufhaltsam und ohne Überlegung nahm er seinen keuchenden Lauf, damit er zurechtkomme und Barbara nicht enttäusche. Kein Wunder, daß er auf diese Art zu Sumpfplätzen kam, wo er bis zum Schienbein einsank und watend umkehren mußte. Die Richtung war nur mehr ein qualvoller Wahn. Seine rennenden Füße fraßen einen immer fremderen Boden. Was waren das hier für Steinbrüche mitten in steppenhaftem Graswuchs? Er stolperte über Schotter, schlug sich blutig, sprang auf und raste weiter ins Sinnlose.

Endlich mußte er stehenbleiben. Sein Herz hämmerte ihn an die Erde fest. Nun war er zum Mittelpunkt einer Welt geworden, die keine Richtung, kein Ziel, kein Woher und Wohin hatte. Die Landschaft mißbilligte ihn mit ergrauendem Gesicht. Er sah zum schwarzgewordenen Himmel empor, der sich wild drehte wie ein schrecklicher Kreisel, wie ein unermeßlicher Meereswirbel, der alles in sich einsaugen will.

Was ist das? Mir ist nicht gut.

Seine Hände waren eisig und steif. Die Knie ließen nach. Der Kopf wuchs riesengroß. Er setzte sich verwundert nieder. Der mittelste Punkt der Welt lag auf einer steinigen Heide, die den brenzligen Geruch von Himbeersträuchern verströmte. Ein Laubwald im Rücken. Vor den Augen Getreide, so weit sie sahen. Das bedrohte Leben in Ferdinand erstaunte kindhaft vor dem Tode, der immer höher stieg wie dunkles Wasser. Nun konnte er nicht mehr zurechtkommen. Arme Barbara! Wenn man stirbt, ist ein versäumtes Sonntagsessen doch nicht so wichtig. Vielleicht wartet sie nicht mehr. Immer langsamer wurde das Herz, doch auch immer schwächer. Das Licht verwelkte zusehends. Hafer und Weizen flammten nicht mehr gelb, sondern blakten schiefergrau. Fern klöppelte ein matter Donner an den abgedämpften Gong des Himmels.

Ferdinand trug immer wilder in den Ohren das Geräusch prasselnder Steinschläge, das knatternde Rauschen von Schotter, der aus einem Wagen auf die Straße gekippt wird. Das fällt alles auf mich herunter, dachte er. Und er hatte recht. Nicht allein die Erschöpfung durch den Lauf warf ihn jetzt nieder. Sie hatte nur das Maß aller Erschöpfungen, aller Einsamkeiten, aller Kämpfe, allen Elends, allen Hungers, aller Abnutzung voll gemacht. Die ungeheure Überanspruchung einer Jugend, die keine gewesen war, die den Krieg, die Revolte, den Geist und das Nichts hatte durchkämpfen müssen, sie stieß ihn ins Dunkel. Rasselnder Schotter. Ja, jetzt fiel sein ganzes Leben auf ihn hinunter wie ein Steinschlag. Er streckte sich aus, damit es ihn zudecke. Dabei rupfte er mit der Rechten ein Büschel Gras, als suche er Halt.

Zuletzt aber streichelte ihn ein müdigkeitstrunkenes Wohlgefühl und die tiefe Beruhigung: Barbara weiß, daß ich hier liege.

Das Gewitter war schon fast vorüber, als er aus dem schwärzesten Schlafe erwachte. Er lag in einer Pfütze. Sein Anzug, seine Hände und selbst sein Gesicht waren schlammbeschmiert. Schwer erhob er sich. Niemand hatte ihm die Aktentasche mit dem Gold geraubt. Wenn er auch seinen Körper kaum noch fühlte, so konnte er doch klare und äußerst nüchterne Gedanken fassen. Er dachte an die Möglichkeit, heute nacht den Wiener Schnellzug noch zu erreichen. Langsam taumelte er weiter.

Zehn Minuten später stand er auf einer Landstraße. Er überlegte nicht mehr, in welcher Richtung Barbaras Haus liege. Zwischen dem heutigen Morgen und diesem Nachmittag lag wie eine tiefe Schlucht sein Todesschlaf.

Jetzt so schnell wie möglich nach Wien zurück! Arbeiten! Den Beruf beginnen! Keine Ferien! Gleich als Sekundararzt in den Spitalsdienst! Morgen schon sich melden!... Ein Lastauto kam des Weges und ließ ihn aufsitzen.

Lange saß er auf dem Bahnhof der kleinen Stadt, denn sein Zug ging erst gegen Abend. Er fühlte sich sehr schwach und ahnte, daß ihm eine Krankheit bevorstehe.

Die Station bot gegen frühere Zeiten ein durchaus verändertes Bild. Das alte, ganz und gar braungerauchte Gemäuer, das schläfrige Bahnhofshaus der Provinz, wo man einst so müde auf die seltenen, aber dafür um so qualmigeren Personenzüge gewartet, hatte einen weißen, sehr strammen Anstrich bekommen. Es machte den Eindruck eines alten, ziemlich abgetakelten Menschen, der, durch einen Glücksfall, einen Lotteriegewinn neu belebt, plötzlich eine jugendlich krähende Energie hervorkehrt. Überall zeigte sich der Ehrgeiz der neuen Zeit. Alles funkelte peinlich sauber. Längs des Bahnkörpers waren Bäume gepflanzt und Rabatten angelegt. Die diensthabenden Beamten wahrten eine glänzende und straffe Haltung. Dabei gebärdeten sie sich viel höflicher als früher, da sie noch im Dienste der allmächtigen k. k. Weltentrücktheit standen. Ihre Amtswaltung schien sich nicht mehr in der schweren Sorgfalt zu erschöpfen, die vorzeiten dem widerspenstigen Brand ihrer Porzellanpfeifen hingebungsvoll gewidmet war. Die meisten von ihnen rauchten heute Zigaretten. Sie musterten als unersetzliche und selbstbewußte Teile des demokratischen Ganzen mit scharfen Augen das Publikum. Unzweifelhaft fühlten sie sich der großen Aufgabe, das neue Zeitalter würdig zu repräsentieren, vollauf gewachsen.

Das Publikum freilich war sich gleichgeblieben.

Scheelsüchtige Bauern bewachten diebstahlsfürchtig ihr strohgeflochtenes Gepäck. Geschäftsreisende, die zudringliche Unruhe ihrer Lebensbestimmung in den Beinen, machten sich auf dem Bahnsteig Bewegung. Sie strichen wie Verschworene an einander vorüber und riefen sich Fragen zu, auf deren Beantwortung sie keinen Wert zu legen schienen. Sogar ein Fähnlein von Rekruten hatte sich, siehe da, auch schon wieder eingefunden und harrte mit erschrockenen Milchgesichtern seines Abtransports.

Ferdinand, der den ganzen Tag über heute sehr wenig genossen hatte, konnte sich nicht entschließen, einen menschenerfüllten Raum aufzusuchen. Er fürchtete sich vor den Wartesälen. Bei einer Hökerin kaufte er Brot und Wurst. Ehe er aber zu essen begann, schrieb er folgenden Brief an Barbara:

»Meine geliebte Mutter! Du wirst mir das Heutige verzeihen, wie Du mir alles verziehen hast und verzeihst. Aber mehr noch, ich glaube bestimmt, daß Du mich verstanden und gespürt hast, was mit mir los war in der Stunde, als ich Dich, Ärmste, so lange (zu meinem eignen Schmerze) warten ließ. Ich bin unvorsichtig spazierengegangen, hab mich ein bißl verirrt, und plötzlich ist mir schlecht geworden. Ich selber weiß nicht mehr, wie lang die Ohnmacht gedauert hat. Es ist natürlich eine ganz gewöhnliche und harmlose Sache. Leute mit Kopfschüssen erleben das öfters. Mein Leben war ja auch bisher ziemlich anstrengend und in den letzten Monaten hab ich fast täglich bis vier Uhr früh studiert. Jetzt geht's mir schon wieder besser. Ich war aber ganz froh, als auf der Straße ein Auto daherkam, das mich zum Bahnhof mitgenommen hat. Zu Fuß hätte ich den Weg nicht machen können. – In diesem Augenblick bin ich fest überzeugt davon, daß Dein großer Schatz, den Du für mich in jahrzehntelanger harter Arbeit gesammelt hast, wirklich nur für mich bestimmt ist. Wäre es anders, könnte ich den Gedanken, mit diesem Golde aus Deinem Zimmer verschwunden zu sein, nicht eine Sekunde lang ertragen. Du, meine geliebte Mutter, bist ja auf der ganzen Welt das Einzige, was ich habe. Du weißt es, und ich weiß es immer, auch wenn wir uns nicht sehen und sprechen. Jetzt, während ich dies schreibe, sind meine Gedanken in tiefer Wehmut bei Dir. Mit Deinem Gold soll nichts Niedriges geschehn. Ich schwöre es, daß ich keine Münze davon je berühren will, außer in allerletzter Not. Leb wohl, liebe Mutter, achte auf Deine Gesundheit...«

Als er den Brief auf dem Postamt der schnellsten Beförderung übergeben hatte, hörte sein Kopfschmerz auf.

Er stieg in den Bummelzug ein, der ihn zur Umsteigestation bringen sollte, wo der Wiener Schnellzug hält. Im Nu war der Wagen voll von lebensstrotzenden Menschen. Gnadenloser Knasterdampf breitete sich aus. Eine Gruppe von Viehhändlern tauschte ihre Scherze und ihr Gelächter wie Keulenhiebe aus. Die Geschäftsreisenden, durch den erfolgreich abgewickelten Tag bestens angeregt, ließen einander nicht zu Worte kommen. Einer der Bauern holte unendlich bedächtig aus einem Paket von Zeitungspapier eine große Preßwurst heraus, klappte ein Taschenmesser auf und schnitt mit fettigen Fingern eine dicke Scheibe herunter, auf die er noch gehackte Zwiebelstückchen streute. Der durchdringende Geruch dieses Mahles besiegte sogar die Dreimännermischung des Tabaks.

Ferdinand stand auf und stellte sich ans Fenster.

Langsam entglitten die Felder, die Straßen, die Pappelalleen, die Waldstücke, die Dörfer, die Kirchen, die Gänseteiche, das Land, wo Barbara zu Hause war.

Langsam entglitt mit der Wirklichkeit des saatengesegneten Landes auch ihre Wirklichkeit.

Ferdinand aber empfand jetzt nach ihr keine Bangigkeit mehr. Er mußte immer wieder eines denken:

Wenn sie tot ist, werde ich es nicht wissen.

Und dieser Gedanke erzeugte einen tieferen noch:

Für mich kann sie deshalb gar nicht sterben. Alle Menschen müssen verlieren, was sie lieben. Ich nicht.

Während er die kleine Alte immer weiter dahinten zurückließ, zog Barbara immer größer in ihn ein.

Alle menschlichen Beziehungen, auch die natürlichsten, sind Täuschung. Wir können niemanden lieben, niemanden »haben«, weil wir einander nicht durchdringen dürfen und uns bestenfalls nur berühren. Liebe ist nichts als die Fähigkeit, das Bild eines Menschen in unserer inneren Dunkelkammer leidenschaftlich zu entwickeln. Die Wirklichkeit ist ein Bilderalbum, das Wort ein Werkzeug der Entzweiung und das Getriebe die schwerhörigste aller Einsamkeiten. Das sagt sich so leicht. Aber wer in Wahrheit an diese erstickend engen Mauern bewußt anstieße, er könnte nicht weiterleben. Vielleicht hat Gott die leibliche Notdurft nur geschaffen, damit wir von der Irrsinns-Erkenntnis unserer Gefangenschaft abgelenkt werden. Ach, unsere Größe und unsere Freiheit sind nur die B i l d e r, die wir sehend empfangen und liebend umschaffen.

Ruhig thronte Barbaras Bild in Ferdinand, ruhig und unsterblich.

Das rauchige Glas des Gangfensters kühlte seine Stirn. Er rührte sich nicht fort, bis draußen im Lande völlige Finsternis herrschte.

Letztes Kapitel

Woher? Wohin?

Wird die Höhe von Kap Matapan, die Südspitze des Peloponnes, erreicht, so geraten alle Schiffe, selbst solch ein gepriesener Luxusdampfer, wie es die ›Assuan‹ ist, in leichte Bewegung. Die Passage ereignet sich zumeist am späten Abend, und die Reisenden haben bei gutem Wetter das Vergnügen, durch ein unmerklich gelindes Schaukeln nur noch tiefer in den Schlaf gewiegt zu werden.

Heute freilich hält eine ziemlich laute Gesellschaft der kleinen Unannehmlichkeit lieber stand, als zu dieser Stunde gegen die Gewohnheit schlafen zu gehen. Die Nachtschwärmer gehören zum großen Teil einer angesehenen Filmtruppe und ihren künstlerischen und geschäftlichen Mitläufern an. Man begibt sich nach Afrika, um dort in der Originallandschaft eine millionenschwere Aufgabe zu lösen. Es sind, von der Diva angefangen bis zum Episodisten, recht seefeste Leute, die ihr interessanter Beruf schon ein paarmal zwischen den Erdteilen umhergetrieben hat. Die Gesellschaft sitzt, von ihrem selbstbewußten Lärm umwölkt, in der Bar und im anstoßenden Salon. Die Saxophone der Bordmusik schmachten, das Schlagzeug stampft. Einige tanzen. Man hält die Wette, wie lange dies bei der Seitenbewegung des Schiffes möglich ist. Die Paare kämpfen eine Zeitlang vergeblich, dann verlieren sie den Boden unter den Füßen. Da es nun ungemütlicher zu werden scheint, steigen neue Wetten, wen das Schicksal wohl zwingen werde, die Runde zu verlassen. Alle jedoch bleiben standhaft. Kaum, daß die Fröhlichkeit eine leichte Schärfe bekommt.

Da erhebt sich der Schiffsarzt Doktor Ferdinand R., der freundlich schweigsam unter der prahlerischen Gesellschaft gesessen und mit geneigtem Ohr ihren protzigen Geschichten gelauscht hat. Er grüßt lächelnd und geht. Der Schiffsarzt gehört zur Besatzung. Als Professionist ist er über jeden Verdacht erhaben. Er hat es satt und wird sich zur Ruhe begeben. Niemand scheint von seinem Verschwinden Notiz zu nehmen. Doktor Ferdinand R. gehört zu den Leuten, denen die Tugend gegeben ist, keine Aufmerksamkeit zu erregen. Kaum aber hat sich der Schiffsarzt so heimlich empfohlen, als ein älterer Herr aufsteht und ihm folgt. Gelächter, um das er sich nicht kümmert! Er heißt Sonin und steht in dem unbegründeten Verdacht, ein Schriftsteller und Psychologe zu sein. Was den Ruf des Schriftstellers anbelangt, so stammt er daher, daß Sonin als literarischer Berater des Filmunternehmens eine unbestimmte Tätigkeit entfaltet und überdies die Gabe schlagender Aussprüche besitzt. Für den Ruf eines Menschenkenners und Psychologen ist der Ärger maßgebend, der Sonin erfaßt, wenn ihn jemand so nennt. Er hält gegen solche Anwürfe eine hochmütige Sentenz bereit:

»Psychologie ist die Waffe der Kellner im Kampf ums Dasein.«

Es kann nicht verschwiegen werden, daß Sonin hie und da wirklich ein leidenschaftliches Interesse an Menschen nimmt, meist aber an unauffälligen Menschen. Den Stars, den Berühmtheiten, den Film- und sonstigen Nabobs steht er völlig kalt gegenüber.

Wesen und Leben des Schiffsarztes Ferdinand R. auf der ›Assuan‹ hingegen beschäftigt ihn mit großer Eindringlichkeit. Sonin kann sich im allgemeinen keine Rechenschaft darüber geben, warum sich irgendein Mensch mit einemmal in seine Gedanken drängt. Er ist Junggeselle, fünfundfünfzig Jahre alt, hat mit Frauen wenig in seinem Leben zu tun gehabt; so bleiben in ihm ungedeckte Bindungswünsche genug frei, jene fliegende Teilnahme zu erzeugen.

Für Ferdinand R. hat ihn folgender geringfügiger Umstand zuerst eingenommen. Er konnte den Schiffsarzt drei Minuten lang beobachten, wie er im Kajütengang der Ersten Klasse vollkommen bewegungslos dastand und, ohne Sonins Gruß zu bemerken, irgendeinen Punkt anstarrte.

Dieses Starren, dieses Verlorensein erregte in dem Beobachter die Vermutung, der Schiffsarzt habe ein »Geheimnis«, oder, um es weniger romantisch auszudrücken, er leide an einer Gabe, die heute weit seltener geworden ist als ein Geheimnis, an »innerlichem Leben« nämlich. Als Sonin noch ein andermal die gleiche Beobachtung machte, teilte er sie dem Kapitän mit, dem diese Eigenheit seines Bordarztes nicht unbekannt war. Ja, der Doktor R. sei ein bißchen komisch, was sich hauptsächlich darin zeige, daß er seine Kabine bis oben mit Büchern vollgestopft habe. Sonst aber könne man sich über ihn wirklich nicht beklagen, er sei der tadelloseste Kamerad, ein Mensch, mit dem es niemals den geringsten Anstand gebe. Nur eines freilich fehle ihm völlig: Jede Ambition. Der Kapitän, ehemals Schiffsleutnant der k. u. k. Kriegsmarine, gebrauchte Fremdworte wie »Ambition«, »Initiative«, »Aktivität«, sie scharf herausstoßend, im vieldeutigen Sinne der militärischen Geheimsprache.

Das Material also, das sich Sonin über Ferdinand R. beschaffen konnte, ist leider sehr mager und beruht zum größten Teil nur auf eigener Anschauung. Es ist merkwürdig, wie wenig seine Schiffskameraden über den Arzt wissen. Kaum mehr als dies, daß er seit drei Jahren beim Lloyd angestellt sei, immer nur bei dieser Linie gearbeitet habe und in Wien bei der dortigen Vertretung der Schiffahrtsgesellschaft einen Protektor besitzen müsse, denn ohne Fürsprache würden Ausländer selten angestellt. Rechnet man die üblichen Daten hinzu, die gleichsam behördlich aufliegen, so ist das fast alles, was von Ferdinand R. bekannt ist.

Der Grund für dieses karge Wissen liegt aber keineswegs in einer scheuen Verschlossenheit des Schiffsarztes. Er ist gar nicht verschlossen. Sonin hält ihn sogar für offen und zutraulich. Der Grund liegt weit eher in der unermeßlichen Interesselosigkeit der Menschen füreinander, falls es sich nicht gerade um das wärmespendende Belebungsmittel des Klatsches handelt. Nun hat Ferdinand R. eine Eigenschaft, die das Offenbarungsbedürfnis der anderen geradezu herausfordert, ihn selber aber in den Hintergrund drängt: Er spricht niemals von sich. Man ist nun schon einige Tage unterwegs, und Sonin möchte schwören, daß er von dem Manne noch keine zwanzig Male das Wort »Ich« gehört habe. Und wer soll sich denn um ein Ich bekümmern, das sich selbst nicht im Munde führt?

Sonin bezeichnet den Schiffsarzt als den Gegensatz eines »Solisten«. Unter diesem Ausdruck seiner Branche aber versteht er mehr als einen Darsteller tragender Rollen, er ist für ihn kraft tiefer Erfahrung zu einem nahezu theologischen Begriff geworden, der den Schnittpunkt des Absolut-Bösen mit dem Absolut-Dummen zu Worte bringt. Der Beobachter spürt ferner genau, daß diese mangelnde Ich-Erfülltheit keineswegs aus der gedrückten Seelenverfassung eines unbedeutenden Mannes kommt, der von der Ahnung des Höheren angerührt wird. Sie ist ein Schleiervorhang, mittels dessen sich ein empfindsamer Mensch vor der peinlichen Indezenz der meisten Gespräche schützt.

Alles in allem, urteilt Sonin, paßt Ferdinand R. sehr gut zu seinem Beruf.

Bessere Naturen treffen oft ganz unbewußt eine symbolische Berufswahl. Wer immer unterwegs sein muß, gehört zur Gattung der Überzähligen, der Außenseiter, der Heimatlosen.

Die Kunst eines Schiffsarztes, zumal auf einer Vergnügungslinie, hat nicht oft Gelegenheit, eine verantwortungsvolle Aufgabe zu lösen. Sie erschöpft sich größtenteils im Verordnen der üblichen Arzneien und in der Verabreichung von Atropin-Injektionen bei schwereren Fällen von Seekrankheit. Im großen ganzen eine eintönige Beschäftigung, die ihren Mann nicht sonderlich bereichert, ihn dafür aber in der Beschaulichkeit und Muße kaum verkürzt.

Bei den Mahlzeiten sitzt Sonin dem Doktor gegenüber. An der Kapitänstafel nehmen vom Personal sonst nur noch der Erste Offizier, von Fahrgästen die Diva, der Manager, ein italienischer Bankgouverneur, eine Sportsgröße, ein Hochstapler, eine amerikanische Dame und ein junger Mann teil, der schon dem Zeitalter angehört, das dem Weltuntergang nachgeboren wurde. Letzterer tut sich besonders hervor. Bewundernswert ist die nackte Unschuld, mit welcher dieser junge Mann die Tiefe seiner Lebenszweifel preisgibt. Sie bewegen sich leidvoll-schwankend, aber hartnäckig zwischen den heiligen Werten der berühmtesten Auto-Typen hin und her. (Jugend des Krieges und der Revolution, ist ein heiliger Fluch, dein heiliges Hoffen so schnell schon vergessen!? Verkriech dich, soweit du noch am Leben bist!) Hier, an dieser Tafel fiel Ferdinand R.'s Wesen Sonin zum erstenmal auf. Die Art, wie er bei der schrecklichen Konversation jeder Banalität ausweicht, aufmerksam schweigt, und wenn er redet, von allen anderen weit entfernt ist, das erfüllte ihn mit Verwunderung. Ein Mensch, der sich abhebt, ohne es zu zeigen.

Einige kleine Gespräche, die übrigens ganz unpersönlich blieben, erhöhten die Sympathie des Beobachters für seinen Gegenstand.

Doktor Ferdinand R. schließt sich nicht aus. Er ist außerhalb seiner Ordinationszeit fast immer zu finden. Man kann ihn durchaus keinen Menschenverächter und Grübler nennen. Diese Tatsache bringt eine gewisse (falsche) Theorie Sonins in Unordnung, die argwöhnt, daß der Schiffsarzt im geheimen an einem naturwissenschaftlichen Werke oder gar an einer Dichtung arbeite. Er scheint ganz im Gegenteil selbst eine mäßige Gesellschaft dem Alleinsein vorzuziehn. Die halbe Nacht sitzt er in der Bar und ist einer der letzen beim Schlafengehen. Hie und da nimmt er auch am Tanze teil, viel zu wenig freilich in den Augen des Kapitäns, der es gerne sieht, daß seine Herren das gesellige Leben an Bord durch ihre Teilnahme tunlichst fördern. (Derartiger Fleiß außer Dienst fällt unter den Begriff: »Ambition«.) Und noch etwas ist es, was Sonin an Ferdinand R. besticht. Er läßt sich durch Gunstbezeigungen von Frauen nicht eitel machen. Dafür ist die Erwiderung eines Blickes, der Klang eines Wortes Beweis genug, wenn man zu schauen versteht.

Das aber bedeutet auch alles an Persönlichkeitsmerkmalen, was Sonin innerhalb der bisherigen Reisetage gesammelt hat. Er spürt, daß sich sein Laster, die Neugier, in Sympathie und die Sympathie in eine fast schamhafte Zuneigung verwandelt hat, die er für den jungen Schiffsarzt immer mahnender hegt. Jede Liebe ist grausam, denn sie hat das Bedürfnis, um des Erbarmens willen, ihren Gegenstand leiden zu sehn. So auch vermutet

Sonin, als sich der Schiffsarzt so plötzlich erhebt, daß ihm ein böses Schicksal widerfahren sei. Hat ihm zum Beispiel der Steward heimlich einen Funkspruch zugestellt, in dem er die Nachricht vom Tode seiner Mutter oder die Botschaft eines andern Ungemaches empfing?

Mit dieser Ahnung, die fast einer Gewißheit gleicht, verläßt Sonin die Bar. Wird ein zartfühlender Mensch, den ein Unglück traf, nicht das Bedürfnis haben, mit einem Gleichgesinnten zu sprechen, der sich ihm aus dem monotonen Rudel von Luxus- und Erfolgshyänen nähert? Sonin hat den schmerzhaften Wunsch, jetzt mit diesem fremden feinen Menschen ein inniges Gespräch zu führen, ihm seine Freundschaft anzubieten und irgendeine trostreiche Freude zu bereiten.

Der Schiffsarzt hat schon einen großen Vorsprung gewonnen. In seiner Kabine ist er nicht, denn der Schlüssel hängt an der Tür. Sonin stolpert über eine hohe Stufe auf das Promenadedeck. Auch hier ist kein Doktor R. zu sehen.

Indessen hat sich der Gang des Schiffes ein wenig beruhigt. Eine klare Nacht überwölbt die Masten. Die nordische Sichel des Mondes ist schon zur hochgehobenen Schale des Orients verwandelt. Nach langem Suchen sieht Sonin den Arzt auf dem Vorderschiff stehen, ganz vorne am Bug fast, wo die weißen gewaltigen Wände sich mit einem anmutigen Schwung schneiden. Bis auf die herrlich vorwärtsgischtende Form des Bugs ist das Vorderschiff der häßlichste Teil eines Dampfers, denn hier stehen Fässer und Kisten unwegsam durcheinander, die Planken sind durch Schmutz- und Öllachen entstellt, und überall schlängelt sich Tauwerk umher.

Sonin will auf seinen Mann zutreten. Aber jene Scheu hält ihn zurück, die uns anfaßt, wenn wir zu Zeugen intimer Offenbarungen werden. Er bleibt hinter einer Ankerwinde stehen und beobachtet. Allerdings viel ist da nicht zu beobachten. Der Schiffsarzt steht ruhig über die Reling geneigt und schaut aufs Meer hinaus. Dann richtet er sich auf und verharrt steif in dieser Stellung, während der Wind seinen offenen Uniformmantel rückwärts weht. Nur einmal unterbricht er seine aufrechte

Ruhe, indem er den rechten Arm ausstreckt. Diese Bewegung nimmt sich schier feierlich aus. Sonin sieht, daß Doktor R. etwas Weißliches in der Hand hält, was, das kann er nicht wahrnehmen. Plötzlich aber schüttelt die ausgestreckte Hand dieses Weißliche, läßt es nach einer Weile ins Meer fallen und bleibt noch lange mit segnend gespreizten Fingern über der unsichtbaren Flut schweben.

Um sein Leben gern wüßte der Beobachter, was diese Hand hier dem Meer geopfert habe.

Ferdinand sieht die fernen Zackenlinien des Peloponnes träge ihm entgegenziehen. Sie sind ganz schwach erhellt, als seien sie aus schwarzer Pappe geschnitten, und dahinter stehe eine Kerze. Das Meer, in dem das Schiff vorsichtig auf- und niedertaucht, ist ein dunkles Nichts, das irgendein Gerücht leise beflüstert; der Himmel ist ein helleres Nichts, das schweigt. Die Welt dieser Stunde scheint nicht unbegrenzt zu sein, Himmel, Meer und Erde höhlen sich als eine zwar riesige, aber rundumschlossene Endlichkeit. Und wieder einmal steht Ferdinand in der stillen Mitte dieser unendlichen Endlichkeit.

Er ist aufgestanden und fortgegangen, weil er es nicht mehr ausgehalten, weil sich so etwas wie Haß in ihm geregt hat gegen die Ewig-Fremden, die Menschen. Zugleich aber ist jetzt ein Teil seines Innern merkwürdig zusammengekrampft. Der Krampf sitzt genau im Sonnengeflecht des Zwerchfells; er tut weh, aber weit stärker noch greift in die Nervenharfe eine unbeschreibliche Lust. Ferdinand kennt diese seltenen, aber immer wiederkehrenden Anfälle gut, diese ziel- und grundlose Begeisterung, die ihm plötzliche Tränenströme in die Augen treibt und die Sucht entfesselt, zu schreien, zu singen, sich auf die Knie zu werfen.

Es ist dann jedesmal so, als erwache in ihm ein Hymnus, der zum Leben drängt. Wäre Ferdinand doch nur ein Mann des Wortes, ein Mann des Gesanges, das Leben fiele ihm leichter. So aber hält er sich fest an der Reling, weil er sich selbst in dieser nächtigen Schiffseinsamkeit schämen würde, einen Schrei auszustoßen oder durch eine pathetische Gebärde die Skepsis des Mondes zu erwecken. Der Krampf im Sonnengeflecht, der Hymnus, hat keine Worte, keine Töne und auch keine Gedanken.

Er ist nichts als Gefühl.

Hier folgt Ferdinands Hymnus, soweit sich das Wortlose und Gedankenferne in der abschwächenden Übertragung durch eine Sprache wiedergeben läßt:

Mein Gott, nun bin ich schon sechsunddreißig Jahre alt, und immer noch gehe ich als ein Ahnungsloser umher unter diesen Ausgepichten, Neunmalgewitzten, Schlauäugigen, Beutegierigen.

Sie verdienen, sie tanzen, sie huren, sie spielen Bridge, sie sind tätig, sie bringen es weit und lassen sich, mein Gott, von Deinem Atem und Deiner Allgegenwart nicht imponieren.

Sie lieben allein den Zweck und hassen nur das Zwecklose. Deinen würgenden Griff an der Kehle zu spüren, es gälte ihnen als Schwachsinn und Schande.

Nun werde ich bald schon Vierzig sein, und noch immer schleiche ich mich hinaus und kann kaum den Anstand wahren, kaum das Aufheulen zurückhalten, das Dich, o mein Gott, in Deiner zerschmetternden Unverständlichkeit grüßen will.

Im Salon spielt die Kapelle, in andern Räumen das Grammophon den ganzen Tag und die halbe Nacht. Sie kommen ohne Lärm nicht aus, weil sie Dich überlärmen müssen. Sie winken dem Lärm nur ab, wenn sie von Geschäften reden.

Früher dachte ich, nur die Alten seien so, jetzt aber sehe ich, daß die Jungen nicht anders sind. Sie kennen Deine Tränen nicht. Dreck, Berechnung und Ellbogenwut beten sie an.

Ist die Welt so arm geworden, daß sie wie ein reißendes Tier nur an Beute denken muß? Ich bin ja selber arm und denke nicht an Beute.

Was wollen sie, diese zappelnden, unersättlichen Auftriebler? Kann man denn etwas erreichen auf der Welt? Ist es nicht übergenug, wenn man leben darf? Aus mir ist nichts geworden als ein kleiner Doktor. Ich habe aber auch niemals den Ehrgeiz gehabt, daß aus mir etwas werde.

Wäre es nicht besser, ich hätte ihn gehabt? Wäre ich nicht glücklich, wenn ich Gier und geistigen Todes genug besäße, ihr Spiel mitzuspielen?

Verzeih mir die Lästerung! Nein! Es wäre nicht besser. Denn ich könnte dann nicht die überirdische Wollust dieser Minute fühlen.

Sie überzahlt alles, selbst den Tod. Denn auf der Welt kann man nichts andres erreichen und gewinnen als Dich. Ja, was könnte ich noch gewinnen, da ich Dir jetzt in diesem wahnsinnigen Rausche angehöre?!

Siehe, so stehe ich da, weine unter Deinem Blick und starre auf das Meer hinaus wie ein Trunkener. Und wie ein Trunkener weiß ich, daß dieses Meer gar kein Meer ist, und hier gar kein Schiff, und daß ich gar nicht ich bin, sondern ein ganz andrer, den ich nicht verstehe, wie ich Dich, Dich, oh so herrlich, nicht verstehe!«

Solche Ekstasen kommen unvermutet schnell und gehen ebenso schnell vorüber. Sie hinterlassen keinerlei geistiges Resultat, keine Erkenntnis und keine Erinnerung. Übrig bleibt nur das Gefühl einer ehrenwerten Müdigkeit wie nach einer Bergbesteigung und die ängstliche Sehnsucht, er möge nicht das letztemal ihn erfaßt haben, der göttlich holde Anfall.

Ferdinands Rausch, ihm schon aus Kindertagen vertraut, flutet in sich zurück. Die Zackenschrift des Kap Matapan versinkt. Da greift der Schiffsarzt in seine Manteltasche und zieht den Goldbeutel Barbaras hervor.

Nach dem Lunch hatte er sich heute für eine Stunde hingelegt. Als er erwachte, wurde es ihm aber ungewöhnlich schwer, sich in den Tag zurückzufinden. Und gerade in dem Zustand dieses Zwischenbewußtseins, dieser Willenslähmung wandelte ihn plötzlich die tiefe Gewißheit an, daß Barbara nicht mehr lebe, daß sie in den letzten Tagen oder vielleicht gar in selbiger Stunde die Erdenwelt verlassen habe. Er brauchte lange, um seiner Lähmung Herr zu werden. Die Gewißheit von Barbaras Tod nahm er unverändert ins volle Erwachen hinüber. Später war es das erste, daß er ihr Vermächtnis aus seinem Koffer zog. Er wußte nicht wozu, aber er zählte die Münzen peinlich genau nach. Es waren zehn Hundertkronenstücke und achtundneunzig Zwanzigkronendukaten. Von den ursprünglich vorhandenen hundertzweiundzwanzig Dukaten hatte Ferdinand, als er keinen andern Ausweg mehr wußte, vierundzwanzig verkauft. Diese Summe bildete scharf den Prozentsatz, den auch er, seinem Wesen gemäß, dem Leben abzahlen mußte, sie war der genaue Kurs seiner irdischen Schwäche und Niedrigkeit. Wäre er standhafter und kraftvoller gewesen, so hätte er weniger oder nichts verkauft.

Als er dann mit der Zählung fertig war, steckte er den Leinwandbeutel in seinen Mantel. Warum? Vielleicht, um Barbaras Erbe heut in der Nähe zu haben.

Und nun hält er es in der Hand.

Was er jetzt tut, geschieht blitzschnell und ohne Überlegung. Nicht anders hat er auf der Halde von Kolkow statt des Feuerbefehls »Schultert« kommandiert. Seine eigensten Taten entstammen immer wieder der plötzlichen Eingebung und nicht dem Vernunftschluß. Weit über Bord gebeugt, löst er den Knoten, kehrt den Beutel um und schüttelt ihn. Ein leicht aufschimmernder Sternschnuppenfall sinkt lautlos in die Tiefe, und das weiße Leinwandding folgt ihm nach.

Sofort erschrickt der kleine Mensch, der auch in Ferdinand steckt, wie eine Hand, die ins Feuer gegriffen hat. Aber schon antwortet ein andres Wesen: Ja, es ist gut so!

Was hat er getan? Sich vor künftiger Versuchung geschützt? Das wäre, wenn überhaupt, so nur der oberflächlichste Grund. Hat er eine Sühne dargebracht? Vielleicht! Er aber denkt jetzt gar nicht daran, daß er sich eines Gutes entäußerte, daß Barbaras Vermächtnis unwiederbringlich verloren ist. Ist es denn verloren? Ist es nicht jetzt erst aufgehoben, sicherer und reinlicher als in Ferdinands Koffer oder in irgendeinem Banktresor? Barbaras

Gold ruht von Stund an in der Tiefe der Welt. Der Honig der heiligen Arbeitsbiene ist für ewig geschützt und dem entweihenden Kreislauf entzogen.

Ferdinand hält noch immer die Hand ausgestreckt...

Das Schiff aber ist weitergerückt, und seine Hand segnet nicht mehr das Opfer, sondern eine fremde und gleichgültige Stelle des Meeres.

Noch drei Pulsschläge lang verharrt er. Dann wendet er sich um. Die Augen brennen und die Knie zittern. Aber der Körper ist von wachsenden Kraftfluten durchströmt. Seine Gestalt, sein Schritt, sein Gesicht atmet jetzt, vom Scheinwerfer der Kommandobrücke lichtüberschüttet, eine solche Strenge und Unnahbarkeit aus, daß ihn der Beobachter hinter der Ankerwinde ruhig vorübergehn läßt.

Anmerkung

Die Gedichte auf Seite 433 und Seite 434 stammen von dem Dichter O. Krzyzanowski, der im November des Jahres 1918 zu Wien gestorben ist

Bibliographischer Nachweis

Barbara oder Die Frömmigkeit. »Die ersten zwei Lebensfragmente dieses Buches wurden im Sommer 1928 vollendet, die beiden letzten im Winter 1929.« (Notiz in der ersten Buchausgabe: Berlin–Wien–Leipzig: Paul Zsolnay Verlag 1929; Textvorlage.) »Werfel unterbrach die Arbeit [...] im Sommer 1928, als Lilli Cappelini, Arthur Schnitzlers Tochter, Selbstmord verübte. Aus seiner Arbeit einmal herausgerissen, konnte er sich nur schwer wieder hineinfinden, zumal er in Wien, wo Almas Salon ein Treffpunkt des künstlerischen, wissenschaftlichen und politischen Lebens war, sich auch zu leicht ablenken ließ.« (Lore Foltin, ›Franz Werfel‹, Stuttgart: J. B. Metzlersche Verlagsbuchhandlung 1972, S. 69.) Die handschriftliche Reinschrift von 777 Seiten trägt den Titel »Barbara oder die Frömmigkeit. Ein Leben in vier Fragmenten. Roman. Die II Niederschrift« (University of Pennsylvania, Philadelphia, Franz Werfel Archiv).

Anmerkungen

11 *Kap Matapan*: Akron Tainaron, seit dem Mittelalter auch Matapan, südlichstes Kap des Peloponnes; trug im Altertum ein Poseidon-Heiligtum über einer Höhle, die als einer der Eingänge zur Unterwelt galt. – Im Januar 1925 waren Alma Mahler und Franz Werfel auf ihrer ersten Orientreise an Bord der ›Vienna‹ von Triest über Brindisi, vorbei an diesem Kap, nach Alexandrien gefahren

Episodisten: Nebendarsteller von unwichtigen Rollen

17 *Barbara*: FW bringt hier die Erinnerung an seine eigene Kindheit in Prag mit seiner Kinderfrau Barbara Šimůnková (1854–1935) ein – der Titel des Buches ist gleichsam eine Widmung an sie

21 *Mannlichergewehr*: der österreichische Ingenieur Ferdinand Ritter von Mannlicher (1848–1904) konstruierte seit 1878 verschiedene Schnellfeuergewehre, darunter das zunächst in der österreichisch-ungarischen Armee, später auch in anderen Armeen eingeführte sogenannte Mannlichergewehr
24 *Mignonflügel*: zierlicher, kleiner Flügel
Buch von Cattaro: Boka Kotorska in Montenegro, die Südwestgrenze Österreich-Ungarns
27 *Alexandrien*: vgl. Anm. zu Seite 11
29 *»ärarisch«*: staatsbeamtet
30 *Pallasch*: schwerer Säbel
Eskadron: Schwadron
Krampen: Gäule
31 *Karabiner*: kurzes Gewehr
34 *Kasten*: Schrank
37 *Koriandolischlachten*: Konfettischlachten
39 *Zwetschkenkolatschen*: Zwetschenstrudel
42 *Offiziersmenage*: Offiziersverpflegung
45 *Strohmandln*: Strohpuppen
Chatte: Kate, armselige Hütte
46 *Scharte*: Öffnung
47 *Keusche*: Bauernhäuschen, Kate
51 *Ringelspiel*: Karussell
55 Camille *Corot*: (1796–1875), französischer Maler
70 *supponiert*: unterstellt, angenommen
71 *Anstand*: Schwierigkeit, Ärger
Divisionär: Befehlshaber einer Division
77 *Kleiderkasten*: Kleiderschrank
79 *Generaldecharge*: Generalentlastung
Funeralien: Leichenbegängnis mit feierlichem Gepränge
80 *Totenparte*: Todesanzeige
81 *Avancement*: Beförderung
Leich: Beerdigung
94 *Plastron*: breite weiße Krawatte
95 *Ziegenkotter*: Ziegenstall
Grummetmahd: Mähen des zweiten Heus

96 *Gelsen*: Stechmücken
101 *plättern*: schreiend auffliegen
105 *Eisenblüte*: ein Mineral
106 *Topfen*: Quark
107 *Milin*: Stadt in Böhmen
Obstruktion: Verhinderung der Beschlußfassung
118 *Zöger*: Tragkorb, Tragtasche aus Draht oder Geflecht
123 *Alumnen*: Schüler einer kirchlichen Erziehungsanstalt zur Ausbildung von Geistlichen
125 *Lateranese*: vermutl. das V. Laterankonzil (1512–1517)
Tridentinum: Konzil von Trient (1545–1563)
»Gratia actualis...«: Die aktuelle Gnade ist eine innere, übernatürliche Hilfe, die Gott wegen der Verdienste Christi dem gefallenen Menschen schenkt; durch ihn bewegt er ihn auf vorübergehende Weise zu seiner Heiligung zu wirken. (›Dictionnaire de théologie catolique‹, Bd. VI, 1558; Artikel »grace«.)
127 *Blériots Flugversuche*: der französische Pilot Louis Blériot (1872–1936) überquerte 1909 als erster den Ärmelkanal in einem selbstkonstruierten Flugzeug
die Brüder Wright: Wilbur (1867–1912) und Orville Wright (1871–1948) führten 1903 mit einem selbstkonstruierten Flugzeug den ersten Motorflug aus
129 *John Wiclif*: (um 1320–1384), englischer Kirchenreformer, lehnte die kirchliche Hierarchie ab
131 *Esra*: der jüdische Priester Esra wurde 458 v. Chr. zusammen mit Nehemia mit dem Aufbau der Provinz Juda beauftragt
Lemuria: hypothetische Landbrücke zwischen Indien und Madagaskar
132 *Kosmogonien*: mythische Lehren von der Entstehung der Welt
133 *»eine gut gebaute Wahrheit lebt zwanzig Jahre«*: Zitat nicht ermittelt
135 *Striezel*: längliches Hefegebäck in geflochtener Form
138 *Maria Theresia... war zu den Ungarn geflüchtet*: nach dem

Tod ihres Vaters Karl VI. war Maria Theresia (1717–1780) 1840 zur Kaiserin von Österreich und Königin von Ungarn gekrönt worden; nach ihrer Thronbesteigung brach der sog. Österreichische Erbfolgekrieg aus; sie flüchtete nach Ungarn; um sie für sich zu gewinnen, bestätigte sie den Ungarn ihre Vorrechte und machte ihnen das Zugeständnis, daß sie ihre Angelegenheiten innerhalb und außerhalb des Reiches – nach allen vier Himmelsrichtungen – selbst besorgen konnten

Kaiserin Elisabeth ... auf dem Landsitz von Gödöllo: 1854 hatte sie Kaiser Franz Joseph I. geheiratet; sie genoß bei den Ungarn viel Sympathie; als sie 1868 zur Königin von Ungarn gekrönt wurde, hatte der ungarische Staat Schloß Gödöllö als Krönungsgeschenk für sie gekauft

Ungarn ... die rote Fahne der Revolution entfaltet: 1890 war in Ungarn die Sozialdemokratische Partei gegründet worden, was FW vermutlich als Fanal versteht, obwohl sie bis 1918 von der Politik ausgeschlossen blieb

139 *Kalfakter*: jemand, der verschiedenste untergeordnete Hilfsdienste versieht

140 *medicinae universae doctor*: Allgemeinmediziner

141 *Mignonflügel*: vgl. Anm. zu Seite 24

girieren: auf sich (oder auf einen anderen) übertragen

142 *Militärärar*: Militärverwaltung

transleithanische Reichshälfte: die jenseits der Leitha, eines rechten Nebenflusses der Donau liegende Reichshälfte, also Ungarn

Ex-officio-Verteidiger: Verteidiger von Amts wegen

144 *Alumnat*: kirchliche Erziehungsanstalt zur Ausbildung von Geistlichen

148 *Fledermauswalzer*: aus der Operette ›Die Fledermaus‹ (1874) von Johann Strauß (1825–1899)

149 *Marodenzimmer*: Krankenzimmer

155 *mullattieren*: an einem Mullatschag, einem ausgelassenen Fest teilnehmen

156 *Kavalett*: einfaches Bettgestell

157 *Schakerl*: vermutlich negativ diminutive Ableitung von Jacques zu Schakl oder Schakerl
164 *Assentierung*: Untersuchung auf Militärtauglichkeit
165 *Dorfgreisler*: Dorfkrämer
169 *Sekundogenitur*: eigtl. Anspruch des Zweitgeborenen und seiner Linie, hier: Besitzanspruch
182 *Ronald Weiß*: vermutlich bildete Egon Erwin Kisch (1885–1948) das Vorbild für diese Gestalt; zu dem Kreis des »Säulensaals« (im realen Café Central in Wien); vgl. Peter Stephan Jungk, ›Franz Werfel. Eine Lebensgeschichte‹, Frankfurt am Main: S. Fischer 1987, S. 88 u. ö.
Eiserne Krone zweiter Klasse: der Orden Eiserne Krone war 1816 von Kaiser Franz I. von Österreich gestiftet worden; er umfaßte drei Klassen
184 *konditionieren*: den Bedingungen anpassen
190 *Züngel*: Stellvorrichtung an der Kanone
Feldkurat: Hilfsgeistlicher im Krieg
Vergatterung: vor Antritt des Dienstes durch Signal versammeln
191 *adjustiert*: dienstmäßig gekleidet
198 *Rotten*: lose Gemeinschaften
199 *Kotter*: Arrest
200 *gruneln*: anfangen, grün zu werden
202 *Marschall Hindenburg*: der deutsche Generalfeldmarschall Paul von Beneckendorff und von Hindenburg (1847–1934) hatte im August 1914 zusammen mit dem Generalstabschef Erich Ludendorff (1865–1937) die Russen bei Tannenberg geschlagen
205 *Bramarbastaten*: Taten eines Aufschneiders
206 *Kavaletts*: vgl. Anm. zu Seite 156
208 *Überschwung*: Uniformgürtel
Anstand: vgl. Anm. zu Seite 71
209 *Gold für Eisen*: Anspielung auf die 1813 für den Kampf gegen Napoleon vom preußischen König Friedrich Wilhelm III. aufgerufene Spendenaktion, die das Motto »Gold gab ich für Eisen« trug

212 *Franz Conrad von Hötzendorf*: (1852–1925), seit 1916 österreichischer Feldmarschall, im März 1917 wegen Meinungsverschiedenheiten mit Kaiser Karl (1887–1922) seiner Stellung enthoben und zum Oberbefehlshaber in Tirol ernannt

213 *Entente*: Bündnis zwischen Großbritannien und Frankreich

Eisernes Kreuz: der Orden Eisernes Kreuz war 1813 von König Friedrich Wilhelm III. von Preußen gestiftet worden; er umfaßte drei Klassen

215 *Chazaren* (Chasaren): ein altes türkischstämmiges Volk, das sich im 7. Jahrhundert nach Westen ausdehnte; Nachfahren leben noch im südlichen Rußland

219 *vergattern*: vgl. Anm. zu Seite 190

222 *Lampisterie*: Lampenraum eines Bahnwärterhauses

Świlcza: Marktflecken in Galizien

223 *Anstände*: vgl. Anm. zu Seite 71

224 *Dislokation*: Verschiebung

226 *Chaluppen*: Hütten

227 *Schlachtschitz*: (poln. szlachcic) Adliger, Edelmann

231 *Traversen*: Querbalken

spanische Reiter: Barrikadenteil

233 *Zatowka*: vermutlich Zator, Ort in Galizien

Dysenterie: Ruhr

De profundis clamo: Aus der Tiefe rufe ich – Anfang des 130. Psalms nach der Vulgata

234 *Böcklins Triton*: Meergott in Arnold Böcklins (1827–1901) Gemälde ›Spiel der Wellen‹

236 *Trieder*: Fernglas

Überschwung: vgl. Anm. zu Seite 208

237 *Psia krew Cholera!*: (tschechisch / polnisch) Hundsfott Cholera! (Hundeblut)

Rawa Ruska: Stadt in Galizien

Limanowa: Marktflecken in Galizien

Bassama teremtete!: Bassena ist eigtl. das Wasserbecken im Flur eines alten Wohnhauses, von dem mehrere Parteien das Wasser holen; dort trafen die Hausfrauen zum Tratsch zusammen; mit der Zeit wurde der Begriff zum Symbol für

niederträchtiges Geschwätz, was hier lautmalerisch intensiviert wird
Zatracena podvrh!: (tschechisch) Verdammte Fälschung!
239 *Mitrailleusen*: Maschinengewehre
240 *Plachen*: Leinwandplanen
242 *Trainwagen*: Nachschubwagen
eingefascht: umwickelt
244 *Isonzo*: am Isonzo im Julischen Venetien fanden in den Jahren 1915–1917 insgesamt 11 Schlachten statt, in denen die Italiener vergeblich versuchten, Triest zu erreichen
Worobiowkahöhe: vermutlich Wybranówka, Ort in Galizien
246 *Basiliskenaugen*: stechende, böse Augen
248 *Hajmáskér*: Stadt in Ungarn, westlich von Budapest
Kerenskioffensive: nach dem russischen Kriegsminister Alexander Fjodorowitsch Kerenskij (1881–1970) benannte russische Offensive, die mit den Alliierten vertraglich vereinbart war, jedoch mit einem militärischen Zusammenbruch endete
Zbirow: Stadt in Galizien
249 *Złoczów*: Stadt in Galizien
Retablierung: Wiederherstellung
251 *Uriasbrief*: Brief, der dem Überbringer Unglück bringt – nach dem Brief, mit dem im Alten Testament David den Ehemann der Bathseba, Urias, in den Tod schickt
253 *Bühl*: Hügel
254 *Jósefowka*: vermutlich Jósefow, Ort in Südwestrußland, nahe der Grenze zu Galizien
Brussilow: der russische General Alexej Alexejewitsch Brussilow leitete im Ersten Weltkrieg als Befehlshaber der Südwestfront 1916 die sog. Brussilow-Offensive
255 *Piavestellung*: Stellung am Piave, Fluß in Norditalien
Verdun: die Festung von Verdun konnte in der sog. »Schlacht von Verdun« (Februar–September 1916) von den deutschen Truppen nicht erobert werden
256 Papst *Benedikt* XV.: (Giacomo Marchese della Chiesa, 1854–1922) versuchte in den Ersten Weltkrieg vermittelnd

einzugreifen; sein Friedensvorschlag vom 1. August 1917 blieb ohne Erfolg

258 Thomas Woodrow *Wilson*: (1856–1924), von 1913 bis 1921 Präsident der USA, verkündete im Januar 1918 ein Vierzehn-Punkte-Programm, das er auf der Pariser Friedenskonferenz von 1919 jedoch nur zu einem geringen Teil durchsetzen konnte

260 *A.O.K.:* Armeeoberkommando
I.T.D.: Infanterietruppendivision

261 *Kolkow*: vermutlich Kulików, Ort in Galizien

262 *Görz*: Stadt an der Grenze zwischen Italien und Slowenien
verfitzen: machen, daß Fäden sich fast unauflösbar ineinander und miteinander verschlingen
Weichselzopf: eigtl. verfilzte Haare infolge von Verlausung
Honveds: ungarische Freiwillige
Deutschmeister: Vertreter des Ritterordens der Hoch- und Deutschmeister
Landwehr: Reservisten
Katzelmacher: abwertende Bezeichnung für Italiener
guttempiert: (eigtl. Zeitzünder genau einstellen), gut gezielt

265 *Brussilow-Armee*: vgl. Anm. zu Seite 254
Hodow: Stadt in Galizien

266 *Piroggen*: russische Pasteten aus Hefeteig, mit Fleisch, Fisch oder Gemüse gefüllt

270 *Badwaschel*: Bademeister

271 *Komitatschis*: Bezirksverwalter

274 *Registraturtitel*: Aktenzeichen
abfassen: gefangennehmen
Baons: Bataillons

275 *disloziert*: vgl. Anm. zu Seite 224
Ortslisiere: Ortsrand
Rotte: vgl. Anm. zu Seite 232

276 *Profos*: Verwalter der Militärgerichtsbarkeit
Auditor: öffentlicher Ankläger bei einem Militärgericht

278 *Wurzen*: die Übervorteilten
Fixlaudon: ein Fluchwort

279 *Feschak*: fescher, sehr männlich aussehender Kerl
280 *Überschwung*: vgl. Anm. zu Seite 208
282 *Greisler*: vgl. Anm. zu Seite 165
anbinden: einsperren
Menageentzug: Verpflegungsminderung
283 *Přestitz*: (Přestice), Stadt in Böhmen
der junge Kaiser: Kaiser Karl I. (1887–1922) war 1916 zum Kaiser gekrönt worden
284 *tempieren*: (eigtl. Zeitzünder einstellen), gezielt äußern; vgl. Anm. zu Seite 262
286 *Kurat*: vgl. Anm. zu Seite 190
Karbonaden mit Erdäpfeln: Frikadellen mit Kartoffeln
Ujegerl!: Oje!
290 *Mizzi Günther*: (1879–1961), Sopranistin
Louis *Treumann*: (eigtl. Ludwig Politzer, 1872–1944), Tenor
291 *Dringende Urgenz*: eine Tautologie
293 *Relation*: Berichterstattung
Ubikationen: Unterkünfte
Honvedregiment: vgl. Anm. zu Seite 307
296 *ausheben*: hier überprüfen
301 *Reservezwockel*: vermutl. von dem jiddischen Wort Zwok, Nagel, abgeleitet
302 *Pallawatsch*: Durcheinander
306 *Nervenbinkel*: Nervenbündel
308 *Mannlicher*: vgl. Anm. zu Seite 21
311 *Vergatterung*: vgl. Anm. zu Seite 190
312 *Divisionsauditur*: Anklage vor dem Divisionsgericht
Zbirow-Front: vgl. Anm. zu Seite 248
318 *konfinieren*: abgrenzen
persequieren: verfolgen
321 *P. U.-Vermerk*: nicht ermittelt
324 *Retablierung*: vgl. Anm. zu Seite 249
329 *Kraxen*: unleserliche Schriftzüge
337 *»Deschparation«*: Desparation, Verzweiflung
347 *»Leidlos ist der Götter Leben«*: nicht ermittelt

354 *Purgantien*: eigtl. Abführmittel
355 *Soisson*: Stadt in Frankreich, nordöstlich von Paris
Revenants: Gespenster
356 *Strizzi*: leichtsinniger Mensch, Zuhälter
Kalbspörkelt aus Flachsen und Knorpeln: Kalbsgepökeltes aus Sehnen und Knorpeln
358 *Schmolle*: Krume
Bruck an der Leitha: niederösterreichische Bezirksstadt
Auditor: vgl. Anm. zu Seite 276
362 *Sieben Gemeinden*: ehemalige deutsche Sprachinsel in den italienischen östlichen Lessinischen Alpen, nördlich von Vicenza
363 *Anstand*: vgl. Anm. zu Seite 71
adjustiert: vgl. Anm. zu Seite 191
367 *Refraktäre*: Unbeeinflußbare, Deserteure
368 Immanuel *Kant*: (1724–1804)
Blaise *Pascal*: (1623–1662), französischer Philosoph und Mathematiker
Hernalserisch: Hernals, ein Wiener Stadtbezirk
»tulli«: sehr gut, ausgezeichnet
Henri *Bergson*: (1859–1941), französischer Philosoph
G'schlader: eigtl. dünner Kaffee
371 Frank *Wedekind*: (1864–1918)
381 Peter *Altenberg*: (eigtl. Richard Engländer, 1859–1919)
382 Jakob *Böhme*: (1575–1624), deutscher Philosoph und protestantischer Mystiker
Johannes *Tauler*: (um 1300–1361), Mystiker
Suso: (eigtl. Heinrich Seuse, 1295–1366), Mystiker
386 Lew Dawidowitsch *Trotzki*: (eigtl. Leib Bronstein, 1879–1940)
387 Ferdinand *Foch*: (1851–1929), französischer Marschall
ein Pfiff Wein: ein Achtel Wein
390 *»Und ein Edelknab' jung und keck ...«*: nicht ermittelt
394 *Achab*: (Ahab) Sohn des Königs Omri – dieser regierte von 878/877 bis 871/870 v. Chr. –, war von 871/870 bis 852/851 König des israelitischen Nordreichs und führte zusam-

men mit seiner Frau Isebel (hier Jesabel) den tyrischen Baal-Kult ein, gegen den Elia kämpfte – vgl. 1. Könige, 16, 29f.
Jesabel: (Isebel) Gattin König Ahabs (hier Achabs); sie führte zusammen mit ihrem Gatten den Baal-Kult in Israel ein, zu dem auch kultische Prostitution gehörte
Astartedienst: Dienst im Heiligtum der Astarte (Astaroth), der Fruchtbarkeitsgöttin der Phönizier und Göttin der geschlechtlichen Liebe

403 *Wruken*: Kohlrüben

405 *Belluno*: Stadt in Norditalien, Venetien

406 *Prophezeiung Samuels am Hexenkessel von Endor*: 1. Samuel 28, 7f. Saul besuchte am Abend vor der Schlacht von Gilboa dort die Totenbeschwörerin, um Samuel über den Ausgang zu befragen; er prophezeite den Sieg der Philister über Israel
Randanger: Randwiesenplatz

407 *Herzog von Saint-Simon*: Claude-Henri de Rouvroy, Comte de Saint-Simon (1760–1825), französischer Sozialreformer
Vauvenargues: Luc de Chapiers, Marquis de Vauvenargues (1715–1747), französischer Moralist
Lord Brummell: Georges Brummell, (1778–1840), englischer geistreicher, witziger Beau, der in Adelskreisen Anerkennung fand, aber selbst kein Adeliger war
Michael *Bakunin*: (1814–1876), russischer Anarchist und Sozialist
Honoré de *Balzac*: (1799–1850)
Stendhal: (eigtl. Henri Beyle, 1783–1842)

410 *der junge Kaiser*: vgl. Anm. zu Seite 283

411 *El Greco*: (eigtl. Domenico Theotocopuli, 1541–1614), spanischer Maler griechischer Herkunft, Hauptmeister des Manierismus
Bassano: Stadt in Nordostitalien

412 *Philo(n) Alexandrinus*: (um 20. v. Chr. – um 50 n. Chr.), griechischer Philosoph, suchte die platonisch-stoische Philosophie mit der jüdischen Lehre zu vereinigen
Plotin: (um 205–270), griechischer Philosoph

Sören *Kierkegaard*: (1813–1855), dänischer protestantischer Religionsphilosoph

Emanuel *Swedenborg*: (1688–1772), schwedischer Philosoph und Theosoph

Nikolaus Cusanus: (1401–1464), Kardinal, Begründer der deutschen Philosophie

414 *Prytaneum*: Haus der Mitglieder der in den Poleis regierenden Behörde

Peter Altenberg: vgl. Anm. zu Seite 381

415 *Mazdaznan*: um 1900 nach dem Namen der iranischen Gottheit Mazda gegründete Heilslehre

Atman: indische Bezeichnung der Seele

Rembrandt: (Harmensz van Rijn, 1606–1669)

Tintoretto: (eigtl. Jacopo Robusti, 1518–1594)

Purgieren: Benützung von Abführmitteln

417 *dritter Orden der Franziskaner*: Terziaren, weltliche oder klösterliche Mitglieder des Ordens

418 *Plastronkrawatte*: vgl. Anm. zu Seite 94

420 *wir trinken Zyprier und küssen schöne Mädchen*: Zitat nicht ermittelt

424 Fedor Michailowitsch *Dostojewski*: (1821–1881)

426 *hussitischer Haß*: nach der Verbrennung (1415) des tschechischen Reformators Hus versuchten seine Anhänger seine Lehre gewaltsam zu behaupten, was zu den sog. Hussitenkriegen und Unruhen führte, die bis 1485 anhielten

427 *Pojazzer*: Pojaz, Spaßmacher

Tarockskis: Tarockspieler

430 *Schlurf*: Halbstarker

435 *Superarbitrierungskommission*: Hauptkommission zur Untersuchung der Militärtauglichkeit

440 *Pfaffen-Matrikel*: Personenstandsverzeichnis der Geistlichen

Skurzo: verkürzt gezeichnete Figur

442 *Dunajower Rabbi*: russischer Wunderrabbi

Talmud, Sohar und Sefer Jezira: Talmud (Lehre), Sammlung der Gesetze und religiösen jüdischen Überlieferungen nach der Babylonischen Gefangenschaft – Sohar (Leuchte),

Hauptwerk der Kabbala – Sefer Jezira (Buch der Schöpfung), älteste kabbalistische Schrift mit der mystischen Deutung der Buchstaben als wirkende Kräfte der Weltentstehung

444 *Schermaus*: Maulwurf

449 *Goi*: Ungläubiger

450 *Exilarch*: Titel des weltlichen Führers der babylonischen Juden vom 2. bis zum 9. Jahrhundert

Leopoldstadt: II. Wiener Stadtbezirk

456 *Welt-Synhedrion*: jüdischer Ältestenrat

465 *zwischen Brenta und Piave*: Flüsse in Norditalien

Insel Papadopoli: nicht ermittelt

466 *putten*: Ausdruck nicht ermittelt

Waserl: unbeholfener, harmloser Mensch

g'haut: durchtrieben

472 *Distinktionen*: Rangabzeichen

476 *Mirabeau*: Honoré Gabriel de Riqueti, Graf Mirabeau (1749–1791)

478 *Chantecler*: in dieser Schreibweise ein Stück in vier Akten (1910) von Edmond Rostand, in dem er die beliebte Tierdichtung dazu benutzt, die Hohlheit und Idealferne der Gesellschaft seiner Zeit zu karikieren. Als Chante-clair, der Hahn, findet er sich im Roman de Renart aus dem 11./12. Jahrhundert. Als coq gaulois (gallischer Hahn) ist er ein Emblem der französischen Nation

481 Iraklij Georgiejewitsch *Zereteli*: (1881–1959), russischer Sozialdemokrat, zusammen mit Kerenski im Kabinett der Übergangsregierung des Fürsten G. J. Lwow nach der Abdankung des Zaren Nikolaus II. im März 1917

Kerenski: vgl. Anm. zu Seite 248

487 *Awaren*: zu den Hunnen gehöriger Volksstamm

Gentry: eigtl. englischer niedriger Adel

Friedrich *Smetana*: (1824–1884)

Antonin *Dvořak*: (1841–1904)

Benebbicht: Ableitung von nebbich, Ausdruck des Mitleids, des Erbarmens

493 *›Germinal‹*: (1884), Roman von Emile Zola, in dem er das Elend der Arbeiter und ihre Unterdrückung durch das Kapital schildert
494 *aufdrahen*: großtun, Energie entwickeln
495 Tomász Garrigue *Masaryk*: (1850–1937), war der erste Präsident der 1918 ausgerufenen Tschechischen Republik
Wilson: vgl. Anm. zu Seite 258
Georges *Clemenceau*: (1841–1929), 1917–1920 französischer Ministerpräsident
496 *Bahöll*: großer Lärm, Geschrei, Tumult
500 *auswurzen* (wurzen): ausbeuten
501 *Saint-Simon*: vgl. Anm. zu Seite 407
Michel Eyquem, Seigneur de *Montaigne*: (1533–1592)
Vauvenargues: vgl. Anm. zu Seite 407
Kierkegaard: vgl. Anm. zu Seite 412
Friedrich *Nietzsche*: (1844–1900)
505 *Isonzoschlachten*: vgl. Anm. zu Seite 244
Prätorianer: Angehörige der kaiserlichen Leibwache im antiken Rom
511 *Papst Alexander VI.*: (Rodrigo de Borgia, 1431–1503), regierte seit 1492, hatte sein Amt durch Simonie erworben und mißbrauchte es
Martin *Luther*: (1483–1546)
Vormärz: historische Periode in Deutschland von 1815 bis zur Revolution im März 1848
512 *vindice nullo*: von nichts in Anspruch genommen
517 *Anstand*: vgl. Anm. zu Seite 71
521 *anbinden*: vgl. Anm. zu Seite 282
krummschließen: im Gefängnis in Fesseln legen
522 *Pallawatsch*: vgl. Anm. zu Seite 302
525 *Präsenzstandeslisten*: Personalanwesenheitslisten
528 *Tuberkuliter*: Tuberkulosekranker
Sekkaturen: Quälereien
529 *Menagegang*: Essenfassen beim Militär
532 *Udine*: Stadt in Norditalien
534 *Pallawatsch*: vgl. Anm. zu Seite 302

535 *thomistischer Metaphysiker*: Anhänger der Lehre Thomas von Aquins (1225–1274)
536 Johann Heinrich *Pestalozzi*: (1746–1827), Schweizer Pädagoge
Mazdaznan: vgl. Anm. zu Seite 415
539 *Magnaten*: hohe ungarische Adelige
Arcierengarde: Bogenschützengarde, kaiserliche Leibgarde
540 *Raglan*: Mantel mit angeschnittenen Ärmeln, benannt nach Lord Raglan (1788–1855)
541 *Lüsterjacke*: kurze Jacke aus glänzendem, etwas steifem Halbwollgewebe
543 *Schwarzscherzel*: Fleischteil, beim Rind zwischen den Hinterbeinen und den Hüften weiter vorne liegend
Hieferschwanzel: besonders zum Kochen geeignetes Rindfleisch von der Lende
546 *›Des Knaben Wunderhorn‹*: Achim von Arnims und Clemens von Brentanos Sammlung alter deutscher Lieder erschien als Neudruck mit einer Einleitung und Anmerkungen herausgegeben von Josef Ettlinger 1891 bei Hendel in Halle, als Nr. 531–539 der Bibliothek der Gesamt-Litteratur des In- und Auslandes
549 *Bosnigel*: boshafter Mensch
553 *Lampassen*: Streifen an Uniformhosen
554 *avistisch*: von den Ahnen herkommend
555 *Lampls Lesebuch*: Leopold Lampl, ›Deutsches Lesebuch für die 1.–3. Klasse österreichischer Mittelschulen‹, Wien
560 *Bayern und Ungarn*: in München war am 7./8. November 1918 die Revolution ausgebrochen und der ›Freistaat‹ Bayern ausgerufen worden, König Ludwig III. geflohen – in Ungarn wurde nach dem Thronverzicht König Karls VI. von Ungarn (Kaiser Karls I. von Österreich, 11. 11. 1918) am 16. (!) November 1918 die Republik ausgerufen – in Österreich am 12. November 1918
561 *Petrograd*: 1914 für kurze Zeit Name für St. Petersburg, 1924–1991 Leningrad
Duma: das nach den Unruhen im März 1905 zustande

gekommene russische Parlament, das 1917 aufgelöst wurde

563 *Regierung Badenis*: Kasimir Felix Graf Badeni (1846–1909) war 1895–1897 Ministerpräsident und Innenminister Österreich-Ungarns; er versuchte 1897 mit seinen Sprachverordnungen vergeblich, die deutsche und tschechische Doppelsprachigkeit auch in rein deutschen Gebieten Böhmens und Mährens bei Gerichts- und Verwaltungsbehörden einzuführen, um die Forderungen der Tschechen nach einem eigenen Staat in der Donaumonarchie zu unterlaufen; das führte zu Unruhen im ganzen Land und zu seinem Sturz

Sollizitator: Sachwalter

566 *Gustav Noske*: (1868–1946), Mitglied des Rates der Volksbeauftragten (Dezember 1918 – Februar 1919), übernahm das Militärressort; unter seiner Führung wurde im Januar 1919 der Spartakistenaufstand niedergeschlagen

567 *den Smolny und das Winterpalais*: im Kloster Smolny, am Rand des Zentrums von St. Petersburg, wurde nach der Eroberung Anfang November 1918 der Stab der Aufständischen untergebracht; in der Nacht vom 7. zum 8. November 1918 wurde das sog. Winterpalais, in das die Minister der seit der Abdankung des Zaren Nikolaus II. im März 1917 bestehenden provisorischen Regierung geflohen waren, von den Bolschewiki gestürmt

571 *Brotschmolle*: Brotkrume

dilatorisch: aufschiebend, verzögernd

578 *Amstetten*: Stadt in Niederösterreich

581 *uminstradiert*: umgeleitet

Spaßetteln: Witz, Spaß, Unfug

582 *Ramarsuri*: gründliches Aufräumen, turbulente Situation, Wirbel

Oh Jegerl!: vgl. Anm. zu Seite 286

Mordspallawatsch: Riesenspektakel

583 *präsumtiv*: vermeintlich

Zum Speiben: zum Erbrechen

Attachements: Beziehungen

584 *equipiert*: ausgestattet
adjustieren: vgl. Anm. zu Seite 191
585 *Breigel*: Begriff nicht ermittelt
Glumpert: wertloses Zeug
K. M.: Kriegsministerium
instradiert: vgl. Anm. zu Seite 581
auf Lepschi gehen: sich herumtreiben, seinem Vergnügen nachgehen
Hetz: Spaß
587 *Fotzen*: Schlag ins Gesicht
588 *Faschinmesser*: Seitengewehr
590 *Offizial*: Beamter im mittleren Dienst
592 *Trotzki*: vgl. Anm. zu Seite 386
593 Jean *Jaurès*: (1859–1914), französischer sozialistischer Politiker, Begründer der Zeitung ›L'humanité‹
Viktor Adler (1852–1918), Gründer der sozialdemokratischen Partei Österreichs
Papperl: Speise
594 *Caligula*: Beiname des römischen Kaisers Gaius Caesar Germanicus (37–41), war zunächst beliebt, zeigte dann aber krankhaft böse Züge
595 *Kurialstil*: höfischer Stil
596 *Théâtre-paré*: festliches Theater
phäakischer Greisler: sorglos lebender Kaufmann
599 *Fallotten*: Gauner, Betrüger
600 *Sollizitator*: vgl. Anm. zu Seite 563
Dohle: altmodischer dunkler Hut
601 *Perikles*: (nach 500–429 v. Chr.), athenischer Staatsmann
Solon: (um 640 – um 560 v. Chr.), athenischer Staatsmann
Max *Reinhardt*: (eigtl. Goldmann, 1873–1943) inszenierte in einer Mammutvorstellung 1919 im zum Theater umgebauten Zirkusgebäude Schumann in Berlin Sophokles' ›König Ödipus‹
Ferdinand *Bonn*: (1861–1933)
616 Marcus Portius *Cato*: (234–149 v. Chr.), römischer Staatsmann, berühmter sittenstrenger Redner

618 *Szeged*: Stadt in Südungarn
Konfident: Spion
Schlieferl: kriecherischer Mensch, der sich überall einschmeicheln möchte
620 *derfangen*: sich erholen
Maximilien *Robespierre*: (1758–1794), französischer Revolutionär
Georges *Danton*: (1759–1794), französischer Revolutionär
Semi-Gotha: ›Genealogisches Taschenbuch des Adels jehudäischen Ursprungs‹, München 1912
Pofel: Wertloses
621 *Blumengreisler*: Blumenhändler
Kasten: vgl. Anm. zu Seite 77
624 *Escarpins*: leichte Schnallenschuhe
Taylorsystem: nach dem amerikanischen Ingenieur F. W. Taylor (1856–1915) benanntes System wissenschaftlicher Betriebsführung mit dem Ziel, einen möglichst wissenschaftlichen Betriebsablauf zu erzielen
627 *Atavismus*: entwicklungsgeschichtlich als überholt geltendes, aber plötzlich wieder auftauchendes körperliches oder seelisch-geistiges Merkmal
630 *Figurant*: Lückenbüßer
632 *Weike*: Pfütze
641 *... non sordidi lucri causa ...*: ... nicht schmutzigen Gewinnes wegen und um eitlen Ruhm zu erwerben, sondern damit die Wahrheit und ihr Licht mehr verbreitet werde, in der das Heil des Menschengeschlechts enthalten ist.
»Haec os ex animi vestri ...«: Das werdet ihr nach bestem Wissen und Gewissen versprechen.
642 *Durchstecherei*: Betrügerei im Dienst
644 *Zeitungskolporteur*: Zeitungshausierer
651 *Parte*: Anzeige
656 *Revenant*: vgl. Anm. zu Seite 355
664 *Subak*: Begriff nicht ermittelt
674 *Nocken*: eingebildetes Frauenzimmer
681 *Sekundararzt*: Assistenzarzt

685 *Episodisten*: vgl. Anm. zu Seite 11
687 *Anstand*: vgl. Anm. zu Seite 71
688 *Atropin*: krampflösendes Arzneimittel

Franz Werfel

Der Abiturienten-tag
Roman. Band 9455

Das Lied von Bernadette
Roman
Band 9462

Die Geschwister von Neapel
Roman. Band 9460

Verdi
Roman der Oper
Band 9456

Die vierzig Tage des Musa Dagh
Roman
Band 9458

Stern der Ungeborenen
Ein Reiseroman
Band 9461

Höret die Stimme
Roman. Band 9457

Der veruntreute Himmel
Geschichte einer Magd
Band 9459

Cella oder Die Überwinder
Versuch eines Romans
Band 5706

Barbara oder Die Frömmigkeit
Band 9233

Die schwarze Messe
Erzählungen
Band 9450

Die tanzenden Derwische
Erzählungen
Band 9451

Die Entfremdung
Erzählungen
Band 9452

Weißenstein, der Weltverbesserer
Erzählungen
Band 9453

Eine blaßblaue Frauenschrift
Erzählungen
Band 9308

Das Trauerhaus
Erzählung
Band 12433

Jacobowsky und der Oberst
Komödie einer Tragödie. Bd. 7025

Gedichte aus den Jahren 1908-1945
Band 9466

»Leben heißt, sich mitteilen«
Betrachtungen, Reden, Aphorismen
Band 9465

Fischer Taschenbuch Verlag

fi 198 / 13

Österreich erzählt

27 Erzählungen

Ausgewählt und mit einer Nachbemerkung
von Jutta Freund

Band 9283

Österreich erzählt – von Träumen und Erinnerungen, von Einsamkeit und Tod, vom Lachen und Vergessen. 27 österreichische Autoren schreiben bissig, böse, witzig oder wehmütig über ihr Land, über historische Ereignisse, über seine Bewohner, schreiben ihre Geschichten – jeder auf seine charakteristische Art und Weise. Die hier gesammelten Erzählungen zeigen in ihrer Vielfalt die Spannweite und die verschiedenen Strömungen der österreichischen Prosa unseres Jahrhunderts. Sie geben die Stimmung dieses Landes wieder, des Landes, das Hans Weigel »die Synthese aller Welten«, das »staatsgewordene Paradoxon« nannte, in dem man »deutsch sprechen kann, ohne Deutscher zu sein«. Eine Mischung aus Heiterkeit und Melancholie tritt uns entgegen, diese typische Mischung, die zu so vielen nicht nur literarischen Bildern und Vergleichen schon Anlaß gab.

Es erzählen:
Ilse Aichinger, Peter Altenberg, H.C. Artmann,
Ingeborg Bachmann, Alois Brandstetter,
Franz Theodor Csokor, Heimito von Doderer, Erich Fried,
Barbara Frischmuth, Marlen Haushofer, André Heller,
Fritz von Hermanovsky-Orlando, Hugo von Hofmannsthal,
Ödön von Horváth, Elfriede Jelinek, Robert Musil,
Alfred Polgar, Helmut Qualtinger, Christoph Ransmayr,
Peter Rosei, George Saiko, Arthur Schnitzler, Jutta Schutting,
Jura Soyfer, Franz Tumler, Franz Werfel,
Stefan Zweig.

Fischer Taschenbuch Verlag

fi 1153 / 6

Wien erzählt

25 Erzählungen

Ausgewählt und mit einer Nachbemerkung
von Jutta Freund

Band 12732

Wien erzählt lädt ein zu einer literarischen Entdeckungsreise durch eine der wichtigsten deutschsprachigen Metropolen. Allein in diesem Jahrhundert hat Wien Atemberaubendes erlebt: Zu Anfang noch den Glanz der Österreich-ungarischen Monarchie, danach die sozialen Unruhen im arg zusammengeschrumpften Rumpfstaat, den »Anschluß« ans nationalsozialistische Deutsche Reich und schließlich den Aufbau einer Demokratie im neutralen Nachkriegsösterreich. Diese Anthologie spiegelt Geschichte und Gegenwart, Mentalität und Atmosphäre dieser unvergleichlichen Stadt.

Es erzählen:

Ilse Aichinger, Peter Altenberg, H.C. Artmann, Ingeborg Bachmann, Hermann Broch, Veza Canetti, Elias Canetti, Milo Dor, Josef Haslinger, André Heller, Fritz von Hermanovsky-Orlando, Hugo von Hofmannsthal, Ernst Jandl, Karl Kraus, Anton Kuh, Robert Menasse, Robert Musil, Alfred Polgar, Christoph Ransmayr, Gerhard Roth, Joseph Roth, Arthur Schnitzler, Hilde Spiel, Dorothea Zeemann, Stefan Zweig.

Fischer Taschenbuch Verlag

fi 1155 / 6

Peter Stephan Jungk

Franz Werfel

Eine Lebensgeschichte

Band 10181

Zahlreiche, lange Zeit unbekannt gebliebene Dokumente aus dem Besitz von Werfels Stieftochter Anna Mahler sowie in den Universitäten von Los Angeles und Philadelphia archivierte Notizhefte, Tagebücher, Skizzen, Urkunden und Briefe hat Peter Stephan Jungk unter Beachtung der publizierten Primär- und Sekundärliteratur Stück für Stück zusammengetragen. Auf diese Weise verdeutlicht er, wie stark äußere Ereignisse persönlicher, familiärer, kultureller und politischer Art Werfels poetisches wie betrachtendes Werk sowohl in der literarischen Form als auch in Bildkraft und Sprachintensität bestimmt haben. Um zwei Beispiele herauszugreifen: im privaten Bereich war es die dynamische Frau Alma Mahler – im Politischen waren es neben den beiden Weltkriegen das Aufkommen und Anschwellen des Totalitarismus, des Faschismus in Italien und des Nationalsozialismus in Deutschland und Österreich, die Vertreibung der Juden. Die Erzählung dieser Lebensgeschichte des als Juden geborenen, seit frühester Kindheit aber zum Christentum neigenden, sich gleichwohl nicht taufen lassenden Franz Werfel hat Peter Stephan Jungk mit Berichten über Orte und Häuser seines Weges aus eigener Anschauung sehr lebendig durchsetzt.

Fischer Taschenbuch Verlag

fi 1030 / 4